自成一家與宋詩宗風

——兼論唐宋詩之異同

張高評◎著

宋詩新變與自成一家

　　文學的長河，既已源遠流長發展；詩國的花園，應該姹紫千紅開遍。因此，考察某一個斷代的文學領域，就必須知曉其源流正變，探究其因革損益。紅玫瑰紫羅蘭儘管美艷奪目，畢竟不能獨佔三春；黃菊雪梅散發幽韻冷香，亦足以傲視秋冬。有關唐宋詩之流變，唐宋詩之異同，唐宋詩之特色諸專題研究，以及唐宋詩之紛爭、唐宋詩之優劣等學術公案，都必須作如是觀。

　　自司馬遷纂修《史記》，標榜「成一家之言」；宋人生唐後，詩、文、書、畫，亦皆期許「自成一家」。此與明代公安派強調「一代有一代之文學」、清代顧炎武楬櫫「詩文之所以代變，有不得不變者」，百慮一致，殊途同歸。《南齊書·文學傳論》所謂：「若無新變，不能代雄」，可作上列論述的點睛與注腳。屈原學《詩》，而屈騷不像《詩》；李白學謝朓、杜甫學六朝，然李杜詩卻不似謝朓六朝，蓋善學能變，故成李白、杜甫自家風格。推而至於韓愈、李商隱先後師法杜甫，韓李詩風亦不似杜工部，蓋學杜變杜，能入能出，自成昌黎、義山詩風。宋人之學唐變唐，自成一家詩風，亦同此理。陳善《捫蝨新話》卷三稱：「（歐陽）公能變國朝文格，而不能變詩格；及荊公、蘇、黃輩出，然後詩格遂極於高古」；陳巖肖

《庚溪詩話》亦云：「本朝詩人與唐世相抗，其所得各不同，而俱自有妙處，不必相蹈襲也」；明袁宏道〈雪濤閣集序〉曰：「今之人徒見宋之不唐法，而不知宋因唐而有法者也」；袁枚〈答沈大宗伯論詩書〉謂：「唐人學漢魏，變漢魏；宋學唐，變唐」；諸家論宋詩，皆以為善學善變，能入能出，所以自成一家。

欲探求宋詩跳脫唐詩，「自成一家」之特色，必先梳理唐宋詩之異同，考鏡唐宋詩之流變；異同流變既經梳理考鏡，有關唐宋詩優劣之爭議始息，宋詩之文學史地位乃定。此一學術研究工程，自筆者編纂臺灣版《全宋詩》，於今十八年矣。數其成果，先後出版《宋詩之傳承與開拓》、《宋詩之新變與代雄》、《會通化成與宋代詩學》、《宋詩特色研究》四書。書名標榜「傳承開拓」、「新變代雄」、「會通化成」，此正宋詩相較於唐詩，自成一家之層面與策略。上述四書，舉例論說，較側重宋代詩話、筆記、題跋、評論文獻，或有空言不切實際之失。為補闕務實，四年來執行國科會研究專題，率多以北京大學《全宋詩》文獻為據依，考察其中之詠物詩、詠史詩、邊塞詩，從中鉤勒宋詩之傳承開拓，凸顯宋詩之新變代雄，強調宋詩之會通化成，再結合印本文化與古籍整理，以推勘宋詩所以自成一家之內因外緣。既執行專題計畫有年，遂再遴選成果若干，薈成一編，命曰《自成一家與宋詩宗風》，合前所刊行，已有五書矣。本書取名「自成一家」者，亦本先例，以宋詩特色相標榜也。

就文學之發展及內在之演化而言，唐詩之轉化為宋詩，乃勢所必至，理有固然。近人徐復觀稱：宋人作詩，多以白居易詩為粉本，再加上若干筆墨功夫；清末沈曾植亦言：「歐蘇悟

入從韓（愈），證出者，不在韓，亦不背韓」。然白居易、韓愈又共同宗法杜甫詩，以為典範。宋代大家名家自王禹偁以下，如王安石、蘇軾、黃庭堅、陳師道、陳與義、陸游、文天祥、元問好、方回，以及其他江西諸子，亦皆先後師法杜甫，共尊為詩歌之典範，蔚為宋代詩學杜甫優於李白之態勢。其中之典範追尋，美感取向，自有宋型文化之因緣在。筆者深信，宋型文化知性、理性、會通性、包容性之發用，與雕版印刷發達，圖書流通便捷，印本文化崛起，息息相關。印本圖書以量多、質高、閱讀便利，傳播迅速，與藏本寫本並行，促成知識革命，蔚為宋型文化之特色。本書〈杜集刊行與宋詩宗風——兼論印本文化與宋詩特色〉一章，即為解讀其中消息而作。宋人普遍宗杜學杜，致力蒐集、整理、編年、分類、箋注、評點，號稱「千家注杜」；杜詩既經大量刊印、傳播、閱讀、接受，於是宋人標榜杜詩為「詩史」，尊奉杜甫為「詩聖」，推揚杜詩造詣為「集大成」。筆者以為，此乃印本崛起，與藏本並行，輔以古籍整理成風有以助成之；嚴羽《滄浪詩話》所舉「以才學為詩」、「以議論為詩」、「以文字為詩」；江西詩法所謂「奪胎換骨」、「點鐵成金」、「以故為新」、「活法」、「活參」、「翻案」諸宋詩特色，多與印本文化之崛起流行有關；宋詩與唐詩之所以同源異流，分道揚鑣，各有異同，又各有自家特色，此為一大關鍵。此一課題，會通版本目錄文獻學，與文學作一學科整合之研究，不止杜集刊行與宋詩宗風之形成，值得探討，即宋詩典範追尋中，陶（潛）集、韓（愈）集、白（居易）集、李（商隱）集之整理刊行，亦與詩風文風之走向相互為用；讀書詩，尤其是讀史詩崛起獨多，亦值得關注。這類研究選題之探討，雖牽連廣大，卻值得開發。本論文

只就詩學文獻上稍作闡發，未嘗援引宋代詩歌作論證；若翻檢《全宋詩》，以考察宋詩大家名家學杜宗杜之作，以印證闡發本章觀點，則請俟異日。

古籍整理與雕版印刷、圖書流通、印本文化間之互動關係，很值得研究。惟學界對於印本文化崛起之後，造成之效應和思潮，一直探討不多。筆者頗思就文獻學與文學間之學科整合進行研究，曾嘗試撰寫〈古籍整理與北宋詠史詩之嬗變——以《史記》楚漢之爭為例〉一文，選擇《全宋詩》為文本，以詠史詩之探討作為嚆矢，選取《史記》楚漢相爭之人物與事件，作為研究對象。而以史論文、策論作為對照參考。據學者論證，兩宋《史記》刊本存於今者，尚有十六種；而六朝四唐以來，《史記》之鈔本寫本流傳者，尚有十七種，印本寫本並行流傳，對於閱讀、師法、評論《史記》風尚之興起，當有推波助瀾之效應。《史記》版本流傳之餘，對詩人之閱讀接受、或作品之體現影響如何？值得探論。受限於執行年度，本文只研究北宋詠史詩，未觸及南宋；為體現趙宋開國，史學強調「過秦」、「戒漢」，筆者只考察北宋詠史詩中有關「楚漢相爭」部份。至於《史記》其他時代之人物或史事探討，他日再議。

《四庫全書總目》曾稱：「治《春秋》者，莫夥於兩宋」；陳寅恪亦謂：「中國史學莫盛於宋」，則《春秋》學與史學之繁榮昌盛，對於宋代文學諸門類，必有影響與體現。此一研究論題，牽涉經學，史學與文學間之整合研究，值得大力投入開拓，惜學界乏人問津。筆者既治《春秋》經傳，又略知史傳與傳統史學，於是撰成〈書法史筆與北宋史家詠史詩——詩家史識之體現〉一文，翻檢《全宋詩》，選擇北宋二十

餘位史家所作詠史詩300餘首，探討史家詠史傳承六朝四唐之優長者為何，致力「未經人道語」之開發，追求「別具隻眼」史識之提出，體現出宋型文化會通化成之特質，展示宋詩學唐變唐，蔚為自成一家特色者，又各如何？本文實事求是作歸納，從印本文化之烙記切入，以見北宋詠史詩之新變與開拓。所以選擇史家詠史詩作文本探討者，以史家當然嫻熟史法，較可能旁通《春秋》書法故也。其中但有或然性，若欲坐實指證，則有待深究博考。至於《春秋》書法，史家筆法之影響，是否同時及於其他非史家之詠史？南宋史家詠史，是否亦受書法史筆之滲透與化成？皆可別立專題，深入探論。

　　詠物詩最難見長，譬如清風明月，亙古以來即有，若欲超脫前人，致力未經人道語，令人耳目一新，已是談何容易；何況，「詠物之作，須如禪家所謂不黏不脫，不即不離，乃為上乘」（王士禛《帶經堂詩話》卷十二）。蘇黃作詩，標榜自我作古，不俯仰隨人：蘇軾〈書吳道子畫後〉稱：「出新意於法度之中，寄妙理於豪放之外」；〈跋山谷草書〉：「不恨臣無二王法，恨二王無臣法」；黃庭堅〈贈謝敞王博喻〉：「文章最忌隨人後」；〈以右軍數種贈邱十四〉：「自成一家始逼真」，此雖論繪畫書道，自可移作宋人詠物詩之評價。宋人詠物詩最可貴者有二端：一曰創意造語，二曰遺妍開發，宋詩新變之魄力，開拓之能量，自成一家宗風之體現，此中有之。本書以兩章發揮上述旨趣：〈創意造語與宋代詠物詩——以蘇軾詠花、詠雪為例〉、〈遺妍開發與宋代詠花詩——以唐宋題詠海棠為例〉，前者選定宋詩之代表蘇軾之詠花詩詠雪詩作考察，特別注意命意、主題、取材、視角各方面之避舊避熟、趨生趨新，然後知不犯正位、創意造語，為蘇軾詠物所專擅，其

作品所以自成一家亦在此。後者以審美意識作研究視角，考察「花中神仙」海棠，在唐宋題詠中之流變。宋人之所題詠，除傳承晚唐詩中海棠之形象外，又致力唐詩遺妍之創意開拓；寫作手法，除傳承六朝四唐巧構形似，窮情盡態；比興寄託，抒寫生命外，宋人詠海棠，更盡心於小中見大、筆有遠情。詠花、詠雪、詠海棠外，其他詠物如詠雨、詠風、詠雲，詠花如詠牡丹、水仙、蓮、菊、蘭、梅，都值得投入研究，以較論唐宋詩之流變與異同，凸顯宋詩之特色與價值。

　　胡雲翼《宋詩研究》，較論唐宋詩之優劣，有所謂「宋詩消失唐代那種悲壯的邊塞派的作風了！」這句提撕，影響邊塞詩之研究，自四唐以降學界多不談。胡先生之見，但就悲壯風格之流變言之，容易誤讀為「邊塞詩在宋代已消失」之謬解。其實，邊塞詩形成於南朝後，歷經初、盛、中、晚唐，多所流變，風格既未必盡一雷同，內容指涉亦隨之改易。為論證唐宋邊塞詩之異同與流變，筆者於北宋，選擇《全宋詩》中使遼詩人十六家，詩作200餘首，撰成〈使遼詩之傳承與邊塞詩之開拓〉一文。於南宋，檢索《全宋詩》、《全金詩》中使金詩人十二家，詩250首，汰滓存精，作為討論文本，撰成〈南宋使金詩與邊塞詩之轉折〉一文。宋與遼簽訂《澶淵誓書》，不克收復燕雲十六州；北宋對契丹採行「和戎」之懷柔政策，形成苟安買好心態，於是使遼詩人重回故土，舉目有山河之異，所作詩篇，受政治外交形勢制約，雖傳承唐代邊塞主題，卻乏悲壯昂揚之風格。對於故土淪喪之隱痛，和戎政策之評價，華夷優劣之偏袒，行旅苦辛之嗟歎，卻時時見諸詩篇，視唐代邊塞詩，自有新變與開拓。靖康之變後，宋金和議，形成南北對峙，南宋失去北方江山，偏安東南。和議期間，南宋使金詩人

往來聘問折衝，身經目歷，不能無所感悟。於是黍離之悲愴、淪沒之苦痛、興復之期望、民心之思漢、豪傑之表彰、勝捷之凱歌、華夷之分辨、和戰之利病、治國之政見、憂患之意識，乃至於歷史之興亡，行旅之苦辛，遂多為使金詩人所表現。與北宋使遼詩、盛唐邊塞詩相較，南宋使金詩，不止圖寫江山壯麗、塞北殊俗、良將封疆而已。邊塞詩由南朝之想像型，發展為盛唐之寫實型，轉變為宋代、尤其是南宋詠懷兼含議論之會通型，其中之消長流變，可以考見。

十年來，宋代文學文獻刊印繁夥，《全宋詩》72冊、《全宋文》180冊、《全宋筆記》十輯100冊、《宋詩話全篇》10冊，已次第面世流傳。文本材料之生新豐富，媲美出土文物，可謂千齡之盛；學術園林之探勘墾拓，此其時也。學術探討，筆者向來強調「方法講究，事半功倍」；「接力分工，追求卓越」，〈宋詩研究的面向和方法〉、〈《春秋》經傳研究之未來展望〉二文，可見一斑。為呼應宋型文化「會通化成」之特質，本書選〈學科整合與宋詩研究——宋詩研究方法論之一〉一章，提出學科整合之觀點，作為考察宋詩及宋代文學「破體」或「出位」之方法。另有附錄一篇：〈建安詩人與悲情意識——以三曹七子詩歌為例〉，得知建安詩歌以「悲怨為美」，可與宋詩揚棄悲哀，體現樂觀曠達相對照。宋詞大體繼承唐詩之悲怨意識，「悲怨」既蔚為漢魏六朝詩、唐詩、宋詞一脈相傳之傳統，與宋詩之美學譜系有別，「詩分唐宋」，由人生觀感，又得一論證。至於揚棄悲哀之人生觀感，於宋詩中之體現，是否盡如吉川辛次郎所云，若斯之絕對與肯定？值得多方舉證與考察。孟子告誡學人：「盡信書，不如無書」，當三復斯言！

筆者持續執行國科會專題研究計畫：如《詠物詩之流變與唐宋詩之異同 —— 以雨雪花鳥為例》、《北宋邊塞詩之傳承與開拓》、《南宋邊塞詩之開拓與新變》、《北宋詠史詩之傳承與新變 —— 兼論印本文化與宋詩特色》、《南宋詠史詩之新變與開拓 —— 兼論唐宋詩風之異同》等，書中所錄各章，即研究計畫成果之部分。論文曾先後發表於首屆、第二、第三屆「宋代文學國際研討會」；輔仁大學「千古風流 —— 東坡逝世900年紀念學術研討會」、四川眉山「紀念蘇軾逝世900週年學術研討會」、台北漢學研究中心「第三次兩岸古籍整理研究學術研討會」、東吳大學「宋元文學研討會」、雲林科技大學「漢學研究國際學術研討會」、復旦大學、成功大學、北京大學合辦「中國中世文學國際研討會」，皆於會中提交論文，與學界相互切磋。會後修訂增補，多刊載於《新宋學》、《宋代文學研究叢刊》，以及各研討會論文集中。題記如上，用申感謝。今為結集成冊，又再通讀潤飾數過，自信發凡起例，多能「詳人之所略，異人之所同」，故敝帚自珍，野人獻曝，所以誌年來所學所思也。

承蒙萬卷樓圖書公司雅意，陳滿銘董事長、梁錦興經理推薦，本書得以出版印行。飲水思源，萬分感激本師黃永武先生之推轂提攜，周虎林先生之啟蒙與開示，筆者所以注重學科整合，體現經史文學兼治，總緣二先生之教誨。內人芳齡，盡心致力教育子女，已備極勞苦，又代為打字校對，使無後顧之憂，乃得以專注學術研究，為斯學之鼓吹。出版有日，爰誌心語如上，因緣不滅，感恩長在，是為序。

　　　　　　　　　　　　　張高評　成功大學文學院
　　　　　　　　　　　　　　　　　二〇〇四·十·五

目　次

第一章
杜集刊行與宋詩宗風
——兼論印本文化與宋詩特色

摘　要

　　宋代雕版印刷術大量刊印典籍，轉換了知識傳播的方式，縱是中秘所儲，亦往往家藏而人有，於是寫本文化變成印本文化。印本以量多、質高、閱讀便利、傳播快迅，促成知識革命，蔚為宋型文化之特色。由於審美意識之發用，宋人普遍重視杜甫詩，崇杜學杜成風，遂蔚為宋代詩學的最高典範。同時，宋人對杜甫詩集致力蒐集、整理、編年、分類、箋注、評點，號稱「千家注杜」。杜詩既經刊印、傳播、閱讀、接受，於是宋人標榜杜詩為「詩史」，尊奉杜甫為「詩聖」，推揚杜詩造詣為「集大成」，影響可以想見。宋詩名家大家如王安石、蘇軾、黃庭堅、陳師道、陳與義、陸游、文天祥、元好問、方回等皆宗法杜詩；而且，江西詩派創始人黃庭堅曾箋注杜詩，金人元好問首倡杜詩學；江西詩派殿軍方回則編選《瀛奎律髓》，標榜「一祖三宗」。宋詩宗風迥異於唐詩，在宋人整理《杜集》箋注評點中，亦時時以典範意義具體呈現。由於杜甫詩集之規模整理與大量刊行，名家大家學杜之現身說法，詩話筆記說杜宗杜之推波助瀾，宋詩宋調之風格遂於焉完成。

關鍵詞：古籍整理　文學風尚　印本文化　杜甫詩集　宋詩宗風

壹、古籍整理與文學風尚之交互作用

　　一個時代的政治、經濟、教育、科技，直接關涉到當代的文風和思潮。文風和思潮的走向，往往決定古籍整理的門類，以及整理古籍成果的質和量。同時，古籍整理的成果經過流通傳播，自然產生回饋，激盪當代的文風和思潮，往往轉變創作的定向，影響學風和思潮。就宋代而言，由於古籍整理、雕版印刷和文風思潮交相作用，彼此觸發，於是蔚為華夏文明的「登峰造極」[1]。文獻整理與經學、史學、哲學、文學之交互反饋，兩漢以來代代有之，而於趙宋一朝，最為凸顯，印本取代寫本是其中關鍵。

一、宋代古籍整理與圖書刊行

　　文學史的研究，不能畫地自限地只局促在文學創作的探討。應該採取宏觀的視野，把研究的視角擴展到文學接受史、文學研究史，和文學思想史各方面[2]。就文學接受之研究而言，宋代文獻宏富，門類多樣，成為文獻學史上繁榮昌盛的黃金時代。宋人對文獻整理的熱衷和投入，跟整個宋代圖書文化事業的發達，息息相關。經、史、文、哲文獻之蒐集、整理、

1　王國維〈宋代之金石學〉，《王國維遺書》第五冊，《靜安文集續編》（上海：上海書店，1983），頁70；陳寅恪〈鄧廣銘《宋史職官考證·序》〉，《金明館叢稿》二編（臺北：里仁書局），頁245~246；鄧廣銘〈宋代文化的高度發展與宋王朝的文化政策〉，《鄧廣銘學術論著自選集》（北京：首都師範大學出版社，1994年），頁162~171。

2　尚學峰、過常寶、郭英德《中國古典文學接受史》，〈緒論〉（濟南：山東教育出版社，2000年9月），頁1。

編年、箋注、評點，促進了宋代文學之學古通變，自成一家。
因為在整理古籍、閱讀文獻之餘，出入去取之間，自然接受傳
承了古籍的優長，既可新變風格，代雄前人，更可開發拓展自
我之特色。古籍整理之成果，往往雕版刊行，因此，對文學風
尚之形成，具有催化作用，這是無庸置疑的。

　　宋太宗（939～997）敕修《太平御覽》一〇〇〇卷、
《太平廣記》五〇〇卷、《文苑英華》一〇〇〇卷；真宗（968
～1022）敕修《冊府元龜》一〇〇〇卷，號稱為「宋朝四大
書」[3]。這四部大型圖書的整理，先是寫本，後來刊刻印行，
堪稱北宋文化界的盛事：《太平御覽》載百家，《太平廣記》
載小說，《文苑英華》載辭章，《冊府元龜》載史事。林林總
總，藉此實現「以文德致治」、「以文化成天下」的理想，本
是宋太宗的政治策略；這跟宋朝開國以來一貫倡導的「崇儒右
文」政策是完全切合的[4]。其中《文苑英華》是詩文總集。又
有姚鉉（968～1020）編《唐文粹》一〇〇卷、呂祖謙（1137
～1181）《宋文鑑》一五〇卷，蒐羅前代文獻，而成文學總
集。風氣既開，除官修類書《太平廣記》、《太平御覽》、《冊
府元龜》三大部外，私人所修尚有晏殊（991～1055）編纂
《類要》六十五卷、高承《事物紀原》十卷、吳淑（947～
1002）《事類賦注》三十卷[5]，佚名《重廣會史》一〇〇卷、

3　姚瀛艇主編《宋代文化史》，第二章第三節〈宋朝的四大部書〉（開封：
　河南大學出版社，1992年2月），頁46~60。
4　同上註，第一章〈宋廷的右文政策〉，頁16~26。崇儒右文，見《宋會要
　輯稿》宣和四年詔，紹興十四年，上曰：「崇儒尚文，治世急務。」參
　考明陳邦瞻《宋史紀事本末》，卷七〈太祖建隆以來諸政〉，卷十七〈太
　宗致治〉（上海：上海古籍出版社，1994年7月），頁14、頁35~36。
5　來新夏等著《中國古代圖書事業史》，第四章第一節〈北宋的圖書事
　業〉，六、「圖書的編纂」（上海：上海人民出版社，1991年7月），頁
　213~214

潘自牧（？～1196？）《記纂淵海》一九五卷、王應麟（1223
～1296）《玉海》二〇四卷諸作[6]。類書編纂「包羅萬家，總
括群書」，頗似百科全書、工具書的性質，對於科舉應試、創
作取材，頗富參考價值。《四庫全書總目》卷一三五，〈子部
類書類一〉所謂：「操觚者易於檢尋，註書者利於剽竊」，一
語道破了類書的實用功能。有這些類書提供豐富資料，容易造
成宋人「資書以為詩」，「總在圈繢中求活計」，影響所及，詩
歌創作和文學評論遂產生「以文字為詩、以才學為詩」；強調
「字字求出處」，「讀書破萬卷」；主張學古變古、點鐵成金、
奪胎換骨、以故為新，而以「出入眾作，自成一家」為依歸。
類書的整理刊行，影響文學風尚，可謂「勢所必至，理有固
然！」

　　中國古代圖書的流通，由寫本文化逐漸演變為印本文化，
北宋實居關鍵地位[7]。時至北宋，雕版印刷有官刻、坊刻、家
刻三大系統[8]，地域分布遼闊，刊刻品目繁多[9]，於是蔚為雕

6　曾貽芬、崔文印《中國歷史文獻學史述要》，〈宋代的類書及其他資料匯
　　編〉（北京：商務印書館，2000年4月），頁253～273。
7　張秀民論述雕版印刷之發展，「到了宋朝，因政府及民間之提倡，書坊
　　到處設立，幾乎無書不刻版，無處不刻版，刻書達到全盛時代。」說見
　　氏作〈中國印刷術的發明及其對亞洲各國的影響〉，輯入程煥文編《中國
　　圖書論集》（北京：商務印書館，1994年8月），頁167。宋代印本文化
　　之繁榮，可參考李致忠〈宋代刻書述略〉，張秀民〈南宋刻書地域考〉，
　　並見前揭程煥文所編《中國圖書論集》，頁196～236。
8　程千帆、徐有富《校讎廣義・版本編》，第四章第三節〈按刻書單位區
　　分〉，分為官刻本、家刻本、坊刻本（濟南：齊魯書社，1991年7月），
　　頁261～263；頁271～273；頁278～286。
9　張秀民《中國印刷史・宋代》，〈雕版印刷的黃金時代〉，述刻書地點有
　　開封、杭州、紹興府、慶元府、婺州、衢州、嚴州、湖州、平江府、建
　　康府、成都、福州、建寧等地；刻本內容有經部、史部、子部、集部、
　　科技書、醫藥書、宗教書（佛藏・道藏）等（上海：上海人民出版社，
　　1989年9月），頁53～158。

版印刷的空前繁榮。終宋之世，刊刻圖書，當有數萬部之多[10]。仁宗慶曆年間（1041～1048），畢昇（？～1051？）發明活字版印刷，「若止印三二本，未為簡易；若印數十百千本，則極為神速」[11]，更是圖書流通史、印本文化史上值得大書特書的事件。就刊刻的範圍而言，北宋刻書，遍及經、史、文、哲各圖書部類[12]，圖書產量急遽增加，因為成本下降，導致書價低廉，購求容易。試觀宋真宗與國子祭酒邢昺（932～1010）之問對、與資政殿大學士向敏中（949～1020）之對話，即可窺見其中端倪：

> （景德二年夏天，）上幸國子監閱書庫，問昺「經板幾何？」昺曰：「國初不及四千，今十餘萬，經史正義皆具。臣少時業儒，觀學者能具經疏者百無一二，蓋傳寫不給。今板本大備，士庶家皆有之，斯乃儒者逢時之幸也。」（南宋李燾《續資治通鑑長編》卷五十九，景德二年五月戊申朔）

10　參考同前註，李致忠〈宋代刻書述略〉，頁204～221。又同註3，姚瀛艇《宋代文化史》，第三章〈刻書業的繁榮〉，頁61～76。同註6，李瑞良《中國古代圖書流通史》，第五章第三節〈圖書流通的重大突破〉，頁285～308。宋代刊印圖書，當有數萬部，說參楊渭生等著《兩宋文化史研究》，第十一章〈宋代的刻書與藏書〉，第二節、第三節（杭州：杭州大學出版社，1998年12月），頁467～487。
11　語見宋沈括撰，胡道靜校注《新校正夢溪筆談》，卷十八〈技藝〉（香港：中華書局，1987年4月重印），頁184。
12　李瑞良《中國古代圖書流通史》，第五章第一節〈圖書生產的重大變革〉，一、雕版印刷的繁榮；二、刻書業的特點（上海：上海人民出版社，2000年5月），頁246～263。又，宿白《唐宋時期的雕版印刷》，〈北宋汴梁雕版印刷考略——附現存釋典以外的北宋刊印書籍的考察〉（北京：文物出版社，1999年3月），頁12～71。

（真宗皇帝）謂（向）敏中曰：「今學者易得書籍。」
敏中曰：「國初惟張昭家有三史。太祖克定四方，太宗崇
尚儒學，繼以陛下稽古好文，今三史、《三國志》、《晉
書》皆鏤版，士大夫不勞力而家有舊典，此實千齡之盛
也。」（同上，卷七十四，大中祥符三年十一月壬辰）

依據《續資治通鑑長編》卷一○二，仁宗天聖二年十月辛
巳條引王子融之言稱：「舊制，歲暮書寫費，三百千；今模
印，止三十千」；由此可知：手工鈔寫較雕版印刷昂貴 10
倍，印本書的價格只需寫本的十分之一。以宋代監本書價而
言，宋真宗堅持「固非為利，正欲文籍流布」之目的；陳師道
上書哲宗，反對監本增價，亦強調「務廣其傳，不亦求利」之
教養意義。一般而言，書價大約與工本費相當，監本以外的其
他圖書也大抵如此[13]。邢昺回答真宗問經版，所謂「國初不
及四千，今十餘萬」，可見刻本書籍到真宗朝成長 30 倍，真宗
朝自是北宋刻本印書激增之時。至於邢昺所謂「傳寫不給」，
即是指寫本售價高昂，購書不易而言。當時士人讀書少，藏書
不多可以想見。反觀宋真宗時，「學者易得書籍」，「士大夫
不勞力而家有舊書典」，即是拜雕版印刷發達之恩賜。詩人生
於「逢時之幸」、「千齡之盛」的真宗仁宗朝，圖書流通如此
迅速，知識獲取又如此便捷而豐厚，自然衝擊文學表現的方

13　印本書價與寫本之比，參考錢存訓《中國古代書籍紙墨及印刷術》，〈中
　　國發明造紙和印刷術早於歐洲的原因〉（北京：北京圖書館出版社，2002
　　年 12 月），頁 243；陳植鍔《北宋文化史述論》，第一章第五節〈教育改
　　革對宋學的推動〉（北京：中國社會科學出版社，1992 年 3 月），頁
　　139~141。至於雕版印刷諸刊本的書價，可參考曹之《中國印刷術的起
　　源》，第十章第四節〈宋代書業貿易之發達〉，「宋代的書價」（武昌：武
　　漢大學出版社，1994 年 3 月），頁 434~436。

式，牽動文學批評理論的主張和走向，甚至影響宋學的產生，以及宋文化的形成，這是可以斷言的。

二、宋代雕版印刷之盛行與影響

北宋古籍整理之成果，或以刻本流通，或以寫本傳鈔，品類繁多，幾乎囊括經學、史學、哲學、文學各門類。《宋會要輯稿》載祕書郎莫叔光言：「（紹興）至今又四十年，承平滋久，四方之人益以典籍為重。凡搢紳家世所藏善本，監司郡守搜訪得之，往往鋟板以為官書。」既廣祕府之儲，且雕印流傳，傳播天下。所謂「千齡之盛」，誠非虛言。論者稱：「宋三百年間，鋟板成市，板本布滿於天下。而中秘所儲，莫不家藏而人有。無漢以前耳受之艱，無唐以前手抄之勤。讀書者事半而功倍，何其幸也。」[14]印本使用之便利，傳播之快捷，知識流通之迅速，無論聖經賢傳，子史文集，多因此而容易「家傳而人誦」，既有功於名教，自影響宋代之學術風尚。《朱子語類》所載，提示了印本普及對學術發展，讀書方法諸方面之影響，如云：

> 讀書之法：讀一遍了，又思量一遍；思量一遍，又讀一遍。讀誦者，所以助其思量，常教此心在上面流轉。若只是口裡讀，心裡不思量，看如何也記不子細。又云：

14　《宋會要輯稿・崇儒四》引《孝宗會要》淳熙十三年丙午（開封：河南大學出版社，2001年9月），頁259。章權才《宋明經學史》，第二章第二節〈鏤版印刷的發明與經籍的廣泛傳播〉，引吳澂說（韶關：廣東人民出版社，1999年9月），頁58。

「今緣文字印本多，人不著心讀。漢時諸儒以經相授者，
只是暗誦，所以記得牢。故其所引書句，多有錯字。如
《孟子》所引《詩》《書》亦多錯，以其無本，但記得耳。」
（黎靖德《朱子語類》卷十，〈讀書法上〉，偶錄，頁170）

　　今人所以讀書苟簡者，緣書皆有印本多了。如古人皆
用竹簡，除非大段有力底人方做得。若一介之士，如何
置。所以後漢吳恢欲殺青以寫《漢書》，其子吳祐諫曰：
「此書若成，則載之車兩。昔馬援以薏苡興謗，王陽以衣
囊徼名，正此謂也。」如黃霸在獄中從夏侯勝受書，凡再
踰冬而後傳。蓋古人無本，除非首尾熟背得方得。至於講
誦者，也是都背得，然後從師受學。如東坡作〈李氏山房
藏書記〉，那時書猶自難得。晁以道嘗欲得《公》《穀》
傳，遍求無之，後得一本，方傳寫得。今人連寫也自厭煩
了，所以讀書苟簡。（同上，銖錄，頁171）

　　《朱子語類》記錄兩段朱熹談話，主要側重讀書態度與學
習成效而言：印本書籍流傳，得書容易，於是「人不著心
讀」；而且印本現成具有，省略傳鈔謄寫，因此，「今人連寫
也自厭煩了，所以讀書苟簡」。朱子讀書，強調口誦、心惟、
手寫、眼看，所謂口到、心到、手到、眼到。印本書籍提供閱
讀諸多便利，固然造成「人不著心讀」、「讀書苟簡」的負面
效應，不過，拜印刷術之福，減少了記憶訛誤的缺陷；印本流
行時代，即使不是「大段有力底人」，一介書生也有能力購置
圖書，進而擁有自己的書籍[15]。由此觀之，雕版印刷對於教

15　日本清水茂《清水茂漢學論集》，蔡毅譯本，〈印刷術普及與宋代的學問〉
　　（北京：中華書局，2003年10月），頁89~90。

育普及，科舉取士、讀書成效、學風文風之影響，多有關係，
值得學界深入探討。

　　以宋代經學而言 16，《春秋》學與《易》學號稱顯學；
刻本寫本既流通廣遠，詩人研讀接受，耳濡目染，自然深受影
響，於是形成以《春秋》書法論詩作詩之風氣 17。宋代史學
繁榮，堪稱空前，史書文獻之整理流傳既如此便捷，於是宋人
以史家筆法論詩作詩，遂亦順理成章。《全宋詩》載存許多讀
書詩，其中涉及史書、史事，以及歷史人物者尤多，此與宋代
史籍刊物流布有關 18。儒學、佛經、禪藏 19、《老子》、《莊

16　《五經》、《七經》、《九經》於宋代刊刻情況，參考曹之《中國古籍版
　　本學》，第四章，一、〈國子監刻書〉；二、〈公使庫刻書〉（武昌：武
　　漢大學出版社，1992 年 5 月），頁 192～205；蔡春道編《歷代教育筆記資
　　料——宋遼金元部分》，〈書話〉，「雕版印書」、「監本五經板」、「刻本
　　經籍」（北京：中國勞動出版社，1991 年 11 月），頁 384～385，頁
　　387。

17　張高評《會通化成與宋代詩學》，貳、〈《春秋》書法與宋代詩學——以宋
　　人筆記為例〉；參、〈會通與宋代詩學——宋詩話「以《春秋》書法論詩」〉
　　（臺南：成功大學出版組，2000 年 8 月），頁 55～128。

18　同上，肆、〈和合化成與宋詩之新變——從宋詩特色談「以史筆為詩」之
　　形成〉；伍、〈史家筆法與宋代詩學——以宋人詩話筆記為例〉，頁
　　129～194。史書在宋代的校勘，參考同註 6，〈宋代對歷史文獻的校
　　勘〉，頁 274～301；史書在宋代之刊刻，參考劉節《中國史學史稿》，十
　　四、〈宋元以來史籍刊刻的經過〉（臺北：弘文館出版社，1986 年 6
　　月），頁 259～267，頁 269～274；日本尾崎康《以正史為中心的宋元版
　　本研究》，陳捷譯本（北京：北京大學出版社，1993 年 7 月）。即以《史
　　記》一書而言，宋代即有景祐刊本、紹興刊本、乾道刊本、慶元刊本等
　　八種以上刊本，參考鄭之洪《史記文獻研究》，八章二節〈史記的版本〉
　　（成都：巴蜀書社，1997 年 10 月），頁 257～261。

19　佛經禪藏在宋代之刊刻，參考方豪〈宋代佛教對中國印刷及造紙之貢
　　獻〉，《大陸雜志》四十一卷，第四期（1970 年 8 月）。宋代雕印佛經，
　　達到空前絕後之程度，公私所刊佛藏共有六部：即開寶藏、崇寧萬壽大
　　藏、毗盧大藏、思溪圓覺藏、思溪資福藏、磧砂藏，凡三五一八一卷。
　　參考程千帆、徐有富《校讎廣義·版本編》，第四章〈雕印本的品類〉，
　　頁 142～147。

子》、道藏[20] 之整理刊行，從五代至南宋最是熱門類刊，反映
於詩學及創作，則是「以禪為詩」、「以禪喻詩」、「以禪論
詩」、「以老莊入詩」、「以仙道入詩」、「以理學為詩」[21]。
前代文學藝術典籍之整理與刊布，促使不同文類間、不同學門
間相互融通化成，而造就「詩畫相資」[22]、「以書道喻詩」、
「以檃括為詩」[23]、「以雜劇喻詩」、「以文為詩」、「以辭賦
為詩」、「以議論為詩」[24] 等各種文學藝術的新變載體，體現
出宋型文化「會通化成」之特色[25]。雕版印刷的特質在「化
身千萬」，最便於流通；書價低廉，最能刺激購買閱讀。流通
既廣，研讀既多，薰陶濡染之餘，自然影響文學風尚；同時，
文學好尚，亦左右古籍整理之門類與質量，二者交相作用，互
為因果。

　　雕版印刷儘管對圖書流通有極大貢獻，時至仁宗嘉祐六年
（西元 1061 年）前後，卻仍未普及，宋初以來仍是寫本書和印
本書並行。張鎡（1153～？）《仕學規範》所謂「時（仁宗嘉
祐年間）世間印版書絕少，多是手寫文字」者是也。即以北宋

20　道藏之整理，參考于乃義〈古籍善本書佛、道教藏經的版本源流及鑑別
　　知識〉，《四川圖書館學報》1979 年第 3 期。

21　參考張高評《宋詩之新變與代雄》，貳、〈自成一家與宋詩特色〉，四、
　　「出位之思，補偏救弊」（臺北：洪葉文化事業公司，1995 年 9 月），頁
　　94～112。

22　「詩畫相資」，參考拙作《宋詩之傳承與開拓》下篇，〈宋代「詩中有畫」
　　之傳統與創格〉（臺北：文史哲出版社，1990 年 3 月），頁 255～507。

23　同註 15，陸、〈蘇黃「以書道喻詩」與宋代詩學之會通〉，頁
　　195～234；捌、〈「破體出位」與宋代文學的整合研究——以詩、詞、檃
　　括為例〉，頁 271～290。

24　同註 20，參、肆、伍、〈破體與宋詩特色之形成——以「以文為詩」、
　　「以議論為詩」、「以賦為詩」為例〉，頁 157～302；柒、〈雜劇藝術對
　　宋詩之啟示——民間文學對蘇黃詩歌之影響〉，頁 367～433。

25　同註 15，壹、〈從「會通化成」論宋詩之新變與價值〉，頁 1～37。

官私藏書言之，亦多手鈔寫本[26]；洪邁（1123～1202）感慨
北宋圖書至南宋，「無傳者十之七八」，也是受限於寫本不能
「化身千萬」，廣為流傳之故。蘇軾（1036～1101）曾手書
《史記》、《漢書》，晁說之（1059～1129）曾傳寫《公羊
傳》、《穀梁傳》，可以為證[27]。手鈔、傳寫雖費時耗神，自
是讀書有得之一法；手書之，亦不妨博極群書，遍考前作，對
於師古與創新，亦有觸發與啟益。

　　學界針對古籍整理、圖書流通、雕版印刷、印本文化討論
繁夥，大多謹守專業，就題論文。甚少由此引申發揮，研討古
籍整理和圖書刊行所造成的文學效應、學術風潮，和文化形態
[28]。筆者不敏，姑以此篇為嚆矢，嘗試作文獻學與文學間之學
科整合研究，尚乞博雅方家，不吝指教。

26　參考同註 14，曹之《中國古籍版本學》，第二編第一章，三、〈宋元寫
　　本〉，頁 111～119。

27　雕版印刷普及之時間，可參考註 11，曹之《中國印刷術的起源》，第九
　　章〈唐代發明雕版印刷的旁證（上）〉，第四節「從時間周期分析」，頁
　　361～371。曹氏論斷：雕版印刷在北宋尚未普及，真正達到普及，約在
　　南北宋交替之際。

28　筆者閱讀所及，陳植鍔《北宋文化史述論》，頁 142，斷言：北宋刊本流
　　傳，「對於中國儒家傳統文化的復興和宋學的產生及其發展所帶來的影
　　響，遠不止於書院之勃興這一點」，也不限於記誦之學變為義理之學，還
　　有文化創造活動豐富的物質條件，文化傳承形式之多樣化、文化傳播速
　　度之革命等等，可惜只略提，未嘗論證。李瑞良《中國古代圖書流通
　　史》，第四節〈圖書流通的社會效果〉，列舉印本書四大效益：一、促進
　　商品經濟的發展；二、促進藏書體系之形成和藏書理論之發展；三、促
　　進文獻學之發展；四、促進圖書市場的管理，頁 308～331，並未談及文
　　學效應。尚學峰等《中國古典文學接受史》，第五章第五節〈宋代的文獻
　　整理與文學接受〉，則專就宋學之「懷疑精神和創造精神」作提示，亦未
　　作論證。近閱日本學者內山精也論文〈蘇軾文學與傳播媒介──試論同時
　　代文學與印刷媒體的邂逅〉，《新宋學》第一輯（上海：上海辭書出版
　　社，2001 年 10 月），頁 251～262。文中呼籲研究宋詩之學者，「有必
　　要以印刷媒體為一個視點，來探討作者的表現意圖」，可謂先得我心之所
　　同然。

貳、杜甫詩集在宋代之整理與刊行

一、右文政策與崇杜學杜

「詩聖」的桂冠,「詩史」的美稱,「集大成」的推崇,
是宋人賦予杜甫的榮寵,及至高無上的地位。

反觀杜甫在盛唐,乃至於中唐晚唐,畢竟是較李白「寂寞
無聞」的。雖然元稹在〈唐檢校工部員外郎杜君墓系銘〉中曾
表揚杜甫「盡得古今之體勢,而兼人人之所獨專」;白居易
〈與元九書〉也稱讚他「貫穿古今,覼縷格律,盡工盡善」的
藝術造詣;不過,論其對唐代詩壇的影響,還是相當有限的:
唐人選唐詩之傳世著述中,有《河岳英靈集》等十三種,只有
韋莊《又玄集》一種選杜甫詩 7 首,其餘均付闕如[29]。再以敦
煌寫本唐詩而言,塞外西域猶流傳李太白詩 43 首,杜甫詩亦
未見[30]。依據文獻可證,杜甫詩名在唐代未受禮遇重視,真
正應驗了他自己說的:「千秋萬歲名,寂寞身後事」(〈夢李白〉
其二)。其中緣因,一言以蔽之,是杜詩的風格特質,不太符
合中晚唐詩人的閱讀定識——無論在思想、道德、審美、文化
各方面。

關於杜甫詩集的數量,《舊唐書·文苑傳》〈杜甫傳〉

---

[29] 傅璇琮編撰《唐人選唐詩新編》(西安:陝西人民教育出版社,1996 年 7
月)。參考陳坤祥《唐人論唐詩研究》,第四章〈唐詩選家論唐詩〉(臺
北:中國文化大學中文研究所博士論文,1986 年 6 月),頁 191~336。

[30] 黃永武先生《敦煌的唐詩》,〈敦煌所見李白詩四十三首的價值〉(臺
北:洪範書店,1987 年 5 月),頁 1~71。

稱：「甫有集六十卷」，然元積、白居易皆未嘗見六十卷本杜集，可能安史之亂中已遭散佚。樊晃所編六卷本《杜工部小集》，遂成為中唐以後流傳最古老的本子。其他，則元積「得《杜甫集》數百首」；白居易得杜詩「可傳者千餘篇」，應該都是傳鈔本。五代時有官書本、荊南本、南唐本、蜀本，多則二十卷，皆不足六十卷之數，好之者相互傳鈔，所謂「集無定卷，人自編摭」而已。北宋初年所見《杜甫集》舊本，大抵如此。蒐羅散佚，校勘整理《杜甫集》，正有待宋人。

沈括（1031～1095）《夢溪筆談‧技藝》曾稱：「板印書籍，唐人尚未盛為之」，此說甚是；雕版印刷大抵肇始於李唐，成熟於五代 [31]，而興盛於趙宋。宋代之圖書流通，呈現空前的順暢：雕版印刷有官刻、坊刻、家刻三大刻書系統，刻書單位多，地域分布廣，且品類繁多，數量巨大；書寫考究，技術純熟。加上活字印刷的發明，手抄寫本的並行不悖，在在有利圖書的暢通。論者稱：宋代雕版印刷之繁榮，與科舉制度考試教材之需求有關：雕版印刷以成本低、售價廉、流通快、版本精，可以提供更多教材、參考書、考試用書，及其他考試文獻，供需相求，促進了印刷術的廣泛運用，以及知識傳播的便捷和精進。以北宋貢舉為例，平均每年取士之多，為唐代之4.5倍，元代的30倍，明代的4倍，清代的3.6倍。因此，北宋貢舉平均每年取士之眾多，在科舉史上是空前的，也是絕後

31　《宋史藝文志》：「周顯德中，始有經籍刻板。學者無筆札之勞，獲睹古人全書。然亂離以來，編帙散佚，幸而存者，百無二三。」同註12，宿白《唐宋時期的雕版印刷》，〈唐五代時期雕版印刷手工業的發展〉，頁1～11。

的[32]。唐太宗曾稱科舉取士謂「天下英雄入吾彀中」者，投其所好，榮以正位，在宋代成為印本文化繁榮之催化劑。

宋朝十分重視文化傳播，朝廷委由秘書省、崇文院、提舉所管理圖書文籍。對於圖書，在京師由政府機構負責收藏、整理、編寫、雕印業務；在外諸路轉運司及榷貨務亦可雕印圖書[33]。宋太宗標榜「以文德治天下」，故宋朝官方重視圖書事業如此，對於華夏文明的登峰造極，頗有促進之功。另外，公私立藏書允許借閱、傳鈔、摹刻，書坊可以印賣圖書，更加速圖書之流通與傳布[34]。就是這種文化傳播的有利環境，提供給《杜甫詩集》的流傳極大的空間；對於宋代杜詩學的發展，也起了推波助瀾的作用。宋人之崇杜學杜，蔚然成風，致影響宋詩特色之形成，雕版印刷隱然作為中介催化。此勢所必至，理有固然，試看下列文獻訊息：

> 近世學者，爭言杜詩，愛之深者，至剽掠句語，迨所用險字而模畫之，沛然自以絕洪流而窮深源矣。又人人購其亡逸，多或百餘篇，小數十句，藏去矜大，復自以為有得。（影印宋本《杜工部集》，王琪〈杜工部集後敘〉）
>
> 先生以詩鳴於唐，……其所游歷，好事者隨處刻其詩於石。……宗愈假符於此，乃錄先生詩，刻石置於草堂之

---

32 同註13，錢存訓《中國古代書籍紙墨及印刷術》，頁242～243；張希清〈北宋貢舉登科人數考〉，《國學研究》第二卷（北京：北京大學中國傳統文化研究中心），頁393～412。

33 郭聲波《宋朝官方文化機構研究》，第四章〈宋朝官方圖書機構〉（成都：天地出版社，2000年6月），頁87～128。

34 同註12，李瑞良《中國古代圖書流通史》，頁246～270；第三節〈圖書流通的重大突破〉，頁285～307。

壁間。先生雖去此，而其詩之意，有在於是者，亦附於後。庶幾好事者，於以考當時去來之跡云。（蔡夢弼《草堂詩箋》，胡宗愈〈成都草堂詩碑序〉）

丹稜楊素翁，英偉人也，聞余欲盡書杜子美兩川夔峽諸詩刻石，藏蜀中好文喜事之家，素翁粲然，向余請從事焉。又欲作高屋廣楹麻此石，因請名焉，余名之曰大雅堂。而告之曰：由杜子美以來，四百餘年，斯文委地，文章之士，隨世所能，傑出時輩，未有升子美之堂者，況室家之好耶！（黃庭堅《豫章黃先生文集》卷十七，〈大雅堂記〉）

讀少陵詩，如馳騖晉楚之郊，以言其高，則鄧林千巖，梗楠杞梓，扶疏摩雲；以言其深，則溟波萬頃，蛟龍黿鼉，徜徉排空。拭眥極目，方且心駭神悸，莫知所以。若其甄別名狀，實難為功。韓退之推其「光燄萬丈長」，殆謂是矣。國家追復祖宗成憲，學者以聲律相飭，少陵矩範，尤為時尚。於其淹貫群書，比類賦象，渾涵天成，奇文險句，厭人目力，讀者未始不以搜尋訓切為病。印近因與二三友質問，爰就隱奧處著為音義。至於人物地理、古石傳志，咸極討論，施之新學，不亦可乎！（鄭印《分門集注杜工部詩·杜工部詩序》）

右杜集，建康府學所刻板也。……當今初得李端明本，以為善，又得撫屬姚寬令威所傳故吏部鮑欽止本，校足之。末得若本，以為無恨焉。……雖然，子美詩如五穀六牲，人皆知味，而鮮不為異饌所移者，故世之出異意，為異說以亂杜詩之真者甚多。此本雖未必皆得其真，然求不為異者也。他日有加是正者重刻之，此學者之所望也。

（吳若〈杜工部集後記〉，錢謙益注《杜詩》附錄）

宋人之崇杜學杜，層面多方，或剽掠模畫，或購其亡逸，或刻詩於石，或作大雅堂庋藏杜詩，或就隱奧處著為音義，或因人物地理傳志相質問討論，或廣搜善本名槧，或是正異義異說，以刻板行事。杜甫詩集之所以能廣獲青睞，古籍整理之所以能精益求精，此與雕版印刷之便捷傳播，印本文化之流行有關；而雕版印刷之繁榮發達，又與科舉考試、右文政策相互為用，更是宋代審美意識之具體投射。宋人作詩大多注重學古通變，經過宋初以來之幾番典範選擇，最後典範落在杜甫與陶淵明二家上[35]。杜甫其人與其詩既為宋人之典範，故蘇軾贊歎：「天下幾人學杜甫，誰得其皮與其骨」；鄭印特提「少陵矩範，尤為時尚」；葉夢得稱近歲「杜詩人所共愛」；蔡絛、胡仔咸謂：「三十年來學詩者，非子美不道，雖武夫女子皆知尊異之」，於是老杜之詩輯佚者有之、模仿者有之、庋藏者有之、發明隱微者有之，討論疑難者有之。其中，薈萃諸本之優長，鏤版印刷居功尤偉，不但容易「家藏而人有」，而且閱讀便利，往往事半功倍；何況印本之優勢，在「學者無筆記之勞，獲睹古人全書」，於是傳播快速，「士庶家皆有之」，有助於知識之流通與普及。由此觀之，印本文化對於學風與文化之轉變，既深且鉅，號為知識革命，或知識爆炸，誰曰不宜？

35　程杰〈從陶杜詩的典範意義看宋詩的審美意識〉，《文學評論》1990 年 2 期。後收入張高評編《宋詩綜論叢編》（高雄：麗文文化公司，1993 年 10 月），頁 199～217。

二、宋人整理杜甫詩集之業績

　　由於審美情趣影響期待視野，左右了接受之心理定勢；因此，無論是《唐人選唐詩》，或唐人纂集詩文，杜甫詩多遠不如李白詩之受重視尊崇，於是就影響了杜詩在唐代的傳播。中唐時樊晃採集杜甫詩集，僅得 290 首詩，「且行於江左」而已；唐寫本敦煌傳鈔之詩歌，李白 43 首，杜甫闕如[36]。元稹〈敘詩寄樂天〉稱：「得《杜甫集》數百首」；白居易得杜詩最多，〈與元九書〉謂：「可傳者千餘篇」。然經五代之兵火，散亂亡佚，疑闕舛異者多。至宋初孫僅（969～1017）編輯《杜工部詩集》時，才得一卷，可見杜詩流布之稀少。其後，蘇舜欽（1008～1048）編輯《杜甫詩集》，王洙（997～1057）編纂《杜工部集》，劉敞（1019～1068）編《杜子美外集》，王安石（1021～1086）編《杜工部後集》，集有大小，量有多寡，要皆「亡逸之餘，人自編摭」，故有《別集》、《外集》、《後集》諸本，相互傳鈔流布，至王洙所輯，杜詩方有一千四百又五篇。嘉祐四年（1059），王琪就王洙本重新編定，於蘇州鏤版印行，「印萬本，每本為直千錢，士人爭買之」，可見其盛況。這個經過二王整理的杜詩版本，歷裴煜補遺，鏤版流布後，就成為一個定本，更成為爾後一切杜集的祖本。陳振孫《直齋書錄解題》著錄之《杜工部集》二十卷，即

36　樊晃〈杜工部小集序〉，華文軒《杜甫卷》引錄（北京：中華書局，1982
　　年 1 月），頁 7；傅璇琮《唐人選唐詩新編》（西安：陝西人民教育出版
　　社，1996 年 7 月）；黃永武《敦煌的唐詩》（臺北：洪範書店，1987 年
　　5 月）。

是此本[37]。張元濟所謂：「自後，補遺、增校、註釋、批
點　集註、分類、編韻之作，無不出於二王之所輯梓」[38]；二
王輯印之《杜工部集》，富於指標性，由此可見。

　　整理古籍除輯佚、考訂、註解、編纂外，分類編年亦其中
要事。呂大防曾撰〈子美詩年譜〉一卷，堪稱杜詩繫年之創
始；蔡興宗《杜詩正異》，以年月編次；黃長睿《校定杜工部
集》二十二卷，「正其差誤，參歲考月，出處異同，古律相
間」，收杜詩 1447 首，最接近今日之傳本。王十朋《王狀元集
百家注編年杜陵詩史》三十二卷，據魯訔《編次杜工部集》十
八卷作注，蔡夢弼《杜工部草堂詩箋》五十卷，亦據魯氏編年
作會箋。杜詩既經校正、編輯、鏤版、流布，學杜宗杜成風，
於是箋注訓釋之書應運而生。王洙曾注杜詩三十六卷，王彥輔
有《增注杜工部詩》四十六卷，鮑彪有《杜詩譜論》、洪興祖
有《杜詩辨證》；其中南宋紹興間趙次公（彥材）《注杜詩》
五十九卷，以吳若注本為底本，留功十年，堪稱少陵功臣。趙
注杜詩，成就多方，影響深遠，世有傳本[39]。杜詩集注本，
南宋淳熙間，則有郭知達《杜工部詩集注》三十六卷（一稱
《九家集注杜詩》），鋟板於成都，尤側重發明杜注之比興。其
後，又有《門類增廣十注杜工部詩》、《分門集注杜工部詩》，
蒐羅杜詩，已達 1454 首。其他，更有徐居仁編次、黃鶴補注

37　萬曼《唐集敘錄》，〈杜工部集〉（臺北：明文書局，1982 年 2 月），頁
　　106～109。王淇新編本，紹興間之浙本、建康府學本多有翻刻。清代錢
　　謙益箋注〈杜工部集〉（上海：上海古籍出版社，1979 年 10 月），即以
　　此為底本。

38　周采泉《杜集書錄》，引張元濟〈宋本杜工部集跋〉（上海：上海古籍出
　　版社，1986 年 12 月），頁 14～15。

39　趙注杜詩，對杜詩用典、舛謬、詩法、比興多有發明。參林繼中《杜詩
　　趙次公先後解輯校》，〈前言〉（上海：上海古籍出版社，1994 年 12 月）。

《集千家注分類杜工部詩》二十五卷，黃希、黃鶴《黃氏補千家集注杜工部詩史》三十六卷，補集二卷等等[40]。除外，宋人整理杜詩，又有出於評點者，如方深道《諸家老杜詩評》六卷，蔡夢弼《草堂詩話》二卷，江心宇《杜詩章旨》；高楚芳《集千家注批點杜工部詩》二十卷，則專主劉辰翁評點[41]，最為集大成。

　　蓋宋人無不學習古人，學古而知其得失，方能創新超勝；而學古創新，自整理古籍始。此猶宋儒整理漢唐舊說，出入漢學，終極而建立宋學一般：朱熹不云乎：「治經者，必因先儒已成之說而推之。借曰未必盡是，亦當究其所以得失之故，而後可以反求諸心而正其繆」[42]；宋人為了學唐變唐，追求自成一家，委實經歷整理唐人詩集文集之艱難歷程，輯佚、考訂、註解、編纂，固然是寢饋於斯；而編年、分類、評點、集成，更是出入優游其中，多歷年所。真積力久，唐人古人之短長、精粗、偏全、淺深，自然心領神會，知所別裁。歐陽脩整理韓愈詩文集，故歐公古文與詩歌得昌黎風神；宋祁、蘇舜欽、王安石、劉敞、黃庭堅等手抄或箋注杜甫詩集，故上述諸家詩作往往得杜詩之一體，有諸內必形諸外，大凡接受多有反應，此勢所必至，理有固然。何況，一代之學風，必然反應到古籍整理的門類與質量；古籍整理之成果既經鏤版流布，又反饋學術

40　錢謙益《錢注杜詩・略例》稱諸家之短長，謂趙次公以箋釋文句為事，其失也短；蔡夢弼以捃撫子傳為博，其失也雜；黃鶴以考訂史鑑為功，其失有愚（上海：上海古籍出版社，1979 年 10 月），頁 1~2。

41　以上有關杜詩版本流傳，多參考萬曼《唐集敘錄》，及周采泉《杜集書錄》。

42　朱熹〈學校貢舉私議〉，《朱熹集》卷六十九（成都：四川教育出版社，1996 年 10 月），頁 3638。

思潮而左右其走向。南宋古籍整理有所謂「千家注杜」、「五百家注韓」、「五百家注柳」，則詩風文風可知。即以南宋理宗寶慶三年之間（1225～1227）來說，《杜集》雕版「注以集名者，毋慮二百家」，盛況空前，此與江西詩派之學杜宗杜，發揮推波助瀾有關。以此類推，宋人整理杜甫詩集之前後相繼，如風起雲湧，宗杜詩風之形成可以想見。就市場經濟、消費導向而言，杜甫詩集整理之持續性、常態性、多樣式，以及連鎖性，必然與江西詩風之流行有關；而江西詩派之風行天下，又與雕版印刷繁榮，印本文化當道息息相關。此一觀點，未經學界道出，筆者今後願意就此多作論證。

古籍整理工作，從編纂、輯佚、考訂、註解、到編年、分類、評點，牽涉到文獻考據和文學批評的課題。至於傳鈔、刊刻、閱讀、詮釋、創發，則是版本流傳，文學接受、讀者反應的活動。這是一系列的文學讀解活動，牽涉到文學閱讀的價值取向，和期待視野，構成了所謂「心理定勢」。心理定勢表現為一種好惡和取捨的閱讀態度，形成「證同」和「趨異」兩種審美傾向 [43]。本節將討論宋代最大規模的古籍整理、圖書流通活動——從《杜甫詩集》之整理與刊行，談到宋人「證同」「趨異」兩種心理定勢之消長，從而詮釋宋人宗杜詩風之社會因素與藝術表現，再歸結到宋詩宋調特色之形成。文獻學與文學間科際整合之研究，值得開發，筆者姑作嘗試。

古籍整理的過程與圖書流通的活動，身受文學解讀中「心理定勢」的影響。古籍整理的門類和冷熱，圖書刊刻傳鈔的取捨與流量，在在受到價值取向、和期待視野所左右，從而形成

43　龍協濤《文學解讀與美的再創造》，第六章〈文學閱讀的心理定勢〉（臺北：時報文化公司，1993 年 8 月），頁 212~238。

心理定勢。心理定勢的產生，或由於個人，或來自群體，或取決於社會[44]。杜甫詩集之整理與刊行，宋人之心理定勢正是如此。王禹偁、蘇舜欽、王安石、蘇軾、黃庭堅、陳師道、陳與義、陸游等主流詩人之師法杜詩，是由於個體定勢；江西詩派諸子之崇杜學杜宗杜，是來自群體定勢；宋人遵奉杜甫為「詩聖」，推崇杜詩為「詩史」，表彰其「集大成」，引發杜詩整理之熱潮，致有「千家注杜」之大觀，刊刻傳鈔之質量亦盛況空前，此則取決於社會定勢。個體定勢和群體定勢的走向，使得杜甫詩學的絕詣和人格的高標，蔚為宋人之楷模，所謂「子美集開詩世界」，「詩家初祖杜少陵」，「常使詩人拜畫圖」，「少陵自有連城璧」云云[45]，正可見杜詩對宋代詩學之影響。這種影響反映在「千家注杜」和《杜集》刊刻流通方面，最有具體之呈現。

杜甫詩集之整理，付諸雕版刊印，傳播士林者，除一家著述外，尚有《九家注》、《十家注》、《百家注》、《千家注》諸目[46]；甚至南宋理宗寶慶年間，三年中《杜集》雕版「注以集名者，毋慮二百家」。雕版刊印之所以如此熱絡頻繁，與宋人普遍崇杜學杜密切相關，彼此相互激盪作用。試翻檢華文軒所編《杜甫卷》資料，考察宋代詩話、筆記、文集、題跋等文獻，即可知當時崇杜、學杜詩風之一斑，如云：

　　子美集開詩世界。（王禹偁〈日長簡仲咸〉）

44　同上，頁216~217。
45　莫礪鋒《杜甫評傳》，第六章〈詩學絕詣與人品高標的千古楷模〉（南京：南京大學出版社，1993年10月），頁353~415。
46　林繼中《杜詩趙次公先後解輯校·前言》（上海：上海古籍出版社，1994年12月），頁8~13。

予考古之時，尤愛杜甫氏作者。其詞所從出，一莫知
躬極，而病未能學也。世所傳已多，計尚有遺落，思得其
完而觀之。然每一篇出，自然人知，非人所能為而為之
者，惟其甫也，輒能辨之。（王安石《臨川先生文集》卷
八十四，〈杜工部後集序〉）

天下幾人學杜甫，誰得其皮與其骨？（蘇軾《蘇軾詩
集》卷十三，〈次韻孔毅甫集古人句見贈五首〉其三）

文物皇唐盛，詩家老杜豪。雅音還正始，感興出《離
騷》。（張方平《樂全集》卷二，〈讀杜工部集〉）

杜子美最為晚出，三十年來學詩者，非子美不道，雖
武夫女子皆知尊異之。李太白而下，殆莫與抗。（胡仔
《苕溪漁隱叢話》卷二十二，引蔡啟《蔡寬夫詩話》）

吳門下喜論杜子美詩，每對客，未嘗不言。……梁中
書子美亦喜言杜詩。每同列相與白事，坐未定，即首誦杜
詩，評議鋒出，語不得間。……故近歲謂：「杜詩人所共
愛，而二公知之尤深。」（葉夢得《避暑錄話》卷下）

學詩當以杜為體，以蘇黃為用，拂拭之則自然波峻，
讀之鏗鏘。蓋杜之妙處藏於內，蘇黃之妙發於外，用工夫
體學杜之妙處恐難到。用功而效少。……看詩且以數家為
率，以杜為正經，餘為兼經也。（吳可《藏海詩話》）

……天下幾人學杜甫，千江隔號萬山阻。畫地為餅未
必似，更覺良工心獨苦。……（楊萬里《誠齋集》卷十
九，〈予因集杜句跋杜詩呈監試謝昌國〉）

由此觀之，宋人普遍推崇杜詩，給予極高定價：王禹偁以
為「子美集開詩世界」，張方平稱許「詩家老杜豪」；王安石

愛賞杜甫詩，特提杜詩特色為「自然人知，非人所能為」，而稱自己「病未能學」；蘇軾與楊萬里感慨一致，以為宋人學杜得杜詩神髓者少，但得皮毛者多[47]。吳可標榜「學詩當以杜為體」，看詩則「以杜為正經」；葉夢得稱：「杜詩人所共愛」，《蔡寬夫詩話》更讚揚崇杜學杜風氣之普遍性，所謂：「三十年來學詩者，非子美不道，雖武夫女子皆知尊異之」，嗚呼！杜詩之刊刻與流傳，可謂昌盛矣！

三、《杜集》之搜集整理與宗杜詩風

　　社會定勢，是一種社會性審美心理傾向。取決於文化藝術傳統之薰陶，以及倫理道德規範之積澱，是一種相對穩定的意識型態，時時作用於審美個體之深層心理結構[48]。

　　推崇杜甫為「詩聖」，杜詩為「詩史」、「集大成」，這三項榮耀，代表古典詩歌至高無上的桂冠，是宋人奉贈給他的。其中，有宋人的價值取向和期待視野：因為杜甫之人格、杜詩之風格，暗合宋人之時代意識與心理定勢：是個體詩人的意向、詩派群體的默契，以及歷時性和共時性的文化基因，擁戴了杜甫「詩聖」的桂冠，認同了杜詩「詩史」的價值，反映在杜詩「集大成」的意義上。造成宋人崇杜學杜宗杜之詩風，蔚為宋人之時代意識和心理定勢者，《杜甫詩集》大規模的整理，刊本寫本高質量的發行，促進了商品經濟之繁榮；同時，科舉考試需求教材及參考文獻殷切，取士之多，登龍之望，供

47　曾棗莊〈天下幾人學杜甫，誰得其皮與其骨——論宋人對杜詩的態度〉，《唐宋文學研究》(成都：巴蜀書社，1999年10月)，頁35~49。
48　參考同註43，頁217。

需相求，雕版印刷成了考試登科之中介觸媒，及催化劑、推動力。雕印版不既多，傳播便捷，加上官府私家藏書豐富，借閱傳鈔稱便，也增多了資訊流通的管道[49]。實施崇儒右文，企圖「以文化天下」；學術提倡理學，注重「代聖立言」；凡此種種，皆有潛移默化之功，皆見推波助瀾之效。古籍之整理與流通，對於文學風尚之形成，有觸發之作用，這是可以斷言的。為論證方便，本文擬從三方面加以闡明：（一）蒐羅散佚，校勘訛奪；（二）考證名物，闡釋隱微；（三）詩話筆記，品人論詩：

（一）蒐羅散佚，校勘訛奪

自北宋孫僅（969～1017）校錄《杜工部詩集》以來，學者為蒐羅、輯佚、校勘、編纂杜詩而盡心致力，其終極目的，只為了提供善本、完本付諸刊刻。有這些學者苦心孤詣整理杜詩文獻，杜詩在宋代方能蔚為顯學，也才能回饋宋代詩學，如下列所載：

> 近世學者爭言杜詩。愛之深者，至剽括句語，追所用險字而模畫之，沛然自以絕洪流而窮深源矣。又人人購其亡逸，多或百餘篇，少或數十句，藏去矜大，復自以為有得。（王琪〈增修王原叔編次杜詩後記〉）
>
> 嘉祐中，王琪以知制誥守郡。始大修設廳，規模宏壯，假省庫錢數千緡。既成，漕司不肯除破。時方貴《杜集》，人間苦無善本，琪家藏本，讎校素精。俾公使庫鏤

板，印萬本，每部直千錢，士人爭買之。……既償省庫，
羨餘以給公廚。（范成大《吳郡志》，《守山閣叢書》本）

王洙（997～1057）編次，王琪（1059年前後在世）校刊
《杜工部集》二十卷，刊刻於嘉祐四年（1059）姑蘇郡齋，為
宋代所刻第一部完整之《杜工部集》，也是北宋唯一之官刻
本。依據王琪〈後記〉云：「近世學者，爭言杜詩」，可見宋
初以來尊杜學杜之熱潮逐漸形成；云「人人購其亡逸」，所購
者當是寫本。《吳郡志》所謂「時方貴《杜集》，人間苦無善
本」，王琪探知圖書市場趨勢，順水推舟，乃以「讎校素精」
之家藏本交付公使庫鏤版。沒想到「印萬本，每部直千錢，士
人爭買之」，可見此書在南宋之印售，已成商品經濟，純以消
費者為導向。況且萬本《杜集》流通士林，其影響不難想見。
此後士林學界對於整理《杜集》，蒐羅亡逸，裒集善本，更加
精益求精，如：

> 政和二年（1112）夏在洛陽，與法曹趙來叔因檢校職
> 事，同出上陽門。於道北古精舍中避暑，於法堂壁間敝篋
> 中得此帙，所錄杜子美詩，頗與今行槧本小異。……予方
> 欲借之，寺僧因以見與，遂持歸。校所藏本，是正頗多。
> （黃伯思〈跋洛陽所得杜少陵詩後〉，《東觀餘論》卷下）
> 近世士大夫家所藏杜少陵逸詩，本多不同。余所傳古
> 律二十八首，其間一詩，得於管城人家冊子葉中；一詩，
> 得之江中石刻；又五詩，得於盛文肅家故書中，猶是吳越
> 錢氏所錄。要之，皆得於流傳，安得無好事者亂真？（周
> 紫芝《竹坡老人詩話》卷一）

公之述作行於世者，不為不多；遭亂亡逸，又不為少。加以傳寫謬誤，寖失舊文，烏三轉而焉者，不可勝數。長睿父（黃伯思）官洛下，與名士大夫游，裒集諸家所藏，是正訛舛，又得逸詩數十篇參於卷中。及在秘閣，得御府定本，校讎益號精密，非世所行者之比。長睿父歿後十七年，余始見其親校定集卷二十有二於其家。朱黃塗改，手跡如新，為之愴然。竊嘆其博學淵識，而有功於子美之多也。（李綱〈重校正杜子美集序〉，《梁谿先生文集》卷138）

蓋方督府宣司鼎來，百工奔走，趨命不暇，刀板在手，奪去者屢矣。一集之微，更歲歷十餘君子始就。嗚呼，事業之難興如此。常今初得李端明本，以為善，又得撫屬姚寬令威所傳故吏部鮑欽止本，校足之。末得若本，以為無恨焉。凡稱樊者，樊晃《小集》也；稱晉者，開運二年《官書》也。稱荊者，介甫《四選》也；稱宋者，宋景文也；稱陳者，陳無己也；稱「刊」及「一作」者，黃魯直，晁以道諸本也。（吳若〈杜工部集後記〉，錢謙益《注杜詩》附錄）

黃伯思（長睿，1079～1118）裒集諸家所藏，著《校定杜工部集》二十二卷，《雜著》二卷，此李綱〈重校正杜子美集序〉稱黃伯思「得逸詩數十篇，又得御府定本」精密校讎者。逸詩得於洛陽，乃寫本。周紫芝（1081～？）所藏杜甫逸詩28首，除石刻一首外，其餘多是手寫本。可見南北宋之交，杜集流傳仍是寫本刊本並行。時至南宋高宗紹興三年（1133），吳若校刊《杜工部集》[50]，刻於建康，參校書籍已有

李端明本、鮑欽止本、樊晃本、開運本、荊公本、宋景文本、陳師道本、黃庭堅本、晁以道本，以及吳若本等10種，從可見圖書流通之順暢。如果兩宋士人沒有尊杜學杜的閱讀定勢，就不可能有那麼多諸本薈萃，集於一編的杜集刊刻。士人需求殷切，書商滿足市場需求，以消費為導向的訴求下，促進了雕版印書事業的活絡和繁榮。

（二）考證名物，闡釋隱微

宋刊《杜甫詩集》的註釋分類本，都來自二王（王洙、王琪）編校之《杜工部集》。吳若刊本印行以前，諸家整理《杜集》，大抵以蒐羅散佚，校勘正誤為主。其後，尊杜學杜成風，《杜集》註釋本乃應運而生。《宋史・藝文志》著錄不少，本文後節亦列舉五十餘種。其中較重要者有三種，首先是趙彥材（1134～1147前後在世）《趙次公集註杜詩》卷五十[51]：

> 余喜本朝孫覺莘老之說，謂「杜子美詩無兩字無來處」。又王直方立之之說，謂「不行一萬里，不讀萬卷書，不可看老杜詩」。因留功十年，注此詩。稍盡其詩，乃知非特兩字如此耳，往往一字繁切，必有來處，皆從萬卷中來。……若論其所謂來處，則句中有字、有語、有

---

50 關於《杜工部集》吳若刊本，可參考曹樹銘〈宋本《杜工部集》非「吳若本」考〉，《杜集叢校》（香港：中華書局，1978年2月），頁105～249。

51 有關版本問題，可參考雷履平〈記成都杜甫草堂所藏《趙次公杜詩注》殘帙〉，《草堂》1982年第四期，頁82～84。

勢、有事，凡四種。……又至用方言之穩熟，用當日之事
實者。又有用事之祖、有用事之孫，杜公詩句皆有焉。世
之注解者，謬引旁似，遺落佳處固多矣。……又至於字語
明熟混成，如自己出，則杜公所謂「水中著鹽，不飲不知」
者。蓋言非讀書之多，不能知覺，尤世之注解者弗悟也。
（趙彥材〈趙次公集註杜詩‧自序〉，林希逸《竹溪鬳齋十
一稿續集》卷30）

南宋曾噩（1170？～1226）序《九家集注杜詩》，稱美
「蜀士趙次公為少陵忠臣」，劉克莊（1187～1269）〈跋陳教授
杜詩補注〉曾舉趙氏注杜，與杜氏注《左傳》、李氏注《文選》
相提並重。金人元好問（1190～1257）〈杜詩學引〉綜論有宋
注杜諸家，亦盛稱「蜀人趙次公作《證誤》，所得頗多」。趙次
公（彥材）註解杜詩，當在高宗紹興四年至十七年間（1134
～1147）[52]，時值江西詩派風行之南宋初，從其〈自序〉，可
見著書旨趣深受群體閱讀定勢影響。深信杜詩「往往一字肯
綮，必有來處」，講究「無一字無來處」，強調「非讀書之多，
不能知覺」，儼然江西詩論主張之體現[53]。江西詩派聲勢之壯
大及影響，由此可見一斑。

其次，為郭知達（1181年前後在世）《九家集注杜詩》三
十六卷蜀本，及曾噩重刊羊城漕本：

52　同註46，林繼中《杜詩趙次公先後解輯校》，〈前言〉，頁26~27。
53　林繼中〈杜詩與宋人詩歌價值觀續論〉，《杜甫研究學刊》1991年第三
　　期，頁3~6。關於「字字有來歷」，南宋詩話筆記多所討論，參考陸游
　　《老學庵筆記》卷七，「今人解杜詩」條；史繩祖《學齋佔畢》卷四，
　　「詩史百家注淺陋」。

　　杜少陵詩，世號詩史。自箋注雜出，是非異同，多所
牴牾，至有好事者掇其章句，穿鑿附會，設為事實，託名
東坡，刊鏤以行，欺世售偽，有識之士，所為深歎。因輯
善本，得王文公、宋景文公、豫章先生、王原叔、薛夢
符、杜時可、鮑文虎、師民瞻、趙彥材，凡九家。屬二三
士友，各隨是非而去取之。如假託名氏、撰造事實，皆刪
削不載。精其讎校，正其訛舛。大書鏤版，置之郡齋，以
公其傳。庶幾便於觀覽，絕去疑誤。若少陵出處大節，史
有本傳，及互見諸家之敘，茲不復云。（郭知達《九家集
注杜詩・序》）

　　吳若本刊行後48年（淳熙八年，1181），郭知達以杜詩注
釋牴牾雜出，因輯善本，得王安石、宋祁、黃庭堅、王洙、趙
彥材等九家註，編成《杜工部集註》三十六卷，刻於成都，是
為蜀本。又44年（理宗寶慶元年，1225），曾噩據郭氏書重新
校刊，重刻於廣東漕司，是為羊城漕本。時當南宋高宗理宗
朝，黃庭堅所主盟的江西詩派已蔚為詩界大國，一直到南宋後
期才漸成強弩之末[54]。從麥浪波紋中，可以感受到風的姿
態；從古籍整理的對象和質量中，我們可以感知讀者的期待視
野。《杜甫詩集》之再三整理，乃至於精益求精，其中自與宗
杜詩風相呼應。

　　清初王夫之批評「資書以為詩」之習氣，稱「宋人摶合成

54　莫礪鋒《江西詩派研究》，第二、三、四、五、六章，及第八章一、二節
　　（濟南：齊魯書社，1986年10月），頁23~191；周裕鍇〈工部百世祖，
　　涪翁一燈傳──杜甫與江西詩派〉，《杜甫研究學刊》，1990年3月，頁
　　18~24。

句之出處（自注：宋人論詩，字字求出處），役心向彼掇索」，
今考蔡趙次公、郭知達對杜詩之詮釋，要皆有此特色。其他如
蔡夢弼《草堂詩箋》及諸家注杜，要亦如此。黃庭堅詩論所謂
「點鐵成金」、「奪胎換骨」、「以故為新」云云[55]，遂成南宋
杜詩注家常用術語。箋釋家既以「字字有出處」看杜詩，此一
閱讀定勢，自然推廣了江西詩派「以才學為詩」之宗風。另
外，成書於嘉定丙子年（1216），黃希（1164 年進士）編撰、
黃鶴續成集註之《千家集註杜工部詩史》三十六卷，亦難掩江
西詩風之痕跡：

> 鶴先君未第時，酷嗜杜詩，頗恨舊註多遺舛，嘗補輯
> 未竟而逝。又欲所作歲月註於逐篇下，終不果畢力，未必
> 不賫恨泉下也。鶴不肖，常恐無以酬先志，乃取槧本集
> 註，以遺稿為之正定。凡遽據引者不復重出，又輒益以所
> 聞，於是稍盈卷帙。每詩再加考訂，或因人以核其實，或
> 蒐地以校其跡，或摘句以辨其事，或即物以求其意。所謂
> 千四百餘篇者，雖不敢謂盡知其詳，亦庶幾十得七八矣。
> （黃鶴〈補註杜詩工部年譜辨疑後序〉）

　　黃鶴續成之集註本，主編年、尚出處、重史實，亦是江西
詩風「字字有來處」之引申發揮。黃鶴作〈後序〉，提明考訂
的方法有四：「或因人以核其實，或蒐地以校其跡，或摘句以
辨其事，或即物以求其意」；專以考辨名物訓詁詮釋杜詩，此

55　有關江西詩學之理論，除參考同註 54，第七章〈江西詩派的詩歌理
　　論〉，頁 192~225 外；可再參考周裕鍇《宋代詩學通論》，乙編〈詩法篇〉
　　（成都：巴蜀書社，1997 年 1 月），頁 136~248。

與標榜「六經注我」，注重自得、創造之宋學大相逕庭[56]。由此觀之，宋人注《杜》，黃庭堅及江西詩家強調「無一字無來處」，大有回歸漢學之趨勢。至於黃氏父子將集註杜詩之作，命為「詩史」[57]，則是宋人時代意識之體現，及閱讀定勢之反映。自宋祁《新唐書・杜甫傳》承孟棨之說，稱杜詩為「詩史」後，宋人多樂道之：胡宗愈〈成都草堂詩碑序〉、王得臣〈增註杜工部詩集序〉、黃徹《䂬溪詩話》、陳巖肖《庚溪詩話》、方深道《諸家老杜詩評序》、文天祥〈集杜詩自序〉等，是較為著名的例子。宋人整理《杜集》，也體現了這種理念。

（三）詩話筆記，品人論詩

　　南北宋之交，宗杜詩風既已形成，於是「以資閒談」的詩話筆記，更推波助瀾、質量均佳的發揮它的優勢。宋初以來，杜詩既然先後獲得王禹偁、王安石、蘇軾、黃庭堅、陳師道、陳與義等主流詩人之稱揚，推尊為詩家宗祖，奉為典範而學習之，詩話筆記因應此種風潮，論杜評杜自然成為焦點話題。其中遂有專論杜詩之詩話專著刊行，如方深道（1131～1161年前後在世）《諸家老杜詩評》、胡仔《苕溪漁隱叢話》、蔡夢弼《杜工部草堂詩話》，可為代表：

56　理學，又稱道學，鄧廣銘先生正名為「宋學」，參閱鄧廣銘〈略談宋學〉，《北宋政治改革家王安石》附錄（石家莊：河北教育出版社，2000年5月2刷），頁390～405。宋學精神，參考同註11陳植鍔《北宋文化史述論》，第三章第四節〈宋學精神〉，頁287～323。

57　蔡瑜《宋代唐詩學》，第四章第一節、二、〈詩史的認定〉；陳文華《杜甫傳記唐宋資料考辨》，第四篇，三、〈詩史〉（臺北：文史哲出版社，1987年11月），頁241～262。

先兄史君（醇道）嘗類集《老杜詩史》，仍取唐宋以
來名士評論少詩者，悉掇其語，別為卷帙，號曰《老杜詩
評》，以附《詩史》之後，俾覽者有所考證。深道鑱次之
暇，又於後來諸小說中，擇其未經纂錄者，自《洪駒父詩
話》以下，凡八家，從而益之，因集成五卷，書之卷首，
鏤版以傳於後世云。（方深道《諸家老杜詩評‧序》）

江西詩派的興盛期，大抵始於北宋中葉（時當熙寧、元
豐、元祐朝），式微於淳熙紹熙之後。方深道《諸家老杜詩
評》，大約作於高宗紹興年間（1131～1162），江西詩學風靡
南北宋之際。當時天下宗杜成風，蔡啟（大約 1109 年前後在
世）《蔡寬夫詩話》稱：「三十年來，學詩者非子美不道，雖
武夫女子皆知尊異之」；為投合士人尊杜學杜需求，於是方深
道編纂《諸家老杜詩評》，與其兄醇道所類集之老杜詩史（又
稱《類集杜甫詩史》三十卷）合為一書，這是符合圖書行銷的
動機，和商品經濟的原理的。宋陳振孫《直齋書錄解題》稱其
「以評詩為主，實為後世專論杜詩之詩話、筆記彙輯之嚆矢」，
可見有開創之功。紹興間有刻本傳世，對宋詩宗杜自有推轂之
功。

胡仔（1148～1167 年前後在世）著有《苕溪漁隱叢話》
前集後集，總共一〇〇卷，評述杜詩之篇幅即佔十三卷。胡仔
曾廣搜杜詩善本，作為研讀參考，共有樊晃本、王洙本、王寧
祖本、薛夢符本、黃伯思本、蔡興宗本、城南杜田本、縉雲鮑
彪本等八家：

苕溪漁隱曰：子美詩集，余所有者凡八家：《杜工部

小集》，則潤州刺史樊晃所序也；《注杜工部集》，則內翰王原叔洙所注也；《改正王內翰注杜工部集》，則王寧祖也；《補注杜工部集》，則學士薛夢符也；《校正杜工部集》，則黃長睿伯思也；《重編少陵先生集并正異》，則東萊蔡興宗也；《注杜詩補遺正繆集》，則城南杜田也；《少陵詩譜論》，則縉雲鮑彪也。不知余所未見者，更有何集，繼當訪之。若近世所刊《老杜事實》及李維所注《詩史》皆行於世，其語鑿空，無可考據，吾所不取焉。（胡仔《苕溪漁隱叢話》後集卷八）

考察諸家整理《杜甫詩集》之版本，歷經嘉祐、熙寧、元豐、元祐、紹興、乾道一百餘年之流傳，善本名鈔多已薈萃於一編之中，最便於研讀。其間杜詩又得王安石、蘇軾、黃庭堅等主流詩人之倡導宗法，推尊為詩家宗祖，奉為典範加以學習，已蔚為江西詩派學杜宗杜之風，影響兩宋詩壇至深且鉅。考其所以然者，其中自有主流詩家之閱讀定勢，江西詩派之群體定勢，以及宋型文化之社會定勢在也。胡仔此書，《前集》成書於紹興 18 年（1148），《後集》刊行於乾道 3 年（1167），時當江西詩派鼎盛，宗杜詩風席卷文壇之際。就著書旨趣而言，《苕溪漁隱叢話》是鼓吹江西詩論的，更是倡導「宗師杜甫」的一部重要詩話[58]。《前集》卷九稱：「老杜於詩學，世以謂前無古人，後無來者」；卷十四亦稱：「余纂集《叢話》，蓋以子美為宗」；卷四十九亦云：「余為是說，蓋欲學

58　廖德明《苕溪漁隱叢話》〈校點後記〉（臺北：長安出版社，1978 年 12月），頁 339~341。

詩者師少陵而友江西，則兩得之矣！」其詩派趨向可以想見，其群體定勢呼之欲出。胡仔《叢話》前後既經刊行，當時肯定曾發生相當影響。現存兩種殘宋本，一藏北京圖書館，一藏北京大學，可見流通情形之一斑。

乾道年間，《苕溪漁隱叢話》刊刻流傳。過了 37 年，蔡夢弼（1201～1204 年前後在世）《草堂詩箋》成書，對於宋詩宗杜之風，又起了搧風點火的加乘效果。蔡夢弼著有《杜工部草堂詩箋》五十卷，附《詩話》二卷，於嘉泰、開禧間刊刻於建安[59]。俞成〈校正草堂詩箋跋〉稱此書之特色：「其始考異，其次辨音，又其次講明作詩之義，又其次引援用事之所從出。」而且強調：「凡遇題目，究竟本原；逮夫章句，窮極理致」；考其詮釋杜詩之法，亦跳脫不出江西詩論「字字有來處」之思維定勢。蔡氏〈杜工部草堂詩箋跋〉特提「校讎之例」，羅列參考諸本，竟有 34 種之多，《杜集》版本於南北宋之交如此其多，足見舉世宗杜之盛況。至於《草堂詩話》，蔡氏自謂是書集錄「名儒嘉話凡 200 餘條」，大抵皆南渡以前之北宋人詩話、語錄、文集、說部，其中摘取葛立方《韻語陽秋》者最多。《四庫全書・總目》稱其「詳贍」，《四庫簡明目錄》稱其「頗足參考」。在天下宗杜成風之時，有此嘉話雋言「以資閒談」，自是南宋士人之閱讀定勢。

除專著外，詩話筆記之著書旨趣，有宗派傾向極明顯者，亦略述如下：其一，鼓吹江西詩論，宗法杜詩之詩話筆記：如釋惠洪《冷齋夜話》、《天廚禁臠》、陳師道《後山詩話》、蔡絛《西清詩話》、吳可《藏海詩話》、吳乃《優古堂詩話》、許

59　同註 50，《杜集叢校》，〈黎庶昌翻刻蔡夢弼《杜工部草堂詩箋》雜
　　考〉，頁 251～314。

顗《許彥周詩話》、呂本中《紫薇詩話》、《呂氏童蒙訓》、范
溫《潛溪詩眼》、羅大經《鶴林玉露》、吳沆《環溪詩話》、曾
季貍《艇齋詩話》、吳聿《觀林詩話》、周必大《二老堂詩
話》、葛立方《韻語陽秋》、劉克莊《後村詩話》、唐庚《唐子
西語錄》、張表臣《珊瑚鉤詩話》、周紫芝《竹坡詩話》、朱弁
《風月堂詩話》、陳巖肖《庚溪詩話》、楊萬里《誠齋詩話》、吳
子良《林下偶談》等等；若斯之比，林林總總，多發揮黃庭堅
等江西詩學，而宗仰杜甫者也。

其二，高舉反對江西詩學之大纛，抨擊詩法者，如魏泰
《臨漢隱居詩話》、葉夢得《石林詩話》、蔡居厚《蔡寬夫詩
話》、張戒《歲寒堂詩話》、陸游《老學庵筆記》、姜夔《白石
道人詩說》、黃徹《䂬溪詩話》、嚴羽《滄浪詩話》、范晞文
《對牀夜語》、趙與虤《娛書堂詩話》、王若虛《滹南詩話》諸
家是也[60]。

探討江西詩論，考察學杜宗杜之原委，固然宜從倡導江西
詩法之詩話筆記入手；然反對陣營之批駁，其中亦有值得反思
與觸發者。細考宋代宗江西、反江西兩造之詩話，論點或有相
反相成，道通為一者。解讀此種「雙重模態」，不妨從古籍整
理之成果，印本刊行、圖書流通之便捷切入，當有助於釐清真
相。宋代留存如此豐富多樣之詩話筆記，作為吾人論證之利
器，除拜受學風思潮之勤於古籍整理外，雕版印刷之「化身千
萬」，方便流傳，當居首功。

60　宋代詩話、筆記有關版本之流傳，可參考郭紹虞《宋詩話考》（北京：中
　　華書局，1985 年 4 月 2 刷）；詩話成書時間，參考李裕民〈宋詩話叢
　　考〉，《宋史新探》（西安：陝西師範大學出版社，1999 年 1 月），頁
　　341~362。宋代詩話文本，可參考吳文治主編《宋詩話全編》（1~10）
　　（南京：江蘇古籍出版社，1998 年 12 月）。

四・杜甫詩集在宋代之刊刻傳播

杭州大學周采泉教授曾編著《杜集書錄》一部，都851,000言，宋代以來杜甫詩集刊刻傳鈔的情形，皆一一巨細靡遺敘錄[61]，由此可見歷朝整理杜集之業績。就宋代而言，杜集之整理、刊刻、傳鈔，盛況堪稱空前，宋詩所以宗杜，由此亦可以考見。且將宋代《杜集》整理之細目羅列如下：

1. 全集校刊箋注類36種

《杜工部集》20卷，王洙編次

《杜工部集》18卷，王洙編次，王琪校刊

《校訂杜工部集》22卷，雜注2卷，黃伯思

《增註杜工部詩》49卷，王得臣

《王內翰註杜工部集》36卷，王洙

《註杜詩文集》20卷，鮑慎由

《杜詩註》（卷不詳），趙子櫟

《重編少陵先生集》20卷，蔡興宗

《補註杜工部集》（卷不詳），薛蒼舒

《杜詩補遺》5卷，薛蒼舒

《續註補遺》8卷，薛蒼舒

《杜詩刊誤》1卷，薛蒼舒

《趙次公集註杜詩》50卷，趙彥材

《新訂杜工部古近體詩新後並解》26卷，趙彥材

61　周采泉《杜集書錄》（上、下）（上海：上海古籍出版社，1986年12月）。

《杜詩傳註》18卷，魯訔

《編次杜工部集》18卷，魯訔

《門類杜詩》25卷，徐宅

《少陵詩譜論》（卷不詳），鮑彪

《杜工部集》20卷，吳若

《杜詩詳註》（卷不詳），師尹

《註杜詩補遺正謬》12卷，杜田

《杜詩博議》（卷不詳），杜田

《卞氏集註杜詩》30卷，卞大亨、卞圜

《杜工部詩集註》36卷，郭知達編

《新刊校正集註杜詩》36卷，郭知達編、曾噩校刊

《侯氏少陵詩註》（卷不詳），侯仲震

《黃氏補千家集註杜工部詩史》36卷，黃希、黃鶴

《杜工部草堂詩箋》50卷，蔡夢弼

《杜工部集》50卷，蔡夢弼集錄、戴覺民校刻

《杜工部集》50卷，《外集》1卷，蔡夢弼

《杜工部草堂詩箋》40卷，魯訔編次、蔡夢弼會箋

《杜詩補註》（卷不詳），陳禹錫

《杜詩句外》（卷不詳），曾季輔

《類集杜甫詩史》30卷，方醇道

《草堂先生杜工部集》20卷（藏成都杜甫紀念館），杜甫

《須溪批點選註杜工部詩》22卷，劉辰翁評點

2. 全集校刊箋註類存目15種

《集略》15卷，失名

《少陵集》20卷，孫光憲

《少陵集》20卷，鄭文寶

《杜詩註觧》20卷（一作30卷），洪擬

《續註杜詩》（卷不詳），杜修可

《杜詩註》（卷不詳），黃鍾

《杜詩註》（卷不詳），洪咨夔

《類集杜甫詩史》30卷，方醇道

《分類杜詩》（卷不詳），何南仲

《杜詩註》（卷不詳），趙汝談

《杜詩註》（卷不詳），高子鳳

《杜詩解》（卷不詳），陳藻

《杜詩解》（卷不詳），陳正己

《註杜詩》（卷不詳），吳渭

《杜詩句解》（卷不詳），劉應登

3. 輯評考訂類 14 種

《杜詩箋》1卷，黃庭堅

《諸家老杜詩評》5卷續1卷，方深道

《續老杜詩話》5卷，方銓

《草堂詩話》2卷，蔡夢弼

《杜詩章指》6卷，江心宇

《竹莊詩話》24卷（內論杜詩2卷），何汶

《杜詩學》1卷，元好問

《興觀集》（卷不詳），劉辰翁評點

《杜詩刊誤》1卷，王欽臣

《杜詩辯證》2卷，洪興祖

《改正王內翰註杜工部集》（卷不詳），王寧祖

《杜少陵詩音義》（卷不詳），鄭印

《杜詩發微》1卷，杜旃

《杜詩事類註明》（卷不詳），羅烈

4. 譜錄類12種

《子美詩年譜》1卷，呂大防

《杜工部草堂詩年譜》1卷，趙子櫟

《重編杜工部年譜》1卷，蔡興宗

《杜工部詩年譜》1卷，魯訔

《杜工部年譜》1卷，吳仁傑

《杜工部年譜》1卷，梁權道

《杜工部詩年譜》1卷，黃鶴

《杜工部年譜》，洪興祖

《杜工部年譜》，吳若

《草堂詩年譜》，蔡夢弼

《杜甫年譜》，計有功

《杜工部年譜》，元好問

5. 選本鈔寫類13種

《手寫杜詩》1卷，王著寫本

《杜工部詩集》1卷、雜編3卷，孫僅校錄

《手抄杜詩》1卷，宋祁寫本

《杜子美別集》380餘篇，蘇舜欽

《杜工部詩後集》200篇，王安石

《杜子美外集》5卷，劉敞

《杜詩外集》1卷（35首），佚名

《杜甫詩》2帙

《杜工部詩》（卷不詳），華鎮

《杜少陵詩》1卷，黃伯思校藏

《東萊註杜甫三大體裁》1卷，呂祖謙

《選杜詩》（卷不詳），劉玉田

《選杜詩》（卷不詳），宋同野

6. 選本輯佚類存目5種

《小集》99卷，失名

《杜甫佚詩》3卷，王明清

《杜甫佚詩》28首，周紫芝

《杜甫佚詩》27首，員安宇

《杜詩獨得》8卷，佚名

7. 類書門7種

《杜詩六帖》18卷，陳應行

《杜詩押韻》（原為《李杜韓柳押韻》24卷），孫覿

《杜詩押韻》（卷不詳），李元白

《詩宗集韻》20卷，裴良甫

《韻類詩史》（卷不詳），陳造

《詩史字韻》40卷，徐□

《老杜詩史押韻》（殘存2卷），失名

8. 集句類7種

《杜詩集句一編》李元白

《集杜詩》4卷，呂祖謙

《集杜詩句》1卷，潘闐

《杜詩集句》（卷不詳），邱礪

《集杜詩》（卷不詳），陳□

《集句杜詩》（卷不詳），楊夢錫

《宋少保右丞相文信國公集杜詩》4卷，文天祥

9. 石刻類3種

《杜少陵諸詩石刻》，賈昌言

《成都新刻草堂先生詩碑》，胡宗愈.

《杜子美兩川夔峽諸詩石刻》，黃庭堅

10. 雜著類3種

《杜詩九發》（卷不詳），吳涇

《九品杜詩說正宗》（卷不詳），龐謙孺

《評杜三字口義》（卷不詳），劉辰翁

11. 偽書類12種

《註杜詩》36卷，鄧忠臣

《少陵詩總目》（卷不詳），失名

《東坡杜詩故事》（又稱《老杜事實》、《東坡事實》）10
　　卷，蘇軾

《杜詩詳說》28卷，師古

《少陵詩格》1卷，林樾

《門類增廣十註杜工部詩》6卷，失名

《二十家註杜工部詩》20卷，失名

《十五家註杜工部詩》（卷不詳），失名

《六十家註杜工部詩》（卷不詳），失名

《王狀元集百家註編年杜陵詩史》32卷，王十朋

《分門集註杜工部詩》25卷，失名

《集千家註分類杜工部詩》25卷，徐宅、黃鶴

12. 存疑類2種

《杜詩標題》3卷，鮑□

《杜集援證》（卷不詳），莊綽

宋理宗寶慶二年（1226），董居誼為黃氏父子《千家註杜》作序時稱：「近世鋟板，注以集名者，毋慮二百家」；後世亡佚者多，已不可得而詳。以上十二類，只是宋人整理《杜甫詩集》，及刊行傳鈔的大概情形。共得杜集版本129種，總份量在一二四〇卷以上，可謂著述浩瀚，成果豐碩了。就時間而言，起於北宋孫僅（969～1017）校錄《杜工部詩集》、《雜編》，蘇舜欽（1008～1048）整理《杜子美別集》；終於南宋劉辰翁（1232～1297）《批點選註杜工部詩》，前後持續約280年。就地域而言，有蘇州刻本、洪州刻本、成都刻本、福唐刻本、建康刻本、建安刻本、興國刻本、浙江刻本等等；其中有官刻、家刻、坊刻，除刊刻本外，又有鈔寫本。琳瑯滿目，應有盡有，其中有偽書一類，高居12種之多。偽書之產生，或許是圖書出版市場供需失衡：需求者眾，卻供不應求，故出此下策。雖欺世盜名，徒亂人意，然刊刻圖書竟選擇造假之作，亦足見需求殷切，「宗杜」成風之一斑。北宋整理古籍，刊刻傳鈔，與文學風尚之依存關係，由此亦可以考見。

唐人詩文集皆經宋人整理刊行，方得流傳後世，杜甫、李

白、韓愈、白居易、李商隱，是較顯著的例證。然論整理之質量與規模，皆遠不如杜甫詩集之用功多，而效益大。其中緣因何在？筆者以為：此與宋代詩人之價值取向、期待視野有關；換言之，這是宋代詩人的心理定勢問題。

參、印本文化與宋代杜詩典範之形成

一、古籍整理與宋詩典範之選擇

唐人作詩，宗法《詩》、《騷》漢魏六朝，傳承其優長，更出其所自得，學古之餘，又知所通變，故能成就一代之詩，蔚為唐詩或唐音之風格，形成古典詩歌之崇高典範。唐詩造就之典範，又稱為唐詩氣象，大抵由風骨和興寄、聲律和詩語、興象與韻味諸要素所組合，作整體風貌之呈現。唐詩典範以李白（701～762）、杜甫（712～770）為代表，以盛唐氣象為依歸，其他初唐、中唐、晚唐詩則上下其間，互有因革損益。宋詩崛起於唐詩之後，至南宋而有唐詩宋詩之爭，歷經明、清之紛紛擾擾，宗唐宗宋，勢同水火[62]。探討其中之紛爭、異同，裁判其中之流變、是非，皆當以為唐詩典範作為對照組，方能得其真解。

62　陳伯海《唐詩學引論》，〈正本篇・唐詩的氣象〉（上海：東方出版中心，1996年10月4刷），頁33～38。唐宋詩之爭，參考張高評〈清初宗唐詩話與唐宋詩之爭〉，《中國文學與文化研究學刊》第一期（臺北：學生書局，2001年6月），頁83～158；〈清初宋詩學與唐宋詩之異同〉，第三屆國際清代學術研討會論文，2004年3月14日，頁1～29。

　　宋人生於唐後，思與唐人比肩，談何容易？唐人既學古通變而蔚為唐詩之典範；宋人得其啟示，亦學唐變唐，而出其所自得，於是發展成宋詩宋調之風格，既悖離唐詩樹立的典範，又造就了古典詩歌另類的新典範[63]。宋人無不學古[64]，學古是一種手段，一道過程，目的在變古通今，自成一家。所以，宋人在學習古人，傳承優長方面是「證同」；證同形成有本有源，終極目標是將「證同」質變為「趨異」。唯有追新求變，才能代雄成家。因此，宋代詩人「學古」對象容有不同[65]，要皆以形成自家詩學典範為依歸。選擇典範之過程，必先嫻熟歷朝優秀詩人及其作品，其途徑可能有四：其一，借閱藏書，純粹當一名讀者；其二，傳鈔善本，藉鈔書完成閱讀；其三，整理文集，利己利人；其四，雕版印刷，流傳廣遠。後三者關係圖書流通與古籍整理，對於宋人之典範選擇，不僅有交互之作用，相輔相成之效果，更有推波助瀾，百川歸海之效應。以下略述宋人之典範追求與古籍整理的辯證關係：

　　唐人詩文集，多經宋人整理、刊刻。宋人整理刊刻唐人詩文集，目的在於「學唐」，而後「變唐」。徐鉉、李昉、王禹偁、蘇軾等，詩學白居易（772～846）；在宋代《白氏文集》有崇文院寫校本、吳、蜀摹版、紹興刻本[66]。魏野、寇準、林逋作詩，學習晚唐李賀、姚合、賈島；宋刻本李賀（790～

<hr>

63　同註 15，壹、〈從「會通化成」論宋詩之新變與價值〉，五、「論宋詩當以新變自得為準據，不當以異同源流定優劣」，頁 37~50。

64　黃景進〈黃山谷的學古論〉，臺灣大學中國文學研究所主編《宋代文學與思想》（臺北：學生書局，1989 年 8 月），頁 259~288。

65　蔡啓《蔡寬夫詩話》第四十三則，〈宋初詩風〉；嚴羽《滄浪詩話‧詩辨》；元方回〈送羅壽可詩序〉，《桐江續集》卷三十二；清宋犖《漫堂說詩》、全祖望〈宋詩紀事序〉，《鮚埼亭集‧外編》卷二十六。

66　同註 37，《唐集敘錄》，《白氏文集》敘錄，頁 239~244。

816）詩集有京師本、蜀本、會稽姚氏本、宣城本、鮑欽止家本五種。姚合（775～855？）詩集宋代有浙本、川本兩種。賈島（779～843）《長江集》，有宋刊本兩種，為明仿宋刻祖本[67]。楊億、劉筠、錢惟演等西崑詩人宗法李商隱（813？～858），《崇文總目》、《郡齋讀書志》、《直齋書錄解題》所著錄之《李義山詩》或作三卷，或作五卷，「唐末浙右多得其本」，明刊本李詩，多出自北宋三卷刊本；《西清詩話》《延州筆記》曾載劉克、張文亮註解李義山詩[68]。宋人學習晚唐之風氣，也體現在晚唐詩人文集之整理上。

　　韓愈（768～824）作為古文家與詩人，沾溉宋人極多，此與古籍整理，圖書流通關係密切：宋人對韓愈詩文集之整理，較著者有歐陽脩之校勘，以及朱熹之《考異》。歐、朱之致力，除因應文風思潮外，對自身及當代之文學接受當有直接觸發之效。除外，尚有方崧卿《韓詩編年》、《韓集舉證》；魏仲舉《五百家註音辨昌黎先生文集》、廖瑩中校正《昌黎先生集》；其他，文讜、王儔、祝允，或作詳註，或作音註、真德秀編輯《昌黎文式》，皆可見韓愈詩文集整理之熱絡情況。就詩文集之出版而言，《昌黎先生文集》在北宋，以祥符杭本最早。同時有蜀中刻本，有穆修刊印唐本《韓柳集》。其後又有饒本、閣本、謝克家本、李犀本、洪興祖本、潮本、泉本諸本。由於文壇有心提倡，因此傳世之《昌黎先生文集》宋刻本有十種之多，臺北故宮博物院更有浙刻巾箱本[69]。

67　同註37，《李賀歌詩》敘錄，頁226～228；《姚少監集》敘錄，頁263～265；《長江集》敘錄，頁305～307。

68　同註37，《唐集敘錄》，《李義山集》敘錄，頁283～285。

69　同註37，《唐集敘錄》，《昌黎先生文集》敘錄，頁167～169；陳伯海、朱易安《唐詩書錄》，〈韓愈〉（濟南：齊魯書社，1988年12月），

　　徐積、郭祥正、歐陽脩、蘇軾、黃庭堅諸家作詩，則兼學
李太白（701～762）；傳世之《李太白文集》，多由宋人重
輯、校勘，與增訂而來，其中樂史、宋敏求、曾鞏居功甚偉。
元豐三年《李太白集》第一個刻本鏤版傳世，其後又有蜀刻多
本，南宋咸淳已巳本，以及竄亂之坊本；日本靜嘉堂文庫藏有
《李太白文集》三十卷，正是北宋蜀刻本[70]。「李杜優劣論」
在宋代，爭論不休[71]，從古籍整理、圖書流通觀點解讀，亦
值得嘗試。

　　至於陶淵明（365～427），宋代詩人如林逋、梅堯臣、蘇
軾、蘇轍、黃庭堅、陳師道、楊萬里、朱熹諸家，要皆尊陶、
學陶、和陶、宗陶之代表。古籍整理方面，宋代湯漢著有《陶
靖節詩註》、李公煥著有《箋注陶淵明集》、費元甫亦有《陶靖
節詩》之註解。圖書版本方面，北宋開始對《陶淵明集》進行
校訂翻刻，終宋之世陶集版本大約有17種以上。流傳至今，
尚有南宋紹熙曾集刻本《陶淵明集》、宋刻遞修本《陶淵明集》
二種，仍富勘考價值[72]。

　　頁337～338。劉琳、沈治宏《現存宋人著述總錄・集部別集類》，羅列
　　《韓集舉證》等宋人對韓愈文集整理之刻本九種（成都：巴蜀書社，1995
　　年8月），頁224～225。

70　同註37，《唐集敍錄》，《李翰林集》敍錄，頁79～83。宋人整理李太
　　白詩文集，刊刻流傳者有樂史編《李翰林集》二十卷，宋敏求、曾鞏編
　　《李太白文集》，傳世者有北宋蜀刻本，日本靜嘉堂文庫所藏，即是此一
　　刊本。又有南宋咸淳刊本《李翰林集》三十卷，楊齊賢《分類補注李太
　　白集》二十五卷，詳參郁賢皓主編《李白大辭典・版本》（桂林：廣西教
　　育出版社，1995年1月），頁318～319。

71　馬積高〈李杜優劣論和李杜詩歌的歷史命運〉，李白研究學會編《李白研
　　究論叢》第二輯（成都：巴蜀書社，1990年12月），頁289～300；蔡
　　瑜《宋代唐詩學》，第四章第二節、三，〈李白杜甫優劣說〉（臺北：臺
　　灣大學中國文學研究所博士論文，1989年6月），頁272～285。

72　鍾優民《陶學史話》，第三章〈高山仰止，推崇備至〉（臺北：允晨文化
　　公司，1991年5月），頁62～64。

　　杜甫（712～770）之人格與風格，與宋人之生命情調諸多契合，故自王禹偁以下，王安石、蘇軾、黃庭堅諸大家，及江西詩派諸子，要皆先後宗主杜甫，推尊為詩學之典範。由於杜甫之憂患、悲憫、耿直、忠愛與宋代主流詩人之期待視野不謀而合；杜詩之風格多樣、體兼眾妙與宋型文化之「會通化成」合轍，故蔚為宋詩之最高典範。宗杜詩風從北宋中葉，持續到南宋後期，盛況前後歷經 200 餘年。這種風尚的形成和發展，始終跟《杜甫詩集》之整理與刊行相輔相成，也是不爭的事實。

　　華夏文明發展至宋代，堪稱登峰造極。就詩歌而言，六朝和四唐詩人之成就，已樹立許多風格典範；宋人以學古通變為手段，期許「自成一家」為目的，故尋求典範成為宋代詩人的當務之急。至於典範之選擇，則關係到文學接受的活動；文學接受又牽涉到認知功能、審美體驗、價值詮釋，和藝術創發問題 [73]。宋人的詩學典範，歷經宋初到元祐年間長達 150 年之尋覓與抉擇，最後選定陶潛和杜甫。無論人格意識、生命情調、審美理想，境界追求，陶詩和杜詩樹立的典範，皆投合宋人的期待視野 [74]，所以成為宋詩典範的雙璧。由於宋人的期待視

73　金元浦《接受反應文論》，第三章〈開拓者：從文學史悖論到審美經驗——姚斯的主要理論主張〉，第四節「走向文學解釋學」（濟南：山東教育出版社，1998 年 10 月），頁 136～147。

74　參考同上，第二節〈方法論頂梁柱：期待視野〉，頁 121～126。德國波普爾在《科學發現的邏輯》一書中，提出「期待視野（界）」的觀點，他認為：「觀察離不開一定的理論、觀點作指導，觀察滲透著觀察者的觀點、意向、目的、理論」；「一切陳述，都具有一個理論、假說的性質」；「一切普遍概念，都是有趣向性的」，參考朱立元《接受美學》，附錄〈「期待視界」與「範型」理論〉（上海：上海人民出版社，1989 年 8 月），頁 402～403。

野契合陶淵明，投射於古籍整理、圖書刊行，陶集版本乃多得青睞，宋代編刻遂多達17種以上。尤其杜甫詩，更贏得絕大多數主流詩人之認同，推尊為「詩聖」，標榜為「詩史」，讚揚其「集大成」[75]，評價杜甫優於李白。杜甫作為典範追求與宋人之期待視野若合符節，反應在《杜集》整理方面，遂有「千家注杜」之盛況，《杜集》之宋代刊本，亦高達120種以上（未含選本）[76]。就宋人論詩詩之審美意識而言，陶杜二家之為典範，亦多相提並論，如「少陵有句皆憂國，陶令無詩不說歸」；「少陵雅健材孤出，彭澤清閒興最長」；「拾遺句中有眼，彭澤意在無弦」[77]。杜甫志期經世，陶潛心懷歸隱，仕與隱之兩難抉擇，反映出宋人在進退出處方面價值取向之大凡。

宋詩典範的追求與取捨，與古籍整理的質量、圖書版本流通的廣狹，存在彼此激盪，相輔相成的關係，值得進一步討論。由於篇幅所限，今只就宋詩最大典範——《杜甫詩集》作研探，其餘各家，他日再議。試考察宋代文獻，宋人對杜甫杜詩眾口一辭推崇者有三：其一，評價杜詩造詣為「集大成」；其二，標榜杜詩為「詩史」；其三，尊奉杜甫為「詩聖」，儼然成為宋人師法學習的唐詩不二典範。試依序論述於後：

75　許總《杜詩學發微》，〈宋詩宗杜新論〉（南京：南京出版社，1989年5月），頁25~40。

76　參考同註37，《唐集敍錄》，《杜工部集》敍錄，頁106~131。參考周采泉《杜集書錄》，（上海：上海古籍出版社，1986年12月）；又、鄭慶篤等編注《杜集書目提要》（濟南：齊魯書社，1986年9月），頁1~54，頁346~369。至於選本，可參考孫琴安《唐詩選本六百種提要》（西安：陝西人民教育出版社，1987年9月）。

77　同註35。

二、杜詩「集大成」與宋型文化之會通化成

宋型文化與唐型文化不同，學界論著已多所探討[78]。筆者研究發現：「會通化成」為宋型文化顯著特質之一，是一種合併重組的創造思維，是因應學古通變，自成一家之策略運用。宋型文化注重和合化成，會通兼容，表現於宋代文學與藝術各層面，可謂「雜然賦流形」[79]。讀杜、解杜、崇杜、學杜之標榜「集大成」，自是宋型文化會通化成之體現。如：

> 至甫，渾涵汪茫，千彙萬狀，兼古今而有之。它人不足，甫乃厭餘；殘膏賸馥，沾溉後人多矣。故元稹謂：「詩人以來，未有如子美者。」（宋祁《新唐書》卷二百○一〈杜甫傳〉）

> 杜陵有窮老，白頭惟苦吟。正氣自天降，至音感人深。昭回切雲漢，曠眇包古今。萬壑入溟海，一枝成鄧林。⋯⋯（張方平《樂全集》卷二，〈讀杜詩〉）

> 顏魯公書雄秀獨出，一變古法，如杜子美詩，格力天縱，奄有漢、魏、晉、宋以來風流，後之作者，殆難復措手。（蘇軾《蘇軾詩集》卷二十三，〈書唐氏六家書後〉）

---

[78] 參考傅樂成《漢唐史論集》，〈唐型文化與宋型文化〉（臺北：聯經出版公司，1977年9月），頁339~382；王水照《王水照自選集》，〈祖宗家法的近代指向與文學中的淑世精神〉、〈情理·源流·對外文化關係〉（上海：上海教育出版社，2000年5月），頁2~44。同註15，〈從會通化成論宋詩之新變與價值〉，三、宋詩「自成一家」與宋型文化之「會通化成」，頁16~27。

[79] 同註15，〈從會通化成論宋詩之新變與價值〉，三、宋詩「自成一家」與宋型文化之「會通化成」，頁16~27。

　　杜子美之於詩，實積眾家之長，適其時而已。昔蘇武、李陵之詩，長於高妙；曹植、劉公幹之詩，長於豪逸；陶潛、阮籍之詩，長於沖澹；謝靈運、鮑照之詩，長於峻潔；徐陵、庾信之詩，長於藻麗。於是杜子美者，窮高妙之格，極豪逸之氣，包沖澹之趣，兼峻潔之姿，備藻麗之態，而諸家之作所不及焉。然不集諸家之長，杜氏亦不能獨至於斯也。豈非適當其時故耶？孟子曰：伯夷，聖之清者也；伊尹，聖之任者也；柳下惠，聖之和者也；孔子，聖之時者也。孔子之謂集大成。嗚呼，杜氏、韓氏，亦集詩文之大成者歟！（秦觀《淮海集》卷二十二，〈韓愈論〉；魏慶之《詩人玉屑》卷十四，〈少游進論〉）

　　上述資料，稱揚杜詩優長，不約而同，多以為「集大成」，此中可以秦觀〈韓愈論〉最稱典型代表。秦觀之論稱：杜詩造詣之卓犖不群，主要在「適當其時」，集合諸家之長，所謂「窮高妙之格，極豪逸之氣，包沖澹之趣，兼峻潔之姿，備藻麗之態」，合併重組，會通化成，故為「諸家之作所不及」，甚至以孔子集聖之大成，稱許杜甫亦集詩之大成，此實宋人「會通化成」審美意識之體現。其他諸家所論，宋祁稱杜甫「渾涵汪茫，千彙萬狀，兼古今而有之」；張方平評其「曠眇包古今」，「一枝成鄧林」；蘇軾將杜詩類比顏真卿書法，以為「格力天縱，奄有漢、魏、晉、宋以來風流」；論點大多同一關楗，要皆推揚杜甫詩「集大成」之特色與成就。以下諸家之說，大抵百慮一致，殊途同歸，如：

　　　　詩欲其好，則不能好矣。王介甫以工，蘇子瞻以新，

黃魯直以奇，而子美之詩，奇、常、工、易、新、陳，莫不好也。（陳師道《後山詩話》）

讀杜甫詩，如看羲之法帖，備眾體而求之無所不有，大幾乎有詩之道者。自餘諸子，各就其所長，取名於世，故工於書者，必言羲之；工於詩者，必取杜甫，蓋彼無不有，則感之者各中其所好故也。（黃裳《演山集》卷二十一，〈陳商老詩集序〉）

或問王荊公云：編四家詩，以杜甫為第一，李白為第四，豈白之才格詞致不逮甫也？公曰：白之歌詩，豪放飄逸，人固莫及；然其格止於此而已，不知變也。至於甫，則悲懽窮泰，發斂抑揚，疾徐縱橫，無施不可。故其詩有平淡簡易者，有綿麗精確者；有嚴重威武，若三軍之帥者；有奮迅馳驟，若稅駕之馬者；有淡泊閑靜，若山谷隱士者；有風流蘊藉，若貴介公子者。蓋其詩緒密而思深，觀者苟不能臻其閫奧，未易識其妙處，夫豈淺近者所能窺哉！此甫所以光掩前人，而後來無繼也。（陳正敏《遯齋閒覽》）

自曹、劉死，至今一千年，惟子美一人能之。……子美之詩，顏魯公之書，雄姿傑出，千古獨步，可仰而不可及耳。……子美詩奄有古今，學者能識國風，騷人之旨，然後知子美用意處；讀漢魏詩，然後知子美遣辭處。至於掩顏謝之孤高，雜徐庾之流麗，在子美不足道耳。（張戒《歲寒堂詩話》卷上）

杜詩所以「光掩前人，後來無繼」；「雄姿傑出，千古獨步」者，主要在能「集大成」，集古今優秀詩人之大成，會通

化成，蔚為一家特色。陳師道稱杜詩：「奇、常、工、易、新，陳，莫不好」，諸體具備，而又各臻其妙。陳正敏楬櫫杜詩風格之多樣，有平淡簡易、綿麗精確、嚴重威武、奮迅馳驟、淡泊閑靜、風流蘊藉諸體，此黃裳所謂「備眾體，而求之無所不有」，亦集大成、會通適變之說也。依張戒《歲寒堂詩話》之意，杜詩體現風騷之旨，漢魏風骨，外加顏謝之孤高，徐庾之流麗，所謂「奄有古今」者，亦會通、集成之說耳。類似這種「集大成」之鑑賞論、批評論、創作論，屢見於宋代詩話、筆記之詩學論著中，其策略是同類相加、異類會通，然後和合大成，蔚然自成一家；其特點為共存、複合、調劑、互補、新變、創造，《易》傳所謂「窮變通久」，杜甫持以變通唐音，宋人宗杜學杜，持此「集成」、「會通」，新變為宋詩、宋調，故曰：集成、會通，是一種創造性之策略運用[80]。

三、杜甫「詩史」與書法、史筆

稱杜甫詩為「詩史」，起於晚唐孟棨〈本事詩〉，只在強調杜詩之敘事特色而已。至宋代，由於時勢所趨，《春秋》學蔚為顯學，史學之繁榮亦達空前成就；加上宋人之審美趣味近杜，典範追求合杜，學杜崇杜之風既開，為杜詩編年著既多，杜集刊行亦繁夥，於是宋代詩話、筆記多津津樂道「詩史」。筆者以為，杜甫既為號稱「左傳癖」之杜預第十三代孫，作〈祭文〉曾感歎《春秋》筆跡，流宕何人」，故所作敘事詩、

---

80 王國安《換個創新腦》，第十一章〈活用創造性思維手段〉，2.生活處處有加法——在相加中創新（臺北：帝國文化出版社，2004 年 6 月），頁 334~347。

諷諭詩、邊塞詩，必有體現《春秋》書法，與史家筆法者[81]。惜此一精微妙意，學界尚未開發。筆者翻檢宋代詩話、筆記，知宋人解讀杜詩「詩史」，大抵有三大意蘊：其一、詩補史闕；其二、《春秋》褒貶；其三、史筆森嚴，論述如下：

> 　　蔡寬夫《詩話》云：「子美詩善敘事，故號『詩史』。」（胡仔《苕溪漁隱叢話》前集卷十八引）
>
> 　　杜少陵子美詩，多紀當時事，皆有據依，古號「詩史」；……少陵〈送重表姪王砅〉詩曰……其詩詳諦如此，而史謬誤之甚，今以考之云。（陳巖肖《庚溪詩話》，胡仔《苕溪漁隱叢話》前集卷十三引《西清詩話》，文尾作「史缺失而謬誤，獨少陵載之，號詩史，信矣！」）
>
> 　　〈新安吏〉、〈潼關吏〉、〈石壕吏〉、〈新婚別〉、〈垂老別〉、〈無家別〉諸篇，其述男女怨曠、室家離別、父子夫婦不相保之意，與〈東山〉、〈采薇〉、〈出車〉、〈杕杜〉數詩相為表裡。唐自中葉，以徭役調發為常，至於亡國。肅代而後，非復貞觀、開元之唐矣。新舊《唐史》不載者，略見杜詩。（劉克莊《後村詩話》新集卷一）
>
> 　　或謂詩史者，有年月、地理、本末之類，故名詩史。蓋唐人嘗目杜甫為詩史，本出孟棨《本事》，而《新書》亦云。（姚寬《西溪叢語》卷上）

　　宋代詩話筆記，樂與讀者分享閱讀心得，勇於總結審美經驗，類聚群分，不難得出宋人之社會定勢。前文引述宋代《杜

集》整理與刊行書目，二八〇年間，刊行傳鈔之《杜集》版本
129種，一二四〇卷以上，平均每年出版一種《杜甫詩集》。
董居誼為《千家詩杜》作序時，甚至宣稱：「近世鏤板，注以
集名者，毋慮二百家」，可見南宋理宗前，杜集整理風行之盛
況。由此推之，《杜集》版本眾多，可見市場需求量大，圖書
流通傳播面廣。士庶可無耳受之艱，手抄之勞，即可家藏而人
有其書，夙興夜寐，深居簡出，即可閱讀圖書，不假公私庋
藏。詩評家必也寢饋杜詩如此，方能入乎其內，出乎其外，方
有較精湛之論述與品評。此非圖書流通便捷，版本刊行眾多，
無以為功；宋人詩話筆記之勃興，與雕版印刷之流行有關，此
自然之理，而學界忽之久矣。上列詩話筆記評論杜甫詩，推尊
為「詩史」，或以為善敘事，或以為事有據依，或以為補史不
載，或以為杜詩有年月、地理、本末之類，此無異「以史衡
詩」，肯定杜詩足以彌補唐史之闕漏[82]。其次，宋代詩話筆記
論杜詩，往往著眼「《春秋》褒貶」，如：

> 李光弼代郭子儀入其軍，號令不更而旌旗改色。及其
> 亡也，杜甫哀之曰：「三軍晦光彩，烈士痛稠疊。」前人
> 謂杜甫句為「詩史」，蓋謂是也。非但敘塵跡，摭故實而
> 已。（魏泰《臨漢隱居詩話》、蔡夢弼《杜工部草堂詩話》
> 卷一）

> 　輝復考少陵詩史，專賦梅繷二篇，因他汎及者固多。
> 取專賦、略汎及，則所得甚鮮；若併取之，又有疑焉，叩

82　宋代「詩史」說流行，約可分為三類：其一、「詩史」，即以詩為史；其
　　二、以風雅美刺之義釋「詩史」；其三、以詩史為詩人一生行跡之史，
　　說詳劉明今《方法論》，第三編第一章第三節，四、〈詩史說與杜詩編年〉
　　（上海：復旦大學出版社，2000年2月），頁403~414。

於汝陰李遹年。李曰：詩史猶國史也。《春法》之法，褒貶於一字，則少陵一聯一語及梅，正《春法》法也。如「巡簷索笑」、「滿枝斷腸」、「健步移遠梅」之句，至今宗之，以為故事，其可遽遺？非少陵，即取專賦可也。（周煇《清波雜志》卷十）

詩之美刺，與《春秋》、史傳之褒貶同科，大抵遵循「言之者無罪，聞之者足以戒」之主文譎諫手法，以表現對善惡、賢不肖之主觀裁判。魏泰評杜甫〈八哀詩・故司徒李公光弼〉，周煇評論杜甫梅詩二首，皆直指為「詩史」，以風雅美刺之義釋「詩史」，其中有《春秋》褒貶之書法在。又如下列文獻，強調實錄精神，所謂「詩史」，則以史筆森嚴見長：

子美世號「詩史」。觀〈北征〉詩云「皇帝二載秋，閏八月初吉。」〈送李校書〉云「乾元元年春，萬姓始安宅。」又〈戲友〉二詩「元年建巳月，官有王司直」。史筆森嚴，未易及也。（黃徹《䂬溪詩話》卷一）

逮至子美之詩，周情孔思，千匯萬狀，茹古涵今，無有涯涘，森嚴昭煥，若在武庫，見戈戟布列，蕩人耳目。……如〈義鶻行〉，蓋其引物連類，掎摭前事，往往而是。韓退之謂「光燄萬丈長」，而世號「詩史」，信哉！（蔡夢弼《杜工部草堂詩話》卷一，引王得臣《增注杜工部詩集・序》）

子美與房琯善，其去諫省也，坐救琯。後為哀挽，方之謝安。投贈哥舒翰詩，盛有稱許，然〈陳濤斜〉、〈潼關吏〉二詩，直筆不少恕。或疑與素論反。余謂翰未敗，

非子美所能逆知；琯雖敗，猶為名相。至於陳濤斜、潼關
之敗，直筆不恕，所以為「詩史」也。何相反之有！（劉
克莊《後村詩話》後集卷二）

黃徹、蔡夢弼、劉克莊評論杜詩，以善敘事為「詩史」，
多以為具備《春秋》書事之法，而且直筆不恕，史筆森嚴。是
以「《春秋》褒貶」視「詩史」也。

由此觀之，宋代詩學論「詩史」，已會通《春秋》書法、
史家筆法、敘事義法而一之。設非雕版印刷繁榮，版本流傳便
捷，「士大夫不勞力而家有舊典」；所謂「板本大備，士庶家
皆有之」；所謂「鏤板成市，板本布滿於天下」；縱然是「中
秘所儲，莫不家藏而人有」，宋代詩話筆記之品評考釋，將不
若是之蓬勃昌盛與蔚然成風。由於宋世學者，爭言杜詩，又購
其亡逸；喜論杜詩，而評議鋒出。杜詩既人所共愛，於是「學
詩者非子美不道，雖武夫女子皆知尊異之」。考「少陵矩範」，
所以蔚為時尚，此與宋人對杜詩持續進行注釋、編年、分類、
評點，詩話筆記對杜詩既深且廣之品評有關。尤其是杜甫年
譜、杜集編年之修纂刊行，與宋人「詩史」說交相影響，形成
了宋代「文學的歷史學」之文學觀。「詩史」說之流衍，提示
宋代詩學、宋代唐詩學之批評論、鑑賞論、閱讀論中「知人論
世」之策略，亦值得強調與探討[83]。

宋代古籍整理之成果，往往配合雕版印刷之刊行，傳播天
下，「學者無筆札之勞，獲睹古人全書」；即使中秘所藏，亦

---

[83] 參考同上註，劉明今《方法論》，〈詩史說與杜詩編年〉；淺見洋二〈論
「詩史」說——「詩史」說與宋代詩人年譜、編年詩文集編纂之關係〉，
《唐代文學研究》第九輯（桂林：廣西師範大學出版社，2002.4），頁
773~788。

往往家藏而人有，影響之深遠，可以想見。宋代士人學養大多深厚而廣博，宋詩代表蘇軾、黃庭堅之學問專業，想必遠超過唐詩代表李白、杜甫；印本文化傳送的訊息質量，一定遠遠超過寫本抄本，這也是必然之理，不容置疑。

四、杜甫「詩聖」與宋人之詩教觀

　　儒學為宋代思想之主流，標榜「聖人」境界，作為畢生之追求目標，周敦頤每尋「顏子仲尼樂處」，程頤作〈顏子所好何學論〉，強調「聖賢氣象」的存養，於是「希聖」、「希顏」，推崇道統，復歸孔夢，成為程朱理學之志業與主潮。於是致君堯舜之理想，勸諫補袞之忠義，經世濟民之宏願，以及其他道德教化之宣揚[84]，成為詩歌影響於宋代詩學之要項。在這個標榜「希聖」、「希顏」的時代，自然順理成章地將詩歌境界最上乘，造詣最高妙，作品之主題內容貼近儒學聖賢氣象之杜甫，推舉為「詩聖」，以比附孔子在儒家之尊隆地位。孔子集「聖人」之大成，杜甫集古今詩人之大成，以杜甫比擬孔子，故曰「詩聖」。羅大經《鶴林玉露》卷六稱：「唐人每以李杜並稱，至宋朝諸公，始知推尊少陵」；推尊而奉為「詩聖」，此宋代儒學興盛之必然投射與心理定勢。

　　《孟子》贊孔子為「聖之時者也」，又評騭孔子為「集大成」；秦觀〈韓愈論〉（已詳前）稱引之，而盛推杜甫，以為「子美其集詩之大成者歟？」秦觀將「集大成」與「聖」號並舉，「詩聖」之名已隱含其中。杜甫詩中之濟世情懷，政治襟

84　參考王文亮《中國聖人論》，第四章〈聖人與帝王政體〉，第五章〈聖人與道德教化〉（北京：中國社會科學出版社，1993年4月），頁215～345。

抱，倫理鋼常，切合儒家詩教之風範，與宋學之心理定勢合
拍，此亦助長兩宋崇杜、學杜、評杜、刊杜之風氣。至南宋楊
萬里，稱許杜詩「有得而未始有待，聖於詩歟？」始以「詩聖」
之號推尊杜甫 85。從北宋到南宋，政治之情態，理學之思
潮，憂患之意識，乃至於古籍之整理，印本之流傳，在在影響
宋人對杜詩之師法、詮釋、解讀、發揮。其中杜甫由「集大
成」而「詩聖」之嬗變歷程，極其複雜，要之，多以儒家詩教
為依歸，擇要略論如下：

> 吾觀少陵詩，為與元氣侔：力能排天斡九地，壯顏毅
> 色不可求。浩蕩八極中，生物豈不稠？醜妍巨細千萬殊，
> 竟莫見以何雕鎪。惜哉命之窮，顛倒不見收，青衫老更
> 斥，餓走半九州，瘦妻僵前子仆後，攘攘盜賊森戈矛。吟
> 哦當此時，不廢朝庭憂，常願天子聖，大臣各伊周，寧令
> 吾廬獨破受凍死，不忍四海寒颼颼。傷屯悼屈止一身，嗟
> 時之人我所羞。所以見公畫，再拜涕泗流，惟公之心古亦
> 少，願起公死從之游。（王安石《臨川先生文集》卷九，
> 〈杜甫畫像〉）

> 古今詩人眾矣，而杜子美為首，豈非以其流落飢寒，
> 終身不用，而一飯未嘗忘君也歟？（蘇軾《蘇軾文集》卷
> 二十四，〈王定國詩集敘一首〉）

> 老杜、劉禹錫、白居易詩言妃子死，老杜〈北征〉詩

---

85 「詩人之詩，唐云李、杜，宋言蘇、黃，蘇似李，黃似杜。蘇、李之
詩，子列子之御風，無待乎舟車也。黃、杜之詩，靈均之乘桂舟駕玉
車，有待而未始有待也。無待者神於詩歟？有待而未嘗有待者，聖於詩
歟？」（楊萬里《誠齋集》卷七十九，〈江西宗派詩序〉，《詩人玉屑》
卷十四）

……意者明皇鑒夏商之敗，畏天悔過，賜妃子死也。……〈北征〉詩識君臣之大體，忠義之氣與秋色爭高，可貴也。（釋惠洪《冷齋夜話》卷一）

蓋自天寶太平全盛之時，迄於至德、大歷干戈亂離之際，子美之詩凡千四百三十餘篇，其忠義氣節、羈旅艱難、悲憤無聊，一見於詩。句法理致，老而益精。平時讀之，未見其工；迨親更兵火喪亂之後，誦其詩如出乎其時，犁然有當於人心，然後知其語之妙也。（李綱《梁谿文集》卷一百三十八，〈重校正杜子美集序〉）

至於杜子美，則又不然，氣吞曹劉，固無與為敵。如放歸鄜州，而云……新婚戍邊，而云……《壯遊》云……《洗兵馬》云……凡此皆微而婉、正而有禮，孔子所謂可以興、可以觀、可以群、可以怨，邇之事父、遠之事君者。如「刺規多諫諍，端拱自光輝。儉約前王體，風流後代希。」「公若登台輔，臨危莫愛身。」乃聖賢法言，非特詩人而已。（張戒《歲寒堂詩話》卷上）

子美詩，讀之使人凜然興起，肅然生敬。〈詩序〉所謂「經夫婦、成孝敬、厚人倫、美教化、移風俗」者也。（張戒《歲寒堂詩話》卷上）

《孟子》七篇，論君與民者居半，其餘欲得君，蓋以安民也。觀杜陵「窮年憂黎元，歎息腸內熱」；「胡為將暮年，憂世心力弱」；〈宿花石戍〉云：「誰能叩君門，下令減征賦」；〈寄柏學士〉云：「幾時高議排君門，無使蒼生有環堵」；寧令「吾廬獨破受凍死亦足」，而志在大庇天下寒士，其心廣大，異夫求穴之螻蟻輩，真得孟子所存矣。東坡問：老杜何如人？或言似司馬遷，但能名其

詩耳，愚謂老杜似孟子，蓋原其心也。（黃徹《䂬溪詩話》卷一）

杜子美詩人之冠冕，後世莫及，以其句法森嚴，而流落困躓之中，未嘗一日忘朝廷也。孔子曰：詩三百，一言以蔽之，曰思無邪。以聖人之言，觀後人之詩，則醇醨不較而明矣。（陳俊卿《䂬溪詩話·序》）

王安石〈杜甫畫像〉，針對杜甫之人格襟抱，學問才情，極力稱揚贊歎，實以儒家詩教之旨趣解讀杜甫杜詩。蘇軾凸顯杜甫「一飯未嘗忘君」之形象，釋惠洪強調杜詩「識君臣之大體」，讚賞其「忠義之氣」高尚；李綱親歷兵火喪亂之後，益加體悟杜甫之忠義氣節，艱難悲憤；張戒推崇杜詩，微而婉，正而有禮，「乃聖賢法言，非特詩人而已」；又稱子美詩為「思無邪」，符合〈詩序〉之詩教；陳俊卿序《䂬溪詩話》亦以孔聖「思無邪」評量杜甫；黃徹以「原心」觀點解讀杜詩，以為「老杜似孟子」，是以聖賢稱許杜甫之悲天憫人，關心民瘼。要之，皆持儒家詩教之觀點，以解讀杜詩，其中難免有引申太過，或比附誤讀之虞 [86]。此攸關文學批評對道學思想之接受，儒家詩教對宋代詩學之影響，值得進一步開發。若此之例，尚多有之，如下列文獻所示：

前輩謂杜少陵富流離顛沛之際，一飯未嘗忘君。今略紀其數語云：「萬方頻送喜，無乃聖躬勞？」「至今勞聖主，何以報皇天？」「獨使至尊憂社稷，諸君何以答升

86　參考章潤瑞〈杜甫一飯不忘君試析〉，《杜甫研究學刊》一九九一年第三期；祁和暉〈詩聖詩史論〉，《杜甫研究學問》一九九六年第四期。

平？」「天子亦應厭奔走，群公固合思升平。」如此之類非一。（洪邁《容齋續筆》卷三，〈老杜不忘君〉）

惟杜陵野老，負王佐之才，有迫當世，而骯髒不偶，胸中所蘊，一切寫之以詩。其曰：「許身一何愚，自比稷與契。」又曰：「致君堯舜上，再使風俗淳。」此其素願也。至其出處，每與孔孟合。（趙次公〈杜工部草堂記〉，《成都文類》卷四十二）

數當寇亂，挺節無所污。為歌詩，傷時撓弱，情不忘君，人憐其忠云。（晁公武《郡齋讀書志》卷四上，〈杜甫集〉）

老杜詩當是詩中六經，他人詩乃諸子之流也。杜詩有高妙語，如云：「王侯與螻蟻，同盡隨丘墟。願聞第一義，回向心地初。」可謂深入理窟，晉宋以來詩人無此句也。（陳善《捫蝨新話》下集卷一，〈杜詩高妙〉）

早日皋夔許致身，最憐一飯不忘君。飄零豈意窮山里，目斷長安隔戍雲。（李壁〈留題東屯詩〉，《永樂大典》卷三五七八引《雁湖集》）

工部之詩，真有參造化之妙，別是一種肺肝，兼備眾體，間見層出，不可端倪，忠義感慨，憂世憤激，一飯不忘君，此其所以為詩人冠冕。（樓鑰《攻媿集》卷六十六〈答杜仲高書〉）

獨少陵……遭時多難，瘦妻飢子，短褐不全，流離困苦，崎嶇壈厄，一飯一啜，猶不忘君，忠肝義膽，發為詞章嫉惡憤世，比興深遠。（曾噩《九家集注杜詩·序》）

「一飯未嘗忘君」，蘇軾提出在先，南宋則為洪邁、晁公

武、李壁、樓鑰、曾噩諸家品評杜甫「忠義感慨」人格之共同
形象；夷考其實，學界已論證，蓋出於宋學對杜詩的曲解和誤
解：一部杜詩之主體表現，並不皆有「一飯未嘗忘君」之忠君
思想[87]。至於趙次公（彥材）稱美杜甫有「致君堯舜」之襟
抱，身負王佐之材，「至其出處，每與孔孟合」，則亦屬誤讀
之接受。要之，尊奉杜甫為「詩聖」，此固宋人之奇特解會，
其中有宋人之心理定勢、審美意識在。至於陳善推崇杜甫詩，
以為「詩中六經」，更以為杜詩高妙，深入理窟；比配《六經》
如此，蓋以道德教化之目的理解杜詩。由此觀之，以「詩聖」
尊稱杜甫，實與宋儒之宗經、徵聖、原道等意識有關。

從杜甫詩集在宋代熱絡之整理與頻繁之刊行，可見宋人崇
杜、讀杜、解杜、學杜風尚之一斑。蘇軾、黃庭堅，及江西詩
派之宗杜學杜成風，雕版印刷實居推波助瀾之功。知識傳播從
寫本變成印本，宋詩典範之選擇，遂與古籍整理、印本文化相
互為用。於是推崇杜甫詩歌造詣為「集大成」，讚揚杜甫敘事
諷諭詩為「詩史」，尊奉杜甫人格風格為「詩聖」，在印本文化
影響下，杜詩遂蔚為宋詩宋調之詩學典範。

肆、結論——《杜集》之整理與宋詩特色 之形成

陳寅恪曾言：「華夏民族之文化，歷數千年之演變，造極
於趙宋之世。」筆者以為，此與宋代古籍整理之蓬勃、印本文

87　參考註 75，〈論宋學對杜詩的曲解和誤解〉，頁 41~64。

化之繁榮、圖書流通之便捷、書院講學之普及等，皆有密切關係。尤其是古籍整理之精益求精，書籍鏤版刊行，不但「士大夫不勞力而家有舊典」；而且，「中秘所儲，莫不家藏而人有」，印本流布，更啟動其他相關之文化活動。文風思潮與古籍整理交相作用，彼此觸發，於是蔚為華夏文明的登峰造極。

學術風尚與古籍整理，彼此激盪，相互影響，此一命題之研究值得深入開發。就宋代經學而言，《易》與《春秋》最稱顯學，所以二者之整理與版本亦最熱絡。史籍之整理與雕版，琳瑯滿目，故宋代史學亦空前繁榮。道藏、佛藏、禪藏雖篇幅重大，然於宋代雕印頻繁，流傳廣遠，於是釋道之學昌盛，間接促成宋學之形成與流行。唐人文集，乃至先唐詩文集，多經宋人整理：輯佚、考訂、編纂、箋注，遂得以流傳後世。宋人透過整理古籍，雕印刊行，達到學古、變古、自成一家之目的。整理前人詩文集質量的精粗多寡，可反映出宋人詩歌典範選擇之傾向。古籍整理之參與，圖書流通之快捷，加上宋代文化之投射，直接間接影響宋人「以文為詩」、「以文字為詩」、「以議論為詩」，及「以才學為詩」之風尚。所謂江西詩風、或宋詩特色之形成，印本流行，至於「板本大備，士庶家皆有之」是一大關鍵。即以江西詩論之「活法」說而言，無論宗江西或反江西，多有相反相成，不謀而合之論說，解讀此種「雙重模態」，從兩宋古籍整理之成果，印本文化之流行，即可獲得怡然理順之詮釋。

至於《杜甫詩集》，經過蒐羅散佚，校勘訛奪，然後有足本善本可讀；憑藉考證名物，闡釋隱微，然後杜詩之表裡精粗無不到；借重詩話筆記之指點發明，然後杜詩之美妙超絕遂可以言傳，學杜宗杜者遂得進階之梯，詩法之門。其間荊公、東

坡、山谷、後山、簡齋諸主流詩人又先後學之宗之，推為典
範，形成江西詩派之讀解定勢。宋型文化既重反思內省，又貴
淑世致用；既標榜人格氣節，又強調明道教化；因博極群書，
而益發尚理重智；為積貧積弱，而長存憂患意識；更由於追新
求變，而多見創造發明。這些特質積澱在文化的深層結構中，
形成宋人之社會定勢，抉擇了杜甫及《杜集》作為詩學之典
範。

《杜集》之整理，經由北宋之蒐羅、輯佚、考訂、編纂，
已頗可觀覽。有此整理基礎，再經南宋士人編年、分類、集
註、評點的定勢讀解，加上兩宋評論家於詩話、筆記中「請杜
就範」之創造性詮釋，《杜集》整理與刊行，終於功德圓滿。
宋人面對古籍整理，特別鍾情於《杜甫詩集》，堪稱量多而質
高。起始，由於主流詩人登高號召，附和者既眾，於是形成江
西詩派。江西詩派標榜「學杜宗杜」詩風，一切「以杜子美為
標準」，配合黃庭堅「奪胎換骨」、「點鐵成金」諸詩論，由於
有門可入，有法可尋，於是舉國影從，流波深遠，更進一步助
長了《杜集》之整理與刊行。南宋理宗寶慶年間，《杜集》雕
版「注以集名者，毋慮二百家」，盛況空前如此，江西詩派之
學杜宗杜，顯然發揮推波助瀾之作用。古籍整理與文學風尚之
消長，脣齒相依，此一命題，無庸置疑。

考察宋人之學杜宗杜，實別有用心在：宋人之學杜，只是
一種手段；追新求變，自成一家，才是終極目標。這攸關文學
讀解中，「證同」和「趨異」的過程；也是文學接受中，傳承
和開拓，新變與代雄的嚴肅課題。宋人學古，是經由心印唐
詩，認同杜甫開始；以假借宗杜，「請杜就範」為中介；而以
新變杜詩唐詩，自成一家為依歸。故宋人認同杜詩之善陳時

事，詩補史闕，於是釋惠洪、蔡居厚、周煇、姚寬、王得臣、俞成、郭知達引申發揮，遂成宋人之「詩史」意識。宋人宗仰杜甫之忠不忘君、詩干教化，堪為人倫之表率，六經之鼓吹，於是張戒、李綱、喻汝礪倡之於前，楊萬里、趙次公、曾噩和之於後，遂使杜甫贏得「詩聖」之桂冠，從此成為理學（道學、宋學）家在詩壇之發言人。自秦觀借用孔子之「集大成」稱美杜詩，蘇軾、黃庭堅、陳師道、嚴羽先後標榜之以為典範，宋代文化既具備「會通化成」之特質，宋人因富於「集詩大成」之閱讀定勢，投射於典範，遂賦予杜甫「集大成」之榮銜。

杜詩雖集眾家之長，風格多樣，然基於「詳人之所略，異人之所同」之新變與開拓原則，黃庭堅及江西詩派只側重師法杜甫「詩史」之敘事性、夔州後詩之反思內省，表現自我，句律精深，變態百出。尤其是以議論為詩、資書以為詩、以俗物入詩、破格破律、句法、詩眼、煉字、用事、點化方面，經過改造發明，推廣運用，遂成為宋詩及宋調之特色，這種特色的形成，自然跟宋人印本文化流衍，整理《杜集》、刊刻《杜集》密切相關。

由此觀之，印本文化對宋詩、宋代詩學、宋代文學，乃至於宋代經學、史學、儒學、佛學、道家，以及文獻學之影響，皆是有待開發之學術園林，值得投入研究。[88]

---

88 本文原發表於漢學研究中心「第三次兩岸古籍整理研究學術研討會」，其後刊載於《宋代文學研究叢刊》第六期（2000年12月）。今再進行增訂，視前文已增多一萬六千餘字矣。

第二章

創意造語與宋代詠物詩

——以蘇軾詠花、詠雪為例

摘　要

　　宋人面對唐詩的輝煌燦爛，一則感慨盛極難繼，一則覺悟「處窮必變」，於是以學唐變唐為手段，以創意造語為方法，期許「自成一家」為目的。用心於避舊避熟，致力於趨生趨新，號稱宋詩代表之蘇軾、黃庭堅最具此種特色。無論命意、主題、體裁、取材、語言、視角，大多注重追新求變，致力創意造語，東坡詠物詩尤其如此。今以詠花、詠雪為例，考察東坡詠物詩之創意造語，發現東坡追新求變的途徑有三：即未經人道，另闢谿徑；因難見巧，精益求精；會通化成，新變代雄；詠物之特色，除傳承六朝之體物，光大唐代之言志外，又開發出宋人之托物寓意。其要領在反客為主與不犯正位，其要歸於轉換描寫角度，迴避習慣思維。由此可窺宋詩特色之形成，文學創作「窮變通久」之道，亦於是乎在。

關鍵詞：創意造語　詠物詩　詠花　詠雪　禁體物語

壹、詠物詩之考察與宋詩研究

一、詠物詩之流變與宋詩之特色

從《文心雕龍》〈詮賦〉、〈物色〉二篇看來，局部詠物，莫先於《詩》、《騷》；全部詠物，早著於辭賦。詠物詩自〈鴟鴞〉、〈橘頌〉以下，至六朝發展為巧構形似、體物瀏亮的風格，注重客觀形貌的複製與再現。詠物詩到初唐，除發揚齊梁巧言切狀，純粹體物之傳統外，又逐漸發展出抒情言志之優長，成為唐代詠物詩之特色。至宋代，由於黨爭激烈、文禍頻仍、書院講學、科舉策論諸影響，以及禪宗流行、道家昌盛、理學獨尊，內省思辨工夫普遍，加上印本文化的激盪，文學作品的因革，蔚為尚意貴理的風尚，於是詠物詩受其薰陶，除傳承六朝巧構形似、唐代抒情言志之特色外，又發展出借物議論，因物喻理的本色當行來。表現於詩，遂形成宋詩之議論化與理趣化[1]。由於華夏文明「造極於趙宋之世」[2]，反映於詩歌，亦形成宋人作詩往往「以才學為詩」、「以文字為詩」[3]。宋人詠史、題畫，固然表現上列之風尚，即詠物、寫景、敘

1　參考朱靖華：〈蘇軾與宋詩的議論化、理趣化〉，《蘇軾論》（北京：朝華出版社，1997 年 12 月），頁 57~78；王洪：〈蘇軾「以議論為詩」論〉，《蘇東坡研究》第七章（桂林：廣西師範大學出版社，1998 年 10 月），頁 199~265。

2　語見陳寅恪：〈鄧廣銘《宋史職官志考證‧序》〉，《金明館叢稿》二編（臺北：里仁書局，1982 年），頁 245~246；參考王水照：〈陳寅恪先生的現代觀〉，《宋代文學研究叢刊》第四期（高雄：麗文化公司，1998 年 12 月），頁 1~16。

3　參考朱靖華：〈蘇軾「以才學為詩」論〉，王洪：〈蘇軾「以才學為詩」論〉，〈蘇軾「以文字為詩」論〉，同註 1，頁 82~108；頁 295~311、頁 312~338。

事、山水、邊塞，亦多具備如是之特質。宋詩與唐詩之異同，宋調與唐音之殊科，此是一大關鍵。

　　清喬億《劍溪說詩》卷下論詠物詩之風格稱：「齊梁及唐初為一格，眾唐人為一格，老杜自為一格，宋、元又自一格。宋詩粗而大，元詩細而小，當分別觀之以盡其變。」姑不論喬億的區分是否合理，但以唐人與齊梁各為一格，「宋元又自一格」，純就流變的觀點，來看待文學作品的特色，則頗有可取。就詠物詩之創作而言，最注重別出心裁，另闢谿徑。蓋自天地開闢以來，即有此物，唐人所見與六朝不異，宋人所見豈與唐人殊科？不過由於時移勢遷，卻有可能因文化走向不同，而形成風格特色之差異；「譬之清風明月，四時常有，而光景常新。」[4] 風月恆有，而光景常新者，在於四時之佳興，往往因人、因事、因時、因地而有新變。詩人之詠物，亦然。物則千古猶是也，然作家、作品不同，時代、地域差異，體裁、語言殊科，文化類型、詩歌流派有別，詠物詩之創作，也就因另闢谿徑，而光景常新。美妙的詠物詩，必須「翻脫前人窠臼」，尤其貴在「能道人不到處」，所以詩論家認為：詠物詩最難見長[5]。翻脫窠臼，推陳出新；未經人道，古所未有，這是文學語言、詩歌語言追求的目標；詠物詩貴在別出心裁，獨造

4　語見《陳輔之詩話》第二則，《宋詩話全編》本第一冊（南京：江蘇古籍出版社，1998 年 12 月），頁 332。

5　明陸時雍《詩鏡總論》第三十五則稱：「夫詠物之難，非肖難也，惟不局於物之難。」《明詩話全編》第十冊（南京：江蘇古籍出版社，1997 年 12 月），頁 10652。清黃子雲《野鴻詩的》第十七則：「命題何者最難？……一曰詠物。」丁福保《清詩話》本（臺北：明倫出版社，1971 年 12 月），頁 850；清朱庭珍《筱園詩話》卷四，第三則：「詠物詩最難出色。古人非不刻劃，而超脫大雅，絕不黏滯，後人著力求之，轉失妙諦。」郭紹虞《清詩話續編》本（臺北：木鐸出版社，1983 年 12 月），頁 2393。

成家，這正是詩歌語言表現的極致。

二、詠物詩之討論與唐宋詩之評價

自南宋張戒、劉克莊、嚴羽論詩，傾向「尊唐貶宋」[6]，開啟「唐宋詩之爭」，經明代前後七子推揚[7]，清初宗唐派提倡[8]，遂形成詩派的意氣之爭。影響所及，論詩預存「優唐劣宋」的定見，往往漠視事實，率然作以偏概全的抑揚和定奪。如下列明人清人詩話之論述，可見一斑：

> 唐人詠物諸詩，於景、意、事、情外，別有一番思致，不可言傳，必心領神會始得。此後人所以不及唐也。如陸魯望〈白蓮〉詩云：「素萼多蒙別豔欺，此花真合在瑤池。還應有恨無人覺，月曉風清欲墮時」，妙處不在言句上。宋人都曉不得。如東坡〈詠荔枝〉、梅聖俞〈詠河豚〉，此等類非詩，特俗所謂偈子耳。（明劉績《霏雪錄》）

6　參考成復旺等《中國文學理論史》（二），第四編第四章第一節〈江西派與張戒〉，第三節〈包恢與劉克莊〉，第五節《《滄浪詩話》的歷史意義》（北京：北京出版社，1991年9月），頁432~447，頁471~480，頁496~508。

7　參考齊治平：《唐宋詩之爭概述》（長沙：岳麓書社，1984年1月）；袁震宇、劉明今《中國文學批評史——明代卷》，第四、第五章〈明代中期的詩文批評〉（上、下）（上海：上海古籍出版社，1996年12月），頁130~320。

8　參考蕭華榮：《中國詩學思想史》，〈清代第七章，祧唐㳘宋〉（上海：華東師範大學出版社，1996年4月），頁297~382；張健：《清代詩學研究》，第二章〈情志為本與格調優先〉，第八章〈主真重變與清初的宋初熱〉（北京：北京大學出版社，1999年11月），頁43~103；頁362~403。

　　詠物詩前人多有寄託，宋人多作著題語，不惟格韻卑
弱，而詩人之旨自此衰矣。（清汪士鋐《近光集‧雜論》
引馮班語）

　　唐人詠物不刻劃自好，至宋人而變矣。然在今日，宋
體亦免不得要做。（清殷元勳、宋邦綏《才調集補注》卷
四引馮班語）

　　詠物詩齊梁始多有之。其標格高下，猶畫之有匠作，
有士氣。……至盛唐以後，始有即物達情之作。……宋人
於此茫然，愈工愈拙，非但「認桃無綠葉，辨杏有青
枝」，為可姍笑已也。（清王夫之《薑齋詩話》卷二）

　　「唐宋皆偉人，各成一代詩。變出不得已，運會實迫之」[9]；
詩分唐宋，各有優長[10]，這固是折衷之說，也是通達之論。
但是宗唐派的詩論家卻預設立場，罔顧事實，隨意軒輊，明末
劉績、清初馮班、王夫之諸人之「尊唐貶宋」，可作代表。
劉、馮、王三家之說有一共通點：即採取絕對之二分法，褒揚
唐詩，貶斥宋詩；唐詩是眾美兼具，宋詩則乏善可陳。彼等以
唐詩為中國古典詩歌的不二典範；不知詩歌典範的建立，是
「新變代雄」的必然結果。袁枚與沈德潛論唐宋詩曾說：「唐
人學漢魏，變漢魏；宋學唐，變唐。其變也，非有心於變也，
乃不得不變也；使不變，不足以為唐，亦不足以為宋也。……

9　語見清蔣士銓：《忠雅堂詩集》卷十三〈辯詩〉（上海：上海古籍出版
　　社，1993 年 12 月），頁 986。

10　參考錢鍾書《談藝錄》〈詩分唐宋〉：「唐詩、宋詩，亦非僅朝代之別，
　　乃體格性分之殊。天下有兩種人，斯分兩種詩。唐詩多以豐神情韻擅
　　長，宋詩多以筋骨思理見勝。」（臺北：書林出版公司，1988 年 11
　　月），頁 2。

先生許唐人之變漢魏，而獨不許宋人之變唐，惑矣！」[11]明清兩代及近代當代宗唐詩的批評者，大多像沈德潛一般，只「許唐人之變漢魏，而獨不許宋人之變唐」，昧於流變而詮釋文學作品、討論文學現象，將容易造成偏頗或武斷。

宋人無不學唐，然與明人之學唐不同：明人模擬唐詩，是以學唐為終極目的；宋人學唐學古，是以汲取古人之優長為手段、為過程，而以新變唐詩、代雄唐詩為使命，以創新典範，自成一家為目的[12]。此種創作理念，代表宋詩之各大家，要皆有具體之呈現。以詩文革新運動的完成者蘇軾來說，既傳承唐詩，又開拓宋詩的成就，典型尤其顯著。以詠物詩而言，劉績《霏雪錄》稱：「唐人詠物諸詩，於景、意、事、情外，別有一番思致，不可言傳」；批評宋人於此等妙處，「都曉不得」；甚至以偏概全說這是「非詩」，是「偈子（語）」，其中曾舉東坡〈詠荔枝〉詩為例。劉績論詩推重唐詩，常持唐詩之典範與尺度以衡量抑揚古今之詩；凡與唐詩標準不合之詩，一概斥為「非詩」。這種論調，完全漠視文學內在的流變，尤其對於東坡作詩注重谿徑別闢、用心創意造語、追求自成一家、建構宋詩典範的成就，幾乎視若無睹。以意氣成見論詩，當然不足取。馮班所論，亦多昧於流變：宋人詠物，既重學古通變，故六朝詠物「著題」、「刻劃」之特質有所傳承；唐人詠物表現比興寄託、不以言傳的特色，亦有所發揚。馮班刻意凸顯宋詩之病失，又有意抹煞宋代許多大家名家詠物之優長，論

11　語見袁枚《小倉山房文集》卷十七，〈答沈大宗伯論詩書〉（上海：上海古籍出版社，1988 年），頁 1502。
12　參考拙著《宋詩之新變與代雄》，〈貳、自成一家與宋詩特色〉（臺北：洪葉文化公司，1995 年 9 月），頁 67-156。

點殊失公允。其實，「著題語」並無不好，試觀宋元之際江西詩派殿軍方回所選《瀛奎律髓》卷二十七「著題類」，謂著題詩，「即六義之所謂賦而有比焉，極天下之最難。」馮班評《瀛奎律髓》，謂方回釋著題詩為：體物肖形，語意精到；「宋人詩好煞，只得此八字，唐人玄遠處未夢見。」[13] 可見這是風格特色的問題，實不宜與優劣短長混為一談。否則宗唐派推崇之詠物大家杜甫，《律髓》「著題類」亦選錄其詩七首，難不成這七首杜詩也是「格韻卑弱」、「未見玄遠」？東坡不云乎：「賦詩必此詩，定非知詩人」[14]；詠物之妙者，技法多在「不即不離，若即若離」之間，悟此可以息爭。至於王夫之《薑齋詩話》論詠物詩，將「即物達情」之專利權，純然歸諸唐人，而姍笑宋人「於此茫然，愈工愈拙」，這也是一手遮天，刻意扭曲之論斷。宋人、尤其是蘇東坡，創作許多「即物達情」的詠物詩，王夫之即使不知，也不可以信口雌黃。所舉「認桃無綠葉，辨杏有青枝」，東坡早已斷其「至陋，蓋村學中語」；宋代《王直方詩話》、《韻語陽秋》、《獲溪詩話》亦皆斥其「斧鑿痕」、「黏皮骨」[15]。由宋人詠花、詠雪、詠雨、詠鳥看來，詠物詩之高妙者，往往「不取形而取神，不用事而用意」，宋人知而能行者大有人在！王夫之以「茫然」概括宋人，絕非事實。詠物詩，不切題則捕風捉影，太切題又黏皮帶

13　方回選評、李慶甲集評校點《瀛奎律髓彙評》卷二十七，〈著題類〉引馮班評語（上海：上海古籍出版社，1986 年 4 月），頁 1151。

14　語見孔凡禮點校本《蘇軾詩集》卷二十九，〈書鄢陵王主簿所畫折枝二首〉其一（臺北：學海出版社，1985 年 9 月），頁 1525。

15　《蘇軾詩集》卷二十一，〈紅梅三首〉其一：「詩老不知梅格在，更看綠葉與青枝。」頁 1107。《蘇軾文集》卷六十八，〈評詩人寫物〉曾評石曼卿〈紅梅〉詩，以為「至陋語，蓋村學中體也。」（北京：中華書局，1986 年 3 月），頁 2143。

骨，所以難為。論詩只知其短，不見其長，未有不流於偏頗
者；「好而知其惡，惡而知其美」，則庶幾乎！

　　明清以來的詩論家探討解讀宋詩，像上列的成見或錯會，
確實不少。其中或牽涉到宗派意氣之爭，或起源於對宋詩之陌
生與不解，都有待廓清與探討。筆者有見於此，乃戮力宋詩特
色之研究，期待雲開月明，還宋詩本來之面目。今從別闢谿
徑、新變代雄的觀點，針對蘇東坡詠物詩作研究核心，選擇詠
花詠雪之詩篇作論證，以見在「菁華極盛，體制大備」的唐詩
之後，東坡如何進行「創意造語」？如何追求「自成一家」？
宋人學唐、變唐的苦心和孤詣，於此亦可具體而微表見。

貳、宋詩、東坡詩與追新求變

　　筆者研究宋詩特色，曾撰有〈宋詩特色之自覺與形成〉、
〈自成一家與宋詩特色〉二文[16]，分別從題材、語言、風格、
內容、命意、技法、破體、出位各個方面，去考察宋詩展現的
陌生化、新奇感和變異場[17]；藉以得出宋詩之創發價值與開
拓地位。對於紛紛擾擾的唐宋詩之爭、唐宋詩優劣得失之辯，
筆者堅持：「論宋詩當以新變自得為準據，不當以異同源流定
優劣」，於是撰成〈從「會通化成」論宋詩之新變與價值〉一

16　〈宋詩特色之自覺與形成〉，原載《漢學研究》卷十第一期（1992年6
　　月），頁243~274；〈自成一家與宋詩特色〉，原為1994年「第一屆宋
　　代文學研討會」論文。二文後經增訂，輯入《宋詩之新變與代雄》一書中。
17　「文學語言是一個規範場，任何描述對象的敷陳，都必須符合一定的規
　　範要求。文學語言又是一個變異場，一定條件下常常可以超越規範，通
　　過變異而形成新的規範。」語見馮廣藝《變異修辭學》，附錄一〈變異：
　　文學語言的特質〉（通山：湖北教育出版社，1992年1月），頁214。

文[18]。筆者發現：以追新求變為手段，以自成一家為目的，是古往今來一切大家名家所以成家之然，更是宋人在唐詩登峰造極之後，「處窮必變」的不二門徑。梅堯臣、歐陽脩、王安石如此，蘇軾、黃庭堅、陳師道、陳與義，乃至南宋楊萬里、范成大、陸游諸大家，要亦皆然。劉克莊〈跋何謙詩〉所謂「君稍變體，借虛以發實，造新以易腐，因難以出奇」[19]，可藉此說明宋人以新變為手段，企圖打破成規，追求自出機杼，以期代雄唐詩的努力。

　　詩人所詠之物，古今所共見，如何經營表現，才能避免習套，有所創發？「譬之清風明月，四時常有，而光景常新」？此非追新求變不可。筆者翻檢宋人詩話筆記，殊途同歸，共論東坡作詩注重追求「新變」者，其要道有三：一、未經人道，另闢谿徑；二、因難見巧，精益求精；三、會通化成，新變代雄。簡論如下：

一、未經人道，另闢谿徑

　　　唐詩：「長因送人處，憶得別家時。」又曰：「舊國別多日，故人無少年。」舒王東坡用其意，作古今不經人道語。……坡曰：「桑疇雨過羅紈膩，麥隴風來餅餌香。」如《華嚴經》舉果知因，譬如蓮花，方其吐花而果具蕊中。造語之工，至於舒王東坡山谷，盡古今之變。（釋惠

18　〈從「會通化成」論宋詩之新變與價值〉，原載《漢學研究》卷十六第一期（1998 年 6 月），頁 235~265；後經增訂，收入拙著《會通化成與宋代詩學》（臺南：成功大學出版組，2000 年 8 月），頁 1~53。
19　劉克莊：《後村先生大全集》卷一〇六，《四部叢刊》初編本（臺北：商務印書館）。

洪《冷齋夜話》卷五，彭乘《墨客揮犀》卷八）

東坡〈雪〉詩：「五更曉色來書幌」……此所謂五更
者，甲夜至戌夜爾，自昏達旦，皆若曉色，非雪而何？此
語初若平易而實新奇，前人未嘗道也。（費袞《梁谿漫志》
卷七）

有明上人者，作詩甚艱，求捷法於東坡。東坡作兩頌
以與之。……其一云：「衝口出常言，法度去前軌。人言
非妙處，妙處在於是。」（周紫芝《竹坡詩話》，宛委山堂
本《說郛》卷八十四）

詩須有為而作，用事當以故為新，以俗為雅。好奇務
新，乃詩之病。（《蘇軾文集》卷六十七，〈題柳子厚詩〉
二首其二）

道子畫人物，如以燈取影，逆來順往，旁見側出，橫
斜平直，各相乘除，得自然之數，不差毫末。出新意於法
度之中，寄妙理於豪放之外。所謂游刃餘地，運斤成風，
蓋古今一人而已。（《蘇軾文集》卷七十，〈書吳道子畫
後〉，又〈跋吳道子地獄變相〉）

《冷齋夜話》稱東坡作詩，「作古今不經人道語」，蓋運用
「舉果知因」，預言式之示現技法，前人未嘗有之；《梁谿漫志》
也推崇東坡〈雪〉詩，用「五更」字，歧意別解，推陳出新，
用意新奇，「前人未嘗道」。不經人道，古所未有，則容易形
成陌生化，造成新奇感，打破讀者的感覺定勢，強化人們對事
物的新鮮感受。陌生化理論倡導者什克洛夫斯基所謂：「詩歌
的目的，就是要顛倒習慣化的過程。『創造性地損壞』習以為
常的、標準的東西，以便把一種新的、童稚的、生氣盎然的前

景灌輸給我們。」於是新變制奇，生面別開，對於追求獨創，自成一家，有加乘作用[20]。東坡詩在立意、語言、形式技巧、文體風格方面，刻意疏離唐詩建構的典範，博得讀者對新樣式、新風格的關注和興趣，最富於陌生化的效果。《竹坡詩話》載東坡答「捷法」，稱「衝口出常言，法度去前軌」，強調不拘成法，自由揮灑[21]。而「出常言」、「去前軌」，則自有超常越規，除舊佈新之意。東坡〈書吳道子畫後〉所謂「出新意於法度之中，寄妙理於豪放之外」，這是東坡「傳神論」主張之一，注重法度、形似、道理、規律，在法度的要求上創造新意，在豪放的風格外，還寓含微妙的道理規律[22]，猶物理學上之向心力與離心力，相輔相成，方能運動裕如。規矩準繩與自由超脫間之互動不易，猶「從心所欲」與「不踰矩」間之兩全極難，這是藝術辯證的課題，東坡詩學與宋人詩學已多所強調。東坡「自鑄偉辭」，對於宋人體現「創意造語」諸詩歌語言，頗有貢獻。至於東坡〈題柳子厚詩〉論「用事」之法，謂「當以故為新，以俗為雅」，則是宋代詩學一大範疇，關係學古與創新問題，黃庭堅與江西詩人於此最津津樂道。以別開

20　參考葛兆光《漢字的魔方》，三、〈意脈與語序〉（香港：中華書局，1989 年 12 月），頁 63。此處所謂陌生化（Ostranenie）理論，為俄國文學批評家什克洛夫斯基所倡，他發現各種藝術流派和風格不斷更替的原因，在於手法的不斷更新；手法的更新，不斷地形成陌生化的效果。參考閻國忠主編《西方著名美學家評傳》下冊，〈什克洛夫斯基〉，四、「陌生化」（合肥：安徽教育出版社，1991 年 4 月），頁 279~283。

21　參考周裕鍇：《宋代詩學通論》，乙編，詩法篇第四章〈規則與自由〉（成都：巴蜀書社，1997 年 1 月），頁 203~250。

22　參考熊莘耕〈蘇軾的傳神說〉，《古代文學理論研究》第十輯（上海：上海古籍出版社，1985 年 6 月），頁 117~128；衣若芬：《蘇軾題畫文學研究》，第五章第二節〈形似與傳神〉（臺北：文津出版社，1999 年 5 月），頁 231~248。

生面挑戰唐詩典範，以整合融會建構自家特色，此中有之[23]。

二、因難見巧，精益求精

東坡作詩除用心「未經人道」，致力「另闢谿徑」外，更追求「因難見巧，精益求精」，如：

> 人謂東坡作此文（案：即〈醉翁操〉），因難見巧，故極工。彼其老於文章，故落筆皆超軼絕塵耳。（黃庭堅《山谷題跋》卷二，〈跋子瞻〈醉翁操〉〉）
>
> 蜀中石刻東坡文字稿，其改竄處甚多，玩味之，可發學者文思。（費袞《梁谿漫志》卷六，〈蜀中石刻東坡文字稿〉）
>
> 作詩押韻是一奇。荊公、東坡、魯直押韻最工，而東坡尤精於次韻，往返數四，愈出愈奇。如作梅詩、雪詩押「曒」字、「叉」字。在徐州與喬太博唱和押「粲」字，數詩特工。（費袞《梁谿漫志》卷七，〈作詩押韻〉）
>
> 蓬嘗於文忠公諸孫望之處，得東坡先生數詩挺。其和歐叔弼詩云：「淵明為小邑」，繼圈去為字，改作求字，又連塗小邑二字，作縣令字，凡二改乃成。今句至「胡椒銖兩多，安用八百斛」，初云「胡椒亦安用，乃貯八百斛」，若如初語，未免後人疵議。又知雖大手筆，不以一時筆快為定，而憚於屢改也。（何蓮《春渚紀聞》卷七，

23　「以故為新」，參考同註12，頁21～32，頁115～118；「以俗為雅」，〈陸、化俗為雅與宋詩特色〉，頁303～366；又，王水照主編《宋代文學通論》，〈文體篇〉，第二章「雅俗之辨」（高雄：麗文文化公司，2000年6月），頁54～66。

〈作文不憚屢改〉〉

　　黃庭堅為蘇門四學士之首，創立江西詩社宗派，與其師東坡並稱宋詩之代表。黃庭堅論詩，有得師承者，如稱道「遇變而出奇，因難而見巧」的詩作即是[24]。東坡作詩，精於次韻，愈出愈奇，如〈和子由澠池懷舊〉、〈次韻張安道讀杜詩〉、〈和述古冬日牡丹四首〉、〈和子由四首〉、〈和孔密州五絕〉、〈和秦太虛梅花〉、〈次韻王定國南遷回見寄〉、〈次韻子由書李伯時所藏韓幹馬〉、〈次韻楊公濟奉議梅花十首〉、〈次韻吳傳正枯木歌〉、〈和陶擬古〉諸詩，無論主題、立意、措詞、選韻，皆讓他人先出頭地，自己則從後追步唱和。在「好語言，俗語言」可能被前人道盡的情況下，若能「因難見巧」而後來居上，豈非難能而可貴。蔣士銓〈辯詩〉所謂「能事有止境，極詣難角奇」，正是「宋人生唐後，開闢真難為」的如實寫照。面對如此困境，注重遣詞造句，講究寫作技巧，成為宋人一大選擇。《山谷題跋》稱東坡作文，表現「因難見巧」；《梁谿漫志》稱東坡文稿「改竄處甚多」；《春渚紀聞》強調東坡作詩「不憚屢改」，皆可見一斑。《梁谿漫志》卷七又稱東坡作詩，「精於次韻，愈出愈奇」，最長於押險韻，妙在巧奪天工。如〈十一月二十六日松風亭下梅花盛開〉、〈再用前韻〉、〈花落復次前韻〉三首，押「嗽」字韻，《遯齋閒覽》稱：「皆韻險而語工，非大手筆不能到」；胡仔則評其「皆擺落陳言，古今人未嘗經道者」[25]，固是因難見巧之傑作。又如

24　語見黃庭堅《豫章黃先生文集》卷十六，〈胡宗元詩集序〉，《四部叢刊》初編本（臺北：商務印書館）。

25　語見胡仔《苕溪漁隱叢話》後集卷二十一，引陳正敏《遯齋閒覽》（臺北：長安出版社，1978 年 12 月），頁 146~147。

〈雪後書北臺壁二首〉，用「尖」、「叉」二字，工穩而有味，
無牽強湊泊之病，清乾隆《御選唐宋詩醇》極推重之，謂「古
今推為絕唱」[26]。所謂「韻險而無窘步」，也是因難見巧的奇
作。東坡在「追新求變」方面，確有獨到的造詣。

三、會通化成，新變代雄

　　東坡詩極注重追新求變，除前所述未經人道、另闢谿徑、
因難見巧、精益求精外，尚有「會通化成」之理念與實踐，必
如此，方有新變代雄之成就，自成一家之價值，如云：

> 　　軾不佞，自為學至今十有五年，以為凡學之難者，難
> 於無私；無私之難者，難於通萬物之理。故不通乎萬物之
> 理，雖欲無私，不可得也。己好則好之，己惡則惡之，以
> 是自信則惑也。是故幽居默處而觀萬物之變，盡其自然之
> 理，而斷之於中。其所不然者，雖古之所謂賢人之說，亦
> 有所不取。（《蘇軾文集》卷四十八，〈上曾宰相書〉）
>
> 　　物一理也，通其意，則無適而不可。分科而醫，醫之
> 衰也；占色而畫，畫之陋也。和、緩之醫，不別老少，
> 曹、吳之畫，不擇人物。謂彼長於是則可也，曰能是不能
> 是則不可。世之書篆不兼隸，行不及草，始未能通其意者
> 也。如君謨真、行、草、隸，無不如意，其遺力餘意，變

26　參考曾棗莊《蘇詩彙評》卷十二（臺北：文史哲出版社，1998 年 5
　　月），頁 485~495。不過，南宋張戒《歲寒堂詩話》卷上對於「押韻之
　　工」卻有負面的評價：「蘇黃用事押韻之工，至矣盡矣；然究其實，乃
　　詩中之一害。使後生只知用事押韻之為詩，而不知詠物之為工，言志之
　　為本，風雅自此掃地矣。」丁福保：《歷代詩話續編》本（臺北：木鐸
　　出版社，1983 年 9 月），頁 452。

為飛白，可愛而不可學，非通其意，能如是乎？（同上，
卷六十九，〈跋君謨飛白〉）

　　東坡〈上曾宰相書〉稱：「凡學之難者，難於無私，無私
之難者，難於通萬物之理」；〈跋君謨飛白〉則謂：「物一理
也，通其意，則無適而不可」，可見東坡極推重「會通」。筆者
曾考察宋代諸大家之文化意識，發現司馬光提出「相容」，秦
觀強調「集成」，王安石、朱熹申說「化變」，而鄭樵《通志》
標榜「會通」。整合「相容」、「會通」、「化變」、「集成」，
而為「會通化成」，遂蔚為宋型文化之主體特色[27]。
　　以東坡文學創作而言，「破體」方面，有以文為詩、以賦
為詩[28]、以詩為詞、以文為賦[29]者；「出位」方面，有以老
莊入詩、以禪為詩[30]、詩中有畫[31]、以書法為詩、以史筆為
詩、以書道為詩[32]、以戲劇為詩[33]種種現象，皆是宋型文化

27　拙著《會通化成與宋代詩學》，〈壹、從「會通化成」論宋詩之新變與價
　　值〉，二、相容、會通、化變、集成，是宋詩「自成一家」之手段（臺
　　南：成功大學出版組，2000年8月），頁3~15。
28　同註12，〈參、破體與宋詩特色之形成——以「以文為詩」為例〉，頁
　　157~194；〈伍、破體與宋詩特色之形成——以「以賦為詩」為例〉，頁
　　241~302。
29　同註27，〈捌、「破體出位」與宋代文學的整合研究——以詩、詞、櫽
　　括為例〉，頁275~279。
30　同註12，〈貳、自成一家與宋詩特色〉，第二節、四、「出位之思，補
　　偏救弊」，頁94~112。
31　拙著《宋詩之傳承與開拓》，〈下篇，宋代「詩中有畫」之傳統與創格〉
　　（臺北：文史哲出版社，1990年3月），頁255~515。
32　同註27，〈貳、《春秋》書法與宋代詩學——以宋人筆記為例〉、〈參、
　　會通與宋代詩學—宋詩話「以《春秋》書法論詩」〉、〈伍、史家筆法與
　　宋代詩學—以宋人詩話筆記為例〉、〈陸、蘇黃「以書道喻詩」與宋代詩
　　學之會通〉，頁55~128、頁153~234。
33　同註12，〈柒、雜劇藝術對宋詩之啟示——民間文學對蘇黃詩歌之影
　　響〉，頁367~433。

「會通化成」之發用。「破體為詩」，或「出位為詩」，皆是立
足於詩歌的本位，進行兩種文體、或兩種學科間的會通、借
鏡、融合、化成。由於文體和文體間，學科和學科間，存在
「中間區」、「中介環節」，透過交叉、滲透、嫁接、融鑄的
「會通化成」，文學作品因為聯姻而有截長補短的效應，不僅生
命力旺盛，而且內容豐富多采。東坡及宋人致力於「會通化
成」，確實可以新變唐詩，甚至於代雄唐詩。上承劉勰《文心
雕龍・通變》所謂「通變則久」，下啟清代葉燮《原詩》之
「續禪因創」說，袁枚《隨園詩話》之「且學且變」說。賦古
典以新貌，化臭腐為神奇，「會通化成」遂為東坡及許多宋人
常用的利器之一。

參、創意造語與蘇軾詠物詩之特色

李之儀〈跋吳思道詩〉曾稱：「東坡嘗謂余曰：『凡造
語，貴成就；成就則方能自名一家。如蠶作繭，不留罅隙，吳
子華、韓致光所以獨高於唐末也。』」[34] 所謂「成就」，指詩歌
語言方面的新變性、創造性，是創作贏得成功的重要秘訣[35]。
東坡論詩，極重視「達意」、「通理」，〈答謝民師推官書〉及
〈上曾丞相書〉、〈書吳道子畫後〉諸作可見一斑；至於遣詞造
句，〈題柳子厚詩〉標榜「以故為新」、「以俗為雅」、「反常
合道」。可見，對於「創意造語」的注重，東坡蓋上承梅堯臣

34　李之儀《姑溪居士文集》卷四十，轉引自四川大學中文系唐宋文學研究
　　室編《蘇軾資料彙編》第一冊（北京：中華書局，1994年4月），頁30。
35　參考顏中其《蘇軾論文藝・前言》（北京：北京出版社，1985年5月），
　　頁15~17。

的「意新語工」，而又多所發揮；下啟黃庭堅「奪胎換骨」、「點鐵成金」之江西詩法[36]。

蘇東坡以不世之材，雄視一代，凡所建樹，要皆啟發當代，沾溉來葉，故考察宋詩之典範價值，自當以東坡詩為冠冕。得一東坡，則唐宋詩學之源流正變，消長因革，亦於是乎在。東坡作詩，提倡創意造語；最富於創意造語者，莫過於詠物詩。方回《瀛奎律髓》卷二十一稱：「雪於諸物色中最難賦」；卷二十二：「著題詩中梅、雪、月最難賦」；清潘德輿《養一齋詩話》卷五亦云：「梅詩最難工」[37]。可見詠物詩中以詠花、詠雪為最難工，最可考察東坡之「因難見巧」。本文探討東坡詩之創意造語，選擇詠物；詠物中又獨鍾詠花、詠雪，職是之故。綜要言之，東坡詠物詩堪稱創意造語者，有兩大端：其一，描寫角度之轉換；其二，表現方法之新變。今為篇幅所限，只討論前者。至於後者，請俟異日。

唐詩的輝煌成就，在中國古典詩歌中算是空前的。如何再創一個新高，來比肩唐詩，一直是擁有高度文明的宋人處心積慮，自惕自勉的理想。不過，在「菁華極盛，體制大備」的唐詩之後，宋人想要並駕超越，如果像明人一般只學唐而不知變唐，則難免淪為剿竊蹈襲，落入窠臼。宋人希望絕處逢生、突破傳統、創發新意、自鑄偉詞，則不能不翻轉變異，對詩歌作「奇特解會」。於是別闢谿徑、翻新花樣、驅生逐奇、學古通變，避忌慣熟套路，開發前人作品的死角，化為自我創作之活

36　參考黃景進〈從宋人論「意」與「語」看宋詩特色之形成——以梅堯臣、蘇軾、黃庭堅為中心〉，成功大學中文系主編《第一屆宋代文學研討會論文集》（高雄：麗文文化公司，1995 年 5 月），頁 63~86。

37　同註 13，卷二十一〈雪類〉，頁 855；卷二十二，〈月類〉，頁 905；潘德輿《養一齋詩話》卷五，《清詩話續編》本，頁 2076~2077。

路，就成了宋詩創意造語的焦點和主體。

宋詩的創意造語，清陳衍《石遺室詩話》卷十六論「宋詩之工絕處」，曾謂「淺意深一層說，直意曲一層說，正意反一層說、側一層說，俗語說得雅，粗語說得細」；這純粹是敘寫轉換角度的創意思維。凱因斯說：「觀念改變了歷史的軌跡」，唐宋詩之異同，觀念的轉換正是一大關鍵。就東坡詠物詩之作品言，其所以卓絕超脫者，「轉換描寫角度」為此中一大要領。今選詠花詩、詠雪詩為例，分二端論證之：一、傳承體物言志，開發托物寓意；二、反客為主與不犯正位：

一、傳承體物言志，開發托物寓意

就詠物詩之流變言，六朝主體物瀏亮，唐代主借物言志，宋代則傳承體物言志之外，又開發出托物寓意之特色來。借物言志，是以言志為目的；托物寓意，是以寄託為依歸。考察東坡所作美妙之詠花詠雪詩，上列三大主流要皆兼而有之，而一篇之妙諦微旨往往表現在「托物寓意」之本色上。宋人詩話有言：

> 詩人詠物形容之妙，近世為最。……東坡：「海山仙人絳羅襦，紅紗中單白玉膚，不須更待妃子笑，風骨自是傾城姝。」誦此，則知其詠荔支也。張文潛：「平池碧玉秋波瑩，綠雲擁扇青搖柄。水宮仙女鬥新粧，輕步凌波踏明鏡。」誦此，則知其詠蓮花也。如唐彥謙〈詠牡丹〉詩云：「為雲為雨徒需語，傾國傾城不在人。」羅隱〈詠牡丹〉詩云：「若教解語應傾國，任是無情也動人。」非不

形容，但不能臻其妙處耳。蘇黃又有詠花詩，皆托物以寓意，此格尤新奇，前人未之有也。東坡〈謝杜沂遊武昌以酴醾見惠〉詩云：「淒涼吳宮闕，紅粉埋故苑。至今微月夜，笙簫來絕巘。餘妍入此花，千載尚清婉。」山谷〈詠水仙花〉詩云：「淩波仙子生塵襪，水上輕盈步微月。是誰招此斷腸魂？種作寒花寄愁絕。」〈詠桃花絕句〉云：「九疑山中萼綠華，黃雲承襪到羊家。真筌蟲蝕詩句斷，猶託餘情開此花。」（胡仔《苕溪漁隱叢話》前集卷四十七，魏慶之《詩人玉屑》卷九〈詠物以寓意〉）

張炎《詞源》曾云：「詩難於詠物。體物稍真，則拘而不暢；摩寫差遠，則晦而不明」；難在不可不似，又忌刻劃太似；形容逼真，不如傳其神態。東坡詠荔支，張耒詠蓮花，屬於胡仔所謂「近世為最」的「詠物形容之妙」。至於東坡〈謝杜沂遊武昌以酴醾見惠〉詩，以武昌孫權故宮嬪妃，寄託歷史興亡之感慨；黃庭堅〈王充道送水仙花五十枝欣然會心為之作詠〉詩，透過洛神的風采形容，來寄託斷腸而愁絕的情懷；胡仔稱這種詠物方式叫做「托物以寓意」，推崇此法：「此格尤新奇，前人未之有也」。詠物形容，貴在窮理盡相，傳寫神態；托物寓意，妙在興寄寓意，不即不離。傳神，相賞在牝牡驪黃之外，即《三百篇》之賦；興寄，取照在流連感慨之中，即《三百篇》之比興。至於純粹詠物之作，巧構形似，狀物畢肖，鑿痕太露，黏滯太過，多為大雅所不取。清朱庭珍《筱園詩話》卷四所論，足資參考[38]。就東坡詠物詩而言，漢代

38　清朱庭珍《筱園詩話》卷四第十四則亦云：「詠物詩最難見長。處處描寫物色，便是晚唐小家門徑；縱刻劃極工，形容極肖，終非上乘，以其

《詩經》學所謂「賦比興」，三者皆兼而有之，而尤重比興；考察其詠梅詠花諸作，自有殊途同歸之特色。

梅花之詠，漢晉未聞。自宋鮑照以下，始得十七人21首；唐人詠梅花漸多，亦不過二、三十首。至宋代盛行，有作七律60首者，有為五律40首者。以詩人而論，北宋以蘇東坡50首居冠，其次為張耒34首；南宋則陸游最多，高達161首，其次為楊萬里76首。因為南宋理學勃興，「重視萬物的賦性與稟氣。梅的雪骨霜魂，浩然湛然，給人以養氣集義的節烈印象」[39]，所以詠梅之作，南宋獨盛。就東坡而言，年輕時深信「有筆頭千字，胸中萬卷，致君堯舜，此事何難？」（〈沁園春〉）其後遭遇政治磨難，懷才不遇，忽然是「柏臺蕭森的獄中死囚」，忽然是「躬耕東坡的陋邦遷客」，又忽然是「噉芋飲水的南荒流人」。身居逆境，除了修持安時任運、閑適放曠、不遣是非之老莊哲學，參悟色空不礙、自性自度、借禪為詠的禪學思想，以得超脫自在外[40]，梅花的孤瘦雪霜姿質，以及清遠沖淡的高格逸韻，儼然為東坡精神人格之化身。故東坡詠梅之作，膾炙人口者，較少「將自身站立在旁邊」，往往「將自身放頓在裡面」[41]，而表現其比興寄託。換言之，東坡

不能超脫也。處處用意，又入論宗，仍是南宋人習氣，非微妙境界。則宛轉相關，寄託無跡，不黏滯於景物，不著力於論斷，遺形取神，超相入理，固別有道在矣。」郭紹虞《清詩話續編》本，頁2404。又，陳僅《竹林答問》，《清詩話續編》本，頁2245。

39 語見黃永武先生：〈梅花精神的歷史淵源〉，《詩與美》（臺北：洪範書店，1984年12月），頁205。

40 參考拙作〈紀遊與遷謫——以東坡山谷詩為例〉，「旅行與文藝國際會議」，高雄：中山大學文學院主辦，2000年5月，頁13~25。

41 語見李重華《貞一齋詩說》第三十八則，丁福保《清詩話》本（臺北：明倫出版社，1971年12月），頁930。參考同註39，〈詠物詩的評價標準〉，「詠物詩最好有作者生命的投入，從物質世界中喚起生命世界與心靈世界」，頁173~177。

詠梅佳作，大多借題發揮，是主觀的、表現的、寫意的；較不
側重刻劃形容，並非純然客觀的、再現的、或寫實的。如下列
諸詩：

> 春來幽谷水潺潺，的皪梅花草棘間。一夜東風吹石
> 裂，半隨飛雪度關山。（蘇軾〈梅花二首〉其一，《全宋
> 詩》卷八〇三，頁9298）
>
> 何人把酒慰深幽？開自無聊落更愁。幸有清溪三百
> 曲，不辭相送到黃州。（蘇軾〈梅花二首〉其二，《全宋
> 詩》卷八〇三，頁9298）
>
> 怕愁貪睡獨開遲，自恐冰容不入時。故作小紅桃杏
> 色，尚餘孤瘦雪霜姿。寒心未肯隨春態，酒暈無端上玉
> 肌。詩老不知梅格在，更看綠葉與青枝。（蘇軾〈紅梅三
> 首〉其一，《全宋詩》卷八〇四，頁9316）

東坡〈梅花二首〉，作於神宗元豐三年（1080）正月赴黃
州貶所途中。其一，勾勒荊棘叢中盛開的梅花，強調其頑強之
生命力、又特寫「東風吹石裂」中之梅花，半隨飛雪度關山，
半留枝上傲然綻放，其中寄寓作者多少昂然特立之人格！第二
首詩，以梅花的自開自落起興，而將謫遷之牢愁，旅途之無
聊，深幽之無可告慰，借歌詠梅花隱約表現。「幸有清溪」兩
句，假借落花流水，一路相送到黃州。從落梅的深情相送，烘
托出遷客的孤寂和惆悵來。這種「直是言情，非復賦物」的手
法，形象生動，唱歎有致，就是「因物喻志」、「托物寓意」。
〈紅梅三首〉其一，元豐五年作於黃州貶所，標榜梅花具有孤
高、瘦硬、傲雪、凌霜之品格，對「梅格」極盡形容之能事，

具體物巧構之妙。同時，借題發揮，有所寄託，將性情襟抱投
入其中，用意取神，乃兼寫東坡之人格與生命，此之謂「不即
不離」。又如下列三首詠梅之作，托物寓意，最富興寄：

> 西湖處士骨應槁，只有此詩君壓倒。東坡先生心已
> 灰，為愛君詩被花惱。多情立馬待黃昏，殘雪消遲月出
> 早。江頭千樹春欲闇，竹外一枝斜更好。孤山山下醉眠
> 處，點綴裙腰紛不掃。萬里春隨逐客來，十年花送佳人
> 老。去年花開我已病，今年對花還草草。不知風雨捲春
> 歸，收拾餘香還昇昊。（蘇軾〈和秦太虛梅花〉，《全宋
> 詩》卷八〇五，頁9332）
>
> 長恨漫天柳絮輕，只將飛舞占清明。寒梅似與春相
> 避，未解無私造物情。（蘇軾〈再和楊公濟梅花十絕〉其
> 九，《全宋詩》卷八一六，頁9438）
>
> 春風嶺上淮南村，昔年梅花曾斷魂。豈知流落復相
> 見，蠻風蜑雨愁黃昏。長條半落荔支浦，臥樹獨秀桃榔
> 園。豈惟幽光留夜色，直恐冷艷排冬溫。松風亭下荊棘
> 裡，兩株玉蕊明朝暾。海南仙雲嬌墮砌，月下縞衣來扣
> 門。酒醒夢覺起繞樹，妙意有在終無言。先生獨飲勿歎
> 息，幸有落月窺清樽。（蘇軾〈十一月二十六日，松風亭
> 下，梅花盛開〉，《全宋詩》卷八二一，頁9506）

〈和秦太虛梅花〉，東坡作於元豐七年，遷謫黃州已第五
年，心境近似槁木死灰，於春光爛漫的黃昏，雖然「江頭千樹
春欲闇」，詩人卻偏賞「竹外一枝斜更好」的梅花。梅花幽獨
閒靜的形象[42]，無意爭春的氣質，不著一點色相，黃州逐客

之幽獨蕭散，經此「托物寓意」，已呼之欲出。〈十一月二十六日，松風亭下梅花盛開〉，哲宗紹聖元年（1094）赴廣東惠州貶所作。從「長條半落」以下八句，描繪梅花孤傲清冷、冰清玉潔的姿質，寄寓詩人堅毅執著的品格，和樂觀向上的精神。也是詩中有我、「因物喻志」的妙絕之作。〈再和楊公濟梅花十絕〉其九，以柳絮「占春」與寒梅「避春」相映襯，寄託不隨流俗，不趨炎附勢之孤清卓絕性情，也是「托物寓意」之作。

　　筆者發現，宋代詩話筆記所謂「托物寓意」，大抵指涉兩種內容：其一，指性情；其二，指意趣。「意」，猶《滄浪詩話・詩評》所謂「詩有詞理意興」之「意」，指情意、思想感情，偏於形象思維。托物寓意，猶言借題發揮，或借物寄託性情，或因物寄託理趣。上列東坡詠梅花詩，要皆「不即不離，若即若離」[43]，借物以寓性情，物我交融，渾化為一。劉熙載《藝概・詞曲概》稱詠物：「隱然只是詠懷，蓋其中有我在也。」此鍾嶸《詩品》所謂「因物喻志」，最合「風人比興之旨」。其與言志不同者，惟在有無寄託。

　　東坡具有「清風皎冰玉，滄浪自煎洗」的性情和品格[44]，

42　蔡正孫《詩林廣記》後集〈秦少游〉：此篇語意亦高妙，如「竹外一枝斜更」之句，寫出梅花幽獨閑靜之趣，真不在「暗香」「疏影」之下也。同註26，卷二十二，頁986。又，同頁載魏慶之《詩人玉屑》卷十七引《遯齋閒覽》亦有類似之見，不贅。

43　清錢泳《履園譚詩・紀存》第十一則：「詠物詩最難工，太切題則黏皮帶骨，不切題則捕風捉影，須在不即不離之間。」同註41，《清詩話》本，頁889。又，吳雷發《説詩管蒯》第十八則：「詠物詩要不即不離，工細中須具縹緲之致。」《清詩話》本，頁901。

44　蘇轍〈登南城有感示文務光、王適秀才〉語，《欒城集》卷九（上海：上海古籍出版社，1987年3月），頁204。

不幸而遇逢黨爭之禍，入冤獄，遭貶謫，或「吟嘯徐行迎風
雨」，或「投老江湖終不失」，或「白頭蕭散謫嶺海」，最後竟
能渡海北歸。梅花的冰姿瓊骨，幽韻冷香，就成了東坡「同明
相照，同類相求」的愛賞花卉。東坡的詠梅詩，往往是自身性
情人格之寄託，所作十七題 50 首，無論質或量，皆高居北宋
詠梅花之冠。與齊梁以來詠梅諸作相較，東坡成就之卓犖，亦
屬空前。梅花孤高、瘦硬、傲雪、淩霜的梅格，冰清玉潔、幽
韻冷香之形象，經東坡歌詠，主體特質已大致確定，至南宋陸
游、楊萬里等極力頌揚，質量更加蔚為大觀，於是形成堅毅高
潔，淬礪奮發的梅花精神。東坡作詩，能將描寫視角投向六朝
唐代以來較少受關注的梅花身上，融合自己的性情襟抱，開發
詠物詩「托物寓意」的創作視角，確實難能可貴。姜夔《白石
道人詩說》稱：「人所易言，我寡言之；人所難言，我易言
之，自不俗」；東坡詠梅詩及其他詠物之作所以超凡脫俗，有
所創拓者，正是人略我詳，人輕我重的反常識創意思考的發
用。

　　東坡詠花，除詠梅外，詠牡丹、詠海棠、詠梨花、詠杏
花、詠瑞香花諸佳篇妙製，亦多「托物寓意」，或借物寄託性
情，或因物寄託理趣，多有可觀。借物寄託性情者，如：

　　　　吉祥寺中錦千堆，前年賞花真盛哉。道人勸我清明
　　來，腰鼓百面如春雷，打徹涼州花自開。沙河塘上戴花
　　回，醉倒不覺吳兒咍。豈知如今雙鬢催，城西古寺沒蒿
　　萊。有僧閉門手自栽，千枝萬葉巧剪裁。就中一叢何所
　　似？瑪瑙盤盛金縷杯。而我食菜方清齋，對花不飲花應
　　猜。夜來雨雹如李梅，紅殘綠暗籲可哀！（蘇軾〈惜

花），《蘇軾詩集》卷十三，頁 625）

江城地瘴蕃草木，只有名花苦幽獨。嫣然一笑竹籬
間，桃李漫山總粗俗。也知造物有深意，故遣佳人在空
谷。自然富貴出天姿，不待金盤薦華屋。朱唇得酒暈生
臉，翠袖卷紗紅映肉。林深霧暗曉光遲，日暖風輕春睡
足。雨中有淚亦淒愴，月下無人更清淑。先生食飽無一
事，散步逍遙自捫腹。不問人家與僧舍，拄杖敲門看修
竹。忽逢絕艷照衰朽，嘆息無言揩病目。陋邦何處得此
花，無乃好事移西蜀。寸根千里不易致，銜子飛來定鴻
鵠。天涯流落俱可念，為飲一樽歌此曲。明朝酒醒還獨
來，雪落紛紛那忍觸。（蘇軾〈寓居定惠院之東，雜花滿
山，有海棠一株，土人不知貴也〉，《全宋詩》卷八○
三，頁 9301）

上苑天桃自作行，劉郎去後幾回芳。厭從年少追新
賞，閑對宮花識舊香。欲贈佳人非泛洧，好紉幽佩弔沈
湘。鶴林神女無消息，為問何年返帝鄉。（蘇軾〈刁景純
賞瑞香花，憶先朝侍宴，次韻〉，《全宋詩》卷七七四，
頁 9194）

〈惜花〉，為神宗熙寧五年（1072）東坡在杭州吉祥寺品賞
牡丹所作。以八分之七篇幅極力渲染吉祥寺觀花之盛況，再轉
筆以兩句收束；以盛況作舖墊，見盛觀衰，以寄寓雹碎春紅之
可哀。〈寓居定惠院之東，雜花滿山，有海棠一株，土人不知
貴也〉，作於神宗元豐三年（1080）黃州貶所。「自然富貴」
四句，以賦為詩，將海棠外在之花容及內在之氣質，刻劃盡
致，號稱「花中神仙」之海棠神貌，已躍然紙上。「林深霧暗」

以下四句，再以賦法入詩，極寫其流連徘徊，化景物為情思，
憂化惜化之心情，令人感同深受。紀昀評《蘇文忠公詩集》卷
二十稱此詩：「純以海棠自寓，風姿高秀，興象深微。後半尤
煙波跌宕。」日本賴山陽《東坡詩鈔》卷三謂：「此三字（不
知貴），此詩之所以作。當時滿朝公卿，猶雜花滿山。偶有海
棠一株，空使在山谷間，是此詩之寓意，而讀者以意迎之
耳。」[45]當然，本詩之興寄，賴氏所指只是一端而已。其他如
「只有名花苦幽獨」、「故遣佳人在空谷」、「天涯淪落俱可念」
云云，率皆「托物寓意」之處。〈刁景純賞瑞香花，憶先朝侍
宴，次韻〉，熙寧六年作於杭州通判任內，借他人之酒杯，澆
我胸中之塊壘，故亦「托物寓意」之作。紀昀評稱：「後四
句，寓興深微，置之《玉溪生集》中，不可復辨。」[46]可知其
中消息。東坡詠花詩中，托物寓意傾向於展示理趣者，如詠牡
丹、詠梨花、詠杏花：

> 一朵妖紅翠欲流，春光回照雪霜羞。化工只欲呈新
> 巧，不放閒花得少休。（蘇軾〈和述古冬日牡丹四首〉其
> 一，《全宋詩》卷七九四，頁9191）
>
> 花開時節雨連風，卻向霜餘染爛紅。漏洩春光私一
> 物，此心未信出天工。（蘇軾〈和述古冬日牡丹四首〉其
> 二，《全宋詩》卷七九四，頁9191）
>
> 梨花淡白柳深青，柳絮飛時花滿城。惆悵東欄二株
> 雪，人生看得幾清明。（蘇軾〈和孔密州五絕之東欄梨
> 花〉，《全宋詩》卷七九八，頁9235）

45　同註26，頁855~856引。
46　同上，頁424。

　　杏花飛簾散餘春，明月入戶尋幽人。褰衣步月踏花
影，炯如流水涵青蘋。花間置酒清香發，爭挽長條落香
雪。山城酒薄不堪飲，勸君且吸杯中月。洞簫聲斷月明
中，惟憂月落酒杯空。明朝卷地春風惡，但見綠葉棲殘
紅。（蘇軾〈月夜與客飲杏花下〉，《全宋詩》卷八〇
一，頁9404）

　　張戒《歲寒堂詩話》曾批評「子瞻以議論為詩」；嚴羽
《滄浪詩話》亦指責近代諸公：「以議論為詩」。其實，詩中寓
含議論，《詩》、《騷》以來，以及盛唐詩人亦多有之，何以
獨責宋人？當然，詩中直接議論，而流於形象枯槁，詩意抽象
化、概念化、邏輯化，是不可取的。如果議論和抒情言志結
合，和敘事詠物詠史融會，未有理障，而有理趣，自然可行[47]。
如上列東坡〈和述古冬日牡丹四首〉其一，譏諷執政大臣賣新
弄巧，小民不得清閒。其二，指斥新法之害，緣於時相，不盡
出神宗本意。紀昀批曰：「二首寓刺，卻不甚露，好在比而不
賦。」比興寓刺，則有理趣。〈和孔密州五絕〉其三——東欄
梨花詩，不呆板寫梨花，而以柳深青、柳絮飛襯出梨花，詠物
而不黏皮帶骨，所以佳妙。後兩句傷春歎逝，借物寓理，提示
人生諸多啟示。《御選唐宋詩醇》卷三十五評其「濃至之情，
偶於所見發露」，自是托物寓意之作。又如〈月夜與客飲杏花
下〉詩，作於神宗元豐二年（1079），徐州太守任內。前六句
將人與花穿插交寫，以見花之宜人，人之愛花。最後四句，從
歡樂中轉生傷春的憂思，表現出世事變幻，好景不長的人生主

47　同註12，〈肆、破體與宋詩特色之形成——以「議論為詩」為例〉，頁
　　195～240。

題，蓋是當時政局風雲變幻的心理投影，自是借物說理之作。貴在饒有理趣，了無理障。

東坡詠花詩之佳妙者，多非純粹詠物；托物寓意，詠物兼言志，形成其特色。至於詠雪，則不然。大多「巧言切狀，功在密附」，致力於體物，用心於形容，托物寓意者極少，故略而不論。

二、反客為主與不犯正位

東坡所作詠雪詩，約有 61 首，其中佳篇妙製不少。最有特色者，是調整傳統詠物詩之描寫角度，或反客為主，或不犯正位[48]：講究趨避，追求創新；無論主題、題材、表現方法上都講究趨新趨生，避舊避熟。最具典範性和創造性的，莫過於歐陽脩、蘇東坡所作「禁體詩」。

體物，指客觀再現景物的外部特徵，真實形似的模寫景物的局部造型。這種正面直接描寫物象的方式，流行於六朝，是以工巧細緻，刻劃妙肖為依歸，純粹屬「體物瀏亮」的賦體，跟托物寓意，義兼比興的「興寄」不同。「局部體物，莫先於詩；全面體物，早著於賦」；如果把全面體物的辭賦特色移植到詩中，就形成「以賦為詩」——杜甫、韓愈成功嘗試之作——由局部的巧似，拓展到環境的舖敘，和氛圍的烘托，反客為主，不犯正位，這就擺脫了六朝崇尚巧構形似的傳統，而形成了生新創意的「禁體物」、「白戰體」[49]。在唐代，杜甫

---

48 曹洞宗接引學人，有所謂「五位君臣」者，強調教人宜避免正面探討，說話要留有餘地，切忌過份透徹，此即所謂「不犯正位，語戒十成」。詳參周裕鍇《中國禪宗與詩歌》（高雄：麗文文化公司，1994 年 7 月），頁187~195。

詠物追求巧似，又企圖揚棄巧似，作有〈火〉一詩[50]，將山火的全面特徵，作逐層之刻劃，清晰之呈露。韓愈踵武杜甫，其〈詠雪贈張籍〉[51]四十韻之五言排律，極力刻劃雪色和雪態等外部特徵；〈陸渾山火〉一詩，將陸渾山渲染成火光熊熊的一片火海，強化了火的外部特徵。杜、韓二家詠物，借鏡辭賦之創作手法，移植到詩歌創作中，「破體為詩」，別闢谿徑，人略我詳，人輕我重，反客為主，不犯正位之努力，終於開啟宋代「歐蘇白戰」一派。

「禁體物語」，又叫做「白戰體」，宋代由歐陽脩創作〈雪〉詩開其端[52]；其後蘇東坡繼作，殫精極巧表現宋人創意造語之極致，於是魏慶之《詩人玉屑》特立「白戰」之目，以傳實錄[53]。考察《蘇軾詩集》，遵循「禁體物」規範，進行創作之詠雪詩，大約有 12 首，如下列 2 首，最具代表性：

49　參考程千帆：〈火與雪：從體物到禁體物——論白戰體及杜韓對它的先導作用〉，《被開拓的詩世界》（上海：上海古籍出版社，1990 年 10 月），頁 76~84。

50　清蒲起龍《讀杜心解》卷一之四，〈火〉，評曰：「歐蘇禁體諸詩，皆源於此。」（臺北：中央輿地出版社，1970 年 12 月），頁 128~129。

51　〈詠雪贈張籍〉，見《韓昌黎詩繫年集釋》卷二；〈陸渾山火一首和皇甫湜用其韻〉，頁 77~81；同書卷六（臺北：河洛圖書公司，1975 年 3 月），頁 297~304。

52　歐陽脩〈雪〉詩：新陽力微初破萼，客陰用壯猶相薄。朝寒稜稜風莫犯，暮雪緌緌止還作。驅馳風雲初慘淡，炫晃山川漸開廓。光芒可愛初日照，潤澤終為和氣爍。美人高堂晨起驚，幽士虛窗靜聞落。酒爐成徑集瓶罌，獵騎尋蹤得狐貉。龍蛇掃起斷復續，貓虎圍成呀且攫。共貪終歲飽粳麥，豈恤空林饑鳥雀。沙墀朝賀迷象笏，桑野行歌沒芒屩，乃知一雪萬人喜，顧我不飲胡為樂？坐看天地絕氛埃，使我胸襟如洗瀹。脫遺前言笑塵雜，搜索萬象窺冥漠。潁雖陋邦文士眾，巨筆人人把矛槊。自非我為發其端，凍口何由開一噱。

53　《詩人玉屑》卷九，〈白戰〉，「禁體物語」、「歐蘇雪詩」、「谿堂雪詩」（臺北：世界書局，1971 年 3 月），頁 205~208。

　　　　縮頸夜眠如凍龜，雪來惟有客先知。江邊曉起浩無
際，樹杪風多寒更吹。青山有似少年子，一夕變盡滄浪
鬢。方知陽氣在流水，沙上盈尺江無漸。隨風顛倒紛不
擇，下滿坑谷高陵危。江空野闊落不見，入戶但覺輕絲
絲。沾裳細看巧刻鏤，豈有一一天工為。霍然一揮遍九
野，吁此權柄誰執持。世間苦樂知有幾，今我幸免沾膚
肌。山夫只見壓樵擔，豈知帶酒飄歌兒。天王臨軒喜有
麥，宰相獻壽嘉及時。凍吟書生筆欲折，夜織貧女寒無
幃。高人著屐踏冷冽，飄拂巾帽真仙姿。野僧斫路出門
去，寒液滿鼻清淋漓。灑袍入袖濕靴底，亦有執板趨階
墀。舟中行客何所愛，願得獵騎當風披。草中咻咻有寒
兔，孤隼下擊千夫馳。敲冰煮鹿最可樂，我雖不飲強倒
卮。楚人自古好弋獵，誰能往者我欲隨。紛紜旋轉從滿
面，馬上操筆為賦之。（蘇軾〈江上值雪，效歐陽體，限
不以鹽、玉、鶴、鷺、絮、蝶、飛、舞之類為比，仍不使
皓、白、潔、素等字，次子由韻〉·《全宋詩》卷七八
四·頁9087）

　　歐陽脩在穎州所作〈雪〉詩，由於限制「玉、月、梨、
梅、練、絮、白、舞、鵝、鶴、銀等事，皆請勿用」，故號稱
「禁體」，或「禁體物」、「禁體物語」。歐公所作，極力避忌先
秦以來詠雪的熟語習套，揚棄正面直接寫物，別從間接旁面側
寫雪中、與雪後之環境和氣氛，以及人物在雪天的活動，對下
雪之感受等等[54]，成功運用「以賦為詩」的「破體」手法。

54　這種禁體所禁，約有以下幾個方面：一是直接形容客觀事物外部特徵的
　　詞，如寫雪而用皓、白、潔、素等；二是比喻客觀事物外部特徵的詞，
　　如寫雪而用玉、月、梨、梅、鹽、練、素等；三是比喻客觀事物的特徵

詠物，並不刻劃物之主體，卻致力描繪其旁面側面之客體，較之「體物瀏亮」之詠物，是謂反客為主，不犯正位。此猶任淵讀陳師道詩稱：「大似參曹洞禪，不犯正位，切忌死語」，此自是創意造語之效驗，而禁體物語有之。

東坡〈江上值雪〉詩，既明言「效歐陽體」，自然發揚「禁體」之精神：既要避舊避熟，更要趨新趨生。換言之，既要擺脫窠臼，更要致力創意造語。從起首「縮頸夜眠如凍龜」以下十六句，透過觸覺、視覺和聽覺之客體，來呈現雪的作用，描寫雪的姿容和態勢。「山夫只見壓樵擔」以下二十句，又圖寫朝野各階層人物遇雪的反應，以及在雪天的活動。以賦為詩，善繪神色；避熟生新，因難見巧，是其詩藝特色。反客為主，不犯正位，為此中詠物之要領。東坡曰：「善畫者，畫意不畫形；善詩者，道意不道名」；釋惠洪亦曰：「用事琢句，妙在言其用而不言其名」[55]，東坡〈江上值雪〉禁體詩，信有此妙。

元祐六年（1091），〈江上值雪〉詩作成後二十六年，東坡為追賞歐陽公「於艱難中特出奇麗」的「禁體物語」，特別又創作了一首〈聚星堂雪〉的詩，較之〈江上值雪〉，更加後出轉精，更富於創意造語：

及其動作的詞，如寫雪而用鶴、鷺、蝶、絮等（因為它們不但色白，而且會飛翔和舞動，有如雪花飛舞）；四是直陳客觀事物動作的詞，如寫雪而用飛舞等。這些限制，對於崇尚「巧言切狀」、「功在密附」的傳統體物手段來說，確實是一種新的挑戰。語見註49，頁85~86。

55　東坡語，見釋惠洪《天廚禁臠》卷中，〈遺音句法〉（上海：中華書局上海編譯所，1968年10月），頁5~7。釋惠洪語，見魏慶之《詩人玉屑》卷十引《冷齋夜話》卷四，又胡仔《苕溪漁隱叢話》前集卷三十六、蔡正孫《詩林廣記》後集卷二。

　　　窗前暗響鳴枯葉，龍公試手初行雪。映空先集疑有
無，作態斜飛正愁絕。眾賓起舞風竹亂，老守先醉霜松
折。恨無翠袖點橫斜，祇有微燈照明滅。歸來尚喜更鼓
永，晨起不待鈴索掣。未嫌長夜作衣稜，卻怕初陽生眼
纈。欲浮大白追餘賞，幸有回飆驚落屑。模糊檜頂獨多
時，歷亂瓦溝裁一瞥。汝南先賢有故事，醉翁詩話誰續
說。當時號令君聽取，白戰不許持寸鐵。（蘇軾〈聚星堂
雪〉·《全宋詩》卷八一七·頁9452）

　　〈江上值雪〉詩較著力於客體之揮灑，如後半段，以賦為
詩，側重各階層人士遇雪之感受即是；對於主體「雪」反而較
少著墨。〈聚星堂雪〉則再調整上述二者之比重，在東坡來
說，又作了一次追新求變的「創意造語」。東坡作〈聚星堂
雪〉，從細微之初雪寫起，依次為夜空之雪、清晨之雪、風中
之雪、樹梢之雪、瓦溝之雪，層層開展，面面俱到，實為「以
賦為詩」之巧妙運用。故紀昀評本詩稱：「句句恰是小雪，體
物神妙，不愧名篇。」筆者發現，本詩尚有一特色，與〈江上
值雪〉不同，除寫人與寫雪比重轉換外，〈聚星堂雪〉閃現堂
內人物的活動，試圖與堂外的雪景或雪態作種種「疊映」和關
照，不僅一筆兩意，形象立體，而且縮合了內外，也拓展了詩
境。清汪師韓《蘇詩選評箋釋》評價本詩說：「獨用生剗之
筆，作硬盤之語」，炫奇立異，誓脫常態，是其企圖。東坡不
斷調節描寫角度，避免落入窠臼，正是「禁體」的精神，也是
創意造語的成功嘗試。東坡所作，尚有〈次韻仲殊雪中游西湖
二首〉[56]、〈雪詩八首〉[57]，亦皆「禁體」之作，限於篇幅，

56　〈次韻仲殊雪中游西湖二首〉，見《全宋詩》卷八一六（北京：北京大學

不論。

　　除上列討論之兩首「禁體」詠雪詩外，東坡所作詠雪詩著眼於間接舖寫，側面烘托，致力於客體之描繪，用心於不犯正位；而且立足於詩歌本位，借鏡辭賦之創作技巧者，尚多名篇，如下列諸詩：

　　　　黃昏猶作雨纖纖，夜靜無風勢轉嚴。但覺衾裯如潑水，不知庭院已堆鹽。五更曉色來書幌，半夜寒聲落畫簷。試埽北臺看馬耳，未隨埋沒有雙尖。（蘇軾〈雪後書北臺壁二首〉其一，《全宋詩》卷七九五，頁9208）
　　　　城頭初日始翻鴉，陌上晴泥已沒車。凍合玉樓寒起粟，光搖銀海眩生花。遺蝗入地應千尺，宿麥連雲有幾家。老病自嗟詩力退，空吟冰柱憶劉叉。（蘇軾〈雪後書北臺壁二首〉其二，《全宋詩》卷七九五，頁9208）

　　〈雪後書北臺壁二首〉其一，分別就聽覺、觸覺、視覺來呈現夜雪；未嘗直接正面寫雪，只從環境之渲染舖寫，氛圍的烘托陪襯，傳示雪之神韻。如：衾裯如潑水、庭院已堆鹽、五更曉色來、半夜寒聲落、馬耳有雙尖，面面俱到的描寫，都是夜雪之作用與結果。扣緊「雪後」，「言用不言名」，不犯正位，也是一種創意思維。第二首詩，敘寫雪後天明之所見所

　　　出版社，1993年9月），頁9439。
57　〈雪詩八首〉，《錦繡萬花谷》前集卷二，〈雪類〉：東坡以「聲色氣味富貴勢力」為八章，仍效歐公體，不使「鹽玉鷗鷺皓鮮白素」等字（上海：上海辭書出版社，1992年12月），頁16。同註53，引《玉局文》〈谿堂雪詩〉八章，文字與此全同。《蘇軾詩集》卷四十八引《合註》：「考先生《南行集》內，有〈江上值雪詩效歐公體〉，此八章或係同時所作，故云仍效也。」頁2664。

感：陌上晴泥、凍合玉樓，心搖銀海、遺蝗入地、宿麥連雲，在在切寫「雪後」。跟第一首詩一般，都是借鏡辭賦舖陳渲染手法，作面面俱到之形容，可見「以賦為詩」之成就。尤其是「遺蝗」、「宿麥」二句，懸想將來，預言年豐，並不執著於當下，最妙於擺脫畦徑。此二詩，詞面皆不見「雪」字，而雪之神韻與意境卻無所不在。《唐宋詩醇》卷三十四，推崇本詩為「古今絕唱」；由此觀之，本詩佳處固不只在押「尖」「叉」險韻而已。又如：

> 晚雨纖纖變玉霙，小庵高臥有餘清。夢驚忽有穿窗片，夜靜惟聞瀉竹聲。稍壓冬溫聊得健，未濡秋旱若為耕。天公用意真難會，又作春風爛漫晴。（蘇軾〈雪夜獨宿柏仙庵〉，《全宋詩》卷七九七，頁9230）

> 門外山光馬亦驚，階前屐齒我先行。風花誤入長春苑，雲月長臨不夜城。未許牛羊傷至潔，且看鴉鵲弄新晴。更須攜被留僧榻，待聽摧簷瀉竹聲。（蘇軾〈雪後到乾明寺遂宿〉，《全宋詩》卷八〇四，頁9313）

〈雪夜獨宿柏仙庵〉詩，中間兩聯對「雪夜」描寫之角度，近似〈雪後書北臺壁〉：頷聯「穿窗片」、「瀉竹聲」，訴諸觸覺與聽覺，與第一首異曲同工；頸聯「聊得健」、「若為耕」，寫撫今思後，則與第二首後四句取意相同。不過中間兩聯語不接而意接，「純以質勁之氣，作閃爍之筆，遂能於尋常蹊徑中，得此出沒變化之妙。」[58]可見創意造語經過重新排列

---

58 同註26，引清延君壽《老生常談》，頁573。

組合，仍有可取。又如〈雪後到乾明寺遂宿〉詩，其妙處有
二：其一，借動態之筆，寫靜態之雪，如馬驚山光、屐行階
前、風花入苑、雲月臨城、牛羊傷潔、鴉鵲弄晴、待聽瀉聲等
皆是。其二，從雪的作用、形態著墨，就周遭環境舖染，所謂
「言用不言名」。陳衍《宋詩精華錄》卷二評本詩：「寫山光，
真寫得出。」所以為詠物之佳作者，亦在不同流俗之敘寫角度
而已。

　　東坡詠花詩，共約110首，其中梅花最多，共50首，約
佔二分之一；其次為牡丹21首，其次為荷花、杏花，各為6
首、5首；其次為菊花、芙蓉、桃花、芍藥，各3首；荼蘼、
桂花、瑞香、杜鵑各2首，其餘月季、梨花、蘭花各1首。東
坡詠花，固有傳神盡相，恰切不移者；更有不犯正位，離形得
似者。所謂「意在似，意在不似」；不黏不脫，不即不離，是
謂得之[59]。詠梅詩最難精工，然東坡詠梅之什，卻多各臻其
妙；繞路說禪，不犯正位，是其所同，如：

　　　冰盤未薦含酸子，雪嶺先看耐凍枝。應笑春風木芍
　　藥，豐肌弱骨要人醫。（蘇軾〈次韻楊公濟奉議梅花十首〉
　　其七，《全宋詩》卷八一六，頁9436）
　　　寒雀喧喧凍不飛，遠林空噂未開枝。多情好與風流
　　伴，不到雙雙燕語時。（蘇軾〈次韻楊公濟奉議梅花十首〉
　　其八，《全宋詩》卷八一六，頁9436）
　　　為君栽向南堂下，記取他年著子時。酸醶不堪調眾

59　清王士禎《帶經堂詩話》卷十二，〈賦物類〉：「詠物之作，須如禪家
　　所謂不黏不脫，不即不離，乃為上策。」（北京：人民文學出版社，1982
　　年11月），頁305。

口，使君風味好攢眉。（蘇軾〈謝關景仁送紅梅栽二首〉
其二，《全宋詩》卷八一六，頁9437）

湖面初驚片片飛，樽前吹折最繁枝。何人會得春風
意，怕見梅黃雨細時。（蘇軾〈再和楊公濟梅花十絕〉其
八，《全宋詩》卷八一六，頁9438）

北客南來豈是家，醉看參月半橫斜。他年欲識吳姬
面，秉燭三更對此花。（蘇軾〈再和楊公濟梅花十絕〉其
十，《全宋詩》卷八一六，頁9438）

梅花開盡百花開，過盡行人君不來。不趁青梅嘗煮
酒，要看細雨熟黃梅。（蘇軾〈贈嶺上梅〉，《全宋詩》
卷八二八，頁9579）

〈次韻楊公濟奉議梅花十首〉其七，前二句將果求因，以
議論為詩，凸顯梅花傲雪淩霜的堅毅風骨。後兩句貶抑豐肌弱
骨、富貴氣質的牡丹，而頌揚了梅花的冰清玉潔，卓絕獨立。
眼觀梅花，詩思卻懸想梅子，旁笑牡丹，除第二句外，都不從
正位經營，而且因物托意，新穎獨到。其八，欲凸顯梅花之
「風流」，未就正面本位描繪，卻分別從寒雀喧噪，雙燕呢喃等
環境氛圍去烘托。鎖定梅枝未開的當下事實，去推想寒雀的
「早到」，設想雙燕的「不到」，也是反客為主，不犯正位的
「創意造語」。如此，則昇華了詩境，深化了主題。〈謝關景仁
送紅梅栽二首〉其二，今日才栽紅梅，思緒已異想天開，飛越
到「他年著子時」，更進而懸想梅子酸釀，不調眾口，攢人眉
額。立意捨近求遠，描寫角度猶如繞路說禪，不犯正位。〈再
和楊公濟梅花十絕〉其八，懸想「梅黃雨細時」；其十，亦玄
想「他年欲識此花」；〈贈嶺上梅〉，預見「青梅嘗煮酒」，

「細雨熟黃梅」，描寫角度都擺脫慣性思維，落想天外，禪宗所謂「妙脫谿徑」，「切忌死語」，正是東坡詠梅「不犯正位」之寫照。

東坡詠花詩，描寫角度不隨流俗，致力新創者，除詠梅外，詠牡丹、詠杏花、詠桃花，也都採行繞路說禪，不犯正位之方式，以塑造這些花卉的美麗形象與氣質，如：

> 人老簪花不自羞，花應羞上老人頭。醉歸扶路人應笑，十里珠簾半上鈎。（蘇軾〈吉祥寺賞牡丹〉，《全宋詩》卷七九〇，頁 9152）

> 明日雨當止，晨光在松枝。清寒入花骨，蕭蕭初自持。午景發濃艷，一笑當及時。依然暮還斂，亦自惜幽姿。（蘇軾〈雨中看牡丹三首〉其二，《全宋詩》卷八〇三，頁 9303）

> 幽姿不可惜，後日東風起。酒醒何所見，金粉抱青子。千花與百草，共盡無妍鄙。未忍污泥沙，牛酥煎落蕊。（蘇軾〈雨中看牡丹三首〉其三，《全宋詩》卷八〇三，頁 9303）

> 開花送餘寒，結子及新火。關中幸無梅，汝強充鼎和。（蘇軾〈杏〉，《全宋詩》卷七八六，頁 9113）

> 爭開不待葉，密綴欲無條。傍沼人窺鑑，驚魚水濺橋。（蘇軾〈岐下桃花〉，《全宋詩》卷七八六，頁 9113）

東坡〈吉祥寺賞牡丹〉詩，未正面描述欣賞牡丹之場面，卻轉換描寫角度，抽樣特寫賞花老人簪花上頭之情景，更用濃墨重彩圖寫戴花老人醉行街道的憨態。不寫賞花場景，卻特寫

老人戴花「醉歸扶路」的場景；揚棄直接正面寫「賞花」，卻轉換描寫角度，側敘「簪花自賞」，旁寫「他人賞我」，可謂匠心獨運，創意十足，要領亦在「不犯正位」。又如〈雨中看牡丹三首〉其二、其三，從「明日雨當止」、「後日東風起」看來，其命意也是憧憬未來，落想天外，完全置當下之「雨中」於不顧。虛處易於傳神，客位旁面易於發揮，禪宗所謂「不犯正位，切忌死語」，東坡蓋知而行之。至於〈杏〉詩，後兩句先虛提梅子，再移接到調和鼎鼐之作用上，移花接木，亦頗富創意，詩思亦不局限於本位正位上。又如〈岐下桃花〉，為東坡〈和子由岐下二十一詠〉之十，首二句雖正面描繪，卻獨能勾勒桃花「密綴」與「無條」之二大特徵。後兩句，離形得似，側筆見態，先將桃花比美人，再特提其沈魚落雁之美豔姿容。也是運用「正面不寫，寫旁面」的「不犯正位」慣技。

東坡題畫詩有言：「論畫以形似，見與兒童鄰。賦詩必此詩，定非知詩人。」[60] 東坡此論，與曹洞禪所謂：「不犯正位，語忌十成」，有相通處。呂本中《童蒙詩訓》所謂：「作詠物詩不待分明說盡，只彷彿形容，便見妙處」[61]，亦可以相互發明。東坡詠花詠雪運用反客為主手法，有「烘雲托月」效果；注重不犯正位視角，有「文外曲致」韻味，皆能臻此妙境。

60　同註15，卷二十九，〈書鄢陵王主簿所畫折枝二首〉其一，頁1525。
61　同註4，第三冊，《童蒙詩訓》第十九則，頁2896。

肆、結　論

　　東坡〈書吳道子畫後〉提出「立新意於法度之中」的主張；〈題柳子厚詩〉更強調「以故為新」、「反常合道」之觀念。東坡創作，無論立意、用事、體裁、取材、構思、意境，在在注重追新趨生，時時致力創意造語[62]。陳師道《後山詩話》稱：「詩欲其好，則不能好矣。蘇子瞻以新，黃魯直以奇」；蔡伯納《詩評》亦謂：「東坡天才宏，宜與日月爭光。凡古人所不到處，發明殆盡。」未經人道，古所未有，正是詩人創意造語的目標，也是文學作品生存發展的趨向。東坡作為宋詩與宋調之代表，最具此種特質。

　　就體裁而言，詠物詩最難精工，歷代詩論家多有共識。詠物詩中，以詠雪最難賦，而東坡作「禁體」「白戰」詩12首，繼杜甫、韓愈、歐陽脩之後，揮灑才情，進行創意造語，竟然後來居上。以詠花詩而言，梅花詩最難工，且宋以前作品不多。由於東坡具有「清風皎冰玉，滄浪自煎洗」的性情和品格，跟梅花孤高、瘦硬、凌霜、傲雪的梅格，冰清玉潔，幽韻冷香之形象，「同明相照，同類相求」，於是物我合一的結果，往往托物寓意。考察東坡詠梅諸作，堅毅高潔、淬礪奮發之梅花精神已不疑而具。其次則牡丹詩，唐人所詠已有41首。袁枚《隨園詩話》卷五曾聲稱：「牡丹詩最難出色」，東坡因難見巧，不犯正位，亦創作21首牡丹詩。其他，如詠定惠院海棠，亦以風姿高秀自寓，托物寄意，離形得似，洵為海

62　參考白敦仁〈論東坡詩的「新」和「妙」〉，載四川眉山三蘇博物館編《蘇軾詩詞研究》，《四川師範大學學報叢刊》第十一輯，1987年9月，頁159~165。

棠名篇。其他詠梨花、杏花、桃花、瑞香，亦多以轉換描寫視
角，重塑生新形象取勝。

東坡所作〈江上值雪〉、〈聚星堂〉二首禁體詩，所以後
出轉精；〈雪後書北臺壁二首〉、〈雪後到乾明寺遂宿〉，所以
為詠物詩之傑作，首在揚棄詠雪之慣性思維，以及務去陳言，
致力翻脫前人窠臼，遂能言人所未言。其要領是並未正面直接
寫物，卻別從間接旁面側寫環境或氣氛，或透過人物的感受呈
現場景，成功的運用了「以賦為詩」的「破體」手法，體現了
「會通化成」的文化意識。若與體物瀏亮，巧構形似之詠物相
較，是謂反客為主，不犯正位。此種「淺意深一層說，直意曲
一層說，正意反一層說、側一層說」的繞路說禪方式，最能達
到追新求變，創意造語的成效。東坡詠雪詩如此，詠花詩亦
然。

宋人處於唐詩「菁華極盛，體制大備」之後，位於「處窮
必變」的分水嶺上，面對的是「世間好語言，已被老杜道盡；
世間俗語言，已被樂天道盡」的困境，這是一個如清席佩蘭
〈論詩絕句〉所謂「清思自覺出新裁，又被前人道過來」的時
代；就文學創作來說，既是一個黑暗的時代，也是一個光明的
時代。宋人深體「若無新變，不能代雄」的理則，因應詩學流
變之態勢，用心於避舊避熟，致力於趨生趨新，遂能開創一代
詩風，堪與唐詩匹敵。蘇東坡為宋詩之代表，宋人如何「處窮
必變」？如何「新變代雄」？掌握一東坡，是所謂「先立其
大」，亦猶「挽弓當挽強，擒賊須擒王」也。筆者今以詠花詠
雪詩例，考察東坡之創意造語，主要在證成錢鍾書「詩分唐宋」
的論點；當然也證實了《易傳》「窮變通久」的啟示，及《文
心雕龍》「變則堪久，通則不乏」的慧語。宋詩特色之形成，

不僅可借此考見；文學創作「窮變通久」的恆常規律，由此又得一鐵證。

宋人追求創意思維，又致力自鑄偉辭。這種文學成就，既傳承了唐詩，又開拓了宋詩。陸機〈文賦〉所謂：「或襲故而彌新，或沿濁而更清」；〈遂志賦〉所謂：「擬遺跡以成規，詠新曲於故聲。」東坡詠花、詠雪詩有之。

東坡詩在詠花、詠雪方面，最可稱道者，除描寫角度之轉換外，又有表現方法之新變；如隨物賦形、傳神寫意、反常合道、以賦為詩、以故為新、化俗為雅、繞路說禪等等，要皆「創意造語」之妙法，限於篇幅，將另闢專篇論述，此處從略。

第三章

遺研開發與宋代詠花詩

——以唐宋題詠海棠為例

摘　要

　　宋人詠海棠，就《全宋詩》所見，數量當在二百首以上。宋人所作，於海棠的本質特徵，除傳承晚唐詩勾勒半開、著雨、紅豔、馨香、占春諸形象外，又廣加開拓深化，而成就宋人之海棠題詠。至於以美人、仙人、富貴比擬海棠；以海棠春睡、貴妃醉酒形容海棠，以有香無香辯證海棠，以名花、國豔、國色、燒燭照、富貴花推崇海棠，則是宋人對唐詩遺妍之創意開拓，從而可知唐宋審美意識之流變。

　　宋人詠海棠，除傳承六朝「巧構形似」，窮物之情，盡物之態諸手法外，又朝更精深廣闊處去發揮。同時又傳承唐詩借物抒情之傳統，比興寄託，情景交融。將生命投入，喚起自覺。歐陽脩、梅堯臣、陸游、劉克莊諸家詠海棠，說物理、寫物情，都從人事世法勘入，小中見大，象外孤寄，故筆有遠情。此一特色，為晚唐詩人詠海棠所無有，而為宋人對遺妍之開發與恢廓。

關鍵詞：唐宋　海棠詩　遺妍開發　審美意識　寫作特色

壹、前　言

　　中國古典詩歌之發展，至唐詩可謂登峰造極，盛況空前；清沈德潛《唐詩別裁集·凡例》所謂：「菁華極盛，體制大備」，可以想見。宋人生於唐人之後，殫精竭力，思有以新變開拓，期許跳脫唐詩之典範，而追求「自成一家」風格[1]，真是談何容易？清蔣士銓〈辨詩〉所謂：「宋人生唐後，開闢真難為。能事有止境，極詣難角奇」[2]，的確道出了創作的極限，和宋人的困境。

　　宋人在歷代詩歌發展史中，正身居「處窮必變」的關鍵地位上。考察「詩文代變，文體屢遷」的客觀事實，以及「若無新變，不能代雄」的發展原則，學界逐漸肯定「唐人學漢魏，變漢魏；宋學唐，變唐」的價值；承認「唐自成一代之詩，宋亦自成一代之詩」[3]；「唐詩宋詩，亦非僅朝代之別，乃體格性分之殊」諸論點[4]。面對八百多年來有關唐宋詩異同、優劣的爭訟[5]，宋詩存在許多平反的空間。是非疑似的廓清釐正，自是學界的當務之急。

　　十五年來，筆者致力宋詩研究，出版五部專著，或作流變考察，或作共相歸納，或敘錄詩派宗風[6]，或致力科際整合[7]，

1　參考張高評《宋詩之新變與代雄》，〈貳·自成一家與宋詩特色〉（臺北：洪葉文化公司，1995年9月），頁67~141。
2　清蔣士銓《忠雅堂詩集》卷十三〈辨詩〉（上海：上海古籍出版社）。
3　清袁枚《小倉山房文集》卷十七，〈答沈大宗伯論詩書〉（上海：上海古籍出版社，1988年），頁1502；清陳梓《定泉詩話》卷五。
4　錢鍾書《談藝錄》〈詩分唐宋〉（臺北：書林出版公司，1988年），頁2。
5　詳參齊治平《唐宋詩之爭概述》（長沙：岳麓書社，1984年1月）。
6　參閱張高評《宋詩三百名家評傳》（一）（NSC81-0301-H-002-05）；《宋詩體派敘錄》（NSC82-0301-H-006-015）。

要在建構宋詩之特色而已。若能明確勾勒宋詩特色，則其價值
與地位自然容易判定。從宏觀入手，先立其大，則其他紛紛擾
擾，可以迎刃而解。同時，又致力微觀之探討，先後選擇宋代
禽言詩、翻案詩、題畫詩[8]、敘事詩[9]、詠史詩[10]、詠物詩[11]、
邊塞詩[12]作研究，已完成若干成果。今提出本論文，為《唐
宋詠物詩流變》系列研究之一，企圖從海棠之題詠，比較唐宋
詩之異同，進而考察宋詩在詠物方面開拓與新變的價值。

貳、審美趣味和藝術主題

一、中晚唐之美感走向與宋人之審美意識

　　文學是文化的反映，不同的文化就產生不同的文學。唐型

7　拙著《宋詩之新變與代雄》，除探討宋詩特色外，又致力以文為詩、以議
　　論為詩、以賦為詩、化俗為雅、以戲劇喻詩、不犯正位之研究。又，
　　《會通化成與宋代詩學》一書，探討《春秋》書法、史家筆法、以書道喻
　　詩、儒道禪與詩歌語言，而以「會通化成」為宋代詩學之依歸（臺南：
　　成功大學出版社，2000年8月）。
8　參閱張高評《宋詩之傳承與開拓》（臺北：文史哲出版社，1990年3
　　月）。
9　敘事詩之研究，如〈韋莊〈秦婦吟〉與唐宋詩風之嬗變——以敘事、詩
　　史、破體為例〉，《第四屆唐代文化學術研討會論文集》（臺南：成功大
　　學中文系，1999年1月），頁379~412。
10　詠史詩之研究，如《王昭君形象之流變與唐宋詩風之異同》，國科會專題
　　研究計畫（NSC88-2411-H-006-004）。
11　詠物詩之研究，如《詠物詩之流變與唐宋詩風之異同——以雨、雪、花、
　　鳥為例》，國科會專題研究計畫（NSC89-2411-H-006-002）。
12　邊塞詩之研究，如《宋代邊塞詩之開拓與新變——兼論唐宋詩風之異同》
　　(NSC89-2411-H006-023)、(NSC90-2411-H-006-006)。

文化，以接受外來文化為主，其特徵為複雜、躍動而進取。宋型文化，以堅持本位文化為主，其特色為單純、靜穆而收斂[13]。投射於文學，則浩瀚奔騰如江河、挺拔雄壯如山嶽，激烈緊湊、澎湃外現者，為唐詩；清雅秀潔如曲澗、深邃婉約如幽谷，從容冷靜，平淡內斂者，為宋詩。若以風格性分言，則唐詩主情尚意興，故多蘊藉婉曲，渾雅華腴，而以豐神情韻見長；宋詩主理尚氣，故多徑露直遂，深折精闢，而以筋骨思理見勝[14]。唐宋詩的異同，除了文學內在的衍化、環境之激盪外，跟唐型文化、宋型文化的差異，很有密切關係。

魯迅曾斷言：「我以為一切好詩，到唐已被做完。此後倘非能翻出如來掌心之齊天大聖，大可不必動手」[15]。宋詩面對唐詩這樣的如來佛，並沒有被全面掌控，以至於「死在句下」；反而能跳脫他的手掌心，以「學唐變唐」為原則，以「題材廣而命意新」為手段；相較於唐詩，更以「出其所自得」為目標，以「皮毛落盡，精神獨存」為終極追求。筆者以為，由唐詩轉化為宋詩，中晚唐實居關鍵地位。就詩歌美學來說，影響宋詩風格形成的，如杜甫、韓愈、白居易，都是中唐詩人[16]。而晚唐體自宋初以來，代表詩人如溫庭筠、李商隱、杜牧、孟郊、賈島、姚合、許渾等，就一直是兩宋詩人學習晚唐

---

13 參考傅樂成〈唐型文化與宋型文化〉，載《漢唐史論集》（臺北：聯經出版公司，1977 年 9 月），頁 380。

14 參考嚴羽《滄浪詩話·詩辨》，楊慎《升庵詩話》卷八，劉大勤《師友詩傳敍錄》卷三，吳喬《答萬季野詩問》卷一，錢鍾書《談藝錄》一，繆鉞《詩詞散論·論宋詩》。

15 《魯迅書信集》下卷，《魯迅全集》卷十二，1934 年 12 月 20 日〈致楊霽雲〉（北京：人民文學出版社，1991 年）。

16 參看敏澤《中國美學思想史》，第四編第二十九章〈唐代的詩歌美學〉，第二節「中唐的詩歌美學」（濟南：齊魯書社，1989 年 8 月），頁 77~97。

之典範[17]。可見，考察唐宋詩之變，追本溯源，關鍵當在中晚唐。

　　就美感走向而言，中晚唐與盛唐已有不同。盛唐的廣闊眼界和博大氣勢，至中唐變成退縮和蕭瑟，至晚唐淪為對日常狹小生活的興致[18]。盛唐氣象的外向、宏大、輻射、陽剛，至中晚唐漸化為內向、幽微、聚斂、陰柔。葉燮《原詩‧外篇下》所謂「幽豔晚香之韻」，差堪比擬[19]。就文學思想而言，盛唐崇尚風骨，追求興象玲瓏；中唐轉為主張功利，崇尚怪奇；晚唐詩則追求細美幽約之情致，及淡泊之情思與境界[20]。就藝術主題之選擇而言，盛唐詩標榜言志述懷，中唐變為感事寫意，晚唐衍為緣情體物，而蔚為詠物詩、詠史詩之盛行[21]。尤其中晚唐之文學趨勢，由雅入俗，更直接啟發宋人之審美意識[22]。論者稱：唐代詩人已經把詩歌從宮廷移到市井，從亭臺樓閣轉到江山塞漠；宋人則進一步讓詩歌由市井街坊擴展到日常瑣見雜聞，由江山塞漠伸展到花鳥魚蟲、甚至微觀芥子

17　參考黃奕珍〈宋代詩學中「晚唐」觀念的形成與演變〉，《宋代文學研究叢刊》第二期，1996年9月，頁225~245。詳參黃奕珍《宋代詩學中的晚唐觀》（臺北：文津出版社，1998年）。

18　參考羅宗強《隋唐五代文學思想史》，第七章第三節〈從尚實尚俗務盡的詩歌創作傾向轉向寫身邊瑣事〉（北京：中華書局，1999年8月），頁270~274；李澤厚《美的歷程》，〈八，韻外之致〉，〈二，內在矛盾〉（北京：中國社會科學出版社，1989年11月），頁148。

19　同註16，第三節〈一，幽怨晚香之韻〉，頁107~111；蔣寅《大歷詩風》，第四章〈主題的取向〉（上海：上海古籍出版社，1992年），頁39~113。

20　同註18，羅宗強所著書，參考第三章第二、三節、第七章第二節、第八章第一節、第十章第三節、第十一章第四節。

21　陳伯海《唐詩學引論‧別流篇》，〈唐中期詩〉，〈唐後期詩〉（北京：東方出版中心，1996年），頁116~136。

22　林繼中〈由雅入俗：中晚唐文壇大勢〉，《人文雜志》1990年3期，頁106~111。

中[23]。

以上論述雖不全面，卻有一定的代表性。試看中晚唐的美感走向，有一種類型，表現為退縮、內省、幽微、聚斂、陰柔、反功利、尚怪奇、細美婉約、淡泊清麗、感事寫意、緣情體物、偏愛形式美，多詠史詠物、多雅俗相濟之傾向，知宋人之審美意識傳承有自。宋人審美固傳承自中晚唐這種類型，加上宋代文化的制約，越發踵事增華、變本加厲，遂與中晚唐不同。繆鉞論唐宋詩之異，嘗謂：「唐詩如芍藥海棠，穠華繁采；宋詩如寒梅秋菊，幽韻冷香」[24]；宋詩之幽韻冷香與中晚唐詩之「幽豔晚香」，自有相通處，又有不同處。宋詩與中晚唐之異同，當於新變開拓處求之。

二、從實用和美感的消長看詠花詩之興起

由於安史之亂，詩聖杜甫不得不入蜀謀生。他在四川前後八年，其中有四年時間在川西，定居於成都。流傳至今的杜詩有一千四百多首，寓蜀之作即近八百首，佔全數一半以上。題材多樣，內容豐富，藝術性強[25]。令後人大惑不解的是：杜集中沒有海棠之歌詠。四川，是海棠的故鄉，薛能〈海棠〉詩所謂：「四海應無蜀海棠，一時開處一城香」；沈立《海棠記·序》所謂：「蜀花稱美者，有海棠焉」即是。杜甫寓居四川八年，為什麼沒有看到海棠？可是，杜集中偏偏就沒有海棠

---

23 語見范寧、華嚴《宋遼金詩選注》〈前言〉（北京：北京出版社，1988年9月），頁2。
24 繆鉞《詩詞散論》，〈論宋詩〉（臺北：開明書店，1977年）。
25 參考曾棗莊〈杜甫在四川的詩歌〉，《唐宋文學研究——曾棗莊文存之二》（成都：巴蜀書社，1999年10月），頁1~2。

之詩，這將如何解釋？

　　這樁「海棠」公案，首先發難者應是晚唐詩人薛能，他曾作一首〈海棠〉詩，序文說：「蜀海棠有聞，而詩竟無聞。杜子美於斯，興象靡出。」薛能作詩，喜好逞才爭勝，洪邁《容齋詩話》批評他「格調不能高，妄自尊大」；這從他作〈荔枝〉詩，序文說：「杜工部老居兩蜀，不賦是詩，豈有意而不及歟？」可以看出他務求首唱的心態[26]。略晚於薛能的詩人鄭谷，所作〈蜀中賞海棠〉詩，受到影響，也隨著說：「浣花溪上堪惆悵，子美無心為發揚」。到了宋代，對於這個疑案有興趣的人，越來越多：大家紛紛猜測，杜甫在四川八年，這時期的詩近八百多首，為何沒有一首詠寫海棠？實在令人費解。於是吳中復〈江左謂海棠為川紅〉推想：「子美詩才猶閣筆，至今寂寞錦城中」，以為杜甫江郎才盡；梅堯臣〈海棠〉則認為：「當時杜子美，吟偏獨相忘」，以為是詩人健忘；王安石因襲鄭谷詩意，〈梅花三首〉其二謂：「少陵為爾牽詩興，可是無心賦海棠」；陸游〈海棠〉則斷定：「拾遺舊詠悲零落，受損腰圍似未工」，以為杜集散佚失傳；楊萬里〈海棠四首〉其四則宣稱：「豈是少陵無句子，少陵未見欲如何？」則以詩人實未見海棠花；王柏〈獨坐看海棠二絕〉其二，更從杜甫的憂國憂民著眼，認定「當日杜陵身有恨，何心更作海棠詩」。大概是這些說法，不能滿足文人的好奇與索隱，於是才有「杜甫生母閨名海棠」的「避諱」說傳世。

　　因為王禹偁《小畜集》卷四〈送馮學士入蜀〉曾有詩曰：「莫學當年杜工部，因循不賦海棠詩」；何薳《春渚紀聞》卷

---

[26]　其實，杜甫詩集中有多首描寫荔枝的詩，如〈解悶十二首〉其九、其十、其十一、其十二，因解悶而及荔枝，微言諷刺，例證昭著，何以言「不賦」？可見其輕率妄言！

六〈營妓比海棠〉條，亦載蘇軾贈李琪，有所謂：「恰似西川
杜工部，海棠雖好不留詩」[27]。杜詩，在宋代堪稱顯學，崇
杜、研杜、宗杜、學杜之風[28]，自王禹偁以下歷久不衰，東
坡所謂「天下幾人學杜甫，誰得其皮與其骨」；《蔡寬夫詩話》
所謂「雖武夫女子皆知尊異之」。杜甫是一位對景物「吟詠殆
遍」的大詩人[29]，對於「占春顏色最風流」、雪錠霞舖、嬌麗
奇艷的海棠花，居然沒有片語隻字的歌詠，自然引起他們討論
的興趣，形成詩話筆記中共同關心的話題。

　　南宋葛立方《韻語陽秋》卷十六稱：「杜子美居蜀累年，
吟詠殆遍。海棠奇艷，而詩章不及，何耶？」宋末蔡正孫《詩
林廣記》卷八則引李頎《古今詩話》，總結宋人傳說，謂「杜
子美母名海棠，子美諱之，故杜集中絕無海棠詩」。「少陵生
母閨名海棠」的避諱說，憑空臆斷，無徵不信，自然不可取。
其他學人墨客，既厭棄「避諱」說之穿鑿，於是又紛紛爬羅剔
抉，鉤稽推闡，或疑則傳疑，以待來者；或旁敲側擊，別出新
說。就筆者管見所及，朱翌《猗覺寮雜記》卷一「子美未賦海
棠詩」條，羅大經《鶴林玉露》卷四「詩詠梅牡丹荔枝」條，
雖未言明杜詩無海棠題詠之所以然，但已提示許多思考線索，
指引不少解決問題的途徑。朱翌之說，主要論點如下：

　　　　……穿鑿者乃云：「子美之母小名海棠，故子美不作

27　除外，周煇《清波雜志》卷五、陳巖肖《庚溪詩話》卷下，所載略同。
28　參考許總《杜詩學發微》（南京：南京出版社，1989年5月）；程千
　　帆、莫礪鋒、張宏生《被開拓的詩世界》（上海：上海古籍出版社，1990
　　年10月）。
29　參考王飛〈論杜詩中的花〉，《杜甫研究學刊》1994年第二期，頁25～
　　34。

海棠詩」，未知出何典故？世間花卉多矣，偶不及之爾。
若撰一說以文之，則不勝其說矣。如牡丹、芍藥、酴醿之
類，子美亦未嘗有詩，何獨於海棠便為有所避諱耶！（朱
翌《猗覺寮雜記》卷上）

杜甫詩集中為何沒有海棠詩？朱翌以為是「偶不及之」使
然，而且他還發現杜詩中也絕無「牡丹、芍藥、酴醿」諸花的
歌詠。至於杜詩對於海棠花為什麼會「偶不及之」？牡丹、芍
藥、酴醿諸花，為什麼也同時沒有得到杜甫的青睞？朱翌所論
就嫌語焉不詳了。羅大經的論說，涉及比較廣泛，觀點也比較
深刻：

《書》曰……《詩》曰……毛氏曰……陸機曰……蓋
但取其（梅）實與材而已，未嘗及其花也。至六朝時，乃
略有詠之者，及唐而吟詠滋多，至本朝則詩與歌詞連篇累
牘，推為群芳之首，至恨《離騷》集眾香草而不應遺梅。
余觀三百五篇，如桃、李、芍藥、棠棣、蘭之類，無不歌
詠，如梅之清香玉色，迴出桃李之上，豈獨取其材與實而
遺其花哉？……

又如牡丹，自唐以前未有聞。至武后時，樵夫采山乃
得之，國色天香，高掩群花。於是舒元輿為之賦，李太白
為之詩，固已奇矣。至本朝，紫黃丹白、標目尤盛。至於
近時，則翻騰百種，愈出愈奇。……

他如木犀、山礬、素馨、茉莉，其香之清婉，皆不出
蘭芷下，而自唐以前，墨客騷人，曾未有一語及之者，何
也？（羅大經《鶴林玉露》卷四）

　　羅大經的疑惑，細分為三項，其實是異枝共本。連同朱翌的「偶不及之」說來看，這牽涉到先秦、兩漢、六朝、唐宋間「審美意識」的流變，從美學史的角度考察，也許可以解決這個「海棠」詩案。閱讀日本岩城秀夫〈杜甫に海棠の詩ないのは何故か —— 唐宋間における美意識の變遷〉一文[30]，就是從審美意識上來論說的。其中持論賅當，精義時出，讀罷深獲我心。今本其旨趣，補其闕漏，闡其菁華，重論「海棠」詩案，藉著宏觀研究，希望能釐清這個唐宋以來的疑讞。

　　嬌媚可愛的花卉，作為詩人審美的對象，其特徵在給人帶來精神上的愉悅，而不必為了滿足某種實際需要，或達到某種實用功利。誠如康德所說：「美是無一切利害關係的愉快的對象」（《判斷力批判》上冊）；又如普列漢諾夫所言：「以功利觀點對待事物，先於以審美觀點對待事物」（《藝術論》）。的確，就詩人寫作的素材來說，生活層面所涉及，人倫日用所指向，若攸關實用價值，或利害情勢，因已妨礙「可愛玩而不可利用」的美感特質，往往就遠離愉快的感受，而回歸到功利與致用之途上去了[31]。筆者以為，明白此一觀念，就不難解決羅大經與朱翌有關歷代詠花詩流變之迷惑。羅大經提出三個疑問：一、唐以前詠梅，大率「取其實與材而已，未嘗及其

30　日本岩城秀夫撰，薛新力譯〈杜詩中為何無海棠之詠——唐宋間審美意識之變遷〉，《杜甫研究叢刊》1989年第1期，頁76~81；參考王仲鏞〈「杜甫無海棠詩」辨〉，《杜甫研究叢刊》1996年第二期，頁46~49，頁73。

31　參考朱光潛編譯《西方美學家論美與美感》，柏拉圖《文藝對話集》，〈美不是有用，不是善〉；德國康德《判斷力批判》上卷，〈美不在於事物的存在。鑑賞判斷是審美的，不包含利害關係〉；德國費歇爾《美的主觀印象》，〈美與利害〉（臺北：漢京文化公司，1984年4月）；蔣孔陽《美學新論》，第二編〈美與愉快〉（北京：人民文學出版社，1993年9月），頁69~75。

花」,「及唐而吟詠滋多」;二、詠牡丹,「唐以前未有聞」,
至武則天時,始知「國色天香,高掩群花」;三、木犀、山
礬、茉莉等純觀賞花卉,「自唐以前,……曾未有一語及之
者」;可見李唐一朝,是中國審美意識流變的關鍵期。中唐以
前,對於花卉,較注重實用價值;功利的取向,影響了美感欣
賞的情趣。中唐以後,才逐漸超脫實用功利,進入「可愛玩而
不必利用」的欣賞境界。這就是為什麼詠梅之作,唐以前但取
其實與材,未嘗及其花:詠牡丹、木犀、山礬、茉莉諸作,
「唐以前,……曾未有一語及之」,「及唐而吟詠滋多」的緣
故。

　　同理可證,朱翌所疑:杜甫詩集中,如海棠、牡丹、芍
藥、酴醿諸觀賞花卉,為何「偶不及之」的問題。因為杜甫生
長的開元、天寶、廣德、大曆年間,中國人對花卉的態度,剛
剛由實用功利的觀點超脫出來,漸入「可愛玩而不必利用」的
美感鑑賞世界,審美意識尚未普遍落實到美麗可悅的花卉上,
所以杜甫受當代審美情趣影響,詩集中「不及」宋人視為花中
神仙的「海棠」,與獨步殘春的「酴醿」;也缺少中唐人推崇
的國色天香「牡丹」,及窈窕婀娜的「芍藥」;就審美意識來
說,這是很自然的事 [32]。羅大經、朱翌生在南宋,牡丹、海
棠已經成為審美對象,習焉不察,故有此疑。

32　唯一的例外是:開元中,沈香亭前木芍藥盛開,明皇「賞名花,對妃
　　子」,李白奉詔寫作〈清平調〉三章,遂成歌詠牡丹之名作。不過,因是
　　「奉詔」之作,關係功利實用,李白並非出於純粹審美欣賞,所以與前述
　　推論並不矛盾。事見樂史〈楊太真外傳〉卷上,程毅中《古體小說鈔·
　　宋元卷》(北京:中華書局,1995 年 11 月),頁 22 。〈清平調詞三
　　首〉,見瞿蛻園《李白集校注》卷五(臺北:里仁書局,1981 年),頁
　　389~393 。

　　日本學者岩城秀夫的論文，就審美意識研究中國歷代詠花詩，發現：「《詩經》與《楚辭》以來，直至盛唐，在詩中可看到的主要之花，大概誰都承認是桃、梅、李。此外，雖也有蓮菊，但總的來看，它們大體是供食用或藥用。」此說可謂一針見血，精確無誤。考察《本草綱目》果部草部，益信岩城秀夫所言不虛[33]。可見，蓮菊之早入《詩》、《騷》者，藥用食用之功利價值，自然早於對桃花、梅花、蓮花、菊花的審美感受。桃梅李蓮菊為率先名列中國文學的花卉，都是跟現實生活的功用有關，唐以前對花卉的價值判斷，大抵如此。

　　牡丹，唐人謂之「木芍藥」；芍藥，羅愿《爾雅翼》言：「制食之毒，莫良於芍，故得藥名」，並載於《本草綱目》草部卷十四。琳瑯滿目的群花品中，以牡丹第一，芍藥第二，故世謂牡丹為花王，芍藥為花相。這是中唐以後的審美觀念，盛唐杜甫以前是沒有的，只是宜於入藥而已。初唐歐陽詢等所編《藝文類聚》，芍藥、牡丹、蘭、菊等花卉，都收在「藥香草部」中，可見唐初的審美意識還沒有擴大到芍藥牡丹花卉上。至於海棠，《本草綱目》未見著錄，想必不是藥用植物，又無所可用，故缺而不載。卷三十所載「海紅，一名海棠梨」，狀如木瓜而小，《爾雅》所謂赤棠，並不是海棠花，宋人沈立《海棠記》辨之甚明。可見，號稱「花中神仙」的海棠，要引

33　桃、梅、李之果實，可供食用，人盡皆知：李時珍《本草綱目》果部第二十九卷，列有桃實、桃花、桃葉、桃皮；梅實、梅花、梅葉、梅根；李實、李花、李葉、李根皮，則桃梅李，也是藥用植物。《本草綱目》果部第三十三卷，列有蓮實、蓮藕、蓮薏、蓮花、蓮房、蓮葉；草部第十五卷，列有菊花、菊根、菊莖、菊實。可見桃、梅、蓮、菊之早入《詩》、《騷》者，是由於藥用食用之功利價值。校點本《本草綱目》（北京：人民衛生出版社，1989 年 5 月）。

發人類的流連愛賞，那要等到晚唐後才有，杜甫是不可能有這樣的審美情趣的。同時，開元天寶年間，海棠從海外初來禁中，杜甫可能無緣得見，楊萬里所謂「豈是少陵無句子？少陵未見欲如何？」推測可謂入情入理。再如酴醾花（獨步春），唐以前無聞，到宋代才「吟詠滋多」，極力稱頌，宋祁所謂「無華真國色，有韻真天香」；蘇軾〈杜沂餉酴醾花〉所謂「不妝豔已絕，無風香自遠」，這種審美意識，與宋代文化崇尚平淡韻味的傾向息息相關。其他如梅花、水仙、木犀、素馨、茉莉的廣受宋人青睞，也應該都是這種審美意識的反映。

　　由此觀之，從實用和美感的消長看來，歌詠牡丹起於中唐，歌詠海棠花起於晚唐。杜甫詩集中連牡丹詩都付之闕如，當然更不可能出現海棠詩了。考察審美意識的流變，對藝術主題取捨之研究，自有許多啟發。

參、宋代海棠詩之開拓與新變

一、海棠題詠始於晚唐

　　海棠，薔薇科，落葉喬木，春天二、三月開花。明王象晉《群芳譜・海棠》稱：「海棠盛於蜀，而秦中次之。其株矯然出塵，俯視眾芳，有超群絕類之勢。而其花甚豐，其葉甚茂，其枝甚柔，望之綽約如處女，非若他花冶容不正者比。蓋色之美者惟海棠，視之如淺絳，外英數點如深臙脂，此詩家所以難為狀也。」以其有色無香，故唐相賈耽著《花譜》，以為「花

中神仙」。除外，尚有「名花」、「國豔」、「貯金屋」、「燒燭照」、「畳貴化」諸美稱。品種以西府海棠、垂絲海棠為最著[34]。尤其垂絲海棠，嬌柔紅豔，綽約多姿，鮮媚殊常，花美而香，真人間尤物。

「綽約如處女」，號稱「花中神仙」的海棠風韻，與盛唐中唐的審美心理異趣，是杜甫集中沒有海棠之詠的原因，說已見上章。再考段成式《酉陽雜俎》引李德裕《開元天寶花木記》：「凡花木以海為名者，悉從海外來，如海棠之類是也。」釋惠洪《冷齋夜話》卷一引《太真外傳》，載明皇笑語：「豈是妃子醉，真海棠睡未足耳」[35]；此一宮闈事若可信，則開元天寶年間已由海外入「禁中」。李白多次出入禁中，詩集中亦未見有海棠之詠；何況杜甫遠居川西草堂，當然無緣得見，故未有詩作，自是情理中事。海棠花作為觀賞花卉，來自海外，先入禁中，一時未能普及周遍，故詩人無緣欣賞，何況賦詩？就審美意識與海外傳來二說綜論之，海棠花之見諸題詠，必須等待晚唐詩人。

就詩歌美學而言，晚唐詩歌之審美主體，已由盛唐向上進取、對外開拓之氣象，轉向內在的心靈深處，朝婉約細緻的境界發展[36]。來自海外的海棠花，經過中唐的推廣，到晚唐想必已相當普及，尋常百姓與墨客騷人多不難見到。由於晚唐的

---

34 關於海棠花的形態、品種，可參考陳俊愉《中國花經》，〈海棠花〉（上海：上海文化出版社，1990年），頁191～193。

35 程毅中《古體小說鈔》，樂史《楊太真外傳》按語，稱：《冷齋夜話》卷一所引《太真外傳》，不見於今本《楊太真外傳》中，「疑唐人別有《太真外傳》」，頁30。

36 參考周來祥《中國美學主潮》，第十二章第三節〈一種調式的「晚唐之韻」〉（濟南：山東大學出版社，1992年6月），頁367～372；王興華《中國美學論稿》，第十九章第四節〈晚唐詩歌的美學特點〉（天津：南開大學出版社，1993年3月），頁352～356。

審美情趣已趨向葉燮所謂「幽豔晚香之韻」，因此，海棠的歌詠正式進入古典詩歌的殿堂。試檢索《全唐詩》之詩題，題詠海棠花者，共十一家，18首詩，除中唐劉長卿外，起於薛濤，終於劉兼[37]，都是晚唐詩人，多具晚唐風韻。前乎此者，中唐盛唐皆未見有海棠之題詠。

二、唐人海棠詩之創作特色

　　時代晚於杜甫四十餘年，位居德宗、順宗朝宰相之賈耽，有緣得見海棠，曾推崇海棠為奇樹嘉木，著《百花譜》，比擬海棠為「花中神仙」。同時或稍後之詩人歌詠海棠，也都凸顯其柔媚綽約，幽豔晚香之姿態。就《全唐詩》所見，晚唐題詠海棠者，卷八○三薛濤2首、卷四八一李紳1首、卷五○五何希堯1首、卷五○九顧非熊1首、卷五六○薛能1首（《全唐詩續拾》卷三二1首）、卷五八三溫庭筠1首、卷六七五鄭谷3首、卷六八三韓偓1首、卷六八六吳融2首、卷七六六劉兼1首；除吳融所作為同題2首外，其餘皆一題一首。

　　由於審美意識之轉變，晚唐詩人所追求者為細美幽約的情致，及淡泊清麗的情思。「晚唐之韻」內向、陰柔，表現為「緣情體物」，微觀審美，於是關心花鳥蟲魚，而蔚為詠物詩、詠史詩之流行。晚唐詩人詠海棠，就是在這種氛圍中形成的。綜觀十一家18首詩，歌詠海棠有三大特色：一、刻劃色香姿

---

[37]　《古今圖書集成‧草木典‧海棠部》載有賈島〈海棠二首〉，《錦繡萬花谷前集》卷四，前首署賈島，後者署晏殊；陳思《海棠譜》卷中，前首署宋初淩景陽，後首署晏殊，當以《海棠譜》所載為是，故本文列晚唐海棠詩，不予探討。說詳陳尚君《全唐詩外編》修訂說明（北京：中華書局，1992年），頁603。

態，體物而瀏亮；二、不即不離，形神兼備；三、小中見大，象外孤寄。繪色傳香，體物瀏亮者，如：

> 吳筠蕙圃移嘉木，正及東溪春雨時。日晚鶯啼何所為，淺深紅球壓繁枝。（薛濤〈棠梨花和李太尉〉，《全唐詩》卷八〇三，頁 9039）

> 春教風景駐仙霞，水面魚身總帶花。人世不思靈卉異，竟將紅纈染輕紗。（薛濤〈海棠溪〉，《全唐詩》卷八〇三，頁 9041）

> 海邊佳樹生其彩，知是仙山取得栽。瓊蕊籍中聞閬苑，紫芝圖上見蓬萊。淺深芳萼通宵換。委積紅英報曉開。寄語春園百花道，莫爭顏色泛金杯。（李紳〈海棠〉，《全唐詩》卷四八一，頁 5480）

> 著雨胭脂點點消，半開時節最妖嬈。誰家更有黃金屋，深鎖東風貯阿嬌。（何希堯〈海棠〉，《全唐詩》卷五〇五，頁 5746）

> 四海應無蜀海棠，一時開處一城香。晴來使府低臨檻，雨後人家散出牆。閑地細飄浮淨蘚，短亭深綻隔垂楊。從來看盡詩誰苦，不及歡遊與畫將。（薛能〈海棠〉，宋陳思《海棠譜》卷中，《古今圖書集成·草木典》卷二九九，《全唐詩續拾》卷三二，P.1170）

薛濤歌詠海棠，稱其佳木、仙霞、靈卉、紅纈，概括其姿態為「淺深紅球壓繁枝」。李紳所作，以海邊佳樹、仙山得栽，點醒海棠出身不凡，再借瓊蕊、紫芝、閬苑、蓬萊渲染其仙質，接著以「淺深芳萼」、「委積紅英」細膩刻劃花容。何

希堯寫半開海棠之妖嬈可愛：「著雨胭脂」，寫其形色；「金屋貯嬌」傳其愛惜。虛實相生，意象浮現。薛能所作，選取晴來、雨後、細飄、深綻四個場景來描繪海棠，亦有可取。其他詩人所作海棠詩，多凸顯海棠色香之美好，姿態之綽約，如劉長卿所謂紅豔、餘香；薛能詩稱：「香少傳何許，妍多畫半遺」；對海棠花皆形容貼切，形象全出。

　　晚唐詩人所作海棠詩，運用「不即不離」手法，達到「形神兼備」效果者最多，如：

　　　　忽識海棠花，令人只嘆嗟。豔繁惟共笑，香近試堪誇。駐騎忘山險，持盃任日斜。何川是多處，應遶羽人家。（顧非熊〈斜谷郵亭玩海棠花〉，《全唐詩》卷五〇九，頁5789）

　　　　幽態竟誰賞，歲華空與期。島迴香盡處，泉照豔濃時。蜀彩淡搖曳，吳妝低怨思。王孫又誰恨，惆悵下山遲。（溫庭筠〈題磁嶺海棠花〉，《全唐詩》卷五八三，頁6761）

　　　　春風用意勻顏色，銷得攜觴與賦詩。穠麗最宜新著雨，嬌嬈全在欲開時。莫愁粉黛臨窗懶，梁廣丹青點筆遲。朝醉暮吟看不足，羨他蝴蝶宿深枝。（鄭谷〈海棠〉，《全唐詩》卷六七五，頁7738）

　　　　雲綻霞鋪錦水頭，占春顏色最風流。若教更近天街種，馬上多逢醉五侯。（吳融〈海棠二首〉，《全唐詩》卷六八六，頁7880）

　　　　淡淡微紅色不深，依依偏得似春心。煙輕虢國鄲歌黛，露重長門斂淚衿。低傍繡簾人易折，密藏香蕊蝶難

尋。良宵更有多情處，月下芬芳伴醉吟。（劉兼〈海棠
花〉，《全唐詩》卷七六六，頁 8698）

　　顧非熊所作，除「豔繁惟共笑，香近試堪誇」，肯切寫其
豔與香外，其餘多從虛處傳神，所謂離形得似。溫庭筠所作，
欣賞海棠之幽態，「迴香」、「照豔」實處切寫，「淡搖曳」、
「低怨思」虛傳其神，可謂形神都到。鄭谷所作，以「新著
雨」、「欲開時」凸顯海棠花的本質特徵。「莫愁」「梁廣」二
句，側筆烘托；「羨他」句，強化「看不足」，非徒比擬形似
而已，更是離形傳神。吳融所作，「雲綻霞鋪」、「占春顏
色」，體物妙肖，活靈活現；「天街種」、「醉五侯」，設想曼
妙，虛處傳神。劉兼所作，最是海棠之傑作：詩中開頭以「淡
淡微紅」、「依依春心」描繪海棠之嬌美。再以「煙輕」、「露
重」、「低傍」、「密藏」各個層面去圖寫海棠之風韻。不即不
離，若即若離，體物而得其神，固是詠物詩之妙者。
　　至於劉長卿所作海棠詩，則是小中見大，象外孤寄，不只
「賦詩必此詩」而已，如：

　　　　何事一花殘，閑庭百草闌。綠滋經雨發，紅豔隔林
　　看。竟日餘香在，過時獨秀難。共憐芳意晚，秋露未須
　　團。（劉長卿〈夏中崔中丞宅見海紅搖落一花獨開〉，
　　《全唐詩》卷一四七，頁 1503）

　　海紅，乃西府（在今安徽省）海棠之別名。《花鏡》稱其
花：「初如胭脂點點然，及開，則漸成纈暈明霞，落則有若宿
妝淡粉。」劉長卿（？～786）自謂「五言長城」，長於借景

抒情[38]，這首海棠詩，確有其特色。詩中強調海棠遇雨則
發，紅豔可觀，餘香悠悠，過時獨秀之氣質，純從外觀特徵著
眼，以凸顯其「一花獨開」之主題與寓意。海棠這種「萬綠叢
中一點紅」，眾芳搖落，一花獨開的形象，固是特寫本質，更
是有寄託，有遠情。劉長卿為中唐詩人，詩風與晚唐自有差
異。曾任浙江海鹽縣令，來自海外之海棠，浙江人有可能先睹
為快。何況劉長卿此詩，明言於「崔中丞宅見海紅」，可見亦
非尋常百姓家，更不是私人林園所有。此種題詠海棠「小中見
大，象外孤寄」之作，在中唐絕無僅有，在晚唐則闃然未見，
到宋代才逐漸增多。

三、宋人海棠詩之開拓與新變

　　晚於杜甫四十餘年之唐相賈耽，所著《花譜》，曾推許海
棠的幽妍超俗，稱為「花中神仙」。至宋沈立始著有《海棠
記》、陳思撰有《海棠譜》。晚唐薛能、溫庭筠、鄭谷諸家所作
海棠詩才18首。至宋代梅堯臣、歐陽脩、王安石、蘇軾、陳
與義、劉子翬、楊萬里、陸游、朱熹、劉克莊等繼作，則在百
首以上，於是形成一種審美意識，蔚為觀賞風氣。誠如沈立
《海棠記·序》所云：「蜀花稱美者，有海棠焉。然記牒多所
不錄，蓋恐近代有之。」試看海棠的名位，從「記牒多所不錄」
的功用價值期，衍化到「近代有之」的審美鑑賞期，經歷這樣
的變遷，海棠才足與牡丹抗衡並駕。再從歐陽脩撰《牡丹

38　參考劉開揚《唐詩通論》，第四章第二節〈劉長卿〉（成都：巴蜀書社，
　　1998年），頁307~315。

譜》、劉貢父撰《芍藥譜》、范成大撰著《梅譜》、《菊譜》來看，能夠具止而普遍地超脫功利觀點，純粹用審美鑑賞態度對待花卉，應該是從宋代開始的。考察《全宋詩》，清新脫俗、平淡有味的花卉，如酴醾、水仙、木犀、茉莉、素馨、蘭花、玉蘭、瑞香、梅花大量出現，贏得宋代詩人許多贊歎與歌詠，亦可以獲得印證。

　　沈立（1007～1078）《海棠記·序》從記牒著錄之有無考察，確定文人歌詠海棠，「恐近代有之」，確是慧眼卓見。唐人題詠海棠之作，才十一家 18 首，至宋代則逐漸增多，以《全宋詩》所見，名家大家多有海棠之題詠，王禹偁 5 首、晏殊 4 首、梅堯臣 5 首，歐陽脩、王安石、蘇軾、陳與義各 2 首，黃庭堅、晁補之、張耒、朱熹各 1 首，陸游有詩 20 首以上，范成大 16 首以上，楊萬里所作在 23 首以上，劉克莊亦有 28 首題詠海棠之作。就數量而言，南宋陳思適逢其會，其《海棠譜》錄詩，除上列名家大家外，題詠海棠入選的宋代詩人，尚有宋太宗、宋真宗、宋光宗、劉筠、郭稹、石延年、宋祁、張泊、程琳、李定、石揚林、范鎮、石揚休、楊諤、范純仁、沈立、邵康節、韓持國、釋惠洪、崔德符、張芸叟、文同、陳參政、程金紫、僧如璧、吳中復、劉子翬、郭震、趙次公、吳芾、洪適、程大昌、王之道等等，上至皇帝公卿學士，下至騷人墨客，方外詩僧，多有志一同，同詠此一人間奇葩，花中神仙。宋代詞人所詠，亦所在多有。詩家題詠的對象，關注到號稱「花中神仙」的海棠，這是宋代文化向內、收斂、冷靜、精深、從容、婉約、平淡、秀雅諸般特質的體現。文學是文化的投射，詩歌更是文學的結晶；宋代文化的審美特質，在宋詩中自然會有具體而微的表現。限於篇幅，有關宋代海棠詩

的研究，本研究範圍，除對「杜甫詩中何以無海棠之詠」稍作論述外，只就詠物詩寫作之特色入手，分為三大端進行探討，以見宋代詩人在海棠題詠中，相較於唐代詩人，獲得那些開拓或新變。

（一）杜甫詩中何以無海棠之詠

杜甫寓居四川西郊四年，滯留四川前後八年，杜詩一千四百多首中，近八百首作於四川。杜甫是位「吟詠殆遍」，長於詠花詠物的詩人，詩集中獨闕海棠之作，實在令人大惑不解。這跟唐宋審美意識之流變有關，說已見上。宋人推崇杜甫人品，師法杜詩句法風格，由於審美意識之覺醒，發現杜詩中未有海棠之詠。宋人既傳承晚唐薛能〈海棠・序〉稱杜子美「興象不出」之說，於是熱烈討論此一海棠疑案。

海棠作為觀賞花卉，李德裕《開元天寶花木記》稱：「凡花木以海為名者，悉從海外來，如海棠之類。」所以最初只出現在「禁中」，《太真外傳》載唐明皇戲譴貴妃，所謂「海棠春睡」云云可見。至北宋，而禁苑刑部海棠稱盛，君臣賞花唱和，蔚為佳話。至南宋，而驛舍、川谷、私人林園，乃至人家別墅，繚山遶水，皆可以見到海棠的芳蹤。四川，為海棠的故鄉，尤其是成都的海棠花：「成都海棠十萬株，繁華盛麗天下無」，海棠花開，「橫陳錦障」、「錦繡裹城」[39]；目睹如此繁華之花海景象，以今律古，以宋律唐，遂生種種疑惑和揣測。

賈耽（730～805），為德宗順宗朝宰相，著有《花譜》，始稱「海棠為花中神仙」，可見中晚唐以後始重此花。中唐以

39　陸游《劍南詩稿》卷四，〈成都行〉，錢仲聯《校注》本（上海：上海古籍出版社，1985年），頁345～346。

前，禁苑偶然栽植，尚未普及；因此，「少陵未見」，應該就是事實。薛濤（758～832）〈海棠溪〉詩謂：「人世不思靈卉異，竟將紅纈染輕紗」，世人稱海棠為「靈卉」，基於實用功利的價值，拿海棠來「染輕紗」。由此可見，晚於杜甫（712～770）五十年的薛濤，晚年跟杜甫當年一般，寓居浣花溪（薛氏改名海棠溪）；所作海棠詩，可見證蜀人對海棠花在實用和美感二方面的消長情形。薛濤所居的碧雞坊，南宋時海棠盛極一時，陸游與范成大之所歌詠，可以想見[40]。海棠之栽培既廣，騷人雅士身經目歷，賞花賦詩乃蔚為風氣。海棠花躍升為宋代詩苑的「新貴」，這跟普及尋常人家，以及宋代審美意識注重平淡寫意有極大的關係。

準此以觀，對於杜甫詩中何以無海棠之詠，除唐人之審美觀與宋人不同外，筆者較贊成楊萬里「豈是少陵無句子，少陵未見欲如何」的看法。其他，還有生母名諱說、江郎才盡說、偶然相忘說、散佚失傳說、有恨無心說、格高難著說；異說紛紜，要皆捕風捉影，想當然爾，不足憑信。

（二）宋代海棠詩寫作之特色

海棠題詠，屬於詠物詩之範圍。筆者以為，詠物詩之妙者，主要在「離合」技法之講究運用。王立之《王直方詩話》：「作詩貴雕琢，又畏有斧鑿痕；貴破的，又畏粘皮骨。」《朱子語類》卷一四〇〈論文下〉云：「古人作詩，不十分著題，卻好，今人做詩愈著題，愈不好。」趙翼《甌北集》卷四十六〈論詩〉稱：「作詩必此詩，定非知詩人。此言出東坡，

40　參考王仲鏞〈「杜甫無海棠詩」辨〉，《杜甫研究叢刊》1996 年 2 期，頁46～49，頁 73。

意取象外神。……吾試為轉語，案翻老斫輪：作詩必此詩，乃
是真詩人。」要之，妙在不即不離，若即若離之間。今依據諸
家所論，分成三端論述宋人海棠詩之成就：1. 巧構形似，體
物妙肖；2. 不即不離，借題發揮；3. 小中見大，象外孤寄。
試舉宋詩名家大家之作，加以論證：

1. 巧構形似，體物妙肖

　　六朝詩賦詠物，注重巧構形似。詠物之要，首在掌握客觀
景物之本質特徵，著題切寫，如實再現。蘇軾《東坡志林》卷
十所謂「寫物之功」，注重強調描寫對象之真實性、典型性。
確實做到像《詩經》一樣：詠桑葉，「他木殆不可以當此」；
又像林逋以暗香疏影寫梅花，「絕非桃李詩」。精確度，必須
符合袁枚《續詩品・相題》所謂「天女量衣，不差尺寸」。

　　晚唐詩人詠海棠，對於海棠的本質特徵，和典型形象，已
作若干提示，大抵有六方面，即半開、著雨、紅艷、餘香、占
春、密藏。宋人所作海棠詩，對海棠花之本質特徵和典型形
象，傳承者少，開拓者多。如下列大家名家之題詠：

　　　　錦里名雖盛，商山艷更繁。別疑天與態，不稱土生
根。淺著紅蘭染，深於絳雪噴。待開先釀酒，怕落預呼
魂。春裡無勍敵，花中是至尊。桂須辭月窟，桃合避仙
源。浮動冠頻側，霓裳袖忽翻。望夫臨水石，窺客出牆
垣。贈別難饒柳，忘憂肯讓萱。輕輕飛燕舞，眽眽息嬌
言。蕙陌虛侵徑，梨凡浪占園。論心留蝶宿，低面厭鶯
喧。不忝神仙品，何辜造化恩。自期栽御苑，誰使擲山
村。綺里荒祠畔，仙娥古洞門。煙愁思舊夢，雨泣怨新

婚。畫恐明妃恨，移同卓氏奔。祇教三月見，不得四時有，繡被堆龍勢，臙脂浥淚痕。貳車春未去，應得伴芳樽。（王禹偁〈商山海棠〉，《全宋詩》卷六十四，頁718；又，王安石〈海棠〉，《全宋詩》卷五七七，頁6782，詩句與此重複）

東風嫋嫋泛崇光，香霧空濛月轉廊。只恐夜深花睡去，故燒高燭照紅妝。（蘇軾〈海棠〉，《全宋詩》卷八〇五，頁9333）

嫋嫋柔絲不自持，更禁日炙與風吹。仙家見慣渾閒事，乞與人間看一枝。（陸游〈周洪道學士許折贈館中海棠以詩督之〉，《全宋詩》卷二一五四，頁24261）

誰道名花獨故宮，東城盛麗足爭雄。橫陳錦障闌干外，盡吸紅雲酒釀中。貪看不辭持夜燭，倚狂直欲擅春風。拾遺舊詠悲零落，瘦損腰圍擬未工。（陸游〈海棠〉，《全宋詩》卷二一五六，頁24321）

蜀地名花擅古今，一枝氣可壓千林。譏彈更到無香處，常恨人言太刻深。（陸游〈海棠〉，《全宋詩》卷二一六一，頁24419）

月下看荼蘼，燭下看海棠。此是看花法，不可輕傳揚。荼蘼暗處看，紛紛滿架雪。海棠明處看，滴滴萬點血。（陸游〈海棠〉，《全宋詩》卷二二四一，頁25738）

王禹偁〈商山海棠〉詩，正面形容海棠姿色，分別在前中後穿插：「淺著紅蘭染，深於絳雪噴」；「浮動冠頻側，霓裳袖忽翻。望夫臨水石，窺客出牆垣」；「繡被堆籠勢，臙脂浥淚痕」，純就紅花綠葉著筆。其餘，則運用體物瀏亮的賦法，

以才學為詩，進行刻劃：分別用桂、桃、柳、萱、蕙、梨、
蝶、鶯八種花卉蟲鳥烘托，再用飛燕、息嬀、明妃、卓氏四位
美人進行類比。以見海棠「春裡無勍敵，花中是至尊」的地位
和氣質。蘇軾〈海棠〉詩，寫東風嫋嫋，香霧空濛，是從側面
描繪海棠。三四二句，虛處傳神，可見愛花惜花之深情。陸游
所作系列海棠詩，「嫋嫋柔絲不自持，更禁日炙與風吹」，
「橫陳錦障闌干外」，是狀其姿色。「仙家見慣渾閑事，乞與人
間看一枝」；「貪看不辭持夜燭，倚狂直欲擅春風」；「蜀地
名花擅古今，一枝氣可壓千林」，是凸顯其花品出類拔萃。范
成大、楊萬里所作海棠詩，亦多佳妙之作，對於提煉形象，突
出典型特質，尤多可取，如：

　　　　春工葉葉與絲絲，怕日嫌風不自持。曉鏡為誰妝未
　　辦，沁痕猶有淚臙脂。（范成大〈垂絲海棠〉，《全宋詩》
　　卷二二五八，頁25914）

　　　　無波可照底須窺，與柳爭嬌也學垂。破曉驟晴天有
　　意，生紅新曬一約絲。（楊萬里〈垂絲海棠〉，《全宋詩》
　　卷二二八二，頁26184）

　　　　帝城二三月，海棠一萬株。向來青女拉勝六，戲與一
　　撼即日枯。東皇夜遣司花女，手接紅藍滴清露。染成片片
　　淨練酥，乳點梢梢酣日樹。……（楊萬里〈醉臥海棠圖歌
　　贈陸務觀〉，《全宋詩》卷二二九三，頁26334）

　　　　垂絲別得一風光，誰道全輸蜀海棠。風攪玉皇紅世
　　界，日烘青帝紫衣裳。嬾無氣力仍春醉，睡起精神欲曉
　　粧。舉似老夫新句子，看渠桃杏敢承當。（楊萬里〈垂絲
　　海棠盛開〉，《全宋詩》卷二二九九，頁26407）

艷翠春銷骨，妖紅醉入肌。花仙別無訣，一味服燕
支。（楊萬里〈海棠洞〉，《全宋詩》卷二三〇四，頁
26473）

四面周遭國艷叢，危亭頓在艷叢中。天開錦幄三千
丈，日透紅粧一萬重。積雨乍晴偏楚楚，東風小緩莫匆
匆。為花一醉非難事，且道花釀復酒釀。（楊萬里〈萬花
川谷海棠盛開，進退格〉，《全宋詩》卷二三一一，
P.26574）

夜雨朝晴花睡餘，海棠傾國萬花無。館娃一樣三千
女，露滴燕脂洗面初。準擬今春樂事釀，依前枉卻一東
風。年年不帶看花福，不是愁中即病中。（楊萬里〈曉登
萬花川谷看海棠〉，《全宋詩》卷二三一一，頁 26584）

過雨天猶濕，新晴月尚寒。懸知曉粧好，破霧急來
看。初日光殊薄，晴梢露正濃。真珠粧未穩，更著柳邊
風。晚得看花訣，丁寧趁絕農。乘他醉眠起，別是一精
神。四面花光合，一身香霧紅。忽從霞綺上，跳下錦城
中。花密無重數，看來眼轉迷。化為花世界，忘卻日東
西。外種百來樹，中安一小亭。放眸紅未了，紅了是天
青。老子侵星起，蜂兒先我忙。淵才無鼻孔，信口道無
香。除卻牡丹了，海棠當亞元。豔超紅白外，香在有無
間。（楊萬里〈二月十四日曉起看海棠〉，《全宋詩》卷
二三一六，頁 26650）

垂絲海棠，別名海棠花，薔薇科，花梗細弱下垂，如美女
雲鬟，婆娑可愛；花紅色，蕚帶紫色，如妃子醉態，嫵媚可
觀。細弱下垂之花梗，為垂絲海棠的典型形象，楊萬里所詠，

則謂「與柳爭嬌也學垂」，「生紅新曬一絢絲」；「嬾無氣力
仍春醉」，皆刻劃妙肖。描繪垂絲海棠的花色，范成大稱：
「沁痕尤有淚臙脂」，楊萬里則云：「風攪玉皇紅世界，日烘青
帝紫衣裳」；「豔超紅白外，香在有無間」，也很有圖繪示現
之效果。至於楊萬里其他海棠之詠，於巧構形似，體物妙肖方
面，尤見功力：形容海棠花色之紅艷方面，採用擬人法稱：
「艷翠春銷骨，妖紅醉入肌。花仙別無訣，一味服燕支」；
「染成片片淨練酥，乳點梢梢酣日樹」；又用白描法：「天開
錦幄三千丈，日透紅粧一萬重」；「放眸紅未了，紅了是天
青」。雨中海棠，楚楚可憐，亦為晚唐詩人提示之形象，楊萬
里所作，於此頗多傳承，如「積雨乍晴偏楚楚」，「館娃一樣
三千女，露滴燕脂洗面初」；「初日光殊薄，晴梢露正濃。真
珠粧未穩，更著柳邊風」，著雨燕脂，成了海棠的本質特徵。
昔日彭淵才有五恨，其一為「海棠花不香」[41]，從此成為詠海
棠之故事，如陸游〈海棠〉詩不以為然，謂「譏彈更到無香
處，長恨人言太刻深」；楊萬里〈二月十四日曉起看海棠〉則
稱：「淵才無鼻孔，信口道無香」，以為海棠之艷與香是超凡
脫俗的：故曰：「豔超紅白外，香在有無間」；甚至認為：
「除卻牡丹了，海棠當亞元」，推崇可謂備至。

　　江湖詩人劉克莊，所作海棠詩，有五題 32 首，塑造海棠
典型意象，亦有可觀，試摘其佳句如下：形容海棠之紅艷，
〈黃田人家別墅繚山種海棠為賦二首〉其二：「海棠妙處有誰
知，全在臙脂乍染時」；〈觀海棠次熊主簿梅花十絕韻〉：

41　彭淵才五恨，見釋惠洪《冷齋夜話》卷九，〈鵝生卵〉：「第一，恨鰣
　　魚多骨；第二，恨金橘太酸；第三，恨蓴菜性冷；第四，恨海棠無香；
　　第五，恨曾子固不能作詩。」

「萬染千葩染似紅」,「紅默霏霏似撒沙」;〈再和十首〉:
『也深乍擣守宮紅」;〈海棠七首〉:「蜀女羞施粉,輕裝愛
淡紅」;「恰見如丹粒,俄驚似紫錦」;刻劃歷歷,令人見詩
如見海棠。

　　含苞欲開,晚唐詩人早已提示,作為海棠形象典型之一,
宋人所作,如楊萬里〈上巳日賞海棠〉:「半濃半淡晚明滅,
欲開未開最其絕」;劉克莊〈再和十首〉:「到得離披無意
緒,精神全在半開中」。占斷春色的海棠形象,晚唐詩人已開
發,宋人所作,如王禹偁〈海棠木瓜二絕句〉:「我向商山占
斷春,風流還似錦江濱」;晏殊〈海棠四首其一〉:「輕盈千
結亂櫻叢,占得年芳近碧櫳」;范成大〈賞海棠二絕〉其二:
「燭光花影兩相宜,占斷風光二月時」;楊萬里〈海棠四首〉
其三:「自是花中無國色,非關格外占春篢」。由占斷春色,
進而抬舉其地位,美其仙家氣質者有之,稱其富貴氣象者亦有
之,如:陸游〈周許折贈海棠〉詩:「仙家見慣渾閑事,乞與
人間看一枝」;趙次公〈和東坡慧院海棠〉:「殊姿豔豔雜花
裡,端覺神仙在流俗」。稱美海棠之富貴氣質者,如蘇軾〈寓
居定慧院之東有海棠一株〉:「自然富貴出天姿,不待金盤薦
華屋」;陸游〈留樊亭三日來飲海棠下〉:「何妨海內功名
士,共賞人間富貴花」,海棠形象之豐富多姿,詩人之期待視
野不同,命意遂有不同。

　　由此觀之,宋人詠海棠,於海棠的本質特徵,傳承晚唐之
半開、著雨、紅豔、馨香、占春諸形象,廣加開拓深化,而成
就宋人之海棠題詠,《宋詩鈔‧序》:「變化於唐,而出其所
自得」,此之謂也。至於以美人、仙人、富貴比擬海棠;以海
棠春睡、貴妃醉酒形容海棠,以有香無香辨證海棠,以名花、

國豔、國色、燒燭照、富貴花推崇海棠，則是宋人之創意開拓。爾後，元明清及近代詩人詠海棠，多據以為典故或事類。

2. 不即不離，借題發揮

文學，是人學的具體表現，尤其是詠物，貴在其中有我；所以，詠物詩多兼有詠懷效用，將自我之情緒、感慨、襟抱、議論滲透其中，故曰：「詠物詩須詩中有物，尤須詩中有我」。詠物而兼詠懷，「大似參曹洞禪，不犯正位，切忌死語」（任淵《後山詩註·跋》）；是狀寫物形外，還須因物抒感。妙在物我之間，若即若離，不即不離，方是詠物佳作。試觀東坡〈水龍吟〉勝過章質夫〈楊花詞〉處，在東坡詞若即若離，不即不離，「不犯正位」；而章質夫詞一路著題切寫楊花，至末三句「望章臺路杳」云云，始因物抒感，因以作結，遂有工拙之分。詠物詞如此，詠海棠詩亦然。

晚唐詩人題詠海棠，九成以上側重著題切寫，體物妙肖；宋人所詠，亦以此居多。另外，宋人海棠詩又傳承唐人「不即不離，借題發揮」之特色，詠物之外，又因物抒感，寓物說理，既新變唐人，又有所開拓，如蘇軾詠寫海棠：

> 江城地瘴蕃草木，只有名花苦幽獨。嫣然一笑竹籬間，桃李漫山總粗俗。也知造物有深意，故遣佳人在空谷。自然富貴出天姿，不待金盤薦華屋。朱唇得酒暈生臉，翠袖卷紗紅映肉。林深霧暗曉光遲，日暖風輕春睡足。雨中有淚亦悽愴，月下無人更清淑。先生食飽無一事，散步逍遙自捫腹。不問人家與僧舍，拄杖敲門看修竹。忽逢絕艷照衰朽，嘆息無言揩病目。陋邦何處得此

花，無乃好事移西蜀。寸根千里不易致，銜子飛來定鴻
鵠。大涯流落俱可念，為飲一樽歌此曲。明朝酒醒還獨
來，雪落紛紛那忍觸。（蘇軾〈寓居定惠院之東，雜花滿
山，有海棠一株，土人不知貴也〉，《全宋詩》卷八○
三，頁 9301）

東坡〈定惠院海棠〉，作於貶謫惠州時，先以粗俗之桃李
對比幽獨之海棠，再以「自然富貴出天姿」二句，虛寫其氣質
風味；以「朱唇得酒」二句著題切寫海棠花葉之形色。接著，
「林深」以下四句，虛寫不同天候時間之海棠姿態，曲寫愛花
惜花之深情。「先生食飽」以下，跳脫海棠，抒寫自我感慨，
至「天涯流落俱可念」以下，賓主合一，不即不離，遂成佳
作。紀昀批語稱：「純以海棠自寓，風姿高秀，興象微深，後
半尤煙波跌宕」，可謂確解。又如陸游題詠海棠之作，亦多借
題發揮，體現襟抱，如：

洛陽春信久不通，姚魏開落胡塵中，揚州千葉昔曾
見，已歎造化無餘功。西來始見海棠盛，成都第一推燕
宮。池臺掃除凡木盡，天地眩轉花光紅。慶雲墮空不飛
去，時有絳雪縈微風。蜂蝶成團出無路，我亦狂走迷西
東。此園低樹猶三丈，錦繡卻在青天上。不須更著刀尺
裁，乞與齊奴開步障。（陸游〈張園海棠〉，《全宋詩》
卷二一六一，頁 24419）
常年春半花事竟，今年春半花始盛。衰翁不減少年
狂，走馬直與飛蝶競。妍華有露洗愈明，纖弱無風搖不
定。莫放飄零作紅雨，剩看倩笑臨妝鏡。溪梅枯槁墮巖

穀，山杏輕浮真妾媵。欲誇絕豔不勝說，縱欠濃香何足病。華燈銀燭搖花光，翠杓金船豪酒興。夜闌感事獨淒然，繁枝空折誰堪贈。（陸游〈二月十六日賞海棠〉，《全宋詩》卷二一六一，頁 24455）

今日春已半，風雨停出遊。缾中海棠花，數酌相獻酬。尚想錦官城，花時樂事稠。金鞭過南市，紅燭宴西樓。千林誇盛麗，一枝賞纖柔。狂吟恨未工，爛醉死即休。那知茅簷底，白髮見花愁。花亦如病妹，掩抑向客羞。尤物終動人，要非桃杏儔。東風萬里恨，浩蕩不可收。（陸游〈海棠〉，《全宋詩》卷二一六七，頁 24565）

我初入蜀鬢未霜，南充樊亭看海棠；當時已謂目未睹，豈知更有碧雞坊。碧雞海棠天下絕，枝枝似染猩猩血；蜀姬豔粧肯讓人，花前頓覺無顏色。扁舟東下八千里，桃李真成僕奴爾。若使海棠根可移，揚州芍藥應羞死。風雨春殘杜鵑哭，夜夜寒食夢還蜀。何從乞得不死方，更看千年未為足。（陸游〈海棠歌〉，《全宋詩》卷二二二八，頁 25583）

上列陸游所作海棠詩，著題切寫海棠處，多見生動如畫，如〈張園海棠〉：「慶雲墮空不飛去」以下四句；〈二月十六日賞海棠〉：「妍華有露洗愈明」以下八句；〈海棠〉：「千林誇盛麗」以下四句；〈海棠歌〉：「碧雞海棠天下絕」以下八句，或正面切寫，或側面烘托，要皆體物妙肖，「他花不可以當此」。除外，陸游更借題發揮，抒發感慨，用生命投入，舉凡洛陽淪落胡塵之悲，萬里河山未復之恨，壯志未酬、烈士暮年之憾，都借海棠之題詠，觸類旁通。不僅體物，而且緣

情，其法正是「不即不離，若即若離」。清周亮工《因書屋書影》卷四論作文之妙訣，謂「文有正位，不可太粘，亦不可太離」，借題發揮之謂也。

宋人以詠物詩「借題發揮」，除因物抒感外，又開拓出「緣物說理」之法，固是宋代以議論為詩方式之一。宋人詠海棠，亦有此種特色，如：

> 蜀地名花擅古今，一枝氣可厭千林。譏彈更到無香處，常恨人言太刻深。（陸游〈海棠〉，《全宋詩》卷二一六一，頁 24419）
>
> ……扁舟東下八千里，桃李真成僕奴爾。若使海棠根可移，揚州芍藥應羞死。……（陸游〈海棠歌〉，《全宋詩》卷二二二八，頁 25583）
>
> 海棠妙處有誰知，全在臙脂乍染時。試問玉環堪比否？玉環猶自覺離披。（劉克莊〈黃田人家別墅繚山種海棠為賦二絕〉其二）
>
> 梅太酸寒蘭太清，海棠方可入丹青。趙昌骨朽徐熙死，誰寫春風上錦屏。（劉克莊〈熊主簿示梅花十絕詩至梅花已過因觀海棠輒次其韻〉其五）
>
> 薔薇難比況金沙，一種風標富貴家。我有公評君記取，惜花須惜海棠花。（同上〈再和十首〉其二）
>
> 一種穠纖態，三郎未必知。浪將妃子比，妃子太濃肥。（同上，〈海棠七首〉其四）

上列題詠海棠之作，陸游 2 首，劉克莊 4 首，要皆以對比優劣之手法，凸顯海棠花之「妙處」；雖運用邏輯思維，卻未

墮入概念化、抽象化之泥淖。主要是描繪與議論作有機之結
合，故不流於枯燥乏味。形象思維與邏輯思維巧妙交融，既有
描寫之具體可感，又有思辨之說服效果，形成了宋代詠花
（物）詩特色之一。

　　宋人詠海棠，除傳承六朝「巧構形似」，窮物之情，盡物
之態之手法外，又朝更精深廣闊去發揮。同時又傳承唐詩借物
抒情之傳統，景中含情，情景交融。將生命投入，喚起自覺，
忽而將自身融入在局中，忽而又將詩人置身在局外。誠如王士
禎《蠶尾文》所謂：「詠物之作，須如禪家所謂不粘不脫，不
即不離」；宋人詠海棠，頗致力於此，實為晚唐詩人所少有。
清李重華《貞一齋詩說》則稱：「詠物詩有兩法，一是將自身
放頓在裡面，一是將自身站立在旁邊」，巧構形似屬後者，借
題發揮屬前者。另外，南宋人詠海棠，無論江西或江湖詩人，
多企圖以邏輯思維融入形象思維，造成緣物說理之傾向，宋人
以議論為詩之風，此中有較具體之良性呈現。

3. 小中見大，象外孤寄

　　沈德潛《說詩晬語》卷中曾稱：詠物詩，必須胸有寄託，
筆有遠情。本師黃永武博士亦主張：「詠物詩必須因小見大，
才能使筆有遠情。」[42] 宋人詠海棠，出之以比興寄託者屬之。
這是傳承初唐陳子昂的興寄，杜甫的比興體制、白居易的風雅
比興 [43]，而有所揮灑開拓。尤其唐人海棠詩，除中唐劉長卿
所詠外，皆乏興寄之作。宋人於此，極富於開創之空間，所謂

42　黃永武《詩與美》，〈詠物詩的評價標準〉（臺北：洪範書店，1984
　　年），頁 170~173。
43　同註 21，〈唐詩的風骨與興寄〉，頁 11~14。

「學唐變唐」，又「出其所自得」，正謂此等。如下列各詩：

　　　　搖搖牆頭花，笑笑弄顏色。荒涼眾草間，露此紅的
皪。草木本無情，及時如自得。青春不可恃，白日忽已
昃。繞之重吟哦，歸坐成歎息。人生浪自苦，得酒且開
釋。不見宛陵翁，作詩頭早白。（歐陽脩〈折刑部海棠戲
贈聖俞二首之一〉，《全宋詩》卷二八七，頁 3639）

　　　　搖搖牆頭花，豔豔爭青娥。朝見開尚少，暮看繁已
多。不惜花開繁，所惜時節過。昨日枝上紅，今日隨流
波。物理固如此，去來知奈何。達人但飲酒，壯士徒悲
歌。（歐陽脩〈折刑部海棠戲贈聖俞二首之二〉，《全宋
詩》卷二八七，頁 3639）

　　　　搖搖牆頭花，藋藋有好色。高枝笑粲粲，低枝明皪
皪。但與風相撩，不與風相得。風吹莫苦急，游子漢日
昃。彭祖與顏回，相去猶瞬息。每觀形影篇，曷在神所
釋。不可廢我吟，畢竟焉免白。（梅堯臣〈刑部廳海棠見
贈依韻答永叔二首之一〉，《全宋詩》卷二五八，頁 3221）

　　　　搖搖牆頭花，一一如舞娥。春風買豔逸，豔逸此何
多。不為游蜂撓，即為狂蝶過。日光苦給給，魯叟白波
波。人生若朝菌，不飲奈老何。楊雄寂寞居，豈若阮生
歌。（梅堯臣〈刑部廳海棠見贈依韻答永叔二首之二〉，
《全宋詩》卷二五八，頁 3221）

　　　　二月巴陵日日風，春寒未了怯園公。海棠不惜臙脂
色，獨立濛濛細雨中。（陳與義〈春寒〉，《全宋詩》卷
一七四七，頁 19534）

　　歐陽脩〈折刑部海棠戲贈聖俞二首〉，寫海棠花雖草木無情，尚知搖搖笑笑，把握時節，開花豔豔；於是拿這種榮枯的「物理」去勉勵梅堯臣，勸他學習海棠的「及時自得」，不要「浪自苦」，「徒悲歌」。由海棠的「及時」「弄色」，小中見大，觸發出「及時如自得」的「物理」來，如此則有寄託，有遠情。梅堯臣〈答永叔二首〉，則以海棠花開時「笑粲粲」，「明爍爍」的諸般「豔逸」；提煉形象為「但與風相撩，不與風相得」；以見自己與世觸悟，悲歌苦吟之無可奈何。如此寫作，由海棠之物理推及人情世態，因小見大，是沈德潛所謂「象外孤寄」也。建炎二年（1129），金兵南下，陳與義倉皇逃難，艱苦備嚐，故〈春寒〉詩前二句，自況遭遇。陳與義蒿目時艱，孤貞自守，下二句以海棠之孤高絕俗，不惜獨立，借述襟抱，其中有個人顛沛之遭遇，君子固窮之標榜，更富時代動盪之縮影，有風骨，見雅緻，堪稱詠物之傑作。又如陸游所作海棠詩，亦時見個人遭遇，時局困窮之一斑，如：

　　　　淒涼古驛官道傍，朱門沈沈春日長。暄妍光景老海棠，顛風吹花滿空廊。物生榮悴固其常，惜哉無與持一觴。游蜂戲蝶空自忙，豈知美人在西廂。我雖已老猶能狂，佇立為爾悲容光。盛時不遇誠可傷，零落逢知更斷腸。（陸游〈驛舍海棠已過有感〉，《全宋詩》卷二一五六，頁24305）

　　　　厭煩只欲長面壁，此心安得頑如石。杜門復出歎習氣，止酒還開慚定力。成都二月海棠開，錦繡裹城迷巷陌。燕宮最盛號花海，霸國雄豪有遺跡。猩紅鸚綠極天巧，疊萼重跗眩朝日。繁華一夢忽吹散，閉眼細思猶歷

歷。憂樂相尋豈易知，故人應記醉中詩。夜闌風雨嘉州
驛，愁向屏風見朮枝。（陸游〈驛舍見故屏風畫海棠有
感〉，《全宋詩》卷二一五六，頁 24323）

碧雞坊裡海棠時，彌月兼旬醉不知。馬上難尋前夢
境，樽前誰記舊歌辭？目窮落日橫千嶂，腸斷春風把一
枝。說與故人應不信，茶煙禪榻鬢成絲。（陸游〈病中久
止酒有懷成都海棠之盛〉，《全宋詩》卷二一六四，頁
24482）

幾樹繁紅映碧灣，苧蘿山下見芳顏。分明消得黃金
屋，卻墮荒蹊野徑間。（劉克莊〈海棠次熊主簿梅花十絕
韻〉其三，《全宋詩》卷三〇四〇，頁 36246）

淡賞無煩羯鼓催，解鞍便可坐莓苔。莫將花與楊妃
比，能與三郎作禍胎。（同上，〈再和十首〉其八，《全
宋詩》卷三〇四〇，頁 36247）

陸游一生，年輕時曾有「樓船夜雪瓜州渡，鐵馬秋風大散
關」之實戰經驗，不時有「中原北望氣如山」之慷慨與「塞上
長期空自許」之豪情，〈書憤〉諸詩可見。晚年仍主張對金用
兵，矢志收復失土，無奈世事艱難，未能如願以償。上列〈驛
舍海棠已過有感〉，寫美人遲暮，將軍白髮，由盛時不遇，零
落斷腸可見。〈驛舍見故屏風畫海棠有感〉，回想海棠花開、
錦繡裹城之盛麗，因而體悟憂樂相尋，繁華如夢之物理。猶杜
詩敘說物理人情，即從人事世法勘入，體物精，命意遠，小中
見大。〈病中久止酒有懷成都海棠之盛〉，往事如夢，盛時不
再，目窮落日，腸斷春風，此詩有「日暮途遠」，烈士暮年之
慨。世事之艱難，恢復之無望，具體而微表現在一人感懷上，

自小亦可以觀大。劉克莊所詠海棠，前一首因幾樹繁紅之海棠淪落「荒蹊野徑間」，歎君子失位，野有遺賢。後一首，就世俗以海棠春睡比楊妃，進行翻案，寄託褒貶，於是筆有遠情。

　　歐陽脩、梅堯臣、陸游、劉克莊詠海棠，說物理、寫物情，都從人事世法勘入，小中見大，象外孤寄，筆有遠情。此一特色，為晚唐人詠海棠所無有，而為宋人所開拓與恢廓。

肆、結　論

　　本文為唐宋詩異同系列研究之一，透過詠物（花）詩之探討，企圖考察宋詩如何對唐詩進行傳承與開拓。也就是宋詩如何挑戰唐詩所樹立的典範？如何跳脫唐詩，新變唐詩，而自成一家諸問題。

　　中晚唐之美感走向，有一種類型，趨向退縮、內省、幽微、聚斂、陰柔、細美婉約、淡泊清麗、感事寫意、緣情體物，偏愛形式美，詠物之作漸多。此種「幽豔晚香」之審美特質與盛唐不同，而為宋代審美意識淵源所自。從實用與美感之消長，亦可見海棠花的「紅豔幽香」，與晚唐之審美意識近似，故海棠題詠起於晚唐詩人。

　　晚唐詩人所作海棠詩，只十家17首，論其技法，或刻劃姿態、或形神兼描，大輅椎輪，已屬難能可貴。「前修未備，後出轉精」，遺妍之開發，正有待乎宋人。宋人題詠海棠，就《全宋詩》所見，數量當在二百首以上。本文選擇大家名家作品考察，就唐宋審美意識之流變，詠物詩之寫作特色二大端進行討論，獲得下列觀點：

「杜甫詩中何以無海棠之詠」的疑案，在宗杜成風的氛圍中，引發宋人廣泛討論，凸顯了盛唐中唐審美意識與晚唐不同，更與宋代大相逕庭。宋人於山間水涯時見海棠花，成都海棠錦繡裹城，更是「繁華盛麗天下無」，世人遂以南宋推想盛唐，以為自古而然，致生疑竇。知唐宋審美意識之流變，則可以不惑。

宋人詠海棠，於海棠的本質特徵，傳承晚唐詩勾勒半開、著雨、紅豔、馨香、占春諸形象，廣加開拓深化，而成就宋人之海棠題詠。《宋詩鈔·序》稱宋詩：「變化於唐，而出其所自得」，此之謂也。至於以美人、仙人、富貴比擬海棠；以海棠春睡、貴妃醉酒形容海棠，以有香無香辯證海棠，以名花、國豔、國色、燒燭照、富貴花推崇海棠，則是宋人之創意開拓。

宋人詠海棠，除傳承六朝「巧構形似」，窮物之情，盡物之態之手法外，又朝更精深廣闊去發揮。同時又傳承唐詩借物抒情之傳統，景中含情，情景交融。將生命投入，喚起自覺，忽而將自身融入在裡面，忽而將自身站立在旁邊。誠如王士禎《蠶尾文》所謂：「詠物之作，須如禪家所謂不粘不脫，不即不離」；宋人詠海棠，頗致力於此，實為晚唐詩人所少有。另外，南宋人詠海棠，無論江西或江湖詩人，多企圖以邏輯思維融入形象思維，造成緣物說理之傾向，宋人以議論為詩，有較具體之良性呈現。

歐陽脩、梅堯臣、陸游、劉克莊諸家詠海棠，說物理、寫物情，都從人事世法勘入，小中見大，象外孤寄，故筆有遠情。此一特色，為晚唐詩人詠海棠所無有，而為宋人所開拓與恢廓。

　　其他，宋人詠海棠，多連章之作，古體、律詩多所偏好。
南宋詩家狂愛海棠，吟詠十數首者不少；沈立更有五言百韻律
詩一章，篇幅最長。詩中或用翻案，或逞才學，或發議論，或
見理趣，宋詩特色隱然在焉。篇幅所限，不贅[44]。

44　沈立〈英韶在前徒矜下里之曲風雅未喪豈繫擊轅之音不圖綴綺靡之辭抑
　　將導敦厚之旨耳海棠雖盛於蜀人不甚貴因暇偶成五言百韻律詩一章四韻
　　詩一章附於卷末知我者無加焉〉，《全宋詩》卷三〇四，頁 3816〜3818。

第四章

古籍整理與北宋詠史詩之嬗變

——以《史記》楚漢之爭為例

摘　要

　　古籍整理與雕版印刷、圖書流通、印本文化之互動關係，很值得研究。惟學界對於印本文化造成之效應和思潮，甚少探討。筆者頗思就文獻學與文學間之學科整合進行研究，以顯微闡幽，發明斯學。首先選擇《全宋詩》為文本，以詠史詩之探討作為嚆矢，同時，以勃興於兩宋之史論文（策論）作為對照參考，以北宋詠史詩取材《史記》楚漢相爭之人事為研究對象。探討雕版印刷發達，圖書流通快速之印本文化，對宋人創作詠史詩，在材料取捨、主題選擇、語言風格、詩風走向方面，各有何重大變革？進而論斷唐宋詠史詩之異同，而宋代詠史詩之傳承與開拓，宋詩之價值與地位，亦順理可知。

關鍵詞：詠史詩　《史記》　楚漢之爭　古籍整理　史論

壹、前　言

　　王國維（1877～1927）、陳寅恪（1890～1969）、錢穆（1895～1990）、鄧廣銘（1907～1997）諸先生研究中國文化史，皆以為華夏文化造極於趙宋之世，且以為近代學術多發端於宋人[1]。考其所以然者，宋代位居中古之結束、近代之開端之關鍵上；既承傳了數千年華夏文化之遺產，積累豐厚，又知所以翻轉變異，踵事增華，追求創新發明，於是蔚為宋代文化的普遍繁榮[2]。若再考察宋代文化繁榮興盛之原因，則宋廷寬宏而開明之文化政策，表現在優禮文士，重用儒者方面，形成了根本之優勢，發揮推波助瀾的效應[3]。

　　北宋歷朝帝王大多崇尚文治，獎勵儒術，於是上行下效，造成宋代文化的繁榮，和教育的普及。不僅「人人尊孔孟，家家誦詩書」；而且，「奇童出盛時，婦女多能詩」；逐漸形成「滿朝朱紫貴，盡是讀書人」的特殊場景[4]。筆者以為，宋代

1　參考王國維〈宋代之金石學〉，《王國維遺書》第五冊，《靜安文集續編》（上海：上海書店，1983），頁70；陳寅恪〈鄧廣銘《宋史職官考證·序》〉，《金明館叢稿》二編（北京：三聯書局），頁277~278；錢穆《中國近三百年學術史》第一章〈引論·兩宋學術〉（臺北：商務印書館，1957年），頁1；鄧廣銘〈宋代文化的高度發展與宋王朝的文化政策〉，《鄧廣銘學術論著自選集》（北京：首都師範大學出版社，1994年），頁162~171。

2　楊明照〈關於宋代文化的評價問題〉，《國際宋代文化研討會論文集》（成都：四川大學出版社，1991年10月），頁1~6。

3　繆鉞〈宋代文化淺議〉，同上註，頁11~13。參考姚瀛艇主編《宋代文化史》，第一章〈宋廷的右文政策〉（開封：河南大學出版社，1992年2月），頁16~26；楊渭生等《兩宋文化史研究》，第一章第二節〈宋朝開明的文化政策與設施〉（杭州：杭州大學出版社，1998年12月），頁4~15。

4　張邦煒〈宋代文化的相對普及〉，同註2，頁70~79，頁82~87。

文化之繁榮，由於教育普及；而教育之普及，深受朝廷開科取士，優禮儒生之影響。論者指出：北宋貢舉取士之多，在中國科舉史上，不僅是空前的，也是絕後的[5]。應舉登科，可以改善出身，扶搖直上，乃利祿仕宦進階之捷徑；「萬般皆下品，唯有讀書高」的勸誘，如實反映了讀書與科舉之關係：讀書為了參加科舉，應舉登科必須飽讀圖書。北宋每年貢舉取士人數約為 360 人，約為唐代的 4.5 倍，應試士人之多寡與錄取名額自然成正比，競爭之激烈，可以想見。於是順應科舉考試與士人讀書，圖書之編纂、典籍之整理、版本之刊刻，閱讀之接受諸問題，乃應運而生。古籍之編纂整理，版本之刊刻流通，選擇取捨之間，左右了文學風尚，影響了宋詩特色之形成[6]。

貳、古籍整理與《史記》版本之流傳

　　宋朝實施「右文政策」，形成文官政治，因此，宋代科舉取士之多，堪稱空前絕後。科舉應試之類科書目，經過政策之宣達，學者之編纂，書商之刊刻，士子之閱讀接受，形成一供需相求之市場經濟。此一供需環鏈，相激相盪，不僅有助科舉赴試，且有利古籍整理與圖書刊刻，足以影響一代文風和思潮

5　張希清〈北宋貢舉登科人數考〉稱，貢舉取士年平均數，唐代 80 人，元代不足 12 人，明代約 89 人，清代約 100 人；而宋代每年貢舉取士人數，約為唐代 4.5 倍，元代之 30 倍，明代之 4 倍，清代之 3.6 倍，約在 360 人左右，故在科舉史上，堪稱空前絕後。《國學研究》卷二（北京：北京大學出版社，1994 年 7 月），頁 19。

6　張高評〈古籍整理與文學風尚──杜甫詩集之整理與宋詩宗風〉，《宋代文學研究叢刊》第六期（2000 年 12 月），頁 23~56。

之走向。其中關鍵，尤在典籍之整理與刊刻[7]。

北宋帝王，多熱衷倡導整理古籍，致力保存前代文獻；宋初（977～1013）《太平御覽》、《太平廣記》、《冊府元龜》、《文苑英華》，四大類書及總集之編纂[8]，可見一斑。朝廷既倡導右文，於是宋代士人盡心致力於前代或現代典籍之搜集、整理、編年、分類、箋注、評點、校勘，皆成古籍整理的項目與工作。因時乘勢，雕版印刷發達，加上活字版印刷發明，於是印刷革命的空前業績，強化了圖書之保存與流傳。官刻、坊刻、家刻本之崢嶸[9]，刊刻品目之繁多，地域分佈之遼闊[10]，促使圖書產量激增。因為成本下降，導致書價低廉，購求容易。依據《續資治通鑑長編》卷一○二，仁宗天聖二年（1024）十月辛巳條引王子融之言稱：「舊制，歲暮書寫費，三百千；今模印，止三十千」；由此可知：手工鈔寫較雕版印刷昂貴10倍，印本書的價格只需寫本的十分之一。以宋代監本書價而言，宋真宗（968～1022），堅持「固非為利，正欲文籍流布」之目的，善意壓低書價；陳師道（1053～1102）上書哲

---

7 陳堅、馬文大《宋元版刻圖釋》，〈宋元版刻述略〉，一、宋代刻書業與盛的社會大背景（北京：學苑出版社，2002），頁2～6。

8 曾貽芬、崔文印《中國歷史文獻學述要》，〈宋代的總集〉、〈宋代的類書及其它資料彙編〉（北京：商務印書館，2000年4月），頁243～246，頁253～261。

9 程千帆、徐有富《校讎廣義·版本編》，第四章第三節〈按刻書單位區分〉，分為官刻本、家刻本、坊刻本（濟南：齊魯書社，1991年7月），頁261～263；頁271～273；頁278～286。參考同註7，二、〈兩宋時期的刻書機構及圖書的刊刻〉，頁6～22。

10 張秀民《中國印刷史·宋代》，〈雕版印刷的黃金時代〉，述刻書地點有開封、杭州、紹興府、慶元府、婺州、衢州、嚴州、湖州、平江府、建康府、成都、福州、建寧等地；刻本內容有經部、史部、子部、集部、科技書、醫藥書、宗教書（佛藏·道藏）等（上海：上海人民出版社，1989年9月），頁53～158。

宗（1077～1100）反對監本增價，亦強調「務廣其傳，不宜
求利」之教養意義。一般而言，北宋監本圖書之書價大約與工
本費相當，監本以外的其他圖書也大抵如此[11]。邢昺回答真
宗問經板，所謂「國初不及四千，今十餘萬」[12]，可見刻本書
籍到真宗朝已成長30倍，真宗朝自是北宋刻本印書激增之
時。至於邢昺（932～1010）所謂「傳寫不給」，即是指寫本
售價高昂，購書不易而言。當時士人讀書少，藏書不多可以想
見。反觀宋真宗（968～1022）時，「學者易得書籍」，「士
大夫不勞力而家有舊書典」[13]，即是拜雕版印刷發達之恩賜。
詩人生於「逢時之幸」、「千齡之盛」的真宗、仁宗（1010～
1063）朝，圖書流通如此迅速，知識獲取又如此便捷而豐厚，
印本文化取代了寫本文化，圖書文獻之傳播產生革命性的突破
[14]，自然衝擊文學表現的方式，牽動文學批評理論的主張和走

11　印本書價與寫本之比，參考陳植鍔《北宋文化史述論》，第一章第五節
　　〈教育改革對宋學的推動〉（北京：中國社會科學出版社，1992年3
　　月），頁139～141。至於雕版印刷諸刊本的書價，可參考曹之《中國印
　　刷術的起源》，第十章第四節〈宋代書業貿易之發達〉，「宋代的書價」
　　（武昌：武漢大學出版社，1994年3月），頁434～436。
12　南宋李燾《續資治通鑑長編》卷五十九，景德二年五月戊申朔：（景德
　　二年夏天）上幸國子監閱書庫，問昺「經板幾何？」昺曰：「國初不及
　　四千，今十餘萬，經史正義皆具。臣少時業儒，觀學者能具經疏者百無
　　一二，蓋傳寫不給。今板本大備，士庶家皆有之，斯乃儒者逢時之幸
　　也。」
13　李燾《續資治通鑑長編》，卷七十四，大中祥符三年十一月壬辰：（真宗
　　皇帝）謂（向）敏中曰：「今學者易得書籍。」敏中曰：「國初惟張昭
　　家有三史。太祖克定四方，太宗崇尚儒學，繼以陛下稽古好文，今三
　　史、《三國志》、《晉書》皆鏤版，士大夫不勞力而家有舊典，此實千齡
　　之盛也。」
14　張秀民論述雕版印刷之發展，「到了宋朝，因政府及民間之提倡，書坊
　　到處設立，幾乎無書不刻版，無處不刻版，刻書達到全盛時代。」說見
　　氏作〈中國印刷術的發明及其對亞洲各國的影響〉，輯入程煥文編《中國
　　圖書論集》（北京：商務印書館，1994年8月），頁167。宋代印本文化

向，甚至影響宋學的產生，以及宋文化的形成，這是可以斷言的。

　　北宋古籍整理之成果，或以刻本流通，或以寫本傳鈔，品類繁多，幾乎囊括經學、史學、哲學、文學各門類。以宋代經學而言[15]，《春秋》學與《易》學號稱顯學；刻本寫本既流通廣遠，詩人研讀接受，耳濡目染，自然深受影響，於是形成以《春秋》書法論詩作詩之風氣[16]。宋代史學繁榮，堪稱空前，史書文獻之整理既如此熱衷，流傳又如此便捷，於是宋人以史家筆法論詩作詩，遂亦順理成章[17]。《史記》在北宋以前，只有鈔本，而無刻本。現存《史記》鈔本，都是殘本，計有十七種四大類：六朝鈔本兩種、敦煌唐鈔卷子三種、唐鈔本六種、日本所藏鈔本六種。至北宋，始有刊刻本。就宋代《史記》之版本刊刻而言，品類繁多，不一而足：有官刻、有家刻；有《集解》、《索隱》之單行本，亦有《集解索隱》合刻本、三家注合刻本[18]。以《史記》之卷帙繁重，傳鈔不易；

　　　之繁榮，可參考李致忠〈宋代刻書述略〉，張秀民〈南宋刻書地域考〉，並見前揭程煥文所編《中國圖書論集》，頁196~236。

15　《五經》、《七經》、《九經》於宋刊刻情況，參考曹之《中國古籍版本學》，第四章、一、〈國子監刻書〉；二、〈公使庫刻書〉（武昌：武漢大學出版社，1992年5月），頁192-205；蔡春編《歷代教育筆記資料——宋遼金元部分》，〈書話〉，「雕版印書」、「監本五經板」、「刻本經籍」（北京：中國勞動出版社，1991年11月），頁384~385，頁387。

16　拙作《會通化成與宋代詩學》，貳、〈《春秋》書法與宋代詩學——以宋人筆記為例〉；參、〈會通與宋代詩學——宋詩話「以《春秋》書法論詩」〉（臺南：成功大學出版組，2000年8月），頁55~128。

17　同上，肆、〈和合化成與宋詩之新變——從宋詩特色談「以史筆為詩」之形成〉；伍、〈史家筆法與宋代詩學——以宋人詩話筆記為例〉，頁129~194。

18　安平秋〈《史記》版本述要〉，《古籍整理與研究》1987年第1期（上海古籍出版社）頁16~27。

幸經宋人多次刊印《史記》，《史記》版本流傳廣被，影響自然深遠。其他有關哲學、文學之前代古籍，亦多經宋人搜集整理，而編纂刊刻，而得以保存和流傳後世。

據宋人程俱《麟臺故事》卷二，《史記》最初刊刻始於北宋太宗淳化五年（994），至道二年（996）完成，開始出版流通，惜此本今已不存。在北宋，此本曾經過三次勘校印行；即真宗景德元年（1004）刊本、仁宗景祐二年（1035）刊本、仁宗嘉祐六年（1061）刊本。淳化本《史記》雖久佚，然今所見十行本《史記集解》，凡六部，皆以景祐本為祖本。另外，又有十四行小字《史記集解》，天壤間尚存三部，為北宋景祐重刊淳化監本，彌足珍貴 [19]。依據賀次君《史記書錄》所述，兩宋刊本存於今者，有北宋景祐間刊本《史記集解殘卷》等十六種 [20]，則當時《史記》刊刻之多，流傳之廣，可以想見。《史記》全文凡 55 萬字，卷帙如此重大浩博，所以能雕印再三者，總緣皇帝之喜好有以致之，如宋仁宗親聽劉敞（1019～1068）說講《史記》，宋高宗曾親自謄鈔《史記》，上有好者，下必有甚焉，故宋代多官刻本《史記》。《史記》自六朝四唐以來，多鈔本卷子，流傳至今者尚有鈔本十七種，則當時傳播流通於兩宋者當數倍於此。由於鈔本書價昂貴，加上篇幅繁重，流通必然不便，何況鈔本每患傳寫多誤。宋朝開國，既承唐制，「以《史記》、兩《漢書》為三史，列於科舉」；於是

19　張玉春《史記版本研究》，第四章〈《史記》北宋刻本研究〉（北京：商務印書館，2001 年 7 月），頁 106~165。

20　賀次君《史記書錄》（上海：商務印書館，1958），頁 29~104；楊燕起、俞樟華《史記研究資料索引和論文專著提要》，一、版本〈宋刊本〉（蘭州：蘭州大學出版社，1989 年 5 月），頁 2~5；鄭元洪《史記文獻研究》，第八章第二節〈《史記》的版本〉（成都：巴蜀書社，1997 年 10 月），頁 257~261。

「雍熙中（984～987），始詔三館校定摹印」。《史記》自太宗朝之開雕刊印，真宗仁宗朝繼之，於是「士大夫不勞力而家有舊典」[21]，從此寫本印本爭輝，並行於世。印本因能化身千萬，故對圖書流通，閱讀接受，產生極大能量。北宋文家、史家如歐陽脩、司馬光、蘇洵、蘇軾、蘇轍、曾鞏、陳師道之作詩行文，要皆深受《史記》之影響[22]。

　　論者以為，文學史的研究，不能畫地自限地只局促在文學創作的探討。應該採取宏觀的視野，把研究的視角擴展到文學接受史、文學研究史，和文學思想史各方面[23]。此一觀點，筆者深表贊同。就文學接受之研究而言，宋代文獻宏富，門類多樣，成為文獻學史上繁榮昌盛的黃金時代。宋人對文獻整理的熱衷和投入，跟整個宋代圖書文化事業的繁榮，關係密切。而圖書文化事業的繁榮，跟雕版印刷的發達，活字版印刷之發

21　王應麟《玉海》卷四十九，《紹興十七史蒙求》引《兩朝志》。參考日本尾崎康《以正史為中心的宋元版本研究》，陳捷譯，第一章〈北宋版研究〉，1. 北宋初次開版；2. 現存北宋版；3. 所謂景祐刊三史及咸平刊《三國志》，附「所謂景祐刊三史的覆刻本」（北京：北京大學出版社，1993 年 7 月），頁 5~27。宿白《唐宋時期的雕版印刷》，〈北宋汴梁雕版印刷考略〉（北京：文物出版社，1999 年 3 月），頁 13~38。

22　參考張新科、俞樟華《史記研究史略》，第三章〈宋代開《史記》評論的風氣〉（西安：三秦出版社，1990 年 11 月），頁 69~70。

23　尚學峰、過常寶、郭英德《中國古典文學接受史》，〈緒論〉（濟南：山東教育出版社，2000 年 9 月），頁 1。

24　北宋承平時，私人藏書家大約 160 人，除提供借閱、流通圖書外，又兼有古籍整理之才能。除手自讎校，遂成善本外，「每繕寫別本，以備出入」，善本鎮庫，別本流通，有功圖書之流通。朱弁《曲洧舊文》、王辟之《澠水燕談錄》、徐度《卻掃篇》、《陸游》《老學庵筆記》、王明清《揮麈錄》諸書對於藏書家之校讎整理，皆有述及。見袁詠秋、曾季光《中國歷代國家藏書機構及名家藏讀敘傳選》（北京：北京大學出版社，1997 年 12 月），頁 232~247。參考周少川《藏書與文化——古代藏書家文化研究》，第二章第二節〈宋元私家藏書的勃興〉（北京：北京師範大學出版社，1999 年 4 月），頁 35~56。

明，私家藏書之熱絡又息息相關。兩者互通有無，相得益彰[24]。
由寫本進化到印本文化，資訊傳遞及資訊儲存都產生了革命性
的轉變；誠如 15、16 世紀歐洲的文藝復興一般，雕版印刷對
宋代文化界的衝擊，應該是十分巨大而深遠的。學者在整理古
籍、閱讀文獻之餘，出入去取之間，自然接受傳承了古籍的優
長，或揚或棄了諸家的得失，既可新變風格，代雄前人，更經
反思內省，開發拓展了自我之特色。古籍整理對文學風尚之形
成，具有催化作用，這是無庸置疑的。《史記》於太宗、真
宗、仁宗朝先後開雕版流通後，與唐代寫本並行，於是閱讀
《史記》、師法《史記》、評論《史記》，一時蔚為風尚。尤其對
《史記》人物之評價，自騁筆力者有之，翻空出奇者有之，推
陳出新者有之，要皆以生新創發為依歸。如蘇洵有《史論》上
中下、〈管仲論〉[25]；蘇軾有史論〈秦始皇帝論〉、〈漢高帝
論〉、〈留侯論〉等十餘篇[26]；蘇轍亦有〈管仲論〉、〈漢高
帝論〉等歷代論五卷，及《古史》六十卷[27]。司馬光、王安
石、秦觀、張耒亦多有作，少則兩篇，多則十七篇，蔚為一時
風尚。試考察宋人文集，自徐鉉（917～992）至周紫芝
（1082～？）四十九家，所撰有關《史記》人物或事蹟之史
論，大約在 300 篇以上[28]，史論文本採用《史記》之普遍與頻

25　《嘉祐集》卷九，曾棗莊等箋注本（上海：上海古籍出版社，1993 年 3
　　月），頁 228~239。

26　《蘇軾文集》卷三、卷四，孔凡禮校點本（北京：中華書局，1986 年 3
　　月），頁 79~82、103~104。

27　《蘇轍集》，《欒城後集》卷七、八、九、十、十一，陳宏天點校本（北
　　京：中華書局，1990 年 8 月），頁 958~1013。《古史》，文淵閣《四庫
　　全書》史部別史類。

28　目錄詳鄭之洪《史記文獻研究》，附錄三，1. 歷代文集中的《史記》散
　　論，宋代（成都：巴蜀書社，1997 年 10 月），頁 329~338。

繁如此，無他，雕版印刷造成資訊傳遞快速，資訊儲存便捷久遠，無論閱讀接受或寫作體現，勢必有所反饋與影響[29]。

古文之寫作，受《史記》影響如此；《史記》版本之流傳，對詩人之閱讀接受，或作品體現，又將如何？今試以詠史詩為研究主題，《全宋詩》為檢索範圍，考察北宋詠史詩如何書寫《史記》楚漢之爭，探討其類型因革，較論其主題新變，以凸顯古籍整理或印本文化對宋詩特色之形成，是否有其作用？此攸關文獻學與文學之整合研究，向為學界所忽略，願借本文嘗試探討之。

參、《史記》楚漢之爭與北宋詠史詩之書寫

一、宋詩特色之自覺與形成

宋人生於唐人之後，承繼了《詩》《騷》以來，漢魏六朝、至於四唐五代的豐富文學遺產，規矩準繩，無不粲然大備。以王安石（1021～1086）之雄傑，在宋代詩文革新之際，尚且感慨「世間好語言，已被老杜道盡；世間俗語言，已被樂天道盡！」[30]明袁中道（1570～1623）亦曾言：「宋元

29　參考周慶山《文獻傳播學》，第六章第二節〈文獻傳播的基本模式〉，（北京：書目文獻出版社，1997年4月），頁157~167。美國露西爾‧介（Lucile Chia）〈留住記憶：印刷術對於宋代文人記憶和記憶力的重大影響〉，《中國學術與中國思想史》（《思想家》II）（南京：江蘇教育出版社，2002年4月），頁486~498。

30　《陳輔之詩話》，郭紹虞《宋詩話輯佚》本（臺北：文泉閣出版社，1972年4月），頁310；又，胡仔《苕溪漁隱叢話》前集卷十四（臺北：長安出版社，民國67），頁90。

承三唐之後，殫工極巧，天地之英華，幾泄盡無餘，為詩者處窮而必變之地……」[31]；清蔣士銓（1725～1785）則稱：「宋人生唐後，開闢真難為」；「能事有止境，極詣難角奇」[32]；魯迅（1881～1936）更宣稱：「一切好詩，到唐已被做完！此後倘非能翻出如來掌心之齊天大聖，大可不必動手！」[33]由諸家之說，可見因者之難巧，開闢之難為，突破超越之難能。

　　宋代詩人立於處窮必變之地，勇於接受挑戰，不曾畏難、逃遁而作他體以自解脫，反而置亡後存，死中求生。葉燮（1627～1703）《原詩·內篇上》稱宋詩「縱橫鉤致，發揮無餘蘊」；翁方綱（1733～1818）《石洲詩話》卷四指出：「宋人精詣，全在刻抉入裡，而皆從各自讀書學古中來，所以不蹈襲唐人也。」[34]筆者以為：宋人學古變古之道，在形式上往往作若干選擇、琢磨、添加、改換；除批判地繼承外，在內容上又作建設性之嫁接、交融、借鏡、整合，故能「創前未有，傳後無窮」。宋人深體「詩不可不變，不得不新」之理，於是語言選擇「不經人道」，詩思追求「古所未有」；穿鑿刻抉，固因難而見巧，洗剝深折，自精益以求精；變唐賢之所已能，發唐詩之所未盡[35]。

31　袁中道〈宋元詩序〉，《珂雪齋集》卷十一（上海：上海古籍出版社，1989），頁497。

32　蔣士銓〈辯詩〉，《忠雅堂詩集》卷十三（上海：上海古籍出版社，1993），頁986。

33　魯迅〈致楊霽雲〉，《魯迅全集》第十二冊（卷十二）〈書信〉，1934年12月20日（人民文學出版社，1991），頁612。

34　葉燮之言，見丁福保輯《清詩話》（臺北：明倫出版社，1971年12月），頁570；翁方綱之說，見郭紹虞《清詩話續編》，中冊（臺北：木鐸出版社，1983年12月），頁1427。

35　張高評《宋詩之新變與代雄》，第二節〈宋人期許獨創成就〉，一、不經人道，古所未有；二、因難見巧，精益求精（臺北：洪葉文化公司，1995年9月），頁74~88。

　　宋人在詩歌創作方面，每每盡心學古通變，追新求奇，以期代雄唐詩。此種自發自覺之實踐，體現於詩話筆記、題跋等宋代詩學，則強調胸中丘壑、匠心獨妙、自出己意、別具隻眼，戒除俯仰隨人、規摹舊作，致力擺脫陳窠、絕去蹊徑[36]。楊萬里（1127～1206）論詩所謂「丈夫自有沖天志，不向如來行處行」，差可比擬宋人追求自成一家的魄力[37]。此種自覺與魄力，不但突破動搖了唐詩塑造的詩學本色，而且又系統地建構了宋調的新典範[38]。兩宋堪稱大家的詩人，如梅堯臣、蘇舜欽、歐陽脩、王安石、蘇軾、黃庭堅、陳師道、陳與義，乃至於北宋之楊萬里、范成大、陸游、朱熹諸大家之詩風表現，大抵皆有如是之共相。推而至於宋詩其他體類，如敘事詩、山水詩、詠物詩、題畫詩、邊塞詩、理趣詩、詠史詩，此種特色大抵皆具體而微。

　　宋人自發自覺之學古通變，追新逐奇，外加宋代雕版和活字印刷資訊流通之便利，對於宋詩特色之形成，自然因時乘勢，推波助瀾；互為體用，相得益彰。論者稱中晚唐之詠史詩深受史學之影響，或超越類書典故之學，或以個性化史論入

36　同上，第三節〈宋人追求自成一家〉，一、積澱傳統，突破創新；二、絕去畦徑，別具隻眼，頁112～122。周裕鍇《宋代詩學通論》乙編《詩法篇》第三章〈師古與創新：「出入眾作，自成一家」〉，論點與筆者相近（四川，巴蜀書社，1997），頁166～202。

37　語見羅大經《鶴林玉露》卷三，文淵閣《四庫全書》本，冊八六五，頁275。蓋本釋道原（？～1004？）《景德傳燈錄》卷二十九，「丈夫皆有沖天志，莫向如來行處行」，宋人之自我期許似之。

38　陳伯海《唐詩學引論》，〈正本篇〉以為：風骨與興寄、聲律與辭章、興象與韻味，是構成唐詩內在質素的基本方面，滙集組合而成唐詩氣象（上海：東方出版中心，1996年10月），頁5～38。關於唐宋詩異同，與宋詩宋調之特色，清代詩學討論極多，參考張高評〈清初宗唐詩話與唐宋詩之爭——「以宋詩得失論」為考察重點〉，《中國文學與文化研究學刊》第1期（臺北：學生書局，2002年2月），頁83～158。

詩，或以野史小說之法傳神 [39]。綜觀兩宋史學之繁榮，堪稱
空前，而印本文化之取代寫本文化，造成閱讀震撼，資訊革
命，又遠非中晚唐所可比擬。印本文化對宋詩特色形成之影
響，又豈止限於嚴羽《滄浪詩話》所謂「以議論為詩，以才學
為詩」而已？此中乾坤無限，值得探究。

二、北宋詠史詩類型之傳承

　　詠史詩之為詩歌體類，自班固（32～92）〈詠史〉、左思
（～？～306～？）〈詠史〉，歷經六朝、四唐、五代，至於北
宋，演進時間已逾一千三百餘年。詠史詩之形成，受史傳、論
贊、書法、史筆之沾溉固多；與敘事詩、詠懷詩、講史、史論
諸邊緣學科間，亦多轉相挹注、會通化成。於因、革、損、益
之際，北宋詠史詩自有承傳，至於新變開拓，自成一家特色，
尤其值得大書特書。

　　嘗試考察古今詠史詩之源流正變，其類型大抵有三：其
一，櫽括史傳，寫照傳神。如：清吳喬（1611～1659？）《圍
爐詩話》卷三稱：「古人詠史，但敘事而不出己意，則史也，
非詩也」；清李重華（1682～1754）《貞一齋詩說》所謂：
「詠史詩不必鑿鑿指事實」，即點明其病 [40]，班固〈詠史〉，為
此類代表。二，以史為詠，唱歎有情。如日本遍照金剛（774

39　查屏球《唐學與宋詩──中晚唐詩風的一種文化考察》，第五章〈中晚唐
　　史學與詠古詠史詩風〉，第三節「重史尚學之風與懷古詠史詩風」（北
　　京：商務印書館，2000 年 5 月），頁 277~309。

40　引文分別見郭紹虞編《清詩話續編》上冊（臺北：木鐸出版社，1983 年
　　12 月），頁 558；丁福保編《清詩話》本（臺北：明倫出版社，1971 年
　　12 月），頁 930。

～835）《文鏡秘府論》南卷云：「詠史者，讀史見古人成
敗，感而作之」；清王夫之（1619～1692）《唐詩評選》卷二
曰：「詠史詩以史為詠，正當於唱歎寫神理」；清袁枚（1716
～1798）《隨園詩話》卷二所謂「借古人往事，抒自己之懷抱」
[41]，左思〈詠史〉、袁宏〈詠史〉，是其類也。其三，借史發
論，別生眼目。如宋費袞《梁谿漫志》卷七所稱：「詩人詠史
最難，需要在作史者不到處，別生眼目」；清林昌彝《海天琴
思續錄》卷一亦云：「詠史詩須有議論，須有特識，不泛泛將
本人本傳平鋪直敘」[42]，晚唐杜牧、李商隱、及北宋詩人所詠
古人古事，多具此特色。宋詩宋調特色之表現，此中有之
[43]。前二者，為北宋詠史承傳前代優良傳統，而踵事增華、發
揚光大者；其三，則為宋型文化之體現，宋詩特色之反映，一
代文風思潮之趨向。今討論北宋詠史詩，請先說前二者，再論
後者。

　　筆者檢索北京大學所編《全宋詩》第一至第三十冊，自張
詠（946～1015）至李彌遜（1089～1153），計得詠史懷古之
作210餘首。若以斷代區分，則詠先秦人物約34首，詠屈原6
首最多，其次則范蠡、秦皇各5首，夷齊與宋玉各3首。楚漢

41　陳伯海主編《唐詩論評類編》，〈詠史〉引（濟南：山東教育出版社，
　　1993年1月），頁656～658。參考張浩遜《唐詩分類研究》，第七章〈唐
　　代的詠史懷古詩〉，第一節「借古喻今與寄託懷抱：初盛唐的詠史懷古
　　詩」，第二節「傷今意識的多方位折射：中晚唐的詠史懷古詩」（南京：
　　江蘇教育出版社，1999年10月），頁149～160。

42　《梁谿漫志》卷七，文淵閣《四庫全書》本，冊八六四，頁738；明胡
　　震亨《唐音癸籤》卷三，亦引之。林昌彝所言，同註41，《唐詩論評類
　　編》，頁660。

43　參考蕭馳《中國詩歌美學》，第六章〈中國古典詩歌藝術史論之二：歷史
　　興亡的詠歎——詠史詩藝術的發展〉（北京：北京大學出版社，1986年
　　11月），頁124～144。

之際人物凡72首，詠韓信24首居冠，其次為項羽、張良各14
首，其次為劉邦8首、范增4首、鴻溝3首、紀信2首，蕭
何、曹參、功臣各1首。漢初至武帝人物，在70首以上：其
中詠四皓12首居冠，詠漢武9首其次，其次則泛詠《史記》
13首，其次則詠賈誼6首、李廣5首、東方朔、司馬相如各4
首、叔孫通3首，詠漢文帝、董仲舒、司馬遷與〈秦紀〉各2
首，〈周本紀〉、〈匈奴傳〉、戚夫人、晁錯、郭解、衛青等皆
有觸及。由此觀之，以楚漢之際所詠人物史事，較為集中，較
富於特色。司馬遷《史記·秦楚之際月表》強調秦楚、楚漢時
期之特質，曾有如下之論述：

> 初作難，發於陳涉；虐戾滅秦，自項氏。撥亂誅暴，
> 平定海內，卒踐帝祚，成於漢家。五年之間，號令三嬗，
> 自生民以來，未始有受命若斯之亟也。[44]

　　自秦二世三年（B.C. 207），項羽大破秦軍於鉅鹿；至高祖
五年（B.C. 202），項羽烏江自刎止，前後五年。六十一個月之
間，歷史變動天翻地覆，歷史事件錯綜複雜，成亡敗寇，史蹟
斑斑；經世資鑑，唾手可得。北宋詩人詠史留心於「五年之
間，號令三嬗」的人物與事蹟，故本文探討北宋詠史詩亦以楚
漢之際為範圍。就北宋詩人詠史，與《史記》書寫楚漢之爭之
人物史事相對照，以考察詩作之承傳或開拓，且據以評定其價
值與地位。
　　自班固作〈詠史〉，鍾嶸（471～518）《詩品》譏為「質

44　日本瀧川資言《史記會注考證》卷十六（臺北：萬卷樓圖書公司，1993
　　年8月），頁307。本論文所引《史記》，皆據此本。

木無文」[45]；後世詠史，遂引以為戒。大抵概括本傳，無論是
「䌷其簡」，或者「節其餘」，若只是采摭古人事蹟，剪裁成
章，充其量只能稱為史傳要刪而已，不足以稱為詩。至於左思
〈詠史〉則不然，「初非呆衍史事，特借史事以詠己之懷抱
也。」論其詠史手法，大抵有四：「或先述己意，而以史事證
之；或先述史事，而以己意斷之；或止述己意，而史事暗合；
或止述史事，而己意默焉」（張玉谷《古詩賞析》卷十一），唐
宋詠史詩、詠史詞或多或少薪傳左思〈詠史〉特質。北宋詠史
詩所詠楚漢相爭之人與事，出於單純櫽括《史記》本傳者極
少。換言之，純粹「敘事而不出己意」之詠史不多，借史詠
懷，或「止述史事而已默焉」之詠史，則往往而有，如北宋詩
人詠淮陰侯韓信（？～ B.C. 196）：

> 韓信未遇時，忍饑坐垂釣。歸來淮陰市，又複逢惡
> 少。使之出胯下，一市皆大笑。龍蛇忽雲騰，蛭蝚豈能
> 料。亡命乃為將，出奇還破趙。用兵不患多，所向執敢
> 摽。功名塞天地，剪刈等蒿蘁。於今千百年，水上見孤
> 廟。鷺銜葭下魚，相呼尚鳴叫。高皇四海平，有酒不共
> 釂。古來稱英雄，去就可以照。（《全宋詩》卷二五四，
> 梅堯臣〈淮陰侯廟〉，頁3091）

> 破趙降燕漢業成，兔亡良犬日圖烹。家僮上變安知
> 實，史筆加誣貴有名。功蓋一時誠不滅，恨埋千古欲誰
> 明。荒祠尚枕陘間道，澗水空傳哽咽聲。（《全宋詩》卷
> 三二四，韓琦〈過井陘淮陰侯廟〉，頁4020）

---

45 王叔岷《鍾嶸詩品箋證稿》，〈詩品總序〉（臺北：中央研究院中國文哲
   研究所籌備處，1992 年 3 月），頁 54。

韓信寄食常歉然，邂逅漂母能哀憐。當時噲等何由伍，但有淮陰惡少年。誰道蕭曹刀筆吏，從容一語知人意。壇上平明大將旗，舉軍盡驚王不疑。捄兵半楚濰半沙，從初龍且聞信怯。鴻溝天下已橫分，談笑重來卷楚氛。但以怯名終得羽，誰為孔費兩將軍。（《全宋詩》卷五六四，王安石〈韓信〉，頁6536）

韓生沈鷙非悍勇，笑出胯下良自重。滕公不斬世未知，蕭相自追王始用。成安書生自聖賢，左仁右聖兵在咽。萬人背水亦書意，獨驅市井收萬全。功成廣武坐東向，人言將軍真漢將。兔死狗烹姑置之，此事已足千年垂。君不見丞相商君用秦國，平生趙良頭雪白。（《全宋詩》卷一〇一九，黃庭堅〈淮陰侯〉，頁11635）

韓信於漢朝三大開國功臣中，號稱「勇略震主，功蓋天下」，而竟以族誅。有關事蹟，主要見《史記》卷九十二，〈淮陰侯列傳〉。梅堯臣（1002～1060）〈淮陰侯廟〉詩，自「韓信未遇時」，至「剪刈等蒿藋」，乃檃括〈淮陰侯列傳〉中「城下之釣」、「胯下之辱」、出奇破趙、用兵多多益善，功蓋天下諸史事而成，而以英雄去就作收，蓋詠史而略有感悟之作。韓琦（1008～1075）所作〈過井陘淮陰侯廟〉，則剪裁〈淮陰侯列傳〉中，破趙降燕、兔死狗烹、家僮告變、史筆加誣諸情事，安排「功蓋一時」與「恨埋千古」作反襯，再以借景抒寫作結。王安石（1021～1086）〈韓信〉詩，先後采摭〈淮陰侯列傳〉中，寄食亭長、漂母飯信、淮陰惡少、蕭何薦信、登壇拜將、濰水之戰諸史事，加以筆削裁成。煞尾凸出「但以怯名終待羽」詩意，既呼應前文淮陰惡少以「中情怯」

侮信，楚龍且喜知「信怯」，而且翻案成趣，寓議論於敘事之中。黃庭堅（1045～1105）〈淮陰侯〉詩，前文大半剪裁《史記》本傳「「胯下之辱」、滕公不斬、蕭何自追、背水之戰、師事廣武諸史事，再拈取「兔死狗烹」成言，引為千古垂鑑，末兩句以商君用秦，趙良白頭事例作結，寓議論於敘事之中，不必詞費，自然意在言外。

項羽（B.C. 232～B.C. 202）於楚漢之際，為一狂飆式之人物，悲劇性之英雄，其事蹟主要見《史記》卷七〈項羽本紀〉。北宋詩人詠項羽，或貶責其悲劇性格，或軒輊其武略、褒貶其殷勤，如：

> 項王初破函關兵，氣壓山河風火明。旌旗金鼓四十萬，夜泊鴻門期曉戰。關東席捲五諸侯，沛公君臣相視愁。幸因項伯謝前過，進謁不敢須臾留。椎牛高會召諸將，寶劍冷冷舞席上。咸陽灰燼義帝遷，分裂九州如指掌。功高意滿思東歸，韓生受誅不復疑。區區蜀漢邊謫地，縱使倒戈何足為。（《全宋詩》卷四九八，司馬光〈戲下歌〉，頁 6008）

> 三戶睢盱竟破秦，君王武略世稱神。途窮一夜無遺恨，摯首殷勤予故人。（《全宋詩》卷一一一二，賀鑄〈題項羽廟三首之三〉，頁 2610）

司馬光（1019～1086）〈戲下歌〉，檃括〈項羽本紀〉「鴻門宴」之書寫情節，結構重組，以渲染此時此刻項羽「功高意滿」之心態。看似「止述史事而已默焉」，實則用心於屬辭比事，以《春秋》書法為詩；致力於以敘為議，以史家筆法為

詩，有《史記》「太史公曰」之遺韻[46]。賀鑄（1063～1120）
〈題項羽廟〉詩，明褒其武略稱神、挈首予人，暗諷其「欲以
力征經營天下」，其敗亡固在窮兵黷武，固出於「戰之罪」
也。精心剪裁史事，褒貶自然見諸言外。

　　張良（？～B.C. 185？）輔佐劉邦滅秦、滅楚，而且穩定
漢初政局，其出處去就從容，堪稱漢初三傑之冠冕。其運籌帷
幄，知所進退，尤其難能可貴。事蹟主要見《史記》卷五十
五，〈留侯世家〉中。北宋詩人詠留侯張良者多，偏重隱括史
事，「但敘事而不出己意」者，如梅堯臣、邵雍二家：

> 貌如女子心如鐵，五世相韓韓已滅。家童三百不足
> 使，倉海君初去相結。秦皇東從博浪過，力士袖椎同決
> 烈。曉入沙中風正昏，誤擊副車搜跡絕。亡命下邳圯上
> 游，老父跙履意未別。顧謂孺子下取之，心始不平終折
> 節。舒足既受笑且去，行及里所還可說。可教後當五日
> 來，三返其期付書閱。他日則為王者師，果輔高皇號奇
> 傑。留國存祠汴水傍，逢逢簫鼓賽肥羊。赤松不見天地
> 長，黃石共葬丘家荒。（《全宋詩》卷二五七，梅堯臣
> 〈留侯廟下作〉，頁3190）

> 滅項興劉如覆手，絕秦昌漢若更慕。卷舒天下坐籌
> 日，鍛煉心源辟穀時。黃石公傳皆是用，赤松子伴更何
> 為。如君才業求其比，今古相忘不記誰。（《全宋詩》卷

46　《禮記・經解》：「屬辭比事，《春秋》之教也」，參考張高評《春秋書
　　法與左傳學史》，〈史記筆法與春秋書法〉，（三）屬辭比事，與以互見
　　法開創傳記文學（臺北：五南圖書公司，2002年1月），頁82～93；
　　「以敘為議」參考白壽彝《中國史學史論集》，〈司馬遷寓論斷於序事〉
　　（北京：中華書局，1999年4月），頁80～97。

三六二，邵雍〈題留侯廟〉，頁4460）

梅堯臣〈留侯廟下作〉，自「貌如女子心如鐵」，至「果輔
高皇號奇傑」，堪稱留侯張良之簡史。以詩歌形式為張良作
傳，蓋剪取《史記・留侯世家》「狀貌如婦人好女」之形象，
「五世相韓」之國恩，博浪擊秦皇之英烈，亡命下邳、納履受
書之神奇，編纂成文，「但敘事而不出己意」，實近史、誠非
詩。邵雍（1011～1077）〈題留侯廟〉，則鉤勒滅項興劉、絕
秦昌漢，及鍛煉辟穀三方面，作為張良一生功業進退之標榜與
剪影，可謂畫龍點睛。外此，劉敞、王安石、鄭獬、賀鑄所
作，既隱括史事，又多於唱歎處寫神理，如：

> 張良韓孺子，夙昔志未伸。授書黃石公，問禮滄海
> 君。契合見神助，濟時效經綸。指揮轉雷電，顧盼定楚
> 秦。以彼三寸舌，抗茲百萬軍。一為帝王師，晚就赤松
> 賓。富貴心不屑，功名諒誰論。出處何昭昭，賢哉古之
> 人。（《全宋詩》卷四六七，劉敞〈留侯〉，頁5668）
> 留侯美好如婦人，五世相韓韓入秦。傾家為主合壯
> 士，博浪沙中擊秦帝。脫身下邳世不知，舉國大索何能
> 為。素書一卷天與之，穀城黃石非吾師。固陵解鞍聊出
> 口，捕取項羽如嬰兒。從來四皓招不得，為我立棄商山
> 芝。洛陽賈誼才能薄，擾擾空令絳灌疑。（《全宋詩》卷
> 五四一，王安石〈張良〉，頁6501）

劉敞（1019～1068）〈留侯〉詩，旨趣在「富貴心不
屑」。先概括本傳中濟時效經綸、指揮顧盼，辭令抗敵諸本

事，以見富貴功名、帝王師之於張良，乃實至名歸。再依據
〈留侯世家〉取材授書黃石公、問禮滄海君、晚就赤松濱諸情
節，以敘寫張良可以富貴卻「心不屑」諸德操之來由，進而肯
定其出處去就之高賢。客觀書寫，而不出己意，檃括剪裁史傳
為多。王安石所詠〈張良〉詩，旨在褒美留侯之才能超卓，詩
中亦檃括本傳之貌如婦人、五世相韓、博浪擊帝、脫身下邳、
舉國大索、黃石授書、固陵解鞍、捕取項羽、招得四皓諸本
事，以表彰張良之才能。末二句提出「洛陽賈誼才能薄」，作
為反襯，借賓形主，詩意顯然。《文鏡秘府論》稱：「詠史
者，讀史見古人成敗，感而作之」；安石作此詩，其有感慨
乎？待考。

　　讀史，見古人之成敗興廢，感而有作者多，所謂「檃括史
事，而以詠歎出之」者是。大抵檃括者多，詠歎只輕輕一點便
足。如鄭獬、賀鑄之詠留侯張良：

　　　留侯仗奇策，十年藏下邳。狙擊秦始皇，獨袖紫金
椎。茲為少年戲，聊誇遊俠兒。退學黃石書，始見事業
奇。兩龍鬥不解，天地血淋漓。攝袖見高祖，成敗由指
麾。重賞啖諸將，嶢關遂不支。斥去六國謀，輟食罵食
其。辛言信布越，可以為騎馳。餘策及太子，四老前致
詞。立談天下事，坐作帝王師。功名竟糠粃，撥去曾亡
遺。往從赤松遊，世網不能羈。韓彭死鐵鉞，蕭樊困囚
累。榮辱兩不及，孤翩愈難追。陳留本故封，道左空遺
祠。兩鬼守其門，帳坐盤蛟螭。威靈動風雲，飄爽回旌
旗。我來謁祠下，文章竟何為。長嘯詠高風，三日不知
饑。（《全宋詩》卷五八○，鄭獬〈留侯廟〉，頁 6823 ～

6824）

　　　　文成念韓痛，破產伺強秦。千金募健士，椎斷屬車
塵。東去變名姓，浮游淮泗濱。忍恥奉遺履，得書何老
人。十年風雲會，赤帝資經綸。鴻門禍端結，一言即解
紛。英彭既合縱，楚項提孤軍。偉哉借箸談，豎儒無複
陳。分疆餌兩將，來若從龍雲。釋怨俾侯印，謀銷蛇豕
群。定都天府國，推功歸奉春。四老落吾術，拂巾辭隱
淪。東朝羽翼就，楚調徒悲辛。出處能事畢，致君終乞
身。豈眷萬戶封，僅與蕭鄭均。淮陰敗晚節，顧亦非吾
倫。願訪赤松子，逍遙雲漢津。強飯示終歿，爽靈方上
賓。嚴祠鎮川湄，餘澤及斯民。客子老將至，低回冗從
臣。慚無應時策，肝膈空輪囷。可教固無類，慨然輒求
伸。未應終萬古，黃石獨能神。（《全宋詩》卷一一○
四，賀鑄〈留侯廟下作〉，頁 12527）

　　大抵北宋詩人詠史，出以長篇古詩體制者以檃括史事居
多。鄭獬（1022-1072）〈留侯廟〉詩，自「留侯仗奇策」，至
「世網不能羈」，多取材《史記・留侯世家》本事，所謂「檃括
本傳」者是。「韓彭」以下四句，讀史見古人成敗榮辱，而感
慨繫之。賀鑄〈留侯廟下作〉詩，自「文成念韓痛」，至「致
君終乞身」，檃括〈留侯世家〉重要之本事，以形塑張良經綸
天下之功業，及知所進退出處之高節。「豈眷萬戶封」以下八
句，以敘事為議論，褒美自在言外。
　　王夫之《唐詩評選》卷二稱：「詠史詩以史為詠，正當於
唱歎寫神理，聽聞者之生其哀樂」；清喬億《劍谿說詩》卷下
亦云：「詠史詩須別有懷抱」；又謂：「詠史詩當如龍門諸

贊，抑揚頓挫，使人一唱三歎。」[47]可見美妙的詠史詩，一則宜寄託襟抱，近似寓言；一則宜唱歎有情，此則似詠懷。唐詩詠史之名篇，多具此妙。宋人既熱衷於學古變古，於此自有薪傳。試以北宋詩人詠淮陰侯韓信，及留侯張良其人其事為例，加以論說，如：

> 天下滔滔久厭秦，英雄蛇鼠竄荊榛。少年豪橫知多少，不及沙頭一婦人。（《全宋詩》卷二五四，梅堯臣〈淮陰〉，頁3090）

> 韓信恃功前慮寡，漢皇負德尚權安。幽囚必欲擒來斬，固要加諸甚不難。（《全宋詩》卷三六二，邵雍〈題淮陰侯廟〉之九，頁4461）

> 若履暴榮須暴辱，既經多喜必多憂。功成能讓封王印，世世長為列土侯。（《全宋詩》卷三六二，邵雍〈題淮陰侯廟〉之十，頁4461）

> 貧賤侵淩富貴驕，功名無復在芻蕘。將軍北面師降虜，此事人間久寂寥。（《全宋詩》卷五六九，王安石〈韓信〉，頁6725）

> 韓生高才跨一世，劉項存亡翻手耳。終然不忍負沛公，頗似從容得天意。成皋日夜望救兵，取齊自重身已輕。躡足封王能早寤，豈恨淮陰食千戶。雖知天下有所歸，獨憐身與噲等齊。蒯通狂說不足撼，陳豨孺子胡能為。予嘗買酒淮陰市，韓信廟前木十圍。千年事與浮雲去，想見留侯決是非。丈夫出身佐明主，用舍行藏可自

知。功名邂逅軒天地，萬事當觀失意時。(《全宋詩》卷
一〇一九，黃庭聖〈韓信〉，頁 11635)

　　秦人失鹿解其紐，群雄競逐死誰手。天方注意隆準
公，故使留侯作賓友。圯上老人親授書，言從志合真其
偶。捕取項籍如嬰兒，指麾諸將猶獵狗。運籌決勝帷幄
中，楚漢存亡良已久。誰言劉季田舍翁，祇聽人言本無
有。但能信用子房謀，何妨抱持戚姬日飲酒。(《全宋詩》
卷一五五六，李綱〈讀留侯傳有感〉，頁 17677)

　　梅堯臣〈淮陰〉詩，楬櫫知音難遇，慧眼識人之難能可
貴。梅氏長久沈鬱下僚，渴望獲得賞識，此詠史詩所以借抒襟
抱，自是千里馬求伯樂之意。邵雍所作二首：其九，極言「欲
加諸罪，何患無詞？」其十，以禍福相倚，功成封王自勉勉
人，多能唱歎有情，令人同其哀樂。王安石所作〈韓信〉詩，
則特別表彰韓信師事降虜廣武君李左車，以為韓信能不以富貴
驕人，「此事人間久寂寥」，所以難能。亦借題發揮，若有所
指，饒頓挫唱歎之致。黃庭堅所作〈韓信〉一詩，以敘為議，
寓裁斷於敘事之中。詩篇煞尾四句，點出詠史旨趣，一則曰
「用舍行藏可自知」，二則曰「萬事當觀失意時」，蓋是自勉勉
人之修齊治平座右銘，亦是值得借鏡參考之觀人術。至於李綱
〈讀留侯傳有感〉，「秦人失鹿」以下，至「楚漢存亡良已
久」，大抵檃括〈留侯世家〉史傳，以見平生功業之一斑。後
四句借題發揮，謂高祖劉邦既信用張良，不妨高枕無憂，飲酒
作樂。如果烘托對照，方突出留侯張良謀略之足恃。李綱「負
天下之望，以一身用捨為社稷生民安危」[48]；由於反對和議，

―――――――――――――――――――
48 《宋史》卷三百五十八，〈李綱傳〉稱：李綱「雖身或不用，用有不

力主抗金，不為當道所喜，為相七十日即遭遷謫斥逐。有此遭遇，故因高祖「信用子房謀」，而借題發揮，抒寫襟抱。沈德潛《說詩晬語》稱：「己有懷抱，借古人事以抒寫之」者，此之謂也。

方回（1227～1307）《瀛奎律髓‧懷古類》稱：「懷古者，見古跡，思古人，其事無他，興亡賢愚而已。可以為法而不之法，可以為戒而不之戒，則又以悲夫後之人也」[49]。北宋詩人詠史出於櫽括，間出己意者，大抵類此，實與懷古、弔古不異，方回《瀛奎律髓》所選，可作參照。北宋監本既多次雕版《史記》，版本流通，或作為書院教材，或以為文章博學，或以之科舉應試，故詩人耳熟能詳，登覽勝跡，尚友古人之餘，詩興既發，遂能「櫽括史傳」，寫照傳人；以史為詠，唱歎有情。此當拜圖書流通迅速，印本文化發達所致。不然，何所據依以之櫽括？何所取資以為唱歎？

肆、別生眼目與北宋詠史詩之新變

北宋詩人詠史，有紹述班固以來述史和懷詠之技法與類型者，已如上述；尤其難能可貴者為另闢谿徑，「別生眼目」，蔚為史論類型之詩體發展。此一特色之呈現，誠如南宋費袞《梁谿漫志》卷七所云：

久，而其忠誠義氣，凜然動乎遠邇。」（北京：中華書局，1990年12月），頁11273。

49　李慶甲《瀛奎律髓彙評》上冊，卷三，〈懷古類〉（上海：上海古籍出版社，1986年4月），頁78。

　　　　詩人詠史最難，需要在作史者不到處別生眼目。正如
斷案，了為胥吏所欺，一兩語中，須能說出本情。使後人
看出，便是一篇史贊，此非具眼者不能。自唐以來，本朝
詩人最工為之，如張安道〈題歌風臺〉、荊公詠范增、張
良、揚雄，東坡題醉眠亭、雪溪乘興、四明狂客、荊軻等
詩，皆其見處高遠，以大議論發之於詩。……至如世所謂
胡曾《詠史詩》一編，只是史語上轉耳，初無見處也。

　　六朝以來，五代以前詩人詠史，或隱括史事，或唱歎有
情，一重述史，一主詠懷，北宋詩人每多選擇性繼承。除外，
北宋詩人詠史，尤其熱衷開發遺妍，標榜在「作史者不到處別
生眼目」，蔚為史論型之詠史特色。北宋詩人詠史，所以衍變
為史論類型者，與北宋之政局，臺諫之制度、生產之變革、科
舉之命題、教育之改革[50]，以及古籍整理之普遍，雕版印刷
之繁榮有關。以上種種，造就了宋型文化之特徵，體現為創
造、開拓之本色，與內求、議論之精神[51]。尤其北宋士人之
躬與古籍整理，官刻、私刻、坊刻三大系統雕版印刷之同步發
展，無論資訊儲存量，或圖書資訊傳遞量，對於創作詠史詩，
均產生革命性之激盪[52]。學者論中古歐洲之文藝復興，實拜
受印刷術發明之幫助[53]；北宋詠史詩受印本文化激盪，於述

50　陳植鍔《北宋文化史述論》，第一章〈時代背景〉（北京：中國社會科學
　　出版社，1992 年 8 月），頁 1～150。

51　同上，第三章第四節〈宋學精神〉，頁 287 年 323。

52　陳樂素〈北宋國家的古籍整理印行事業及其歷史意義〉，《宋元文史研究》
　　（肇慶：廣東人民出版社，1988 年 9 月），頁 65～90。李彬《唐代文明與
　　新聞傳播》，第八章〈士人傳播——版印書籍，唐人尚未盛為之〉（北京：
　　新華出版社，1999 年 6 月），頁 301～306。

53　美卡特（Thomas Francis Carter）《中國印刷術的發明和它的西傳》，吳澤
　　炎譯本（北京：商務印書館，1957），頁 71。

史、詠懷類型之傳承外，亦開發出「在作史者不到處別生眼目」，蔚為史論型之特色。印本文化對宋詩之創作，尤其是史論型詠史詩之開發，與古登堡（J. Gutenberg）印刷術之發明，玉成歐洲文藝復興之輝煌璀璨，可謂殊途同歸。

　　文學的閱讀與創作，從唐以前之寫本文化轉型為宋代之印本文化，勢必造成極大的衝擊。以北宋科舉考試必須撰寫策論而言[54]，史論為策試內容之主體；配合宋初《三史》及其他正史之先後開雕流通，士人撰作策論及史論遂蔚為風氣。以北宋六大古文家所撰史論觀之，大抵逞才炫識，好發奇論高論，宗法《國策》之縱橫習氣，且以別闢谿徑，自成一家為依歸，論者稱為「史論之文學化」[55]。筆者以為，若無《三史》及其他正史之開雕與流傳廣被，史論是否能文學化若是，不能無疑。借策論史論等古文之創作，揮灑作者之才情，並不奢談歷史教訓，資鑑勸懲；流風所及，遂感染到北宋詠史寫作之風格與類型。當然，北宋詠史詩之風格類型，為宋詩學唐變唐特色之體現，也必然是宋型文化具體而微之表徵[56]。

54　北宋時期的科舉考試方法，比較重要的改革有三次。第一次是仁宗天聖年間的兼以策論升降天下士；第二次是仁宗慶曆年間的進士重策論和諸科重大義；第三次是神宗熙寧年間的罷詩賦、帖經、墨義，專考策論和大義。這三次改革，中間夾雜著北宋中期的范仲淹新政和北宋後期的王安石變法兩次重要的政治運動，正好在宋學發展史上劃分了由傳統儒學復興導致義理之學開創，再由義理之學進到性理之學這樣兩個不同的階段。

55　孫立堯《宋代史論研究》，第三章第一節〈宋代史論演變大勢〉、第四章第三節〈史論的文學化〉，南京大學中文系「唐宋文學專業」博士論文，2001 年 4 月 30 日，頁 16~19、36~40。

56　有關宋型文化之論述，最先提出者為傅樂成〈唐型文化與宋型文化〉，《漢唐史論集》（臺北：聯經出版公司，1977 年 9 月），頁 339~382；其次，則王水照〈「祖宗家法」的「近代」指向與文學中的淑世精神——宋型文化與宋代文學研究〉、〈情理・源流・對外文化政策——宋型文化與宋代文學研究〉，《王水照自選集》（上海：上海教育出版社，2000 年 5

　　北宋詠史詩之主要特色，為新變傳統詠史詩之隱括、詠懷，而追求另闢谿徑，別生眼目。其逞才炫識，喜發奇論新論，與策論史論不異，固是一代學風之反映，亦印本文化之激盪使之然。試以北宋詩人詠《史記》楚漢之爭為例，對相關人物及事蹟之表述，確有此種傾向。如理學家邵雍之詠韓信：

　　　　一身作亂宜從戮，三族全夷似少恩。漢道是時初雜霸，蕭何王佐殆非尊。（《全宋詩》卷三六二，邵雍〈題淮陰侯廟〉之一，頁4461）
　　　　據立大功非不智，復貪王爵似專愚。造成四百年炎漢，纔得安寧反受誅。（《全宋詩》卷三六二，邵雍〈題淮陰侯廟〉之二，頁4461）
　　　　生身既得逢真主，立事何須作假王。誰謂禍階從此始，不宜迴首怨高皇。（《全宋詩》卷三六二，邵雍〈題淮陰侯廟〉之三，頁4461）
　　　　韓信事劉元不叛，蕭何禍漢竟生疑。當初若聽蒯通語，高祖功名未可知。（《全宋詩》卷三六二，邵雍〈題淮陰侯廟〉之五，頁4461）
　　　　雖則有才兼有智，存亡進退處非真。五湖依舊煙波在，范蠡無人繼後塵。（《全宋詩》卷三六二，邵雍〈題淮陰侯廟〉之六，頁4461）
　　　　若非韓信難除項，不得蕭何莫制韓。天下須知無一手，苟非高祖用蕭難。（《全宋詩》卷三六二，邵雍〈題

_____

月），頁2~44。其次，則筆者〈從「會通化成」論宋詩之新變與價值〉，《會通化成與宋代詩學》（臺南：成功大學出版組，2000年8月），頁16~27。

淮陰侯廟〉之七，頁 4461）

　　漢家基定議功勳，異姓封王有五人。不似淮陰最雄
傑，敢教根固又生秦。（《全宋詩》卷三六二，邵雍〈題
淮陰侯廟〉之八，頁 4461）

　　學界論衡北宋學風與南宋學風之異同，以為北宋學者偏重
於「修齊治平」之外王工夫，南宋學者則較著力於「格致誠正」
之內聖境界[57]，此說頗有特識。邵雍（1011～1077）自序
《擊壤集》，以為「一時之否泰，則在夫興廢治亂焉」[58]，則其
文學觀念較傾向於治國平天下之外王工夫，與北宋主體學風走
向合拍。試考察邵雍所作〈題淮陰侯廟〉諸詩：其一，以為漢
初雜霸，王佐非尊，因此斷定作亂宜戮，而族夷少恩。其二，
以韓信「據立大功」，「復貪王爵」似智而愚之表現，論斷其
功過。其三，推原韓信之被殺，以「作假王」為禍階；其五，
以「若聽蒯通」之假設性翻案，凸顯韓信之不叛；其六，以范
蠡遺風之後繼無人，評論韓信之進退失據；其七，除項、制
韓、用蕭之間，循環相剋，高祖最有「一手」；其八，異姓封
王雖五人，功勳皆不如韓信之雄傑，褒贊推崇，可謂極至。邵
雍關心楚漢之爭之「興廢治亂」，與北宋史學家之史論，留心
得失興亡，關注治國平天下之學風相近似。只是論點平實無
奇，大異文學化史論之追新求異。至於張耒與周紫芝之詠韓
信，則較近文學化之史論，如：

57　同註 52，第三章第二節〈宋代史論的學理分析〉，頁 19；第四章第二節
　　〈史學意義上的史論〉，頁 26~36。
58　鄭定國《邵雍及其詩學研究》，第二章第二節（二），「詩以垂訓」的主
　　張（臺北：文史哲出版社，2000 年 1 月），頁 27~28。

登壇一日冠群雄，鐘室倉皇念蒯通。能用能誅誰計策，嗟君終自愧蕭公。（《全宋詩》卷一一七三，張耒〈韓信〉，頁 13246）

千金一飯恩猶報，南面稱孤豈遽忘。何待陳侯乃中起，不思蕭相在咸陽。（《全宋詩》卷一一七四，張耒〈韓信祠〉，頁 13259）

雲夢何須偽出遊，遭讒猶得故鄉侯。平生蕭相真知己，何事還同女子謀。（《全宋詩》卷一一七四，張耒〈題淮陰侯廟〉，頁 13259）

淮陰一世豪，勳業滿天地。晚節不自全，遺恨在百世。君臣如父子，焉得置猜忌。功高良易疑，地大苦難制。折箠下燕齊，群豪自風靡。豈有須假王，而可鎮齊偽。禍生固有胎，失在此舉爾。沛公窘滎陽，齊卒盡精銳。頡頏楚漢間，事若反掌易。信豈不自王，何乃遣漢使。帝意自此疑，齊楚終易位。噲等何足羞，鞅鞅遂失意。晚路說陳豨，咄嗟甚兒戲。呂姥何能為，公乃自失志。（《全宋詩》卷一四九九，周紫芝〈讀淮陰傳〉，頁 17108）

韓信功高世共知，區區安用假王為。固應喋血長安日，已在滎陽躡足時。（《全宋詩》卷一五二五，周紫芝〈韓信〉，頁 17337）

張耒（1054～1114）曾與修《神宗實錄》，所作政論與史論，多闡述其師蘇軾「結人心、厚風俗、存紀綱」之理念，喜談歷史興亡成敗得失[59]。詩風雖近唐音，然《柯山集》中留存許多詠史詩，大抵多可與其史論相發明。如上引〈韓信〉一

詩，只選取〈淮陰侯列傳〉登壇與鐘室二事，凸顯蕭何「能用能誅」之功過，以見韓信之冤屈。〈韓信祠〉一首，以小大相襯，外內相形，見韓信之效忠，劉邦之錯思。〈題淮陰侯廟〉一首，排比雲夢偽遊、遭讒返鄉、平生知己、與女同謀四事，以感慨成敗得失。大抵運用屬辭比事，烘雲托月諸法，以見詩趣。詩人富於別識心裁，所論方能未經人道，獨具隻眼。至於周紫芝（1082～？）所作，五古一首，旨在貶抑韓信晚節之「不自全」、「自失志」；以為請立假王，禍生有胎。謂「《春秋》責備賢者」，可；然罔顧史傳之敘事，一味開脫高祖劉邦，立論雖翻新逐奇，昧於史實，亦不足貴。周紫芝〈韓信〉七絕一首，將「滎陽躡足」與「喋血長安」輕重懸殊之兩事並置，遂得「禍生有胎」之史論，亦《春秋》屬辭比事之法用於詠史者。立意與五古一首不殊，雖乏新論，然取材小中見大，以議論為詩，是亦宋調之習氣。

　　項羽既已兵敗垓下，是否可能渡江而東，捲土重來？此一假設性之歷史公案，自晚唐杜牧作〈題烏江亭〉詩[60]，針對〈項羽本紀〉史實作翻案，其後繼作者多，能於「作史者不到處，別生眼目」者，亦頗有之，如：

　　　　百戰疲勞壯士哀，中原一敗勢難迴。江東子弟今雖在，肯與君王捲土來。（《全宋詩》卷五七○，王安石〈烏江亭〉，頁6732）

59　《張耒集》，李逸安等點校本，〈前言〉（北京：中華書局，1990年7月），頁2~4。

60　杜牧〈題烏江亭〉：「勝敗兵家事不期，包羞忍恥是男兒。江東子弟多才俊，捲土重來未可知。」《樊川文集》卷四（臺北：九思出版公司，1979年6月），頁72。

　　分張天下付群雄，回首咸陽卷地空。六國三秦隨擾擾，錦衣何暇到江東。（《全宋詩》卷一一一二，賀鑄〈題項羽廟三首之一〉，頁12610）

　　楚都陳跡久灰埃，一曲虞兮尚寄哀。不作偷生渡江計，可須千里更西來。（《全宋詩》卷一一一二，賀鑄〈題項羽廟三首之二〉，頁12610）

　　平生虎力鼎可扛，憤氣不作咸陽降。江東子弟累千百，誰知國士元無雙。一夕楚歌四面起，伯圖未就人懷邦。自古功業有再舉，何不隱忍過烏江。（《全宋詩》卷一二五五，李新〈項羽廟〉，頁14168）

　　生當為人傑，死亦作鬼雄。至今思項羽，不肯過江東。（《全宋詩》卷一六○二，李清照〈夏日絕句〉，頁18006）

　　王安石〈烏江亭〉詩，針對杜牧〈題烏江亭〉詩意再作翻案[61]。據〈項羽本紀〉所敍：項羽殘暴不仁，分封不公，導致眾叛親離[62]。至垓下一戰，只是加速其滅亡而已，故王安石論斷項羽「敗勢難迴」，捲土無望。王詩以人心之向背，裁判成敗。此種史識，堪稱能於「作史者不到處，別生眼目」。反觀李新（1062～？）〈項羽廟〉詩，則蹈襲杜牧詩之旨趣，了無創意，殊不可取。其他兩家之詩，亦多詮釋項羽所以不肯

61　張高評《宋詩之傳承與開拓》，上篇〈宋代翻案詩之傳承與開拓〉（臺北：文史哲出版社，1990年3月），頁13～115。

62　《史記·項羽本紀》「太史公曰」稱：「及羽背關懷楚，放逐義帝而自立，怨王侯叛己，難矣。自矜功伐，奮其私智而不師古，謂霸王之業，欲以力征，經營天下，五年卒亡其國，身死東城，尚不覺寤而不自責，過矣。乃引『天亡我，非用兵之罪也』，豈不謬哉？」

渡江之故：賀鑄（1063～1120）所作，一則推想天下擾攘，
何暇到江東；一則建言：既不作偷生渡江，可須千里更西來？
別識心裁，匠心獨妙，斷案令人耳目一新。李清照（1084～
1155？）〈夏日絕句〉一首，推崇項羽之「不肯過江東」，為
人傑，為鬼雄。意在反諷宋高宗（1107～1187）之偏安江
左，不肯北伐中原。因史言志，可謂「別生眼目」，一新讀者
之視聽。凡此，多是變唐人之所已言，而又出其所自得。作詩
行文欲別生眼目，其特色在思維形式富反常性，思維過程富辯
證性，思維空間富開放性，故詩思成果富於獨創性、創發性，
此之謂「別生眼目」，最為宋詩特色之反映，宋型文化之體
現。

　　北宋詩人詠留侯張良，每於進退成敗之際發論，蓋能見人
之所未見，始可言人之所未嘗言，如王安石、張耒、李綱、李
彌遜諸作。至於蘇轍所作，特隱括史傳，排比成章而已；以之
稽考得失、成敗、治亂、興衰之理則可，謂其史識獨具，別闢
谿徑則未必。如：

> 　　留侯決成敗，面折愧周昌。垂老召商叟，鴻鵠自高
> 翔。（《全宋詩》卷865，蘇轍〈讀史六首之一〉，頁10068）
> 　　漢業存亡俯仰中，留侯當此每從容。固陵始議韓彭
> 地，複道方圖雍齒封。（《全宋詩》卷五六九，王安石
> 〈張良〉，頁6725）
> 　　謀臣何處不知名，誰與留侯敢抗衡。籌下興亡分楚
> 漢，幄中談笑走韓彭。懼誅老將爭梟首，高臥成功更養
> 生。戡亂直須希世哲，乘時兒女漫縱橫。（《全宋詩》卷
> 一一七一，張耒〈歲暮福昌懷古四首之「張子房」〉，頁

13221）

　　漢是存亡談笑中，子房初不有其功。閉門辟穀思輕
舉，肯歎淮陰犬與弓。（《全宋詩》卷一五四三，李綱
〈子房〉，頁 17520）

　　倚劍懸弓默運籌，終令敵國寢戈矛。八年楚業守歸
漢，三萬齊封不愧留，壯歲早從黃石計，功成卻伴赤松
遊。當時不與人間棄，應有文風靜九州。（《全宋詩》卷
一七一六，李彌遜〈過留侯廟〉，頁 19332）

　　王安石〈張良〉一首，剪裁〈留侯世家〉中「固陵始議」
及「複道方圖」兩個運籌用謀之場景，作為張良機遇之代表，
以凸顯遇合有時之主題。安石此詩，以史為詠，借抒一己之襟
抱，可謂擺脫窠臼，機杼獨出。張耒（1054～1114）所作
〈張子房〉，將「懼誅梟首」與「高臥養生」作反對映襯，歸結
出「戡亂希世哲」之詩旨來，亦是有感而發，有為而作。李綱
（1085～1140）〈子房〉一首，張良之談笑用兵，暗與韓信之
勇略震主相對；張良之辟穀輕舉再與韓信之兔死狗烹、鳥盡弓
藏、敵破臣亡作反襯，其間之成敗存亡，真堪作進退出處之借
鏡。創意造語，前人未曾道著。李彌遜（1089～1153）〈過留
侯廟詩〉，前六句隱括本傳，極言其功成身退之可貴，是亦老
生常談。惟尾聯出於假設性翻案，設想留侯果真入世人間，九
州文風當有另番面目云云，未經人道，古所未言，亦詠留侯詩
「別生眼目」者。

　　高祖劉邦（B.C. 265～B.C. 195）之縱酒疏狂，誅戮功
臣，輕擲黃金，以及「大度能容」諸個性特質，每成北宋詠史
詩之素材，以之裁斷是非成敗。褒貶予奪之間，以議論為詩，

皆頗有創意，如：

> 落托劉郎作帝歸，樽前感慨大風詩。淮陰反接英彭
> 族，更欲多求猛士為。（《全宋詩》卷三〇六，張方平
> 〈過沛題歌風臺〉，頁 3838）

> 縱酒疏狂不治生，中陽有土倚兄耕。晚遭亂世成功
> 業，更向公前與仲爭。（《全宋詩》卷三〇六，張方平
> 〈題中陽里高祖廟〉，頁 3838）

> 不得滎陽遂失秦，始知成敗盡由人。可憐一擲贏天
> 下，只使黃金四萬斤。（（《全宋詩》卷四三八，文同〈讀
> 史〉，頁 5360）

> 落魄劉郎仗眾謀，無心將將卻成優。誰言大度能容
> 物，舊怨還封羹頡侯。（《全宋詩》卷一五五〇，李綱
> 〈高祖〉，頁 17607）

張方平（1007～1091）〈過沛題歌風臺〉，就高祖〈大風
歌〉「安得猛士兮守四方」翻案，以韓信、英布、彭越皆以族
誅，反諷多求猛士何為？〈題中陽里高祖廟〉詩，則就〈高祖
本紀〉未央前殿為太上皇壽之詞[63]，渲染成章，頗乏創意。
然詩中稱高祖「晚遭亂世成功業」，則自有《春秋》之褒貶大
義在，可謂別具隻眼。文同（1018～1079）所作〈讀史〉，只
揀取〈高祖本紀〉「予陳平金四萬斤」，用計間疏楚君臣一事，
揮灑成詩，謂欲下滎陽、贏天下，只要使計以黃金四萬斤賂楚

63　《史記》卷八，〈高祖本紀〉：未央宮成，高祖起為太上皇壽曰：「始
　　大人常以臣無賴，不能治產業，不如仲力。今某之業所就，孰與仲多？」
　　《史記會注考證》本，頁 179。

即可，得來容易輕鬆，的確可憐、可歎；詩趣凸出「成敗由人」非由天，節外生枝，絕去谿徑，所謂「不向如來行處行」者。李綱〈高祖〉一詩，則就〈高祖本紀〉起首所謂「仁而愛人，喜施，意豁如也，常有大度」之個性特質作翻案，提出「舊怨還封羹頡侯」之事實，以質疑史傳所謂「大度能容」之失真。一二句，以因人成事，無心卻成奚落高祖一番。所言有理有據，多能令人信服。

范增（B.C. 277 ~ B.C. 204），為西楚霸王項羽之謀臣，附傳於〈項羽本紀〉中。北宋史論，議論范增者不少；北宋詩人詠史，關注范增者，亦多推陳出新，獨具隻眼，如：

> 中原秦鹿待新羈，力戰紛紛此一時。有道弔民天即助，不知何用牧羊兒。（《全宋詩》卷五六九，王安石〈范增二首之一〉，頁6725）
>
> 鄛人七十漫多奇，為漢敺民了不知。誰合軍中稱亞父，直須推讓外黃兒。（《全宋詩》卷五六九，王安石〈范增二首之二〉，頁6725）
>
> 君王不解據南陽，亞父徒誇計策長。畢竟亡秦安用楚，區區猶勸立懷王。（《全宋詩》卷一一七三，張耒〈范增〉，頁13245）
>
> 西楚興王亦有人，半扶炎祚作謀臣。老生不解歸明主，事去方知是失身。（《全宋詩》卷一五二五，周紫芝〈范增〉，頁17337）

王安石作〈范增二首〉，多具別識心裁：其一，強調天助有道，不必另立楚王，堪稱特見卓識。其二，謂外黃小兒能令

項羽言聽計從，合該稱為亞父，諷刺范增之奇計為「漫」，只
是弄巧成拙「為漢敺民」而已。故亞父之尊稱，當捨老而讓
幼。絕妙反諷，無理而妙。張耒〈范增〉詩之立意，與王安石
〈范增二首之一〉相近，不據南陽與勸立懷王之失策，與「徒
誇計策」相形，則失策可知，以此作為范增之歷史評價，自有
可取。周紫芝〈范增〉詩，則以失身事項羽，不解歸明主譏評
范增。謀臣下場如此，自是絕妙之嘲弄與諷刺。翻空出奇，生
新創發，所謂「在作史者不到處，別生眼目」，指此。

　　蘇軾〈題柳子厚詩〉稱：「用事當以故為新，以俗為
雅」；王夫之《薑齋詩話》卷下稱蘇軾、黃庭堅作詩為獺祭，
「除卻書本子，則更無詩」；黃庭堅強調讀書博學對作詩之重
要，有所謂「長袖善舞，多錢善賈」，提倡學古變古、點鐵成
金、奪胎換骨、以故為新諸詩法；論杜甫詩，以為「無一字無
來處」；論詩主張「能轉古語為我家物」，以為「詞意高勝要
從學問中來」[64]；葉燮《原詩·內篇上》稱宋詩：「縱橫鉤
致，發揮無遺韻」；翁方綱《石洲詩話》卷四云：「宋人精
詣，全在刻抉入裡，而皆從各自讀書學古中來」；凡此論述，
皆與印本文化之衝擊，圖書資訊之流通有關。北宋詠史詩取材
正史，出入《史記》諸版本，故詩人借史發論，別出心裁，乃
多新變與開拓。就詠史詩之風格類型而言，語言選擇「不經人
道」，詩思追求「古所未有」。穿鑿刻抉，固因難以見巧；洗剝
深折，自精益以求精。能變唐賢之所已能，又發唐詩之所未
盡，此等處多極具創意與開拓之價值。

64　〈雲巢詩序〉，《沈氏三先生集》《雲巢集》卷八附，《山谷別集》卷六
　　引《家傳·論作詩文》。

伍、結　論

　　文學猶如一條長河，是流變不居的，傳承和開拓的消長決定了流變。現當代的文化類型、人生觀感、文學趨勢、美學思潮、政策走向、時風世俗、市場經濟，對詩歌之內容與形式，更有主導和觸發之功。宋人以學唐為手段，以變唐為步驟，以追求別裁創獲，「自成一家」為抱負，所謂「變唐人之所能，而出其所自得」者是。宋詩這種創作傾向，體現於各體類之作品中，詠史詩尤其具體而微。

　　北宋太宗、真宗、仁宗朝，雕版印刷由官刻、家刻，而坊刻，同時展開，圖書流通量之大，堪稱空前無匹。時至 800 年後之今日，宋版書存世者，尚有 700 餘種，3000 部以上[65]。就供需相求之市場經濟原理及文獻傳播與資訊經濟理論推想，則當時知識之爆炸，信息量、資訊量之促成詩思迴向、詩體變革、詩材轉型，詩意出新，可以想見。換言之，圖書之閱讀與流通，從寫本進化到印本，對於文學創作之主體、生成、構思、技法、範疇、風格、功用，皆當有革命維新的體現[66]。

65　目前宋版書存世的究竟有多少？按《中國古籍善本書目》初步統計，中國大陸約有818種、986部。張秀民先生在《中國印刷史》中談到：「國內外所存不過1000部左右，內臺灣約存200部，又多為殘書或複本」。中國大陸學者多引用此觀點。據日本《朝日新聞》1977年6月23日報導，日本著名學者阿部一郎教授在考察了中國、日本、臺灣及世界其他各地所藏宋版書後，認為除去《大藏經》之類文獻外，中國大陸有1000種、1500部，日本有620種、890部，臺灣有500種、840部。此外，蘇、美、英、德等國也有少量收藏。依據陳堅、馬文大之調查，目前所存宋版書（除佛經外），種數約700種，部數約有3000部左右。參考同註7，頁21～22。

66　參考日本內山精也〈蘇軾文學與傳播媒介——試論同時代文學與印刷媒體的關係〉，《新宋學》第一輯（上海：上海辭書出版社，2001年10月），頁251～256。

推而考察宋代之文藝批評或理論，亦皆有或多或少之反映。

　　唐人文集之流傳於今者，如杜甫詩集、李白詩集、韓愈文集，多經宋人搜集整理、編纂刊刻。其中，宋代整理古籍，表現在編纂詩人年譜、詩文集繫年方面，已啟示宋代詩學「詩史」說命題之形成與發展[67]。同理，《史記》之整理刊刻，也必然左右了創作和文論的走向。如黃庭堅教人作詩，以為「使《史》《漢》間全語，為有氣骨」（《王直方詩話》）；教人作文，以為「須熟讀司馬子長、韓退之文」（《餘師錄》卷二）；唐庚《文錄》則謂：「作文當學司馬遷，作詩當學杜子美」，《史記》之有助於作詩作文，由此可見。周密（1232～1298）《齊東野語》卷一稱宋人作詩作文，或「史論用詩」，或「詩用史論」[68]，詩史相融，互為體用如此，則《史記》版本在北宋之流傳與影響，可以想見。

　　北宋詩人詠《史記》楚漢之爭，囊括史傳，寫照傳神者，近於敘事；以史為詠，唱歎有情者，主乎詠懷；以古諷今，托史寄意者，媲美寓言，此皆傳承六朝、四唐、五代之優長，學古妙肖之作。宋人學古，除傳承前代文學遺產之優長外，又能變古有得，自成一家，追新求變，繼往開來。其中，借史發論，別生眼目，尤其蔚為北宋詠史詩之一大特色。大抵以逞才炫識，揮灑才情，展現自我為依歸，所謂「史論之文學化」者是。北宋詠史詩，能「在作史者不到處，別生眼目」，與北宋朝野熱衷古籍整理，官刻、家刻、坊刻同步雕印《史記》，造

67　同註2，周勛初〈宋人發揚前代文化的功績〉，宋代學者整理前人文集的功績，頁59~63。日本淺見洋二〈論「詩史」說——「詩史」說與宋代詩人年譜、編年詩文集編纂之關係〉，《唐代文學研究》第九輯（2002年4月），頁773~788。

68　同註16，頁137~138。

成圖書流通量大，資訊接受容易大有關係。存留於今者，北宋
刊木《史記》，為數尚在 16 種以上，則當年刊刻之多，流傳之
廣，士人接受之眾，影響學風之深遠，皆可以想見。

北宋詠史詩之主要特色，為新變傳統詠史詩之隱括、詠
懷，而追求另闢谿徑，別生眼目。其逞才炫識，喜發奇論新
論，與策論史論不異，固是一代學風之反映，亦印本文化之激
盪使之然。唯受北宋史學繁榮，《春秋》學成為顯學之影響，
北宋詠史詩，既注重開發遺妍，於是《春秋》書法與史家筆
法，皆會通化成於詠史詩中；關心家國興廢治亂，留心個人得
失成敗，企圖從中獲取歷史教訓，以為勸懲進退之資鑑。此種
風格傾向，近似史學性之史論。道學家、史學家所作詠史詩，
尤其如此。由於篇幅所限，以上觀點文中未作充分論證，他日
再議。

第五章

書法史筆與北宋史家詠史詩

——詩家史識之體現

摘　要

　　《四庫全書總目》云：「說《春秋》者，莫夥於兩宋」；陳寅恪言：「中國史學莫盛於宋」，兩者之繁榮昌盛，又歸本於北宋印本文化之發達。本文考察北宋史家詠史之類型，翻檢二十位史家所作 300 首詠史詩，有傳承六朝、四唐之優長傳統者，如檃括史事、以史為詠、托史寄意三方面。至於致力「未經人道語」之開發，追求「別具隻眼」史識之提出，則為北宋詠史詩之新變與開拓；印本文化之烙記，此中有之。宋代詠史詩相較於唐代，學唐變唐，而又自成一家之特色，亦在此。就《春秋》書法而言，北宋史家詠史所體現，大抵有四端：其一，推見至隱；其二，直筆不恕；其三，褒美貶刺；其四，探本究原。至於史家筆法於北宋詠史詩之體現，亦有四個層面：一曰以敘為議；二曰論贊作收；三曰通變古今；四曰探究天人。

關鍵詞：書法　史筆　詠史詩　史家　史識

壹、前　言

「唐宋詩異同」之比較研究，十六年來，一直是筆者探討宋詩特色之重點課題。曾經出版《宋詩之傳承與開拓》、《宋詩之新變與代雄》、《會通化成與宋代詩學》三書[1]；又先後執行國科會專題研究計畫，研討主題針對詠王昭君詩、詠花詩、詠雪詩、邊塞詩、詠史詩等門類，進行唐詩宋詩異同之較論，從宋詩異同於唐詩處，理析出宋詩學唐變唐，自成一家之文學事實，從而為宋詩作文學史之定位。簡要言之，宋詩名家大家，既多學唐，又知變唐。宋代詩人學唐，與明代前後七子之學唐不同：宋人以學古為手段、為過程、為方法，以之參考借鏡、以之截長補短，學習師法本身不是目的，只是個跳板，只當作觸發。所以跟前後七子以比附師法為最終目的，落得一個「唐樣」的譏誚不同。宋人學唐，是以新變唐詩為手段，傳承唐詩之優長為權衡，故大家名家多能跳脫唐詩所樹立之典範與本色，開拓「自成一家」之風格，宋詩遂蔚為古典詩歌之另一高峰，替代唐詩而稱雄於詩國。由此觀之，錢鍾書先生《談藝錄》「詩分唐宋」之說[2]，誠顛撲不破之論。

宋人作詩，以學唐為手段，以變唐為旂向，以「自成一家」為目的，這種詩學自覺，由於印本文化之繁榮發達，詩話筆記之流通便捷，宋代名家大家之作品中多有所反饋與體現。

1　張高評《宋詩之傳承與開拓——以翻案詩、禽言詩、詩中有畫為例》（臺北：文史哲出版社，1990 年 3 月）；《宋詩之新變與代雄》（臺北：洪葉文化公司，1995 年 5 月）；《會通化成與宋代詩學》（臺南：成功大學出版組，2000 年 8 月）。

2　錢鍾書《談藝錄》〈詩分唐宋〉（臺北：書林出版公司，1998 年 11 月），頁 1~5。

筆者研究昭君詠、詠花詩、詠雪詩、邊塞詩，於此多所發明。
今再以北宋史學家所作詠史懷古詩為例，探論史家詠史與《春
秋》書法、史家筆法之交融關係，以見詠史詩之體質至宋代已
經改造。宋代詠史詩有此「出位之思」，相較於唐人之詠史，
既能傳承，又擅開拓，新變自得既多，宋詩之「自成一家」乃
不疑而具。

　　北宋詩人曾參與纂修實錄、國史、會要、通史、前代史等
史書，或私人撰修當代史、通史、或前代史諸史籍者，在20
家以上，如楊億、王禹偁、夏竦、梅堯臣、宋祁、宋庠、石
介、歐陽脩、邵雍、曾鞏、司馬光、王安石、劉攽、王珪、蘇
頌、蔡確、蘇轍、劉敞、黃庭堅、張耒、韓維、秦觀諸家[3]。
然兩宋知名史家如王溥、王欽若、薛居正、李昉、劉恕、樂
史、錢若水、晏殊、范祖禹、宋敏求、李燾、李心傳、徐夢
莘、王偁、鄭樵、袁樞、朱熹諸人，於詠史詩之寫作，或數量
極少，或竟付闕如，對於本選題研究，造成舉例無從，實亦無
可奈何。試檢尋北大版《全宋詩》，選擇北宋20家詠史懷古
詩，作為討論之文獻材料，數量頗多，大約在300首以上。今
擇精取要，論述如下：

3　諸家史著，參考林平《宋代史學編年》（成都：四川大學出版社，1994
　年11月）。本論文所涉北宋詩人編修史書的情形，大抵據此書所載而
　言。以下論述，不再一一註明。

貳、北宋詠史詩之敘事傳統與詠史類型

一、詠史詩之敘事傳統

　　《孟子・離婁下》曾稱：「王者之跡息而詩亡，詩亡而後
《春秋》作」；明末清初黃宗羲《南雷文約》卷四，則提出
「史亡而後詩作」之命題，由「詩」與「史」之相互消長流
變，可見兩者關係密切。劉師培《左盦集》論古《春秋》成
法，要以記事為主；朱自清、聞一多釋「詩」之初形本義，多
訓為「志」，謂具有記憶、記錄、懷抱之意，且稱：「原來
《詩》本是記事的，也是一種史」。可知「詩」之與「史」，同
源異流，皆以敘事為主，抒情寫懷，非所專注，然自是一端[4]。
比較言之，二〈雅〉三〈頌〉，較重敘事；十五〈國風〉，多以
抒情寫懷為主。

　　「詩」與「史」，相融相通，其媒介在「記事」，或「敘
事」。其後，「詩」「史」分流，史重敘事資鑑，主褒貶；詩尚
言志抒懷，尚美刺，支派判分，其中關鍵即在「敘事」之分合
消長[5]。「詩」「史」之同源異流，後世派分形成之敘事詩、
詠史詩，最有具體而微的呈現。諸如事件之記錄，褒貶之資
鑑，歷史之評論，懷抱之寄託，多是敘事詩、詠史詩撰作之旨
趣。「詩」「史」既同出一源，故敘事詩、詠史詩中體現史

4　張高評《會通化成與宋代詩學》，〈和合化成與宋詩之新變——從宋詩特
　　色談「以史為詩」之成〉（臺南：成功大學出版組，2000年8月），頁
　　138~139。
5　董乃斌《中國古典小說的文體獨立》，第一章〈文學與事的關係〉（北
　　京：中國社會科學出版社，1994年2月），頁12~53。

筆，運用史家筆法，自是順理成章，理有固然。

中國史學之大原，本於孔子《春秋》[6]；而孔子之《春秋》，本於魯史《春秋》。魯以《春秋》為史，其中自有史法在；孔子《春秋》因之而作，融入聖人「竊取」之「義」，尊稱為「經」，而史法已隱然化成為一體。簡言之，孔子因魯史作《春秋》，《春秋》除聖人書法外，更有魯史書法在[7]。元趙汸（1319～1369）《春秋師說》，載錄其師黃澤（1206～1346）之說，於此提撕最彰明切實：

> 《春秋》固是經，然本是記事，且先從史看。所以如此說者，欲人考索事情，推校書法。事情既得，書法既明，然後可以辯其何以謂之經？何以謂之史？經史之辯既決，則《春秋》始可通。（趙汸《春秋師說》卷下，頁6）

孔子之《春秋》，既有魯史書法，又有聖人書法，二者會通化成，遂為中國傳統史學之大原。歷代《春秋》學家，盡心致力所探討之「《春秋》書法」（簡稱為「書法」），即指此等。當然，《春秋》三傳解經，各有發明，《左傳》注重「以史傳經」，《公羊》、《穀梁》注重「以義解經」，乃至於歷朝《春秋》學著述，於「書法」之精微，亦多有所闡揚。《孟子·滕文公》稱孔子作《春秋》云：「其事，則齊桓、晉文；其文，

6　清章學誠《文史通義》內篇四，〈答客問上〉：「史之大原本乎《春秋》，《春秋》之義昭乎筆削。」（臺北：華世出版社，1980年9月），頁138。

7　參考張高評〈黃澤論《春秋》書法──《春秋師說》初探，〉，「研治《春秋》，魯史書法與聖人書法應相濟為用」，《元代經學國際研討會論文集》（臺北：中央研究院中國文哲研究所，2000年10月），頁13～20。

則史；其義，則丘竊取之」；由此可見，孔子所修《春秋》，
體現為《春秋》書法，其中之「史法」與「書法」，自有不即
不離、若即若離之關係。自是之後，史傳之流裔，無論紀傳、
編年、紀事本末，或敘事詩、詠史詩，諷諭詩，除史家筆法
外，《春秋》書法之化用，自有可能。本文下章，擬以《春秋》
書法及史家筆法，解讀北宋史家所作之詠史詩，即是基於上述
之理路。

二、北宋史家詠史類型之傳承

　　陳寅恪曾宣稱：「中國史學莫盛於宋」[8]；試觀宋代史書
數量空前增多，官修私撰史家空前輩出，史書體例空前發展，
史學範圍空前擴大，即可揣想其中景況[9]。北宋史家而兼詩
人，其詩思、取材、視角、命意、審美、識見，乃至於剪裁運
化，多有章學誠所謂「異人之所同，重人之所輕」之優長[10]，
姑以北宋二十位史家所作 300 餘首詠史詩考察檢驗之。詠史詩
形成於六朝，大盛於四唐，新變於兩宋，流衍於元、明、清。
因此，北宋史家詠史，有傳承於六朝、四唐者，亦有新變先
唐，開拓宋詩之特色者，茲分別舉例論證之。

（一）北宋詠史詩之傳承

　　考察古今詠史詩之源流，其類型大抵有四；其中前三類，

_____

8　陳寅恪《金明館叢稿二編》（上海：上海古籍出版社，1980 年），頁
　　240。
9　宋衍申〈宋代史學在中國古代史學中的地位〉，《松遼學刊》第二期，
　　1984 年。
10　同註 4。

北宋詠史詩皆有所傳承。學古所以通變，繼往方能開來，此固不易之理：

1. 櫽括史傳，寫照傳神

清吳喬《圍爐詩話》卷三稱：「古人詠史，但敘事而不出己意，則史也，非詩也」；班固〈詠史〉，為其類代表。北宋史家詠史，純粹櫽括史事，剪裁史料以成篇者，並不多見。大多以櫽括史事為前提或楔子，其後接續抒懷、寄意，或評論。如下列諸詩所示：

> 我本漢家子，早入深宮裡。遠嫁單于國，憔悴無復理。穹廬為室旃為牆，胡塵暗天道路長。去住彼此無消息，明明漢月空相識。死生難有卻回身，不忍回看舊寫真。玉顏不是黃金少，愛把丹青錯畫人。朝為漢宮妃，暮作胡地妾。獨留青塚向黃昏，顏色如花命如葉。（《全宋詩》卷五七三，王安石〈明妃曲〉，頁6754）
>
> 胡人以鞍馬為家，射獵為俗。泉甘草美無常處，鳥驚獸駭爭馳逐。誰將漢女嫁胡兒，風沙無情貌如玉。身行不遇中國人，馬上自作思歸曲。推手為琵卻手琶，胡人共聽亦咨嗟。玉顏流落死天涯，琵琶卻傳來漢家。漢宮爭按新聲譜，遺恨已深聲更苦。纖纖女手生洞房，學得琵琶不下堂。不識黃雲出塞路，豈知此聲能斷腸。（《全宋詩》卷二八九，歐陽脩〈明妃曲和王介甫作〉，頁3655）
>
> 漢宮有佳人，天子初未識。一朝隨漢使，遠嫁單于國。絕色天下無，一失難再得。雖能殺畫工，於事竟何益。耳目所及尚如此，萬里安能制夷狄。漢計誠已拙，女

色難自誇。明妃去時淚，灑向枝上花。狂風日暮起，飄泊落誰家。紅顏勝人多薄命，莫怨春風當自嗟。（《全宋詩》卷二八九，歐陽脩〈再和明妃曲〉，頁3656）

明妃未出漢宮時，秀色傾人人不知。何況一身寄漢地，驅令萬里嫁胡兒。喧喧雜虜方滿眼，皎皎丹心欲與誰。延壽爾能私好惡，令人不自保妍蚩。丹青有跡尚如此，何況無形論是非。窮通豈不各有命，南北由來非爾為。黃雲塞路鄉國遠，鴻雁在天音信稀。度成新曲無人聽，彈向東風空淚垂。若道人情無感慨，何故衛女苦思歸。（《全宋詩》卷四五七，曾鞏〈明妃曲〉之一，頁5552）

武皇聽歌長太息，傾城不難難絕色。連娟脩嫭果自得，三十六宮寵無敵。君不見孝宣既沒王業衰，優游時事牽文辭。延壽丹青最巨信，無鹽侍側捐毛施。此時昭君去宮掖，邊風侵肌雪滿磧。穹廬旃牆燒黿蠹，琵琶怨思胡笳悲。猶憐敵情不消歇，子孫累世稱閼氏。傳聞漢宮翻可愁，紈扇綠衣長信秋。燕啄皇孫兩悽惻，當時無事成深仇。覆杯反水難再收，深淵瞬息為高丘。塵沙蕭條猛虎塞，邊民獨記和親侯。（《全宋詩》卷六○四，劉攽〈昭君怨戲贈〉，頁7137）

自王安石作〈明妃曲二首〉，發掘前人敘寫昭君出塞之遺妍，以《西京雜記》為粉本，再加筆墨功夫，其詩遂推為昭君題詠之傑作，於是北宋朝野史家，紛紛和作，如歐陽脩前後和作三首，其中〈明妃曲和王介甫作〉、〈再和明妃曲〉，為七古長篇，皆先櫽括《西京雜記》以下野史傳意，再借史發論，別

生眼目。曾鞏所作〈明妃曲〉二首，亦據《西京雜記》為粉本，再加筆墨工夫。劉攽所作〈昭君怨戲贈〉，詩作開篇渲染，亦櫽括稗官野史，再引申發揮。王安石又作〈明妃曲〉集句詩五古一首，詩篇之安排佈置，亦是先櫽括傳意，再進行寫照傳神。由此觀之，北宋史家詠史，五古七古長篇，皆先作傳意櫽括；至於絕句短什，揮灑空間有限，則不如此。

再如北宋史家詠楚漢間人物，如韓信、張良、項羽，古詩長篇，亦先作傳意櫽括，如下列諸家詩篇：

> 韓信未遇時，忍飢坐垂釣。歸來淮陰市，又復逢惡少。使之出胯下，一市皆大笑。龍蛇忽雲騰，蛭螾豈能料。亡命乃為將，出奇還破趙。用兵不患多，所向孰敢摽。功名塞天地，剪刈等萬韰。於今千百年，水上見孤廟。鷺銜葭下魚，相呼尚鳴叫。高皇四海平，有酒不共醑。古來稱英雄，去就可以照。（《全宋詩》卷二五四，梅堯臣〈淮陰侯廟〉，頁3091）

> 韓信寄食常歉然，避逅漂母能哀憐。當時噲等何由伍，但有淮陰惡少年。誰道蕭曹刀筆吏，從容一語知人意。壇上平明大將旗，舉軍盡驚王不疑。拔兵半楚濰半沙，從初龍且聞信怯。鴻溝天下已橫分，談笑重來卷楚氛。但以怯名終得羽，誰為孔費兩將軍。（《全宋詩》卷五四六，王安石〈韓信〉，頁6536）

> 韓生沈鷙非悍勇，笑出胯下良自重。滕公不斬世未知，蕭相自追王始用。成安書生自聖賢，左仁右聖兵在咽。萬人背水亦書意，獨驅市井收萬全。功成廣武坐東向，人言將軍真漢將。兔死狗烹姑置之，此事已足千年

垂。君不見丞相商君用秦國，平生趙良頭雪白。(《全宋詩》卷一○一九，黃庭堅〈淮陰侯〉，頁 11635)

　　貌如女子心如鐵，五世相韓韓已滅。家童三百不足使，倉海君初去相結。秦皇東從博浪過，力士袖椎同決烈。曉入沙中風正昏，誤擊副車搜跡絕。亡命下邳圯上游，老父踞履意未別。顧謂孺子下取之，心始不平終折節。舒足既受笑且去，行及里所還可說。可教後當五日來，三返其期付書閱。他日則為王者師，果輔高皇號奇傑。留國存祠汴水傍，逢逢簫鼓賽肥羊。赤松不見天地長，黃石共葬丘冢荒。(《全宋詩》卷二五七，梅堯臣〈留侯廟下作〉，頁 3190)

　　留侯美好如婦人，五世相韓韓入秦。傾家為主合壯士，博浪沙中擊秦帝。脫身下邳世不知，舉國大索何能為。素書一卷天與之，穀城黃石非吾師。固陵解鞍聊出口，捕取項羽如嬰兒。從來四皓招不得，為我立棄商山芝。洛陽賈誼才能薄，擾擾空令絳灌疑。(《全宋詩》卷五四一，王安石〈張良〉，頁 6501)

　　項王初破函關兵，氣壓山河風火明。旌旗金鼓四十萬，夜泊鴻門期曉戰。關東席捲五諸侯，沛公君臣相視愁。幸因項伯謝前過，進謁不敢須臾留。椎牛高會召諸將，寶劍冷冷舞席上。咸陽灰燼義帝遷，分裂九州如指掌。功高意滿思東歸，韓生受誅不復疑。區區蜀漢邊謫地，縱使倒戈何足為。(《全宋詩》卷四九八，司馬光〈戲下歌〉，頁 6008)

　　梅堯臣〈淮陰侯廟〉懷古詩，五古一首；王安石〈韓信〉

七古一首；黃庭堅〈韓信〉七古一首，皆本《史記·淮陰侯列傳》作剪裁檃括，以為詩趣之引言。梅堯臣〈留侯廟下作〉七古一首，王安石〈張良〉七古一首，詩趣命意各有側重，然大抵依《史記·留侯世家》史事作檃括。司馬光所作〈戲下歌〉七言懷古長篇，除末兩句外，多就《史記·項羽本紀》作檃括。清李重華《貞一齋詩說》謂：「詠史詩不必鑿鑿指事實」，否則，即成詩病。北宋史家所詠，大多未有此流弊。

2. 以史為詠，唱歎有情

日本遍照金剛《文鏡秘府論》南卷所言：「詠史者，讀史見古人成敗，感而作之」；清王夫之《唐詩評選》卷二所云：「詠史詩以史為詠，正當於唱歎寫神理」，杜牧、李商隱所作詠史詩為此類代表。大抵以局外旁觀，對歷史事件或歷史人物作成敗借鏡之吟詠，北宋史家詠史以此類型最多。先秦人物如屈原、宋玉、西施、延陵季子、孟嘗君、田單、范雎、韓非等，皆為北宋史家所關注，以之歌詠成敗，借鏡得失，如：

> 蜜勺瓊漿薦羽卮，脩門工祝儼相依。蛾眉雜遝無窮樂，澤上迷魂底不歸。司命相均各友情，九歌愁苦薦新聲。如何不救沈江禍，枉解堂中許目成。（《全宋詩》卷二〇一，宋庠〈屈原〉，頁2300）

> 雲雨朝朝峽裡興，可能無復夢中情。巫娥若問誰為賦，敢乞君王道宋生。（《全宋詩》卷一一七三，張耒〈宋玉〉，頁13245）

> 漸漸溪流散，苒苒石髮開。一朝辭浣沙，去上姑蘇臺。歌舞學未隱，越兵俄已來。門上子胥目，吳人豈不

　哀。層宮有麋鹿,朱顏為土灰。水邊同時伴,貧賤猶搞
枸。食梅莫厭酸,禍福不我猜。(《全宋詩》卷二五四,
梅堯臣〈西施〉,頁 3093)

　延陵腰利劍,王國使初通。待我周遊遍,逢君遺奠
終。晶熒繫高樹,蕭瑟動寒風。誰敢欺生死,蒼蒼照爾
衷。(《全宋詩》卷五○二,司馬光〈詠史〉之二,頁
6081)

　君不見薛公在齊當路時,三千豪士相追隨。邑封萬戶
無自入,椎牛釃酒不為貲。門下紛紛如市人,雞鳴狗盜亦
同塵。一朝失勢賓客落,唯有馮驩西入秦。(《全宋詩》
卷四九八,司馬光〈孟嘗君歌〉,頁 6009)

　湣王萬乘齊,走死區區燕。田單一即墨,掃敵如風
旋。舞鳥怪不測,騰牛怒無前。飄飖樂毅去,磊砢功名
傳。掘葬與劓降,論乃愧儒先。深誠可奮士,王蠋豈非
賢。(《全宋詩》卷五四六,王安石〈田單〉,頁 6536)

　范雎相秦傾九州,一言立斷魏齊頭。世間禍故不可
忽,簀中死屍能報讎。(《全宋詩》卷五六九,王安石
〈范雎〉,頁 6725)

　紛紛易盡百年身,舉世何人識道真。力去陳言夸末
俗,可憐無補費精神。(《全宋詩》卷五七一,王安石
〈韓子〉,頁 6739)

　宋庠所詠〈屈原〉詩,以「如何不救沈江禍,枉解堂中許
目成」作結為詠歎,示得失存亡之龜鑑。張耒〈宋玉〉詩,以
巫娥問賦為詠歎。梅堯臣〈西施〉,以「禍福無猜」反思富貴
貧賤之分際。司馬光〈詠史〉其二,詠延陵季子以「不欺死生」

作唱歎。王安石〈田單〉詩，以「深誠可奮士」詠歎田單復齊
之英賢；又作〈范雎〉詩，凸顯「世間禍故不可忽」，以為死
生禍福之資鑑；又作〈韓子〉七絕，稱美韓非「力去陳言夸末
俗」，遺憾其「可憐無補費精神」。上列諸詩，大多絕句短什，
詩人以史為詠，唱歎有情，此體最稱便利。

　北宋史家詠秦漢間人物，及歷朝君臣嬪妃，「見古人成
敗，感而作詩」者，亦頗有之。如詠始皇、范增、蕭何、張
良、韓信、曹參、王昭君、諸葛亮、楊太真諸人，如：

　　衡石量書夜漏深，咸陽宮闕杳沈沈。滄波沃日虛鞭
石，白刃凝霜枉鑄金。萬里長城穿地脈，八方馳道聽車
音。儒坑未冷驪山火，三月清煙繞翠岑。（《全宋詩》卷
一二〇，楊億〈始皇〉，頁1406）

　　併吞天下九千日，一統寰中十五年。坑血未乾高祖
至，驪山丘壟已蕭然。（《全宋詩》卷三七三，邵雍〈始
皇吟〉，頁4591）

　　君王不解據南陽，亞父徒誇計策長。畢竟亡秦安用
楚，區區猶勸立懷王。（《全宋詩》卷一一七三，張耒
〈范增〉，頁13245）

　　蕭公俯仰繫安危，功業君王心獨知。猶道邵平能緩
頰，君臣從古固多疑。（《全宋詩》卷一一七三，張耒
〈蕭何〉，頁13246）

　　漢業存亡俯仰中，留侯當此每從容。固陵始議韓彭
地，複道方圖雍齒封。（《全宋詩》卷五六九，王安石
〈張良〉，頁6725）

　　束髮河山百戰功，白頭富貴亦成空。華堂不著新歌

舞，卻要區區一老翁。（《全宋詩》卷五六九，王安石
〈曹參〉，頁6725）

　　漢宮諸女嚴粧罷，共送明妃溝水頭。溝上水聲來不
斷，花隨水去不回流。上馬即知無返日，不須出塞始堪
愁。（《全宋詩》卷二九〇，歐陽脩〈明妃小引〉，頁
3663）

　　我本漢家子，早入深宮裡。遠嫁單于國，憔悴無復
理。穹廬為室旃為牆，胡塵暗天道路長。去住彼此無消
息，明明漢月空相識。死生難有卻回身，不忍回看舊寫
真。玉顏不是黃金少，愛把丹青錯畫人。朝為漢宮妃，暮
作胡地妾。獨留青塚向黃昏，顏色如花命如葉。（《全宋
詩》卷五七三，王安石〈明妃曲〉，頁6754）

　　漢日落西南，中原一星黃。群盜伺昏黑，聯翩各飛
揚。武侯當此時，龍臥獨摧藏。掉頭梁甫吟，羞與眾爭
光。邂逅得所從，幅巾起南陽。崎嶇巴漢間，屢以弱攻
強。暉暉若長庚，孤出照一方。勢欲起六龍，東迴出扶
桑。惜哉淪中路，怨者為悲傷。暨子祖餘策，猶能走強
梁。（《全宋詩》卷五四一，王安石〈諸葛武侯〉，頁
6502）

　　朝廷無事君臣樂，花柳多情殿閣春。不覺胡雛心暗
動，綺羅翻作墜樓人。（《全宋詩》卷一〇〇五，黃庭堅
〈和陳君儀讀太真外傳五首之一〉，頁11498）

　　楊億〈始皇〉詩，多用《史記・秦始皇本紀》典故，諷諭
始皇暴虐無道，一切都歸虛無枉費。邵雍〈始皇吟〉，亦以
「坑血未乾高祖至」詠歎秦始皇之得失成敗。張耒作〈范增〉

詩，以「勸立懷王」反諷范增之「徒誇計策長」；又詠〈蕭何〉，以君臣多疑視點，開脫蕭何之「俯仰安危」。王安石詠〈張良〉，極力推贊張良之俯仰從容，而漢業之存亡繫於一身；又詠〈曹參〉，以「束髮百戰」與「富貴成空」作反襯，抑揚有致。歐陽脩〈明妃小引〉，謂「上馬即知無返日，不須出塞始堪愁」，翻空易奇，頓挫生姿；又作〈明妃曲〉集句詩，頗見才學。篇末結以「獨留青塚向黃昏，顏色如花命如葉」，勾勒一生命運，形象生動，唱歎有情；又作〈諸葛武侯〉詩，痛惜孔明英年早逝，「豎子祖餘策，猶能走強梁」，所謂「死諸葛，走生仲達」，其餘威偉烈可以概見。其他，覽古懷古之作，如黃庭堅〈和陳君儀讀太真外傳〉，〈書磨崖碑後〉、張耒〈題淮陰侯廟〉，亦多睹物思人，就成敗禍福作贊歎者。

3. 借古諷今，托史寄意

　　袁枚《隨園詩話》卷二所謂「借古人往事，抒自己之懷抱」，即是此類詠史詩之特色。左思之〈詠史〉，李清照〈夏日絕句〉，為其中代表作。就托史寄意而言，是「懸想事勢，設身局中」，將古事今情作類比交融敘寫，是「借他人酒杯，澆自己胸中塊壘」的興寄之法。司馬遷纂修《史記》，「寓論斷於敘事之中」處，「太史公曰」史論發揮處，多見示例，魯迅《漢文學史綱要》稱《史記》為「無韻之《離騷》」，殆指此法。其後，此一手法衍為敘事詩或詠史詩之「借古諷今，托史寄意」，是又「詩史同源」之一證。北宋史家所作詠史，屬於此一類型者，為數亦多，如：

　　　　王牒開觀檢未封，鬥雞三百遠相從。紫雲度曲傳浮

世，白石標年鑿半峰。河朔叛臣驚舞馬，渭橋遺老識真龍。彭山翅告愁通信，回首風濤一萬重。（《全宋詩》卷一二○，楊億〈明皇〉，頁 1403）

　　女命在於色，士命在於才。無色無才者，未死如塵灰。虎丘真娘墓，止是空土堆。香魂與膩骨，銷散隨黃埃。何是千百年，一名長在哉。吳越多婦人，死即藏山隈。無色固無名，丘家空崔嵬。唯此真娘墓，客到情徘徊。我是好名士，為爾傾一杯。我非好色者，後人無相咍。（《全宋詩》卷六十二，王禹偁〈真娘墓〉，頁 686）

　　虞帝老倦勤，薦禹為天子。豈有復南巡，迢迢渡湘水。至德遠無象，異論紛紛起。意疑大聖人，姦憸亦如己。乃知中下士，無由逃謗毀。（《全宋詩》卷四九九，司馬光〈虞帝〉，頁 6044）

　　子雲平生人莫知，知者乃獨稱其辭。今尊子雲者皆是，得子雲心亦無幾。聖賢樹立自有師，人知不知無以為。俗人賤今常貴古，子雲今存誰女數。（《全宋詩》卷五四六，王安石〈揚雄二首〉之二，頁 6534）

　　沈魄浮魂不可招，遺編一讀想風標。何妨舉世嫌迂闊，故有斯人慰寂寥。（《全宋詩》卷五六九，王安石〈孟子〉，頁 6724）

　　上有蒼蒼山，下有渾渾流。兩崖類築甬，中道縈容輈。關門密相望，設險非一秋。借問前代人，屈指嬴與劉。乃知伯王功，天險參人謀。百二制六國，一面當諸侯。東慚洛陽薄，北視朝歌羞。時平郡國通，官守輕戈矛。旅程茲出關，悵然為淹留。（《全宋詩》卷六○三，劉敞〈潼關〉，頁 7114）

　　舊聞謫仙人，多以我為似。三生去來今，惟獨變名
字。泊舟姑熟溪，風月不如意。舉頭望青山，酌酒聊一
醉。漢宮三十六，當時各自貴。昭陽與華清，究竟誰為
愧。奴輩不自省，脫靴更誰避。而令棄賢材，孤負青雲
器。(《全宋詩》卷六○三，劉攽〈題李白祠〉，頁7123)

　　玉環妖血無人掃，漁陽馬厭長安草。潼關戰骨高於
山，萬里君王蜀中老。金戈鐵馬從西來，郭公凜凜英雄
才。舉旗為風偃為雨，灑掃九廟無塵埃。元功高名誰與
紀，風雅不繼騷人死。水部胸中星斗文，太師筆下蛟龍
字，天遣二子傳將來，高山十丈磨蒼崖。誰持此碑入我
室，使我一見昏眸開。百年廢興增歎慨，當時數子今安
在。君不見荒涼浯水棄不收，時有遊人打碑賣。(《全宋
詩》卷一一六三，張耒〈讀中興頌碑〉，頁13129)

　　十萬全師一戰擒，谷盤蒼硤路幽深。淒涼今古興亡
事，遼闊英雄割據心。漲洛暮連諸穀雨，秋雲低抱半山
陰。文皇功業今何處，磨滅荒碑蔓草侵。(《全宋詩》卷
1170，張耒〈牛谷口〉，頁13214)

　　楊億詠〈明皇〉詩，擇取東封泰山事作歌詠，實已暗諷今
上（真宗）之行止，借古諷今之意顯然。王禹偁詠〈真娘
墓〉，開宗明義即云：「女命在於色，士命在於才。無色無才
者，未死如塵埃」；司馬光詠〈虞帝〉，由此「乃知中下士，
無由逃謗毀」。王安石所作詠史，多富於興寄，如〈揚雄二首〉
其二謂：「聖賢樹立自有師，人知不知無以為。俗人賤今常貴
古，子雲今存誰女數」；詠〈孟子〉稱：「何妨舉世嫌迂闊，
故有斯人慰寂寥」，欲尋知音，何妨上友古人？劉攽詠〈潼關〉

稱：「時平郡國通，官守輕戈矛」，或為澶淵和議後，宋遼通好之省思；又〈題李白祠〉，可惜朝廷「棄賢材，辜負青雲器」，亦夫子自道語。張耒〈讀中興頌碑〉，所謂「百年廢興增歎慨」，大唐中興提供積貧積弱之北宋若干啟示，然古今興亡之無奈，是亦徒增感慨而已；又作〈牛谷口〉懷古詩，所謂「淒涼今古興亡事，遼闊英雄割據心」，「興亡」、「割據」云云，自有北宋時代宋遼分治之興寄在。

上列北宋史家所詠，或隱括史事，或以史為詠，或托史寄意，要皆六朝四唐詠史所已有。宋人講究學習古人，師法優長，因此先宋詠史傳統之優長，自然在所傳承與體現。所謂傳承，所謂繼往，北宋詠史詩亦多具體而微。至於開拓與創新，北宋史家詠史詩亦不遑多讓。除表現在未經人道，別具隻眼外，又表現在以《春秋》書法入詩，以史家筆法為詩方面，詠史詩之體質既經良性改造，遂具有一家之特色。試先言「未經人道，別具隻眼」的卓越史識。

三、北宋史家詠史詩之新變

詠史詩的流衍在北宋，除薪傳前人詠史之優長外，最難能可貴，值得大書特書者，為史識之體現，遺妍的開發。就先宋詩或史傳敘事而言，北宋詠史詩之新變，或作拾遺補闕，或作修正改造，或作跨度連接，或作奇特解會。其詠史視角，或淺意深說，或直意曲說，或正意反說、側說，不一而足。此即南宋費袞《梁谿漫志》卷七所云之「別生眼目」：

詩人詠史最難，需要在作史者不到處別生眼目。正如

斷案，不為胥吏所欺，一兩語中，須能說出本情。使後人
看出，便是一篇史贊，此非具眼者不能。自唐以來，本朝
詩人最工為之。

　　費袞《梁谿漫志》欣賞「見處高遠，以大議論發之」之
詩，貶斥胡曾詠史詩，謂「只是史語上轉耳，初無見處也」。
尤其揭示詠史詩之美妙難能者，在「作史者不到處，別生眼
目」，此之謂史識，此之謂歷史眼光。清蒲起龍評解杜甫詩
史，以為「史家只載得一時事蹟，詩家直顯出一時氣運。詩之
妙，正在史筆不到處」[11]，敘事詩、詠史詩、諷諭詩可貴者，
「正在史筆不到處」。詠史而間出史識，此種詩體特色，接近史
論類型，故又稱史論型詠史詩。考宋代詠史詩所以衍變為史論
類型者，殆與此宋政局、右文政策、臺諫制度、科舉命題、教
育改革，以及古籍整理、雕版印刷有關。尤其是後者，印本文
化影響所及，無論資訊儲存量，或圖書資訊傳遞量，對於宋人
創作詠史詩，必產生革命性之激盪[12]。筆者以為，印本文化
的發達，對於造就宋詩之特色，當與德國古登堡印刷術之發
明，造就歐洲文藝復興之輝煌璀璨，有殊途同歸之貢獻。

　　詠史詩歌詠之對象，多為歷史人物或歷史事件；懷古弔古
詩，則涉及文化名人或古蹟。歷史已成過往之陳跡，史書所載
大抵已蓋棺論定。詩人詠史，欲求超勝，必須具備別識心裁，

11　蒲起龍《讀杜心解》卷首，〈讀杜提綱〉第九則（臺北：中央輿地出版
　　社，1970 年 12 月），頁 63。
12　參考陳樂素〈北宋國家的古籍整理印行事業及其歷史意義〉，《宋元文史
　　研究》（肇慶：廣東人民出版社，1988 年 9 月），頁 65~90；又，張高評
　　〈古籍整理與文學風尚──杜甫詩集之整理與宋詩宗風〉，《宋代文學研究
　　叢刊》第六期（高雄：麗文文化公司，2000 年 12 月），頁 24~31。

否則可以不作。史家詠史，由於史學素養之具備，史書情節之通曉，一旦發揮史識，結合史論，自較純粹詩人之詠史，容易「重人之所輕，而異人之所同」，造就「別生眼目」之史識。北宋史家所詠，最熱門詩題有二：其一為有關王昭君之歌詠，王安石〈明妃曲〉詠昭君，「別生眼目」示範於前，其他北宋史家如歐陽脩、曾鞏、則繼踵增華於後，多獨具隻眼，不隨前人陳蹟，如：

> 明妃初出漢宮時，淚濕春風鬢腳垂。低徊顧影無顏色，尚得君王不自持。歸來卻怪丹青手，入眼平生幾曾有。意態由來畫不成，當時枉殺毛延壽。一去心知更不歸，可憐著盡漢宮衣。寄聲欲問塞南事，只有年年鴻雁飛。家人萬里傳消息，好在氈城莫相憶。君不知咫尺長門閉阿嬌，人生失意無南北。（《全宋詩》卷五四一，王安石〈明妃曲二首之一〉，頁 6503）

> 明妃初嫁與胡兒，氈車百兩皆胡姬。含情欲說獨無處，傳與琵琶心自知。黃金捍撥春風手，彈看飛鴻勸胡酒，漢宮侍女暗垂淚，沙上行人卻回首。漢恩自淺胡自深，人生樂在相知心。可憐青塚已蕪沒，尚有哀絃留至今。（《全宋詩》卷五四一，王安石〈明妃曲二首之二〉，頁 6503）

> 胡人以鞍馬為家，射獵為俗。泉甘草美無常處，鳥驚獸駭爭馳逐。誰將漢女嫁胡兒，風沙無情貌如玉。身行不遇中國人，馬上自作思歸曲。推手為琵卻手琶，胡人共聽亦咨嗟。玉顏流落死天涯，琵琶卻傳來漢家。漢宮爭按新聲譜，遺恨已深聲更苦。纖纖女手生洞房，學得琵琶不下

堂。不識黃雲出塞路，豈知此聲能斷腸。（《全宋詩》卷二八九，歐陽脩〈明妃曲和王介甫作〉，頁 3655）

漢宮有佳人，天子初未識。一朝隨漢使，遠嫁單于國。絕色天下無，一失難再得。雖能殺畫工，於事竟何益。耳目所及尚如此，萬里安能制夷狄。漢計誠已拙，女色難自誇。明妃去時淚，灑向枝上花。狂風日暮起，飄泊落誰家。紅顏勝人多薄命，莫怨春風當自嗟。（《全宋詩》卷二八九，歐陽脩〈再和明妃曲〉，頁 3656）

明妃未出漢宮時，秀色傾人人不知。何況一身寸漢地，驅令萬里嫁胡兒。喧喧雜虜方滿眼，皎皎丹心欲與誰。延壽爾能私好惡，令人不自保妍媸。丹青有跡尚如此，何況無形論是非。窮通豈不各有命，南北由來非爾為。黃雲塞路鄉國遠，鴻雁在天音信稀。度成新曲無人聽，彈向東風空淚垂。若道人情無感慨，何故衛女苦思歸。（《全宋詩》卷四五七，曾鞏〈明妃曲〉之二，頁 5552）

娥眉絕世不可尋，能使花羞在上林。自信無尤汙白玉，向人不肯用黃金。一辭蛟屋風塵遠，去託氊廬沙磧深。漢姬尚自有妒色，胡女豈能無忌心。直欲論情通漢地，獨能將恨寄胡琴。但取當時能託意，不論何代有知音。長安美人誇富貴，未央宮殿競光陰。豈知泯泯沈煙霧，獨有明妃傳至今。（《全宋詩》卷四五七，曾鞏〈明妃曲〉之二，頁 5552）

題詠王昭君之詩篇，見於著錄者，《全唐詩》約 80 首，《全宋詩》所收，則北宋 50 餘首，南宋約 90 首。唐人所詠，

可觀者多；宋人所作，若非精刻過人，新意迭出，確實可以不作。大抵唐人所詠，多「追感昭君之事而憐之」；宋人則致力開發遺妍，或活繪當時馬上之情思，或寄寓出塞之隱悲，或極言其「為國和戎，而不以身之流落為念」[13]，所謂創意造語，開發遺妍，此中有之。清金德瑛曾言：「凡古人與後人共賦一題者，最可觀其用意關鍵」，誠哉斯言。試觀王安石所作〈明妃曲二首〉，在唐人杜甫、白居易、李商隱之後，如何超勝而無愧唐人：〈明妃曲〉第二首，皆就熟悉主題進行深化與異化，第一首提出「意態由來畫不成，當時枉殺毛延壽」，及「咫尺長門閉阿嬌，人生失意無南北」兩個新意；第二首提出「漢恩自淺胡自深，人生樂在相知心」的命題，都能在作史者、及唐代詩人「不到處，別生眼目」，可謂卓絕。歐陽脩之和作，因難見巧，亦能未經人道，力破前人之餘地：〈明妃曲和王介甫作〉，反諷爭按新聲的漢宮女手，「不識黃雲出塞路，豈知此聲能斷腸？」〈再和明妃曲〉更作奇特解會，一則曰：「耳目所及尚如此，萬里安能制夷狄？」再則曰：「紅顏勝人多命薄，莫怨春風當自嗟」，命意別出心裁，獨具隻眼。曾鞏所作〈明妃曲〉二首，詩意歸趣亦有足取，如第一首：「丹青有跡尚如此，何況無形論是非」，立意頗受王安石原唱影響；第二首云「漢姬尚自有妒色，胡女豈能無忌心？」則頗見創意與特識；至於「但取當時能託意，不論何代有知音」，又顯然與王安石〈明妃曲〉其二命意犯重。由此可見，別具慧眼，匠心獨運之難能可貴。

---

13 參張高評〈南宋昭君詩之接受與解讀〉，《第五屆中國詩學會議論文集》（彰化：彰化師大國文系，1990年10月），頁409~410。

　　北宋史家題詠古人，第二個焦點是漢初開國元勳，「勇略
震主，功蓋天下」之韓信。考察北宋諸史家所詠，多能自出新
意，具別識心裁，未與《史記‧淮陰侯列傳》敘寫雷同，如邵
雍、黃庭堅、張耒之作：

　　　　雖則有才兼有智，存亡進退處非真。五湖依舊煙波
　　在，范蠡無人繼後塵。（《全宋詩》卷三六二，邵雍〈題
　　淮陰侯廟〉之六，頁 4461）

　　　　若非韓信難除項，不得蕭何莫制韓。天下須知無一
　　手，苟非高祖用蕭難。（《全宋詩》卷三六二，邵雍〈題
　　淮陰侯廟〉之七，頁 4461）

　　　　漢家基定議功勳，異姓封王有五人。不似淮陰最雄
　　傑，敢教根固又生秦。（《全宋詩》卷三六二，邵雍〈題
　　淮陰侯廟〉之八，頁 4461）

　　　　韓生高才跨一世，劉項存亡翻手耳。終然不忍負沛
　　公，頗似從容得天意。成皋日夜望救兵，取齊自重身已
　　輕。躃足封王能早寤，豈恨淮陰食千戶。雖知天下有所
　　歸，獨憐身與噲等齊。蒯通狂說不足撼，陳豨孺子胡能
　　為。予嘗貰酒淮陰市，韓信廟前木十圍。千年事與浮雲
　　去，想見留侯決是非。丈夫出身佐明主，用舍行藏可自
　　知。功名邂近軒天地，萬事當觀失意時。（《全宋詩》卷
　　一○一九，黃庭堅〈韓信〉，頁 11635）

　　　　登壇一日冠群雄，鐘室倉皇念蒯通。能用能誅誰計
　　策，嗟君終自愧蕭公。（《全宋詩》卷一一七三，張耒
　　〈韓信〉，頁 13246）

　　邵雍所作〈題淮陰侯廟〉組詩共 10 首，講究命意翻新，匪夷所思，如第 6 首詩，稱美韓信才智雙全，卻指斥其「存亡進退處非真」，此意未經人道過。第 7 首，凸顯項羽、韓信、蕭何、劉邦間之彼此制約關係，亦頗有新意。第 8 首，突出韓信為異姓之雄傑，漢家為求「根固」，避免枝節，韓信見誅遂不能免。曲筆表出，亦不落俗套。黃庭堅詠〈韓信〉，曲終奏雅，提出「丈夫出身佐明主，用舍行藏可自知。功名邂逅軒天地，萬事當觀失意時。」用舍行藏，事觀失意，可謂慧眼獨具，見道之論。張耒所詠〈韓信〉，鉤勒韓信「登壇冠雄」、「倉皇鐘室」之形象，再以蕭何之「能用能誅」作反諷，襯托韓信之拙於心計，命意謀篇能「異人之所同」，是所謂「在作史者不到處別生眼目」者。

　　另外，項羽之悲劇性格，楚漢之割據紛爭，亦為北宋史家詠史所樂道。如曾鞏〈垓下〉詩，以漢道興與力徒矜相對，泫然與不悟相對，斷定項羽悲劇結局。司馬光〈戲下歌〉，以火咸陽，遷義帝，功高意滿，倒戈無為批判項羽自取滅亡。王安石〈烏江亭〉、〈范增二首〉其二，特提天助有道、為漢驅民、敗勢難迴旨趣，以論定范增、項羽之功業。黃庭堅〈鴻溝〉詩，別作假設性翻案，亦新穎有理趣。若此之類，北宋史家所作，多就史書所敘情節、所發史論，進行「遺妍開發」，致力「創造性填補，和想像性連接」，或者運用翻案，反常生新，追求「絕去蹊徑，別具隻眼」，故往往生面別開，頗有可觀。如：

　　　　三傑同歸漢道興，拔山餘力爾徒矜。泫然垓下真兒女，不悟當從一范增。（《全宋詩》卷四六〇，曾鞏〈垓

下〉，頁5590）

項王初破函關兵，氣壓山河風火明。旌旗金鼓四十萬，夜泊鴻門期曉戰。關東席捲五諸侯，沛公君臣相視愁。幸因項伯謝前過，進謁不敢須臾留。椎牛高會召諸將，寶劍冷冷舞席上。咸陽灰燼義帝遷，分裂九州如指掌。功高意滿思東歸，韓生受誅不復疑。區區蜀漢遷謫地，縱使倒戈何足為。（《全宋詩》卷四九八，司馬光〈戲下歌〉，頁6008）

中原秦鹿待新羈，力戰紛紛此一時。有道弔民天即助，不知何用牧羊兒。（《全宋詩》卷五六九，王安石〈范增二首之一〉，頁6725）

鄞人七十漫多奇，為漢歐民了不知。誰合軍中稱亞父，直須推讓外黃兒。（《全宋詩》卷五六九，王安石〈范增二首之二〉，頁6725）

百戰疲勞壯士哀，中原一敗勢難迴。江東子弟今雖在，肯與君王卷土來。（《全宋詩》卷五七○，王安石〈烏江亭〉，頁6732）

英雄並世不相容，割據山川計亦窮。溝水已東全入漢，淮陰誰復議元功。（《全宋詩》卷一○二一，黃庭堅〈鴻溝〉，頁11676）

清吳之振序《宋詩鈔》，稱宋詩「取材廣，而命意新」；陳衍《石遺室詩話》卷一亦謂：「宋人皆推本唐人詩法，力破餘地」。試考察北宋史家詠史，其因難見巧，別出心裁處，固宋詩特色具體而微之表現。錢鍾書《談藝錄》所倡「詩分唐宋」，當於唐宋詩異同處，宋人學唐變唐、深造有得處，以及

宋詩之自成一家，當行本色處見出。

參、北宋史家詠史詩之書法與史筆

　　古代傳統史家修史撰史，隱然多具史法義例；而《史記》以下之紀傳體、編年體史書，又多遠紹孔子《春秋》之書法。就接受學之觀點言之，宋代史家必然嫻熟史家筆法，亦必然接受《春秋》書法之教示。《四庫全書總目》卷二十九，御制《日講春秋解義》〈提要〉稱：「說《春秋》者，莫夥於兩宋」[14]；《宋史・藝文志》著錄《春秋》學專著 240 種以上，清朱彝尊《經義考》所錄宋代《春秋》學論著，亦在 400 種以上；即以《四庫全書》著錄而言，宋人《春秋》類，無論部數或卷帙，皆佔歷代《春秋》類三分之一[15]。由此觀之，《春秋》學於兩宋之為顯學，士人耳濡目染浸淫之深，可以想見。

　　除《春秋》學於兩宋號稱「顯學」外，陳寅恪宣稱：「中國史學莫盛於宋」[16]，無論史書之質量，史學之開拓，或史家之蜂出，皆有空前之成就。再就史學意識而言，司馬光提出「相容」，王安石提出「化變」，鄭樵提出「會通」，二程、張載、朱熹提出「理一分殊」，蘇軾、秦觀、楊萬里、嚴羽提出「集大成」；筆者綜合歸納上列諸說，遂提出「會通化成」一語，作為宋型文化之特徵之一，且以宋詩及宋代詩學之研究為

14　《四庫全書總目》（臺北：藝文印書館，1974），頁 592。

15　張高評《會通化成與宋代詩學》，〈《春秋》書法與宋代詩學——以宋人筆記為例〉，頁 61～62。

16　語見《金明館叢稿二編》〈陳垣《明季滇黔佛教考・序》〉（北京：三聯書店，2001 年 7 月），頁 272。

例，證成「會通化成」之說[17]。陳寅恪《元白詩箋證稿》考
論白居易新樂府之體制，以為：實與「韓昌黎、元微之之流，
以太史公書、《左氏春秋》之文體試作〈毛穎傳〉、〈石鼎聯
句詩序〉、〈鶯鶯傳〉等小說傳奇者，其所持之旨意及所用之
方法，適相符同」[18]；可見運用史家筆法、《春秋》書法體現
於創作之中，中和元和文家早得文心之所同然。同理，筆者將
以「會通化成」之視角，解讀北宋史家所作詠史詩之《春秋》
書法，詮釋詠史詩中所體現之史家筆法，尚乞博雅方家指正
之。

一、北宋史家詠史詩與《春秋》書法

「《春秋》書法」所指涉的意涵，不只是《公羊》學、《穀
梁》學派所謂「微言大義」而已。筆者贊同錢鍾書先生意見：
「《春秋》書法，即後世之修辭學」。所謂《春秋》書法，顧名
思義，當有形式技巧層面之指涉[19]。

試考察《春秋左氏傳》成公十四年「君子曰」，揭示《春
秋》五例：「《春秋》之稱，微而顯，志而晦，婉而成章，盡
而不汙，懲惡而勸善，非聖人孰能修之？」懲惡勸善，示《春
秋》之功用；前四者示《春秋》之筆法。「微婉顯晦」者，尚
簡、用晦、崇虛，貴曲，即司馬遷《史記·司馬相如列傳》所

17　參考同註3，《會通化成與宋代詩學》。
18　陳寅恪《元白詩箋證稿》，第五章〈新樂府〉（北京：三聯書店，2001年
　　4月），頁125。
19　參考張高評〈《管錐編》論《左傳》之敘事與記言〉，「《春秋》書法即文
　　章之修辭」，「錢鍾書與20世紀中國學術國際研討會」論文（香港：香
　　港大學中文系，2002年10月11日～12日），頁9~18。

謂「《春秋》推見至隱」之書法；至於「盡而不汙」，則是據事
直書，直筆不絮之書法。要言之，就筆法論，《春秋》五例所
提書法，可歸納為直筆和曲筆二者。

《春秋》學之於兩宋，既蔚為顯學，宋代詩話筆記不乏
「以《春秋》書法論詩」之例[20]，則史家詠史懷古，形諸吟
哦，或亦有以《春秋》書法入詩者。翻檢《全宋詩》，通覽北
宋史家詠史，除《春秋》五例之運用外，方其進退古人，權衡
成敗之際，亦多推本究原，是亦《春秋》慎始之義。今試以下
列四端，考察北宋史家詠史「以《春秋》書法入詩」之大凡：
(一)推見至隱；(二)直筆不絮；(三)褒美貶刺；(四)探本究原。
論證如後：

（一）推見至隱

《春秋》五例中之前三例，為「微而顯，志而晦，婉而成
章」，意指《春秋》書法講究修辭：措詞簡要，卻又旨趣顯
豁；明載史實，卻又意蘊深遠；委婉曲折，卻又順理成章；這
些書法多用在「有所褒諱抑損」之忌諱人事上，與溫柔敦厚之
詩教同功。此即司馬遷《史記·匈奴列傳》贊所謂「定哀之
際，則微」之《春秋》書法，亦即「推見至隱」之書法，其語
言特色為用晦、尚簡、崇虛、貴曲。試考察北宋史家所詠人物
或史事，風格書法近似者不少，如宋祁、邵雍、司馬光、王安
石諸家，要皆專擅此一書法。先看前三家之詠史：

---

20 張高評《宋詩特色研究》，〈《春秋》書法與宋代詩學——以詩話筆記為例〉
（長春：長春出版社，2002年5月）頁44-87。

　　宣室崔嵬冠未央，殿帷深掩上書囊。賈生始得虛前
席，董偃尋聞獻壽觴。（《全宋詩》卷二二二，宋祁〈宣
室〉，頁2555）

　　禁密因離亂，機閑為太平。山河雖設險，道德豈容
爭。不究千一義，空傳百二名。遐方久無外，何復用雞
鳴。（《全宋詩》卷三六二，邵雍〈過潼關〉，頁4459）

　　韓信事劉元不叛，蕭何禍漢竟生疑。當初若聽蒯通
語，高祖功名未可知。（《全宋詩》卷三六二，邵雍〈題
淮陰侯廟〉之五，頁4461）

　　楚王宮中夜未央，清歌密舞會華堂。木蘭為柱柱為
梁，隋珠和璧爛同光。橫吹乍鳴秋竹裂，繁弦初度春雨
歇。九微火樹垂垂滅，羅衣紛紛玉纓絕。滿朝冠劍東方
明，宮門未啟君朝醒。秦關日夜出奇兵，武安軍火照夷
陵。（《全宋詩》卷四九八，司馬光〈楚宮行〉，頁6011）

　　煙愁雨嘯黍華生，宮闕簪裳舊帝京。若問古今興廢
事，請君只看洛陽城。（《全宋詩》卷五〇二，司馬光
〈過洛陽城〉之二，頁6072）

　　新豐雞犬稀，薊北馬秋肥。金殿翠華去，玉階紅葉
飛。荒林上路廢，溫谷舊流微。嗟此非人事，何須問是
非。（《全宋詩》卷五〇二，司馬光〈華清宮〉，頁6072）

　　春風三閣上，珠翠日紛紛。樂引陶江月，清歌過海
雲。醉中失陳國，夢裡入隋軍。玉樹庭花曲，淒涼不可
聞。（《全宋詩》卷五〇二，司馬光〈詠史〉之三，頁
6081）

宋祁〈宣室〉詩，諷刺漢文帝，多用形象語，諷意多見於

言外。邵雍〈過潼關〉，造語兩兩翻疊有味，反常合道，詩趣無窮，又作〈題淮陰侯廟〉其五，假設翻案，反言以顯正，命意始出。褒諱抑損之詞，最忌直接正面敘寫，類似繞路說禪，此所謂「推見至隱」。司馬光所作詠史諸作，如〈楚宮行〉，前十句將歌舞聲色等華柔之美寫得淋漓盡致，末二句結以秦關奇兵、武安軍火之陽剛美，對比成諷，詩意自在言外。又如〈過洛陽城〉其二，謂「只看洛陽城」，即可了然「古今興廢事」。章學誠《文史通義‧史德》稱：必「通六藝比興之旨，然後可以講春王正月之書」，信然。又如〈華清宮〉，以江山依舊，人事全非作對映，而是非興亡自在言外。又如〈詠史〉之三，具陳春風珠翠、清歌妙樂，醉失夢入，再點出〈玉樹後庭花〉，則淒涼可知，所謂「微而顯，志而晦」也；其中有簡、晦、虛、曲諸筆法在。再看王安石與黃庭堅之詠史：

> 聖人道大能亦博，學者所得皆秋毫。雖傳古未有孔子，蟻蠓何足知天高。桓魋武叔不量力，欲撓一草搖蟠桃。顏回已自不可測，至死鑽仰忘身勞。（《全宋詩》卷五四六，王安石〈孔子〉，頁 6534）

> 鄞人七十漫多奇，為漢敺民了不知。誰合軍中稱亞父，直須推讓外黃兒。（《全宋詩》卷五六九，王安石〈范增二首之二〉，頁 6725）

> 一時謀議略施行，誰道君王薄賈生。爵位自高言盡廢，古來何嘗萬公卿。（《全宋詩》卷五六九，王安石〈賈生〉，頁 6725）

> 壯士悲歌出塞頻，中原蕭瑟半無人。君王不負長陵約，直欲功成賞漢臣。（《全宋詩》卷五七〇，王安石

〈漢武〉，頁 6732）

　　漢家分土建忠良，鐵券丹書信誓長。本待山河如帶
礪，何緣葅醢賜侯王。（《全宋詩》卷五七一，王安石
〈讀漢功臣表〉，頁 6741）

　　朝廷無事君臣樂，花柳多情殿閣春。不覺胡雛心暗
動，綺羅翻作墜樓人。（《全宋詩》卷一〇〇五，黃庭堅
〈和陳君儀讀太真外傳五首之一〉，頁 11498）

　　高麗條脫琱紅玉，邐迤琵琶撚綠絲。蛛網屋煤昏故
物，此生惟有夢來時。（《全宋詩》卷一〇〇五，黃庭堅
〈和陳君儀讀太真外傳五首之四〉，頁 11498）

　　王安石所作詠史，無論抑揚人物，或進退雄傑，大多不用
直筆。其筆觸婉而成章處，多「推見至隱」之書法，如詠〈孔
子〉，選取秋毫、蟻蠓、桓魋、武叔、一草諸微不足道形象，
以反襯孔子之博大精深，可謂婉而成章。又如〈范增二首〉其
二，以外黃兒堪稱軍中之「亞父」，諷刺范增之「漫多奇」，弄
巧成拙。又如〈賈生〉，以謀議施行、位高言廢二視點，為
「君王薄賈生」作翻案，亦婉而成章。又如〈漢武〉詩，以壯
士出塞、中原無人，見武帝討伐匈奴，窮兵黷武，殘民以逞。
後兩句再以不負約，賞漢臣口吻，見對外用兵，勢在必行，如
此詠史，不亦「微而顯，志而晦」乎？又如〈讀漢功臣表〉，
謂「本待山河如帶礪，何緣葅醢賜侯王。」翻案有味，婉而成
章矣。黃庭堅所作〈和陳君儀讀大真外傳五首〉，多委婉顯
晦，推見至隱之書法，如第一首，前二句敘寫朝廷無事、花柳
多情之歡樂場景；後兩句陡轉為胡雛心動、綺羅墜樓之肅殺景
觀，屬辭比事，可以推見至隱。又如第四首，前二句「高麗條

脱」與「邐迤琵琶」之紅綠聲色相對襯，寫往事之美麗；下半
借蛛網屋煤與此生有夢，點綴哀愁，物是人非，悲涼不言可
喻。歌詠宮闈史事，諸多忌諱，故黃庭堅亦運化「推見至隱」
之書法，所謂「為尊者諱，為長者諱」也。

（二）直筆不恕

委婉顯微之書法，形成「推見至隱」，溫柔敦厚，主文譎
諫的效果。與此相對者，厥為「盡而不汙」之書法，或稱為據
事直書，或稱之為直筆見意，直筆不恕[21]。《左傳》表彰董
狐「書法不隱」，《史通》推崇直書史事。北宋開國以來，文
字獄繁興，詩人為全身遠禍，明哲保身計，敘事詠懷往往不敢
直言，張鎡《仕學規範》卷三十六所謂：「作詩切不可斥言
事，至於美人，亦不可斥言」，可見一斑。北宋史家所作詠
史，選用曲筆者多，逕用直筆者較少。下列諸家所詠，是所謂
「筆不旋繞，言不避忌，肆情奮筆，無所阿容」者，如宋庠、
宋祁、梅堯臣、張耒諸家之作，或討論直筆，或採直筆詠史：

> 袁褚才名自古稀，可嗟高節晚相違。遲行便足為丞
> 相，枉受黃羅乳母衣。（《全宋詩》卷二〇一，宋庠〈詠
> 史〉，頁2294）
> 朱游英氣凜生風，瀕死危言悟帝聰。殿檻不修旌直
> 諫，安昌依舊漢三公。（《全宋詩》卷二二三，宋祁〈朱
> 雲傳〉，頁2568）

21　參考張高評〈左傳據事直書與以史傳經〉，《成大中文學報》第九期（臺
　　南成功大學中文系，2001年9月），頁175~189。

昔事堪追究，斯人亦寡謀。臧倉君側毀，趙孟死前偷。直筆空料理，忠臣遂隱憂。只應貽後世，三歎廢緹油。（《全宋詩》卷二二四，宋祁〈讀史〉，頁2591）

試看昆陽下，白骨猶銜鏃。莫院隍水頭，更添新鬼哭。（《全宋詩》卷二四〇，梅堯臣〈昆陽城〉，頁2793）

羽以匹夫勇，起於隴畝中。遂將五諸侯，三年成霸功。天下欲滅秦，無不慕強雄。秦滅責以德，豁達歸沛公。自矜奮私智，奔亡竟無終。（《全宋詩》卷二五九，梅堯臣〈項羽〉，頁3263）

玉環妖血無人掃，漁陽馬厭長安草。潼關戰骨高於山，萬里君王蜀中老。金戈鐵馬從西來，郭公凜凜英雄才。舉旗為風偃為雨，灑掃九廟無塵埃。元功高名誰與紀，風雅不繼騷人死。水部胸中星斗文，太師筆下蛟龍字，天遣二子傳將來，高山十丈磨蒼崖。誰持此碑入我室，使我一見昏眸開。百年廢興增歎慨，當時數子今安在。君不見荒涼湑水棄不收，時有遊人打碑賣。（《全宋詩》卷一一六三，張耒〈讀中興頌碑〉，頁13129）

沛公百萬保咸陽，自古柔仁伏暴強。慷慨悲歌君勿恨，拔山蓋世故應亡。（《全宋詩》卷一一七三，張耒〈項羽〉，頁13245）

宋庠《詠史》，嗟歎袁褚晚節不保，直言奮筆、無所隱飾。宋祁〈朱雲傳〉，表彰朱游直諫之英氣；又作〈讀史〉詩，以為「直筆空料理，忠臣遂隱憂」；直言不諱，固然可令亂臣賊子懼；然直言不阿，卻最易觸忌犯諱，甚至蘭摧玉折。梅堯臣〈昆陽城〉，有樂府民歌風味，直率白描，有聲有色，

形象亦自聳人視聽。又作〈項羽〉一首，檃括史事，直筆不
恕，斥其匹夫勇、起隴畝、將諸侯、成霸功；再責其「自矜奮
私智，奔亡竟無終」，單刀直入，筆不旋繞，直截了當，亦自
淋漓爽快。張耒所作〈讀中興頌碑〉詩，直言玉環妖血、漁陽
馬厭，又直陳「萬里君王蜀中老」，不知為尊者諱恥，宋人吳
子良《林下偶談》卷二，以為無可為世主規諫，謂「雖無之可
也！」又作〈項羽〉一詩，一則云「自古柔仁伏暴強」，直率
已非詩家語；再則直斥項羽「拔山蓋世故應亡」，是亦淋漓痛
快之言。無所諱飾，和盤托出，是亦客觀存真之一法。

（三）褒美貶刺

　　《春秋》五例，懲惡勸善為其一；《公羊傳》昭公二十年
稱：「善善也長，惡惡也短」；董仲舒稱《春秋》之大義，在
「善善惡惡，賢賢賤不肖」，其後司馬遷《史記》本之；范甯
《穀梁傳·序》亦強調「一字之褒」，「一字之貶」，可見善惡
勸懲於《春秋》書法，史家筆法之重要。蓋《春秋》之為書，
亦經亦史，其中所載功罪、得失、成敗、興亡、善惡、毀譽，
皆可作後世之殷鑑。白居易所謂「懲勸善惡之柄，執於文士褒
貶之際焉；補察得失之端，操於詩人美刺之間矣」；《春秋》
重褒貶，詩人重美刺，其實一也。北宋史家題詠古人古事，賢
善則褒美之，所以見賢思齊；奸惡不肖則貶刺之，所以作為鑑
戒。北宋史家詠史，運用「善善惡惡，賢賢賤賤不肖」之褒美
貶刺，以題詠古人，品題人物者極多。或褒貶兼至，或有褒無
貶，或有貶無褒，論述如下：

　　　　西漢十二帝，孝文最稱賢。百金惜人力，靈臺草芊

眠。千里卻駿骨，鸞旗影牽延。上林甚夫人，衣短無花
鈿。細柳周將軍，不拜容橐鞬。霸業固以聖，帝道或未
全。賈生多謫宦，鄧通終鑄錢。蠻道膝前席，不如衣後
穿。使我千古下，覽之一泫然。賴有佞倖傳，賢哉司馬
遷。（《全宋詩》卷五九，王禹偁〈讀漢文紀〉，頁658）

　　不顧萬乘主，不屈千戶侯。手澄百金魚，身被一羊
裘。借問此何耳，心遠忘九州。清山東寒灘，瀲浪驚素
鷗。以之為朋親，安慕乘華軒。老氏輕璧馬，莊生惡犧
牛。終為蘊石玉，夐古輝巖陬。（《全宋詩》卷二五○，
梅堯臣〈詠嚴子陵〉，頁2987）

　　天下滔滔久厭秦，英雄蛇鼠竄荊榛。少年豪橫知多
少？不及沙頭一婦人。（《全宋詩》卷二五四，梅堯臣
〈淮陰〉，頁3090）

　　滅項興劉如覆手，絕秦昌漢若更慕。卷舒天下坐籌
日，鍛鍊心源辟穀時。黃石公傳皆是用，赤松子伴更何
為。如君才業求其比，今古相忘不記誰。（《全宋詩》卷
三六二，邵雍〈題留侯廟〉，頁4460）

　　孔鸞負文章，不忍留枳棘。嗟子刀鋸間，悠然止而
食。成書與後世，憤悱聊自釋。領略非一家，高辭殆天
得。雖微樊父明，不失孟子直。彼欺以自私，豈啻相十
百。（《全宋詩》卷五四一，王安石〈司馬遷〉，頁6501）

　　漢日落西南，中原一星黃。群盜伺昏黑，聯翩各飛
揚。武侯當此時，龍臥獨摧藏。掉頭梁甫吟，羞與眾爭
光。邂逅得所從，幅巾起南陽。崎嶇巴漢間，屢以弱攻
強。暉暉若長庚，孤出照一方。勢欲起六龍，東迴出扶
桑。惜哉淪中路，怨者為悲傷。豎子祖餘策，猶能走強

梁。（《全宋詩》卷五四一，王安石〈諸葛武侯〉，頁
6502）

聖人道大能亦博，學者所得皆秋毫。雖傳古未有孔
子，蠛蠓何足知天高。桓魋武叔不量力，欲撓一草搖蟠
桃。顏回已自不可測，至死鑽仰忘身勞。（《全宋詩》卷
五四六，王安石〈孔子〉，頁6534）

韓信寄食常歉然，邂逅漂母能哀憐。當時噲等何由
伍，但有淮陰惡少年。誰道蕭曹刀筆吏，從容一語知人
意。壇上平明大將旗，舉軍盡驚王不疑。捄兵半楚濰半
沙，從初龍且聞信怯。鴻溝天下已橫分，談笑重來卷楚
氛。但以怯名終得羽，誰為孔費兩將軍。（《全宋詩》卷
五四六，王安石〈韓信〉，頁6536）

自古驅民在信誠，一言為重百金輕。今人未可非商
鞅，商鞅能令政必行。（《全宋詩》卷五六九，王安石
〈商鞅〉，頁6724）

漢業存亡俯仰中，留侯當此每從容。固陵始議韓彭
地，複道方圖雍齒封。（《全宋詩》卷五六九，王安石
〈張良〉，頁6725）

貧賤侵凌富貴驕，功名無復在芻蕘。將軍北面師降
虜，此事人間久寂寥。（《全宋詩》卷五六九，王安石
〈韓信〉，頁6725）

王禹偁〈讀漢文紀〉，既推崇漢文帝於西漢十二帝中「最
稱賢聖」，然又遺憾「帝道或未全」，遂列舉賈生讁宦，鄧通鑄
錢，佞倖有傳，以徵其實，可謂褒貶兼至。梅堯臣〈詠嚴子陵〉
五古，稱揚嚴光之不顧不屈，不慕富貴，心遠忘機，則有褒無

貶。又作〈淮陰〉詩，推崇飯信之沙頭婦人。邵雍〈題留侯廟〉詩，歌頌張良滅項昌劉、絕秦昌漢之功業，更讚揚其「鍛鍊心源」之不可及。王安石詠〈司馬遷〉，拈出高辭天得，以稱讚其文學史學；又拈出「直」字，以肯定其人格德操；又詠〈諸葛武侯〉、〈孔子〉、〈韓信〉、〈商鞅〉、〈張良〉，皆為人倫之表率，志業之典範，推崇褒揚，足以令人見賢思齊，與人為善。道德文章，志業德操，多可以使頑夫廉，懦夫有立志。

孔子稱：「見賢思齊焉，見不賢而內自省也」，故史書強調惡惡而賤不肖，多有助於資鑑。北宋史家以其專攻之術業與素養，行有餘力寫作詠史詩，故亦多貶刺懲戒之意，如：

　　惜哉吳王墓，秦帝嘗開破。應笑埋金玉，千年賈餘貨。不待虎跡銷，已聞鮑車過。又是驪山頭，炎炎三月火。（《全宋詩》卷六十二，王禹偁〈吳王墓〉，頁687）

　　君不見薛公在齊當路時，三千豪士相追隨。邑封萬戶無自入，椎牛釃酒不為貲。門下紛紛如市人，雞鳴狗盜亦同塵。一朝失勢賓客落，唯有馮驩西入秦。（《全宋詩》卷四九八，司馬光〈孟嘗君歌〉，頁6009）

　　秦徵天下材，入作阿房宮。宮成非一木，山谷為窮空。子羽一炬火，驪山三月紅。能令掃地盡，豈但焚人功。（《全宋詩》卷五四一，王安石〈讀秦漢間事〉，頁6502）

　　輕刑死人眾，喪短生者偷。仁孝自此薄，哀哉不能謀。露臺惜百金，灞陵無高丘。淺恩施一時，長患被九州。（《全宋詩》卷五四六，王安石〈漢文帝〉，頁6534）

　　先生秦博士，秦禮頗能熟。量主欲有為，兩生皆不

欲。草具一王儀，群豪果知肅。黃金既遍賜，短衣亦已
續．儒術自此凋，何為反出服？（《全宋詩》卷五四六，
王安石〈叔孫通〉，頁6535）

　　平原狂先生，隱翳世上塵。材多不可數，射覆亦絕
倫。談辭最詼怪，發口如有神。以此得親幸，賜予頗不
貧。金玉本光瑩，泥沙豈能埋。時時一悟主，驚動漢庭
臣。不肯下兒童，敢言詆平津。何知夷與惠，空復忤時
人。（《全宋詩》卷五四六，王安石〈東方朔〉，頁6535）

　　馬上功成不喜文，叔孫綿蕝共經綸。諸君可笑貪君
賜，便許當時作聖人。（《全宋詩》卷五七一，王安石
〈嘲叔孫通〉，頁6738）

　　傾敗秦師琰與玄，矯情不顧驛書傳。持危又幸桓溫
死，太傅功名亦偶然。（《全宋詩》卷一〇一六，黃庭堅
〈讀謝安傳〉，頁11590）

　　王禹偁〈吳王墓〉謂：「應笑埋金玉，千年賈餘貨」；司
馬光〈孟嘗君歌〉云：「一朝失勢賓客落，唯有馮驩西入
秦」；譏諷貶斥之意了然。王安石〈讀秦漢間事〉，寫「子羽
一炬火，驪山三月紅」；詠〈漢文帝〉廢肉刑，「淺恩施一
時，長患被九州」；詠〈叔孫通〉，凸出「儒術自此凋，何為
反出服？」詠〈東方朔〉，點出「何知夷與惠，空復忤時人。」
〈嘲叔孫通〉，譏評諸君「可笑貪君賜，便許當時作聖人」。黃
庭堅〈讀謝安傳〉，就謝安功業作翻案，以為「持危又幸桓溫
死，太傅功名亦偶然」，亦持之有故，順理成章。

　　由此觀之，北宋史家詠史，大多選取史傳中某一典型細
節，又究心「古人不到處，別生眼目」之史識，以之褒美英

賢，或譏貶不肖，多能捫毛知骨，形象生動，以之思齊或鑑
戒，可與史傳同功。

（四）探本究原

《春秋》桓公二年書「宋督弒其君」，君子主「先書」，此
之謂「誅心之論」；敘述征伐，主兵先書，所以標明「首
惡」；為防微杜漸，更注意「慎始」，如始用六佾（隱五）、始
懼楚（桓二）、始通吳（成十五）、始叛晉（定十一）之類是。
後世《春秋》學，受《春秋》書法影響，亦極關注推因、究
始，司馬遷《史記》所謂「原始察終，見盛觀衰」，即同此
理。北宋史學家行有餘力作詩，所作詠史亦不乏探本究原，慎
始察因之作，如：

> 生身既得逢真主，立事何須作假王。誰謂禍階從此
> 始，不宜回首怨高皇。（《全宋詩》卷三六二，邵雍〈題
> 淮陰侯廟〉之三，頁4461）
>
> 唐衰非一日，遠自開元中。尚傳十四帝，始告曆數
> 窮。由來根本強，暴吏豈易攻。嗟哉梁周間，卒莫相始
> 終。興無累世德，滅若燭向風。當時積薪上，曾寧廢歌
> 鐘。（《全宋詩》卷四五六，曾鞏〈讀五代史〉，頁5541）
>
> 天方獵中原，狐兔在所憎。傷哉六孱王，當此驚鳥
> 臄。搏取已掃地，翰飛尚憑淩。遊將跨蓬萊，以海為丘
> 陵。勒石頌功德，群臣助驕矜。舉世不讀易，但以刑名
> 稱。蚩蚩彼少子，何用辨堅冰。（《全宋詩》卷五四六，
> 王安石〈秦始皇〉，頁6534）
>
> 君不聞開元盛天子，糾合雋傑披奸猖。幾年辛苦補四

海，始得完好無疵瘍。一朝寄託誰家子，威福顛倒那復
理。那知赤子偏愍毒，祇見狂胡倉卒起。茫茫孤行西萬
里，倔兀歸來竟憂死。子孫險不失故物，社稷陵夷從此
始。由來犬羊著冠坐廟堂，安得四鄙無豺狼。（《全宋詩》
卷五四六，王安石〈開元行〉，頁6536）

范雎相秦傾九州，一言立斷魏齊頭。世間禍故不可
忽，簀中死屍能報讎。（《全宋詩》卷五六九，王安石
〈范雎〉，頁6725）

謀臣本自繫安危，賤妾何能作禍基。但願君王誅宰
嚭，不愁宮裡有西施。（《全宋詩》卷五七一，王安石
〈宰嚭〉，頁6739）

韓生高才跨一世，劉項存亡翻手耳。終然不忍負沛
公，頗似從容得天意。成臯日夜望救兵，取齊自重身已
輕。躄足封王能早寤，豈恨淮陰食千戶。雖知天下有所
歸，獨憐身與噲等齊。蒯通狂說不足撼，陳豨孺子胡能
為。予嘗貰酒淮陰市，韓信廟前木十圍。千年事與浮雲
去，想見留侯決是非。丈夫出身佐明主，用舍行藏可自
知。功名邂逅軒天地，萬事當觀失意時。（《全宋詩》卷
一〇一九，黃庭堅〈韓信〉，頁11635）

邵雍〈題淮陰侯廟〉其三，以為韓信求作假王，無異「禍
階從此始」。曾鞏〈讀五代史〉，強調「由來根本強，暴吏豈易
攻」。王安石〈秦始皇〉，提出秦朝「舉世不讀易，但以刑名
稱。蚩蚩彼少子，何用辨堅冰」；又作〈開元行〉，以為安史
之亂，雖然「子孫險不失故物」；不過，「社稷陵夷從此
始」；詠〈范雎〉，提醒世人：「世間禍故不可忽，簀中死屍

能報仇」；詠〈宰嚭〉，推究吳之亡於越，借西施代言云：
「謀臣本自繫安危，賤妾何能作禍基？」開脫了西施，直斥謀
臣誤國方是禍根亂源，亦自有理。黃庭堅〈韓信〉，亦提出韓
信致禍之階，在躡足封王之瞬間，所謂：「躡足封王能早寤，
豈恨淮陰食千戶。」

　　上列詠史詩所謂「禍階」、「根本」、「辨堅冰」、「陵夷
始」、「禍故」、「禍基」、「早寤」，要皆推本究始之論，《易》
云：「知幾甚神乎」，又謂「履霜堅冰至」，慎始也；杜漸防
微，頓出於漸也。此皆《春秋》書法之所關注者，而詠史詩中
往往及之。

二、北宋史家詠史詩與史家筆法

　　詩與史，本同出一源，其後雖流衍派分，然詩筆與史筆多
有相通之處[22]。何況詠史詩之為物，為詩與史交融化成之結
晶，詩史之相互融通，其中有絕佳之見證。尤其陳寅恪曾宣
稱：「中國史學莫盛於宋」；因此，北宋史家詠史詩中，必多
史筆之體現。筆者就二十位史家，300首詩中，研讀勾勒，整
比條例，發現史筆體現於北宋詠史詩者，大抵有四大端：其
一，以敘為議；其二，論贊作收；其三，通變古今；其四，推
究天人，論證如下：

（一）以敘為議

　　顧炎武《日知錄》卷二十六論《史記》筆法，有「寓論斷

22　詩心、史筆有相通處，說見錢鍾書《管錐編》第一冊（臺北：書林出版
　　公司，1990年），頁164頁。

於敘事之中」一則。其後白壽彝先生引申發揮[23]，證成顧氏之說，「寓論斷於敘事」遂凸顯《史記》筆法之重要特點。若再上究《左傳》之敘事，其例實多，早已有此傳統。蓋事外無理，理在事中，事與理本相融相涵。史家敘事傳人之際，為避免節外生枝，突兀發論，往往剪裁史料，排比事蹟，排比事跡，將論斷寓於敘事之中。由於敘論相兼，最能一舉兩得，故史家褒譏人物，裁斷是非，論定功過時，往往用之。董仲舒《春秋繁露》引孔子之言曰：「徒託空言，不如見諸行事之深切著明也！」修史撰文，若能「寓論斷於敘事之中」，即無此病。北宋史家題詠古今人物，品評美刺之際，苟援用「以敘為議」之法，則不必別生議論，或憑空作斷，此即《史記》《左傳》「寓論斷於敘事之中」史筆之化用。如：

> 西漢十二帝，孝文最稱賢。百金惜人力，靈臺草芊眠。千里卻駿骨，鸞旗影牽延。上林甚夫人，衣短無花鈿。細柳周將軍，不拜容橐鞬。霸業固以聖，帝道或未全。賈生多謫宦，鄧通終鑄錢。鑾道膝前席，不如衣後穿。使我千古下，覽之一泫然。賴有佞倖傳，賢哉司馬遷。（《全宋詩》卷五十九，王禹偁〈讀漢文紀〉，頁658）
>
> 漢家開絕域，日夕羽書聞。朝那殺都尉，北地敗將軍。沙明疑晝雪，氣黑似秋雲。片月就城偃。長蛇隨陣分。冰藏馬窟路，雪沫濺星文。直置鴻毛命，聊圖麟閣勳。（《全宋詩》卷一八八，宋庠〈漢將〉三首之一，頁2158）

23　白壽彝《中國史學史論集》，〈司馬遷寓論斷於敘事〉（北京：中華書局，1999年4月），頁80~98。

宣室崔嵬冠未央，殿帷深掩上書囊。賈生始得虛前席，董偃尋聞獻壽觴。（《全宋詩》卷二二二，宋祁〈宣室〉，頁 2555）

明妃命薄漢計拙，憑仗丹青死誤人。一別漢宮空掩淚，便隨胡馬向胡塵。馬上山川難記憶，明明夜月如相識。月下琵琶旋制聲，手彈辛苦誰知得。辭家只欲奉君王，豈意娥眉入虎狼。男兒反覆尚不保，女子輕微何可望。青塚猶存塞路遠，長安不見舊陵荒。（《全宋詩》卷二六一，梅堯臣〈和介甫明妃曲〉，頁 3338）

始謀當日已非臧，又更相承或自戕。蟻螻人民當土地，泥沙金帛悅姬薑。征聊意思縻荒服，泛汴情懷壓未央。三十六年都掃地，不然天下未歸唐。（《全宋詩》卷三七五，邵雍〈觀隋朝吟〉，頁 4611）

王禹偁〈讀漢文紀〉，枚舉賈生謫宦、鄧通鑄錢、蠻道膝前、佞倖列傳、以表現「帝道或未全」，形象語言、意在象外，故不必徒託空言。宋庠〈漢將三首〉其一，自第三句以下八句，圖繪漢家絕域開邊之苦況，終篇再以「直置鴻毛命，聊圖麟閣勳」點醒，是非功過盡在不言中。又作〈宣室〉詩，列敘宣室崔嵬，殿帷深掩，賈生虛前席，董偃獻壽觴，則漢文求賢之虛實不言可喻。梅堯臣〈和介甫明妃曲〉，於發揮「男兒反覆尚不保，女子輕微何可望」議論之後，借景作收：「青塚猶存塞路遠，長安不見舊陵荒」，茹嚥吞吐，意在象外。邵雍〈觀隋朝吟〉，敘寫「蟻螻人民當土地」，隋朝之荒淫無道，經形象語言之層面敘寫，已呼之欲出，而諷刺之意見於言外。

除王禹偁、宋庠、梅堯臣、邵雍四家詠史詩外，司馬光、

王安石、黃庭堅、張耒四家詠史，亦多「以敍為議」之作，
如：

> 楚王宮中夜未央，清歌密舞會華堂。木蘭為柱桂為
> 梁，隋珠和璧爛同光。橫吹乍鳴秋竹裂，繁弦初度春雨
> 歇。九微火樹垂垂滅，羅衣紛紛玉纓絕。滿朝冠劍東方
> 明，宮門未啟君朝醒。秦關日夜出奇兵，武安軍火照夷
> 陵。（《全宋詩》卷四九八，司馬光〈楚宮行〉，頁6011）

> 首蓿花猶短，菖蒲葉未齊。更衣過柏股，走馬宿棠
> 黎。逆旅聊懷璽，田間共鬥雞。猶思飲雲露，高舉出虹
> 霓。（《全宋詩》卷五〇二，司馬光〈漢宮詞〉，頁6081）

> 漢業存亡俯仰中，留侯當此每從容。固陵始議韓彭
> 地，複道方圖雍齒封。（《全宋詩》卷五六九，王安石
> 〈張良〉，頁6725）

> 春風吹船著浯溪，扶藜上讀中興碑。平生半世看墨
> 本，摩挲石刻鬢成絲。明皇不作苞桑計，顛倒四海由祿
> 兒。九廟不守乘輿西，萬官已作鳥擇棲。撫軍監國太子
> 事，何乃趣取大物為。事有至難天幸爾，上皇蹒跚還京
> 師。內間張后色可否，外閒李父頤指揮。南內淒涼幾苟
> 活，高將軍去事尤危。臣結春陵二三策，臣甫杜鵑再拜
> 詩。安知忠臣痛至骨，世上但賞瓊琚詞。同來野僧六七
> 輩，亦有文士相追隨。斷崖蒼蘚對立久，涷雨為洗前朝
> 悲。（《全宋詩》卷九九八，黃庭堅〈書磨崖碑後〉，頁
> 11441）

> 唐日西頹半明滅，長彗掃天流戰血。六龍不復入東
> 都，連昌已有狐狸穴。宮前茫茫洛陽路，漢甲胡兵幾回

度。火焚馬蹴百戰場，盡是舊時歌舞處。遊魂不歸宮樹
老，茂陵金玉人間寶。春耕迤邐上空山，夜燐青熒照秋
草。女幾巉巉青插天，東流洛水自潺湲。興亡一覺繁華
夢，只有山川似舊年。（《全宋詩》卷一一六四，張耒
〈和陳器之詩四首之「弔連昌」〉，頁 13139）

　　司馬光〈楚宮行〉、敘寫木蘭、隋珠、橫吹、繁弦、九微
火滅、羅衣縈絕諸場景，便可想見楚王宮中「清歌密舞夜未
央」之情況，縱情聲色、宴安鴆毒之批判自在其中，所謂「不
著一字，盡得風流」也。又作〈漢宮詞〉，點綴苣蓿花、菖蒲
葉，敘寫更衣、走馬、懷璽、鬥雞，則漢道之不振，朝綱之陵
夷，意在言外。王安石〈張良〉詩，但選取「固陵始議韓彭
地，複道方圖雍齒封」兩個典型個案，張良之從容畫策，漢業
於俯仰中之或存或亡，皆不著論斷，而詩意可知。黃庭堅〈書
摩崖碑後〉，自「明皇不作苞桑計，顛倒四海由祿兒」以下敘
寫十二句，皆聯繫具體典型之史事，以敘為議，故理趣有餘，
而無理障。又如張耒〈弔連昌〉詩，大抵以物是人非之主題敘
寫場景，如「火焚馬蹴百戰場，盡是舊時歌舞處。遊魂不歸宮
樹老，茂陵金玉人間寶。」如此鋪陳渲染，「興亡一覺繁華夢」
之感慨，遂歷歷如繪呈現，不待案斷，自然可知。

（二）論贊作收

　　《左傳》往往於敘事傳人之後，以「君子曰」案斷作收，
或引孔子或時賢之語論評作煞。其後，《史記》有「太史公
曰」、《漢書》《後漢書》《三國志》有「論曰」、「評曰」、
「贊曰」、《資治通鑑》有「臣光曰」，皆「君子曰」「太史公曰」

之流亞。論贊至宋代發展為史論文，《四庫全書》立有「史評
類」，附庸已蔚為大國矣。北宋史家詠史，受論贊之影響，往
往曲終奏雅、卒章顯志，而其用歸於褒貶勸懲。其收煞文字雖
未落論贊之形跡，然唱歎有情，風格神似，自是論贊之流風遺
韻，如王禹偁、梅堯臣、司馬光、王安石所作之詠史詩：

> 西山薇蕨蜀山銅，可見夷齊與鄧通。佞倖聖賢俱餓
> 死，若無史筆等頭空。（《全宋詩》卷六十四，王禹偁
> 〈讀史記列傳〉，頁 723）

> 韓信未遇時，忍飢坐垂釣。歸來淮陰市，又復逢惡
> 少。使之出胯下，一市皆大笑。龍蛇忽雲騰，蛭螾豈能
> 料。亡命乃為將，出奇還破趙。用兵不患多，所向孰敢
> 摽。功名塞天地，剪刈等蒿蘱。於今千百年，水上見孤
> 廟。鷺銜葭下魚，相呼尚鳴叫。高皇四海平，有酒不共
> 醱。古來稱英雄，去就可以照。（《全宋詩》卷二五四，
> 梅堯臣〈淮陰侯廟〉，頁 3091）

> 項王初破函關兵，氣壓山河風火明。旌旗金鼓四十
> 萬，夜泊鴻門期曉戰。關東席卷五諸侯，沛公君臣相視
> 愁。幸因項伯謝前過，進謁不敢須臾留。椎牛高會召諸
> 將，寶劍冷冷舞席上。咸陽灰燼義帝遷，分裂九州如指
> 掌。功高意滿思東歸，韓生受誅不復疑。區區蜀漢邊謫
> 地，縱使倒戈何足為。（《全宋詩》卷四九八，司馬光
> 〈戲下歌〉，頁 6008）

> 四皓秦漢時，招招莫能致。紫芝可以飽，梁肉非所
> 嗜。谷廣水渙渙，山長雲泄泄。與其貴而拘，不若賤而
> 肆。（《全宋詩》卷五三九，王安石〈四皓二首之一〉，頁

6483）

秦歐九州逃，知力起經綸。重利誘眾策，頗知聚秦民。頹然此四老，上友千載魂。采芝商山中，一視漢與秦。靈珠在泥沙，光景不可昏。道德雖避世，餘風迴至尊。嫡孽一朝正，留侯果知言。出處但有禮，廢興豈所存。（《全宋詩》卷五三九，王安石〈四皓二首之二〉，頁6483）

留侯美好如婦人，五世相韓韓入秦。傾家為主合壯士，博浪沙中擊秦帝。脫身下邳世不知，舉國大索何能為。素書一卷天與之，穀城黃石非吾師。固陵解鞍聊出口，捕取項羽如嬰兒。從來四皓招不得，為我立棄商山芝。洛陽賈誼才能薄，擾擾空令絳灌疑。（《全宋詩》卷五四一，王安石〈張良〉，頁6501）

人各有是非，犯時為患害。唯詩以譎諫，言者得無悔。汾王昔監謗，變雅今尚載。末俗忌諱繁，此理寧復在。南山詠種豆，議法過四罪。玄都戲桃花，母子受顛沛。疑似已如此，況欲諄諄誨。事變故不同，楊劉可為戒。（《全宋詩》卷五四六，王安石〈楊劉〉，頁6536）

王禹偁〈讀史記列傳〉，以「佞倖聖賢俱餓死，若無史筆等頭空」作結。梅堯臣〈淮陰侯廟〉五古長篇，以「古來稱英雄，去就可以照」論斷留侯張良。司馬光〈戲下歌〉七古長篇，亦以「區區蜀漢遷謫地，縱使倒戈何足為」論斷項羽，此與王安石〈烏江亭〉立意相近似。王安石〈四皓二首〉其一，以「與其貴而拘，不若賤而肆」論斷四皓之出處。其二，以「出處但有禮，廢興豈所存」作結，論斷四皓之出處，與劉漢

之興廢無關。又作詠〈張良〉詩,結以「洛陽賈誼才能薄,擾擾空令絳灌疑」,反襯張良之從容才長。又作〈楊劉〉詩,結以「事變故不同,楊劉可為戒」,勸懲資鑑之旨趣甚明。

其他,如劉攽、黃庭堅、張耒所作詠史詩,收煞處亦多近似論贊之形式,如:

> 武皇聽歌長太息,傾城不難難絕色。連娟脩嫣果自得,三十六宮寵無敵。君不見孝宣既沒王業衰,優游時事牽文辭。延壽丹青最巨信,無鹽侍側捐毛施。此時昭君去宮掖,邊風侵肌雪滿磧。穹廬旆牆燒燿螽,琵琶怨思胡笳悲。猶憐敵情不消歇,子孫累世稱閼氏。傳聞漢宮翻可愁,紈扇綠衣長信秋。燕啄皇孫兩悽惻,當時無事成深仇。覆杯反水難再收,深淵瞬息為高丘。塵沙蕭條猛虎塞,邊民獨記和親侯。(《全宋詩》卷六○四,劉攽〈昭君怨戲贈〉,頁7137)

> 薛公藏賣漿,毛公藏博徒。侯嬴抱關叟,朱亥市井徒。我思信陵君,下此四丈夫。富貴胡為棄貧士,能令君存為君死。(《全宋詩》卷六○四,劉攽〈古信陵行〉,頁7142)

> 韓生高才跨一世,劉項存亡翻手耳。終然不忍負沛公,頗似從容得天意。成皋日夜望救兵,取齊自重身已輕。躡足封王能早寤,豈恨淮陰食千戶。雖知天下有所歸,獨憐身與膾等齊。蒯通狂說不足撼,陳豨孺子胡能為。予嘗貰酒淮陰市,韓信廟前木十圍。千年事與浮雲去,想見留侯決是非。丈夫出身佐明主,用舍行藏可自知。功名邂逅軒天地,萬事當觀失意時。(《全宋詩》卷

一○一九，黃庭堅〈韓信〉，頁 11635）

　　憶昔胡來動河朔，渡河飲馬吹胡角。澶淵城下冰載車，邊風蕭蕭千里餘。城上黃旂坐真主，夜遣六丁張猛弩。雷驚電發一矢飛，橫射胡酋貫車柱。犬羊無蹤大漠空，歸來封禪告成功。自是乾坤扶聖主，可能功業盡萊公。（《全宋詩》卷一一六五，張耒〈聽客話澶淵事〉，頁 13142）

　　謀臣何處不知名，誰與留侯敢抗衡。籌下興亡分楚漢，幄中談笑走韓彭。懼誅老將爭梟首，高臥成功更養生。戡亂直須希世哲，乘時兒女漫縱橫。（《全宋詩》卷一一七一，張耒〈歲暮福昌懷古四首之「張子房」〉，頁 13221）

　　劉攽〈昭君怨戲贈〉七古長篇，煞尾云：「塵沙蕭條猛虎塞，邊民獨記和親侯」，就昭君和親之恩怨情愁作一案斷，亦順理成章。又作〈古信陵行〉，謂「富貴胡為棄貧士，能令君存為君死」，以反詰作收，論斷有理足信。黃庭堅〈韓信〉詩結尾則稱：「功名邂逅軒天地，萬事當觀失意時」，案斷極富警世啟示，亦觀人之一術。張耒〈聽客話澶淵事〉，尾聲作一翻案，謂「自是乾坤扶聖主，可能功業盡萊公。」論斷推陳出新，自有可取。又詠〈張子房〉詩，結句云：「戡亂直須希世哲，乘時兒女漫縱橫」，論斷帶情韻以行，其中或有北宋臣民之期待與願望在。

　　詠史詩中以論贊人事作收煞，猶《楚辭》之有「亂曰」，漢大賦之「卒章顯志」，音樂之「曲終奏雅」，要皆史書論贊之衍化與流亞。北宋史家於論贊體裁知之甚明，行有餘力作詩，

遂借鏡化用於詠史詩中，自亦順理成章之事。再說，北宋科舉
應試策論造成史論文之勃興；史家詠史，以論贊作煞尾，以示
詩趣，或有得自史論文之影響也。

（三）通變古今

司馬遷〈報任安書〉，自述《史記》寫作之旨趣，在「究
天人之際，通古今變，成一家之言」。所謂「通古今之變」，意
指通曉古往今來人類社會發展變化之規律或原委，以便作為立
身行事之借鏡或參考 [24]。《史記》既為紀傳體之開山，正史
之鼻祖，史傳文學之典範，敘事文學之代表，故所提示「通變
古今」之史學旨趣，多為後世史家所遵從與體現。北宋史家詠
史，於此亦有所發明。如：

> 韓信未遇時，忍飢坐垂釣。歸來淮陰市，又復逢惡
> 少。使之出胯下，一市皆大笑。龍蛇忽雲騰，蛭螾豈能
> 料。亡命乃為將，出奇還破趙。用兵不患多，所向孰敢
> 摽。功名塞天地，剪刈等蒿藋。於今千百年，水上見孤
> 廟。鷺銜葭下魚，相呼尚鳴叫。高皇四海平，有酒不共
> 醮。古來稱英雄，去就可以照。（《全宋詩》卷二五四，
> 梅堯臣〈淮陰侯廟〉，頁 3091）

> 漢宮有佳人，天子初未識。一朝隨漢使，遠嫁單于
> 國。絕色天下無，一失難再得。雖能殺畫工，於事竟何

---

24 司馬遷所謂「通古今之變」大抵有四個核心內容，即時勢之變，興亡之
變，成敗之變，窮達之變，參考安平秋、張大可、俞樟華主編《史記教
程》，第三章，三、通古今之變（北京：華文出版社，2002 年 3 月），頁
72~75；楊燕起《史記的學術成就》，第六章〈第一節通〉、〈第二節變〉
（北京：北京師範大學出版社，1996 年 7 月），頁 259~267。

益。耳目所及尚如此，萬里安能制夷狄。漢計誠已拙，女
色難自誇。明妃去時淚，灑向枝上花。狂風日暮起，飄泊
落誰家。紅顏勝人多薄命，莫怨春風當自嗟。（《全宋詩》
卷二八九，歐陽脩〈再和明妃曲〉，頁 3656）

　　五帝之時似日中，聲明文物正融融。古今世盛無如
此，過此其來便不同。（《全宋詩》卷三七三，邵雍〈五
帝〉，頁 4589）

　　財利為先，筆舌用事。飢饉相仍，盜賊蜂起。孝悌為
先，日月長久。時和歲豐，延年益壽。（《全宋詩》卷三
七三，邵雍〈治亂吟〉，頁 4590）

　　梅堯臣〈淮陰侯廟〉詩，以韓信為鑑戒，謂「古來稱英
雄，去就可以照」。歐陽脩〈再和明妃曲〉，謂「耳目所及尚如
此，萬里安能制夷狄」，堪為古今邊防制夷說法。邵雍詠〈五
帝〉，以為「聲明文物正融融，古今世盛無如此」；〈治亂
吟〉，強調歷代「財利為先，筆舌用事」則亂；「孝悌為先，
日月長久」則治，以為古今通則。邵雍〈觀七國吟〉稱：「當
其末路尚縱橫，仁義之言固不聽」，此亦古今通象。後世史家
治史，或欲考求史律、或期建構歷史哲學，作為歷史可能重演
之參考法則。司馬遷《史記》所謂「述往事，知來者」，詠史
詩多有之。

　　又如王安石所作詠史詩，及張耒所作，亦多著重「述往知
來」，提示變化之規律，強調得失成敗之軌跡，如：

　　一時謀議略施行，誰道君王薄賈生。爵位自高言盡
廢，古來何啻萬公卿。（《全宋詩》卷五六九，王安石

〈賈生〉，頁6725）

范蠡五湖收遠跡，管寧滄海寄餘生。可憐世上風波
惡，最有仁賢不敢行。（《全宋詩》卷五六九，王安石
〈世上〉，頁6726）

玉環妖血無人掃，漁陽馬厭長安草。潼關戰骨高於
山，萬里君王蜀中老。金戈鐵馬從西來，郭公凜凜英雄
才。舉旗為風偃為雨，灑掃九廟無塵埃。元功高名誰與
紀，風雅不繼騷人死。水部胸中星斗文，太師筆下蛟龍
字，天遣二子傳將來，高山十丈磨蒼崖。誰持此碑入我
室，使我一見昏眸開。百年廢興增歎慨，當時數子今安
在。君不見荒涼浯水棄不收，時有遊人打碑賣。（《全宋
詩》卷一一六三，張耒〈讀中興頌碑〉，頁13129）

周京無人弔禾黍，七雄按劍分周土。秦人匹馬出函
關，六王割地愁為虜。宜陽古堞故韓都，地接強秦爭戰
苦。謀窮運去竟亡國，從長蘇秦亦何補。諸侯已盡秦巍
巍，嬴氏已亡秦不知。始皇自是呂家子，宗廟薦享真何
為。山河百戰移陵穀，宮殿成塵埋寶玉。秋風壞塚長荊
榛，落日空城散樵牧。今古悠悠共一丘，爭強蝸角欲何
求。誰似令威仙骨健，千年重向故鄉遊。（《全宋詩》卷
一一六四，張耒〈和陳器之詩四首之「過韓城」〉，頁
13139）

十萬全師一戰擒，谷盤蒼峽路幽深。淒涼今古興亡
事，遼闊英雄割據心。漲洛暮連諸谷雨，秋雲低抱半山
陰。文皇功業今何處，磨滅荒碑蔓草侵。（《全宋詩》卷
一一七〇，張耒〈牛谷口〉，頁13214）

　　王安石〈賈生〉謂：「爵位自高言盡廢、古來何啻萬公卿」，可為宦海浮沈之龜鑑；〈世上〉詩，稱「可憐世上風波惡，最有仁賢不敢行」，此一命題，放諸四海而皆準。張耒〈讀中興頌碑〉稱：「百年廢興增歎慨，當時數子今安在。」〈過韓城〉詩稱：「今古悠悠共一丘，爭強蝸角欲何求。」〈牛谷口〉詩稱：「淒涼今古興亡事，遼闊英雄割劇心」，皆提示興亡、成敗、是非、毀譽之道。讀者苟知會通化變，則能全身遠禍，無入而不自得。

（四）探究天人

　　「究天人之際」、是司馬遷纂修《史記》的三大目的和旨趣之一；前此之《左傳》《尚書》，亦皆注重「天人關係」。於是探究天象、天道和人事之關係，抉發自然、命運與人類之互動，就成了中國傳統史學要務之一[25]。北宋史家詠史詩中所言，「天人之際」之闡發，亦多所體現，可作探究宋人「天人觀」之參考文獻。如邵雍、曾鞏、王安石、劉攽四家所詠：

> 　　灞上真人既已翔，四人相顧都無語。徐云天命自有歸，不若追蹤巢與許。（《全宋詩》卷三六二，邵雍〈題四皓廟〉之二，頁4467）

> 　　桓桓鼎峙震雷音，絕唱高蹤沒處尋。簫鼓一方情未暢，弓刀萬里力難任。論兵狼石寧無意，飲馬黃河徒有

25　同前註，二、究天人之際，以為《史記》言天人，有感應關係，及非感應關係，形成司馬遷歷史哲學二元論色彩，頁69~72。參考陳桐生《中國史官文化與史記》，第五章〈司馬遷的天道觀〉（汕頭：汕頭大學出版社，1998年8月），頁136~199。

心。雖曰天時亦人事，誰知慮外失良金。（《全宋詩》卷
二七五，邵雍〈觀三國吟〉，頁4610）

明妃未出漢宮時，秀色傾人人不知。何況一身寸漢
地，驅令萬里嫁胡兒。喧喧雜虜方滿眼，皎皎丹心欲與
誰。延壽爾能私好惡，令人不自保妍媸。丹青有跡尚如
此，何況無形論是非。窮通豈不各有命，南北由來非爾
為。黃雲塞路鄉國遠，鴻雁在天音信稀。度成新曲無人
聽，彈向東風空淚垂。若道人情無感慨，何故衛女苦思
歸。（《全宋詩》卷四五七，曾鞏〈明妃曲〉之一，頁
5552）

走馬白下門，投鞭謝公墩。昔人不可見，故物尚或
存。問樵樵不知，問牧牧不言。摩挲蒼苔石，點檢屐齒
痕。想此絓長檣，想此倚短轅。想此玩雲月，狼籍盤與
樽。井逕亦已沒，漫然禾黍村。摧藏羊曇骨，放浪李白
魂。亦已同山丘，緬懷蔣蘭蓀。小草戲陳跡，甘棠詠遺
恩。萬事付鬼籙，恥榮何足論。天機自開闔，人理孰畔
援。公色無懼喜，儻知禍福根。涕淚對桓伊，暮年無乃
昏。（《全宋詩》卷五四一，王安石〈謝公墩〉，頁6497）

中原秦鹿待新羈，力戰紛紛此一時。有道弔民天即
助，不知何用牧羊兒。（《全宋詩》卷五六九，王安石
〈范增二首之一〉，頁6725）

原嘗四公子，養徒各三千。金玉棄如沙，快意當目
前。好士要盡心，安知悉英賢。雖非霸王資，豪氣故翩
翩。生為戰國雄，死亦名千年。晉重未反國，曹鄭方接
連。靳惜冀土間，不能捐一錢。宗社幾不食，惡名高屬
天。山樞刺昭公，死矣悲宛然。如何萬乘邦，徒為人所

憐。秦兵謀大梁，決河灌夷門。百萬皆為魚，閭里無一存。不用無忌謀，人人皆有言。天方縱秦毒，蕩滌乾與坤。雖得阿衡佐，誰能救崩奔。政先趣嬴禍，指鹿遂亡秦。翟義為漢謀，攝省因即真。為忠豈不難，殺身亦已仁。天道良悠悠，成敗難重陳。不見商山翁，采芝樂全真。羽翼安儲皇，天子不得臣。(《全宋詩》卷六○一，劉攽〈詠史〉，頁7099)

上有蒼蒼山，下有渾渾流。兩崖類築甬，中道縈容輈。關門密相望，設險非一秋。借問前代人，屈指嬴與劉。乃知伯王功，天險參人謀。百二制六國，一面當諸侯。東慚洛陽薄，北視朝歌羞。時平郡國通，官守輕戈矛。旅程茲出關，悵然為淹留。(《全宋詩》卷六○二，劉攽〈潼關〉，頁7114)

邵雍〈題四皓廟〉之二，為四皓代言，稱「徐云天命自有歸，不若追蹤巢與許」；〈觀三國吟〉，稱三國鼎立：「雖曰天時亦人事，誰知慮外失良金」。曾鞏〈明妃曲〉之一，論王昭君之遭遇，謂「窮通豈不各有命，南北由來非爾為」。王安石〈謝公墩〉懷古詩云：「萬事付鬼籙，恥榮何足論。天機自開闔，人理孰畔援」。又作〈范增二首〉其一，宣稱「有道弔民天即助，不知何用牧羊兒」。〈詠史〉歷數戰國秦朝之興亡，且謂：「天道良悠悠，成敗難重陳」。又作〈潼關〉詩，歷述秦漢之興亡，總結稱：「乃知伯王功，天險參人謀」。由此觀之，北宋詠史詩中之「天人」觀，或與董仲舒「天人感應」說相近；或視天道不異於人事，則與《尚書》所謂「天視自我民視，天聽自我民聽」相發明，與《史記》所探「天人之際」

相近似。

除上述四家外，黃庭堅‧張耒所作詠史詩，亦頗言「天人之際」，如：

> 韓生高才誇一世，劉項存亡翻手耳。終然不忍負沛公，頗似從容得天意，成皋日夜望救兵，取齊自重身已輕。躡足封王能早寤，豈恨淮陰食千戶。雖知天下有所歸，獨憐身與噲等齊。蒯通狂說不足撼，陳豨孺子胡能為。予嘗賈酒淮陰市，韓信廟前木十圍。千年事與浮雲去，想見留侯決是非。丈夫出身佐明主，用舍行藏可自知。功名邂逅軒天地，萬事當觀失意時。（《全宋詩》卷一○一九，黃庭堅〈韓信〉，頁 11635）

> 憶昔胡來動河朔，渡河飲馬吹胡角。澶淵城下冰載車，邊風蕭蕭千里餘。城上黃旂坐真主，夜遣六丁張猛弩。雷驚電發一矢飛，橫射胡酋貫車柱。犬羊無蹤大漠空，歸來封禪告成功。自是乾坤扶聖主，可能功業盡萊公。（《全宋詩》卷一一六五，張耒〈聽客話澶淵事〉，頁 13142）

> 少年詞筆動時人，末俗文章久失真。獨愛詩篇超物象，祇應山水與精神。清溪水拱荒涼宅，幽谷花開寂寞春。天上玉樓終恍惚，人間遺事已埃塵。（《全宋詩》卷一一七一，張耒〈歲暮福昌懷古四首之「李賀宅」〉，頁 13222）

> 區區姦智終何補，不悟身猶弄伎兒。蛇斷楚郊秦未覺，鬼謀曹社夢先知。（《全宋詩》卷一一七四，張耒〈讀史二首之一〉，頁 13259）

　　二張挾嬖寵，聲勢各滔天。蛇鼠依城社，自謂終千
年。天道惡滿盈，五龍忽騰騫。斷頭誰救汝，豭豚尸道
邊。擊狗不擊首，反噬理必然。智勇忽迷方，脫匣授龍
泉。區區薛季昶，先事僅能言。留禍啟臨淄，敗謀豈非
天。（《全宋詩》卷一一八一，張耒〈讀唐書二首之二〉，
頁 13340）

　　黃庭堅詠〈韓信〉，稱「韓生高才誇一世，劉項存亡翻手
耳。終然不忍負沛公，頗似從容得天意」，以天命有歸觀點看
待韓信之不忍背叛。張耒所作詠史，數量居北宋史家之冠，於
「天人之際」亦多所提示，如〈聽客話澶淵事〉，稱「自是乾坤
扶聖主，可能功業盡萊公。」〈李賀宅〉懷古詩稱：「天上玉
樓終恍惚，人間遺事已埃塵」；〈讀史二首〉其一，閱讀《左
傳》、《史記》故事，稱：「蛇斷楚郊秦未覺，鬼謀曹社夢先
知」；〈讀唐書二首〉其二，一則曰：「天道惡滿盈，五龍忽
騰騫」；再則云：「留禍啟臨淄，敗謀豈非天。」北宋史家詠
史，對於天意、天命、天道，似乎已成為集體意識，成為詠史
時敘事傳人、探討成敗興亡之形上思維。此種「天人合一」之
觀點，與《左傳》所載公孫僑子產所謂「天道遠，人道邇」及
《荀子・天論》所提撕，當盡心致力於人事，再聽天由命，迥
不相侔。

肆、結　論

　　中國古代書籍的流通傳播，影響士人知識訊息之接受。相

較於唐代之寫本文化、五代以來至北宋，雕版印刷已十分發達，經、史、子、集四部典籍雕印流傳極多，形成印本文化之繁榮。有些詩人像歐陽脩、黃庭堅，還親自整理《韓愈詩文集》及《杜甫詩集》，然後交付書賈雕印刊佈。若干六朝與唐人詩集文集，多經宋人整理雕印，方能流傳至今。因為印本文化的衝擊，宋詩之名家大家多具百科全書式之學養，發而為詩，遂不得不「以議論為詩，以才學為詩」；而江西詩法如奪胎換骨、點鐵成金、以故為新、翻案、活法等之提出，亦勢所必至，水到渠成。因此，研究古籍整理、印本文化對於宋詩各層面之影響，成為筆者近年之專題計畫專案。希望通過各子題的探討，能獲得宋詩特色形成之原委。本文稿所討論之課題，即為其中子目之一。

本文考察北宋史家詠史之類型，及詠史詩中體現之《春秋》書法，與史家筆法。論文架構建立在兩個基點上：其一，為《四庫全書總目》所云：「說《春秋》者，莫夥於兩宋」；其二，即陳寅恪所言：「中國史學莫盛於宋」，兩者之繁榮昌盛，又歸本於北宋印本文化之發達。蓋圖書資訊流通便捷，士人購書讀書容易。商品經濟，供需相求，互蒙其利，對士林詩壇自有影響。

就詠史詩之類型言，北宋二十位史家所作 300 首詠史詩，有傳承六朝、四唐之優長傳統者，如矰括史事、以史為詠、托史寄意三方面；至於致力「未經人道語」之開發，追求「別具隻眼」史識之提出，則為北宋詠史詩之新變與開拓；印本文化之烙記，此中有之；宋代詠史詩相較於唐代，學唐而又變唐，自成一家特色處亦在此。

就《春秋》書法而言，北宋史家詠史所體現，大抵有四

端：其一，推見至隱；其二，直筆不恕；其三，褒美貶刺；其四，探本究原。至於史家筆法於北宋詠史詩之體現，亦有四個層面：一曰以敘為議；二曰論贊作收；三曰通變古今；四曰探究天人。

第六章
使遼詩之傳承與邊塞詩之開拓
——兼論唐宋詩之異同

摘　要

　　宋遼簽訂《澶淵誓書》，反映燕雲十六州不克收復之事實。宋朝對契丹採行「和戎」的懷柔政策，久之自然形成苟安買和心態，失去昂揚奮飛之精神與氣概。宋遼通好，使臣往來，宋朝所派使臣能詩善文者多，如歐陽脩、王安石、劉敞、蘇轍、韓琦、蘇頌、彭汝礪、劉跂等，皆先後使遼，身經目歷，出塞窮邊。使遼詩人重回故土，舉目有山河之異，豈能無動於心？筆者考察16家、200餘首使遼詩，然後知北宋邊塞詩之大宗在此。

　　就主題類型而言，北宋使遼詩對唐代邊塞詩之傳承，大抵有四大方面：邊地景觀之描繪、異域風俗之剪影、思鄉情懷之抒發、立功邊塞之期待。至於新變與開拓唐代邊塞詩方面，亦有四端：故土淪喪之隱痛、和戎政策之評價、華夷優劣之偏執、行旅苦辛之嗟歎。使遼詩這種新變，當然受政治、外交之客觀形勢影響，而且也受詩人心態、宋型文化、《春秋》學發用之制約。

關鍵詞：使遼詩　邊塞詩　主題　新變開拓　唐宋詩異同

壹、緒　論

　　邊塞詩之創作，形成於南朝，繁榮於唐代，學界成果輝煌，可觀者多。然唐以後邊塞詩之發展與消長，究竟如何？卻未見有專著探討，學者憾之。本人執行國科會專題研究計畫：第一年為《北宋邊塞詩之傳承與開拓》[1]，即在補苴罅漏，張皇幽眇。企圖藉專題之執行，研究宋代邊塞詩之內涵與技法，考察宋代邊塞詩相對於唐詩，在傳承與開拓方面，各有哪些成就和貢獻？進而確定宋代邊塞詩之特色和地位，以便作為筆者《唐宋詩異同》系列專題計畫之具體論證之一[2]。當今兩岸三地中國文學史、詩史，及宋代文學史諸論著之疏漏，皆可因計畫之完成，獲得印證、廓清，與補充。

　　所謂「邊塞詩」，有廣義狹義之分。以盛唐邊塞詩為宗，岑參、高適是尚之邊塞詩，為狹義之範圍。文學創作有因革損益，學術研究當關注源流正變，如此方能詮釋《詩經》以還到六朝邊塞詩之淵源，以及晚唐五代以後邊塞詩之流衍。故筆者所謂邊塞詩，乃擇取廣義：舉凡描寫邊塞有關之詩篇，如從軍出塞、遣使北國、守土衛邊，淪落異域等皆屬之。上自政治、軍事、經濟、外交，下至民情、風俗、家國之感、朋友之情、夫婦之愛，皆可揮灑入詩。或詠史、或敘事、或記遊、或寫景，或隱約其詞以寓諷諫，或直書其事以存實錄，皆可作為北

1　張高評《北宋邊塞詩之傳承與開拓——兼論唐宋詩風之異同》（NSC89-2411-H-006-023）。

2　筆者探討有關唐宋詩異同，已出版之專著有三：《宋詩之傳承與開拓》（臺北：文史哲出版社，1990）；《宋詩之新變與代雄》（臺北：洪葉文化公司，1995）；《會通化成與宋代詩學》（臺南：成功大學出版組，2000）。

宋邊塞詩研究之文本資料。準此觀之，由於澶淵之盟，宋遼通好，因而產生之「使遼詩」，自然成為研究北宋邊塞詩之重要文本。

貳、北宋使遼詩與宋代邊塞詩

宋真宗景德元年，遼聖宗統和二十二年（1004），契丹大舉南侵，中外震駭。宋真宗從寇準之議，御駕親征，宋遼對峙於澶淵。後經宋降將王繼忠從中斡旋，曹利用居中交涉，於次年成立《澶淵誓書》（即《澶淵盟約》）。依盟約，宋人歲輸幣銀十萬兩，絹二十萬匹給契丹，其後輸遼歲幣增至二十萬（1042）[3]。至於兩國君主約為兄弟，並不載於誓書，而是見諸事實。故治平二年（1065）司馬光奏議即指出：「真宗皇帝親與契丹約為兄弟」[4]。宋遼二君既約為兄弟，二國即為兄弟之邦，於是皇后、皇太后、太皇太后之間亦有相互通問的禮儀。從此聘使往來，絡繹不絕，維持了122年之長期和平[5]。

《澶淵盟約》訂立之後，歲歲通好，星軺相屬，信使不斷。這些使節，主要是慶賀元旦的賀正使，慶賀皇帝、皇后、

3　明陳邦瞻《宋史紀事本末》卷二十一，〈契丹盟好〉（上海：上海古籍出版社，1994），頁43~44；漆俠《探知集》，〈遼國的戰略進攻與澶淵之盟的訂立——宋遼戰爭研究之三〉（保定：河北大學出版社，1999），頁205~225。

4　宋趙汝愚《宋朝諸臣奏議》卷一三六，司馬光〈上英宗乞戒邊臣闕略細故〉（上海：上海古籍出版社，1999），頁1522；《司馬公文集》卷三三，題作〈北邊劄子〉；《傳家集》卷三十五，題作〈言北邊上殿劄子〉。

5　陶晉生《宋遼關係史研究》，第二章〈宋遼間的平等外交關係：澶淵盟約的締訂及其影響〉（臺北：聯經出版事業公司，1984），頁23~31。

皇太后生日的生辰使。另外，又有告哀使、遣留物使、告登位使、弔慰使、賀登位使、貰冊禮使、回謝使、答謝使、及普通國信史等等。兩朝使者進入對方境域，各有接伴使、館伴使、送伴使陪同[6]。在前後 122 年的長久和平期間，宋遼互派使臣，慶弔相通，交聘往來，一直相沿成習。宋遼交聘詩，遼國方面文獻殘缺，可以不論。北宋方面，所派使臣能詩善文者多，如宋祁、歐陽脩、王安石、劉敞、蘇轍、韓琦、蘇頌、王珪、余靖、彭汝礪、張舜民等，都先後出使遼國，創作為數可觀之使遼詩。依據蔣祖怡、張滌雲《全遼詩話》及《全宋詩》載存資料，北宋使遼詩人在 35 家以上，作品在 300 首以上。就數量而言，堪稱北宋邊塞詩之大宗。

燕雲十六州，五代時石敬瑭已拱手獻給契丹，使遼詩人重回故土，自然感觸良多。加上澶淵之盟的簽訂、守內虛外政策之實施，詩人奉命出使之黽勉，遼地窮陋苦寒之無奈，宋代《春秋》學之普遍繁榮，在在造成使遼詩在主題意識與風格特色上，跟唐代邊塞詩殊途異趣。諸如弭兵之利弊、和戰之得失、故土淪陷之隱痛、華夷優劣之抒寫、宋遼外交關係之反思，乃至於側重塞防之建言，良將之期待、行旅之苦辛，皆與唐代邊塞詩迥然有別。

這些使遼的詩歌文獻，筆者以為當屬邊塞詩之研究範圍。考察北宋使遼詩，其性質有同於盛唐邊塞詩者，諸如邊塞風光之描繪，邊民生活之寫照，華夷關係之反思等等，北宋使遼詩中亦多有所呈現。當然，北宋使遼詩除傳承六朝四唐邊塞詩之優長外，無論選材、主題、內容、範疇、技法、風格等等，與

---

6 蔣祖怡、張滌雲《全遼詩話》，《新補遼詩話》卷上，〈宋庠宴契丹使詩〉評述（長沙：岳麓書社，1992），頁 337。

邊塞詩相比，要皆有其自我開拓之特色與新變之價值。明曹學
佺評價宋詩，稱許宋詩「取材廣，而命意新」[7]；清吳之振
《宋詩鈔・序》強調：「宋人之詩，變化於唐而出其所自得」[8]；
今持北宋使遼詩檢驗之，可證曹、吳二家之說信而有徵，絕非
妄下雌黃。足見研究宋代邊塞詩，不僅容易對映出唐宋詩之異
同，宋詩異於唐詩而「出其所自得」處，宋人「學唐變唐」，
「自成一家」之所在[9]，即器求道，亦不難得出。

參、北宋使遼詩對盛唐邊塞詩之傳承

　　使遼詩作為北宋邊塞詩的一個側面，猶之邊塞詩作為宋詩
的一個環節，其中自有傳承前賢優長，更有開拓自家特色之二
重性。無論是北宋使遼詩、或北宋邊塞詩之探討，終極目標皆
企圖由此而考見宋詩特色之大凡。所謂特色，是相對的，是以
唐詩為對照組而得出的。因此，宋代邊塞詩之特色，也應當跟
六朝四唐邊塞詩之特色相互觀照比較，才可能明曉。這屬於文
獻探討範疇，雖然費時費力，但不得不然。由於研究唐代邊塞
詩的論者極多，筆者只能擇精取要研讀：如何寄澎《唐代邊塞
詩研究》[10]、黃麟書《唐人塞防思想》[11]、西北師院中文系編

7　明曹學佺《石倉歷代詩選》，《宋詩選・序》：「大抵宋之為詩，取材廣
　　而命意新，不欲勦襲前人一字」，文淵閣《四庫全書》本，集部總集類。
　　葉慶炳、邵紅，《明代文學批評資料彙編》（下集），〈宋詩選序〉（臺
　　北：成文出版社，1981），頁808。

8　清吳之振《宋詩鈔・序》（上海：三聯書店，1988），頁1。

9　參考張高評《宋詩之新變與代雄》，〈自成一家與宋詩特色〉（臺北：洪
　　葉文化公司，1995），頁67～141。

10　何寄澎碩士論文，後來出版，改名為《總是玉關情——唐代邊塞詩初探》
　　（臺北：聯經出版公司，1978）。

《唐代邊塞詩研究論文選粹》[12]，王學太〈關於唐代邊塞詩的
評價〉[13]，洪讚《唐代戰爭詩研究》[14]，王文進《南朝邊塞詩
新論》[15]，李炳海《唐代邊塞詩傳》[16] 等論著，歸納其中觀
點，獲得下列成果，值得作為研究宋代邊塞詩之參考：

一、邊塞詩由秦漢魏晉之慷慨悲壯，再變為北朝的豪邁樂
　　觀，粗獷豪邁；三變為南朝的激昂高亢，英雄氣夾雜
　　兒女情；四變為盛唐高適、岑參慷慨報國之英雄氣
　　概，及不畏艱苦之樂觀精神。

二、唐代邊塞之內容十分豐富，舉其大端言之，有下列三
　　大方面：其一，敘寫邊戰的題材，如邊塞戰爭、行軍
　　苦樂、送別酬答、將士懷鄉，以及對戰爭災難之傾
　　訴，窮兵黷武之譴責，大抵反映現實，表露愛憎。其
　　二，描寫邊塞風光，呈現自然景觀。或以地盡天低，
　　表現路程遙遠；或以孤城大漠，表現異域苦楚；或以
　　陌生和熟悉並置，勾起相思與懷歸；或以兵器戰具與
　　胡地景物交寫，化疏離為認同。其三，敘寫風土民
　　情，民族交往，數量雖不多，卻極富史料價值。北宋
　　及南宋邊塞詩，於邊地之風土、民情、經濟、和平，

11　黃麟書《唐人塞防思想》（香港：造陽文學社，1980）。
12　西北師範學院中文系編《唐代邊塞詩研究論文選粹》（蘭州：甘肅教育出
　　版社，1986）。
13　王學太〈關於唐代邊塞詩的評價〉，見盧興基主編《建國以來古代文學問
　　題討論舉要》（濟南：齊魯書社，1987）。
14　洪讚《唐代戰爭詩研究》（臺北：文史哲出版社，1987）。
15　王文進《南朝邊塞詩新論》（臺北：里仁書局，2000）。
16　李炳海、于雪棠《唐代邊塞詩傳》，〈秋風明朗關山上，行人見月唱邊歌〉
　　（長春：吉林人民出版社，2000），頁1~77。

使節往來、外交關係、和戰紛爭，以及守內虛外政策
之檢討，重文輕武之塞防思想，多所關注，最富文獻
學價值。

三、就藝術風格而言，唐代邊塞詩之代表各呈異采：高適
所作邊塞詩，現實主義多於浪漫主義，風格雄厚渾
樸，筆勢豪健。岑參所作，富於慷慨報國之英雄氣概
與不畏艱苦之樂觀精神，又不失浪漫主義之特色。王
昌齡所作，用樂府舊題抒寫將士愛國立功和思鄉情
懷，七絕最為工妙，善於概括想像，語言圓潤蘊藉，
音調和諧婉轉。其他詩人所作邊塞詩，亦多風格多
樣，各具特色。

四、唐人邊塞詩，狀寫北國風光，充滿異國情調，由於地
域特點鮮明，陌生化與新奇感十足，頗能滿足讀者閱
讀之期待。而且唐人邊塞詩中，普遍表現樂觀進取之
精神，不畏艱苦之毅力，讀之能使頑夫廉、懦夫有立
志。尤其是戰地邊塞死寂和毀滅的感觸，殘缺荒涼、
悲涼蕭殺滿紙；漢胡版圖的分分合合，也使《春秋》
書法中的「華夷之辨」，獲得重新反思與辯證。

對於唐代邊塞詩之大致瞭解，大有助於北宋使遼詩、或邊
塞詩之探討。筆者選擇使遼詩16家，200餘首詩，考察北宋
使遼詩之主題類型，試與唐代邊塞詩相對照，發現使遼詩對盛
唐邊塞詩之傳承，大抵有四大方面：一、邊地景觀之描繪；
二、異域風俗之剪影；三、思鄉情懷之抒發；四、立功邊塞之
期待。試依序論證於後：

‧邊地景觀之描繪

就邊塞詩之創作源流而言，在性質上跟行旅詩、記遊詩、
山水詩、登覽詩很接近，都必須描繪目之所見、耳之所聞、身
之所感，令讀者如見如聞，有實臨之感受。不過，邊塞詩所描
繪，將場景限定在邊疆塞外，於是北國風光盡收眼底，異域色
彩躍然紙上。盛唐邊塞詩如此，北宋邊塞詩、使遼詩亦然。此
種客觀再現景物之法，特重巧構形似、敷陳渲染，以「賦詩必
此詩」為原則，以「作詩如見畫」為依歸[17]。宋代使遼詩人
重回故地，除舉目有山河之異外，塞北之特殊景觀、自然引發
詩人之注目。此種邊地景觀之呈現，實傳承盛唐詩人描繪邊塞
之傳統，如：

> 草白崗長暮驛賒，朔風終日起平沙。寒鞭易促悵泥
> 躍，冷袖難勝便面遮。迴嶺捲回雲族破，遠天吹入雁行
> 斜。土囊微乞緘餘怒，留送歸程任擺花。（韓琦〈紫蒙遇
> 風〉）

> 一持天子節，滋喜去龍亭。大漠夜猶白，寒山春不
> 青。峰多常蔽日，地絕欲回星。同類惟所適，鳴鑣毋暫
> 停。（王珪〈發會同館〉）

> 陰山天下險，鳥道上稜層。抱石千年樹，懸崖萬丈

---

17 蘇軾論詩，雖主傳神論，並不排斥客觀如實寫形。「賦詩必此詩」之
說，見《蘇軾詩集》卷二十九，〈書鄢陵王主簿所畫折枝二首〉其一；
「作詩如見畫」，見《蘇軾詩集》卷，〈韓幹馬十四匹〉（臺北：學海出版
社，1985），頁 1525、頁 767。參考熊莘耕〈蘇軾的傳神說〉，《古代文
學理論研究》第十輯（上海：上海古籍出版社，1985），頁 117~128。

冰。愚歌愁倚劍，側步怯扶繩。更覺長安遠，朝光午未升。（劉敞〈陰山〉）

　　北風吹沙千里黃，馬行确犖悲摧藏。窮冬萬物慘無色，冰雪射日爭光芒。一年百日風塵道，安得朱顏長美好。攬鞍鞭馬行勿遲，酒熟花開二月時。（歐陽脩〈北風吹沙〉）

　　韓琦（1008～1075）〈紫蒙遇風〉，選取朔風、平沙、寒鞭、冷袖、迴嶺雲破、遠天雁斜，以呈現塞外之一場風暴。王珪（1019～1085）〈發會同館〉，以夜猶白形容大漠之永晝，以春不青狀寫胡天之荒涼，再以「峰多」「地絕」二句凸顯塞北地勢起伏之懸殊。劉敞（1019～1068）〈陰山〉詩，以鳥道、抱石、懸崖點明其險，再以千年樹、萬丈冰、愁倚劍、怯扶繩、長安遠、朝光午未升渲染其為「天下險」。歐陽脩（1007～1072）〈北風吹沙〉，從千里黃沙，馬行确犖、萬物無色、冰雪爭光諸層面，狀寫塞漠「北風吹沙」之景觀，再將百日風塵與朱顏長好作反襯，攬鞍鞭馬、酒熟花開作預言示現，於是「塞外風景異」之圖像，已呼之欲出。此種詩風，與寫景、記行諸詩法無異。《文心雕龍・物色》所謂：「寫氣圖貌，既隨物以宛轉；屬采附聲，亦與心而徘徊」，即此是也。

　　唐代邊塞詩寫氣圖貌、屬采附聲之作，其例實多，如駱賓王（619？～684？）〈從軍中行路難〉，舖陳西南邊疆山高林暗、毒霧淫雨之險惡；〈久戍邊城有懷京邑〉，描寫邊塞早秋陰寒的景象[18]。李頎（690？～751？）〈古從軍行〉，寫邊聲

18　所引駱賓王二詩，分別見《全唐詩》卷七十七、卷七十九（臺北：文史哲出版社，1978），頁832、862。

淒清幽怨，胡天雪壓雲暗；〈聽董大彈胡笳弄兼寄語房給事〉，透過視覺色彩表現聽覺藝術、以塞漠荒蕪陰沈、沙塵絕遠之形象，去形容胡笳淒切悲涼、幽怨哀感的旋律，可謂詩中有畫[19]。高適（704～765）〈同群公出獵海上〉，描述北地宏壯熱鬧、氣氛緊張之出獵場面；〈使青夷軍入居庸〉，凸顯異域溪冷山空、雲雪漫漫，關塞無極[20]。岑參〈白雪歌送武判官歸京〉，極力形容塞外之銀海茫茫，慘澹萬里，將胡天飛雪之早而猛、冷而冰、凍而厚，歷歷呈現；〈走馬川行送封大夫出征〉，極力渲染朔風怒吼、人馬不堪之奇異景觀[21]。上列唐代邊塞詩，大抵著重敷陳再現，以精緻語言勾勒出盛唐邊塞異域的情調，悲壯之場景，堪稱寫氣圖貌、巧構形似之典型代表。其表現主題與手法運用，蓋傳承六朝山水、田園詩又有所開拓。

北宋使遼詩人，途經燕雲十六州故土，目睹邊塞風光，有作等閒看、壁上觀，哀樂不縈於心者，除上述四詩外，尚有下列作品，如：

> 　　上得陂陀路轉艱，陷輪摧馬苦難前。風寒白日少飛鳥，地迴黃沙似漲川。結草枝梢知里堠，放牛墟落見人煙。從來天地絕中外，今作通逵近百年。（蘇頌《後使遼詩》之十四〈沙陀路〉）
>
> 　　北海蓬蓬氣怒號，歷聲披拂晝兼宵。百重沙漠連空

19　李頎二詩，分見《全唐詩》卷一三三，頁 1348；卷一三三，頁 1357。
20　高適二詩，分見《全唐詩》卷二一二，頁 2205；卷二一四，頁 2232。
21　岑參二詩，分見《全唐詩》卷一九九，頁 2050；卷一九九，頁 2052～2053。

暗，四向茅簷捲地飄。與日過河流水涸，行天畜物密雲遶。軺軒使者偏蒙福，凤駕陰霾斗頓消。（蘇頌《後使遼詩》之二十〈北帳書事〉）

大小沙阤深沒膝，車不留蹤馬無跡。曲折多途胡亦惑，自上高岡認南北。大風吹沙成瓦礫，頭面瘡痍手皴折，下帶長水蔽深驛。層冰峨峨霜雪白，狼顧鳥行愁覆溺。一日不能行一驛，吾聞治生莫如嗇。（彭汝礪《鄱陽詩集》卷十〈大小沙阤〉）

神水堅冰合，沙場寸草無。長疑淚是血，誤喜唾成珠。盡出驚貂鼠，宵鳴厭訓狐。悲歌人不應，自覺寸心孤。（劉跂《學易集》〈使遼詩十四首〉之六）

蘇頌（1020～1101）〈沙陀路〉，以陷輪摧馬、風寒少鳥，見塞外之苦寒；再以地迥黃沙、結草枝梢、放牛墟落見異域之風情，堪稱塞漠之實錄。另一首〈北帳書事〉，描繪塞外之狂風沙，以氣怒號、晝兼宵、連空暗、捲地飄、流水涸、密雲遶諸形象語言形容之，令人有實臨之感受。彭汝礪〈大小沙阤〉詩，極力形容沙磧之深廣曲折，加上狂風吹沙，冰雪層累，連狼鳥都憂愁覆溺，旅程之艱難可以想見。劉跂（？～1117）〈使遼詩十四首〉之六，寫塞外水成堅冰，地無寸草，則其酷寒乾旱可知；而貂鼠晝出，訓狐宵鳴，則其荒涼孤絕可以想見。

要之，使遼詩人就行旅所見、所聞、所感選材敘寫，大抵描寫遼國之山川、草木、冰雪、沙漠、風暴、草原、鳥獸等等，形象生動，歷歷如繪。此種「巧言切狀」之描繪，只是景觀之複製，病在流於雕刻。使遼詩人重回故土，舉目有山河之

異，其心不能無感慨，於是「情景相觸而成詩」[22]，景中生情，情中含景，情景交融相生，景語遂成情語[23]，其中自有詩人之性情襟抱在，如：

> 小城西北之高樓，此地蒼茫天意秋。驚風白日忽已晚，落葉長年相與愁。（宋祁〈題北樓〉）
>
> 曉入燕山雪滿旄，歸心常與雁南征。如何萬里沙塵外，更在思鄉嶺上行。（王珪〈思鄉嶺〉）
>
> 馬飢嚙雪渴飲冰，北風捲地寒崢嶸。馬悲躑躅人不行，日暮途遠千山橫。我謂行人止歎聲，馬當勉力無悲鳴。白溝南望如掌平，十里五里長短亭。臘雪銷盡春風輕，火燒原頭青草生。遠客還家紅袖迎，樂哉人馬歸有程。男兒雖有四方志，無事何須勤遠征。（歐陽脩〈馬嚙雪〉）

宋祁（998～1061）於仁宗景祐三年（1036）出使契丹，為生辰使。所作〈題北樓〉詩，寫大地一片蒼茫慘澹，斯時登高望遠，遂油然興起「澄清天下」之志趣。王珪於仁宗皇祐三年（1051）銜充賀契丹正旦使，出使遼國。其〈思鄉嶺〉詩，寫山雪滿旄，沙塵萬里，身經目見無非異域他鄉，於是歸心隨雁，時與南征，思鄉情愁，更那堪登嶺望遠？歐陽脩於仁宗至

22　明謝榛《四溟詩話》卷四，參考張少康《中國古代文學創作論》，第四章〈七、情與景〉（北京：北京大學出版社，1983），頁241～253。

23　宋范晞文《對床夜語》卷二，參考蔡英俊《比興物色與情景交融》，第四章第三節《薑齋詩話》與「情景交融」〉（臺北：大安出版社，1986），頁301～328；陶水平《船山詩學研究》，第二章〈「情景相生」論〉（北京：中國社會科學出版社，2001），頁81～171。

和二年（1055）假右諫議大夫充賀遼道宗登位國信使，出使遼國。所作〈馬齧雪〉詩，前半幅選擇冰雪酷寒，北風捲地起興，舖陳征馬悲鳴、行人歎息，以狀寫塞外之苦寒。後半篇排比長短亭、春風輕、青草生、紅袖迎諸意象，表現白溝以南（中原）的地氣暖和，生意欣欣。前後對照映襯，於是而有「男兒雖有四方志，無事何須勤遠征」之感慨與建言。此與盛唐邊塞詩昂揚奮發，志在立功塞漠，殺氣胡邊，大異其趣，其中自有唐宋詩之轉折在。

　　王安石於嘉祐五年、六年（1060，1061）曾有機會出使遼國，以母老病辭行。不過，嘉祐四年（1059）十月至十一月間，曾任陪伴使，護送遼國使臣至宋遼交界處，單程十八天，來回需一個月左右，沿途經宋遼戰場和邊防要地，重回淪陷故土，不能不有所觸發[24]。論者指出，其後嘉祐八年（1063）春四月，王安石曾出使遼國，身經目歷，曾作有《奉使詩錄》云云[25]，〈尹村道中〉與〈飛雁〉為其中名作：

> 滿眼霜吹宿草根，諤知新歲不逢春。卻疑青嶂非人世，更覺黃雲是塞塵。萬里張侯能奉使，百年曾子肯辭親。自憐許國終無用，何事紛紛客此身。（王安石〈尹村道中〉）

24　漆俠《王安石變法》，〈王安石的〈明妃曲〉〉（石家莊：河北人民出版社，2001），頁351～353。

25　同註6，頁289。據陳襄〈使遼語錄〉等文獻考證，宋遼兩國送伴使護送對方使者出境，均以白溝橋南北分界線為限，不入對方境內。今《臨川文集》卷三十一、《王荊文公詩李壁注》卷四十五、《全宋詩》卷五六八，均載〈涿州〉詩，由首句「涿州沙上望桑乾」觀之，安石確曾使遼。蓋「涿州」乃遼地，地當宋遼邊境白溝河至遼國燕京之間。何況《王荊文公詩李壁注》本，曾多次提及安石使遼事。

雁飛冥冥時下泊，稻粱雖少江湖樂。人生何必慕輕
肥，辛苦將身到沙漠。漢時蘇武與張騫，萬里生還值偶
然。丈夫許國當如此，男子辭親亦可憐。（王安石〈飛雁〉）

〈尹村道中〉詩中描寫塞外之荒涼，觸目所見，盡是風
霜、青嶂、黃雲、塞塵，缺乏生機，不適人居。自己既然母老
多病，不便辭親遠遊，只好愧對張騫奉使西域了。末二句借景
抒感，自謙許國無用，為未能奉使契丹找藉口。消極退縮，反
思轉折，與歐陽脩〈馬齧雪〉詩同一基調。至於〈飛雁〉詩，
主題風格表現亦有異曲同工之妙。詩中借飛雁時下起興，借雁
寫人，提出「人生何必慕輕肥，辛苦將身到沙漠」；「丈夫許
國當如此，男子辭親亦可憐」的命題。據〈飛雁〉詩看來，
「丈夫許國」出使萬里，是為了「慕輕肥」，若獲得功勳，也屬
偶然；遠不如侍親、養親、孝親之必然。兩相權衡，男子辭親
遠遊，居然遠比丈夫許國出使重大。試與盛唐高適、岑參邊塞
詩慷慨報國、捨身立功之英雄氣概相較，王安石與歐陽脩使遼
詩所表現，宋代詩風轉成向內、退藏，與唐詩之向外、奔騰殊
科，此自是唐詩宋詩異同之所在。

其他，如陳襄（1017～1080）、蘇頌、張舜民（1034？～
1100？）使遼詩，狀寫邊塞風光之餘，輒借景寄慨，正所謂
「風景不殊，舉目有山河之異」，如：

土曠人稀驛路賒，山中殊不類中華。白沙有路鴛鴦
泊，芳草無情蚴蜒花。氈館夜燈眠漢節，石梁秋吹動胡
笳。歸來覽照看顏色，斗覺霜毛兩鬢加。（陳襄〈使還咸
熙館道中作〉）

　　經旬霜雪倦晨征，重過邊疆百感生。日上東扶千嶂
影，風來空谷萬號聲。人心自覺悲殊土，物色偏能動旅
情。況是天恩懷憬俗，不妨遊覽趁嚴程。（蘇頌《後使遼
詩》之四〈早行新館道中〉）

　　曉色千峰杳未分，聲聲哀怨出雲根。舉頭忽見思鄉
嶺，何不他時別處聞。（張舜民《畫墁集》〈燕山聞杜鵑〉）

　　陳襄於英宗治平四年（1067）神宗即位時，充皇帝登寶位
告北朝皇太后國信使使遼。所作上列詩，除狀寫塞外土曠人
稀，景物不類中華外，又抒發因旅途勞頓，「所遇無故物，焉
得不速老」之愁情。蘇頌二度使遼，觀其〈早行新館道中〉
詩，亦即景會心，因景抒情，所謂「人心自覺悲殊土，物色偏
能動旅情」，差堪彷彿。張舜民〈燕山聞杜鵑〉所寫，亦是此
種心情。白居易〈和思歸樂〉所謂：「人心自懷土，想作思歸
鳴。……峽猿亦何意？隴水復何情？為入愁人耳，皆為腸斷
聲」，皆能拈出相通之詩境。

　　與中原風物相較，邊地景觀之陌生新異者，大抵如飛沙、
風暴、冰雪、白草、旱漠、霜原、土曠、人稀、北雁、塞馬等
等，多再現使遼詩中，構成一副北國塞漠之風情圖景。

二、異域風俗之剪影

　　大漢民族以中原文化為本位，一切食、衣、住、行、習
俗、娛樂，多準此以斷。故詩人對於非我族類之異域俗尚，多
狀寫其陌生，凸顯其新奇。如北朝〈敕勒歌〉形容塞外：「天
似穹廬，籠罩四野。天蒼蒼、野茫茫，風吹草低見牛羊」；岑

參〈輪臺即事〉稱:「蕃書文字別,胡俗語音殊」;干翰〈涼
州詞〉之「蒲萄美酒夜光杯」;李頎〈聽安萬善吹觱篥歌〉、
白居易〈西涼伎〉,對於遊牧民族、蕃書胡俗、飲食、歌舞,
多善加載錄徵存,以饜讀者愛奇之心。高適「虜酒千鍾不醉
人,胡兒十歲能騎馬」;崔顥「解放胡鷹逐塞馬,能將代馬獵
秋田」;張仲業「獵馬千群雁幾雙,燕然山下碧油幢」;馬戴
「蕃面將軍著鼠裘,酣歌衝雪在邊州」,或寫虜酒、胡騎,或寫
胡鷹秋獵,或寫圍獵場面,或寫蕃將之衣著與豪情,雖一鱗半
爪,對邊塞之風俗習尚,多有徵存。其他有關邊塞之音樂、舞
蹈、雜伎,《全唐詩》亦多所呈現[26]。宋代邊塞詩,尤其是
使遼詩,亦多載錄陌生,徵存新異,滿足中原士人對殊方土俗
之好奇。二度出使契丹之蘇頌,於此描繪獨多,如:

> 行營到處即為家,一卓穹廬數乘車。千里山川無土
> 著,四時畋獵是生涯。酪漿氊肉夸希品,貂錦羊裘擅物
> 華。種類益繁人自足,天教安逸在幽遐。(蘇頌《後使遼
> 詩》之九〈契丹帳〉)

> 行盡奚山路更賒,路旁時見百餘家。風煙不改盧龍
> 俗,塵土猶兼瀚海沙。朱板刻旗村肆食,青氈通幰貴人
> 車。皇恩百歲如荒憬,物俗依稀欲慕華。(蘇頌《後使遼
> 詩》之十〈奚山路〉)

> 莽莽寒郊盡起塵,翩翩戎騎小圍分。引弓上下人鳴
> 鏑,羅草縱橫獸軼群。畫馬今無胡待詔,射鵰猶懼李將

26　參考傅正谷《唐代音樂舞蹈雜伎詩選釋》(北京:人民音樂出版社,
　　1991);中國舞蹈藝術研究會等《全唐詩中的樂舞資料》(北京:人民音
　　樂出版社,1996)。

軍。山川自是從禽地，一眼平蕪接暮雲。（蘇頌《後使遼詩》之十五〈觀北人圖獵〉）

邊林養馬逐萊蒿，棧皂都無出入勞。用力已過東野稷，相形不待九方臬。人知良御鄉評貴，家有材駒事力豪。略同滋繁有何術，風寒霜雪任蹄毛。（蘇頌《後使遼詩》之十九〈契丹馬〉）

夷俗華風事事違，矯情隨物動非宜。肥醲肴膳嘗皆遍，繁促聲音聽自悲。沙眯目看朱似碧，火熏衣染素成緇。退之南食猶成詠，若到窮荒更費辭。（蘇頌《後使遼詩》之二十六〈契丹紀事〉）

神宗熙寧元年（1068），蘇頌使遼賀生辰、正旦。十年（1077），充大遼生辰國信使，再度出使。所作有《前使遼詩》、《後使遼詩》，近60首，描繪風土人情，殊方異俗，令人耳目一新。如〈契丹帳〉，敘住蒙古包、吃酪漿羶肉、穿貂錦羊裘；〈奚山路〉詩，食堂為朱板刻旗，車駕則青氈通幰，大抵不改唐時習俗，可見物俗「慕華」之一斑。〈觀北人圍獵〉詩，可與歐陽脩〈明妃曲和王介甫作〉所謂「胡人以鞍馬為家，射獵為俗。泉甘草美無常處，鳥驚獸駭爭馳逐」相互發明。〈契丹馬〉借題發揮，論養馬育馬之術，在「風寒霜雪任蹄毛」，自然無為。〈契丹紀事〉詩，則舉肥醲肴膳之飲食、繁促聲音之樂音為例，提出「夷俗華風事事違，矯情隨物動非宜」的領會。這些塞外民族之習俗，既與華夏有別，自然引發詩人注意，而採集成詩。其他使遼詩人，如歐陽脩、蘇軾、彭汝礪、張舜民、劉跂所作，亦皆殊方異俗之呈現，如：

初旭瑞霞烘，都門祖帳供。親持使者節，曉出大明
宮。城闕青煙起，樓臺白霧中。繡韉驕躍躍，貂袖紫濛
濛。朔野驚飆慘，邊城畫角窮。過橋分一水，回首羨南
鴻。地理山川隔，天文日月同。兒童能走馬，婦女亦腰
弓。度險行愁失，盤高路欲窮。山深聞喚鹿，林黑自生
風。松聲寒逾響，冰溪咽復通。望平愁驛迥。野曠覺天
窮，駿足來山北，輕禽出海東。合圍飛走盡，移帳水泉
空。講信鄰方睦，尊賢禮亦隆。斫冰燒酒赤，凍臉縷霜
紅。白草經春在，黃沙盡日濛。新年風漸變，歸路雪初
融。祗事須強力，嗟予乃病翁。深慚漢蘇武，歸國不論
功。（歐陽脩〈奉使道中五言長韻〉）

虜帳冬住沙陀中，索羊織葦稱行宮。從官星散依家
阜，氈廬窟室欺霜風。舂粱煮雪安得飽？擊兔射鹿夸強
雄。朝廷經略窮海宇，歲遺繒絮頑凶。我來致命適寒苦，
積雪向日堅不融。聯翩歲旦有來使，屈指已復過奚封。禮
成即日卷廬帳，釣魚射鵝滄海東。秋山既罷復來此，往返
歲歲如旋蓬。彎弓射獵本天性，拱手朝會愁心胸。甘心五
餌墮吾術，勢類畜鳥游樊籠。祥符聖人會天意，至今燕趙
常耕農。爾曹飲食自謂得，豈識圖霸先和戎？（蘇轍《欒
城集》〈虜帳〉）

禿鬢胡雛色如玉，頰拳突起深其目。鼻頭穹隆腳心
曲，被裘騎馬追鴻鵠。出入林莽乘山谷，凌空絕險如平
陸。臂鷹紲犬紛馳逐，雕金羽箭黃金鏃。爭血雉兔羞麋
鹿，詭御得禽非我欲。莫怪小兒敏捷強，老宿胡人以此為
風俗。（彭汝礪《鄱陽詩集》〈胡雛〉）

有女天天稱細娘，真珠絡髻面塗黃。華人怪見疑為

瘴，墨吏矜夸是佛妝。（彭汝礪《鄱陽詩集》〈婦人面塗
黃而吏告以為瘴疾問云謂佛妝也〉）

歐陽脩〈奉使道中五言長韻〉，稱遼國「地理山川隔，天
文日月同。兒童能走馬，婦女亦腰弓」；蘇轍[27]〈虜帳〉則
謂：「彎弓射獵本天性，拱手朝會愁心胸。甘心五餌墮吾術，
勢類畜鳥游樊籠」。彭汝礪〈胡雛〉詩，特寫契丹小兒之五
官、騎術、臂鷹、羽箭，極寫其馳逐之敏捷，而貶抑「詭御得
禽」之風俗。彭氏〈婦人面塗黃……〉詩，更記錄遼國婦女
「以黃物塗面如金」之習俗，佛妝作為契丹婦女時世妝，此詩
可作史料讀。張舜民撰有《使北記》，徵存許多契丹習俗與風
物；劉跂著有《學易集》，亦載錄若干使遼詩，關係北地風物
習俗者，如下列諸詩：

深山草木自幽奇，四色荷花世所稀。孤獨園中瞻佛
眼，凝祥池上捧天衣。白公沒後禪林在，王儉歸來幕府
非。水冷風高人不到，卻憐鷗鳥日相依。（張舜民《畫墁
集》〈所寓開利寺小池有四色蓮花，青黃白紅，紅者千
葉，皆北土所未見者也，惜其遐陬有此異卉〉）

禮為王人重，關亭道路除。荒城初部落，名鎮古巫
閭。習俗便乘馬，生男薄負鋤。傳聞斷腕地，歲歲作樓
居。（劉跂《學易集》〈使遼詩十四首〉之三）

喜鬥人皆勇，誅求俗故貪。為謀不耐暑，嗜味獨便

---

27 蘇轍（1039~1112）於元祐四年（1089），遣為賀遼主生辰國信使，有
〈奉使契丹二十八首〉，詳曾棗莊校點《欒城集》卷十六（上海：上海古
籍出版社，1987），頁393~401。

鹽。已怪今生到，寧能一夕淹。長安遠如日，北斗望為
南。（劉跂《學易集》〈使遼詩十四首〉之十）

張舜民所作，特寫「四色蓮花」，以為北土之稀世異卉；
劉跂所作二首，一則稱其「習俗便乘馬，生男薄負鋤」；一則
謂其「喜鬥人皆勇，誅求俗故貪」，皆是身歷目見，考察所
得；皆可作為觀風俗，知彼此之文獻。

古者觀風俗，可以知得失；由使遼詩，亦可窺契丹之虛
實。欲考求敵情者，得此吉光片羽，亦是一大助力。吉川幸次
郎論宋詩之特色，富於敘述性為其一[28]，考察北宋使遼詩，
可證成其說之非誣。

契丹北國之殊方土俗，如虜帳、酪漿、羶肉、貂錦、羊
裘，乃至於彎弓、射獵、騎術、臂鷹、樂音、化妝等陌生新異
之食、衣、住、行、育、樂，使遼詩大多有所徵存，可作文獻
史料閱讀。

三、思鄉情懷之抒發

自古以來，漢民族皆以農立國，於是養成安土重遷之習
性，而以客居他鄉為憾事。若征行、羈旅、宦遊、客居，則或
望月登高而相思，或聞雁鳴、聽猿啼而神傷，自《詩經》、
《楚辭》以來，形成懷鄉戀闕之文化情懷。所謂狐死首丘、代
馬依風，人情懷土者是。故以班超通西域有功，客居西域三十
餘年，年老思鄉，猶上疏請求賜還，《後漢書·班超傳》所謂

28　吉川幸次郎《宋詩概說》，鄭清茂譯本，序章第三節〈宋詩的敘述性〉
　　（臺北：聯經出版事業公司，1983），頁11~17。

「臣不敢望到酒泉郡，但願生入玉門關」者是。其後唐人出塞窮邊之作，亦多思鄉戀土之情懷，於是邊塞詩與閨怨詩遂成方向相返而主題交集之詩類，如駱賓王〈久戍邊城有懷京邑〉、李白〈關山月〉、高適〈燕歌行〉、柳中庸〈征人怨〉、岑參〈安西館中思長安〉、〈河西春暮憶秦中〉、〈早發焉耆懷終南別業〉、〈西過渭州見渭水思秦川〉、〈過燕支寄杜位〉、〈題苜蓿峰寄家人〉、〈逢入京使〉[29]、李益〈夜上受降城聞笛〉、王建〈古從軍〉、令狐楚〈年少行四首〉其三、〈塞下曲二首〉、〈相思河〉諸什[30]，思鄉情懷，歸心似箭，多眾人一心。此種思鄉情懷，悲壯多於傷感、婉約多於慷慨，家園溫馨取代了浪漫豪情，成為邊塞詩建功立業、雄心壯志外之異調。

　　宋型文化之退藏、收斂[31]、反思、柔和，反映於人情世態，則是「重去其鄉」之習俗，表現於使遼詩，則是客居異域，抒發對鄉土之思念，在北宋邊塞詩中，表現更普遍，傳承得更全面。《詩》《騷》以來詩人之鄉關之思，諸如和平安靜生活之嚮往、家國通一之志士情懷、溫馨淳美之人倫情味，皆有具體之呈現[32]。明胡震亨《唐音癸籤》卷七評中唐李益邊

29　李白詩，見《全唐詩》卷一六三，頁1689；高適詩，卷二一三，頁2217～2218；柳中庸詩，卷二五七，頁2876；岑參七詩，分見卷一九八，頁2045；卷二〇〇，頁2089；卷二〇〇，頁2090；卷二〇一，頁2102；卷二〇一，頁2104；卷二〇一，頁2104；卷二〇一，頁2106。

30　李益詩，見《全唐詩》卷二八三，頁3218；王建詩，卷二九七，頁3363；令狐楚三詩，分見卷三三四，頁3750；卷三三四，頁3751；卷三三四，頁3752。

31　羅聯添《唐代文學論集》上冊，〈從兩個觀點試釋唐宋文化精神的差異〉，拈出「進取」與「收斂」二端，作為唐宋文化精神之不同（臺北：學生書局，1989年5月），頁231～246。

32　胡曉明《中國詩學之精神》，第六章〈鄉關之戀〉（南昌：江西人民出版社，1991），頁183～203。

塞詩，稱其「悲壯宛轉，誦之令人悽斷」，北宋使遼詩傳承中
唐、晚唐這種「宛轉悽斷」的陰柔風格，寫出大量思家懷鄉之
詩篇，如劉敞、歐陽脩、王安石諸使遼詩人所作：

> 四牡懷靡及，侵旦肅征騑。凝霜被野草，四顧人跡
> 稀。水流日邊去，雁向江南飛。我行亦已久，羸馬聲正
> 悲。覽物歲華逝，撫事壯心違。豈伊越鄉感，乃復淚沾
> 衣。（劉敞〈發桑乾河〉）
>
> 鹿兒峽未盡，松子嶺相望。走險暇擇蔭，摩空愁亂
> 行。霜增頭皓白，塵變馬驪黃。不作還鄉意，羈人應斷
> 腸。（劉敞〈松子嶺〉）
>
> 古關衰柳聚寒鴉，駐馬城頭日欲斜。猶去西樓二千
> 里，行人到此莫思家。（歐陽脩〈奉使契丹至雄州〉）
>
> 執手意遲遲，出門還草草。無嫌去時速，但願歸時
> 早。北風吹雪犯征裘，夾路花開回馬頭。若無二月還家
> 樂，爭奈千山遠客愁。（歐陽脩〈奉使道中作三首〉其一）
>
> 為客莫思家，客行方遠道。還家自有時，空使朱顏
> 老。禁城春色暖融怡，花倚春風待客歸。勸君還家須飲
> 酒，記取思歸未得時。（歐陽脩〈奉使道中作三首〉其二）
>
> 客夢方在家，角聲已催曉。匆匆行人起，共怨角聲
> 早。馬蹄終日踐冰霜，未到思回空斷腸。少貪夢裡還家
> 樂，早起前山路正長。（歐陽脩〈奉使道中作三首〉其三）
>
> 塞上無花草，飄風急我歸。梢林聽澗落，捲土看雲
> 飛。想子當紅蕊，思家上翠微。江寒亦未已，好好著春
> 衣。（王安石〈寄純甫〉）
>
> 餘寒駕春風，入我征衣裳。捫鬢只得凍，蔽面尚疑

創。士耳恐猶墜，馬毛欲吹僵。牢持有失箸，疾飲無留湯。瞳瞳扶桑日，出有萬里光。可憐當此時，不濕地上霜。冥冥鴻雁飛，北望去成行。誰言有百鳥，此鳥知陰陽。豈時有必至，前識聖所藏。把酒謝高翰，我知思故鄉。（王安石〈餘寒〉）

乘日塞垣入，御風塘路歸。胡皆躍馬去，雁卻背人飛。煙水吾鄉似，家書驛使稀。匆匆照顏色，恨不洗征衣。（王安石〈乘日〉）

劉敞〈發桑乾河〉，寫身處異域，目睹雁南飛，「撫事壯心違」，越鄉出使，不覺淚濕沾衣。其〈松子嶺〉詩亦謂：「不作還鄉意，羈人應斷腸」。歐陽脩〈奉使契丹初至雄州〉稱：「猶去西樓二千里，行人到此莫思家」；〈奉使道中作三首〉云：「若無二月還家樂，爭奈千山遠客愁」；「勸君還家須飲酒，記取思歸未得時」；「少貪夢裡還家樂，早起前山路正長」，詩中早歸、待歸、思家、思歸、客夢、思回情懷，縈牽行旅客愁，戀鄉思家情懷，溢於言表。王安石〈寄純甫〉云：「想子當紅蕊，思家上翠微」；〈餘寒〉詩舖寫北地酷寒，鴻雁知時，而以「我知思故鄉」作歸結。其〈乘日〉詩，作於北使回遼之時，而謂「煙水吾鄉似，家書驛使稀」，想子、思鄉、家書、吾鄉云云，對故里家園亦表現孺慕之思。晉陸機〈懷土賦序〉所謂：「去家既久，懷土彌篤」，固是中國文學思鄉主題之傳承[33]。北宋使遼詩，大量表現思鄉念家之主題，除宋詩大家外，其他使遼詩人所作，亦多表現此種主

33　王立《中國古代文學十大主題——原型與流變》，〈中國古代文學中的思鄉主題〉（臺北：文史哲出版社，1994），頁 229~262。

題，如鄭獬、蘇轍、彭汝礪諸家所作，先看鄭、蘇二家之詩：

何日燕南去，平生此別稀。定知花已發，不及雁先歸。寒日連雲慘，驚沙帶雪飛。雲中風土惡，換盡別家衣。（鄭獬〈雲中憶歸〉）

南歸喜氣滿東風，草軟沙平馬足鬆。料得家人相聚說，也知今日發雲中。（鄭獬〈離雲中一首〉）

來時已犯長安雪，今見春風入塞初。為問行人多少喜，燕山南畔得家書。（鄭獬〈回至涿州〉）

笑語相從正四人，不須嗟嘆久離群。及春煮菜過邊郡，賜火煎茶約細君。日暖山蹊冬未雪，寒生胡月夜無雲。明朝對飲思鄉嶺，夷漢封疆自此分。（蘇轍《欒城集》〈二副使〉）

南轅初喜去龍庭，入塞猶須閱月行。漢馬亦知歸意速，朝陽已作故人迎。經冬舞雪長相避，屈指新春旋復生。想見雄州饋生菜，菜盤酪粥任縱橫。（蘇轍《欒城集》〈十日南歸馬上口占呈同事〉）

春到燕山冰亦消，歸驂迎日喜嫖姚。久行胡地生華髮，初試東風脫敝貂。插髻小幡應正爾，點粧生菜為誰挑？附書勤掃東園雪，到日青梅未滿條。（蘇轍《欒城集》〈春日寄內〉）

鄭獬（1022～1072）於嘉祐七年（1062）使遼，其《鄖溪集》載存使遼詩七首。其〈雲中憶歸〉，暗用薛道成「人歸落雁後，思發在花前」詩意，強化憶歸之旨趣。〈離雲中一首〉，則以南歸之喜氣，懸想家人之相聚，預現歸鄉之樂。

〈回至涿州〉更以「燕山南畔得家書」，表現行旅入塞回鄉之歡喜。蘇轍使遼，曾作〈奉使契丹二十八首〉，內容豐富，風格多樣[34]，其〈二副使〉詩，預想歸家團圓之樂；〈十日南歸馬上口占呈同事〉，則以漢馬知歸，朝陽迎人，側寫南歸之樂，而以想見雄州菜粥，強化歸心鄉情，亦婉轉有致。其〈春日寄內〉詩，以春到、迎喜，正寫其歸家之樂，其他言及小幡、生菜、附書、到日云云，欣喜之情皆見於言表。念故戀家，引發思鄉情結，正是《詩經》以降，歷經漢魏六朝唐代之文學主題之一[35]。其他北宋使遼詩人所作，亦多表現此種主題，彭汝礪所作，數量較多，舉此可以推想其餘，如：

誰似老胡喜，一朝三得書。去家長念汝，觸事獨愁予。小凍魚全少，天寒雁更疏。三冬多壅熱，安否此何如？（彭汝礪《鄱陽詩集》〈途中見接伴曰三得三家書因作是詩寄侯〉）

有鳥羽毛非子規，向人如道不如歸。使軺不用君多勸，未到歸心已似飛。（彭汝礪《鄱陽詩集》〈過墨斗嶺聞鳥聲似子規而其形非是〉）

歸期元約是花時，曲指花時定可歸。日暖歸雲迎馬首，天寒飄雪點人衣。老胡淚落不忍別，野鵲性靈相近飛。到得歸時春更晚，故園桃李正芳菲。（彭汝礪《鄱陽詩集》〈歸期〉）

雁奴到日人初別，燕子來時我亦還。馳馬直登山絕

34　詳參張高評〈蘇軾蘇轍邊塞詩之主題與風格〉，「紀念蘇軾逝世900週年學術研討會」，四川眉山市，2001年8月20日～24日。
35　同註33，〈一、鄉音不斷——思鄉主題的文學史檢視〉，頁229~234。

頂，爭圖先看瓦橋關。（彭汝礪《鄱陽詩集》〈歸次雄州〉）

馬頭今日過中都，到得雄州更有書。道路莫嗔音問
少，天寒沙漠雁全疏。（彭汝礪《鄱陽詩集》〈至雄州寄
諸弟并呈諸友〉二首之一）

沙陀行盡見南山，過卻中京更少寒。欲寄梅花無處
覓，只將書去報平安。（彭汝礪《鄱陽詩集》〈至雄州寄
諸弟并呈諸友〉二首之二）

彭汝礪使遼詩中，如〈途中見接伴曰三得三家書因作是詩
寄侯〉，見契丹使者「三得三家書」之欣喜，觸事生愁，遂寄
侯家人，噓寒問暖，念家問安。其他諸詩，或云「未到歸心已
似飛」，或云「曲指花時定可歸」，或云「燕子來時我亦還」，
或云「到得雄州更有書」，或云「只將書去報平安」，詩中多借
家書、子規、故園桃李、鴻雁、春燕、寄梅諸意象，牽動鄉
情；其他詩人則或借塞外樂音，或因異域鳥獸，或緣於北地風
俗語言，多可觸發思鄉念家的悸動，多可營造「故鄉安可
忘」，「綿綿思故鄉」的情懷。

與唐代邊塞詩相較，北宋使遼詩受限於兩國和平，局限於
出使身分，制約於「守內虛外」之國策[36]，因此未有初唐邊
塞詩之英爽豪邁，亦乏盛唐邊塞詩風之浪漫悲壯[37]；中唐邊
塞詩之慷慨悽愴、晚唐邊塞詩之蕭瑟悲苦[38]，則或多或少為
北宋使遼詩所承繼，而思鄉情懷為其中一大主題。

36　參考註3，漆俠《探知集》，〈宋太宗與守內虛外〉，頁151～167。
37　參考余恕誠《唐詩風貌》，第九章〈唐代邊塞詩〉（合肥：安徽大學出版
　　社，1997），頁198～199。
38　參考張浩遜《唐詩分類研究》，第五章〈唐代的邊塞詩〉（南京：江蘇教
　　育出版社，1999），頁94～121。

退藏、收斂、反思、柔和之宋型文化，發為戀家懷鄉之情懷，於是使遼詩中，思家、念子、懷鄉、思歸、早歸、待歸之心緒，形諸吟詠；客夢、子規、家書、故園、塞燕南翔，折梅寄人諸形象，見於詩篇，使遼詩人之念故戀家，與一般旅遊詩、羈旅詩、山水詩幾乎無別。

四、立功邊塞之期待

北宋軍隊，由徵兵演變為募兵，其優點為可以防患「強悍無賴游手之徒嘯聚作過」；就大部分民眾而言，可以免除兵役，「保其骨肉相聚之樂」。故自宋太祖「杯酒釋兵權」[39]以來，相沿未改。若其弊端，則在兵員冗濫，卒驕將惰，造成北宋積貧積弱，自禍自敗之惡果[40]。另一方面，宋代之邊防政策，太祖尚知選將謀帥，「凡軍中事許以便宜」，故西北二邊防獲得二十年之安寧。至太宗則一反太祖之道，堅持「將從中御」之政策，剝奪了將帥獨立自主之軍事指揮權。長此以往，導致戰事一再失利，實質削弱了宋代的邊防力量，造成「守內虛外」、「斥地與敵」之嚴重惡果[41]。何況，宋代以儒立國，崇尚文治，形成以文御武之局面。影響所及，於是「將帥愚儒，郡國空虛」，「出戍則亡，遇敵則潰」，將帥若此，將何以

---

39 參考徐規《仰素集》，〈「杯酒釋兵權」說獻疑〉（杭州：杭州大學出版社，1999），頁 526~532。

40 參考楊渭生、朱瑞熙等著《兩宋文化史研究》，第六章第七節〈關於宋朝募兵制的評價〉（杭州：杭州大學出版社，1998），頁 242~244。

41 宋呂祖謙《歷代制度詳說》卷十，〈屯田〉，批評宋朝不把重兵屯戍在緣邊要衝，卻屯聚在國內「閫奧至安之地」，批評這種守禦為「斥地與敵，守內虛外」。參考同註 34。

御戎備邊 [42] ？

宋太宗雍熙北伐，為宋遼一大戰爭，涿州之戰宋軍由勝轉敗，西路軍潰敗，楊業不幸殉國。北征之所以失敗，即是太宗「事為之防，曲為之制」，「將從中御」政策之反響 [43] 。楊業的殉國，是錯誤政策下的犧牲者。北宋使遼詩人途經古北口楊業祠廟，無不同聲嘔歌，稱揚其忠勇不朽，如王珪、劉敞、蘇頌、蘇轍、彭汝礪所作：

> 來無方馬去無輪，天險分明限一津。願得玉龍橫十萬，榆關重識故封人。（王珪〈虎北口〉）
>
> 西流不返日滔滔，隴上猶歌七尺刀。慟哭應知賈誼意，世人生死兩鴻毛。（劉敞〈楊無敵廟〉）
>
> 漢家飛將領熊羆，死戰燕山擄我師。威信仇方名不滅，至今遺俗奉遺祠。（蘇頌〈和仲巽過古北口楊無敵廟〉）
>
> 行祠寂寞寄關門，野草猶知避血痕。一敗可憐非戰罪，太剛嗟獨畏人言。馳驅本為中原用，嘗享能令異域尊。我欲比君周子隱，誄彤聊足慰忠魂。（蘇轍《欒城集》〈過楊無敵廟〉）
>
> 將軍百戰死嶔岑，祠廟嚴嚴古到今。萬里胡人猶破膽，百年壯士獨傷心。遺靈半夜雨如霄，餘恨長時日為陰。驛舍愴懷心欲碎，不須更聽鼓鼙音。（彭汝礪《鄱陽詩集》〈古北口楊太尉廟〉）

42　參考王瑞明《宋代政治史概要》，第六章〈宋代軍權集中及其後果〉，第二、四節（江陵：華中師範大學出版社，1984），頁287。

43　同註36，〈宋太宗雍熙北伐——宋遼戰爭研究之二〉，頁187~204。

　　楊業（935？～986），本抗宋名將。太平興國四年（979）
五月，楊業降宋。太宗志在收復燕雲十六州，乃起用「老於邊
事，洞悉敵情」之楊業，曾收復雲、應、寰、朔四州。雍熙三
年（986）正月，太宗決定二次伐遼，兵分三路，西路軍王侁
為監軍，以潘美為主將，楊業為副帥。由於王侁的惡言詆毀，
加上潘美的嫉忌和排除異己，「責業以避敵」，宋遼朔州之
戰，遂中敵計被擒，不食三日而死。遼人於古北口城北門外建
祠奉祀，號楊無敵廟[44]。古北口為使遼必經路線[45]，雖時移
勢遷，使遼詩人憑弔祠廟，仍然景仰有加。對於楊業之抗擊契
丹，威鎮邊陲，相較於當前現實之「將帥愚懦」、「遇敵則
潰」，不能不有所感慨。王珪〈虎北口〉，稱「榆關重識故封
人」；彭汝礪〈古北口楊太尉廟〉，卻謂「百年壯士獨傷
心」；後之視今，亦猶今之視昔，故借古喻今，可使頑廉懦
立，或徒增感慨而已。劉敞〈楊無敵廟〉，既稱其英勇不朽，
又美其慎擇死生；蘇頌所作，一則美為「漢家飛將」，再則讚
其聲名不滅。蘇轍所作，就敗非戰罪，異域推尊二方面褒美其
忠愛，可見是非自有公論。如今邊塞無有堪稱拓土封疆之良
將，徒呼奈何？此種期待良將，憧憬「胡天朔漠殺氣高，煙雲
萬里埋弓刀」之意識，偶爾亦出現使遼之詩篇中，不失為昂揚
慷慨之氣勢，如王安石、蘇轍、彭汝礪所作：

　　　　陰山健兒鞭控急，走勢能追北風及，逶迤一虎出馬

44　同上註，頁 194-197。又參考李裕民《宋史新探》，〈楊家將史事考〉
　　（西安：陝西師範大學出版社，1999），頁 198～209。
45　北宋使遼路線，參考傳樂煥〈宋人使遼語錄行程考〉，《國學季刊》卷五
　　第四期（1935）；聶崇歧〈宋遼交聘考〉，《燕京學報》第二十七期
　　（1940）；又參考同註 5，第八章〈從宋詩看宋遼外交關係〉，頁 188。

前，白羽橫穿更人立。回旗倒戟四邊動，抽矢當前放蹄
人。爪牙蹭蹬不得施，磧上流丹看來濕。胡天朔漠殺氣
高，煙雲萬里埋弓刀。穹廬無工可貌此，漢使自解丹青
包。堂上絹素開欲裂，一見猶能動毛髮。低回使我思古
人，此地搏兵走戎羯。禽逃獸遁亦蕭然，豈若封疆今晏
眠。契丹弋獵漢耕作，飛將自老南山邊，還能射虎隨少
年。（王安石〈陰山畫虎圖〉）

　　孤城千室閉重闉，蒼莽平川絕四鄰。漢使塵來空極
目，沙場雪重欲無春。羞歸應有李都尉，念舊可憐徐舍
人。會逐單于渭橋下，歡呼齊拜屬車塵。（蘇轍《欒城集》
〈惠州〉）

　　將軍誓願斬樓蘭，涕淚橫流杯酒間。紫氣劍埋終未
試，黃金印大亦何顏。（彭汝礪《鄱陽詩集》〈再和子育〉
五首之二）

　　王安石所作〈陰山畫虎圖〉，借圖寄慨；詩中嚮往陰山健
兒「胡天朔漠殺氣高，煙雲萬里埋弓刀」的邊塞爭戰生涯；遺
憾「封疆今晏眠」，「飛將自老南山邊」。由於北宋邊政「將從
中御」，因此不可能有拓土封疆之將帥，故王安石稱：「低回
使我思古人，此地搏兵走戎羯」，無可奈何之心曲，自在言
外。蘇轍所作〈惠州——傳聞南朝逃叛者多在其間〉，以「會
逐單于渭橋下，歡呼齊拜屬車塵」作結，期待武將如李都尉
（陵），謀臣如徐舍人（庶），起義立功；將擒王歡呼之場景懸
想得如此繪聲繪影，則其思良將謀臣以立功邊塞之意，可以想
見。彭汝礪《再和子育五首》其二，稱述同行使遼之子育（高
遵惠）將軍，「誓願斬樓蘭」，無奈誓與願違，充其量只能

「涕淚橫流杯酒間，紫氣劍埋終未試」。由於「守內虛外」政策，嚴防兵驕將強，在宋代空有效命邊疆，卻投閒置散，懷才不遇者極多，蘇轍兄弟所作〈郭綸〉，蘇軾詩中描述狄崇班、雷勝得、蔣之奇、張中、李彥威諸將之遭遇不幸[46]，可見一斑。思良將，啟封疆，遂成北宋邊塞詩，尤其是使遼詩主題之一。

　　期待良將立功邊塞，亦是邊塞詩傳統之主題。如駱賓王〈宿溫城望軍營〉：「還應雪漢恥，持此報明君」；楊炯〈紫騮馬〉：「匈奴今未滅，畫地取封侯」；岑參〈送李副使赴磧西官軍〉：「功名只向馬上取，真是英雄一丈夫」；李賀〈南國十三首〉之五：「請君暫上淩煙閣，若個書生萬戶侯」；王昌齡〈從軍行〉：「黃沙百戰穿金甲，不破樓蘭終不還」；其他，如李白「願將腰下劍，直為斬樓蘭」；令狐楚「未收天子河湟地，不擬回頭望故鄉」；張為「向北望星提劍立，一生長為國家憂」皆是。論者稱：唐代邊塞詩的基本主題，在於宣揚大唐國威，抒寫從軍報國、安定邊疆的壯志豪情；就悲壯美和崇高美而言，北宋使遼詩幾乎全無此種表現[47]。由此觀之，試將唐宋邊塞詩加以比較，胡雲翼論唐宋詩異同，所謂「宋詩消失唐代那種悲壯的邊塞派的作風」云云，可謂有所見而云然。就北宋使遼詩言，堪稱定評[48]。

46　所引詩，分見《欒城集》卷一，〈郭綸〉；《蘇軾詩集》卷一，〈郭綸〉；卷十七，〈贈狄崇班季子〉；卷十八，〈將官雷勝得過宋代作〉；卷卅六，〈送蔣穎叔帥熙河〉；卷四十二，〈和陶答龐參軍三送張中〉；卷四十三，〈贈李兜彥威秀才〉，參考同註32。

47　《唐代文學研究》第三輯，胡大浚〈唐代社會文化心理與唐代邊塞詩〉；倪倍翔〈略說盛唐邊塞詩美學特徵〉（桂林：廣西師範大學出版社，1992），頁125~129，頁223~236。

北宋軍制，由徵兵改為募兵，同時實施「守內虛外」政策，堅持「將從中御」，造成郡國空虛，將帥愚懦，於是像楊業之英勇無敵，王安石〈陰山畫虎圖〉所謂「胡天殺氣高」、「萬里埋弓刀」之封疆飛將，只能低迴期待而已，徒呼奈何？

肆、北宋使遼詩與邊塞詩主題之新變

一種文體所以能生存發展，除發揮本身具有之能量外，還必須傳承繼往之優長，兼容並蓄，觸類引申，會通化成，新變代雄，期能以開拓特色，自成一家為目標。宋詩中卓絕處，即在學唐變唐。

在燕雲十六州早已淪陷，太宗、真宗力求收復而不可得，澶淵盟誓業已簽訂，守內虛外政策持續施行，宋遼使臣必須往來的情況下；北宋詩人奉命使遼，受種種客觀形勢之制約，加上遼地窮陋苦寒之行路艱難，宋代《春秋》學之普遍繁榮，及宋型文化之退藏反思，在在影響北宋使遼詩之主題表現，與風格走向，實與唐代邊塞詩有所不同。

今翻檢北宋使遼詩 200 餘首，歸納其新變與開拓之主題，大抵有四端：一、故土淪喪之隱痛；二、和戎政策之評價；三、華夷優劣之偏執；四、行旅苦辛之嗟歎。試舉例論證如下：

48　胡雲翼《宋詩研究》，上篇，第一章〈唐詩與宋詩〉，論唐詩裡面許多偉大的獨具的特色，在宋詩裡卻消失掉了，其一為「宋詩消失唐代那種悲壯的邊塞派的作風」（成都：巴蜀書社，1993），頁 5~6。

一、故土淪喪之隱痛

宋朝開國，版圖遠比唐朝狹小許多。陳橋兵變（960）前
25 年（936），後唐河東節度使石敬瑭遣使降契丹，請求出兵
抗擊後唐。於是契丹冊立石敬瑭為晉帝，定為「父子之邦」；
後晉則歲貢帛 30 萬匹，更將幽薊十六州（宋代及後世習稱
「燕雲十六州」）割讓給契丹[49]。

宋太宗雖立志收回幽薊諸州，發動二次伐遼戰爭，然終歸
失敗。其後遼國採行戰略進攻，真宗御駕親征，於景德元年
（1004），宋遼簽訂《澶淵盟誓》，維持了 100 餘年之和平。熙
寧九年（1076）兩國雖重新分畫地界，其實變更不大[50]。換言
之，燕雲十六州自石敬瑭拱手讓給契丹後，從此故土淪陷，一
失難以再得。使遼詩人重回故土，身歷目見，自不能無感慨。
自使遼詩考察之，大抵兩種型式：其一為遺民心態之書寫，其
二為河山重光之憧憬，請先論述前者：

感傷亂離，追懷身世，自東漢蔡琰（172 ？～ ？）〈悲憤
詩〉，自傳式記述淪喪始末，悲憤之情見於言外。北周庾信
（513～581），身經喪亂，為作〈哀江南賦〉；顏之推（531～
591 ？）歷經鼎革，受庾賦影響，亦有〈觀我生賦〉之作。至
唐天寶十三載，安史之亂起，杜甫（712～770）身陷長安，

49　石敬瑭割讓燕雲十六州給契丹，指幽、薊、瀛、莫、涿、檀、順、新、
　　媯、儒、武、雲、應、寰、朔、蔚等 16 州。參考白壽彝《中國通史》第
　　七卷，《中古時代‧五代遼宋夏金時期》（上）（上海：上海人民出版
　　社，1999），頁 198～199。
50　張暢耕主編《遼金史論集》第六輯，陶晉生〈宋遼邊界交涉的問題〉（北
　　京：社會科學文獻出版社，2001），頁 41～51。

而有〈哀王孫〉、〈哀江頭〉諸詩史。張籍（766？～829）歷
經七朝，戰亂頻仍，異族侵凌，關心社會民生，而有〈沒蕃故
人〉追懷其事。至晚唐韋莊（836？～910），身當黃巢之亂，
傷時憂生，乃作長篇敘事詩〈秦婦吟〉誌其始末[51]。其他如
王維〈息夫人〉、杜牧〈題桃花夫人廟〉諸詩，亦皆抒寫淪陷
之隱痛。若此之類，抒發淪陷沒蕃之感受，要皆後世遺民心態
書寫之先聲。

依照《澶淵盟誓》：「沿邊州軍，各守疆界。兩地人戶，
不得交侵」；換言之，自燕雲十六州割讓後，陷沒異域之幽燕
百姓，皆淪為沒蕃之遺民。使遼詩人旅途所經，無非故土；耳
目所及，無非遺民。傾聽遺民之心聲，接觸淪陷之山河，自不
能無動於衷。試觀諸家所作，多可見亂離之悲憤與感傷，如：

> 白髮衰翁雙涕零，曾隨諸將戰咸平。一捐北鄙迷歸
> 路，卻問中華似隔生。思報漢恩身已朽，恥埋泉壤死無
> 名。今朝縱觀非他意，得見官儀眼自明。（劉敞〈富公老
> 人藏用自雲本京師兵士，咸平中沒番五十餘年矣〉）

> 鐵山五十里，濱歠不能踰。兩壁如夾城，行人貫眾
> 魚。巨關隔元氣，寒暑南北殊。一夫扼其鍵，萬馬不能
> 趨。（中略）桑柘入燕山，牛羊臥平蕪。我行謬使節，踏
> 冰出中涂。路傍二三老，幅巾垂白鬚。喜見漢衣冠，叩首
> 或欷歔。不能自撥掃，百年落鬼區。天數終有合，行上督

51　參考同註2，《會通化成與宋代詩學》，柒、〈韋莊〈秦婦吟〉與唐宋詩
風之嬗變——以敘事、詩史、破體為例〉，頁235～270；薛宗正《歷代西
陲邊塞詩研究》，〈唐朝沒蕃人的蒼涼悲吟〉（蘭州：敦煌文藝出版社，
1993），頁121～136。

亢圖。酹酒吊遺民，淚濕蒼山隈。（鄭獬〈奉使過居庸關〉）

農夫耕鑿遍奚疆，部落連山復枕岡。種粟一收饒地力，開門東向雜夷方。田疇高下如棋布，牛馬縱橫似谷量。賦役百端閑日少，可憐生事甚茫茫。（蘇頌《後使遼詩》之七〈牛山道中〉）

劉敞〈富公老人藏用〉，敘述一位沒蕃五十餘年之京師兵士，「思報漢恩」，「恥埋泉壤」，正是遺民之心聲。鄭獬〈奉使過居庸關〉，述說燕山地區二三遺老，「喜見漢衣冠，叩首或欷歔」；同時詛咒百年淪落之地為「鬼區」，祝願天數有合，遼國稱藩。蘇頌〈牛山道中〉原注：「耕種甚廣，牛羊遍谷，問之，皆漢人佃奚土，甚苦輸役之重」；詩中描述淪沒契丹之漢人生涯，但見田疇棋布、牛馬縱橫，那知其中輸役之苦重？所謂「賦役百端閑日少，可憐生事甚茫茫」，同情與感慨，兼而有之，愛莫能助，此使遼詩人之無可奈何者。其他使遼詩人所記，亦所見略同，如：

寒門秋色陣雲飛，雉堞煙青畫角悲。河坼波濤含趙魏，星分華昴半華夷。太原獫狁當征日，瀚海單于欲戰時。六十萬兵閑飽死，誰憐山後八州兒？（劉摯《忠肅集》〈城北〉）

雪餘天色更清明，野店忽聞雞一聲。地里山川從禹畫，人情風俗近燕京。漁陽父老尚垂涕，燕領將軍誰請纓。容復不分南與北，方知聖德與天平。（彭汝礪《鄱陽詩集》〈過虎北口始聞雞〉）

聞有官軍士，生存仍宦胡。羞言隴西李，忍對杜陵

蘇。椎髻心何似，環刀意豈無？陳湯那復得？衛律不勝
誅。（劉攽〈虜中作〉之四）

劉摯（1030～1097）於元豐五年（1082）為賀遼主正旦使
使遼，其〈城北〉詩稱：「六十萬兵閑飽死，誰憐山後八州
兒？」為淪陷區之百姓請命申冤，憤懣諷刺兼而有之。彭汝礪
〈過虎北口始聞雞〉，既同情漁陽父老之垂涕，又歎惜當今未有
如燕頷將軍班超之名將，可以請纓征遼。劉攽〈虜中作〉其
四，探討「生存仍宦胡」的官軍士心態，觀其「羞言隴西李，
忍對杜陵蘇」，推測彼尚有羞愧之心；惟已胡服椎結，恐無還
漢之意矣（胡漢之別，衣冠為判）！見義勇為如陳湯殺單于
者，能不能再有呢？像衛律一般，生為漢人卻甘心降胡者多，
皆罪不容誅。探究遺民心態，大抵多宗《春秋》書法，堅持夷
夏之防[52]，《左傳》成公四年，所謂「非我族類，其心必異」
者，此中有之。杜甫〈詠懷古跡〉詠王昭君，所謂「環珮空歸
夜月魂」，「分明怨恨曲中論」，曲曲傳出華夷優劣，足以相互
發明。

至於憧憬河川之重光，多以古今對比反襯，以寄感慨、寓
褒貶，如沈遘、王安石諸家所作：

燕山自是漢家地，北望分明掌股間。休作畫圖張屋
壁，空令壯士老朱顏。（沈遘〈題漁陽圖〉）
涿州沙上飲盤桓，看舞春風小契丹。塞雨巧催燕淚
落，濛濛吹濕漢衣冠。（王安石〈出塞〉）

---

52 參考陳柱《公羊家哲學》，〈攘夷說〉（臺北：中華書局，1980），頁41
～46。

荒雲涼雨水悠悠，鞍馬東西鼓吹休。尚有燕人數行淚，回身卻望塞南流。（王安石〈入塞〉）

沈遘〈題漁陽圖〉，宣稱「燕山自是漢家地」，如今所以「空令壯士老朱顏」者，以燕雲十六州已淪為契丹之地盤，因此令人扼腕歎息。王安石〈出塞〉詩，明言於涿州觀看「契丹舞」[53]，知是出使遼國，參加宴會，可作荊公使遼之內證。詩中將「看契丹舞」與「濕漢衣冠」相對照，故土淪陷之悲痛，隱然在其中。〈入塞〉詩，敘寫「燕人數行淚」，「卻望塞南流」，燕人思念中原，出以形象語，表現更加婉曲。代馬依風，人情懷土，其不能自己，有如此者。蘇轍使遼詩，亦表現淪落之悵恨，如：

燕山如長蛇，千里限夷漢。首銜西山麓，尾掛東海岸。中開哆箕畢，末路率一線。卻顧沙漠平，南來獨飛雁。居民異風氣，自古習耕戰。上論召公奭，禮樂比姬旦。次稱望諸君，術略亞狐管。子丹號無策，亦屬游俠冠。割棄何人斯，腥臊久不浣。哀哉漢唐餘，左袵今已半。玉帛非足云，子女罹踏踐。區區用戎索，久爾縻郡縣。從來帝王師，要在侮亡亂。攻堅甚攻玉，乘瑕易冰泮。中原但常治，敵勢要自變。會當挽天河，洗此生齒萬。（蘇轍《欒城集》〈燕山〉）

燕疆不過古北關，連山漸少多平田。奚人自作草屋

住，契丹駢車依水泉。橐駝羊馬散川谷，草枯水盡時一
遷。漢人恒年被流徙，衣服漸變存語言。力耕分獲世為
客，賦役稀少聊偷安。漢奚單弱契丹橫，目視漢使心淒
然。石瑭竊位不傳子，遺患燕薊逾百年。仰頭呼天問何
罪，自恨遠祖從祿山。（蘇轍《欒城集》〈出山〉）

蘇轍〈燕山〉詩，撫今追昔，感慨萬端。詩中痛斥石敬瑭
割讓燕雲十六州，所謂「哀哉漢唐餘，左衽今已半。玉帛非足
云，子女罹蹈踐」，後患之無窮如此，淪陷之隱痛如斯，皆令
詩人義憤填膺，志在恢復。尾聲強調「中原但常治，敵勢要自
變。會當挽天河，洗此生齒萬」，詩中大有雪恥興復之意在。
〈出山〉詩，則遺憾流徙之漢人「衣服漸變存語言」，感慨「漢
奚單弱契丹橫」；詩中推究禍根亂源，直指石敬瑭之割讓燕
雲，所謂「遺患燕薊逾百年」，貶刺可謂一針見血，洞見史
實。

使遼詩人重回燕雲故土，自不能無感慨，身經目歷，遂多
抒發淪喪之隱痛：或思報漢恩，或喜見衣冠，或嗟輸役苦重，
或歎星分華夷，或恨請纓無將，或言忍對蘇李，若此，皆是燕
雲遺民心聲之抒寫。或看契丹舞，而濕漢衣冠，或痛割棄左
衽，而居民易風；或憂漢人流徙，而衣服漸變。不過，燕雲遺
民，仍心繫中原，憧憬河山重光。除一再推究禍根亂源始於石
敬瑭之外，蘇轍所提「中原但常治，敵勢要自變，會當挽天
河，洗此生齒萬」，有策略、有期許，自是遼使與燕民的共同
願景。此一主題，自蔡琰〈悲憤詩〉以來，時移勢異，遂從附
庸蔚為大國。

二、和戎政策之評價

　　中原對塞外民族的安撫政策，見諸載籍者，春秋時晉魏絳提出「和戎有五利」[54]；至漢初，匈奴困高祖於平城，始有婁敬往結和親之約，以公主嫁單于之議[55]。漢初七八十年間一直採行不悖，王昭君和親特其中之一而已[56]。《漢書》卷四十八〈賈誼傳贊〉載，賈誼建言：「施五餌三表以繫單于」；賈誼《新書》對於運用「五餌三表」之懷柔政策以制服匈奴，有較詳盡之論說[57]。要之，這些懷柔政策，對於緩和彼此衝突，穩定國際情勢，爭取與國，和平共存等皆頗具效益。除外，對於經濟與文化交流，民族的同化和融合，也有推波助瀾之貢獻。

　　宋遼簽訂《澶淵盟誓》，宋人歲給契丹銀十萬兩，絹二十萬匹，兩國約為兄弟（或叔姪）。對宋朝而言，此雖是屈辱國格之城下盟約，然從此維持宋遼間長久和平達122年，其間失和不過43年。宋朝輸遼之歲幣歲絹十分龐大，確是不爭之事

54　《左傳》襄公四年，楊伯峻《春秋左傳注》（北京：1990），頁939。

55　《史記會注考證》卷九十九，〈劉敬叔孫通列傳〉（高雄：麗文文化公司，1997），頁1084~1085。

56　張高評〈南宋昭君詩反思致用之主題〉，「和親之是非」，《宋代文學研究叢刊》第五期（高雄：麗文文化公司，1999），頁288。

57　顏師古曰：「賈誼書謂：愛人之狀，好人之技，仁道也。信為大操，常義也。愛好有實，已諾可期，即十死一生，彼將必至，此三表也。賜之盛服車乘，以壞其目，賜之盛食珍味，以壞其口，賜之音樂婦人，以壞其耳，賜之高堂邃宇倉庫奴婢，以壞其腹，於來降者，上以召幸之，相娛樂親酌，而手食之，以壞其心，此五餌也。」參考方向東《賈誼集匯校集解》，〈匈奴〉（南京：河海大學出版社，2000），頁162~163、168~169。

實。然而，與戰時軍費相較，不過百分之一、二[58]；人員之
傷亡、社會之成本，皆不計在內。當然，澶淵之盟，兩國遣使
互訪，久而久之，自然形成苟安、買和心態，不利大宋王朝之
長治久安，這也是無可諱言之事實。和戎之利病，由於事關王
朝之國計民生，因此使遼詩人身膺重任，而又身歷其境，於此
感慨與建言頗多。約而言之，大抵有四大方面：或肯定三表五
餌之懷柔政策，或珍惜耕桑滿野之太平安樂，或褒貶止戈通和
之是非得失，或批評廣築新堤為捨本逐末之下策。如下列諸詩
所示：

> 津津河北流，薛薛兩城峙。春秋諸侯會，澶淵乃其
> 地。書留後世法，豈獨譏當世。野老豈如此，為予談近
> 事。邊關一失守，北望皆胡騎。黃屋親乘城，穹廬矢如
> 蝟。紛紜擅將相，誰為開長利。焦頭收末功，尚足誇一
> 是。歡盟從此數，日月行人至。馳迎傳馬單，走送牛車
> 疲。徵求事供給，廝養猶珍麗。戈甲久以銷，澶人益憔
> 悴。能將大事小，自合文王意。語翁無嘆嗟，小雅今不
> 廢。（王安石〈澶州〉）

> 路無斥堠惟看日，嶺近雲霄可摘星。握節偶來觀國
> 俗，漢家恩厚一方寧。（蘇頌〈過摘星嶺〉）

> 擁傳經過白霫東，依稀村落見南風。食飴宛類吹簫
> 市，逆旅時逢煬灶翁。漸使邊氓歸畎廟，方知厚澤遍華

---

58 日本學者日野開三郎以為：宋朝絹的產量很大，每年付給遼國三十萬匹
　絹，只相當於東南越州一地的年產量。銀的產量不豐，倒是造成財政上
　一些問題。不過，宋朝對契丹之年貿出超，可以回收銀兩十分之五、
　六。參考同註5，頁40。

戎。朝廷涵養恩多少，歲歲軺車萬里通。（蘇頌《後使遼
詩》之五〈奚山道中〉）

　　遼中宮室本穹廬，暫對皇華辟廣除。編曲垣牆都草
創，張斿帷幄類鶉居。朝儀強效鵷行列，享禮猶存體薦
餘。玉帛繫心真上策，方知三表術非疏。（蘇頌《後使遼
詩》之二十一〈廣平宴會〉）

　　王安石〈澶州〉，借野老談說戰爭與和戎之得失，極力渲
染歡盟行人與徵求無度，落得戈甲久銷，澶人憔悴，此乃詩人
諷諭旨趣。末四句故意開脫去，稱以大事小，文王之風；夷夏
之防，《小雅》不廢，曲終奏雅，立意正大。王荊公，亦宋詩
一大家，宋詩之尚思辨，發議論，此詩有之。使遼詩人作詩，
長於發論建言者有二人焉：荊公與蘇轍，當與二家政論文字並
讀[59]。蘇頌〈過摘星嶺〉，稱揚和戎為「漢家恩厚」，足使
「一方寧」；其〈奚山道中〉亦歌頌和戎之利，為邊民歸田，
軺車暢通，足見朝廷之深恩厚澤；〈廣平宴會〉詩，亦高度肯
定和戎，所謂「玉帛繫心真上策，方知三表術非疏」。其他詩
人，如蘇轍、彭汝礪、劉跂所作使遼詩，亦多表現類似主題，
如：

　　虜帳冬住沙陀中，索羊織葦稱行宮。從官星散依冢
阜，氈廬窟室欺霜風。春梁煮雪安得飽？擊兔射鹿夸強
雄。朝廷經略窮海宇，歲遺繒絮頑凶。我來致命適寒苦，

59　參考鄧廣銘《北宋政治改革家王安石》（石家莊：河北教育出版社，
　　2001），漆俠《王安石變法》（石家莊：河北人民出版社，2001）；曾棗
　　莊《蘇轍評傳》（臺北：五南圖書出版公司，1995）。

積雪向日堅不融。聯翩歲旦有來使，屈指已復過豀封。禮
成即日卷廬帳，釣魚射鵝滄海東。秋山既罷復來此，往返
歲歲如旋蓬。彎弓射獵本天性，拱手朝會愁心胸。甘心五
餌墮吾術，勢類畜鳥游樊籠。祥符聖人會天意，至今燕趙
常耕農。爾曹飲食自謂得，豈識圖霸先和戎？（蘇轍《欒
城集》〈虜帳〉）

萬里沙陀險且遙，雪霜塵土共蕭條。草萊長大牛羊
眾，窟穴阻深豺虎驕。往日御夷誰似宋，今日尚德尚如
堯。試看虞舜巖廊上，何羨呼韓渭水朝。（彭汝礪《鄱陽
詩集》〈尚德〉）

四更起趁廣平朝，上下沙陀道路遙。洞入桃源花點
住，門橫葦箔草蕭條。時平主客文何縟，地大君臣氣已
驕。莫善吾皇能尚德，將軍不用霍嫖姚。（彭汝礪《鄱陽
詩集》〈廣平甸〉）

自昔和戎便，於今出使光。邊烽宵不見，漢節歲相
望。州邑三餐遍，溝封一葦航。太平無限固，道德是金
湯。（劉跂《學易集》〈使遼詩十四首〉之一）

蘇轍〈虜帳〉詩後幅，稱契丹「彎弓射獵本天性，拱手朝
會愁心胸。甘心五餌墮吾術，勢類畜鳥游樊籠」；因此稱讚宋
真宗簽訂澶淵之盟，換得兩國和平共處，「至今燕趙常耕農，
爾曹飲食自謂得」，可見「圖霸先和戎」，自是卓識。彭汝礪
〈尚德〉稱：「往日御夷誰似宋，今日尚德尚如堯」；〈廣平
甸〉謂：「莫善吾皇能尚德，將軍不用霍嫖姚」，將和戎與尚
德等量齊觀，而獨標大宋之功。劉跂〈使遼詩十四首〉其一，
枚舉和戎之利：漢節取代邊烽，州邑溝封相通，歸結到「太平

無限固，道德是金湯」。以和戎為道德之發用，更表現在使遼
詩篇「化干戈為玉帛」之主題中，如下列諸詩：

　　曾到臨潢已十齡，今朝復添建旄行。正當朔地百年
運，又過秦王萬里城。盡日據鞍消髀肉，通宵聞柝厭風
聲。自非充國圖方略，但致金繒慰遠甿。（蘇頌《後使遼
詩》之一〈向忝使遼於今十稔再過古北感事言懷奉呈同事
閤使〉）
　　太平天子不言兵，擁節來經右北平。論將無人思李
廣，笑談樽俎倚儒生。（彭汝礪《鄱陽詩集》〈過右北平〉）
　　南障古北口，北控大沙陀。土地稻粱少，歲時霜雪
多。古來長用武，今日許通和。豈乏嫖姚將，君王悟止
戈。（彭汝礪《鄱陽詩集》〈大小沙陀〉）
　　往來道路好歌謠，不問南朝與北朝。但願千年更萬
歲，歡娛長祇似今朝。（彭汝礪《鄱陽詩集》〈記使人語
呈子開侍郎深之學士二兄〉）
　　伶人作語近初筵，南北生靈共一天。祝願官家千萬
歲，年年歡好似今年。（彭汝礪《鄱陽詩集》〈記中京伶
人口號〉）

蘇頌二度使遼，聲稱：「自非充國圖方略，但致金繒慰遠
甿」，則其和平親善任務可知。彭汝礪〈過右北平〉謂：「天
子不言兵」，故「無人思李廣」，寓貶於褒，微言諷刺之意自
見；其〈大小沙陀〉亦強調：「古來長用武，今日許通和。豈
乏嫖姚將，君王悟止戈」，亦是同一機杼。〈記使人語〉及
〈記中京伶人口號〉之祝願，稱：「但願千年更萬歲，歡娛長

祇似今朝」;「南北生靈共一天」,「年年歡好似今年」,正是
宋遼長久和平之期許與寫照。

宋遼兩國止戈通和,實質表現在耕桑滿野,千里晏然上,
沈遘、蘇頌所作使遼詩可見此種意涵,如:

> 歷歷相望隱舊堆,狐穿兔穴半空推。行人不識問野
> 老,云是昔時烽火臺。(沈遘〈烽火臺二首〉其一)
> 烽火銷來五十年,居民初不識戈鋋。耕桑滿野帝何
> 力,千里邊城自晏然。(沈遘〈烽火臺二首〉其二)
> 使者軺車歲不停,金繒兼載價連城。洛陽年少今何
> 怯,未省傳聞敢請纓。(沈遘〈老農問〉)
> 聖主仁恩務息民,收兵方外卷威神。老農自保太平
> 樂,焉用空言差使臣。(沈遘〈答老農〉)
> 青山如壁地如盤,千里耕桑一望寬。虞帝肇州疆域
> 廣,漢家封國冊書完。因循天寶興戎易,痛惜雍熙出將
> 難。今日聖朝憫遠略,偃兵為義一隅安。(蘇頌〈初過白
> 溝北望燕山〉)

沈遘〈烽火臺二首〉、〈老農問〉、〈答老農〉諸詩,稱述
和戎之利,在不識干戈,千里晏然,耕桑滿野,自樂太平。蘇
頌〈初過白溝北望燕山〉,宣稱「今日聖朝厭遠略,偃兵為義
一隅安」。姑不論雍熙北伐大敗,澶淵訂盟,皆出於不得已;
今昌言「厭遠略」,標榜「偃兵為義」,亦客觀形勢使然。勇於
建言,敢於批判和戎邊政之偏失,不同於前述使遼詩人者,厥
為王安石,如:

塞翁少小壟上鋤，塞翁老來能捕魚。魚長如人水滿眼，桑柘死盡生芙蕖。漢家新堤廣能築，胡兒壯馬休南牧。北風捲卻波浪聲，袛放田車行轆轆。（王安石〈塞翁行〉）

白溝河邊蕃塞地，送迎蕃使年年事。蕃使常來射狐兔，漢兵不道傳烽燧。萬里鋤耰接塞垣，幽燕桑葉暗川原。棘門灞上徒兒戲，李牧廉頗莫更論。（王安石〈白溝行〉）

趙北燕南古戰場，何年千里作方塘？煙波坐覺胡塵遠，皮幣遙知國計長。勝處舊聞荷覆水，此行猶及蟹經霜。使君約我南來飲，人日河橋柳正黃。（蘇轍《欒城集》〈贈知雄州王崇拯二首（其一）〉）

為了防患契丹南下牧馬，宋人在邊塞廣築水塘，於是原來之桑田一變而為水鄉澤國，王安石〈塞翁行〉借塞翁生涯由壟鋤而捕魚之轉變，抨擊築堤防禦措施之乖張。因此，荊公於〈白溝行〉詩中，譏諷宋代邊塞這種築塘禦敵方式，是「棘門灞上徒兒戲」；更感歎空有李牧廉頗般之名將，朝廷亦未必肯用。詩中委婉提出建言，憧憬「萬里鋤耰接塞垣，幽燕桑葉暗川原」，謂只有興復故地，令中原大地與幽燕融為一體，據險以出兵，持重以待寇，庶幾有可為。如今漢家不此之圖，卻本末倒置，只於邊境廣築新堤，故荊公憂心邊防危機而作此詩。李璧注荊公詩，謂「公此詩必作於使北時也。竊味全篇，已微見經理之意。」荊公經理邊疆之意，確實可經由賦詩觀之。相形之下，蘇轍〈贈知雄州王崇拯二首〉其一，遠不如荊公詩富於經理邊疆之志，只描繪古戰場，如今是「千里作方塘」；水

塘煙波千里，「坐覺胡塵遠」；而出使契丹，輸納皮幣，蘇轍的體會是「遙知國計長」，對於澶淵盟誓衍生之和戎，是持正面評價的。這種論調，在澶淵盟約之後，和一般朝野人士主張懷柔政策，觀點是一致的 [60]。

澶淵之盟為和戎政策，宋遼通好，和平長達 122 年，對於政治、經濟、文化和民族融合，皆有深遠之影響。使遼詩人，身歷其境，感慨和建言遂多，或肯定三表五餌之懷柔政策，或珍惜耕桑滿野之太平景象，或褒貶止戈通和之是非得失，或批評廣築新堤是為捨本逐末之下策。和戎懷柔，苟安買和如此，為曠古所未有，故表現「和戎」之主題，亦屬使遼詩之開拓與新創。

三、華夷優劣之偏執

華夏與夷狄，主要在生活方式、語言文字、風俗習尚方面之不同；其間差異實緣於地理環境與文化道德，本無高下優劣之分。至春秋時代，南蠻與北狄交侵，中國不絕若線，孔子著《春秋》，乃以中原文化為本位，始標榜華夷之辨，於是而有差別相。《左傳・閔元》稱「戎狄豺狼不可信」，《左傳・襄四》謂：「戎狄無親而貪」；《孟子・滕文公》援引《詩・魯頌》〈閟宮〉：「戎狄是膺，荊舒是懲」；又謂：「吾聞用夏變夷者，未聞變於夷者也」，可作代表 [61]。由於宋代開國前，燕雲十六州已割讓給契丹，國土浸削，與春秋時蠻狄交侵進逼中原

60　同註5，頁 122～125。

61　塗文學、周德鈞《諸經總龜——春秋與中國文化》，三、1.《春秋》華夷之辨（開封：河南大學出版社，1998），頁 104～120。

相似，由於憂患意識之觸發，故兩宋學術《春秋》最稱顯學。
《四庫全書總目》卷二十九《日講春秋解義》〈提要〉稱：「說
《春秋》者，莫夥於兩宋」，其盛況可以想見[62]。

　　以中原文化為本位，視四方民族為夷狄，此文化優越意
識，影響使遼詩人對契丹文化之認知，及生活習俗之尊重。論
者稱：使遼詩人有屈辱，需排釋；有隱痛，需緩解，於是把目
光投注在宋朝文明的現實優勢上[63]。此種因屈辱隱痛轉變而
來的自大優越意識，往往表現在華夷優劣的偏執上，使遼詩人
皆所不免，如王安石、蘇轍所作：

　　　　紫衣操鼎置客前，巾韝稻飯隨梁饘。引刀取肉割啖
　　客，銀盤擘臄薦與鮮。殷勤勸侑邀一飽，卷牲歸館觴更
　　傳，山蔬野果雜飴蜜，獾脯豕臘加炰煎。酒酣眾史稍欲
　　起，小胡捽耳爭留連。為胡止飲且少安，一杯相屬非偶
　　然。（王安石〈北客置酒〉）

　　　　奚田可耕鑿，遼土直沙漠。蓬棘不復生，條幹何由
　　作。茲山亦沙阜，短短見叢薄。冰霜葉隨盡，鳥獸紛無
　　託。乾坤信廣大，一氣均美惡。胡為獨窮陋，意似鄙夷
　　落。民生亦復爾，垢汙不知怍。君看齊魯間，桑柘皆沃
　　若。麥秋載萬箱，蠶老簇千箔。餘粱及狗彘，衣被遍城

62　《宋史・藝文志》著錄《春秋》學專著在二百四十種以上，朱彝尊《經
　　義考》所錄，亦在四百種以上。《四庫全書》《春秋》類共著錄一一四
　　部，一八三八卷，其中宋人著作佔三十八部，六八九卷；居三分之一
　　部，卷數亦佔三分之一強。參考同註2，張高評《會通化成與宋代詩
　　學》，〈春秋書法與宋代詩學〉，頁61~65。

63　參考《王水照自選集》，〈論北宋使遼詩的兩個問題〉（上海：上海教育
　　出版社，2000），頁249~252。

　　郭。天工本何心，地力不能博。遂令堯舜仁，獨不施禮
樂。（蘇轍《欒城集》卷十六，〈奉使契丹二十八首（之
十四木葉山）〉）

　　　北渡桑乾冰欲結，心畏穹廬三尺雪。南渡桑乾風始
和，冰開易水應生波。穹廬雪落我未到，到時堅白如磐
陀。會同出入凡十日，腥羶酸薄不可食。羊修乳粥差使
人，風隧沙場不宜客。相攜走馬渡桑乾，旌旆一返無由
還。胡人送客不忍去，久安和好依中原。年年相送桑乾
上，欲話白溝一惆悵。（蘇轍《欒城集》〈渡桑乾〉）

　　王安石〈北客置酒〉，寫契丹人宴客勸酒之場面，除反映
其習尚豪爽外，試與禮儀之邦之中原相較，不無揶揄之意。至
於蘇轍〈木葉山〉之作，「奚田」以下八句，敘寫遼地沙漠，
苦寒窮陋，草木生長不易；「胡為」以下四句，遂以窮陋、鄙
夷、垢汙諸形象看待遼人。「君看齊魯間」以下六句，刻劃中
原之富庶繁榮，前後相形，優劣立判。王水照教授以為：「蘇
轍對於北地艱苦生活環境曲解，和對當地民俗的鄙視，都隱隱
地受著漢文化優越意識的指使」[64]，此言得之。蘇轍〈渡桑乾〉
詩，自「會同出入凡十日」以下四句，稱述遼人之飲食習慣和
生活環境，斷言其「不可食」，「不宜客」，未免先入為主，有
失公正。「胡人送客」二句，一則稱「不忍去」，一則謂「依
中原」，不無自我美化之意。

　　使遼詩人之華夷觀，對契丹心存鄙夷嗤笑，生活方式、風
俗習尚之不同，是主因之一，由下列詩作可以窺知：

64　同上註，頁251～252。

　　胡人射獵取麋麕，天矤仁心所不為。鳴角秋山少閒日，標名郵館客慵窺。（蘇頌〈和宿鹿兒館〉）

　　奚疆山水比東吳，物色雖同土俗殊。萬壑千岩南地有，扁舟短棹此間無。因嗟好景當邊國，卻動歸心憶具區。終待使還酬雅志，左符重乞守江湖。（蘇頌《後使遼詩》之三〈同事閣使見問奚國山水何如江鄉以詩答之〉）

　　甘作河南犬，休為燕地人。舉能羞石晉，誰復怨嬴秦。地扼遼東海，星占析木津。悲傷此邦舊，會遺一朝新。（劉跂〈虜中作〉之二）

　　人物分多種，遷流不見經。已無燕代色，但有犬羊腥。海馬生難馭，山苗煮始青。舜韶方九奏，異類合來庭。（劉跂〈虜中作〉之三）

　　胡人以射獵為生涯，蘇頌〈和宿鹿兒館〉，卻以為「仁心所不為」。其實，蘇頌何嘗不知華夷之別，只在「物色雖同土俗殊」？〈同事閣使見問：「奚國山水何如江鄉」以詩答之〉一詩，可作見證。劉跂〈虜中作〉其二、其三，所謂「甘作河南犬，休為燕地人」；「已無燕代色，但有犬羊腥」，亦多存有華優夷劣之意識。此種優劣意識進一步發用，即是「用夏蠻夷」策略之提出，使遼詩中亦隱約見之，如：

　　地風如狂兒，來自黑山傍。坤維欲傾動，冷日青無光。飛沙擊我面，積雪沾我裳。豈無玉壺酒，飲之冰滿腸。鳥獸不留跡，我行安可當。雲中本漢土，幾年遭殺傷。元氣遂隳裂，光陰獨盛強。東日拂滄海，此地埋寒霜。況在窮臘後，墮指乃為常。安得天子澤，浩蕩漸窮

荒。掃去妖氛祲，沐以楚蘭湯。東風十萬家，畫樓春日長。阜踏錦靴緣，花入羅衣香。行人捲雙袖，長歌歸故鄉。（鄭獬〈回次媯川大寒〉）

君逢嘉景思如泉，欲和慚無筆似椽。山谷水多流乳石，旄裘人鮮佩純棉。服章幾類南冠繫，星土難分列宿纏。安得華風變殊俗，免教辛有歎伊川。（蘇頌〈和晨發柳河館憩長源郵舍〉）

文物燕人士，衣冠漢典儀。舉知繒絮好，深厭血毛非。形勢今猶古，規模夏變夷。誰言無上策，會是有天時。（劉跂〈虜中作〉之一）

鄭獬〈回次媯川大寒〉詩，一則曰「安得天子澤，浩蕩漸窮荒」，再則曰「掃去妖氛祲，沐以楚蘭湯」，對於本是漢土的雲中，作如此祝願，則詩中興復之念，用夏變夷之意可知。華夷之分，衣冠為其中之一，故蘇頌詩提及「旄裘人鮮佩純棉，服章幾類南冠繫」；中原人士往往以如此差異，轉變為優劣之判，故蘇頌詩稱：「安得華風變殊俗，免教辛有歎伊川」，此亦孟子「用夏變夷」理念之反映。《春秋》學或《春秋》書法於詩中之表現，此為宋代文學研究之課題，值得全面探究。

華夷優劣意識之反映，另一側面，即是「慕華心態」。「慕華心態」，首先表現在「人行塞外，心歸中原」之使遼詩旨趣中，是中國文學中懷鄉主題原型之發揚[65]。如：

曉入燕山雪滿旌，歸心常與雁南征。如何萬里沙塵

外，更在思鄉嶺上行。（王珪〈思鄉嶺〉）

　　偏箱嶺惡莫摧輪，遊子思親淚滿巾。萬里有塵遮白日，一行無樹識新春。幽禽才囀已催客，狂石欲奔如避人。虜酒相邀絕峰飲，卻因高處望天津。（王珪〈新館〉）

　　絕壑參差半倚天，據鞍環顧一悽然。亂山不復知南北，惟記長安白日邊。（劉敞〈思鄉嶺〉）

　　朱橋柳映潭，忽見似江南。風物依然是，登臨昔所諳。犬聲寒隔水，山氣晚成嵐。留恨無人境，幽奇不盡探。（劉敞〈朱橋〉）

　　身驅漢馬踏胡霜，每嘆勞生只自傷。氣候愈寒人愈北，不如征雁解隨陽。（歐陽脩〈過塞〉）

　　使還兼道趣南轅，朝出沙陁暮水村。夷落蕭疏人自少，胡天淒慘日長昏。鴉聞宿客驚如鬧，馬識歸途去似奔。屈指開年到京闕，夢魂先向九重閽。（蘇頌〈使回蹉榆林侵夜至宿館〉）

　　王珪〈思鄉嶺〉，敘述人雖已行萬里沙塵外，然「歸心常與雁南征」；〈新館〉詩，感慨「萬里有塵遮白日」，相邀「高處望天津」，心歸中原亦慰情聊勝於無。劉敞〈思鄉嶺〉稱：「亂山不復知南北，惟記長安白日邊」；〈朱橋〉詩亦謂：「朱橋柳映潭，忽見似江南」；歐陽脩〈過塞〉云：「氣候愈寒人愈北，不如征雁解隨陽」；蘇頌〈使回蹉榆林侵夜至宿館〉詩亦謂「屈指開年到京闕，夢魂先向九重閽」，胡馬依北風，越鳥巢南枝，念故戀群，心歸中原，固使遼詩人意識之所同。至於形諸文字，明示戀慕情結者，蘇頌、蘇轍二家使遼之作，曾約略言之，如：

　　薄雲悠揚朔氣清，衝風吹拂氈袞輕。人看滿路瓊瑤
跡，盡道光華使者行。（蘇頌〈和土河館遇小雪〉）

　　奚夷居落瞰重林，背倚蒼崖面曲潯。澗水逢春猶積
凍，山雲無雨亦常陰。田塍開墾隨高下，樵路攀緣極險
深。漢節經過人競看，忻忻如有慕華心。（蘇頌〈和過打
造部落〉）

　　行盡奚山路更賒，路旁時見百餘家。風煙不改盧龍
俗，塵土猶兼瀚海沙。朱板刻旗村肆食，青氈通幰貴人
車。皇恩百歲如荒憬，物俗依稀欲慕華。（蘇頌《後使遼
詩》之十〈奚山路〉）

　　誰將家集過幽都，逢見胡人問大蘇。莫把文章動蠻
貊，恐妨談笑臥江湖。虜廷一意向中原，言語綢繆禮亦
虔。顧我何功慚陸賈，橐裝聊復助歸田。（蘇轍《欒城集》
〈神水館寄子瞻兄四絕〉之三、之四）

　　蘇頌詩稱「人看滿路瓊瑤跡，盡道光華使者行」；又謂
「漢節經過人競看，忻忻如有慕華心」；又稱「皇恩百歲如荒
憬，物俗依稀欲慕華」，自是使遼詩人自信自尊意識之投射。
蘇轍所作〈神水館〉二詩，所謂「誰將家集過幽都，逢見胡人
問大蘇」，足見北宋雕版印刷發達，圖書流通便捷[66]，可以想
見蘇轍以蘇家文藝成就為榮，以中原文化自得之意興風發。另
外，所謂「虜廷一意向中原，言語綢繆禮亦虔」，與〈渡桑乾〉
詩稱：「胡人送客不忍去，久安和好依中原」一般，恐是主觀

66　參考張高評〈古籍整理與文學風尚——杜甫詩集之整理與宋詩宗風〉，漢
　　學研究中心，「第三次兩岸古籍整理研究學術研討會」（臺北：國家圖書
　　館，2001 年 4 月 18 日）。

意識之自詡之辭，慕華情結，一廂情願，遼人心態未必如是也。

由於燕雲之割讓，北狄之交侵，促使宋人憂患意識之勃興，蔚為兩宋《春秋》學之繁榮。反映於使遼詩，則表現為「用夏變夷」之優越意識。其次則南北生活方式、風俗習尚有別，亦借對比凸顯優劣。如契丹以射獵為生涯，詩人卻批評「仁心所不為」；譏契丹穿著：「服章幾類南冠繫」，囚犯服飾那能跟華夏衣冠相比？另外，則是「人行塞外，心歸中原」之慕華心態，表現對中原之孺慕依戀，亦影響使遼詩中華夏優劣之判定。

四、行旅苦辛之嗟歎

邊塞詩形成於南朝，至唐代已蔚為大國。尤其是盛唐邊塞詩，或歌頌不畏艱苦，一往無前；或稱揚慷慨赴邊，奮起爭先；或宣揚立功邊塞，開拓異域；或標榜壯懷激烈、意氣昂揚；多具有豪邁的意氣和奏凱的信心。如李白〈塞下曲〉、〈從軍行〉；王維〈少年行〉、〈燕支行〉、〈從軍行〉；高適〈塞下曲〉；王昌齡〈變行路難〉、〈從軍行七首〉其五、其六；王翰〈涼州詞二首〉其一諸詩，多富於慷慨報國之英雄氣概，與不畏艱苦之樂觀精神。

衡諸北宋使遼詩，一變為退縮不前之「行路難」，再變為嗟歎苦辛之「牢騷語」，此固使遼詩人銜命通好，志在以玉帛化干戈，缺乏激昂奮飛之誘因，亦是宋型文化轉為向內、退藏、柔和、收斂之反映。宋佚名《山書隨筆》載：宋時有掌兵官遠戍，其妻宴客，竟夕笙歌。有杜善甫者，善為詩，為之賦

詩云：「高燒銀燭照雲鬟，沸耳笙歌徹夜闌。不念征西人萬里，玉關霜重鐵衣寒。」聞者韙之[67]。遠戍無過於戍邊，在「戈甲日已銷」、「玉帛繫戎心」的情事下，偷安買和，將惰卒驕，因此遠戍與一般遠行無異，掌兵官餞行而竟夕笙歌，可見彼時心態。缺乏敵情觀念，不只兵官家眷如此，即身負「和戎」任務之使遼詩人，亦不例外，如下列諸詩所示：

> 動地箕風白草乾，旗亭歌闋據征鞍。三冬大雪梁臺路，不敢逢君唱苦寒。（宋祁〈余將北征先送同解〉）
>
> 白馬荒原非路歧，征夫未起雪侵肌。雁思水國猶南翥，人在冰天更北馳。狂吹欲號沙四作，凍雲無賴日西垂。平生可是嗟行役，一對胡觴亦自嗤。（王珪〈一題白馬館〉）
>
> 我行三千里，何物與我親。念此尺素屏，曾不離我身。曠野多黃沙，當午白日昏。風力若牛弩，飛砂還射人。暮投山椒館，休此車馬勤。開屏置床頭，輾轉夜向晨。臥聽穹廬外，北風驅雪雲。勿愁明日雪，且擁狐貂溫。君命固有嚴，羈旅誠苦辛。但苟一夕安，其餘非所云。（歐陽脩〈書素屏〉）
>
> 北風吹沙千里黃，馬行確犖悲摧藏。窮冬萬物慘無色，冰雪射日爭光芒。一年百日風塵道，安得朱顏長美好。纜鞍鞭馬行勿遲，酒熟花開二月時。（歐陽脩〈北風吹沙〉）

---

67 王士禎《帶經堂詩話》卷二十四，〈警悟類〉，第十六則；原載《香祖筆記》（北京：人民文學出版社，1982），頁 687～688，引《皇華紀聞》。

　　離別始十日，已若十歲長。行行見新月，淚下不成
行。念我一身出，萬里使臨湟。王命不得辭，上馬猶慨
慷。一日不見君，中懷始徊徨。我行朔方道，風沙雜冰
霜。朱顏最先黧，綠髮次第蒼。腰帶減舊圍，衣巾散餘
香。郵亭苦夜永，燈火寒無光。獨歌使誰知，孤吟詎成
章。輾轉不得寐，感極還自傷。思君知何如，百語不一
詳。胡雁方南飛，玉音未可望。願君愛玉體，日看庭樹
芳。欲知歸期蚤，東風弄浮陽。（沈遘〈道中見新月寄內〉）

　　宋祁〈余將北征先送同解〉雖稱「不敢逢君唱苦寒」，王
珪〈一題白馬館〉雖謂「平生可是嗟行役」，實則苦寒已唱，
行役堪嗟。歐陽脩使遼，〈書素屏〉運用舖陳手法，渲染曠野
黃沙、飛砂射人、輾轉未眠、風驅雪雲種種景況，而申之曰：
「君命固有嚴，羈旅誠苦辛」。〈北風吹沙〉詩亦云：「一年百
日風塵道，安得朱顏長美好」，此與〈馬齧雪〉所謂「男兒雖
有四方志，無事何須勤遠征」，詩思一致，皆凸顯苦辛，似忘
卻「使於四方，不辱君命」之古訓。與唐人邊塞之不畏艱辛，
意氣風發，真不可同日而語。由此觀之，此種退藏、消極，北
宋大家名家詩人如宋祁、歐陽脩諸大賢亦不能免。其他北宋使
遼詩，點醒行旅艱辛，強調北征苦楚者幾乎所在多有，如：

　　沙行未百里，地險已萬狀。逢迎非長風，狙擊殊博
浪。昔聞今乃經，既度愁復上。幸無漲天災，日月免遮
障。（蘇頌〈和過神水沙磧〉）
　　雙節同來朔漠邊，三冬行盡雪霜天。朝飧甎酪幾分
飽，夜擁貂狐數鼓眠。光景不停如轉轂，歸心難過似流

煙。須將薄宦同羈旅,奔走何時是息肩。(蘇頌《後使遼詩》之十八〈初至廣平記事言懷呈同事閤使〉)

卻到深山歲已殘,西風連日作晴寒,塵埃季子貂裘敝,憔悴休文革帶寬。往復七旬人意怠,崎嶇千險馬行難。三關猶有燕山隔,安得凌空縱羽翰!(蘇頌《後使遼詩》之二十三〈山路連日衝冒風雨頗覺行役之難〉)

昨日才離摸門東,今朝又過摘星峰。疲軀坐困千騎馬,遠目平看萬嶺松。絕塞阻長踰百舍,畏途經歷盡三冬。出山漸識還家路,騶御人人喜動容。(蘇頌《後使遼詩》之二十五〈摘星嶺〉)

穹廬三月已淹留,白雪黃雲見即愁。滿袖塵埃何處洗,李家池上海棠洲。(王欽臣〈使遼回謁恭敏李公席上作〉)

蘇頌〈和過神水沙磧〉,以「愁上」形容經歷險地;〈山路連日衝冒風雨頗覺行役之難〉詩,以「意怠」狀寫行役之難。〈初至廣平記事言懷呈同事閤使〉唱歎「須將薄宦同羈旅,奔走何時是息肩」;〈摘星嶺〉感慨「絕塞阻長踰百舍,畏途經歷盡三冬」,似皆無視於使遼之神聖至上,王命當鞠躬盡瘁。王欽臣於元祐二年(1087)為太皇太后賀遼國正旦使,於契丹淹留三月,亦以白雪黃雲、滿袖塵埃形容使遼之愁苦,亦缺乏盛唐邊塞詩之昂揚與豪邁。驗諸其他使遼詩,亦未嘗例外,如:

班荊解馬面遙岑,北勸南酬喜倍尋。天色與人相似好,人情似酒一般深。涔魚尚可及人信,胡越何難推以

心。立望堯雲搔短髮，不堪霜雪苦相侵。（彭汝礪《鄱陽詩集》〈望雲嶺飲酒〉）

大小沙陁深沒膝，車不留蹤馬無跡。曲折多途胡亦惑，自上高岡認南北。大風吹沙成瓦礫，頭面瘡痍手皴折，下帶長水蔽深驛。層冰峨峨霜雪白，狼顧鳥行愁覆溺。一日不能行一驛，吾聞治生莫如嗇。（彭汝礪《鄱陽詩集》卷十〈大小沙陁〉）

氣血畏寒身畏勞，養生曾去問參寥。我今與子俱錯計，霜雪正嚴山正遙。（彭汝礪《鄱陽詩集》〈再和子育〉五首之五）

朔風吹雪著人寒，行盡千山復萬山。旅思鄉愁萬不奈，不須討債更相關。（彭汝礪《鄱陽詩集》〈再和子育韻〉五首之三）

夜寒燈火照長宵，只有塵編慰寂寥。南北可憐身泛泛，夢歸亦苦路遙遙。（彭汝礪《鄱陽詩集》〈再和子育韻〉五首之四）

彭汝礪〈望雲嶺飲酒〉稱此行：「不堪霜雪苦相侵」；〈大小沙陁〉極寫塞漠地勢險惡，謂「一日不能行一驛」；自覺使遼苦辛備嘗，無暇思及其他。〈再和子育五首〉其五，初言「氣血畏寒身畏勞」，末云「霜雪正嚴山正遙」，亦只抒寫旅途之嚴寒勞苦而已。〈再和子育韻〉其三、其四，既云「旅思鄉愁萬不奈」，又謂「夢歸亦苦路遙遙」，滿紙愁苦，聲聲畏勞，幾與一般行旅詩無異。

由此觀之，使遼詩人雖往來邊塞，橫渡大漠，卻了無唐代邊塞詩人之慷慨出塞，豪邁意氣。胡雲翼《宋詩研究》所謂：

「宋詩消失唐代那種悲壯的邊塞派的作風了」，證諸北宋使遼
詩，信然。

伍、結　論

　　燕雲十六州，趙宋開國前已割讓給契丹。宋太宗雖二次北
伐，企圖收復，卻終歸失敗。其後契丹大舉南侵，真宗御駕親
征，宋遼簽訂《澶淵誓書》，約為「兄弟之邦」，宋歲輸金帛，
兩國遣使互訪，遂維持長達 122 年之和平。宋朝採行「和戎」
的懷柔政策，久而久之，自然形成苟安買和心態，失去昂揚奮
飛之精神與氣概。當然，這跟太宗以來「守內虛外」政策，宋
型文化趨向退藏柔和有關。

　　宋遼通好，使臣往來，遼國文獻闕如，可以不論。宋朝所
派使臣能詩善文者多，如宋祁、歐陽脩、王安石、劉敞、蘇
轍、韓琦、蘇頌、王珪、彭汝礪、張舜民、劉跂等，皆先後使
遼，身經目歷，出塞窮邊。使遼詩人重回故土，舉目有山河之
異，豈能無動於心？由於使遼詩之內容，涉及遣使北國、守土
衛邊、淪落異域、和戰政策等等，與唐代邊塞詩範圍相當，故
屬於北宋邊塞詩之範圍。本論文即在探討使遼詩之主題與風
格，考察其源流正變，以確定宋代邊塞詩之特色與價值，進而
作為筆者「唐宋詩異同」系列專題計劃具體論證之一。

　　考察 30 家、200 餘首使遼詩，筆者得出下列觀點：就主
題類型而言，北宋使遼詩對唐代邊塞詩之傳承，大抵有四大方
面：一、邊地景觀之描繪；二、異域風俗之剪影；三、思鄉情
懷之抒發；四、立功邊塞之期待。至於新變與開拓唐代邊塞詩

方面，亦有四端：一、故土淪喪之隱痛；二、和戎政策之評價；三、華夷優劣之偏執；四、行旅苦辛之嗟歎。使遼詩這種新變，當然受政治、外交之客觀形勢影響，而且也受詩人心態、宋型文化、《春秋》學發用之制約。

至於使遼詩之風格與技巧，亦本論文探討項目，由於時間關係，未嘗開展論證，謹將一得之愚，姑記於此，並作唐詩宋詩異同之見證：如一、唐代邊塞詩建功立業之雄心，使遼詩轉為懷鄉思故之柔情；二、唐代邊塞詩不畏艱難之悲壯豪邁精神，使遼詩化為思鄉念家、行旅苦辛之嗟歎；三、唐代邊塞詩奔騰宏觀崇高之氣象，使遼詩轉為斂藏幽微平淡之寫意。至於表現手法，使遼詩於反映現實，觸犯時忌，則含蓄不露；寫邊地風情、異域風光，則詩中有畫，雅俗相濟；或以辭賦為詩、或以議論為詩，語言多樸實無華；尤其使遼詩之體制，以體現敘述性為主，會通邊塞、寫景、記遊、山水、詠史、詠懷諸體而一之，顯然為宋代文化「會通化成」之投影。綜上所述，則使遼詩作為北宋邊塞詩的一環，隱然自具宋詩之若干特色，故與唐詩有所不同。

總之，使遼詩體現了宋詩之敘述性特質，反映了宋型文化向內、退藏、柔和、收斂的風格。在宋遼通好，使臣往來的外交活動上，使遼詩極具文獻學、史料學之價值。若就文學創作而言，雖偶有佳篇，然整體成就並不傑出，若論風格，則唐代邊塞詩悲壯之風已然消失，幾與一般記遊山水之作無別。邊塞詩之發展至北宋衍變若是，亦主客情勢使之然。

第七章

使金詩之主題與邊塞詩之轉折

——兼論唐宋詩之流變

摘　要

　　經靖康之變、紹興和議、隆興和議，宋金形成南北對峙，分疆治理。南宋失去北方江山，偏安東南。和議期間，南宋使金大臣往來聘問與折衝，身經故土邊塞，勢不能無所感悟。於是黍離之悲愴、淪沒之苦痛、興復之期望、民心之思漢、豪傑之表彰、勝捷之凱歌、華夷之分辨、和戰之利病、治國之政見、憂患之意識，乃至於歷史之興亡、行旅之苦辛，遂多為使金詩人所表現。與北宋使遼詩、盛唐邊塞詩相較，不只圖寫江山壯麗、塞北殊俗、良將封疆而已。本論文參考宋金外交史料，翻檢《全宋詩》與《全金詩》所錄使金詩人詩歌，如范成大、楊萬里、許及之、洪适、周麟之、韓元吉、姜特立、樓鑰、傅誠、李壁、宇文虛中、洪皓、滕茂實、朱弁等十四家，約250首詩，汰滓存精，作為討論之文本。邊塞詩由南朝之想像型，發展為盛唐之寫實型，轉變為宋代尤其是南宋詠懷兼含議論之會通型，其中之消長流變，值得考察。《春秋》書法、詩史意識、〈板〉、〈蕩〉、〈湯誓〉、〈咒楚〉、〈北征〉乃至於進策對策，多會通化成於詩中，於宋型文化有具體而微之體現。

關鍵詞：南宋　使金詩　邊塞詩　宋型文化　唐宋詩流變

壹、前　言

　　邊塞詩，發端於《詩經》，形成於南朝，繁榮於唐代，新
變於兩宋。舉凡書寫邊塞有關之詩篇，如從軍出塞、守土衛
邊；遣使北國、淪落異域者皆屬之。上自政治、經濟、軍事、
外交，下自風土、民心、國恩、親情，皆可揮灑入詩。或敘
事，或記遊，或懷古，或抒情，多交相運用，或隱約其詞以寓
諷諫，或凸顯景象以存實錄，介於文學與史料之間，可補文獻
之闕漏，可窺異域之風情。

　　邊塞詩作為詩歌體類之一，跟其他文學一般，其中存在許
多源流正變的問題。邊塞詩形成於南朝，繁榮於唐代，研究論
著極多，且已獲得若干成果與共識[1]。然唐朝以後邊塞詩的發
展或流變實情如何？學界卻著墨不多，值得開發。蕭子顯《南
齊書・文學傳論》稱：「若無新變，不能代雄」；清焦循《易
餘籥錄》卷十五亦強調：「一代有一代之所勝」[2]；宋代邊塞
詩在盛唐邊塞詩之後，究竟是「盛極難繼」？還是「新變代
雄」、有「一代之所勝」？胡雲翼較論唐詩與宋詩，直指「宋
詩消失唐代那種悲壯的邊塞派的作風」[3]，其說是否可信？筆

1　參考王文進《南朝邊塞詩新論》（臺北：里仁書局，2000）。何寄澎《總
　　是玉關情——唐代邊塞詩初探》（臺北：聯經出版公司，1978）。西北師
　　範學院中文系編《唐代邊塞詩研究論文選粹》（蘭州：甘肅教育出版社，
　　1986）。王學太〈關於唐代邊塞詩的評價〉，見盧興基主編《建國以來古
　　代文學問題討論舉要》（濟南：齊魯書社，1987）。洪讚《唐代戰爭詩研
　　究》（臺北：文史哲出版社，1987）。李炳海、于雪棠《唐代邊塞詩傳》
　　〈秋風明朗關山上，行人見月唱邊歌〉（長春：吉林人民出版社，2000），
　　頁1~77。
2　參考周勛初〈文學「一代有一代之所勝」說的重要歷史意義〉，《文學遺
　　產》，2000年第一期，頁21~25。

者執行國科會專題研究計畫，曾發表〈北宋使遼詩之主題與風
格〉一文，考察北宋使遼詩 300 首，作為北宋邊塞詩的一個面
向作探討，已證成若干論點[4]。今再翻檢《全宋詩》、《全金
詩》，得南宋使金詩人十二家，200 餘首使金詩篇，以考察南
宋邊塞詩之新變與轉折，聊作古典詩學研究者「辨章學術，考
鏡淵流」之一助。筆者討論南宋使金詩前，擬先論述北宋使遼
詩，以便作對照探討。

貳、北宋使遼詩與邊塞詩之新變

　　燕雲十六州，趙宋開國前已割讓給契丹。宋太宗雖二次北
伐，企圖收復，卻終歸失敗。宋真宗景德元年，遼聖宗統和二
十二年（1004），契丹大舉南侵。宋真宗御駕親征，宋遼對峙
於澶淵。次年，雙方訂立《澶淵誓書》（或稱澶淵盟約）：宋
人歲輸幣銀十萬兩，絹二十萬匹給契丹，宋遼二君約為兄弟
[5]。於是兩國相互通問，遣使往來，絡繹不絕，維持了 122 年
之長期和平[6]。期間宋遼互派使臣，慶弔相通，或慶賀元旦，

3　胡雲翼《宋詩研究》，上篇，第一章〈唐詩與宋詩〉，論唐詩裡面許多偉
　　大的獨具的特色，在宋詩裡卻消失掉了，其一為「宋詩消失唐代那種悲
　　壯的邊塞派的作風」（成都：巴蜀書社，1993），頁 5～6。
4　張高評〈北宋使遼詩之主題與風格〉，《宋元文學學術研討會論文集》
　　（臺北：東吳大學中文系，2002 年 3 月），頁 453～518。
5　明陳邦瞻《宋史紀事本末》卷二十一，〈契丹盟好〉（上海：上海古籍出
　　版社，1994），頁 43～44；漆俠《探知集》，〈遼國的戰略進攻與澶淵之
　　盟的訂立──宋遼戰爭研究之三〉（保定：河北大學出版社，1999），頁
　　205～225。宋趙汝愚《宋朝諸臣奏議》卷一三六，司馬光〈上英宗乞戒
　　邊臣闊略細故〉（上海：上海古籍出版社，1999），頁 1522。

而有賀正使；或慶賀皇帝、皇后、皇太后生日而有生辰使。除外，又有告哀使、遣留物使、告登位使、弔慰使、賀登位使、賀冊禮使、回謝使、答謝使、及普通國信史諸目[7]。宋朝既採行「和戎」的懷柔政策，久而久之，自然形成苟安買和心態，失去昂揚奮飛之精神與氣概。當然，這跟太宗以來「守內虛外」政策[8]，宋型文化趨向退藏柔和有關[9]。

　　五代時，石敬瑭已將燕雲十六州拱手獻給契丹，使遼詩人重回故土，自然感觸良多。加上澶淵之盟的簽訂，詩人奉命出使之勉強，遼地窮陋苦寒之無奈，宋代《春秋》學之普遍繁榮，在在造成使遼詩在主題意識與風格特色上，跟唐代邊塞詩殊途異趣。諸如弭兵之利弊、和戰之得失、故土淪陷之隱痛、華夷優劣之抒寫、宋遼外交關係之反思，乃至於側重塞防之建言，良將之期待、行旅之苦辛，皆與唐代邊塞詩迥然有別。有關唐代邊塞詩之風格特色、主題內容，筆者曾有如下之歸納與論述[10]：

6　聶崇岐〈宋遼交聘考〉，一、宋遼之邦交；原載《燕京學報》第二七期，輯入氏著《宋史叢考》（臺北：華世出版社，1986 年 12 月），頁 284~286；陶晉生《宋遼關係史研究》，第二章〈宋遼間的平等外交關係：澶淵盟約的締訂及其影響〉（臺北：聯經出版事業公司，1984），頁 23~31。

7　蔣祖怡、張滌雲《全遼詩話》，《新補遼詩話》卷上，〈宋庠宴契丹使詩〉評述（長沙：岳麓書社，1992），頁 337。同上註，二、使節之選派，頁 286~293。附錄，生辰國信使、正旦國信使、祭弔等國信使、泛使等副表，詳頁 334~375。

8　漆俠〈宋太宗與守內虛外〉，《探知集》（石家莊：河北大學出版社，1999 年 12 月），頁 151~167。

9　傅樂成〈唐型文化與宋型文化〉，載《漢唐史論集》（臺北：聯經出版公司，1977 年 9 月），頁 372~380。

10　張高評〈蘇軾蘇轍邊塞詩之主題與風格〉，一、邊塞詩之流變與唐宋詩之異同，「紀念蘇軾逝世 900 週年學術研討會」（四川眉山市，2001 年 8 月 20 日～24 日），頁 2。

一、邊塞詩由秦漢魏晉之慷慨悲壯，再變為北朝的豪邁樂觀，粗獷豪邁；三變為南朝的激昂高亢，英雄氣夾雜兒女情；四變為盛唐高適、岑參慷慨報國之英雄氣概，及不畏艱苦之樂觀精神。

二、唐代邊塞之內容十分豐富，舉其大端言之，有下列三大方面：其一，敘寫邊戰的題材，如邊塞戰爭、行軍苦樂、送別酬答、將士懷鄉，以及對戰爭災難之傾訴，窮兵黷武之譴責，大抵反映現實，表露愛憎。其二，描寫邊塞風光，呈現自然景觀：或以地盡天低，表現路程遙遠；或以孤城大漠，表現異域苦楚；或以陌生和熟悉並置，勾起相思與懷歸；或以兵器戰具與胡地景物交寫，化疏離為認同。其三，敘寫風土民情，民族交往，數量雖不多，卻極富史料價值。

三、就藝術風格而言，唐代邊塞詩之代表作各呈異采：高適所作，現實主義多於浪漫主義，風格雄厚渾樸，筆勢豪健。岑參所作，富於慷慨報國之英雄氣概與不畏艱苦之樂觀精神，又不失浪漫主義之特色。王昌齡所作，用樂府舊題抒寫將士愛國立功和思鄉情懷，七絕最為工妙，善於概括想像，語言圓潤蘊藉，音調和諧婉轉。其他詩人所作邊塞詩，亦多風格多樣，各具特色。

四、唐人邊塞詩，狀寫北國風光，充滿異國情調，由於地域特點鮮明，陌生化與新奇感十足，頗能滿足讀者閱讀之期待。而且唐人邊塞詩中，普遍表現樂觀進取之精神，不畏艱苦之毅力，讀之能使頑夫廉、懦夫有立志。尤其是戰地邊塞死寂和毀滅的感觸，殘缺荒涼、

悲涼蕭殺滿紙；漢胡版圖的分分合合，也使《春秋》
書法中的「華夷之辨」，獲得重新反思與辯證。

使遼詩作為北宋邊塞詩的一個側面，猶之邊塞詩作為宋詩
的一個環節，其中自有傳承前賢優長，更有開拓自家特色之二
重性。筆者對北宋使遼詩、或北宋邊塞詩之探討，終極目標皆
企圖由此而考見宋詩特色之大凡。所謂特色，是相對的，是以
唐詩為對照組而得出的。因此，宋代邊塞詩之特色，也應當跟
六朝四唐邊塞詩之特色相互觀照比較，才可能明曉。

宋遼通好，使臣往來，遼國文獻闕如，可以不論。宋朝所
派使臣能詩善文者多，如宋祁、歐陽脩、王安石、劉敞、蘇
轍、韓琦、蘇頌、王珪、彭汝礪、張舜民、劉跂等，皆先後使
遼，身經目歷，出塞窮邊。使遼詩人重回故土，舉目有山河之
異，豈能無動於心？由於使遼詩之內容，涉及遣使北國、守土
衛邊、淪落異域、和戰政策等等，與唐代邊塞詩範圍雖有出
入，自屬於北宋邊塞詩之領域。筆者考察 30 餘家、 200 餘首
使遼詩，得出下列觀點：

一、就主題類型而言，北宋使遼詩對唐代邊塞詩之傳承，
大抵有四大方面：(一)邊地景觀之描繪；(二)異域風
俗之剪影；(三)思鄉情懷之抒發；(四)立功邊塞之期
待。
二、至於新變與開拓唐代邊塞詩方面，亦有四端：(一)故
土淪喪之隱痛；(二)和戎政策之評價；(三)華夷優劣
之偏執；(四)行旅苦辛之嗟歎。

　　筆者考察發現，使遼詩這種新變，當然受政治、外交之客觀形勢影響，而且也受詩人心態、宋型文化、《春秋》學發用之制約。

　　研究使遼詩，頗可作唐詩宋詩異同之見證：如一、唐代邊塞詩建功立業之雄心，使遼詩轉為懷鄉思故之柔情；二、唐代邊塞詩不畏艱難之悲壯豪邁精神，使遼詩化為思鄉念家、行旅苦辛之嗟歎；三、唐代邊塞詩奔騰宏觀崇高之氣象，使遼詩轉為斂藏幽微平淡之寫意。至於表現手法，使遼詩於反映現實，觸犯時忌，則含蓄不露；寫邊地風情、異域風光，則詩中有畫，雅俗相濟；或以辭賦為詩、或以議論為詩，語言多樸實無華；尤其使遼詩之體制，以體現敘述性為主，會通邊塞、寫景、記遊、山水、詠史、詠懷諸體而一之，顯然為宋代文化「會通化成」之投影。綜上所述，則使遼詩作為北宋邊塞詩的一環，隱然自具宋詩之若干特色，故與唐詩有所不同。

　　要之，使遼詩體現了宋詩之敘述性特質，反映了宋型文化向內、退藏、柔和、收斂的風格。在宋遼通好，使臣往來的外交活動上，使遼詩極具文獻學、史料學之價值。若就文學創作而言，雖偶有佳篇，然整體成就並不傑出，若論風格，則唐代邊塞詩悲壯之風已然消失，幾與一般記遊山水之作無別。邊塞詩之發展至北宋衍變若是，亦主客情勢使之然 [11]。

11　同註 4，頁 516～518。

參、宋金和議與南宋使金詩之主題

一、紹興和議與隆興和議

　　金太宗天會三年（1125）三月，遼天祚帝被金人所擒，遼亡 [12]。同年十月，金軍挾勝利之餘威，兵分兩路攻宋。次年，即宋欽宗靖康元年正月初，金兵圍攻開封，徽宗出逃。宋人同意割地賠款，金軍退師。十一月，金將完顏宗翰（粘罕）率領東西二路軍會師開封城下，十二月初，開封淪陷，欽宗請降。靖康二年（金天會五年，1127）二月，金廢黜宋徽宗、欽宗為庶人。四月初，金人押送徽宗、欽宗兩帝，及太妃、太子、宗戚三千人北去；禮器法物、天文儀器、書籍輿圖、府庫蓄積等，亦皆洗劫一空，於是北宋滅亡，史稱「靖康之變」[13]。

　　金兵既俘徽、欽二帝北歸，康王趙構於五月初一即位稱帝，是謂高宗，改元建炎，史稱南宋。為重建政權，安定人心，乃起用李綱為相，料理河東、河北，策劃和組織民兵，以抗擊金人。高宗固然畏懼金人之南侵，更憂慮民兵勢力發展壯大對政權的可能威脅，甚至想假手女真兵馬以消滅忠義民兵。其後高宗秦檜對岳飛等主戰大將之防患與殘害，亦基於政權的保衛，作風可謂始終如一。對於徽、欽二宗被虜問題，李綱等

12　參考陳邦瞻《宋史紀事本末》，卷五十二〈金滅遼〉（上海：上海古籍出版社，1994 年 7 月）頁 145~150。

13　同上註，卷五六〈金人入寇〉，卷五十七〈二帝北狩〉，頁 157~166。參考白壽彝總主編《中國通史》，第七卷《中古時代·五代遼宋夏金時期（上）》，乙編第八章第三節〈宋的南遷〉（上海：上海人民出版社，1999 年 3 月），頁 307~314。

主戰派大臣以為：只要君臣枕戈嘗膽，內修外攘，則二帝可歸，失地可還。然高宗內心深處，卻唯恐金人釋放父兄南回；如此，皇帝寶座將不得不拱手歸還。於是高宗運用兩手策略：表面上標榜孝悌，派使臣迎請二帝[14]；實際上是以迎請為藉口，假手使臣表達對金人屈膝投降的願望[15]。朱熹曾考察南宋秦檜、高宗對金議和之本意，有所謂「上不為宗社、下不為生靈、中不為息兵待時，只是怯懦，為苟歲月計！」[16]堪稱一針見血之論。宋高宗對金人屈膝投降的心態，以及鞏固個人權位的私慾[17]，主導且促成了宋金間的二次和議。

高宗紹興七年（金天會十五年，1137）二月，王倫赴金奉迎徽宗棺木，向金帥撻懶傳達南宋願意替代偽齊成為金朝屬國，以示求和之意。王倫南歸，再受命使金議和。紹興八年，秦檜二次拜相。九年，與金議和：金朝將原偽齊統轄之河南、陝西地區歸給南宋，金歸還宋徽宗棺木及欽宗、宗室；南宋向

14　徽宗於天會十五年（1137）春死於五國城，此時主戰輿論高漲，高宗卻以「朕念陵寢在遠，母兄未還，傷宗族之流離，哀軍民之重困，深惟所處，務得厥中」，下詔息怒。紹興八年（1138），金國派遣江南招諭使，到杭州招降，高宗藉口「梓宮未還，母后在遠，陵寢宮闕久未灑掃，兄弟宗族未得會聚，南北軍民十餘年間不得休息」，下詔求和。

15　鄧廣銘〈南宋初年對金鬥爭中的幾個問題〉，原載《歷史研究》，1963年二期；後收入《鄧廣銘治史叢稿》（北京：北京大學出版社，1997年6月），頁144~148。

16　宋黎靖德《朱子語類》，卷一二七，〈高宗朝〉，賀孫錄（北京：中華書局，1988年8月），頁3054。

17　南宋初年有不少抗金義軍擁宋室圖謀舉事，向高宗權位挑戰，亦有僭竊稱號者，參考黃寬重《南宋時代抗金的義軍》（臺北：聯經出版公司，1977年10月，初版），頁117~118。苗劉之變對高宗個人權位的挑戰最大，同註10，參考《宋史紀事本末》卷六十五，〈苗劉之變〉，頁182~184；徐秉愉〈由苗劉之變看南宋初期的君權〉，《食貨月刊》復刊卷十六，第11、12期合刊，頁26~39。

金稱臣，許每歲銀絹共五十萬兩匹議和[18]。紹興十一年（1141）
初，金都元帥宗弼率軍侵宋，於柘皋之戰失利，漸有和意。何
況雙方多次軍事衝突，金人深感南宋兵力之增長，滅亡之不
易，於是一方面貫徹「大金用兵，以和議佐攻戰，以僭逆誘叛
黨」的既定政策[19]；一方面順應南宋主和派君臣投降圖保的
心理，極思以和議為誘餌，消磨敵人的士氣和戰力。高宗與秦
檜等朝廷重臣，貪圖苟安，固權保位，無意恢復北方失地，只
是一味求和妥協，所以雙方一拍即合[20]。十月，宗弼釋出和
意，於是南宋遣使卑辭請和。同時解除張浚、韓世忠、岳飛三
大將領的兵權，下岳飛於獄，不久殺害之[21]，以見向金求和
的誠意。十一月，宋金講和的盟約大抵確定。《金史》卷七十
七〈宗弼傳〉載皇統二年（紹興十二年，1142）南宋上金朝
誓表云：

> 臣構言：今來劃疆，合以淮水中流為界，西有唐、鄧
> 州割屬上國。自鄧州西四十里並南四十里為界……。既蒙
> 恩造，許備藩方，世世孫孫，謹守臣節。每年皇帝生辰並
> 正旦，遣使稱賀不絕。歲貢銀、絹二十萬兩、匹。自壬戌
> 年為首，每春季差人搬至泗州交納。有渝此盟，明神是

---

18 何俊哲、張達昌、于國石《金朝史》，第九章第一節〈宋金戰爭中的議和〉
（北京：中國社會科學出版社，1992 年 8 月），頁 174～180。

19 宋宇文懋昭《大金國志》，卷七〈太宗文烈皇帝五〉，崔文印校證本（北
京：中華書局，1986 年 7 月），頁 113。

20 同註 18，第九章第三節〈宋金間第二次議和〉，頁 187～193。宋金和
議，就南宋而言，是屈和。和議雖是秦檜的建策，畢竟還有高宗的決
策，而且還有若干官僚的附和。參考劉子健〈背海立國與半壁山河的長
期穩定〉，《兩宋史研究彙編》（臺北：聯經出版公司，1987 年 11 月），
頁 37。

21 岳飛何以慘遭殺害？參考同上註，〈岳飛〉，頁 192～205。

殛，墜命亡氏，踣其國家。臣今既進表，伏望上國蚤降誓詔，庶使敝邑永有憑焉。

　　紹興和議，宋向金稱臣，可謂極盡卑躬屈膝之能事。其中規定：「每年皇帝生辰並正旦，遣使稱賀不絕」，於是自紹興十三年起，宋金互遣特使賀正旦、賀生辰、賀萬壽節，從此習以為常，使臣絡繹於途，直到宋寧宗嘉定十一年（金宣宗興定二年，1218），宋金絕好為止[22]。

　　孝宗即位後，銳意恢復，於是重用張浚為樞密使，加強戰備，主持北伐。因急欲成事，遂慘遭符離之戰的潰敗。孝宗進取決心受挫，乃徘徊於和戰之間，主和勢力再度抬頭[23]。此時，金世宗亦初登帝位，安內重於攘外，亦無心挑釁，有意談和。隆興二年（1164）冬，宋金重訂合約：兩國關係由君臣改為叔姪，歲貢改為歲幣，銀絹各減為二十萬兩、匹，南宋割讓商、秦兩州給金，史稱「隆興和議」[24]。宋金關係雖略有改善，仍是喪權辱國的和約。和約的簽訂，顯示「還我河山」志業的破滅。於是使金詩人感慨國土分裂、山河破碎，遂多悲憤之詩篇，章甫〈即事〉詩所云，堪作其中代表：

22　脫脫等《金史》，卷六十、六十一、六十二〈交聘表〉上、中、下，《二十五史》校點本（臺北：鼎文書局，1985年6月），頁1402~1485。參考同註10，卷八十六，〈金好之絕〉，頁262~265。
23　李心傳《建炎以來朝野雜記》，甲集卷二十，〈癸未甲申和戰本末〉（北京：中華書局，2000年7月），頁468。參考黃寬重〈從何棧道南北人──南宋時代的政治難題〉，《「中國歷史上的分與合」學術研討會論文集》（臺北：聯合報系文化基金會，1995年9月），頁174~175。
24　有關「隆興和議」，參考同註10，《宋史記事本末》卷七十七，頁222~227；顧宏義《天裂─十二世紀宋金和戰實錄》，〈隆興和議〉（上海：上海書店，2000年9月），頁383~393。

天意誠難測，人言果有否？使令江海竭，未厭虎狼求。
獨下傷時淚，誰陳活國謀。君王自神武，沈乃富貔貅[25]。

　　詩人情緒激憤，空自悲切，如章甫、陸游者，於南宋實
多，並非本論文探討之主題。而朝廷一味苟安求和，自高宗
朝，歷經孝宗、光宗朝。隆興和議一直維持四十年之久，到寧
宗韓侂冑北伐政局才稍有變化。

二、南宋使金詩與先宋邊塞詩之遺韻

　　紹興和議之前，宋徽宗宣和二年（1120），為聯金滅遼，
收復燕雲十六州，宋與金曾締結「海上之盟」，早已互派使節
往來。其後宋金和戰不定，折衝樽俎，端賴使臣。尤其是南宋
使金大臣，不乏騷人墨客，出使北國，身經目歷，倍感國土日
蹙，山河變色，發而為詩，多足以「抒下情，通諷諭」，可以
觀時代之風尚，卜士人之心態。本論文所謂使金詩，即在屈
辱、偷安、求和、圖保，一味妥協，無心戀戰下之產物。作為
南宋邊塞詩的一大面向，受此制約，故主題類型與風格特質遂
與北宋使遼詩異趣，與唐代邊塞詩亦大相逕庭。

　　自徽宗與金國締結「海上之盟」，至寧宗開禧北伐，前後
八十餘年，南宋使臣交聘金國，無論通好、尋盟、求和、慶
賀，為折衝樽俎，出使北方故土，身歷其境之感觸，自與身處
江南偏安之地不同。本論文為凸顯此一旨趣，乃選擇使金詩人
十二家，透過其身處閱歷，考察其所見、所聞、所感、所悟，

25　傅璇琮、孫欽善等主編《全宋詩》第四十七冊，卷二五一五，章甫〈即
　　事〉十首其三（北京：北京大學出版社，1998 年 12 月），頁 29064。

以探討南宋邊塞詩因和戰紛爭呈現之樣貌與風格。由此，可見邊塞詩之轉折，南宋詩風與北宋詩之微殊；甚至宋詩對唐詩之傳承與新變，唐詩宋詩之異同，多不難對照得知。

　　筆者考察《全宋詩》與《全金詩》，參考《金史‧交聘表》，發現使金詩人身經北地所詠作品多達 250 首以上，時間從徽宗朝至寧宗朝，前後長達百餘年；若就使臣出處而言，有南宋使臣而覊留在金者，有被命出使而往返中原者。當其渡淮河、入北界，歷故土、覽山河，望城郭、見遺民，聞胡歌，留燕京，克盡使命之餘[26]，必也搖蕩性靈、慨然有所思懷。為篇幅所限，本文斷限起於紹興朝，終於紹熙朝，前後約六十年。《全宋詩》載使金往返之詩人，選取洪适、周麟之、韓元吉、姜特立、范成大、楊萬里、許及之、樓鑰、傅誠、李壁等十家；使金覊留者有宇文虛中、洪皓、滕茂實、朱弁四家。試以主題類型與風格流變二大觀點，就宋人使金詩作三大面向之探討：一、先宋邊塞詩之遺韻；二、記遊詠懷詩之會通；三、敘事議論之化成；論證如下：

　　邊塞詩濫觴於《詩經》，形成於南朝，繁榮於唐代。無論先秦、南朝、或唐代，邊塞詩表現的主題，多與時代的脈動、文化的走向、政局的形勢，甚至國勢之興衰，表裡互藏，息息相關。《文心雕龍‧時序》稱：「時運交移，質文代變，古今情理，如可言乎！」雖曰「詩文代變，文體屢遷」，夷考其實，此中自有因革損益、源流正變之薪傳與轉換。使金詩作為南宋邊塞詩的一大體類，傳承先秦、南朝及唐代之優長，自然

26　南宋官員使金，依〈奉使契丹條例〉，皆須報告行程，敘述聞見，以備諮詢。或有撰成出使日記者，如許亢宗《宣和乙巳奉使行程錄》、范成大《攬轡錄》、樓鑰《北行日錄》、周煇《北轅錄》，程卓《使金錄》等等。

可知。據筆者初步考察，約有下列四端：（一）黍離之悲愴；
（二）豪傑之表彰；（三）北國之風情；（四）行旅之苦辛，
舉例申說如下：

（一）黍離之悲愴

　　《詩經·王風·黍離》，敘述宗社丘墟，悼往傷今之情懷[27]。
歷經漢唐詩歌的發揚，「黍離」遂成故都殘破的原型，及悼古
傷今的文學主題[28]。使金詩人渡淮而北，沿途身經目歷，可
謂「所遇無故物」，加上景象殘破，北地荒涼，撫今追昔，能
不慷慨激越？孔尚任《桃花扇》所謂「殘山夢最真，舊境丟難
掉，不信這輿圖換稿」，堪稱使金詩人重回故土之心情寫照。
范成大使金詩，部分主題近之，卻將激昂轉化為沈潛而溫和的
悸動，如：

> 　　狐塚獾蹊滿路隅，行人猶作御園呼。連昌尚有花臨
> 砌，腸斷宜春寸草無。（范成大〈宜春苑〉，《全宋詩》
> 卷二二五二，頁25848）
> 　　傾簷缺吻護奎文，金碧浮圖暗古塵。聞說今朝恰開
> 寺，羊裘狼帽趁時新。（范成大〈相國寺〉，《全宋詩》
> 卷二二五三，頁25848）
> 　　梳行訛離馬行殘，藥市蕭騷土市寒。惘悵軟紅佳麗
> 地，黃沙如雨撲征鞍！（范成大〈市街〉，《全宋詩》卷

27　〈黍離·詩序〉：「黍離，閔宗周也。周大夫行役於宗周，過故宗廟宗
　　室，盡為禾黍，閔周室之顛覆，彷徨不忍去，而作是詩也。」
28　王立《中國古代文學十大主題—原型與流變》，〈中國古代文學中的黍離
　　主題〉（臺北：文史哲出版社，1994年7月），頁263~280。

二二五三，頁 25849）

頹垣破屋古城邊，客傳蕭寒爨不煙。明府牙緋危受
杖，欒城風物一淒然！（范成大〈欒城〉，《全宋詩》卷
二二五三，頁 25852 ～ 25853）

天連海岱壓中州，暖翠浮嵐夜不收。如此山河落人
手，西風殘照懶回頭。（李壁〈使金詩〉，《全宋詩》卷
二七四四，頁 32310）

孝宗乾道六年（1170），范成大假資政殿大學士醴泉觀使
充奉使金國祈請國信使，求陵寢地及更定受禮書 [29]。自渡淮
至燕，創作使金詩 72 首 [30]，與《攬轡錄》相印證，成為珍貴
的宋金外交文獻。如上列 3 首詩，主題內容接近黍離原型。所
呈現者皆皇城荒涼景象：〈宜春苑〉詩，剪裁狐塚獾蹊滿路、
連昌宮花臨砌、宜春苑寸草無諸景象，以見皇城荒蕪，華屋山
邱之感慨。〈相國寺〉詩，書寫簷傾、吻缺、塵暗、羊裘狼
帽，既見荒涼景象，更見胡服取代漢唐衣冠。〈市街〉詩，特
寫藥市蕭騷，土市荒索，黃沙撲面，懷想昔日市街之為「軟紅
佳麗」之地，繁華如夢，未免惆悵。〈欒城〉詩，圖寫頹垣、

---

29 范成大於外交折衝中，不畏強暴，慷慨陳詞，全節而歸，不辱使命，朝
野為之震動。參考孔凡禮《范成大年譜》，乾道六年（濟南：齊魯書社，
1985 年 2 月），頁 177～182；于北山《范成大年譜》，乾道六年（上海：
上海古籍出版社，1987 年 11 月），頁 131～144。

30 范成大使金詩 72 首，命曰《北徵集》，論者評價其內容：「遺民之涕
淚，金人之奴役，中原之壯麗，故都之殘破，英烈之表彰，權奸之誤
國，及恢復之信心，完節之決心，紛形筆下，實為范氏愛國思想之集中
表現。」語見同前註，孔凡禮《范成大年譜》，頁 190。范成大所撰《攬
轡錄》一卷，有宛委山堂本《說郛》卷六十五，見《說郛三種》（上海：
上海古籍出版社，1989 年 1 月），頁 3006～3009。

破屋、古城，蕭寒不煙、風物淒然，可謂景物殘破，興亡滿眼，其他，如〈金小河〉詩，寫呂牆依舊；〈壺春堂〉詩，哀人去園空；〈呼沱河〉詩，悼山河變色，皆黍離麥秀之悲，證以范成大《攬轡錄》稱：「舊京自城破後，創痍不復，煬王亮徙居燕山，始以為南都。……民間荒殘自若，新城內大底接墟」，凡此，皆與南渡詞人所詠主題相同[31]。論者稱：「黍離麥秀之悲，暗說則深，明說則淺」[32]，范成大諸作近之。李壁於開禧元年（1205）使金賀生辰，所做〈使金詩〉，「天連海岱」、「暖翠浮嵐」寫景句見江山如此多嬌，再以「西風殘照」情語悲其淪落，「懶回頭」狀其不忍，自是黍離之悽愴。

使金詩人詠寫黍離麥秀主題，除范成大外，尚有樓鑰、洪皓諸人之書寫。樓鑰（1137～1213）於乾道五年（1169）十月，出使金國慶賀元旦，為隆興和議後，宋金重建和平關係之例行聘問[33]（1088～1155），南宋建炎三年（1129）使金。迫仕劉豫，不從。皇統三年（1143），以宋金和議成，得赦南歸，留金凡十五年[34]。洪皓、樓鑰二人前後使金，一羈留多年，一隨例往返，抒寫故宮黍離之感，遂有不同，如：

> 都驛荒涼尚邃深，息肩藉庇有餘陰。故宮今已生禾黍，翻作行人備痛心。（洪皓〈都亭驛詩〉，《全金詩》

---

31 胡雲翼《宋詞選》，〈前言〉（上海：上海古籍出版社，1978）。
32 清陳廷焯《白雨齋詞話》卷六（北京：人民文學出版社，1983），頁167。
33 參考陳學霖〈樓鑰使金所見之華北城鎮〉，《宋史論集》（臺北：東大圖書公司，1993年1月），頁290～295。
34 參考《金史》卷六十，〈交聘表上〉，頁1402。脫脫等《宋史》卷三七三，〈洪皓傳〉。

卷四，頁 48）

留離萬里偶生還，暫得安陽一日閑。飛蓋曳裾何處去，西園不見見青山。（洪皓〈鄴都〉，《全金詩》卷五，頁 66）

宿雪助寒色，相看汴水濱。輕車兀殘夢，群馬滅飛塵。行役過周地，官儀泣漢民。中原陸沈久，任責豈無人。（樓鑰〈泗州道中〉，《全宋詩》卷二五四一，頁29411）

古汴微流絕，餘民尚子遺。高丘祠漢祖，荒草葬虞姬。垓下空陳跡，鴻溝愴近時。膏腴滿荊棘，傷甚黍離離。（樓鑰〈靈壁道中〉，《全宋詩》卷二五四一，頁29411～29412）

十丈豐碑勢倚空，風雲猶憶下遼東。百年功業秦皇帝，一代文章太史公。石斷雲鱗秋雨後，苔封鼇背夕陽中。行人立馬空惆悵，禾黍離離滿故宮。（宇文虛中〈題平遼碑〉，陳衍《金詩紀事》卷四，頁 1202）

　　洪皓所作〈都亭驛詩〉，以都驛之荒涼邃深，喚起故宮的黍離悲感；〈鄴都〉詩，「飛蓋曳裾」句，寫繁華不再；「西園不見」句，即華屋山丘意，亦是故宮黍離，宗社丘墟之另類書寫。樓鑰〈泗州道中〉詩，凸寫「行役過周地，官儀泣漢民」；詰問「中原陸沈久，任責豈無人」。中原陸沈，漢民哀泣，為作者行役過周所見所感，猶《詩經・黍離》詩序「周大夫行役於宗周，過故宗廟宮室」，其為黍離悲憫之意則一。〈靈壁道中〉詩，勾勒漢祖、鴻溝、虞姬、垓下諸意象，再以高丘、荒草、陳跡、悲愴點染其中，末以「膏腴滿荊棘，傷甚

黍離離」作結，荊棘銅駝之感慨，故都黍離之悲愴，躍然紙上。宇文虛中使金遭扣留，〈題平遼碑〉所寄惆悵，亦借石斷苔封之淒涼，以見「禾黍離離滿故宮」之憾恨。

（二）豪傑之表彰

見賢思齊，尚友古人，為孔子所主張；執干戈，以衛社稷，為《禮記‧檀弓》所標榜。邊塞詩之寫作，既因抵禦外侮、保土衛邊而來，故封疆大吏，守邊英雄，多受表彰，如《詩經‧小雅》〈出車〉，表揚南仲北攘玁狁，西伐西戎；〈六月〉詩，敘宣王北伐，尹吉甫允文允武；〈采芑〉詩記宣王南征，方叔元老的謀猷與英明。期待良將立功邊塞，是唐代邊塞詩一大主題，如駱賓王〈宿溫城望軍營〉、楊炯〈紫騮馬〉、岑參〈北庭西郊侯封大夫受降回軍獻上〉、〈輪臺歌送封大夫出師西征〉、李賀〈南國十三首〉、王維〈燕支行〉、王昌齡〈出塞二首〉其一皆是。宋太宗「將從中御」的政策，削弱了邊防力量，形成「守內虛外」，斥地與敵的惡果，往往「出戍則亡，遇敵則潰」[35]；因此，思良將，啟封疆，遂成為北宋邊塞詩，尤其是使遼詩之一大主題[36]。

南宋於紹興和議後，軍政不修，將士驕惰，無復激昂奮勵之志，行路之人皆知諸將不可用[37]。破敵建功，竟成難能而可貴之大事。紹興辛巳（1161），采石磯之戰，虞允文大敗金兵，詩人周麟之喜出望外，追述所聞，作「破虜凱歌」三十首，歌頌李寶的奇謀，虞允文的建功，可惜並非使金詩作。范

---

35 參考同註5，漆俠《探知集》，〈宋太宗與守內虛外〉，頁151~167。
36 同註4，「立功邊塞之期待」，頁482~487。
37 參考黃寬重《南宋時代抗金的義軍》，第三章第一節，頁122~124。

成大使金詩，於此多所書寫，如：

> 九隕元身不隕名，言言千載氣如生。欲知忠信行蠻
> 貊，過墓胡兒下馬行。（范成大〈雷萬春墓〉，《全宋詩》
> 卷二二五三，頁 25847）
>
> 平地孤城寇若林，兩公猶解障妖祲。大梁襟帶洪河
> 險，誰遣神州陸地沈？（范成大〈雙廟〉，《全宋詩》卷
> 二二五三，頁 25847）
>
> 三尺黃壚直棘邊，此心終古享皇天。汲書猥述流傳
> 妄，剖擊嗟無咎單篇。（范成大〈伊尹墓〉，《全宋詩》
> 卷二二五三，頁 25848）
>
> 功成輕舉信良謀，心與鴟夷共一舟。呂媼區區無鳥
> 喙，先生輕負赤松遊。（范成大〈留侯廟〉，《全宋詩》
> 卷二二五三，頁 25848）
>
> 禿巾髼髻老扶車，茹痛含辛說亂華，賴有鄉人聊刷
> 恥，魏西元是魯東家。（范成大〈相州〉，《全宋詩》二
> 二五三，頁 25850）

范成大使金詩，表揚雷萬春「忠信行蠻貊」，名垂千載。
〈雙廟〉詩，推崇張巡、許遠死守平地孤城，「猶解障妖
祲」；反諷開封有洪河之天險，卻使神州陸沈。〈伊尹墓〉，
推崇伊尹的直道而行；〈留侯廟〉，稱讚張良的功成輕舉；
〈相州〉詩，追懷韓琦經營邊塞之功績。或者范成大不滿軍事
邊政現狀，所以標榜古賢，期勉今人，亦亂世望治，弱勢圖強
之心聲也。表彰豪傑，期使頑夫廉，懦夫有立志，尚見於周麟
之、韓元吉、許及之、樓鑰、滕茂實諸家使金詩中，如：

任契丹，太行為家千疊山。此山阻絕天下脊，中有義
祚蟎岉嶙嶍 任君本是良家子，身長七尺風姿偉。心懷忠義
欲擒胡，誓與群豪揭竿起。時從數騎出郊坰，所向萬人皆
披靡。不驅丁口不攫金，只取餱糧事儲偫。道遮天使奪牌
歸，佩牌夜易人不知。往來燕趙數百里，徒手不假寸鐵
持。夜半相逢沃州北，問知南使寧相阨。倡言我輩抱雄
圖，郎主打圍曾狙擊。時來左袒奮臂呼，十萬兒郎一朝
得。勸君努力雪國讎，為我斬取單于頭。功成好爵皆君
有，金印垂腰大如斗。（周麟之〈中原民謠之九「任契
丹」〉，《全宋詩》卷二○八九，頁23564）

涿郡漁陽此路分，用兵諸將總如神。白頭浪說關中
事，鄧禹當年已笑人。（韓元吉〈漢光武廟〉，《全宋詩》
卷二○九八，頁23692）

叢臺意氣俄銷歇，故壘歌鐘幾劫塵。只有藺卿生氣
在，墳前衰草鎮如新。（許及之〈趙故城〉，《全宋詩》
卷二四五九，頁28439）

日月光中盡徹侯，獨全終始是封留。可憐胯下奇男
子，雖愧淮陰不愧劉。（許及之〈和袁同年接伴虜從客陸
成父至淮陰縣韻〉，《全宋詩》卷二四五九，頁28440）

睢陽萬古一張巡，忠義傳家有世臣。顏子服膺當入
室，潘郎望拜肯同塵。圍城已陷天猶晦，仗劍臨危氣益
振。餘子鄰邦盡曹李，偷生端作九泉人。（滕茂實〈哀隆
德守臣張確。確，浮休張舜民之弟，嘗為鄜延帥幕，獨不
廷謁童貫。坐失弔之〉，《全金詩》卷六，頁76）

周麟之（1118～1164），於紹興二十九年（1159）冬，為

哀謝使，奉命出使金國，往返中原數千里，作〈中原民謠〉十
首，以之觀人心、測天理、考廢興[38]。其中〈任契丹〉一
首，作詩表揚「心懷本朝，誓滅強虜」之燕趙間豪傑任契丹，
勸勉他「努力雪國讎，為我斬取單于頭」，慷慨奮發，陽剛之
音。韓元吉（1118～?）於乾道淳熙間曾出使金國，有使金
詩七首，〈漢光武廟〉詩，推崇光武中興，稱揚「用兵諸將總
如神」，許及之（?～1209），紹熙間使金，作使金詩四十餘
首。其〈趙故城〉詩，表彰藺相如不畏豪強，不辱使命，是以
千載生氣猶在。心嚮神往，則自我期許可知。樓鑰於乾道間出
使金國，其〈和袁同年接伴賷從客陸成父至淮陰縣韻〉詩，推
崇留侯急流勇退，獨全終始；更肯定韓信「雖愧淮陰不愧
留」，於殘害忠良，頗致微辭。滕茂實（?～1128），靖康元
年（1126），假工部侍郎使金，被留，守節不屈，卒於金國。
所作〈哀隆德守臣張確〉詩，推崇邊將張確之忠義，可以媲美
張巡，並諷刺其他人是苟且偷生的「九泉人」，則其風骨節操
可以想見。

　　南宋君臣偷安買和，導致將帥庸懦，恢復無望。武學生華
岳上書言事，所謂「將帥庸愚，軍民怨懟，馬政不講，騎士不
熟，豪傑不出，英雄不收[39]」，已非一日。則使金詩人期待豪
傑，仰望英雄，不可謂徒然。

38　同註 24，《全宋詩》第三八冊，卷二〇八九，〈中原民謠〉序，頁
　　23558。
39　華岳《翠微南征錄》，卷一〈開熙元年四月二十七日上皇帝書〉（合肥：
　　黃山書舍，1993 年 11 月），頁 6。

（三）北國之風情

描繪邊塞雄渾壯麗的風光，是唐代邊塞詩重要的主題內容。北宋使遼詩人，親歷塞外，亦著重邊地景觀之描繪，致力異域風俗的剪影[40]。時至南宋詩人使金，這種異國情調和殊方土俗，仍舊引人入勝，成為詩歌創作的主題。南宋使金大臣能詩者本不多，使金而敘寫聞見，裁成詩篇者尤少。何況王事靡盬，折衝樽俎之不暇，何來閒情賦詩志感？唯大詩人、大胸襟，方能行有餘力，筆有餘情。其中最具代表性者，為范成大所作使金詩，於異域景觀、殊方土俗多所圖寫，如：

> 狐鳴鬼嘯夜茫茫，元是官軍舊戰場。土伯不能藏碧
> 燐，三三兩兩照前岡。（范成大〈宿州〉，《全宋詩》卷
> 二二五三，頁25847）

> 一棺何用塚如林，誰復如公負此心。聞說群胡為封
> 土，世間隨事有知音。（范成大〈七十二塚〉，《全宋詩》
> 卷二二五三，頁25850-25851）

> 梨棗從來數內丘，大寧河畔果園稠。荊箱擾擾攔街
> 賣，紅皺黃團滿店頭。（范成大〈大寧河〉，《全宋詩》
> 卷二二五三，頁25852）

> 西北浮雲捲暮秋，太行南麓照封丘。橫峰側嶺知多
> 少，行到燕山翠未休。（范成大〈太行〉，《全宋詩》卷
> 二二五三，頁25854）

> 新寒凍指似排籤，村酒雖酸未可嫌。紫爛山梨紅皺
> 棗，總輸易粟十分甜。（范成大〈良鄉〉，《全宋詩》卷

40　同註4，頁460~474。

二二五三，頁 25854）

　　堯舜方堪橘柚包，穹廬亦複使民勞。華清荔子沾恩
幸，一騎回時萬騎騷。（范成大〈橙綱〉，《全宋詩》卷
二二五三，頁 25855）

　　〈宿州〉詩，寫古戰場之鬼火滿野；〈七十二塚〉，寫曹操
之疑塚，群胡為之封土；〈大寧河〉，寫北人攔街賣梨棗；
〈太行〉詩，寫極目可見宋金邊界；〈良鄉〉詩，寫燕山所產
山梨紅棗易栗諸珍果；〈橙綱〉詩，寫修貢之新橙。書寫北國
風光，其新異鮮明之地域色彩，異於引人入勝。從六朝〈敕勒
歌〉「天蒼蒼，野茫茫，風吹草低見牛羊」開始，歷經四唐的
邊塞詩，異國情調頗受讀者歡迎，北宋使遼詩如此，南宋使金
詩亦不例外。范成大使金，除客觀書寫北地新異珍奇之景物
外，域外之風尚習氣亦多所取捨，如：

　　攔街看幕似春遊，斑犢雕車碧畫油。奚女家人稱貴
主，縷金長袖倚秦樓。（范成大〈秦樓〉，《全宋詩》卷
二二五三，頁 25850）

　　雲臺列像拱真人，野老猶誇建武春。不用劍鋒能制
石，冰河一瞥已通神。（范成大〈光武廟〉，《全宋詩》
卷二二五三，頁 25852）

　　荒寺疏鐘解客鞍，由山東畔白煙寒。望都風土連唐
縣，翁媼排門帶瘦看。（范成大〈望都〉，《全宋詩》卷
二二五三，頁 25853）

　　女僮流汗逐氈軿，云在淮鄉有父兄。屠婢殺奴官不
問，大書黥面罰猶輕。（范成大〈清遠店〉，《全宋詩》

卷二二五三，頁 25854）

　　草草魚梁枕水低，匆匆小駐濯漣漪。河邊服匿多生口，長記輻車放鴈時。（范成大〈盧溝〉，《全宋詩》卷二二五三，頁 25855）

　　范成大〈秦樓〉詩，寫郡主倚樓，觀看使客，此種「傾城出觀」之風氣，為相州所獨有。〈光武廟〉，訴諸野老傳說，誇讚漢光武帝之神武。〈望都〉詩，記錄望都病瘻者其眾，蓋風土習染，亦悲天憫人之意。〈清遠店〉詩，敘寫定興縣女僮黥面，甚至主家屠婢殺奴，官亦不問。草菅人命，民不聊生可以想見。〈盧溝〉詩，則記寫金人輻車放雁，法禁採捕、已活雁餉客諸習俗。

　　要之，這些使金詩皆身經目歷，廣記聞見，載錄陌生，徵存心奇，可供觀風俗、知彼此之文獻佐證。吉川幸次郎論宋詩特色，富於敘述性為其中之一[41]；此一特色，使遼詩與使金詩皆多所體現。

（四）行旅之苦辛

　　唐代岑參、高適一派邊塞詩，體現慷慨報國之英雄氣概，與不畏艱苦的樂觀精神[42]。同時，李白、杜甫等所作，卻傾向表現征人之怨戍；安史亂後，劉長卿、張籍、戴叔倫所詠邊塞，亦多見苦情與怨思[43]。下迄北宋使遼詩，承繼此一傳

41　吉川幸次郎《宋詩概說》，鄭清茂譯本，序章第三節〈宋詩的敘述性〉（臺北：聯經出版公司，1983），頁 11～17。
42　薛宗正《歷代西陲邊塞詩研究》，〈六、盛唐邊塞詩派及其傑出歌手高適〉、〈七、岑參——唐代西陲邊塞詩的輝煌頂峰〉（蘭州：敦煌文藝出版社，1993 年 4 月），頁 69～76，頁 83～90。
43　同上，〈八、唐詩中邊防將士的苦情怨思〉，頁 96～105。

統，於是一變為退縮不前之「行路難」，再變為嗟歎苦辛之
「牢騷語」，此固使遼詩人銜命通好，志在干戈化為玉帛，缺乏
激昂奮飛之誘因；更是宋型文化轉為內向、退藏、柔和、收斂
之文學體現[44]。

　　南宋使金詩人，受宋型文化之制約與北宋使遼詩人相近，
銜命奉使通好之任務亦相當。唯南宋朝廷偏安江左，實拜和議
之賜，故使金途中之苦辛，表達多含蓄不露，如：

> 舊國於今作兩家，鄰翁有酒不能賒。明朝又逐歸鴻
> 去，祇有塵埃滿一車。（洪适〈次韻車中倦吟二首之
> 一〉，《全宋詩》卷二○七九，頁 23453）

> 叱馭寧辭歷險難，投戈且幸遍遐安。甌車軒簸長危
> 坐，恰似舟行八節灘。（洪适〈次韻車中倦吟二首之
> 二〉，《全宋詩》卷二○七九，頁 23453）

> 萬里修鄰好，甌裘不亂群。邊鋒方兩解，春事已平
> 分。發軔難三唱，揮毫酒半醺。問途殊未已，返顧羨歸
> 雲。（洪适〈次韻伊洛道中〉，《全宋詩》卷二○七九，
> 頁 23454）

> 雨木冰，貫珠絡玉千葩明。橫鞭一拂條葉動，寶釵墜
> 地聲鏗鏘。昨日登車天地墨，怪雨盲風起東北。俄然散雹
> 亂飛霰，流潦滿途深沒膝。前車折軸不得行，後車脫輻泥
> 翻軫。曉來廓氛天宇清，萬象奪目何晶瑩。凜如介士執矛
> 戟，四野列陣霜雪凝。汴河堤上民驚詫，問是何祥木冰
> 稼。平生有眼未曾看，舊說惟聞達官怕。車中囁嚅齊魯

44　同註4，「行旅苦辛之嗟歎」，頁 511～516。

生，嘗學五傳窺遺經。因言前哲論災異，占曰庶人皆執兵。只應北地干戈起，草木如人刀相倚。莫憂胡兒飲泗水，盡道明年佛貍死。（周麟之〈中原民謠之十「雨木冰」〉，《全宋詩》卷二〇八九，頁 23564）

洪适（1117～1184），隆興二年（1164）為賀生辰使使金，有使金詩 20 餘首。其〈次韻車中倦吟二首〉，以塵埃滿車與舟行險灘，具象化形象出使旅程之顛簸與苦倦。〈次韻伊洛道中〉，則以雞三唱示其早發，以羨歸雲見其途遠。周麟之〈雨木冰〉詩，前幅寫旅程所見異象：大風雨作，雪雹雜下，流淖滿途，前車折軸，後車脫輻，簡直寸步難行。妙在詩人跳脫旅途之苦辛不言，卻轉筆借《春秋》災異，以預占北地干戈將起，明年佛貍死，可詛〈咀楚〉之遺韻。范成大使金詩，其旅途苦辛視使命艱難，實不可同日而語，故表現手法十分特別，如：

> 玉節經行虜障深，馬頭釃酒莫疏林。茲行璧重身如葉，天日應臨慕藺心。（范成大〈藺相如墓〉，《全宋詩》卷二二五三，頁 25851）

> 塞北風沙漲帽檐，路經灰洞十分添。據鞍莫問塵多少，馬耳冥濛不見尖。（范成大〈灰洞〉，《全宋詩》卷二二五三，頁 25854）

> 萬里孤臣致命秋，此身何止一漚浮！提攜漢節同生死，休問羝羊解乳不？（范成大〈會同館〉，《全宋詩》卷二二五三，頁 25856）

　　范成大使金，主要為請求陵寢地，乃更定受書禮，近乎向
金尋釁。〈藺相如墓〉第三句所謂「茲行璧重身如葉」之對
比，可以窺知。既然身負奉使重任，因此，不覺「玉節經行虜
障深」，但知「天日應臨慕藺心」。旅途苦辛與不辱使命相形之
下，可以不論。〈灰洞〉詩，生動刻劃塞北風沙之漫天蓋地，
旅途苦辛自然意在言外。〈會同館〉詩，孤臣致命報國，誓與
漢節共存亡，其餘非所關心。既然「此身何止一漚浮」，那
麼，出使之勞頓就更不必說了。其他使金詩人，如許及之、樓
鑰、宇文虛中、洪皓所作，亦少見苦情怨思，如：

　　　　幾共浮圖管送迎，今朝喜見不勝情。如何抖得紅塵
　　去，且挽清淮濯我纓。（許及之〈臨淮望龜山塔〉，《全
　　宋詩》卷二四五八，頁 28435）
　　　　照眼清淮笑力微，家人應喜近庭闈。茲行莫道無勳
　　績，帶得星星白髮歸。（許及之〈渡淮〉，《全宋詩》卷
　　二四五八，頁 28435）
　　　　穩如江海迎潮上，險似虛空逐電行。縱使中原平似
　　掌，我車只作不平鳴。（許及之〈車行詩〉，《全宋詩》
　　卷二四五九，頁 28439）
　　　　行盡窮邊歲亦殫，倚門應是念衣單。寧知今日幕南
　　地，不似去年江上寒。乘馬惟欣日可愛，逢人長說雪初
　　乾。三衾四襖半無用，何必重歌行路難。（樓鑰〈即
　　事〉，《全金詩》卷二五四一，頁 29412）
　　　　舜葬蒼梧的可知，九疑猶是後人思。阿瞞不作瞞心
　　事，何用纍纍多塚為。（許及之〈曹操塚〉，《全宋詩》
　　卷二四五九，頁 28443）

　　許及之〈臨淮望龜山塔〉，以抖去紅塵，清淮濯纓曲寫出使苦辛；〈渡淮〉，以清淮照眼，喜近庭闈，敘寫歸家之樂，而以星星白髮曲寫使金苦辛。〈車行詩〉，使金旅程，或穩或險，「不平」二字，一語雙關，道盡苦辛。樓鑰使金所作〈即事〉詩，以幕南不寒、袞襖無用、日可愛、雪初乾諸異象，敘寫旅途欣欣，故煞尾云：「何必重歌行路難」。洪皓〈車行大雨中〉詩，蓋紹興和議（1143）後，得赦南歸之作，所謂「塗曲休辭辱，行將與夏通」，有《詩・小雅・采薇》：「今我來思，雨雪霏霏」；《小雅・出車》：「今我來思，雨雪載塗」之微意，歸家之欣喜，自然見於言外。

　　日本吉川幸次郎討論宋詩之性質，提出「悲哀的揚棄，為宋詩人生觀的最大特色」之主張[45]。夷考其實，並不盡然。宋詩自元祐以後，受蘇軾、黃庭堅詩風影響，逐漸形成時代特質；再經江西詩派之傳播與改造，始成一代特質。悲哀的揚棄之於人生觀感，與宋詩特色之形成相始終。於南宋使金詩書寫使金苦辛，揚棄悲哀之消息。

三、南宋使金詩與記遊詠懷詩之會通

　　嚴羽《滄浪詩話・詩評》稱：「唐人好詩，多是征戍、遷謫、行旅、離別之作，往往能感動激發人意。」可見征戍詩與行旅詩，必有濃厚之詠懷傾向。征戍詩、行旅詩、邊塞詩、使遼詩、使金詩，與登山臨水，遊目騁懷之記遊詩寫作手法相通；所不同者，唯詩人書寫所見、所聞、所感、所悟之對象有

45　同註40，第七節〈宋詩的人生觀——悲哀的揚棄〉，頁32~36。

別而已。就唐代邊塞詩表現之主題而言，如怨久戌、訴邊愁、思故鄉、懷親友、望和平，以及其他喜怒感慨、牢騷勸勉[46]，可見與詠懷抒情之作亦無以異。

南宋朝廷偷安賈和，不思恢復，遂有紹興和議、隆興和議，於是宋金兩國遣使交聘，和平往來。南宋使金詩人身歷北國，經眼異域，既無慷慨悲壯之音，又乏激昂奮飛之思，故其作品實近於山水記遊詩，詠懷抒情遂成此中之主調。筆者考察南宋使金詩，登山臨水記遊之餘，多飽寒感傷、期待、思懷與憂心，可以一窺北方淪陷區民情世態之一斑。今分四方面論述：（一）淪沒之苦痛；（二）興復之期望；（三）人心之思漢；（四）憂患之意識：

（一）淪沒之苦痛

由於戰敗或和議，有些地方形成淪陷區，換為敵國統治。淪陷區人民的委屈和悲酸，從東漢蔡琰的〈悲憤詩〉，到白居易的〈縛戎人〉，張籍的〈沒番故人〉，韋莊的〈秦婦吟〉，代有佳篇，令人動容。北宋使遼詩傳承此一主題，已多悲憤感傷之作[47]。南宋使金詩人於二次和議後奉使北國，旅途所經，無非故土；耳目所及，莫非遺民。傾聽移民之心聲，碰觸淪陷之山河，自不能無感慨。如周麟之、范成大所作：

> 燕京小，鉅防絡野長蛇繞。展開城池數倍寬，帝居占盡民居少。通天百尋殿十重，金爵觚棱在半空。萬戶千門

---

46 參考蕭澄宇〈關於唐代邊塞詩評價的幾個問題〉、邱俊鵬〈唐代邊塞詩與傳統征戍詩〉，西北師範學院中文系編《唐代邊塞詩研究論文選粹》（甘肅教育出版社，1986），頁27~28、頁59~60。

47 同註4，「故土淪喪的隱痛」，頁488~494。

歌舞窄，不如九市人聲寂。時時日瞳盲風來，殺氣冥濛胡
舞畫。舊飛腹處穹廬中，今乃燕坐阿房宮。猶嫌北方地寒
苦，又欲南嚮觀華風。汴都我宋興王宅，二百年來立宗
祏。一朝飛瓦下雲端，盡毀前模變新飾。故老慟哭壯士
謹，吾寧忍死不忍觀。只恐金碧塗未乾，死胡濺血川原
丹。群兒拍手歌相和，此地寧容犬羊涴。旄頭夜落五雲
開，還與吾皇泰微坐。（周麟之〈中原民謠之一「燕京
小」〉，《全宋詩》卷二〇八九，頁23559）

歸德府，四野坡池抱重阻。閼伯之墟舊宋州，心為大
火占星土。昔我藝祖龍潛初，授鉞此地開炎圖。綠裳拜野
休運啟，王氣鬱鬱雲扶輿。真人當天朝萬宇，北望帝城天
尺五。舟車輻輳川塗交。盡說南京比三輔。中興天子膺赤
符，又臨此地登鸞車。版圖一失故地隔，坐使神州淪虜
區。金杏園邊春色早，連阡粟麥灘河道。景物依然似昔
時，只恨居民戴胡情。民言我宋瀦仁深，況此舊名歸德
軍。於今府號襲前躅，不日中原當自復。金人無德亡無
時，大得日隆天下歸。（周麟之〈中原民謠之四「歸德
府」〉，《全宋詩》卷二〇八九，頁23561）

嶢闕叢霄舊玉京，御床忽有犬羊鳴。他年若作清宮
使，不挽天河洗不清。（范成大〈宣德樓〉，《全宋詩》
卷二二五三，頁25849）

紫袖當棚雪鬢潤，曾隨廣樂奏雲韶。老來未忍者婆
舞，猶倚黃鐘哀六麼。（范成大〈真定舞〉，《全宋詩》
卷二二五三，頁25853）

當日曹娥念父心，千年江水有哀音。可憐七尺奇男
子，忍使神州半陸沈。（許及之〈題曹娥廟〉，《全宋詩》

卷二四五九,頁 28443)

〈燕京小〉為周麟之使金所作〈中原民謠〉第一首詩,針對金人於開封大興土木,增築城闕事抒發感慨:金人佔盡民居,燕坐阿房、毀前變新,九市生寂,故老慟哭,老壯悲憤,對於淪陷後之汴京城貌,以「忍死不忍觀」概括,胸中苦痛可以想見。周氏〈歸德府〉詩所謂「版圖一失故地隔,坐使神州淪虜區」;「景物依然似昔時,只恨居民戴胡情」,淪陷之悲憤不言可諭。洪适使金詩〈過穀熟〉亦謂:「遺民久厭腥羶苦,辟國謀乖負此心」;〈次韻寧陵憩驛〉亦云:「故國多荒草,遺黎有怨言」,代擬遺民心聲,苦悶可知。范成大〈宣德樓〉詩,因門樓之改作,感慨女真之入主汴京,形象生動,造語有味。〈真定舞〉詩,描述京師老樂工念念不忘故國禮樂,既遺憾「虜樂悉變中華」之事實,更表達詩人的復古之心。抒寫淪沒之苦痛,正所以寄託恢復之深情。抒寫淪沒之苦痛,最深婉哀惻的,當推楊萬里出使金國為接伴使所作詩:

> 船離洪澤岸頭沙,人到淮河意不佳。何必桑乾方是遠,中流以北即天涯。
> 劉岳張韓宣國威,張趙二相築皇基。長淮咫尺分南北,淚濕秋風欲怨誰?
> 兩岸舟船各背馳,波痕交涉亦難為。只餘鷗鷺無拘管:北去南來自在飛。
> 中原父老莫空談,逢著王人訴不堪。卻是歸鴻不能語:一年一度到江南!(楊萬里〈初入淮河四絕句〉,《全宋詩》卷二三〇一,頁 26439)

　　建隆家業大於天，慶曆春風一萬年。廊廟謀謨出童
蔡，笑談京洛博幽燕。白溝舊在鴻溝外，易水今移淮水
前。川後年來世情了，一波分護兩淮船。（同上，〈題盱
眙軍東南第一山〉）

　　只爭一水是江淮，日暮風高雲不開。白鷺倦飛波政
闊，都從淮上過江來。

　　一鷺南飛道偶然，忽然百日復千千。江淮總屬天家
管，不肯營巢向北邊。（同上，〈江上暮景有歎二首〉，
《全宋詩》卷二三〇七，頁 26518）

　　楊萬里（1127～1206），於孝宗淳熙十六年（1189）十二
月，奉命使金，為接伴使。依紹興和議，宋金以淮河中流為
界；楊萬里既為接伴使，必須渡過淮河，始能迎接金國派來的
「賀正使」。〈初入淮河四絕句〉，即是身經目歷淮河，憂憤滿
腔之作，第一首「意不佳」，總括全詩，表達割讓之悲與胸懷
之惡。第一首詩三四句，在唐代與北宋，渡過桑乾河才是塞北
邊境；在南宋，出了洪澤湖，進入淮河，已到了版圖的邊境
（天涯），北方陸沈，國土日削，偏安江南的憾恨，已曲曲傳
出。第二首詩「長淮咫尺分南北」，第三首詩「兩岸舟船各背
馳，波痕交涉亦難為」，以此疆彼界涇渭分明，表達對國土淪
亡之苦痛。第三首詩，以鷗鷺的自在飛，反觀宋金之分治；第
四首，以歸鴻到江南，反諷淪陷區人民有家歸不得。此一組
詩，透過寫景寄託憂憤，筆致極高，意緒極悲。宋金既以淮河
分界，盱眙遂成南宋邊境之交通要衝。楊萬里任接伴使，登遊
盱眙南山，撫今追昔，感慨萬千：既直斥奸臣誤國，更反諷和
議割地，「白溝舊在鴻溝外，易水今移淮水前」，疆界的新舊

與移改，訴說多少國土淪沒之苦痛？淮河分界，不但「一波分
護兩淮船」，而且白鷺「都從淮上過江來」，「不肯營巢向北
邊」，只因為「江淮總屬天家管」。托物寓意，借景抒懷，宋金
對峙之悲劇，皆於登山臨水之際黯然表出。

宇文虛中（1079～1146）於建炎初使金，被留，後仕金
為國師。程毅中《宋人詩話外編》引南宋施德操《北窗炙輠》
稱：「南北講和，太母獲歸，往往皆其力也」。曾賦〈在金日
作三首〉，明其淪沒之悲苦憾恨，其詩云：

> 滿腹詩書漫古今，頻年流落易傷心。南冠終日囚軍
> 府，北雁何時到上林？開口摧頹空抱樸，脅肩奔走尚腰
> 金。莫邪利劍今安在？不斬姦邪恨最深。
>
> 遙夜沈沈滿幔霜，有時歸夢到家鄉。傳聞已築西河
> 館，自許能肥北海羊。回首兩朝俱草莽，馳心萬里絕農
> 桑。人生一死渾閑事，裂眥穿胸不汝忘。
>
> 不堪垂老尚蹉跎，有口無辭可奈何。強食小兒猶解
> 事，學妝嬌女最憐他。故衾愧見霑秋雨，短褐寧忘拆海
> 波。倚杖循環如可待，未愁來日苦無多。（宇文虛中〈在
> 金日作三首〉，《全宋詩》卷二，頁22）

宇文虛中〈在金日作三首〉其二云：「人生一死渾閑事，
裂眥穿胸不汝忘」，由此觀之，似欲效曹沫、荊軻之事。紹興
十五年果然採取行動，謀劫金主，欲挾徽宗以歸。事洩，全家
抄斬。嗚呼，可謂忠烈矣。觀所作三首，淪落異域之切身苦
痛，躍然紙上。

（二）興復之期望

　　安史之亂後，安西北庭所轄西部土地，皆為吐蕃所侵佔。
國土淪喪的苦痛，中晚唐邊塞詩多有實錄之反映；如張籍〈隴
頭行〉、〈西洲〉，白居易〈西涼伎〉諸詩皆是。面對國土淪
喪，百姓塗炭的變局，收復失土，重整河山，漸成為詩人關切
之主題，如杜牧〈感懷〉、〈郡齋獨酌〉、〈河湟〉、〈皇鳳〉
諸什皆是。

　　靖康之變時，宋同意割地予金；紹興和議，南宋割讓唐
州、鄧州予金；隆興和議，南宋再割讓商州、秦州給金人，國
土分裂，山河破碎莫甚於此。於是收復失地，還我河山，成為
詩人的疾呼和期望，陸游《劍南詩稿》所作，最為典型代表
[48]。使金詩人身歷其境，目睹山河支離、中原淪陷，自然引發
興復之期望，如周麟之、韓元吉、范成大、許及之諸家所書
寫：

　　　　迎送亭，亭邊柳色何青青。樹頭風和鵲聲喜，朱甍碧
　　瓦煙光凝。路人矯首城南北，牓字新題照阡陌。金牌天使
　　走馬來，蕃官出門餞迎客。車頭老人扶軶行，自言身是宋
　　遺氓。斯亭豈為迎送設，殆欲迎宋非虛名。南人側耳驚相
　　顧，此語端能卜天數。說與征夫且緩驅，往來怕見征塵
　　汙。莫折亭前百年柳，曾經宋德栽培久。只期南望翠華
　　歸，再拜馬前稱萬壽。（周麟之〈中原民謠之二「迎送
　　亭」〉，《全宋詩》卷二〇八九，頁23559）

　　　　歸德府，四野坡池抱重阻。閼伯之墟舊宋州，心為大

48　同註41，〈衰弱的宋朝與愛國詩人陸游的西疆狂想曲〉，頁148～155。

火占星土。昔我藝祖龍潛初，授鉞此地開炎圖。錄裳拜野
休運啟，王氣鬱鬱雲扶輿。真人當天朝萬宇，北望帝城天
尺五。舟車輻輳川塗交。盡說南京比三輔。中興天子膺赤
符，又臨此地登鸞車。版圖一失故地隔，坐使神州淪虜
區。金杏園邊春色早，連阡粟麥灘河道。景物依然似昔
時，只恨居民戴胡情。民言我宋霑仁深，況此舊名歸德
軍。於今府號襲前躅，不日中原當自復。金人無德亡無
時，大得日隆天下歸。（周麟之〈中原民謠之四「歸德
府」〉，《全宋詩》卷二〇八九，頁 23561）

　　過沃州，停車聽我遺民謳。茲為名邦古趙地，皇家得
姓基鴻休。自胡雜居民在鼎，民心不改千年並。一日天開
神火流，祥光塞空吐金景。胡人驚呼上畔知，曰此異兆誰
當之。天其有意福趙氏，於斯效瑞騰炎輝。是歲更名州作
沃，自謂火炎瑞可撲。不知字讖愈分明，天水灼然真吉
蔔。君看石橋十尺橫，上有蹢跡青騾行。當年勝概壓天
下，豈忍歲久蒙羶腥。我有簞壺辦漿饋，未審王師何日
至。此身終作沃州民，趙氏帝王千萬祀。（周麟之〈中原
民謠之五「過沃州」〉，《全宋詩》卷二〇八九，頁 23562）

　　渡浮橋，黃流噴薄翻雲濤。駢頭巨艦寸金縴，翼以巨
木維虹腰。戌河老兵三太息，顧語行人淚霑臆。去年造橋
民力殫，今年過橋車轂擊。只愁屢壞費修營，追呼無時困
征役。前月南朝天使來，欲令踐此誇雄哉。無何層冰蔽流
下，三十六洪中夜摧。當時白馬津頭渡，不下氈車上船
去。今朝緩轡揚鞭回，笑踏長鯨指歸路。但願河伯常安
流，斯橋不斷千古浮。他年過師枕席上，孰憂王旅行無
舟。適見黎陽山下驛，驛垣破處龜趺出。豐碑大字天成

橋，猶是宣和時相筆。（周麟之〈中原民謠之七「渡浮
橋」〉，《全宋詩》卷二〇八九，頁 23563）

　　白馬岡前眼漸開，黃龍府外首空回。慇懃父老如相
識，只問天兵早晚來。（韓元吉〈望靈壽致拜祖塋〉，
《全宋詩》卷二〇九八，頁 23690）

　　周麟之使金所作〈迎宋亭〉詩，後半透過諧聲雙關，將
「迎送」解作「迎宋」，進而懸想翠華北歸，再拜稱頌情景，興
復之期望，化作北歸之憧憬。〈歸德府〉詩後半，就府號襲前
大作文章，深信「不日中原當自復」，以南宋大德日隆，天下
歸仁之故。〈過沃州〉詩，則假借不經之字讖，揮灑成章，後
半遙想當年勝概，盼望王師日至，而且堅信：「此身終作沃州
民，趙氏帝王千萬祀」。對興復之期待，一往情深，令人動
容。韓元吉〈望靈壽致拜祖塋〉詩，敘寫中原父老慇懃之詢
問：「天兵早晚來？」盼望王師北定中原，可謂望穿秋水，期
盼之殷切可知。使金詩人深信：「真主南巡正嘗膽，從今瞻仰
泰階平」（洪适〈次韻初入東京〉），從可見民心之向背。范成
大、許及之所作使金詩，對於興復之願景，尤其耐心勾勒，
如：

　　　　指顧枯河五十年，龍舟早晚定疏川？還京卻要東南
運，酸棗棠梨莫蓊然。（范成大〈汴河〉，《全宋詩》卷
二二五三，頁 25847）

　　　　州橋南北是天街，父老年年等駕迴。忍淚失聲詢使
者，幾時真有六軍來？（范成大〈州橋〉，《全宋詩》卷
二二五三，頁 25849）

　　虛說胡屯五萬兵，淒涼無復舊南京。中天王氣終當
復，千古封疆只宋城。（許及之〈宿南京〉，《全宋詩》
卷二四五八，頁28436）

　　河南民力已無堪，泣訴王人語再三。勸苦遺黎姑少
忍，北人何止棄河南。（許及之〈歸途感河南父老語〉，
《全宋詩》卷二四五九，頁28442）

　　過卻黃河有魏河，燕山直下有通波。不須圖寫山川
勢。它日因糧省橐駝。（許及之〈魏河〉，《全宋詩》卷
二四五九，頁28442）

　　范成大使金，所作《攬轡錄》稱：「遺黎往往垂涕嗟憤，
指使人云：『此中華佛國人也！』老姬跪拜者尤多」，民心之
向背可知。所作〈汴河〉一詩，則標舉土人「本朝恢復駕回，
即河道復開」之語，質疑「龍舟早晚定疏川」，肯定「還京卻
要東南運」；詩人透過河道變遷之象徵意義，堅信興復有望，
語言含蓄，意味深長。〈州橋〉一詩，敘寫中原父老「年年等
駕迴」，而且企盼王師北伐。尤其拈出「幾時真有」四字，對
於朝廷空言恢復，偏安江左，詩人悲憤痛切之情，藉中原父老
的「忍淚失聲詢」曲曲表出。此與陸游〈秋夜將曉出籬門迎涼
有感〉所謂「遺民淚盡胡塵裡，南望王師又一年」，期盼相
當。許及之〈宿南京〉詩，亦堅信「中天王氣終當復，千古封
疆只宋城」；〈歸途感河南父老語〉，前二句泣訴河南民力之
不堪，後兩句安慰中原遺民「姑少忍」，因為北人既棄民，則
暴政必亡，興復在望，此《尚書·湯誓》之遺韻。〈魏河〉
詩，鳥瞰山河，通曉形勢，提示他日北伐中原，因糧作戰之策
略。

使金詩人舉止投足，觸目皆足以傷心腸斷，蓋「風景不
殊，正自有山河之異」。北未未收回燕雲十六州，故版圖不及
長城，西疆僅過隴上。南宋因兩次和議，淮河、漢中成其北
界，於是半壁江山，偏安一隅。面對如此狹蹙之國土，詩人們
當然期待北伐，還我河山。由於買和偷安已成朝野習氣，終宋
之世，詩人揮戈返日之望難成。

（三）人心之思漢

中唐邊塞詩王之渙、王昌齡一派，多表現羈旅行役、久戍
思鄉，情韻婉轉，風格明朗。北宋使遼詩，南宋使金詩懷歸思
漢情結，蓋薪傳此一詩風。

由於宋型文化退藏、收斂、反思、柔和之特色，表現於北
宋使遼詩，於是出使詩中多思家、念親、懷鄉、思歸之心緒，
幾與記遊詩、羈旅詩、山水詩之詠懷寄慨相當。南宋使金詩的
內容，或代寫中原遺民的心思漢家，或使臣強調民心向背，或
留金使者以守節自期；由於客觀環境的改換，因此表現主題與
使遼詩稍有不同，與唐代邊塞詩相較，更大異其趣。試以使金
詩人范成大、許及之所作為例，多頗見萬水朝宗，民心思漢之
旨趣：

> 新郭門前見客舟，清漣淺淺抱城樓。六龍行在東南
> 國，河若能神合斷流。（范成大〈護龍河〉，《全宋詩》
> 卷二二五三，頁 25848）
> 黃流日夜向南風，道出封丘處處逢。紫蓋黃旗在湖
> 海，故應河伯欲朝宗。（范成大〈漸水〉，《全宋詩》卷
> 二二五三，頁 25849）

汗後鵝梨爽似冰，花身耐久老猶榮。園翁指似還三笑，曾共翁身見太平。（范成大〈內丘梨園〉，《全宋詩》卷二二五三，頁25852）

郵亭偪仄但宜冬，恰似披裘坐土空。枕上驚回丹闕夢，屋頭白塔滿鈴風。（范成大〈范陽驛〉，《全宋詩》卷二二五三，頁25854）

燕石扶欄玉作堆，柳塘南北抱城迴。西山剩放龍津水，留待官軍飲馬來。（范成大〈龍津橋〉，《全宋詩》卷二二五三，頁25855）

越境張旃入泗州，隔簾翁媼拜含愁。可憐萬折朝宗意，誤爾屍臣死亦羞。（許及之〈入泗州〉，《全宋詩》卷二四五八，頁28435）

入泗行來汴四梁，壩成靈壁水全枯。汴流可過從渠過，思漢人心過得無。（許及之〈靈壁壩〉，《全宋詩》卷二四五八，頁28435）

橋梁顯刻認中朝，仙跡遺風不可招。喚作沃州人不識，今朝只過趙州橋。（許及之〈過趙州石橋〉，《全宋詩》卷二四五九，頁28441）

真人祠殿柏鄉邊，下馬焚香我謁虔。思漢民心今戴宋，密祈興運早中天。（許及之〈光武廟〉，《全宋詩》卷二四五九，頁28442～28443）

范成大使金詩，以龍在東南、河伯朝宗、梨見太平諸意象，表見中原遺民之心思江南。留宿范陽驛，「枕上驚回丹闕夢」；剩放龍津水，「留待官軍飲馬來」，要皆歸本於南宋，亦「胡馬依北風，越鳥巢南枝」之意。許及之〈入泗州〉詩，

強調「可憐萬折朝宗意」,〈靈壁壩〉標榜「思漢人心遏得
無」,百折不回,之死靡他,要皆歸心江南。〈過趙州石橋〉
稱:「橋梁顯刻認中朝」,〈光武廟〉詩:「思漢民心今戴
宋」,人心之向背,宋德之淺深,於此可見一斑。至於使金而
滯留未歸者,如洪皓與朱弁所作詩,尤見身在塞北,心在江南
之情思,如:

> ……母曰嗟予九行役,寧知萬里為羈客。烏鵲南飛飛
> 不高,願為黃鵠無羽翼。瀟湘水闊影沈沈,鄂渚樓高興又
> 深。明年此際知何處,再睹嬋娟照客心。(洪皓〈中
> 秋〉,《全金詩》卷四,頁52)
> ……垂翅東隅四五年。不知何日遂鴻騫。傳書燕足徒
> 虛語。強學山公醉舉鞭。(洪皓〈思歸〉二首,《全金詩》
> 卷四,頁54)
> 國步日多事,霜露任露衣。留落十五年。至今方北
> 歸。繚繞一萬里。人物太半非。昔時渡盟津。賓從爭扶
> 持。茲辰渡白馬。陰曀日無輝。一酹祈利涉。馮夷莫予
> 違。驚秋感葉脫。況乃思鱸肥。父老行歎息。風雨仍霏
> 微。夜投胙城宿。百里即王畿。遙望一惆悵。何當拜天
> 威。(洪皓〈白馬渡〉,《全金詩》卷五,頁67)
> 節臨重十慶天寧,古殿焚香祝帝齡。身在北方金佛
> 剎,眼看南極老人星。千官花覆常陪燕,萬里雲遙阻在
> 廷。松柏滿山聊獻壽,小臣孤操亦青青。(滕茂實〈天寧
> 節有感〉,《全金詩》卷六,頁76)
> 容貌與年改,鬢毛隨意斑。雁邊雲度塞,鳥外日銜
> 山。仗節功奚在,捐軀志未閑。不知垂老眼,何日睹龍

顏。（朱弁〈有感〉，《全金詩》卷七，頁98）

　　三年北饌飽饘葷，佳蔬頗憶南州味。地菜方為九夏珍，天花忽從五臺至。崔侯胸中散千卷，金甌名相傳雲裔。愛山亦如謝康樂，得此攜歸豈容易。應憐使館久寂寥，分餉明明見深意。堆槃初見瑤草瘦，鳴齒稍覺瓊枝脆。樹雞濕爛慚扣門，桑蛾青黃謾趨市。赤城菌子立萬釘，今日因君不知貴。乖龍耳僅免一割，沙門業已通三世。偃戈息民未有術，雖復加飧祇增愧。雲山去此縱不遠，口腹何容更相累。報君此詩永為好，捧腹一笑萬事置。（朱弁〈謝崔致君餉天花〉，《全金詩》卷七，頁98～99）

　　每逢佳節倍思親，洪皓〈中秋〉詩，感慨行役萬里，羈客三年，特藉瀟湘水闊，鄂渚樓高起興，則其歸心江南可知。〈思歸二首〉其一，寫歸鄉無望，只得借酒澆愁。〈白馬渡〉詩，敘寫洪皓繚繞一萬里之遠，留落十五年之久，以宋金和議成，得赦南歸。其百折不回，一心思漢，節操令人感佩。滕茂實〈天寧節有感〉，自稱「身在北方金佛剎，眼看南極老人星」，猶身在賊營，心思漢家之意。朱弁於建炎二年（1128）使金，居留雲朔十六年。其〈客懷〉詩曾云：「已負秦庭哭，終期漢節回」，其素志可知。雖貌改鬢斑，此志不渝，故〈有感〉詩曰：「仗節功奚在，捐軀志未閑。不知垂老眼，何日睹龍顏？」〈謝崔致君餉天花〉詩云：「三年北饌飽饘葷，佳蔬頗憶南州味」；〈戰役〉詩則稱：「誰知渡江夢，一夜繞行宮」，念茲在茲，只在回歸南宋，其志節有足稱者。

　　南宋使金詩與北宋使遼詩相較，宋型文化制約雖相近似，

然出使敵國，以不辱使命，和平往來為導向，故使金詩中，固然少見唐代邊塞詩慷慨豪邁之氣，即使遼詩中抒發思鄉情懷，所表現「宛轉淒斷」的陰柔風格，亦或明或滅的消退中。取而代之者，為殷憂之心，與淒苦之情。此種情懷，與南宋《春秋》學標榜「夷夏之防」相融合，思家懷歸的心緒，遂一變而為人心思漢之情結。

（四）憂患之意識

北宋建國後，一直積貧積弱。外有契丹、西夏、女真、蒙古強敵環伺，內有黨爭、寇盜、災荒、輸幣，接踵而來。內憂外患，安危難知。即以北宋盛世而言，富弼已指出種種憂患：「西戎已叛，屢喪邊兵；契丹愈強，且增歲幣；國用憚竭，民力空虛；徭役日繁，率斂日重；官吏猥濫，不思澄汰；人民疾苦，未嘗省察」[49]；時至南宋，憂患未已，和議增幣，國庫屢空，因循苟且，偷安買和，於是憂國憂民漸成為宋代士人的人格意識。由於《易》學與《春秋》學深具憂患意識和危機處理之啟示，故二書於兩宋學術成為顯學，自是一代意識之反映。

使金詩人奉使北國，目睹其強弱，略知其虛實，體察其民心，探測其治亂，經過優劣得失之比較，憂患心和危機感遂多藉詩以鳴，如下列諸家所作：

平野風煙闊，孤村父老存。薄雲低故堞，落日逐轀軒。分裂時云久，澄清敵未吞。春光滿花柳，天道竟何言。（洪适〈使虜道中次韻會亭〉，《全宋詩》卷二〇七

49　李燾《續資治通鑑長編》，慶曆三年九月。

九，頁 23453）

　　衷衷河流到底黃，誰言一葦便能杭。傷心擊楫無人
會，舉酒回頭醉太行。（韓元吉〈渡河有感〉，《全宋詩》
卷二〇九八，頁 23691）

　　萬里持衷使北荒，偶能成禮報君王。中原舊事成新
恨，添得歸來兩鬢霜。（韓元吉〈使北二首之一〉，《全
宋詩》卷二一三二，頁 24082）

　　略無險阻蔽皇居，底事當時醉寐如。若使賈生參國
論，便應咽死更無書。（韓元吉〈使北二首之二〉，《全
宋詩》卷二一三二，頁 24082）

　　倚天櫛櫛萬樓棚，聖代規模若化成。如許金湯尚資
盜，古來李勣勝長城。（范成大〈京城〉，《全宋詩》卷
二二五三，頁 25848）

　　符離東望即商山，畫出江南見一斑。社稷未能還漢
舊，豈容四老老其間。（許及之〈望商山〉，《全宋詩》
卷二四五八，頁 28435）

　　河決從來國隱憂，衛州那在水邊頭。傷心中土淪胥
久，可但堪嗟一衛州。（許及之〈衛州〉，《全宋詩》卷
二四五九，頁 28440）

　　洪适〈使虜道中次韻會亭〉，憂心「分裂時云久，澄清敵
未吞」；其〈次韻馬上偶成〉則曰：「禦戎可鑑秦無策，觝
國誰誇鄭有人」；〈過保州〉詩則云：「白溝才一舍，何計可中
分」；〈過黃河用上介龍深甫遷居就韻〉詩則稱：「皇華復講
衣裳會，京闕今為甎甒鄉」；對於分裂、禦戎、國界、和議，
詩人皆致其憂患與感慨。韓元吉〈渡河有感〉，宋廷偷安買

和，北伐形成空言，「擊楫無人會」遂成詩人之憂患和傷感。
姜特立（1125～？）〈使北二首〉其一，稱「中原舊事成新
恨」；其二，「略無險阻」，加上「當時醉寐」，國事遂不可聞
問，當國君臣之無危機感、憂患心可知。范成大〈京城〉詩，
亦感慨固若金湯之京城，竟然淪陷資敵，人謀不臧，邊將庸懦
可見。許及之〈望商山〉詩，感歎「社稷未能還漢舊」；〈衛
州〉詩亦言：「傷心中土淪胥久，可但堪嗟一衛州」，使金詩
人之殷憂嗟歎，無奈與無力，可以想見。至於滯留金國之南宋
使臣，其危機感，憂患心更深入一層，如朱弁所作：

> 三年北饌飽羶葷，佳蔬頗憶南州味。地菜方為九夏
> 珍，天花忽從五臺至。崔侯胸中散千卷，金甌名相傳雲
> 裔。愛山亦如謝康樂，得此攜歸豈容易。應憐使館久寂
> 寥，分餉明明見深意。堆槃初見瑤草瘦，鳴齒稍覺瓊枝
> 脆。樹雞濕爛慚扣門，桑蛾青黃謾趨市。赤城菌子立萬
> 釘，今日因君不知貴。乖龍耳僅免一割，沙門業已通三
> 世。偃戈息民未有術，雖復加飧祇增愧。雲山去此縱不
> 遠，口腹何容更相累。報君此詩永為好，捧腹一笑萬事
> 置。（朱弁〈謝崔致君餉天花〉，《全金詩》卷七，頁98
> ～99）
>
> 戰伐何年定，悲愁是處同。黃雲縈晚塞，白露下秋
> 空。魚躍深波月，鳥啼落葉風。誰知渡江夢，一夜繞行
> 宮。（朱弁〈戰伐〉，《全金詩》卷七，頁99）
>
> 穴邊酣戰君臣蟻，波上群嬉婢妾魚。苦樂不同同一
> 字，問天此理竟何如。（朱弁〈天問絕句〉，《全金詩》
> 卷七，頁101）

　　域月四更上，窗風一室幽。纖雲縈雁寒，重霧逼貂
裘。兵革何年息，乾坤此夜愁。殊鄉兩行淚，騷屑灑清
秋。（朱弁〈客夜〉，《全金詩》卷七，頁 101）

　　清明六到客愁邊，雙鬢星星只自憐。兵氣尚纏巢鳳
閣，節旄已落牧羊天。紙錢灰入松楸夢，餳粥香隨榆柳
煙。北向雁來寒霧隔，音書不比上林傳。（朱弁〈寒
食〉，《全金詩》卷七，頁 103）

　　朱弁羈留金國十六年，全節而歸。其〈戰伐〉一詩，憂心
「戰伐何年定，悲愁是處同」；〈天問絕句〉假借蟲魚，比況
朝野和戰：苦藥不同，廢興由之，可謂悲天憫人。〈客夜〉
詩，憂心「兵革何年息，乾坤此夜愁」；〈寒食〉詩，更感
慨：「兵氣尚纏巢鳳閣，節旄已落牧羊天」，或戰或和，詩人
身不由己，故殷憂惶惑不已。

　　使金詩人所憂患者，大抵如淪喪、分裂、禦戎、險要、和
戰、畫界、恢復、守節諸事，要皆攸關國家興衰、民族存亡、
生民憂戚，並非只是詩人之新愁舊恨，嗟歎感慨而已。《詩·
邶風·柏舟》所謂：「憂心悄悄，慍於群小。覯閔既多，受侮
不少。靜言思之，寤辟有摽。」蓋足以彷彿使金詩人之殷憂與
感慨。

四、南宋使金詩與敘事議論之化成

　　南宋使金詩人所作，可以狀寫聞見，體物瀏亮者，如記遊
詩、田園詩；若以之借題發揮，抒發感慨，則如山水詩，邊塞
詩；亦有融合記遊、山水、田園、邊塞而化成，會通敘事，寫

景、抒情、議論於一篇之中者，此自北宋使遼詩已有之，而於
南宋使金詩亦屢見不鮮。蓋寓物說理，詩中發議，乃宋詩主要
特色之一；亦詩歌發展至宋代，文學自身之衍化，雕版圖書之
傳播，以及宋型文化之發用促成之[50]。宋詩之議論化，當如
水之就下，沛然莫之能禦。此一文學現象，關係唐詩宋詩之源
流正變；而優劣得失，隨人說短論長，其中是非曲直，值得探
究。

　　考察南宋使金詩之主題，有傳承前代之遺韻者，已列為第
一節論述；有偏重詠懷抒情者，列入第二節述說；至於使金詩
作因聞見而生發議論者，則於本節討論之。考察使金詩人關注
的議題，大抵有四：（一）和戰之利病；（二）華夷之分辨；
（三）興廢之殷鑑；（四）治國之讜論：

（一）和戰之利病

　　宋高宗即位，南宋朝廷成立以來，一邊戰爭，一邊議和，
一直是宋金外交關係的特點。金人執行「以和議佐攻戰，以僭
逆誘叛黨」的策略。南宋朝野與君臣，主戰或主和，雖各有盤
算與堅持，最後在高宗不惜一切，甚至殺害主戰派之岳飛，執
意求和下，達成紹興和議。迨孝宗即位，張浚北伐失敗，金朝
再度以重兵攻宋，脅迫和議。由於孝宗只求固權保位，無意恢
復北方失地，乃罷黜胡銓等反對和議之大臣，於是隆興和議簽
訂，張浚、趙鼎等主戰派大臣皆遭罷黜或貶謫[51]。

50　張高評〈古籍整理與文學風尚——杜甫詩集之整理與宋詩宗風〉，《宋代
　　文學研究叢刊》第六期（高雄：麗文文化公司，2000 年 12 月），頁
　　31~54。
51　同註 18，頁 174~192。又何忠禮、徐吉軍《南宋史稿》，第三章〈宋金
　　對峙局面的初步形成〉，第五章〈孝宗朝的政治和軍事〉（杭州：杭州大
　　學出版社，1999 年 4 月），頁 79~136，頁 199~218。

南宋北伐，收復失地，始能生存發展；無奈朝廷買和，只能偏安一隅，坐困殘山剩水。使金詩人有鑑於此，關心國事，紛紛借事發論。由於朝廷主和當令，奉使金國之大臣礙於身分與使命，作詩多表面趨附，實則暗諷。奉使而滯留金國者，「處於屋檐下，不得不低頭」，則多賦詩歌頌和議，如：

> 雙壘依然柳作陰，故疆行盡倍傷心。時平且得無爭戰，苔上戈槍臥綠沈。（洪适〈次韻梁門〉，《全宋詩》卷二〇七九，頁 23456）

> 夜愁風浪不成眠，曉渡清平卻晏然。數棒金鉦到江步，一檣霜日上淮船。佛狸馬死無遺骨，阿亮臺傾只野田。南北休兵三十載，桑疇麥嗜正連天。（楊萬里〈過瓜州鎮〉，《全宋詩》卷二三〇一，頁 26436）

> 風捲清淮夜不休，曉驚急雪遍郊丘。坐令和氣三邊滿，便覺胡塵萬里收。瑟瑟江頭輝玉節，蕭蕭馬上點貂裘。歸來風物渾相似，二月楊花遶御溝。（樓鑰〈北行雪中渡淮〉，《全金詩》卷二五四一，頁 29411）

> 平生隨牒浪推移，只為生民不為私。萬里翠與猶遠播，一身幽圄敢終辭。魯人除館西河外，漢使驅羊北海湄。不是故人高議切，肯來君府問鍾儀。

> 拭玉轅門吐寸誠，敢將緩頰沮天兵。雷霆懍肯矜雕弊，草芥何虞計死生。定鼎未應周命改，登壇合許趙人平。知君妙有經邦策，存取威懷萬世名。

> 當時初結兩朝歡，曾見君前捧血槃。本為萬年依蔭厚，那知一日邃盟寒。羊牽已作俘囚獻，魚漏終期網罟寬。幸有故人知底蘊，下臣護考敢謀安。（宇文虛中〈上

烏林天使三首〉,《全金詩》卷二,頁15)

> 有奇不能吐,何術止南牧。君心想更切,臣罪伺由
> 贖。此身雖自溫,此志轉煩促。論武貴止戈,天必從人
> 欲。安得四海春,永作蒼生福。聊擬少陵翁,秋風賦茅
> 屋。(朱弁〈炕寢三十韻〉,《全金詩》卷七,頁96-97)

> 好生惡殺號蒼天,天憫斯民欲息肩。自是大邦兵不
> 戰,在於南國使無僭。論功弗用矜三捷,持勝何如保萬
> 全。願早結成修舊好,名垂史策畫凌烟。(洪皓〈贈彥清
> 二首〉其一,《全金詩》卷四,頁51)

洪适〈次韻梁門〉稱:「時平且得無爭戰,苔上戈槍臥綠
沈」,以苔上戈槍寫承平日久,苟安忘戰令人傷心。楊萬里
〈過瓜州鎮〉,特寫桑麥連天,似乎歌頌南北休兵之效益,其實
暗諷休兵和議,感慨不知進取。樓鑰〈北行雪中渡淮〉,所謂
「坐令和氣三邊滿,便覺胡塵萬里收」,宋金通好,看似和氣致
祥;干戈化為玉帛,容易錯覺外患業已收拾殆盡,一語戳破和
議的假面具。宇文虛中〈上烏林天使三首〉其三,敍述宋金兩
朝由結歡而背盟,由渝盟而交戰,暗諷和議不足恃。洪皓〈贈
彥清二首〉其一,以好生惡殺,天憫斯民,息肩,戢兵,萬
全,早修舊好相勉勵。朱弁〈炕寢三十韻〉後幅,關心「何術
止南牧」,強調「論武貴止戈」,憧憬「四海春,永作蒼生
福」,忘和心切,此固沒金使臣之用心也。考察使金詩人所
作,許及之主戰斥和,表現較為獨特,如:

> 揚子江頭渡曉風,一舟掀舞浪花中。江神似恨頻將
> 幣,不許和戎出漢宮。(許及之〈渡江〉,《全宋詩》卷

二四五八，頁 28435）

　　蕎直中原掌似平，范陽巢穴奈天成。未能太古全無
事，黃帝如何不治兵。（許及之〈涿州〉，《全宋詩》卷
二四五九，頁 28439～28440）

　　藝祖懷柔不耀兵，白溝如帶作長城。太平自是難忘
戰，休恨中間太太平。（許及之〈白溝河〉，《全宋詩》
卷二四五九，頁 28442）

　　宋衛綿延接趙燕，古來爭戰可勝論。細思醉把乾坤
擲，蠻觸區區匪大言。（許及之〈有感〉，《全宋詩》卷
二四五九，頁 28442）

　　霜明玉節映寒流，馬渡蘆溝向上頭。萬里河山觀古
塞，百年荊棘歎神州。要臨瀚海銘燕石，莫上新亭作楚
囚。多少遺民思舊俗，可憐錦藏包羞。（傅誠〈使金〉，
《全宋詩》卷二七二二，頁 32015）

　　許及之〈渡江〉詩：「江神似恨頻將幣，不許和戎出漢
宮」，是反對和戎輸幣；〈涿州〉詩：「未能太古全無事，黃
帝如何不治兵」，是贊成治兵攻戰；〈白溝河〉詩：「太平自
是難忘戰，休恨中間太太平」，是警戒太平忘戰；〈有感〉
詩：「宋衛綿延接趙燕，古來爭戰可勝論」，是覺悟爭戰不
免。傅誠〈使金詩〉，直斥和議是「錦藏包羞」——代價是神
州荊棘，遺民淪沒。

　　由於南宋的軍事實力並不強大，經濟資源並不雄厚，所以
想北伐中原，打敗金朝，收復失地，一直坐失良機。因此，主
戰派只能空言恢復，唱唱狂想曲[52]，慰情聊勝無。就當時宋

52　同上註，頁 132～135。

金的客觀形勢而論，這真是無可奈何的歷史悲劇。使金詩對於難言之隱，往往「於敘事中寓論斷」，故詩風多婉約蘊藉。

（二）華夷之分辨

　　《春秋》之義，內其國而外諸夏，內諸夏而外夷狄。易言之，《春秋》之要，在乎內外之辨，嚴夷夏之防[53]。終南宋之世，由於夷狄交侵，外患頻仍，因此，「尊王攘夷」，「夷夏之防」高唱入雲。宋代《春秋》學著述，汗牛充棟，論者稱：「說《春秋》者，莫夥於兩宋」[54]，《春秋》學於宋代蔚為顯學，西夏、契丹、女真、蒙古外族之先後侵逼中原，中原不絕若線，與春秋時代近似，故斯學昌皇發達如是。

　　北宋使遼詩率先接觸此一主題。論者稱：使遼詩人有屈辱，需排釋；有隱痛，需緩解，詩中往往將屈辱隱痛轉變為自大之優越意識，表現為華夷優劣之比較上[55]。南宋紹興和議與隆興和議的簽訂，帶給南宋使臣的屈辱和隱痛，將更十百倍於北宋。於是自大的意識消退了，華夷的優劣比較也不談了。彷彿拉奧孔被海蛇咬傷後，臨終前輕微的歎息，遺憾在殘山剩水、無可奈何之中，如：

　　　　風埃如霧滿川黃，馬上朝來識太行。水瀉濁河橋甚
　　　　壯，沙連遠塞路何長。皇華復講衣裳會，京闕今為甄闕

53　康有為《春秋董氏學》，〈春秋微言大義第六下・夷狄〉（北京：中華書
　　局，1990 年 7 月），頁 202～207；陳柱《公羊家哲學》，〈攘夷説〉（臺
　　北：中華書局，1980 年 11 月），頁 41～46。

54　永瑢等《四庫全書總目》卷二十九，經部春秋類，康熙帝《日講春秋解
　　義》提要（臺北：藝文印書館，1974 年 10 月），頁 592。

55　參考王水照〈論北宋使遼詩的兩個問題〉，《王水照自選集》（上海：上
　　海教育出版社，2000），頁 249～252。

鄉。夾道桑麻過千畝,野花時有一枝香。(洪适〈過黃河用上介龍深甫遷居就韻〉,《全宋詩》卷二〇七九,頁23454)

覺來屈指數修程,歷遍中原長短亭。誰向城頭曉鳴角,胡音嘈囋不須聽。

胡音嘈囋不須聽,整頓征衫待啟明。已把哀笳變清角,可傷任昧雜韶英。(洪适〈次韻保州聞角〉,《全宋詩》卷二〇七九,頁23456)

船過淮南岸,心如已到家。何常異風景,正爾辨戎華。病體辭深轍,征衣脫舊沙。江南即仙國,何必上星槎。(韓元吉〈渡淮喜而有作〉,《全宋詩》卷二一三二,頁24082)

洪适〈過黃河用上介龍深甫遷居就韻〉詩,對比「京闕今為氈裘鄉」時,「皇華復講衣裳會」;京城淪陷,和議施行,和平使者往來,夷夏之防已蕩然無存。〈次韻保州聞角〉二首,其一斥:「胡音嘈囋不須聽」,其二歎「可傷任昧雜韶英」,對於華夷樂音亦未批判優劣。韓元吉〈渡淮喜而有作〉詩,稱「何常異風景,正爾辨戎華」,只以風景之殊異,辨別戎華;「江南即仙國,何必上星槎」,也只標榜江南仙國,未貶斥塞北金源。賀正使、賀生辰使之使命固有以致之,宋金朝廷既已達成協議,使臣自不便偏執華夷優劣,甚至倡議夷夏之防。可見,《春秋》大義於使金詩中,隱然已作重大轉折。試看范成大使金詩,亦微露此種消息:

石色如霜鐵色新,洨河南北尚通津。不因再度皇華

使，誰洗奚車塞馬塵？（范成大〈趙州石橋〉，《全宋詩》
卷二二五三，頁 25852）

松風漱罷讀離騷，翰墨仙翁百代豪。一笑甖裘那辦
此，當年嵇阮尚餔糟。（范成大〈松醪〉，《全宋詩》卷
二二五三，頁 25853）

重譯知書自貴珍，一生心愧躡鷗巾。雨中折角君何
愛，帝有衣裳易介鱗。（范成大〈躡鷗巾〉，《全宋詩》
卷二二五三，頁 25855）

乍見華書眼似獐，低頭慚愧紫荷囊。人間無事無奇
對，伏獵今成兩侍郎。（范成大〈耶律侍郎〉，《全宋詩》
卷二二五三，頁 25855）

范成大〈趙州石橋〉詩，皇華之使者，只關心「誰洗奚車
塞馬塵」；〈松醪〉詩，飲罷薄酒，只舉「嵇阮尚餔糟」，以
「一笑甖裘」，並未明斷華夷優劣。〈躡鷗巾〉詩，敘寫金朝接
伴使「心愧躡鷗巾」，而愛賞漢衣裳。華夷之辨，衣冠是要
件，愛愧之間，華夷優劣已委婉表出。〈耶律侍郎〉詩，乍見
華書與低頭慚愧相映相襯，暗諷兵部侍郎不識字，亦婉轉可
掬。

司馬遷《史記》，「有不待論斷，而於敘事之中即見其指
者」，論斷即寄寓於敘事之中，不必再憑空發議[56]《史記》之
史法，或《春秋》筆削之義法者。

---

[56] 顧炎武《日知錄》卷二十五，黃汝成《集釋》本，「史記於敘事中寓論
斷」（長沙：岳麓書社，1996 年 2 月），頁 891~892；參考白壽彝〈司馬
遷寓論斷於敘事〉，《中國文學史論集》（北京：中華書局，1999 年 4
月），頁 80~98。

（三）興廢之殷鑑

　　司馬遷〈報任安書〉述《史記》之作意，在「考其行事，綜其終始，稽其成敗興廢之紀」，蓋有得於史書「歷記成敗、存亡、禍福、古今之道」之精髓。陳寅恪曾稱：「中國史學莫盛於宋」[57]，故歷史之興廢，成敗之殷鑑，形成士人之史學意識，《易‧畜卦》所謂「多識前言往行，以畜其德」即是。此種史學意識不僅體現於詩話筆記中[58]，於詩歌創作亦多所反映。試考察使金詩作，感慨歷史興亡，取為殷鑑者，詠史與懷古體類最多，如范成大使金詩，憑弔古蹟之餘，發思古之幽情，往往觸及興廢，如：

　　　　劉項家人總可憐，英雄無策庇嬋娟。戚姬葬處君知否？不及虞兮有墓田。（范成大〈虞姬墓〉，《全宋詩》卷二二五三，頁25847）

　　　　陵谷遷移尚故墟，天盈商罪未蠲除。古今行客同嗟罵，何止三篇泰誓書。（范成大〈羑里城〉，《全宋詩》卷二二五三，頁25850）

　　　　堂堂十亂欲興周，肯使君王死作囚。巧笑入宮天亦笑，可憐元不費深謀。（范成大〈文王廟〉，《全宋詩》卷二二五三，頁25850）

　　　　阿瞞虓武蓋劉孫，千古還將鬼蜮論。縱有周遭遺堞在，不如魚復陣圖尊。（范成大〈講武城〉，《全宋詩》

57　《金明館叢稿二編》（上海：上海古籍出版社，1980），頁240。參考宋衍申〈宋代史學在中國古代史學中的地位〉，《松遼學刊》1984年2期。
58　張高評〈史家筆法與宋代詩學——以宋人詩話筆記為例〉，《會通化成與宋代詩學》（臺南：成功大學出版組，2000年8月），頁153～194。

卷二二五三，頁25850）

> 　金盆濯足投文昌，乞索家風飽便忘。他日楚人能一
> 炬，又從焦土說阿房。（范成大〈燕宮〉，《全宋詩》卷
> 二二五三，頁25855）

　　范成大〈虞姬墓〉，比較戚姬虞姬身後之遭遇，感慨「英
雄無策庇嬋娟」。〈羑里城〉，嗤罵商罪惡貫滿盈，不因陵谷遷
移而去除。〈文王廟〉詩，敘十亂興周，美女入宮惑商紂，此
計「元不費深謀」。〈講武城〉詩，論斷曹操暴武，不如孔明
八陣圖，直截了當，不復含蓄。〈燕宮〉詩，金盆濯足，燕宮
宏侈，媲美秦築阿房，詩人以「一炬焦土」相警示，可之殷鑑
不遠。若此，要皆提示成敗，存亡、禍福、古今之道，具歷史
之資鑑意義。又如：

> 　漢鼎三分霸業成，併吞猶未戒佳兵。故城四壁存陳
> 跡，荒冢千年斷樂聲。何必枕戈防詭計，豈容橫槊竊詩
> 名。我來弔古停車轍，壟上農人也輟耕。（洪适〈次韻講
> 武城〉，《全宋詩》卷二〇七九，頁23455）
> 　花石綱成國蠹盈，賊臣賣國果連城。陵遷谷變猶橫
> 道，反作傍人座右銘。（許及之〈靈壁道傍石〉，《全宋
> 詩》卷二四五九，頁28439）
> 　古廟淒涼古鎮邊，鄲陽戶口更淒然。封侯當日如今
> 日，越使蕭公剩買田。（許及之〈題蕭相國廟〉，《全宋
> 詩》卷二四五九，頁28443）
> 　舜葬蒼梧的可知，九疑猶是後人思。阿瞞不作瞞心
> 事，何用纍纍多塚為。（許及之〈曹操冢〉，《全宋詩》

卷二四五九，頁 28443）

　　千古興亡一夢中，就中物理似持衡。茜花空染朝歌血，荒草猶祠羑里城。但見反身知自咎，誰言修政欲相傾。知音只有昌黎操，臣罪當誅主聖明。（樓鑰〈相州道中〉，《全宋詩》卷二五四一，頁 29412）

　　洪适〈次韻講武城〉，首二句是主意：霸業已成，猶未戒兵，何況未成、無成？借古諷今，情韻綿邈。許及之〈靈壁道傍石〉，借花石綱起興，批判賊臣賣國亡國，資鑑用意顯然。〈題蕭相國廟〉，以「當日如今日」，印證《史記・蕭相國世家》持家尚簡，從側面肯定蕭何之廉能。許及之〈曹操冢〉詩，將舜葬九疑，猶貽懷思；與曹操疑冢，纍纍欺人，相互對比映襯，以見虞舜與曹操功過之殷鑑。樓鑰〈相州道中〉，選取「茜花朝歌血」，「荒草羑里城」兩個意象，以見作者千古興亡、物理持衡的歷史觀。提出反身、修政之內聖外王功夫，是亦資鑑之要目也。

（四）治國之讜論

　　內憂外患頻仍，國家多災多難，促使宋代士人具有強烈的政治參與感，與高度的社會責任心，體現為關心民瘼，批評時政，蔚為一時風尚。南宋憂患雖甚於北宋，然和議已成，偏安已定，只能反思過往，瞻望來茲，如：

　　宣防瓠子遶西京，向者河堤役不寧。胡虜任教流就下，始知談舌誤朝廷。（洪适〈絕句〉，《全宋詩》卷二〇七九，頁 23454）

持衰萬里敢辭難，汴泗都歸指顧間。車上古程依北斗，馬頭歸夢到南山。頗驚魏國山河少，尚覺周家境土慳。聖主若圖恢復計，直須神武取榆關。（姜特立〈使北〉，《全宋詩》卷二一三二，頁 24082）

洪适〈絕句〉，藉治河指桑罵槐，聲明「談舌誤朝廷」，言外有暗諷和議誤國之意。姜特立〈使北〉詩，考察宋金的山川地理後，提出「聖主若圖恢復計，直須神武取榆關」；自注：「《五代史》：中原之險，正在榆關。自石晉失之，故中國無險可守。」，注意邊防關注，天下利病，真可作為攻守之參考。范成大與楊萬里使金詩，亦藉詩建言，如：

洪河萬里界中州，倒捲銀潢聒地流。列弩嶓梁那可渡？向來天數亦人謀！（范成大〈李固渡〉，《全宋詩》卷二二五三，頁 25849）
從古銅門控朔方，南城煙火北城荒。臺家抵死爭溏濼，滿眼秋蕪襯夕陽。（范成大〈安肅軍〉，《全宋詩》卷二二五三，頁 25853）
此日淮壖號北邊，舊時南服紀淮壖。平蕪盡處渾無壁，遠樹梢頭便是天。今古戰場誰勝負，華夷險要豈山川？六朝未可輕嘲謗，王謝諸賢不偶然。（楊萬里〈舟過楊子橋遠望〉，《全宋詩》卷二三〇一，頁 26437）

范成大使金所作〈李固渡〉詩，強調「向來天數亦人謀」；此與春秋鄭子產所謂：「天道遠，人道邇」，人定勝天同理。若人謀不贓，即能得天眷顧，亦難能成功。此對南宋以

來之成敗禍福，頗致微辭。溏濼之為物，深不能舟，淺不能
涉，成為北宋邊境的天然屏障，宋遼即以此為界。〈安肅軍〉
一詩，一二句借今昔對比，凸顯邊關毀棄，古城荒涼，當年臺
家抵死爭論溏濼的存廢，如今卻荒蕪滿眼。書寫古今廢興，沈
痛有味，耐人諷詠。或稱范成大使金詩為「詩史」，蓋記遊而
兼含時事政論之故。楊萬里〈舟過楊子橋遠望〉，後幅借事發
議：今古勝負在戰場，戰場勝負豈在山川之險要？不在險要，
當在人謀，在諸賢的廟算和謀猷而已。范成大憂宋之衰，提出
安邦之讜論，直截了當，噴薄而出，以議論為詩，自具宋詩之
特色。

　　注重反思內求，為宋學的主要精神之一 [59]，「行有不
得，反求諸己」，兩宋的內憂外患促使士人作種種反思，撫今
追昔，總結經驗教訓，成為南宋詩歌之重要主題。南宋使金詩
人或許由於奉使敵國，身分特殊，職務敏感，因此邊政之建
言，治國之宏論提出並不多，確實原因待考。

肆、結　論

　　文學作品有內在之因革損益，更有外在的傳承流變，明其
因革，究其流變，然後能知其風格，評定其價值。本論文大方
向為唐詩宋詩之異同，選擇兩宋邊塞詩為範圍；邊塞詩又圈定
北宋使遼詩與南宋使金詩。通過奉使塞北使臣之身經目歷，見
聞感悟，表現宋代邊塞詩之特色；並企圖與先宋邊塞詩作比

59　參考陳植鍔《北宋文化史述論》，第三章第四節〈宋學精神〉，五、內求
　　精神（北京：中國社會科學出版社。1992），頁 314~319。

較，以見主題之流變，與風格之轉折。關於北宋使遼詩之主題，筆者已作初步探討，今再考察南宋使金詩，大抵獲致下列結論：

一、在紹興和議與隆興和議的氛圍下，使金詩人身負通好、尋盟、求和、慶賀之任務。當其渡淮河、入北界、履故土、覽山河、望城郭、見遺民、聞胡歌，留連燕京，折衝樽俎之際，必然搖蕩性靈，慨然有懷，憬然有悟。

二、在屈辱、偷安、求和、圖保、妥協之下，南宋詩人使金所作邊塞詩，無復唐人邊塞詩豪邁颯爽之風，鄭克己〈送中書王舍人使北〉詩「安邊存大體，何必斬樓蘭」二語，可以概括。就南宋使金詩之主題表現而言，有傳承先秦、南朝、四唐之詩胎者，如黍離之悲愴、豪傑之表彰、北國之風情、行旅之苦辛；亦有踵事增華，變本加厲者，如淪沒之苦痛、興復之期望。更有因應世變，開拓新題者，如人心之思漢、憂患之意識、和戰之利病、華夷之分辨、興廢之殷鑑、治國之讜論。傳承與開拓之間，偷安買和的時風世俗實居關鍵因素。

三、就體裁而言，除周麟之作〈中原民謠〉十首為長篇七古外，南宋使金詩多七絕之作。蓋閱歷邊塞山川風物，感觸紛綸，七絕短章較易排遣。七言歌行之奔放、明快、豪邁，並不適合使金詩之風格。就形式技巧而言，南宋使金詩作為邊塞詩之一體，蓋會通征戍、行旅、山水、詠史、詠物、詠懷、敘事諸體而一

之，純粹寫景詠物者甚少，大多敘事、記遊、詠史而
兼詠懷，或寓論斷於敘事記遊之中，含蓄蘊藉，韻味
悠長。

四、唐代邊塞詩有兩大風格：其一，以岑參、高適為代
表，氣勢磅礡，境界恢闊，色彩奇麗，慷慨報國之
作，所謂盛唐氣象。其二，以李益、張籍為代表，表
現肅殺、淒厲、迷茫、感傷之作，所謂中晚唐境界，
此皆時勢使之然。宋詩之特色自中晚唐演變而來，南
宋之時勢較中晚唐更艱難，於是使金詩受時勢之制
約，風格接近中晚唐，而遠離盛唐。胡雲翼《宋詩研
究》稱：「宋詩消失唐代那種悲壯的邊塞派的作風
了」；就南宋使金詩而言，盛唐邊塞之激昂壯闊，確
實消失不見了；但中晚唐邊塞詩之殷憂焦慮、沈痛悲
憤，卻為南宋使金詩，以及陸游等愛國詩人之邊塞詩
所傳承，蔚為一代之特色[60]。

60　本論文原為筆者國科會專題研究計畫《南宋邊塞詩之開拓與新變（Ⅱ）》
（NSC90-2411-H-006-006）子題之一，初稿曾發表於南京大學舉辦之
「第二屆宋代文學國際學術研討會」（2002 年 8 月 16〜19 日），今稍加修
訂如上。

第八章

學科整合與宋詩研究

——宋詩研究方法論之一

摘　要

　　文體的生存發展，必須追新求變。宋代因為標榜文治，注重科舉，雕版印刷發達、圖書流通便利，加上詩人多才多藝，於是對學科整合產生推波助瀾的效應。本文從學科整合觀點論述宋詩研究的新視角，分下列五大項述說：一、從優生學的啟示，說明宋人作詩如何借鑑異質、取法另類，經過交融整合，再轉化成自己的風格與特色。二、從圖書版本流傳的激盪，探討宋代學風的走向、詩學的偏好，以及創作上學古通變的課題。三、從宋型文化會通化成的特色，考察宋代的經學、史學、思想、文學、文藝理論。四、從錢鍾書《管錐編》：「名家名篇，往往破體」的論點切入，探討破體在文類間的整合，立足於詩歌，借鏡汲取古文、詞、辭賦、駢文、小說之優長與特色，體質既經改造，文學遂獲得新生與發展。五、討論文類跟其他學科間的整合現象，從經學、史學、禪宗、仙道、書法、書道、雜劇、繪畫等角度，探討宋詩的出位現象[1]。

關鍵詞：學科整合　會通化成　印本文化　破體　出位

1　2001 年 4 月 30 日，筆者應政治大學張雙英教授邀約，向中文研究所研究生作一場專題演講。最近整理演講稿，稍作增訂，添加註釋，而成本文。

壹、前　言

　　宋詩與宋代詩學之研究，目前逐漸趨向熱絡（宋代詩學包括創作研究、理論批評兩方面），原因有三：首先是北京大學的《全宋詩》七十二冊出齊了，北大精益求精，正籌備出補編，以便補缺訂誤。不管怎麼樣，《全宋詩》七十二冊大致可用，能跟學術界分享，這是了不起的學術工程。其次，是四川大學古籍整理研究所主編《全宋文》，據說是 180 冊，巴蜀書社出了五十冊以後，因故沒有繼續出版，如今已決定委由上海辭書出版社，重新從第一冊出版[2]。第三，《全宋筆記》，上海師大朱易安教授主編，預估出版十輯，每輯 10 冊，共 100冊，將由上海書店發行。將來《全宋詩》、《全宋文》、《全宋筆記》一旦出齊後，再加上江蘇古籍出版社出版的《宋詩話全編》、《中華大典・文學典・宋遼金元文學分典》，還有臺灣成文出版社在 1978、1979 年印行之《中國文學批評資料彙編》，北宋、南宋、金代篇三書，中國社會科學院出版的《宋代文藝理論集成》一部，上海古籍出版社印行《宋元筆記小說大觀》六冊，這些資料性、工具性的書出版以後，因為材料取得容易，所以就能吸引學界投入探討。

　　從事人文學科研究，大抵要看資料說話，有幾分證據，就說幾分話，就好像廚師煮菜——巧婦難為無米之炊！嘗試統計這些宋代文獻，光是文本材料，比起任何一個時代的都要多，所以將來勢必會逐漸吸引一些學界的人材，投入宋代的學術研

2　曾棗莊〈從類書・叢書的體例看其編纂的難易〉，《海峽兩岸古典文獻學學術研討會論文集》，北京大學、淡江大學、復旦大學主編（上海：上海古籍出版社，2002 年 12 月），頁 5～17。

究，研究六朝、研究唐代的學者也許會往下移動。另外，四川大學先後編纂了很多工具書，如《現存宋人別集版本目錄》、《宋人年譜集目／宋編宋人年譜選刊》、《現存宋人著述總錄》、《宋人別集敘錄》、《宋人傳記資料索引補編》、《中國地方志宋代人物資料索引》、《中國地方志宋代人物資料索引續編》、《宋僧錄》，又與中央研究院歷史語言研究所合作，點校《宋會要輯稿》。元智大學中文系羅鳳珠老師設置《網路展書讀》網站，提供兩宋 23 位詩人名家詩歌全文檢索，完成「蘇軾」資料庫建置；臺灣大學中文系謝佩芬博士積極建構宋代文學與宋代文化資料庫。所謂「工欲善其事，必先利其器。」這些工具書編好了，資料庫建置完成後，檢索、查考、參閱都非常方便，也可以成為吸引大家投入宋代研究的一個利器。另外還有一點，聯合國教科文組織的補助經費，如果你申請的是宋代學術研究，是會優先被考慮的，這種種的利多，可以想見未來的宋詩或宋代文學研究，一定是熱潮可期的。

貳、學科整合與學術研究

一、從優生學、近親繁殖談學科整合

我的博士論文研究《左傳》，就從晉文公重耳的名字講起。重耳，顧名思義，他的耳朵「相重」，和我們不一樣，怎麼「重」不清楚，反正就是畸型、不正常。為什麼會這樣？因為他的父母都姓姬。《左傳》僖公二十三年記載鄭國叔詹以優

生學觀點檢視重耳，進而推測重耳得天所啟，其中談到：「男女同姓，其生不蕃。」意思是說，父母雙方如果血緣關係太接近、姓氏相同的話，後代子孫就不會昌盛。情況有兩種，第一，是身體形狀異常；第二，是智慧表現低下，甚至智障。這種情況，只要看古代部落社會近親繁殖的結果，就可以得到印證。最後這個部落低能兒、智障者多，種族無法繁衍，將會有滅種之虞。有了內婚制這種慘痛教訓，後來才演變成外婚制，部落和部落之間互相通婚。所以，我們說混血兒不僅漂亮，而且聰明。從《左傳》優生學的啟示可知：不同品質、不同性質、不同類別之中，如果能作有效整合交融的話，它產生的新品種往往非常美好。就像水果的改良一樣，本土芭樂和泰國芭樂一接枝，就變成非常碩大好吃；如果小粒龍眼和顆粒大的一接枝，產生的果肉就會更可口。但是，把芭樂接在蓮霧上就不行。從生物學的接枝或是異種混血角度來看，世間事理常常是相通的。《左傳》昭公二十年「晏嬰論和同」也講到：「以水濟水，誰能食之？若琴瑟之專一，誰能聽之」[3]，水加水還是水，但是水加上一點果汁，一點蜂蜜，它就變成飲料；加上一點碳酸，它就變成汽水。這果汁、蜂蜜、汽水跟水不同質，但能相互融合，所以融合一定要添加不同的東西。當然，不能夠接受水火不容的添加物。化學實驗也不能亂加東西，它會產生爆炸。可見，並不是添加任何東西都可以。整合，以能彼此交融，不相衝突為前提。原則上，兩者必須「異跡而同趣」。由於「同趣」，所以融會較易；又因為「異跡」，所以借鏡可成[4]。

3　參考張高評《左傳之文韜》、〈《左傳》之文藝觀念及其價值〉（高雄：麗文文化公司，1994 年 10 月），頁 3~8。

4　張高評《宋詩之傳承與開拓》，〈宋代「詩中有畫」之傳統與創格〉，第五章「結論」（臺北：文史哲出版社，1990 年 3 月），頁 510。

　　文體融會或學科整合的意義，也是這樣。先以詩歌為例，詩歌加詩歌，還是詩歌，由於「以詩為詩」是近親繁殖，在作家眾多，作品豐富的情況下，就會影響詩歌的生存和發展。如果一種文類連生存都有問題，就不必奢談發展了。所以當詩歌的創作，傑出作家如雲，優秀作品如林時，為求生存發展，它就會要求創新變化，怎麼新變呢？我的宋詩研究系列如《宋詩之傳承與開拓》、《宋詩之新變與代雄》、《會通化成與宋代詩學》、《自成一家與宋詩宗風》、《王昭君形象之流變與唐宋詩之異同》諸作，重點多在探討這個問題。宋代之前有唐代、有六朝、有漢朝、有先秦，面對那麼多作家，面對那麼多美好的文學遺產，如果我是宋人，想要從事創作的話，我要怎樣才可以跟前人並駕齊驅，甚至凌駕古人，超越眾作？一定得面對且正視這個問題。而且，後來的人，像現代（或未來）的作家，如果面對以前很多優秀的文學作品，從事創作要怎麼辦？宋人的作法，事實上可以提供後人創作的參考。因為宋人在這個方面，不僅面對，而且有所突破、有所開創，這方面是可以用來做借鑑的。我經常思考下列的問題：在宋代面對輝煌燦爛的唐代文學，還能夠有他們的生機，還能夠開創屬於他們的一片天空，到底他們是怎麼做到的？這一個創意的點子如果找得到的話，應該可以提供激烈競爭時的生存答案。

　　以詩歌來講，唐詩的輝煌燦爛，在宋代有口皆碑、有目共睹，六朝陶淵明、謝靈運、曹子建這些人，都非常優秀，再往前樂府，再往前《楚辭》，再往前《詩經》，這些不朽的文學遺產優點，總不能視若無睹吧！那要怎麼辦？當然要學習古人的優點。這些古人的優點，如果只是學習，把學習當成目的，學過了就算完了，那跟明代前後七子「文必秦漢，詩必盛唐」的

模擬是沒有兩樣的，充其量只是「唐樣」而已。還好，宋人在這方面是以學習古人的優點，傳承古代作品的藝術傳統，當作是一種手段，當作一種入門和過程；而其終極目的，在變化唐詩，自成一家：追求與唐人並駕齊驅，能夠與唐人比肩齊步。清吳之振《宋詩鈔‧序》所謂：「宋人之詩，變化於唐，而出其所自得，皮毛落盡，精神獨存。」有這種「學唐變唐」的意識，所以能夠跟唐代詩相媲美，甚至於有自家之風格與特色，能夠超越唐代某些詩人。詩學理論上是這樣的訴求，創作能夠做到多少，就看個人的學養、個人的妙悟，畢竟文學理論和實際創作是有些差距的。宋人的理念是這樣的：希望能夠透過學習借鏡古人的作品，來滋養自己創作的源泉，而且所學習的應該是自己所欠缺的。剛才我們提到的借鑑，是要借鑑自己所沒有的，而不是自己已經有的。像是跟鄰居借東西，一定是自己欠缺的，自己已經有了何必借？借物必須要借性質相近，但是歸屬又不同的；借鑑也是這樣，它必須要有一個能夠互相交流的基礎，才能夠借鑑。譬如詩歌借鑑詞、古文、辭賦，形成以詞為詩、以文為詩、以賦為詩，它們同樣都是文字書寫；但是詩歌借鑑繪畫、書法，借鑑雜劇、禪宗、仙道等，形成詩中有畫、以書法為詩、以禪入詩、以仙道為詩、以雜劇喻詩，所謂「出位之思」，它們表現的媒介不同，為什麼也能借鑑？等一下再講這個問題。總之，同質是借鑑的基礎，異質是借鑑的對象，「由於同質，所以會通較易；由於異質，所以交融可成」。因為借鑑是站在相通、相近、相似的基礎上，才能進一步去取法對方的特色，去借鏡自己所沒有的，這樣才能豐富自己，改造體質，創新生命，就好像優生學那樣。

優生學告訴我們：要避免近親結婚，不要迷信「親上加親」

的陋習。男女雙方因為是近親，遺傳基因很接近，彼此壞的遺傳基因將會成等比級數的凸顯，由於它已經變成顯性了，所以惡疾就會再度出現。生下來的兒女會不聰明，甚至有問題。（還好，《紅樓夢》的賈寶玉和林黛玉沒有結婚，不然可能會生出怪胎。）這就是說，詩歌借鑑詩歌還是詩歌，水加水它還是水，必須要加果汁、加蜂蜜，彼此能夠水乳交融，不互相排斥，兩者相容、相通，這樣才是能夠借鑑成功。且看生物學、科學的新寵，都不看重純粹、專一，「像金屬中的合金，軟硬適中，勝過純元素；動植物的雜交，衍生新好品種；半導體介於導電和絕緣體間，更促進電子工業邁進新紀元」[5]，他們都致力混血、融合、會通、化成，注重學科的整合。因此，我想探討學術，注意著重學科整合是甚有必要的。剛剛雙英兄提到我的求學歷程，我原來大學讀臺灣師大，臺灣師大在當時民國六十年左右，特別注重文字、聲韻、訓詁的訓練，所以考據學方面我有一點基礎。後來讀高雄師大碩士班，跟隨周虎林老師問學，他指導我研究黃宗羲的史學[6]，所以被逼得中國傳統史學也懂一些。後來回到臺灣師大讀博士班，研究《左傳》，《左傳》這種古奧文字，沒有好的考據學基礎，各家注釋的對錯根本沒辦法判斷，《左傳》又是傳統史學的開山祖，碩士的傳統史學訓練，剛好可以讓我看出它和《史記》的異同。我的博士論文因為研究《左傳》文章義法[7]，所以對於後來與黃永

5　張高評《宋詩之新變與代雄》，〈破體與宋詩特色之形成（一）〉（臺北：洪葉文化公司，1995年9月），頁161~162。

6　張高評《黃梨洲及其史學》（臺北：文津出版社，2002年5月二刷）。

7　筆者以《左傳之文學研究》，獲得國家文學博士學位。由於篇幅過大，分為《左傳導讀》、《左傳之文學價值》、《左傳文章義法揲微》三書發行（臺北：文史哲出版社，1982）。

武老師合作研究唐詩，完成《唐詩三百首鑑賞》[8]，頗多啟迪；對於十六年來探討宋代詩話筆記特色，發明宋詩之藝術技巧，更多所裨益。所以我雖然是師大出身，可是看我的學術色彩都不像任何一個學校，都很異類，主要是我自己本身有一個漫長的學術整合歷程。

二、印本文化、圖書流通與學科整合

宋代是學科整合的時代，為什麼？這主要和雕版印刷有關係。我曾經參加漢學研究中心主辦的「第三次兩岸古籍整理研究學術研討會」，發表一篇論文：〈古籍整理與文學風尚——杜甫詩集之整理與宋詩宗風〉[9]，談到印本文化，即雕版印刷跟文學風尚的關係。從宋朝初年一直到宋理宗的時代，大概兩百多年，光是杜甫詩集，經過雕版印刷流傳的數量，見於著錄，就有兩百多種版本。換句話說，每一年平均出版一種杜甫詩集。之所以這麼頻繁出版，就市場經濟供需相求的原理而言，表示它有市場需要。因為宋初以來，詩人好杜學杜成風，蘇軾、黃庭堅及元祐年間蔚然成風之江西詩派，多以杜甫詩歌為創作典範，所以杜甫被稱為詩聖，詩歌被稱為詩史，詩歌成就被推崇為「集詩之大成」。在這個時代，李杜優劣論常常被提出來[10]，總體而言，往往是杜甫優於李白。因為從雕版印

---

8 《唐詩三百首鑑賞》（上下）（臺北：黎明文化公司，2003 年 5 月三刷），頁 1~1050。

9 張高評〈古籍整理與文學風尚——杜甫詩集之整理與宋詩宗風〉，《宋代文學研究叢刊》第六期（高雄：麗文文化公司，2000 年 12 月），頁 23~56。

10 參考蔡瑜《宋代唐詩學》，第四章第三節〈李白杜甫優劣說〉，臺灣大學中國文學研究所博士論文，1989 年 6 月，頁 272~287。

刷的發行量來看，李白詩集的數量遠不及杜甫，這是市場取
向。由此看來，從圖書版本流傳的狀況，來探討一代學風的走
向、詩學的偏好、宗風的形成，以及創作上學古通變的課題，
應該是值得深究的研討視角，尤其是研究宋代文學。

　　高行健在得到諾貝爾文學獎之前，聯經出版他的書，好像
總共只賣了十幾本，還是幾百本，等到他一得獎，馬上隨之洛
陽紙貴，供不應求。因此印刷業絕對跟文壇、跟學術界的互動
很大。（我最近申請一個專題計畫，探討宋代的印本文化對文
壇、對學術造成的變化，這是另外一個問題。）五代以來，雕
版印刷發達，到北宋已達到空前的繁榮昌盛。雕版印刷的昌
盛，造成圖書流通迅速，知識獲得快速而容易，於是形成「印
本」文化，和唐五代的「寫本」文化不同[11]。當然，在宋代
有印本也有寫本，印本大概比寫本便宜十分之九的價錢，因為
官府推廣印本，把價錢壓得很低，相當於成本價錢。也就是
說，宋人所買到的印本書價格只是抄本、寫本書的十分之一，
因為印本只收工本費而已。宋代文人及地方官的薪水都遠比唐
代優厚，購買力也比較強，何況雕版印刷印量多，成本低，所
以書價便宜，而且大家又有能力購買。這種情況下，圖書的流
通量非常快速，知識的傳播更加便捷。我們形容現在知識爆
炸，恐怕知識爆炸用來指稱宋代當時應該是更加貼切。由於經
學、史學、思想、文學的印本書大量出籠，如果我們是宋代的
讀書人，面對這麼多的書籍可以選擇，於是產生下列幾種跡
象：宋代的詩話、筆記、文集，尤其是理學家的語錄裡面，喜

11　張麗娟、程有慶《宋本》，中國版本文化叢書（南京：江蘇古籍出版社，
　　2002 年 12 月）。關於印本文化，參考李致忠〈宋代刻書述略〉、張秀民
　　〈南宋刻書地域考〉、程煥文編《中國圖書論集》（北京：商務印書館，
　　1994 年 8 月），頁 196～236。

歡談閱讀：怎麼樣讀書？讀哪些書？怎麼樣讀才有效率？如果
我們能從宋代的閱讀文獻中，歸納出閱讀的原理原則，這當然
是一大利多。為什麼大家不約而同在談如何讀書，讀哪些書？
因為書太多了，詩人除閱讀詩集、詩話、筆記外，他很輕易買
到、讀到其他經學、史學、哲理、藝術，以及古文、辭賦、
詞、小說、類書等書籍，所以在宋代，文藝和學科的整合，當
然是水到渠成。

　　宋詩中的蘇東坡、黃庭堅，相當於唐詩的李白、杜甫。就
鈔本寫本時代的杜甫和在印本流傳時代的黃庭堅作比較，黃庭
堅讀過的書，一定比杜甫讀過的多十倍以上。在這種情況下，
嚴羽《滄浪詩話・詩辨》所謂「以文字為詩」、「以才學為
詩」、「以議論為詩」，為什麼會是宋詩的特色？我認為：這是
時勢所趨，不得不然。書讀多了，滿腦子都是知識學問，學養
豐富，順手拈來，下筆自然就是「以議論為詩」、「以文字為
詩」，驅遣學問以為詩。圖書流通，文藝彼此交流，有助於
「以文為詩」、「以賦為詩」、「以詩為詞」、「以文為詞」、
「以賦為詞」諸文類間的會通化成。從這個方面來講，雕版印
刷的發展、圖書流通的迅速，宋代學術間的整合融會，自是勢
所必至，理有固然[12]。

12　參考周彥文〈宋代坊肆刻書與詩文集傳播的關係〉，《國家圖書館館刊》
　　第二十八期（1）（1995年6月），頁67~78；內山精也《蘇軾文學與傳
　　播媒介——試論同時代文學與印刷媒體的關係》，《新宋學》第一輯（上
　　海：上海辭書出版社，2001年10月），頁251~262。

參、宋型文化在宋代文藝的體現──會通化成

一、宋型文化與會通化成

前臺灣大學歷史系教授傅樂成先生，首先提出唐型文化跟宋型文化不同的概念，不過他對唐代的歷史、文化發揮比較多，對宋型文化的著墨就比較少，甚至概念還不是很清楚、很具體[13]。因此，如果有人繼續著手研究宋型文化，對學術界應該是一大貢獻。什麼是宋型文化？它的對應就是唐型文化，它有什麼意涵？或者說，宋型文化有哪些是屬於自己的特色，跟唐型文化有什麼顯著不同？除傅樂成先生外，學者如羅聯添[14]、王水照[15]諸前輩學者，以及筆者[16]，雖然曾經談了一些，但都不是專題探論，是順便觸及，因此闡發得還不夠全面、不夠徹底、不夠深入，這方面實際上可以再作很多研究。

從這個角度延伸去看，我覺得所有的文學藝術，甚至於學術，都應該是文化的產物，多會不自覺地受到當代文化的制約。會這樣表現、那樣想、那樣寫，可以說受到集體無意識之類的東西制約。如果我們能掌握比較明確而具體的宋型文化特

13　傅樂成〈唐型文化與宋型文化〉，《漢唐史論集》（臺北：聯經出版公司，1977年9月），頁339~382。
14　羅聯添〈從兩個觀點試釋唐宋文化精神的差異〉，《唐代文學論集》上冊（臺北：學生書局，1989年5月），頁231~250。
15　王水照《王水照自選集》，〈「祖宗家法」的「近代」指向與文學中的淑世精神──宋型文化與宋代文學之研究〉、〈情理・源流・對外文化關係中宋型文化與宋代文學之再研究〉（上海：上海教育出版社，2000年5月），頁2~44。
16　參考筆者〈從會通化成論宋詩之新變與代雄〉，原載《漢學研究》十六卷第一期，1986年6月，頁235~265。

質,再來看宋代的學術、宋代的文學、宋代的文藝理論的話,
沿波討源,好比順藤摸爪,應該會比較切中肯綮。筆者在成功
大學出版的這本《會通化成與宋代詩學》,就是從宋代經學、
史學、思想、藝術、文學諸門類的文獻中,梳理提煉出「會通
化成」的宋型文化特色;易言之,「會通化成」的文化特色,
雜然賦流形,發散開來,就蔚為宋代經、史、子、集一切學術
與美學。試以會通化成為核心,來看宋代的詩歌怎樣借鏡其他
領域、其他文類。譬如詩歌如何汲取古文、辭賦、乃至於長短
句的特色,而加以「會通化成」、造就一新體質?詞怎麼樣去
借鑑詩歌?又怎麼去借鑑古文?怎麼去借鑑辭賦?譬如東坡豪
放詞,數量上只佔全部東坡詞作的四分之一,但是大家談到豪
放詞代表,第一個就數蘇東坡,所以這是以質取勝,不是以量
見長,東坡詞的四分之三還是婉約詞。東坡的豪放詞有什麼特
色?我們從學科整合的角度來看,就是「以詩為詞」,把詩歌
的特色移植到詞裡面去,變成了豪放詞。那麼詩的特色是什
麼?詩歌經過長期發展,蔚為典範之後,就形成了特定的語
言、特殊的主題,譬如說嚴肅的人生主題、歷史興亡的感慨等
等,這在《花間詞》派、婉約詞風中不曾談到,東坡嘗試把詩
的主題、詩的語言、詩的風格,即所謂「詩莊詞媚」中,那種
「莊」的風格移植到詞裡面,於是改造了詞的體質。東坡的豪
放詞是很明顯地以詩為詞,借鑑詩的特色而進行會通化成,產
生新的風格、新的特色,所謂「豪放詞」就出現了。辛棄疾
〈稼軒詞〉也富於豪放詞風,在「以詩為詞」方面,他的作品
有題材拓寬、境界闊大、意象崇高、典故繁用諸風格 [17]。稼

---

17 劉石〈試論「以詩為詞」的判斷標準〉,《詞學》第十二輯,2000 年 4
月,頁 20~33。

軒詞又借鏡古文的特質，發展為「以文為詞」，詞序具備、散
文成句、運用古文章法、呈現古文氣勢、傾向議論化是其特
色。蘇辛詞在婉約詞當令的南北宋，仍有其詞史地位，主要還
在立足於詞，去借鏡辭賦和古文，加以會通化成，遂開創豪放
詞的風格。

　　筆者以為：宋型文化的特色，就是會通化成。何謂會通化
成？大體說來，第一個特色是融會，不同的東西要融會在一
起，這融會必須先融通，要通達無礙；第二個特色是變化，經
融會之後變化，生成另外一種創新的產品。舉我們最熟悉的宋
代理學來講，它是立足於儒家之學，然後借鑑道家、道教、禪
宗之優長，於是產生了理學，有人把它叫做道學，或宋學。有
人批評宋代理學是「陽儒陰釋」，確實說中了部分的學術真
相，同樣地，禪宗大師們立足於禪宗，也去借鑑儒家、借鑑道
教，這種情況在宋代絕對不是個案。三教合一雖起於中唐，但
到宋代，更加熱絡流行 [18]。「會通」這個術語，見鄭樵的
《通志·總序》，所以宋代史學注重會通就可想而知。那麼在經
學界呢？宋代最熱門的顯學是《春秋》學跟《易》學，因為
《春秋》是以尊王攘夷、大一統的觀念著稱，所以南宋以後，
《春秋》學非常流行；《易》學是憂患之學，而宋代的內憂外
患非常頻仍，宋代《春秋》學和《易》學的著述也有會通的現
象。至於文學，剛才已舉了詩詞的例子，其實古文辭賦也有會

18　蔣義斌《宋儒與佛教》（臺北：東大圖書公司，1997 年 9 月）。石訓、楊
　　翰卿等《宋代儒家與現代東方文明》，第四章第五節〈開放兼容、融會創
　　新〉（鄭州：河南人民出版社，2003 年 4 月），頁 148~161。參考魏道儒
　　《宋代禪宗文化》，八、〈契嵩的儒釋融合理論及其影響〉（鄭州：中州古
　　籍出版社，1993 年 9 月），頁 161~187。張清泉《北宋契嵩的儒釋融會
　　思想》（臺北：文津出版社，1998 年 7 月）。

通的情形，譬如說散文賦、以賦為文，光聽這個名稱，就知道
散文和辭賦融合，在宋代是形影相隨，相得益彰[19]。

二、突破體制，整合文類：以文為詩、以賦
為詩、以詩為詞、以賦為詞

　　一個種族要繁衍昌盛，必須持續改造體質，加入生力軍。
一種文學要源遠流長的生存發展，也要不斷的加入異類的元
素，持續觸發激盪，保持活絡青春，兩者的道理是相通的。
詩、詞、古文、辭賦、小說的生存發展，亦然。各種文類之交
互整合，錢鍾書謂之「破體」，這是中國文學生存發展的規律
之一。破體就是文類之間的整合融會，譬如立足於詩歌，去借
鏡古文、詞、辭賦、小說，這些用文字表達的媒介，相互整合
融通的結果，它會變成什麼呢？我們再講詩歌借鑑於詞（剛才
已經講過蘇東坡、辛棄疾立足於詞去借鑑詩，「以詩為詞」的
結果造成豪放的風格）。蘇東坡的學生秦觀曾仿造老師的範
式，立足於詩去借鑑詞，造成以詞為詩，將詞柔媚、婉約的特
色融入他的詩歌裡面，結果元好問的〈論詩絕句〉說他是「女
郎詩」。因為詞的本色風格是柔媚婉約的，詩比較端莊正大，
所以「以詞為詩」的結果，就變成女郎詩，柔柔媚媚的。女郎
詩是否就是貶辭，姑且不論，不過，女郎詩形成一種不同於
「以詩為詩」的旖旎柔靡風格，也是事實。雖然宋人並不加以
肯定[20]。南宋姜夔也嘗試用秦觀的方式，立足於詞借鑑詩，

19　郭維森、許結《中國辭賦發展史》，第六章〈仿漢新變期——宋金辭賦〉，
　　一、仿漢心態與體制新變，「賦論以文為賦」（南京：江蘇教育出版社，
　　1996 年 8 月），頁 517~519。
20　蘇軾曾譏秦觀詩為「小石調」，敖陶孫《臞翁詩評》曾評「秦少游如時女

結果姜夔的詩寫得不錯，寫得蠻清空的[21]。同樣是借鑑以詞
為詩，為什麼秦觀評價不高，而姜夔受到肯定？其中的個別差
異，可能跟個人的學養、個人的才華、個人的妙悟，還有種種
的情況有關。所以，儘管方法一樣，張三操作就可能比較差，
由李四運用可能就出神入化，這其中牽涉到才學、技術等層
面，儘管方法是正確的，可能表現出來就不是同樣一回事。
「以詞為詩」的效應既然有兩極化的評價，就值得探討。姜夔
成功的例子，更值得深究。

　　通常率先嘗試借鑑的人，都是多才多藝的作家。譬如，唐
朝的韓愈既是古文家，也是位詩人，這兩種專長集於一人身
上，韓愈有時候可能異想天開，很有可能嘗試把寫作古文的方
法、風格、語言、主題等特色，移植輸入到詩歌裡面，讓詩歌
也有這種特質，這樣不就改造詩歌的體質了嗎？我們看韓愈的
詩，就是唐朝詩人中「以文為詩」的代表[22]。世俗一般人大
多少見多怪。如果你率先提出一個新作法，一般的反應是很不
以為然。這種情況，在宋代的詩話、筆記裡面已經屢見不鮮。
我們看「以文為詩」這個命題，從北宋的詩話、筆記到南宋的

　　步春，終傷婉弱」，至元好問〈論詩絕句〉第二十四首，始以「女郎詩」
　　稱之。此蓋「以詩為詞」之效應。秦觀詩風格多樣，婉美旖旎為其詩風
　　格之一，堪稱自成一家，自有其審美價值。元好問以「女郎詩」概括
　　之，未免偏頗。參考徐培均《淮海集箋注‧前言》（上海：上海古籍出版
　　社，2000年11月），頁10~11。

21　參考J‧Z愛門森《清空的渾厚》（上海：上海文藝出版社，1997年9
　　月）；趙曉蘭《姜夔與南宋文化》（北京：學苑出版社，2001年5月）。

22　參考程千帆〈韓愈以文為詩說〉，《古代文學理論研究叢刊》第一輯（上
　　海：上海古籍出版社，1980年6月）；張清華《韓學研究》，下編第三
　　章〈韓愈的詩〉，「以散文的句法、章法入詩，出非詩為詩之奇，達到詩
　　參差錯落，散中見整的瑰奇之美」云云（南京：江蘇教育出版社，1998
　　年8月），頁516~518。

詩話、筆記，對於以文為詩這種特色，看法是逐漸轉變的：像
陳師道，好歹也是黃庭堅的學生，但他認為黃庭堅的以文為詩
雖然很好，雖然自成一格，但他不肯定，說什麼「雖極天下之
工，要非本色」23，這是北宋的情形。以文為詩經過蘇東坡等
大力提倡，江西詩派詩風流行，天下風從，造成一種熱潮，使
大家對「以文為詩」逐漸有新的認知。於是起初是排斥，再來
是認同、接受，到了南宋中期以後，大家就開始歌頌讚揚，說
「以文為詩」好，能改造詩歌的體質，能夠有助於詩歌的生
存、發展，歌頌到無以復加24。很多事情都是這樣，因為很
多人缺乏了解，不了解就感到奇怪，漸漸看多了、想多了，一
些好作品也漸漸出籠，也就覺得這種作品不錯，甚至於很好。
東坡「以詩為詞」，宋代詞壇的認知與接受歷程，也是如此25。

　　我們研究宋代文藝理論，應該儘量拿宋代的詩話筆記來研
究，不要拿元明清的詩話筆記來討論。研究要掌握第一手資
料，切忌二手傳播。因為元明清詩話筆記之所以這樣說，可能
有他自己獨特的看法，這獨特的見解可能受限於學派的立場或
文學的風尚，如果是宋詩的反對派，他說出來的話可以預期都
是否定宋詩的論調，就像明人葉盛《水東日記》所說，整個宋

---

23 陳師道《後山詩話》：「退之以文為詩，子瞻以詩為詞，如教坊雷大使
之舞，雖極天下之工，要非本色。」
24 陳善《捫蝨新話》：「韓以文為詩，杜以詩為文，世傳以為戲。然文中
要自有詩，詩中要自有文，亦相生也。文中有詩，則句法精確；詩中有
文，則詞調流暢。」劉辰翁《須溪集》卷六〈趙仲仁詩序〉：「後村謂
文人之詩與詩人之詩不同，味其言外，似多有所不滿，而不知其所乏適
在此也。文人兼詩，詩不兼文也。」
25 李清照《詞論》：「蘇子瞻，學究天人，作為小歌詞，直如酌蠡水於大
海，然皆句讀不葺之詩爾，又往往不諧音律，何耶？」呂本中《呂氏童
蒙訓》：「東坡長短句，波瀾浩大，變化不測。」王灼《碧雞漫志》卷
二：「東坡先生非醉心於音律者，偶爾作歌，指向向上一路，新天下耳
目，弄筆者始知自振。」

人的詩只有一首可讀[26]。你要評論這個時代的學術，就要先掌握這個時代相關的一切，要先弄清楚唐宋詩之爭，這個人是宗唐派，還是宗宋派，也要講明白，考察他的論點才不會誤判或迷糊。宗唐派看宋詩，當然覺得不以為然；宗宋派看宋詩，卻又大多歌頌得無以復加。

　　「以文為詩」和「以文字為詩」是不一樣的，嚴羽的《滄浪詩話》裡面指陳江西詩派的弊端，有「以文字為詩」、「以議論為詩」、「以才學為詩」，「以文字為詩」相當於雕章琢句，等於是注重寫作技巧，每一個字句都要推敲，是針對局部詩句作精密而美妙的推敲。寫作如此，會流於掉書袋，變成字斟句酌，因為顧此失彼，所以把詩句雕琢得美好，容易流於形式主義，但是內容並不充實、並不完善，所以「以文為詩」並不是「以文字為詩」。詩歌借鑑古文，是「以文為詩」。「以文為詩」從韓愈開風氣之先，古文和詩歌的特質到中唐顯然已不太一樣，早在六朝的時候，古文的發展差不多已成熟定型，我們很容易看出這是古文、那是詩，譬如從形式上看，它整不整齊、押不押韻等等。換句話說，詩人可以「以文為詩」，也可以「以詩為文」；「以詩為文」、「以文為詩」是從杜甫開始，杜甫又影響韓愈，韓愈再影響歐陽脩，歐陽脩再促成宋代詩學的宗風。晚清沈曾植曾說過一段話：「有所悟者能入，有

26　李夢陽謂：「唐無賦，宋無詩」（崔銑《洹詞》）；何景明稱：「宋人詩不必觀」（楊慎《升庵詩話》卷十二）；王夫之亦以為：有宋一代無詩（《夕堂永日緒論內編》）；吳喬《答萬季野問》則云：「唐詩如父母然，豈有能識父母更認他人者乎？宋之最著者蘇黃，全失唐人一唱三歎之致，況陸放翁輩乎？」葉盛《水東日記》卷二十六載，劉崧宣稱：「宋絕無詩」；同書卷十又載蘇平之言，以為「宋之近體，惟一首可取。」凡此，入主出奴，皆非持平之論。

所證者，能出。歐蘇悟入從韓，證出者不在韓，亦不背韓也，如是而後有宋詩。」[27] 龔鵬程曾經寫過一篇文章，他看待宋代的詩歌和徐復觀先生的看法不一樣，徐復觀先生以為宋代的詩歌都有白居易詩歌的影子，白居易詩「在宋詩中，不知不覺地有如繪畫的粉本；各家在此粉本上，再加筆墨之功」[28]；龔鵬程的意見是韓愈的詩風影響宋代的詩風[29]，這方面光是一篇文章講不完全。以文為詩是杜甫首創，韓愈受他影響也「以文為詩」，宋代的歐陽脩〈記舊本韓文後〉自述整理韓愈詩文集，於是學韓愈的古文，連韓愈「以文為詩」他也學到。論者稱歐陽脩詩歌散文化，同時，散文也有詩化的傾向[30]。蘇東坡是歐陽脩的學生，學生對老師「以文為詩」這一招也加以傳承和開拓；接下來黃庭堅是蘇東坡的學生，所以他再把「以文為詩」發揚光大。這樣一來，就形成江西詩派的詩風，江西詩派一流行，影響到南宋末年，甚至清初及清朝的宋詩學，像浙東詩派、桐城詩派、同光體詩人，大多是宗宋派的，詩風大多趨向「以文為詩」、「以才學為詩」、「以議論為詩」的。

另外，宋代詩歌往往借鑑辭賦，形成「以賦為詩」[31]，本

---

27 黃濬《花隨人聖盦摭憶》，〈沈子培以詩喻禪〉（上海：上海書店，1998年8月），頁364。

28 徐復觀〈宋詩特徵試論〉，「宋詩特徵基線的畫出者」，原載《中國文學論集續編》（臺北：學生書局，1984年9月），頁28~33。後輯入張高評等主編《宋詩論文選集》（一）（高雄：復文出版社，1988年5月），頁59~64。

29 龔鵬程〈從杜甫、韓愈到宋詩的形成〉，《宋代文學研究叢刊》第三期（高雄：麗文文化公司，1997年9月），頁1~20。

30 參考周本淳〈詩的散文化和散文的詩化〉，嚴杰〈歐陽脩詩歌創作階段論〉，《廬陵文章耀千古》，首屆歐陽脩學術研討會論文集（南昌：百花文藝出版社，1999年10月），頁235~259。

31 參考張高評《宋詩之新變與代雄》，〈破體與宋詩特色之形成（三）——以「以賦為詩」為例〉，頁241~302。

來詩歌是詩歌，辭賦是辭賦，這兩個文體各自發展，在六朝時已各自成熟、各自定型，此疆彼域，涇渭分明。而詩歌和辭賦要可大可久，都必須改變型態，才能繼續發展下去，於是辭賦率先去借鑑詩歌的特質，把詩歌抒情的特質給借鑑過來[32]。賦是一種非詩非文、亦詩亦文的文體，它介於詩跟文之間，因此，詩歌常常借鑑辭賦，古文也常常借鑑辭賦[33]。辭賦的表現手法是什麼？我們研究詠物賦，或者是詠物詩、詠物詞，如果不懂得辭賦的手法，那麼研究的成果是有限量的。因為詠物是從各種角度、各種面向、各種觀點，去描述一個固定的對象，這樣寫才能面面俱到。詠物，相當於描寫，描寫人、事、物時，如果能借鑑辭賦好鋪敘、重氣勢的特質，就可以刻劃得「眾物之表裡精粗無不到」，描寫得淋漓盡致，詩歌這樣借鑑辭賦，就變成「以賦為詩」，可以參考《宋詩之新變與代雄》一書中「破體」的部份。因為篇幅所限，書中只舉了蘇東坡和黃庭堅「以賦為詩」的例子，其他詩人詩派應該還有。我們前面談到，借鑑的對象必項相似、相通、相近，而性質又不一樣，如此，它們的融通既沒有問題，它們的借鑑才容易成功。所謂借鑑，就是對方的特色我沒有，為了文體發展，就必須借重他體，像賦有詩所沒有的特色，詩把它借鑑過來，這樣子就改造了詩歌的體質，讓詩歌創作更加可大可久，更加可以生存發

---

32 徐公持〈詩的賦化與賦的詩化——兩漢魏晉詩賦關係之尋蹤〉，《文學遺產》1992 年 1 期；商偉〈論初唐詩歌的賦化現象〉，《北京大學學報》1986 年 5 期；林庚《唐詩綜論》，〈略談唐詩高潮中的一些標誌·詩賦的消長〉（北京：人民文學出版社，1987 年 4 月），頁 53。
33 郭紹虞《照隅室雜著》，〈論賦兼及賦史〉稱：「賦之為體，非詩非文，亦詩亦文」；「賦之異於詩，在用文的筆調與文的體式；而其異於文則又在保存詩的遺跡，或仍利用駢儷的句式，或仍利用叶韻的句式。」（上海：上海古籍出版社，1986 年 9 月），頁 203。

展。我想：任何一種文體都是這樣，所以宋人這種作法值得從
事現代創作的人借鑑。古文借鑑辭賦，「以賦為文」就是散文
賦，這個大家比較清楚，我就省略不講了[34]。「以賦為詞」
這個專題，在 1985 年，最先由北京大學中文系袁行霈教授提
出，袁教授曾經以周邦彥的詞為例，探討「以賦為詞」的現象
[35]，研究詞如何借鏡辭賦的寫作手法、辭賦的風格、辭賦的特
色，然後會通化成，改造了詞的體質，使周詞的舖陳，增加了
角度和層次，形成迴環往復、淋漓盡致的地步。辭賦的特色之
一，是擅長誇張，誇張這種修辭方式能夠使描述的對象變形，
以便達到強調的效果。誇張大體上有兩大方面，一是誇大，一
是誇小，不管怎麼樣，就是和原來的形象不一樣，如果造型改
變或意象改變的話，容易喚起我們讀者的注意，所以誇飾的手
法在辭賦裡很普遍。在詩歌裡面如果多多使用這種手法，能夠
聳動讀者的聽聞，引發讀者的興味，這方面很值得借鑑。宋代
詩人所作雜體詩，如蘇舜欽詩有傳承六朝〈大言〉、〈小言〉
者，即是此等。

　　另一種文類是小說，宋代文壇詩歌借鑑小說，不算普遍。
我的粗略觀察是，唐代的詩歌，尤其是唐代的長篇敘事詩，借
鑑小說的筆法比較常見，我曾經寫過一篇論文：〈韋莊《秦婦
吟》與唐宋詩風之嬗變——以敘事、詠史、破體為例〉[36]，舉

---

34 同註 18，二、以歐陽脩為代表的辭賦變革，（二）歐陽脩辭賦體制新
　　變，（三）歐陽脩文賦之創造，頁 551~555。
35 袁行霈〈以賦為詞——試論清真詞的藝術特色〉，《北京大學學報》1985
　　年 5 期。後輯入《中國詩歌藝術研究》，〈以賦為詞——清真詞的藝術特
　　色〉（北京：北京大學出版社，1996 年 6 月），頁 337~348。
36 張高評《會通化成與宋代詩學》（臺南：成功大學出版組，2000 年 8
　　月），頁 235~269。

韋莊的〈秦婦吟〉，來討論唐宋詩風的嬗變。因為唐代的敘事詩，像韋莊的〈秦婦吟〉、白居易的〈長恨歌〉、〈琵琶行〉、杜甫的〈石壕吏〉、〈哀王孫〉，大致上都有這種以小說為詩的傾向[37]。南宋陳善《捫蝨新話》卷一稱：「以文體為詩，自退之始；以文體為四六，自歐公始」，可見歐陽脩擅長「以古文為四六」。駢體文在六朝一般稱為六朝文，到了宋代變成四六文，宋代四六文既然是當代文學的特色之一，很多詩人很會寫四六文。像韓愈很會寫古文、也會作詩，他就擅長以文為詩；東坡會作詩、又會填詞，他就可能以詩為詞；他又會寫賦，就可能會以賦為詩；那東坡很會寫四六文，他會不會像他老師歐陽脩一樣，「以四六文為詩」呢？有待進一步考察。

　　以上例子，大多由於雕版印刷、圖書流通快速引發的效應。「會通化成」的宋型文化，在潛意識裡就主導宋人的思維，加上這些宋代文人多才多藝，不限於一家，既會作詩、又會填詞、又會寫賦、又會寫四六文、又會寫毛筆字、又會畫畫，像東坡就是這樣，所有的才華集於一人身上，當然他自己本身就容易會通整合，這就是下一節所談「出位」的問題。現在先回過頭來講破體的情況，容我先說明我為什麼會有這樣的概念。錢鍾書先生的《管錐編》，是部又冷又硬的著作，如果你能夠啃得動，而且啃得很有滋味，世間其他再冷門的書大概你都能讀下去了。我寫博士論文的時候，發現錢先生學貫中西，對《左傳》的研究，論點非常精闢、有啟發性，所以我就耐著性子，一個字一個字去看、去推敲，覺得錢鍾書先生創見多，學問真大。學問大有一個缺點，就是提出的觀念都是點到

37　董乃斌《中國古典小說的文體獨立》，第四章第四節〈詩歌散文的小說化趨勢〉（北京：中國社會科學出版社，1994 年 5 月），頁 138～156。

為止，不可能把一個觀念淋漓盡致的揮灑。他的概念沒有繼續
發揮，那就便宜了我們，可以替他續成，他等於是我們的指導
教授。（錢鍾書先生《管錐編》提示很多概念，很有開發價
值，看他談《詩經》，談《左傳》，談六朝文，其實並不局限在
所談的對象上，往往觸類旁通、左右逢源，所以我們會覺得眼
界大開。）《管錐編》中提到「破體」的觀點，令人啟發無
限。（容我再補充說明，錢鍾書的《管錐編》原有四冊，後來
有位學者重新分類整編，叫做《錢鍾書論學文選》，廣州：花
城出版社，由於經過分類、經過整理，對我們初學者來說，更
加方便。）

　　錢鍾書《管錐編》裡面有一句話說：「名家名篇，往往破
體。」一語道破各種文體生存發展的現象和規律[38]。王國維
談文學的變革，其實是從顧炎武來的[39]，他們的說法差不
多，這兩種說法我們拿來相互印證：已經有《詩經》的文學遺
產了，為什麼還有《楚辭》？《詩經》、《楚辭》已經很美
了，那漢魏的樂府怎麼發展？樂府詩不是已經很美妙了嗎？那
唐詩怎麼走下去？唐詩輝煌燦爛到這個地步，那宋人還能作詩

────────────────

38　《管錐編》第三冊，頁890。參考同註28，〈破體與宋詩特色之形成
　　（一）〉，第一章第二節「破體」，頁162~163。

39　顧炎武《日知錄》卷二十一〈詩體代降〉：「三百篇之不能不降而楚
　　辭，楚辭不能不降而漢、魏，漢魏之不能不降而六朝，六朝之不能不降
　　而唐也，勢也。」清黃汝成《集釋》本（長沙：岳麓書社，1996年2
　　月），頁747~748。王國維《人間詞話》〈文體始盛終衰〉：「四言敝而
　　有楚辭，楚辭敝而有五言，五言敝而有七言；古詩敝而有律絕，律絕敝
　　而有詞。蓋文體通行既久，染指遂多，自成習套。豪傑之士，亦難於其
　　中自出新意，故遁而作他體，以自解脫。一切文體所以始盛終衰者，皆
　　由於此。」唐圭璋《詞話叢編》本第五冊（北京：中華書局，1986年1
　　月），頁452。

嗎[40]？我們去看知名的文學家以及名篇佳作，根本都不遵守文體規範。我常常問一個問題，〈岳陽樓記〉是什麼體？它有記敘，接下來有描寫（用四句來描寫洞庭湖的景觀），接下來它又有抒情（借景抒情），後面又發揮議論，你說它是什麼體？以前看過很多高中參考書，一定要說它是什麼體，因為考試要考，這個觀念是錯的。其他朝代的文體可能固定，可是宋代的作品完全是「會通化成」的混合體。又譬如說王安石的〈遊褒禪山記〉，遊記不是客觀的寫景嗎？可是為什麼後面還發揮議論？類似這樣的情況很多，很多名家名篇，根本就是打破文體的限制，自創一個體制，換句話說，就是不合規範。我再說得清楚些，一個作家在進行文學創作的時候，為了自由揮灑，他可能不遵守這種文體既定的規範，譬如說作詩，選擇律詩還是絕句？句數多少？哪裡平？哪裡仄？哪裡押韻？哪裡對仗？這種情況不必完全遷就既定格律。你看杜甫，七律是在杜甫手中完成，也在杜甫手中破壞。因為這種格律體制，常常會限制作家自由揮灑才情，文學創作應該以內容思想表達為主，形式技巧應該配合它，而不是內容思想反受形式的限制。因此為了要自由揮灑才情，充分表現思想內容，不惜打破體制，杜甫的七律就是這個樣子。好比打籃球有籃球的規則，既然知道，為什麼還要犯規？很簡單，犯規是為了得分；同樣地，破體是為了創作更加自由，因為體制形成之後，就成為一種規範、一種典型，依循規範、典型，文學就變僵化了，沒有生

40　清末明初以來，很多學者受到達爾文「進化論」的影響，誤以為一切文學的發展，也應該不斷地「進化」，王國維談文學變革，魯迅稱「一切好詩，到唐已被做完」等論調，為其中最顯著者。詳參潘樹廣等《古代文學研究導論──理論與方法的思考》（合肥：安徽文藝出版社，1998）。

命,沒有特色,那叫什麼文學?所以有名的作家、有名的文章,往往跳脫窠臼,不遵守體制。但也不是完全不遵守體制,應該是大體遵守,局部可以自由揮灑。就好像參加籃球比賽,總不能從頭到尾都犯規,這樣兩三分鐘就下場了。你大多時候要守規矩,要遵守籃球規則,這樣你才能馳騁你的本領,替團隊贏得分數。

為了讓內容思想能夠充分表達、更自由地揮灑,當然要跳脫這些體制,因為這些體制對創作者來說等於帶著腳鐐手銬跳舞,往往動輒得咎。律詩的格律如果讓讀者太熟悉的話,不容易產生一種陌生化、新奇感,如果拿古詩的格律移用到律詩之中,那麼創新出奇的古風律詩就產生了。宋代對不遵守體制、能夠突破創新的作品都很稱讚,不妨去看嚴羽的《滄浪詩話》,他認為唐人的七律第一是誰?崔顥的〈黃鶴樓〉。為什麼?這個問題南京大學的周勛初教授,在他〈從「唐人七律第一」之爭看文學觀念的演變〉名篇裡談到[41],崔顥〈黃鶴樓〉前四句以古入律,破體生新,所以嚴羽推崇有加。

三、詩思出位、文藝混血:詩中有畫、以雜劇喻詩、以書道喻詩、以書法為詩、以史法為詩

錢鍾書先生說:「名家名篇,往往破體。」我進一步探討發現:在宋代,文類往往突破體制的限制,借鑑其他文類,汲取另類資源,來充實自我,改造體質,以便讓文體可以繼續生

41　周勛初《文史探微》(上海:上海古籍出版社,1987 年 12 月),頁 226~237。

存發展，可大可久。同時我發現，這種現象在文類跟藝術諸學科之間也有，我們叫它做「出位之思」，葉維廉稱之為「媒體及超媒體的美學」[42]。

　　錢鍾書先生所作《七綴集》中，有一篇〈中國詩學與中國畫〉的文章，裡面談到「詩中有畫」，詩人立足於詩，用心去借鑑繪畫的特色，就形成詩歌的另外一種風格。我們比較詩歌和繪畫，彼此之間很異質、很另類，根本是不同的文藝：詩歌是時間藝術，繪畫是空間藝術；詩歌用文字來表現意思，繪畫用線條、用色彩、用明暗向背來凸顯主題。關於「詩中有畫」的特質，我在《宋詩的傳承與開拓》書中大概有將近五分之四的篇章談到[43]。詩人作詩想要表現詩中有畫，就必須借鑑詩歌所沒有的繪畫特色，這得要詩畫兼長的詩人先自我整合。我們看蘇東坡，他對王維的山水詩跟山水畫深有領會，提出兩句名言，說讀王維的山水詩，感覺「詩中有畫」；看王維的山水畫，發現「畫中有詩」。東坡原來稱讚王維「詩中有畫，畫中有詩」，是界定限制在王維的山水詩和山水畫而已，人物畫就不行。東坡何以有這樣的發現？為什麼別人沒有？除了五代是中國山水畫的黃金時代，北宋是白銀時代，累積豐富的山水畫作[44]；山水詩起源於六朝，拓展於唐代，轉型於北宋外，主觀因素是東坡他既會作詩也擅長繪畫，他自己本身具備這樣的素養，才能見人所未見，言人所未言。（由於這個啟示，我常

42　葉維廉《比較詩學》，〈「出位之思」：媒體及超媒體的美學〉（臺北：東大圖書公司，1983年2月），頁195~234。
43　張高評《宋詩之傳承與開拓》，下篇〈宋代「詩中有畫」之傳統與創格〉，頁255~516。
44　李霖燦《中國美術史稿》，〈山水畫的黃金時代〉（上下），〈山水畫的白銀時代〉（臺北：雄獅美術出版社，1987年12月），頁79~104。

常鼓勵同學，趁現在年輕，各種學科都該廣泛去學。也許你想
要研究古典文學，就覺得現代文學跟我無關，這樣就不對了。
如果你是游泳選手，你能說跑步對於締造游泳佳績無關嗎？如
果你是外科醫生，打網球對你絕對是有益的。你研究側重古典
文學，了解現代文學也很有必要。不管你現在研究古典文學或
現代文學，對於義理與考據也要懂一些。什麼時候去懂呢？就
是趁現在研究生時代。所以我有一個另類思考是，研究生要有
意、故意、刻意去接觸學習自己以後不太可能研學的領域。）
東坡因為他會作詩、會畫畫，才能發現王維的山水詩是詩中有
畫，才能發現王維的山水畫是畫中有詩。

在《宋詩的新變與代雄》這本書裡，我提到南宋的雜劇對
宋詩的若干啟示，大陸學界對這篇文章，很表稱賞，覺得這樣
的觀點很特別。因為時間藝術的詩歌跟表演藝術的雜劇本來就
毫不相關，但是我提出可靠的文獻證據，說明它們彼此有關：
黃庭堅說「作詩正如作雜劇」，詩跟雜劇有什麼關聯呢？有什
麼相通的呢？這就是學科整合的問題[45]。《會通化成與宋代
詩學》一書中分別闡釋「出位」的各個面向：第一是詩歌如何
借鑑繪畫？第二是詩歌如何借鑑戲劇？其次是詩歌如何借鑑書
法？（所謂書法是指《春秋》書法，就是微言大義的書法。）
再其次，詩歌如何借鑑史家的筆法？再過來，詩歌如何借鑑書
道（毛筆字）？你也許會想：詩歌跟毛筆字那有什麼關係？我
講這些都不是胡言亂語，都有事據、有論證。我鼓勵大家，當
研究生的時候，把自己學習的觸角盡量伸展出去，立足於自己
要研究的主題與領域，其他暫不探討的領域也要粗略了解一

45　張高評《宋詩之新變與代雄》，〈雜劇藝術對宋詩之啟示——民間文學對
　　蘇黃詩歌之影響〉，頁 367~434。

下。這樣，萬一將來研究中觸及到這個領域，就不會太陌生，可以盡早進入狀況，否則將不得其門而入。我自己本身研究《左傳》，《左傳》當然是跟《春秋》有關，所以必須要懂一點《春秋》書法。《春秋》書法搞懂以後，我再看宋代的詩話筆記，意外發現它們喜歡用《春秋》書法論詩，不管是唐人還是宋人所作的詩。在宋代詩話和筆記中，如果，詩人運用《春秋》書法作詩，就評價它好、它優秀；某詩人因為不懂得用《春秋》書法來作詩，就說它差、它低下[46]。為什麼能夠看出詩話筆記中的《春秋》書法？就必須要先懂得所謂《春秋》書法，不然文字近在眼前，也是視若無睹。我發現問題的方式，姑且稱為「蟑螂效應」：當你發現一隻蟑螂時，房子暗處可能隱藏有數百隻蟑螂。我們閱讀時，首先看到一條、兩條、三條，或者是更多論詩的資料，這不是《春秋》書法嗎？有沒有可能宋代的詩學裡面常常以《春秋》書法來論詩？有這樣的疑惑，就把宋代的詩話、筆記全面翻檢數過，果然發現資料不少，就可以寫一篇文章。這就是胡適之治學所說的「大膽假設，小心求證。」此種治學方法，南京大學周勛初教授稱之為「假設法」，胡適之、顧頡剛、陳寅恪諸大家治學，皆常用此法[47]。

我的碩士論文研究黃宗羲的史學，因此推本溯源，中國的傳統史學是什麼特色，我也必須要清楚。《左傳》是一部史書，同時我又開授《史記》課程，這方面我就得懂一點，懂一

46　張高評《會通化成與宋代詩學》，〈《春秋》書法與宋代詩學──以宋人筆記為例〉，〈會通與宋代詩學──宋詩話「以《春秋》書法論詩」〉，頁55~128。

47　周勛初《當代學術研究思辨》，〈當代治學方法的進步──以歸納法、假設法為重點所進行的探討〉（南京：南京大學出版社，1993年5月），頁127~134。

點就大概知道什麼叫史家筆法。於是發現宋人創作詠史詩、敘事詩，會不經意地用卜史家筆法來褒貶、來論贊，來敘述事件，這個叫做「即事明義」，它不假評論，把事實敘述出來，自然理在事中。史料經過剪裁取捨，組織排列，價值判斷自在其中，就有理論的訴求在裡面，這種「以敘為議」的手法就是史家筆法。我在閱讀宋人題跋的時候，看他們論某書家書法風格如何如何，什麼樣的字才能自成一家，然後接下來就有「至於詩亦然」的話，說學習作詩也是這個樣子。這個資料好比一隻蟑螂，我想會不會有其他蟑螂在別處，或隱蔽處，盡心致力找一找，果然發現好多相關資料，所以就寫了那篇〈蘇黃「以書道喻詩」與宋代詩學之會通〉的文章，這就是「大膽假設，小心求證」的假設研究法[48]。再譬如說禪宗，毛筆字跟禪宗有關係，禪宗的思維方式被用在寫毛筆字上，就要講求靈活、要追求變化、要注重神韻，要活脫、要妙悟，在我看來，宋人談詩也常提這幾個論調，於是就進一步搜尋更多資料來佐證[49]。我向來很關心學生選擇論文題目，曾經發表〈論文選題與學術研究〉一文[50]。研究生選擇題題目，有一點像適婚年齡的男女選擇對象，假如選錯對象，無論如何努力經營婚姻，都將是徒勞無功的，婚姻注定是不幸福的；探討研究又好比開礦，你選擇的礦坑品質粗劣，資源有限，就算盡心致力開發，也是枉費工夫、無濟於事；題目如果沒有選好，不管如何慘澹經營，甚至於嘔心瀝血，寢饋於斯，還是沒有價值，因為你的

48 張高評《會通化成與宋代詩學》，頁195~234。
49 參考田光烈《佛法與書法》，第四章〈佛法對中國書法理論的影響〉，（石家莊：河北人民出版社，1991年5月），頁265~372。
50 張高評〈論文選題與學術研究〉，載《國文天地》卷十八第十三期（總二一六期，2003年5月），頁81~95。

選擇是錯的、偏差的，沒有意義的，不值得投入心血的，你的結論就缺乏貢獻。我堅決主張，選擇題目劃定範圍，正式進行研究探索之前，要作種種質和量的評估。決定探究的選題，品質上要追求原創，在能量上需蘊含豐富，要有點陌生，最好不要去炒冷飯，要去找那些人家開發不多，最好是未經研究的，雖然我的心得不多，只有一點點，但是總比跟人家重複、甚至成果被別人覆蓋要來得好。學術研究，應該是一種團隊接力賽，而不是個人表演秀。很多東西只要你了解三分之一，就可以進行研究，完全陌生就不行。克服生疏，設法進入狀況，輕車熟路，才能左右逢源。畢竟，學術研究活動是一種慘澹經營，「增益其所不能」的過程。杜甫〈戲題王宰畫山水圖歌〉稱畫家「十日畫一水，五日畫一石」，差堪比擬學術探索的進程。

　　繪畫的主要特質是線條、色彩、遠近。所謂「三遠」的理論，在宋代的畫論裡面，指平遠、深遠、高遠，就是平視角度、俯視角度、仰視角度，這種透視學的原理，比西洋早了兩個世紀[51]。宋代畫論注重三遠，當然是長久時間累積，可以從宋代的詩歌來印證。繪畫理論在空間遠近的設計，實際上是受詩歌的啟發，當然宋代的畫論又回饋給詩歌。吾人熟悉北宋郭熙所提三遠論，對研究宋代山水畫、山水文學、旅遊文學、園林藝術，將有裨益。（再說，熟悉史學理論，史學批評，也

51　郭熙、郭思《林泉高致‧山水訓》：「山有三遠，自山下而仰山巔，謂之高遠；自山前而窺山後，謂之深遠；自近山而望遠山，謂之平遠。」俞劍華《中國畫論類編》（北京：人民美術出版社，1986 年 12 月），頁639。參考徐復觀《中國藝術精神》，第八章〈山水畫創作體驗的總結——郭熙的《林泉高致》〉（臺北：學生書局，1984 年 10 月），頁324～352。

可能對文學的批評、文學的理論有所啟發。有些人的史學涵養很深，他的文學創作或者是他的文學批評、理論之間可能就相互影響。）回過來說，詩人借鑑了繪畫的特質，像色彩、明暗，線條的直、彎，或者是點、線，呈現在詩歌裡面，就成為詩歌的意境。有的是平視角度，有的是俯視角度，有的是仰視角度，就容易形成詩中有畫的情況。當然也可以「畫中有詩」，繪畫借鑑詩歌的特色主要是抒情，像寫意畫、文人畫、詩人畫，就是借鑑詩歌的自由揮灑[52]。

其次，介紹「《春秋》書法」，什麼叫做《春秋》書法？《春秋》學家所言大多語焉不詳，且莫衷一是！如果各位對《春秋》經傳有興趣的話，可以共同來關心這個論題。大多數人的解讀，往往是公羊學派的那一套：如尊王攘夷、大一統、正名實、辨經權等等，其實《春秋》書法的「法」本身，應該是一種表現手法，也就是說它應該是一種修辭技術。我在〈方苞義法與春秋書法〉中曾提到，方苞《春秋》學，注重通覽前後，參互異同，又楬櫫互見、偏載、詳略、細大諸要端，以比附《春秋》書法[53]。因為方苞治學旉向跟《春秋》經學有關，他的老師戴名世是浙東史學派的鼻祖，可以說方苞的義法是結合了《春秋》書法、史家筆法和他的文章作法，這個觀點

---

52 參考黃河濤《禪與中國藝術精神的嬗變》，第五章〈禪宗與文人畫〉（北京：商務印書館，1995），頁266~291。鄧喬彬《中國繪畫思想史》，第五章第一節，四、〈繪畫的文學化〉；第三、四、五節，〈以蘇軾為代表的文人畫論〉（貴陽：貴州人民出版社，2001年9月），頁350~353；頁368~412。

53 〈方苞義法與《春秋》書法〉，原載中央研究院中國文哲研究所《清代經學國際研討會論文集》，1994年6月，頁215~246；後輯入拙作《春秋書法與左傳學史》（臺北：五南圖書公司，2002年1月），頁286。

沒有人講過，所以我這篇論文的成果很受到推崇引用 54。研
究成果要新穎獨特的話，自己所具備的專業知識就要多多益
善，這樣才能見人所未見；能見人所未見，也才能言人所未
言。和別人的角度相同，當然觀點也會趨向一致；你從另一個
角度看就不一樣，這就是另類思考。至於史家筆法也很複雜，
它不像一般人所想的那麼簡單，只是褒貶而已。以筆者考察，
以史家筆法論詩，除褒貶資鑑外，還牽涉到詩補史闕、史筆森
嚴、史識、史論、史筆，以敘為議諸論題 55。了解這方面，
研究司馬遷《史記》的歷史編纂學，必定有所觸發。不管你對
司馬遷的《史記》有沒有興趣，《史記》可以提供我們寫學術
論文的參考和借鏡。我們看司馬遷怎麼整齊天下的軼聞掌故、
公私文書，如何去訪察這些資料，多方匯合以後，怎樣加以取
捨、剪裁、組織、安排，然後下筆纂組，寫成《史記》一書。
如果能夠參考這些方法，以後不管面對大陸書、臺灣書、老師
的說法、別人的觀點、自己的獨斷，就懂得怎麼組織、怎麼取
捨、怎麼安排，是非依違之間，要有自己的別出心裁，這就牽
連到史識、關係到史家的筆法。依筆者管見，在敘事詩、詠史
詩、諷諭詩中運用史家筆法較多 56。

54　許福吉《義法與經世──方苞及其文學研究》，第四章〈方苞古文義法說
　　闡釋〉，第三節（上海：學林出版社，2001 年 6 月），頁 75。
55　張高評《會通化成與宋代詩學》，〈史家筆法與宋代詩學──以宋人詩話
　　筆記為例〉，頁 159～193。
56　這方面，筆者發表過三篇文章：〈北宋詠史詩與《史記》楚漢之爭〉，
　　《漢學研究國際學術研討會論文集》，頁 419～441；〈詠史詩與書法史筆
　　──以北宋史家詠史為例〉，第三屆宋代文學國際研討會，寧夏大學文學
　　院主辦，頁 1～32；〈南宋詠史詩之新變──以楊范陸三大詩人為例〉，
　　「六朝唐宋學術研討會」，成功大學中文系、臺灣大學中文系合辦，頁
　　1～16。

再其次，談談書道的問題，書道到了顏真卿，體制遭受破
壞，但是顏體的字從此就自成一格。他打破了前人的窠臼，另
立一個典型的風格，就是追新求變；追新求變造就了自己的風
格、特色。古文的創作到了韓愈也打破成規，同樣的，詩歌到
了宋人的時候也突破窠臼。唐人學習漢魏六朝詩，但和漢魏六
朝不太一樣；唐詩有特色、有風格，宋人無不學習唐人，但以
學習唐人為手段，不是目的；而以學唐變唐，追新求變、自成
一家為終極目標。到了明代，前後七子宗唐成風，凡是唐人所
作多推崇備至，宋人的詩則遭受撻伐。到了清代分宗唐派和宗
宋派，各自爭奇鬥豔，清初宗唐派比較佔優勢，其後桐城派基
本上是宗宋派，同光體也是這一派的。同光體下來，胡適之、
陳獨秀也受他們的影響，對宋詩推崇有加。甚至於最近有一位
美國的學者杜國清教授，寫了一篇文章：〈宋詩與臺灣現代
詩〉，發現臺灣現代詩的風格竟然不謀而合地與宋詩的特色一
致[57]。宋代詩歌事實上有不錯的，當然也有差的；杜甫、李
白的詩也有差的，不全是好的。李杜詩能並駕，主要還在於能
追新求變。蘇黃詩歌蔚為宋詩代表，也在於新變自得。詩思出
位，文藝混成，會通化成，為其中一大要領。

肆、結 論

　　筆者投入宋詩及宋代詩學研究，已歷經十六個寒暑，完成
若干學術論著。就出版印行之專著而言，有《宋詩之傳承與開

57　杜國清《詩情與詩論》，〈宋詩與臺灣現代詩〉廣州：花城出版社，1993
　　年2月），頁197~209。

拓》、《宋詩之新變與代雄》、《會通化成與宋代詩學》、《宋詩特色研究》、《自成一家與宋詩宗風》，書名特提傳承與開拓、新變與代雄、會通化成、自成一家云云，何一而非宋詩特色？較論唐宋詩異同，兼顧學唐變唐，繼往開來，藉書名標榜宋詩特色，此筆者著書旨趣之一。

　　一種文體要生存發展，不管哪一個時代，都必須要新變自得，自成一家。怎樣追新求變？就必須運用創意思維，推想各種不同的開拓辦法，注重學科間整合的「會通化成」方式，在宋代來說可謂水到渠成。因為雕版印刷的發達、圖書流通的便利，加上詩人的多才多藝，配合宋代鼓吹文治、注重科舉，對學科整合產生推波助瀾的效應。因為宋代科舉取士之多，在科舉史上是空前絕後的，某一年錄取的士人比起唐朝從開科取士到結束還要多[58]。從這個角度來看，書籍閱讀多、門類也多、宋人多才多藝，各種學科自身已作了整合，學科整合的理念也是這些人率先提出來的。有了這些理念的提出，文學創作是否也有所呼應？看完理論主張後，我們應該去看宋詩的研究有沒有這樣的呈現，這是下一步的研究工作。如今《全宋詩》已經出版，海峽兩岸宋詩的研究成果還不算太多，大家要了解二十世紀中國大陸研究宋詩的狀況，可參考〈回顧、評價與展

58　單就北宋而論，平均每年貢舉取士人數，約為唐代的4.5倍，元代的30倍，明代的4倍，清代的3.6倍。若僅以北宋每年貢舉所取正奏名人數計算，亦約為唐代的2.7倍，元代的18倍，明代的2.4倍，清代的2.1倍。詳參張希清〈北宋貢舉登科人數考〉，北京大學中國傳統文化研究中心《國學研究》第二卷，1994年7月，頁393~412。何忠禮〈北宋擴大科舉取士的原因及與冗官冗吏的關係〉，《宋史研究集刊》（杭州：浙江古籍出版社，1986年4月），頁87~106；何忠禮〈兩宋登科人數考索〉，《宋史研究集刊》第二集，1988年12月。

望——關於本世紀宋詩研究的談話〉[59]。至於臺灣學界研究宋詩及宋代文學的概況和未來展望，可參考拙作〈五十年來唐宋文學研究的回顧與前瞻〉〈臺灣宋詩研究的現況和展望〉[60]。兩岸宋詩研究正在起步之中，竭誠歡迎大家都來研究宋詩。

---

[59] 原載《文學遺產》1998 年 5 期，後收入《世紀之交的對話 —— 古典文學研究的回顧與展望》（上海：上海古籍出版社，2000 年 12 月），頁 101~129。

[60] 《漢學研究通訊》卷二十第一期（總第 77 期），2001 年 2 月，頁 6~19。後者宜讀於韓國中語中文學會國際學術會議，2002 年 5 月，頁 1~16。

附　錄

建安詩人與悲情意識

——以三曹七子詩歌為例

摘　要

　　建安詩人悲情意識之表現，就描寫對象言，其類有三：歲月易逝，生命無常；戰亂相乘，悲天憫人；政治迫害，憂讒畏譏，其中以「生命無常」之悲情主題最稱大宗。若就表現之主體言，則其層面亦有三：或才高志潔，悲士不遇；或孤臣棄婦，幽怨傷別；或遊子遷流，人生如寄；其中以「悲士不遇」最為普遍！孤臣慘遭放逐之悲情，又往往藉棄婦怨婦以曲達之。描寫對象與表現主體之脈注綺交，遂蔚為建安文學「梗概多氣」之時代風格來。建安詩人既存在如是之悲情，如何化解，面對人生？寄望長生，託情神仙；及時行樂，縱情享受，此消極化解悲情之法；建功立業，自我實現；斐然述作，立言不朽，此積極昇華悲情之方。四者交相為用，要皆能使價值轉移，獲得心理之補償，尋求到精神之慰藉。此一認知，可與宋詩揚棄悲哀，體現樂觀曠達相對照。

關鍵詞：建安詩人　三曹　七子　悲情意識　揚棄悲哀

壹、悲情意識為《詩》《騷》以來的文化傳統

　　日本學人吉川幸次郎研究兩宋詩歌，別從「人生觀」著眼，謂宋詩的人生觀，注重冷靜反思，標榜悲哀的揚棄，推崇樂觀曠達的信念；於是跟《詩》《騷》以來、漢魏六朝、四唐、五代「詩中所詠，多半重絕望而輕希望、重不幸而輕幸福、重悲哀而輕歡樂」之習性，大相逕庭[1]。姑且不論宋詩之揚棄悲哀，崇尚樂觀的意識，為沈潛內斂之宋型文化體現[2]；更值得注意探討的是，這種樂觀的意識，除了宋詩以外[3]，宋詞中也不具備——宋詞在大體上繼承了《詩》《騷》以來古典詩歌「悲情傷感」的文學傳統[4]。換言之，就中國詩歌的主題

1　參考吉川幸次郎《宋詩概說》，〈序章・宋詩的性質・第七節，宋詩的人生觀——悲哀的揚棄〉，鄭清茂譯本（臺北：聯經出版事業公司，1977年4月），頁32～36；吉川幸次郎《中國詩史》，〈宋・宋詩的冷靜反思〉，蔡靖泉等譯本（山西：山西人民出版社，1989年10月），頁384～389。

2　參考龔鵬程〈知性的反省——宋詩的基本風貌〉，原載聯經出版社《中國文化新論・文學篇二》，《意象的流變》，後收入張高評編《宋詩論文選輯》第一冊（高雄：復文圖書出版社，1988年5月）。宋型文化特徵，參考傅樂成《漢唐史論集》，〈唐型文化與宋型文化〉（臺北：聯經出版公司，1977年9月），頁339～382；王水照《王水照自選集》〈「祖宗家法」的「近代」指向與文學中的淑世精神——宋型文化與宋代文學之研究〉；〈情理・源流・對外文化關係——宋型文化與宋代文學之再研究〉（上海：上海教育出版社，2000年5月），頁2～44。

3　筆者研究唐宋詩發現：北宋詠史詩敘事詩詠王昭君，仍以悲怨為主，與唐人審美意識並無不同。知吉川之言，時代斷限當修正為「元祐以後，到南宋末年之間」，較得理實。參考拙作〈王昭君形象之流變與唐宋詩之異同——北宋詩之傳承與開拓〉，《世變與創化——漢唐、唐宋轉換期之文藝現象》（臺北：中央研究院中國文哲研究所，2000），頁487～526。

4　參考小川環樹《論中國詩》，第三章〈風與雲——中國感傷文學的起源〉（香港：中文大學出版社，1986），頁49～77；焦桐〈感傷：宋詞的美學表徵〉，《山東大學學報》1990年第一期；羅斯寧〈論宋詞的感傷美〉，《學術研究》1994年第三期；鳳文學、陳憲年〈宋詞：死亡情結的感性呈

意識來說，是以悲情傷感為主潮的；樂觀曠達只是曇花一現，而且往往是悲情傷感的消解與昇華。因此，研究古典詩歌中的悲情意識跟傷感主題，進而考察歷代詩家人生觀之層面，作為了解其內在性靈與客觀世界之依據，可以作為宋詩「揚棄悲哀，推崇樂觀曠達」審美意識之對照系統。對於宋詩人生觀感殊異於唐詩與宋詞，甚至與先秦以來文學審美意識異轍分流處，當有其價值與意義。孟子稱：「先立其大者」，此筆者之留心所在。

　　所謂「悲情傷感」，一般稱之為「悲劇」。「悲劇」一詞，本是亞里斯多德《詩學》以下的文藝批評術語[5]；清末民初學者借用引進，以論中國傳統之戲劇，即引發許多「義界」上的爭論，前後達八十餘年，至《中國十大古典悲劇集》印行，學界始形成初步之共識[6]，此但就戲劇而言，未暇其他。其後，

現〉，《海南大學學報》1994年第三期；楊海明《唐宋詞史》第一章第一節，〈對於唐宋詞的「整體觀」〉，（二）「憂患意識」和傷感色彩（高雄：麗文化公司，1996年2月），頁7~12。

5　參考姚一葦譯註《詩學箋註》第六章、第七章（臺北：中華書局，1977年8月），頁67~82。悲劇（Tragedy）作為一種審美的表現形態，參考鄔英《西方古典美學導論》第二章亞里斯多德的《詩學》，第二節〈悲劇藝術〉（長春：東北師範大學出版社，1989年5月），頁48~56；葉朗主編《現代美學體系》二章二節（北京大學出版社，1989年10月），頁76~79；楊辛、甘霖、劉榮凱《美學原理綱要》第十一章〈悲劇〉（北京大學出版社，1989年11月）；龔志成〈評尼采《悲劇的誕生》〉，《美學與藝術評論》（上海：復旦大學出版社，1985年6月），頁151~168；張玉能〈悲劇性探討〉，《外國文學》第八輯（北京：商務印書館，1992年3月），頁213~232。

6　中國古代有無悲劇作品？從十八世紀三〇年代《趙氏孤兒》法文簡譯本出刊起，中西學者各持己見，針鋒相對。其間，王國維《宋元戲曲考》、朱光潛《悲劇心理學》、鄭振鐸《插圖本中國文學史》諸家論點，較具代表性。至王季思、李梅吾、蕭善因主編《中國十大古典悲劇集》印行（上海文藝出版社），始獲致五種共識，肯定中國固有悲劇性之作品，參考楊建文《中國古典悲劇史》（導語・中華藝術殿堂裡自有悲劇之神的祭壇）（湖北：武漢出版社，1994年4月），頁6~14。

張法《中國文化與悲劇意識》、邱紫華《悲劇精神與民族意
識》、謝柏梁《中國悲劇史綱》、楊建文《中國古典悲劇史》陸
續出版面世，所論除戲劇外，始稍稍旁通類及詩、文、詞、
賦、小說諸文學[7]。其實，作為美學範疇，悲劇主要不是專指
戲劇形式，而是泛指一切悲劇性的矛盾衝突。今為避免術語困
擾，乃改稱「悲情意識」，實即諸家所謂之悲劇、悲劇意識、
或悲愴主題。

錢鍾書《管錐篇》探討漢魏六朝之審美意識，得出「奏樂
以生悲為善音，聽樂以能悲為知音」的結論[8]。於是學界引申
發揮之，漸知漢唐之際「以悲怨為美」的審美風尚，乃斯時的
審美主潮。論者宣稱：「以悲怨為美」之審美風尚，以戰國至
西漢三百多年為萌芽期，東漢經三國近三百年為發達期，兩晉
南北朝到隋唐五代近七百年為恬淡期，宋以後則時有消長起伏
[9]。說雖不必盡然，然所述大體不誤。本文欲論述建安文學之
悲情意識，當追溯先秦兩漢之悲情傳統，以見源流本末。

「以悲怨為美」之悲情傳統，其萌芽期表現在風雅、屈
騷、《史記》、漢賦、樂府、《古詩十九首》為多：

> 《詩經》述說愁苦怨恨者，如《邶風·擊鼓》、《衛

7　諸書出版及其年月，依次為中國人民大學出版社，1989 年 1 月；華中師
　　範大學出版社，1990 年 10 月；學林出版社，1993 年 12 月；武漢出版
　　社，1994 年 4 月。宏觀中國文學作品中之悲劇意蘊，參考謝柏梁《中國
　　悲劇史綱》第二章〈中國各體文學的悲劇美〉。

8　錢鍾書《管錐篇》第三冊，《全上古三代秦漢三國六朝文》二六，《全
　　漢文》卷四十二，〈好音以悲哀為主〉（臺北：書林出版公司，1990 年 8
　　月），頁 946～951。

9　謝柏梁《中國悲劇史綱》第四章，〈漢唐間悲怨風尚的審美認識〉（上
　　海：學林出版社，1993 年 12 月），頁 77～83。

風・有狐》、《豳風・東山》、《小雅・采薇》、〈出車〉、
〈鴻雁〉、〈何草不黃〉諸什，皆言親情之失落。如
〈氓〉、〈柏舟〉、〈白華〉、〈蒹葭〉、〈將仲子〉，則述說
婚姻不幸、戀愛悲劇之哀怨與悲憤。又如《邶風・北
門》、《小雅・四牡》、〈四月〉，則表現沈鬱下僚之悲歎
與憂傷。《王風・黍離》、〈兔爰〉、《曹風・蜉蝣》，則
感歎地位沒落，生不逢辰。論者稱：表現悲情之詞彙，如
憂、傷、悲、哀四字，出現於《詩經》中，高達七十九
篇，由此可窺《詩經》悲情世界之一斑。[10]

《史記・屈賈列傳》稱：「屈平嫉王聽之不聰也，讒陷之
蔽明也，邪曲之害公也，方正之不容也，故憂愁幽思而作《離
騷》。……屈平正道而行，竭忠盡智以事其君，讒人間之，可
謂窮矣。信而見疑，忠而被謗，能無怨乎？屈平之作《離
騷》，蓋自怨生也。」今觀《離騷》、《九章》與《九歌》諸
作，多表現其追求完人、追求美政理想之破滅。其悲劇意識，
或為現實性之憂患，或作哲理型之哀思，或滿懷解脫之苦惱；
在嗟士不遇、歲月飄忽、生死衝突、政治受難、憂患意識諸悲
劇主題，屈賦中已不疑而具[11]。

10 參考楊建文《中國古典悲劇史》第二章第一節，〈風雅與屈騷中的悲劇
　　世界〉，頁46~53；張法《中國文化與悲劇意識》第二章第一節，〈戀愛
　　悲劇意識模式〉，頁33~45。
11 參考同上註，〈屈騷中的悲劇意識：理想的破滅〉，頁53~59；張法前揭
　　書第三章，〈屈原與中國政治悲劇意識〉，頁85~130。黃藥眠、童慶炳
　　《中西比較詩學體系》上冊，第九章〈中國的怨、憤、哀、悲論與西方的
　　悲、悲劇、悲劇性論〉（北京：人民文學出版社，1991年9月），頁
　　198~207。

魯迅《漢文學史綱要》稱司馬遷作《史記》：「恨為弄臣，寄心楮墨，感身世之戮辱，傳畸人於千秋，雖背《春秋》之義，固不失為史家之絕唱，無韻之《離騷》矣．」[12]魯迅逕指《史記》為「無韻之《離騷》」，則以「實錄」著稱之《史記》，隱含悲情意識可知。試考史公所作〈報任安書〉，列舉西伯、孔子、屈原、左丘明、孫臏、呂不韋、韓非，以及《詩三百篇》：「大抵聖賢發憤之所為作也。此人皆意有所鬱結，不得通其道，故述往事，思來者」，可見史公蓋以其遭遇之不幸，發憤著述；以一己悲情，彈奏出歷史之悲音[13]。綜觀《史記》一百三十篇，纂述悲劇人物者凡八十餘篇，一百二十餘人，故論者稱司馬遷之《史記》，為一幅悲劇英雄的畫廊，是一部沈雄悲慨的時代交響曲[14]。舉凡悲士不遇、殉道精神、懷疑精神、反中庸精神、忍辱負重精神、以及超越精神、死亡主題、復仇心理諸悲情意識，所謂「悲劇性之矛盾衝突」，《史記》中多有之，對後世之悲情意識，深有影響[15]。

---

12 《魯迅全集》第九冊，《漢文學史綱要》第十篇，〈司馬相如與司馬遷〉（北京：人民文學出版社，1991 年 5 刷），頁 420。

13 參考韓湖初〈司馬遷史傳文學理論初探〉，「發憤著書」說——論史傳文學與現實生活的審美關係，《古代文學理論研究》第十輯，頁 246～267；李澤厚、劉綱紀主編《中國美學史》第一卷下冊，第四章〈司馬遷的美學思想〉第二節，司馬遷對楚騷美學傳統的發展及其對後世的影響（臺北：漢京文化公司，1986 年 8 月），頁 590～599；陳桐生《中國史官文化與史記》，第四章〈司馬遷的生命體驗與文化心理〉（廣東：汕頭大學出版社，1993 年 9 月），頁 114～132。

14 參考何世華《史記美學論》第九章，〈沈雄悲慨的時代交響曲——《史記》的悲劇色彩〉（西安：陝西師範大學出版社，1989 年 7 月），頁 192～207；韓兆琦等《史記通論》〈史記的文學成就·二、史記的悲劇性〉（北京師範大學出版社，1990 年 9 月），頁 130～131。

15 司馬遷曾作〈悲士不遇賦〉，見費振剛等輯校《全漢賦》，頁 142；此一悲士不遇之主題，於漢代有其代表性，於後世亦有影響，參考曹淑娟

懷才不遇之悲情，為漢賦重要的主題表現，根據曹淑娟考證，如賈誼〈弔屈原賦〉、〈鵩鳥賦〉、董仲舒〈士不遇賦〉、東方朔〈七諫〉、莊忌〈哀時命〉、司馬遷〈悲士不遇賦〉、王褒〈九懷〉、劉向〈九歎〉、劉歆〈遂初賦〉、班婕妤〈自悼賦〉、揚雄〈反離騷〉、崔篆〈慰志賦〉、杜篤〈首陽山賦〉、梁竦〈悼騷賦〉、班固〈幽通賦〉、崔駰〈慰士賦〉、蘇順〈歎懷賦〉、張衡〈思玄賦〉、王逸〈九思〉，多飽含悲怨，洋溢悲情[16]。其他，如漢武帝〈秋風辭〉之寫美人遲暮之悲涼感慨，〈悼李夫人賦〉之悼亡情懷，司馬相如〈哀二世賦〉之黍離悲感，〈長門賦〉之失寵怨恨，多含悲情之色彩。

兩漢樂府詩，據郭茂倩《樂府詩集》所收，流傳至今者，不過五十五首。其內容思想，要皆如班固《漢書·藝文志》所謂「感於哀樂，緣事而發」。就其表現之悲情意識而言，可分為六大類：一、廷爭悲歌，如〈戚夫人歌〉、〈思悲翁〉、〈薤露〉、〈蒿里〉；二、戰亂悲歌，如〈戰城南〉、〈十五從軍征〉、蔡琰〈悲憤詩〉；三、民瘼悲歌，如〈平陵東〉、〈婦病行〉、〈孤兒行〉、〈刺巴郡郡守詩〉；四、棄婦悲歌，如〈白頭吟〉、〈怨歌行〉、〈上山採蘼蕪〉、〈孔雀東南飛〉；五、鄉愁悲歌，如〈豔歌行〉、〈悲歌〉、〈古八變歌〉、〈古歌〉；六、閨怨悲歌，如〈傷歌行〉、〈豔歌何嘗行〉、〈有所

《漢賦之寫物言志傳統》，第三章第一節〈悲士不遇——時命之第一重體認〉（臺北：文津出版社，1987年8月），頁89~100；繆鉞〈唐宋詞中——感士不遇」心情初探〉，《詞學古今談》（臺北：萬卷樓圖書公司，1992年10月），頁195~208。有關《史記》的悲情主題，參考韓兆琦、王齊〈殉道與超越——論《史記》的悲劇精神〉，《文史知識》1994年第一期，頁11~17；陳桐生《中國史官文化與史記》，頁121~132。
16　同前註曹淑娟所著書，頁23~36。

思〉、〈白頭吟〉[17]。其他，尚有〈枯魚過河泣〉之憂患警
世，〈公無渡河〉之殉難悲情，除鄉愁干顯外，對魏晉南北朝
詩歌之悲情意識，皆有先導啟示作用。

《古詩十九首》表現之悲情意識，大致如沈德潛《說詩晬
語》卷上所謂：「大率逐臣棄婦，朋友闊絕，遊子他鄉，死生
新故之感。」六朝及後世詩歌悲情之主題，如刺世嫉邪、憂時
憫亂、傷貧苦賤、知音難遇、棄婦遠別、相思不見、富貴忘
義、游子思鄉、人壽短促、年華易逝、行樂及時諸意，《古詩
十九首》已作先驅矣。

貳、建安詩人悲情意識之形成及其主題

一、建安文學與雅好慷慨

劉勰《文心雕龍·時序》鳥瞰建安文學：「觀其時文，雅
好慷慨。良由世積亂離，風衰俗惡，並志深而筆長，故梗概而
多氣。」〈明詩〉篇稱述建安文學之特色，亦謂「慷慨以任
氣，磊落以使才」；曹子建論述己作，早已宣稱：「其所尚
也，雅好慷慨」(〈前錄自序〉)；可見以「雅好慷慨」概括建
安時期之審美意識，時人已有自覺，後人亦有共識。所謂「慷

17　所列樂府詩，詳見郭茂倩《樂府詩集》（臺北：里仁書局，1984 年 9
　　月），茲不具引。分類說明，參考楊建文《中國古典悲劇史》，頁
　　62~67；張永鑫《漢樂府研究》第四編第十五章第四節，〈漢樂府的悲
　　音美〉（南京：江蘇古籍出版社，1992 年 6 月），頁 265~267。

慨」、「梗概」，二詞同義，許慎《說文解字》釋為「太息」，
「壯士不得志於心也」；《後漢書‧楊震傳》李賢注：「慷
慨，悲嘆」，故論者以為：「慷慨」之本義，當是指「悲憂色
彩的感情激動」，或「壯士不得志於心，而意氣感激不平的悲
歎」。是一種哀而不怨、和而不流的德操，蒼涼而悲壯的情
調，高逸而清越的風骨；總之，「慷慨」一詞，可用「悲懷任
氣」四字來詮釋，建安詩文中常用之 [18]。

　　建安文學「雅好慷慨」之審美意識，根源於動盪亂離的社
會現實，及民不聊生的喪亂之苦。就是這種苦難激發的怨痛和
呻吟，才交織形成建安文學「雅好慷慨」的悲情變奏。建安時
期的慷慨悲情意識，表現在文學上，即是迷惘、孤獨、憂患、
悲傷、恐懼，洋溢紙上；苦悶、壓抑、矛盾、衝突、惶惑、失
落、破滅，此消彼長。這是一個動盪不安、災難深重的悲怨時
代，日本鈴木虎雄稱之為「中國文學的自覺期」，青木正兒稱
之為「文藝至上的時代」，魯迅也贊同是「文學的自覺時代」。
宗白華亦認為是「政治上最混亂、社會上最痛苦的時代；然而
卻是精神上極自由、極解放，最富於智慧、最濃於熱情的一個
時代。」李澤厚《美的歷程》論「魏晉風度」，所謂「人的主

18　意本徐公持〈建安七子論〉，《古代文學研究集》（北京：中國文聯出版
　　公司，1985 年 2 月），頁 205~206；楊建文《中國古典悲劇史》，〈鄴下
　　與竹林的悲劇世界〉，頁 87~89；王瑤《中古文學史論》〈曹氏父子與建
　　安七子〉（北京大學出版社，1986 年 1 月），頁 218~220。〈孤兒行〉：
　　「回車問啼兒，慷慨不可止」；曹操〈短歌行〉：「慨當以慷，憂思難
　　忘」；曹植〈贈徐幹〉：「慷慨有悲心，興文自成篇」；〈棄婦〉詩：
　　「慷慨有餘音，要妙悲且清」；〈情詩〉：「慷慨對嘉賓，悽愴內傷
　　悲」，皆體現此種意蘊。其他，如曹丕〈于譙作〉、曹植〈雜詩六首〉其
　　六、〈薤露行〉、陳琳〈游覽〉二首其二、劉楨〈魯都賦〉、阮瑀〈箏
　　賦〉，亦多運用「慷慨」一詞。

題」，「文的自覺」，都明確道出建安時期的審美特質[19]。

「慷慨梗概」的悲情意識，建安以前隱而未發，微而不明，到建安時期何以從伏流蔚為主流，由萌芽濫觴變成濃烈澎湃？其中自有政治、經濟、社會、民情、俗尚、文風、思潮之推波助瀾，觸發栽成，試論述於後：

二、建安詩人悲情意識形成之因緣

建安文學是中國文學發展的關鍵期、分水嶺；建安文學主要的成就是詩歌創作，而三曹七子則是此期最重要的詩人。建安，本是漢獻帝的年號，文學史所謂的「建安」，比政治上的「建安」長久些，當起始於漢靈帝中平元年黃巾之亂，止於魏明帝景初末年，即西元一八四年到二三七年，前後五十多年的時間[20]。這段期間，社會秩序脫軌，價值系統淆亂，於是處士橫議、論無定檢、任情放縱、崇尚通脫，思想意識既已突破，人生觀自然翻新：

　　　逮桓、靈之間，主荒政繆，國命委於閹寺，士子羞與

19　參考鈴木虎雄《中國詩論史》第二篇第一章，〈魏代——中國文學的自覺期〉，許總譯本（廣西人民出版社，1989年9月），頁37~39；青木正兒《中國文學思想史》，張仁青譯本（臺北：開明書店，1977年10月）；魯迅《魯迅全集》第三冊《而已集》，〈魏晉風度及文章與藥及酒之關係〉，頁504：「曹丕的一個時代可說是『文學的自覺時代』，或如近代所說是為藝術而藝術的一派。」宗白華《美學與意境》，〈論《世說新語》和晉人的美〉（臺北：淑馨出版社，1989年4月），頁182。李澤厚《美的歷程‧五、魏晉風度》（北京：中國社會科學出版社，1989年11月），頁81~96。
20　説本張可禮《建安文學論稿》〈建安文學的發展階段〉（山東教育出版社，1986年9月），頁1。

為伍，故匹夫抗憤，處士橫議，遂乃激揚名聲，互相題拂，品核公卿，裁量執政，婞直之風，於斯行矣。（《後漢書・黨錮列傳序》）

桓、靈之際，閹寺專命於上，布衣橫議於下，干祿者殫貨以奉貴，要命者傾身以事勢，位成乎私門，名定乎橫巷。由是戶異議，人殊論，論無定檢，事無定價，長愛戀，興朋黨。（《意林》引曹丕《典論》）

今王室大壞，九州幅裂，亂靡有定，生民無幾。（應劭《風俗通義・序》）

舊土人民，死喪略盡，國中終日行，不見所識，使吾悽愴傷懷。（曹操《軍譙令》）

百慮何為，至要在我。寄愁天上，埋憂地下，叛散《五經》，滅棄《風》《雅》。百家雜碎，請用從火。抗志山栖，游心海左。元氣為舟，微風為舵。敖翔太清，縱意容冶。（《後漢書・仲長統傳》引《樂志論》）

如上言，其樂古難量，豈非大丈夫之樂哉！然日不我與，曜靈急節，面有過景之速，別有參商之闊。思欲抑六龍之首，頓羲和之轡，折若木之華，閉濛汜之谷。天路高邈，良久無緣，懷戀反側，何如何如！（《曹植集校注》卷一，〈與吳季重書〉）

東漢桓靈之世，皇綱解紐，國脈之不絕如縷，於是有陳蕃李膺等之太學清議，裁量公卿，臧否然否，當政者不堪，遂有「黨錮之禍」。所謂「匹夫抗憤，處士橫議」，可見士與大一統之政權已漸行漸遠。尤其兩次黨禁，天下清流多罹禍殃。殘害士人，濫殺忠良，東漢遂魚爛而亡；名士風流，一片迂忠，思

挽狂瀾於既倒，淒涼哀傷，令人歎息[21]。表現於詩，則是激昂慷慨之悲音。

桓靈既不修朝綱，於是民不聊生，釀成黃巾暴動，「天下饑荒，人民相食」；任重臣治亂，遂開群雄割據之局。其後董卓擅權，獻帝遷都，兩京（洛陽長安）殘破，生靈塗炭，蔡琰〈悲憤詩〉、曹植〈送應氏詩〉所述詳矣。董卓亂後，豪強傾軋，割據自雄，人民之流離喪亡，更甚於往昔。《晉書·山簡傳》稱：「自初平之元，迄於建安之末，三十年中，萬姓流散，死亡略盡，斯亂之極也。」天災、人禍、饑餓、死亡、顛沛流離、哀鴻遍野，怵目驚心，而身歷其境，自然悲哀慷慨，不能自已[22]。

自漢武帝罷黜百家，獨重儒術，於是儒學定於一尊，士人爭取正統，拒絕異端，思想傾向復古守成，思想方法趨於支離破碎。迨政權崩壞，儒學權威因隨之動搖，或鄙薄周孔，或詆諆經書，促使儒學中衰，諸子騰躍。斯時價值系統錯亂，準的無依，令人徬徨迷惑，曹丕《典論》所謂「戶異議，人殊論，論無定檢，事無定價」者，蓋指儒家大一統思想之解縛，形成迷惘、惶惑、衝突、失落諸意識，多足以添增慷慨，助長悲情[23]。

儒學中衰，造成大一統觀念的瓦解和思想的大解放，於是

---

21 參考張仁青《魏晉南北朝文學思想史》第五章第一節，〈批評意識覺醒〉（臺北：文史哲出版社，1978 年 12 月），頁 370～380；羅宗強《玄學與魏晉士人心態》第一章，〈玄學產生前夕的士人心態〉（浙江人民出版社，1991 年 7 月），頁 2～21。

22 參考同上，張氏書，第一章第三節〈戰亂相尋〉，頁 18～24。

23 參考同註 20，張氏書，第四章第一節，〈儒家學說中衰〉，第二節〈道家學說復興〉，第三節，〈印度佛教東來〉，頁 306～368。

生活情趣、生活方式皆有顯著之變化。由於倫理觀念淡化了，自我意識覺醒了，在生命意識、價值意識、情性意識方面，都走向新變突破的道路。由黨錮之禍前的擇善固執，自命清流，到建安時期的崇尚通脫，任情縱欲。自我覺醒、及時行樂之餘，遂有生命短促，世事無常之哀感。在人生觀的轉折改易中，悲情意識也獲得了消解與昇華[24]。仲長統〈樂志論〉、曹子建〈與吳季重書〉所云，崇尚通脫，任情縱欲之風可見一斑。

　　以上所論建安詩歌悲情意識形成之內因外緣，祇就處士橫議、喪亂頻仍、儒學中衰，以及任情縱欲四方面申說而已。其他未盡之處，留待下節〈表現之主題〉補足。

三、建安詩人悲情意識表現之主題

　　主題（Theme）本是西洋文論的術語，近似中國文論的「意」或「立意」。本文借用之，指稱文學作品中某些較為集中的題材類型、情感心態、思想指趣、審美意識，以及表現形式，是專就題材與立意兼具的角度來說的。

　　寫作材料的同質、文化心理的同步、價值系統的同構、時地遭遇的同趣，造成不同時代的各別詩人有相通的審美意識；何況時代相近，地域相當的建安詩人群體？前文論及建安詩人悲情意識形成之因緣，若處士橫議、喪亂頻仍、儒學中衰、任情縱欲諸大端，其中自有歷史與時代交綜之影響所形成之共識

24　參考魯迅〈魏晉風度及文章與藥及酒之關係〉，頁 502～503；羅宗強〈玄學產生前夕的士人心態〉，頁 35～51；張文勛〈中國文學史上的一次重大突破──建安文學評議〉，《雲南教育學院學報》1990 年第二期，頁 2～4。

在。今以此為基礎，繼續探論建安詩人悲情意識表現之主題。

就曹操、曹丕、曹植父子三人詩歌，以及孔融、王粲、陳琳、徐幹、劉楨、應瑒、阮瑀所謂「建安七子」之詩歌觀之，總數在二百五十四首以上。建安詩人表現之悲情意識主題，大要有六，分為兩大類型。就描寫之對象而言，悲情意識之主題有三：歲月易逝，生命無常；戰亂相乘，悲天憫人；政治迫害，憂讒畏譏。就表現之主體而言，悲情意識之表現層面有三：才高志潔，悲士不遇；遊子遷流，人生如寄；孤臣棄婦，幽怨傷別；一言以蔽之，曰憂患餘生，自嗟身世而已。描寫對象與表現主體之脈注綺交，遂蔚為建安文學慷慨悲壯之時代風格。

（一）就描寫之對象而言

建安時期，政治、經濟、社會、風俗、文化各方面，都產生了重大的變化[25]。詩人的自覺，意識到文學創作，必須「為藝術而藝術」，所以描寫現實，反映人生，就成了建安詩歌主要的思想內容。諸如戰亂相循、屠戮大行、政風敗壞、災疫頻仍，顛沛流離，都是建安時期的實錄。詩人面對變遷的客觀景象，於是意識型態與文化心理的發用，遂折射成下列之悲情意識。

1. 歲月易逝，生命無常

憂生而懼死，為人類自然之本能，祭祀注重祈福求安，富貴追求不死長生，可為明證。生死主題，為中國文學十大主題

25　參考李澤厚《美的歷程》〈五、魏晉風度〉，頁81~82。

之一,論者以為其原型意象可分為三:其一,牛山之歎,言運命無常;其二,傷逝之嗟,訴人生短暫;其三,北邙之痛,說生命歸宿[26]。考察建安詩歌,此三種悲情意識,皆隱然有之。

生命短促、人生無常的強烈感受,是生命意識覺醒的標示。王瑤研究中古文學史,以為「念魏晉人的詩,感到最普遍、最深刻、能激動人心的,便是在那詩中充滿了時光飄忽、和人生短促的思想和感情」[27];這時光飄忽和人生短暫的氛圍,洋溢在建安詩篇中,悲情無限。

對於時光飄忽,歲月易逝的體認,是人性覺醒,自我觀照的結果,如曹操為人通脫,文風開放,其〈短歌行〉云:「對酒當歌,人生幾何?譬如朝露,去日苦多」;〈步出夏門行〉:「老驥伏櫪,志在千里。烈士暮年,壯心不已」;〈卻東西門行〉:「冉冉老將至,何時返故鄉?……狐死歸首丘,故鄉安可忘?」;〈丹霞蔽日行〉:「月盈則沖,華不再繁。古來有之,嗟我何言!」皆屬於生死主題的「傷逝之嗟」,訴說人生之短暫,能喚起主體之人生悲劇感。又如曹丕〈短歌行〉:「其物如故,其人不存。神靈倏忽,棄我遐遷」;〈清河見挽船士新婚與妻別〉:「不悲身遷移,但悲歲月馳」;〈善哉行〉:「人生如寄,多憂何為?今我不樂,歲月如馳」。曹植〈贈徐幹〉:「驚風飄白日,忽然歸西山……志士營世業,小人亦不閒」;〈送應氏〉其二:「天地無終極,人命若

---

26 參考王立〈略論中國古代文學中的生死主題〉,《雲南社會科學》1988 年第四期;王立〈原型與流變:中國古代文學十大主題概觀〉,《江海學刊》1989 年第二期。

27 文見王瑤《中古文學史論》,〈文人與藥〉(北京大學出版社,1986 年 1月),頁 132。

朝霜」；〈贈白馬王彪〉：「人生處一世，去若朝露晞。年在
桑榆間，景響不能追。自顧非金石，咄唶令心悲」；〈薤露
行〉：「天地無窮極，陰陽轉相因。人居一世間，忽若風吹
塵」；〈箜篌引〉：「驚風飄白日，光景馳西流，盛時不再
來，百年忽我遒」[28]。舉凡朝露、朝霜、老驥、故物、遷移、
驚風、桑榆、薤露、風塵諸變遷流動意象，都能令人「憂從中
來，不可斷絕」！

　　他如孔融〈雜詩二首〉其一：「人生有何常？但患年歲
暮」；其二：「人生自有命，但恨生日希」；徐幹〈室思〉：
「人生一世間，忽若暮春草。時不可再得，何為自愁惱」；劉
楨〈失題〉：「天地無期竟，民生甚局促。為稱百年壽，誰能
應此錄？低昂倏忽去，炯若風中燭」；阮瑀〈七哀詩〉：「丁
年難再遇，富貴不重來。良時忽一過，身體為土灰。冥冥九泉
室，漫漫長夜臺。身盡氣力索，精魂靡所能」諸詩，又以暮春
草、風中燭、九泉室、長夜臺、歲暮、土灰等形象語言，以比
況歲月易逝，生命無常的悲情意識[29]；阮瑀詩兼有北邙之
痛。

　　史書記載，到建安時「天下戶口減耗，十裁一在」，此固

28　曹操詩，見逯欽立輯校《先秦漢魏晉南北朝詩》上冊，〈魏詩〉卷一
　　（以下簡稱《魏詩》）（北京：中華書局，1983年9月），頁349、353、
　　354；曹丕詩，見夏傳才、唐紹忠《曹丕集校注》（以下簡稱夏唐《校注》
　　本）（河南：中州古籍出版社，1992年10月），頁8、17、44；曹植
　　詩，見趙幼文《曹植集校注》（以下簡稱趙氏《校注》本）（臺北：明文
　　書局，民七十四年四月），頁3、42、294、433、459。

29　建安七子之詩，見郁賢皓、張采民《建安七子詩箋註》（以下簡稱《箋註》
　　本）（四川：巴蜀書社，1990年5月）；孔融詩，在卷一，頁5；徐幹
　　詩，在卷四，頁177；劉楨詩，在卷五，頁230；阮瑀詩，在卷七，頁
　　272。

由於戰亂，亦因建安二十二年之瘟疫流行有關[30]。三曹七子詩中，有關北邙之痛者，如曹植〈箜篌引〉：「生存華屋處，零落歸山丘。先民誰不死？知命復何憂」；孔融〈雜詩〉二首之二：「褰裳上墟丘，但見蒿與薇。白日歸黃泉，肌體成塵飛」。至於阮瑀〈失題〉詩：「白髮隨櫛墮，未寒思厚衣。四支易懈惓，行步益疏遲。常恐時歲盡，魂魄忽高飛。自知百年後，堂上生旅葵」[31]，則無異牛山之嘆，峴山之傷，悲歎命運之無常。

2. 戰亂相乘，悲天憫人

漢末，黃巾暴動，天下大亂，城市為墟，母不保子，妻失其夫，遍地饑荒，民人相食。迨董卓擅權，挾帝遷都，兩京殘破，王室實亡，蔡琰〈悲憤詩〉所述，《後漢書‧董卓傳》、曹丕《典論‧自敘》所載，可以概見[32]。建安詩人目睹「英雄棋峙，白骨膏野」，「百姓死亡，暴骨如莽」之三十餘年兵亂，自然慨當以慷，悲從中來。

如曹操〈薤露〉、〈蒿里行〉；曹丕〈答許芝上代漢圖讖令〉所引六言詩、曹植〈送應氏〉二首之一、王粲〈七哀詩三

30　語見《三國志‧魏志‧張繡傳》。《後漢書‧獻帝紀》載建安二十二年，大疫流行；曹植〈說疫氣〉所謂：「建安二十二年，癘氣流行。家家有僵尸之痛，室室有號泣之哀。或闔門而殪，或覆族而喪。」見《校注》本卷一，頁177。曹丕〈又與吳質書〉亦云：「昔年疾疫，親故多離其災，徐、陳、應、劉，一時俱逝，痛可言邪！」夏唐《校注》本，頁108。

31　曹植詩，見趙氏《校注》本卷三，頁40；孔融詩，見《箋註》本卷一，頁11；阮瑀詩，見《箋註》本卷七，頁278。

32　蔡琰〈悲憤詩〉，見逯欽立輯校《漢詩》卷七，頁199~200；曹丕《典論‧自敘》，夏唐《校注》本，頁250。

首〉其一、〈贈士孫文始〉、〈從軍詩五首〉其五、〈思親為
潘文則作〉、陳琳〈飲馬長城窟〉諸什，於「家家思亂，人人
自危」之主題，多有發明 33，要皆戰亂之實錄，悲情之詩
篇。其中警句，如「白骨露於野，千里無雞鳴。生民百遺一，
念之斷人腸」；「喪亂悠悠過紀，白骨縱橫萬里，哀哀下民靡
恃」；「宮室盡燒毀……千里無人煙」；「出門無所見，白骨
蔽平原……悟彼下泉人，喟然傷心肝」；「天降喪亂，靡國不
夷……瞻仰王室，慨其永歎」；「邊城多健少，內舍多寡婦
……生男慎莫舉，生女哺用脯」；千載之下讀之，猶令人悽愴
傷懷，慘然生悲，何況三曹七子當年身經喪亂，劫後餘生，能
不梗概多氣？

3. 政治迫害，憂讒畏譏

　　文藝與政治之關係，《禮記・樂記》早有「聲音之道，與
政通矣」的提示，所謂「治世之音，安以樂，其政和；亂世之
音，怨以怒，其政乖」，原本論樂，亦可移作詩歌之批評。孔
融、曹子建處於建安之亂世，加以本身人格缺陷之外露，於是
慘遭迫害，抑鬱不幸以終。

　　孔融性格，迂腐疏狂，往往「發辭偏宕，多致乖忤」，遇
到猜忌成性的曹操，故被誣以「謗訕朝廷，欲規不軌，跌宕放
言，大逆不道」，下獄棄市，妻子見誅。此一悲劇，固是魏武
之構陷，同時更是自身桀傲狂誕之性格使然，讀其〈臨終
詩〉，誦其讒邪害公、浮雲蔽日之句，則孔氏憂讒畏譏之憤恨

33　曹操詩，在《魏詩》卷一，頁 347；王粲詩，在《箋註》本卷二，頁
　　53、73、96、120；陳琳詩，在卷三，頁 153；阮瑀詩，在卷七，頁
　　261。

悲情，可以想見 34 。

　　陳思王曹子建之同根相煎、手足相殘，其憂傷慷慨，更有
不可勝言之悲。曹植的苦難，是從建安二十五年曹丕繼任為魏
王之後開始的。子建雖未有爭位之舉，卻避免不了曹丕生性偏
狹刻薄之忌恨。於是頻繁之遷徙、嚴密的禁錮，就成了子建後
期生活的寫照。既然「忠而被謗，信而見疑」等同屈原，憂讒
畏譏，全身遠害，成為曹植詩歌後期創作之心態 35 。明李夢
陽序《曹植集》謂：

　　　李夢陽曰：予讀植詩，至〈瑟調怨歌〉、〈贈白馬〉、
　　〈浮萍〉等篇，暨觀〈求試〉、〈審舉〉等表，未嘗不泫然
　　出涕也。曰：嗟乎植！其音宛，其情危，其言憤切而有餘
　　悲，殆處危疑之際者乎？予於是知魏之不競矣！（《曹植
　　集校注》附錄二）

　　子建遭逢曹丕之政治迫害，丕於兄弟之情未免涼薄，「俾
之危疑禁錮，睹事扼腕，至於長歎流涕，轉徙悲歌，不能自
己」，李夢陽所謂處危疑之際，故其音宛，其情危，其言憤切
而有餘悲者也。其憂讒畏譏之心，讀其〈野田黃雀行〉、〈贈
白馬王彪〉、〈苦思行〉、〈矯志〉、〈怨歌行〉、〈當墻欲高
行〉、〈祜埒篇〉、〈吁嗟篇〉、〈遠游篇〉、〈失題（雙鶴俱遨

34　孔融〈臨終詩〉，見《箋註》本卷一，頁 14~15：言多令事敗，器漏苦不
　　密。河潰蟻孔端，山壞由猿穴。涓涓江漢流，天窗通冥室。讒邪害公
　　正，浮雲翳白日。靡辭無忠誠，華繁竟不實。人有兩三心，安能合為
　　一？三人成市虎，浸漬解膠漆。生存多所慮，長寢萬事畢。
35　參考小星〈慷慨有悲心，興文自成篇──試論曹植後期創作的悲劇性〉，
　　《延安大學學報》1988 年第二期；徐天祥〈論曹植的政治悲劇及其對創作
　　的影響〉，《江淮論壇》1994 年第三期。

遊)〉諸詩[36]，信乎憂憤深廣，哀怨低回，令人泫然悲之。詩中甚至指稱迫害自己之小人，為鴟梟、豺狼、蒼蠅、蝙蝠諸物，其主文譎諫，含蓄委婉之心又何如也！

（二）就表現之主體而言

建安詩歌悲情意識所表現之層面，若就主體而言，有四大端：或寫才高志潔，悲士不遇；或寫孤臣棄婦，幽怨傷別；或寫遊子遷流，人生如寄；或寫憂患餘生，自嗟身世，要皆詩人心態之折射，遭遇之反映，論述如下：

1. 才高志潔，悲士不遇

「悲士不遇」，為先秦兩漢主要的悲情傳統，說已詳前節。此一追求者的悲情主題，筆者以為與〈蒹葭〉式的悲劇模式異曲同工。士人自命才高志潔，憧憬美政，企圖自我實現，完成政治抱負，於是上下求索，展開無盡之追尋，到頭來卻爽然若失，一事無成；〈蒹葭〉式之悲劇，以縹緲的美人為追求目標，繼之以不竭的追求，最終因水的阻礙不能克服而宣告失敗[37]。君門九重，就好像不可踰越的鴻溝彼岸，才子志士只能望洋興歎。士之懷才不遇，意有鬱結，不能通達其道，大致類此。

建安七子本受儒家思想薰陶，故多有經國濟民的用世之心。然漢末大亂以來，時興行軍用兵，七子遂無用文之地。現

36　徵引諸詩，分別見趙幼文《曹植集校注》卷一，頁 206；卷二，頁 294、317；卷三，頁 362、365、381、382、402、513。

37　參考張法《中國文化與悲劇意識》，第二章〈中國日常悲劇意識的基本模式〉第一節，一、〈蒹葭〉模式——追求者之悲（北京：中國人民大學出版社），1989 年 1 月，頁 34~39。

實環境與平生志向既相衝突，於是胸中憤懣，大失所望，感嘆身世，嗟怨不遇。如王粲〈雜詩〉、〈七哀詩三首〉其一；陳琳〈失題（春天潤九野）〉、劉楨〈贈從弟三首〉其二、其三；阮瑀〈隱士〉諸詩，多發洩其才高志潔、生不逢辰之悲情[38]，可以概見。

至於曹子建一生，前期曾是「三河少年，風流自賞」的翩翩佳公子，曾言「閒居非吾志，甘心赴國憂」，揚言「捐軀赴國難，視死忽如歸」，故慷慨請試，求通親戚，希望能「立功立事，盡力為國」。結果受困於曹丕父子的阻難，壯志未酬、滿腔憂憤之心，晚期閒居「常自憤怨、抱利器而無所施」，宛如一位「嫠婦夜泣，自怨自艾」的待罪老夫。曹子建一生不斷追求「自我實現」，奈何抱負不得伸展，其悲哀怨恨，何可勝言？今觀其詩集，如〈盤石〉、〈責躬〉、〈應詔〉、〈怨歌行〉諸詩，多表現「哀吾願之不將」，悲感士之不遇知。至於〈三良〉、〈棄婦〉、〈浮萍〉、〈七哀〉、〈種葛〉、〈精微篇〉、〈祜埠篇〉、〈美女篇〉、〈雜詩·南國有佳人〉、〈雜詩七首·西北有織婦〉、〈雜詩七首·攬衣出中閨〉諸什，或託之賢良、或託之賢女、或託之動植、或託之婦女，以寓其用世壯志，並寫其懷才不遇之深沈悲涼鬱結[39]。

2. 孤臣棄婦，幽怨傷別

怨棄的悲劇，也是中國文學的主題之一。在家國同構的中

38　王粲詩，在《箋註》本卷二，頁110、120；陳琳詩，在卷三，頁166；劉楨詩，在卷五，頁216、217；阮瑀詩，在卷七，頁274。

39　所引曹植詩，見趙氏《校注》本卷二，頁261、268、276，卷三，頁362；託物寄意之詩，見《校注》本卷一，頁86、135、卷二，頁311、313、314、332、381、384、387；以及《魏詩》卷七，〈雜詩七首〉，頁457。

國文化中，詩人經常藉夫婦男女之離合，寄寓君臣人我的離合。就悲怨意識來說，文學中的夫棄之怨，往往就隱含著君棄之怨，或世棄之怨。主題旨趣是有德有才的志士，盼望君王的器重寵用，卻不明說顯言，只用變形轉換的手法，託言紅顏薄命，美人遲暮，或美女妙齡而婚姻失時；見棄空閨，而徒懷殷望，這些都形成了孤臣棄婦，幽怨傷別的悲情[40]。

三曹七子中，最稱詩壇雄傑者，當推曹子建，命意裁章，往往「造懷指事，情兼雅怨」，故其宣洩棄怨之悲情，往往託之婦女愛情。考其詩集，有為棄婦訴怨、為思婦道哀，為美女不遇而愁，為愛情不終而憂、為婚姻不幸而悲者，如〈棄婦篇〉、〈浮萍〉、〈七哀〉、〈種葛〉、〈美女篇〉、〈雜詩·南國有佳人〉、〈雜詩七首〉其三、其七諸什，因美人、怨女、思妻、棄婦與其遭遇相似，同病相憐，故藉詩代鳴其「憂生之嗟」，共奏離亂時代低沈而哀婉的旋律。其表層意義，固然在同情不幸婦女之遭遇，然從曹植詩歌成就「深得比興之」，其造詣為「靈均之後，一人而已」的特質看來，則從婦女愛情之主題，扣緊「比興寄託」的創作脈絡，可以探索子建「憂生之嗟」的深層意蘊，此殊無可疑者。要之，子建詞面寫棄婦之哀怨，實則寓含孤臣自憐之隱痛[41]；其幽怨傷別，則一也。

3. 遊子遷流，人生如寄

家國同構，為中國文化的特質之一，小我與家國的關係，

40　參考黃永武師〈中國情詩論〉，《讀書與賞詩》（臺北：洪範書店，1987年5月），頁17~36；張法《中國文化與悲劇意識》第二章第三節，〈怨棄悲劇意識系列〉，頁69~84。

41　參考裴登峰〈曹植詩歌的陰柔之美〉，《西北民族學院學報》1991年第一期；張蕾〈曹植婦女題材詩作鑑賞異說〉，《河北師範大學學報》1992年第二期。

或遇合、或疏離、就影響了文人的心態。由於疏離而遠遊，自屈原《九章‧遠遊》即發甚端，疏遠與游離，遂形成悲情意識的內涵。雖游離在外，疏遠家國，然對家鄉的懷念，卻一往情深；對故國的眷戀，亦生死以之。這是詩人在自我實現受阻，功名不遂，人生失意的情況下，所形成的悲情折射。

　　論者研究游離的悲劇意識模式有四：即鄉愁、傷別、思念、閨怨[42]，其中除因閨怨產生之悲劇意識，已詳前文「孤臣棄婦」一目外，其餘之游離意識主題，建安詩人多有之。涉及鄉愁主題者，如曹丕〈雜詩二首〉、〈善哉行〉、〈陌上桑〉；王粲〈七哀詩三首〉其二、其三；應瑒〈侍五官中郎將建章臺集詩〉、〈別詩二首〉、阮瑀〈雜詩二首〉其一、〈七哀詩〉諸什，皆寫有家歸不得之思鄉情懷。傷別主題者，如曹丕〈短歌行〉、〈見挽船士兄弟辭別詩〉、〈清河見挽船士新婚與妻別作〉、〈陌上桑〉；孔融〈雜詩二首〉其二、王粲〈贈蔡子篤詩〉、陳琳〈飲馬長城窟行〉、劉楨〈贈徐幹〉、阮瑀〈雜詩二首〉其二，則皆傷於生離死別之情。思念主題者，如曹丕〈燕歌行〉二首、王粲〈思親詩〉、〈雜詩〉、〈雜詩四首〉其三、劉楨〈贈五官中郎將四首〉其三、徐幹〈答劉公幹詩〉、〈室思〉六章、應瑒〈報趙淑麗〉諸詩，則寫相思而不得相見之憾恨，皆一往情悲，未見有如高適之達者，或宋詩之揚棄悲哀者。

　　疏離而遠遊的悲情，表現於曹植詩中，即是描寫征夫行役、游子漂泊之痛苦意識，深切感到人生如寄，命如蓬轉的哀怨，如〈盤石篇〉、〈浮萍篇〉、〈聖皇篇〉、〈吁嗟篇〉、〈雜

42　張法《中國文化與悲劇意識》，第二章第二節〈「游」的悲劇意識模式系列〉，頁45～68。

詩六首‧轉蓬離本根〉、〈遠遊篇〉、〈五遊詠〉、〈當來日大難〉、〈門有萬里客〉諸詩，大有遲遲吾行，浪跡天涯之慨，漂泊之淚，播遷之苦，呼之欲出。其中如「浮萍寄清水，隨風東西流」；「流轉無恒處，誰知吾苦艱」；「崑崙本吾宅，中州非我家」；「轉蓬離本根，飄颻隨長風」；「今日同堂，出門異鄉。別易會難，各盡杯觴」，警句皆自況也。

參、建安詩人悲情意識之消解與昇華

人生的窮通順逆，有緣有命。孟子稱「窮則獨善其身，達則兼善天下」，確可為士人進退出處的借鏡與參考。身處乎窮逆，有志難伸，有願未償，則意有所鬱結，心有所憤懣，而悲情意識油然生焉，勃然成焉。如何消解悲情？昇華意識？大致有三大途徑：一則盡心於價值之轉移，一則致力於心理的補償，一則尋求精神之慰藉。建安詩人，乃至六朝、唐五代，甚至兩宋的詩人詞人文人，面對悲情與怨憤，其消解昇華之模式，要皆如此。就建安詩人之悲情意識而言，其消解之方有二：其一，寄望長生，託情神仙；其二，及時行樂，縱情享受。對於悲情意識之昇華，建安詩人則有三法：其一，建功立業，自我實現；其二，斐然述作，立言不朽；要之，皆有關生命的意義，人的自覺，文的自覺問題：

一、建安詩人悲情意識之消解

建安詩人悲情意識之主題，前章曾歸為六：即生命無常、

戰亂相乘、憂讒畏譏、悲士不遇、孤臣棄婦、遊子遷流。無論來自對象或源於主體，建安詩人面對悲情，大多嘗試消除和解脫。詩人慣用的消解途徑大概有二：

（一）寄望長生，託情神仙

建安時期，由於戰亂相循、災疫流行，人命危淺，大有朝不保夕之虞；加以政爭不斷，價值系統紊亂，進退失據，準的無依，於是士人普遍覺悟到生命短暫，我生不樂。這種對死亡的恐懼，以及對生命的掌握，遂發展成中國文學上「游仙」與「惜時」的主題，其實都是悲情意識的變形與消解。苦難的塵世與有限的生命，觸發了詩人游仙的企望。於「寄望長生，託情神仙」，就成了消解人生苦痛及悲情的方式之一，建安三曹詩歌中，此一「游仙」主題，很具代表性。

清代何焯曾將游仙詩分為兩類：以「富貴者而游仙」為正體；以「坎壈者而游仙」為變體。正變之說雖不可取，然以「富貴」與「坎壈」二分游仙，則切中其指趣。以三曹游仙詩來說，曹操、曹丕詩，屬於「富貴而游仙」者，曹子建詩則為「坎壈者而游仙」。富貴者多言神仙之趣，坎壈者多為詠懷之作，此其大較也。

曹操游仙詩，見於逯欽立所編者，有〈氣出倡〉、〈精列〉、〈陌上桑〉、〈秋胡行〉四章、〈秋胡行〉五章，約佔全詩十分之三。曹操為亂世之英雄，思治天下，常懷憂患意識，〈秋胡行〉所謂「不戚年往，世憂不治」，可為明證。論者稱曹操游仙詩之特色，在將道教養性延年的思想與儒家努力進取之觀念，融為一體。因此，曹操游仙詩的思想內容有兩層意蘊：一、既看透人世的生死規律，又深信真人神仙養性延年之法；

二、曹公游仙詩，為其憂世求賢、雄心壯志的曲折反映。〈精列〉詩所謂「思想崑崙居」、「志意在蓬萊」，皆斥為「見欺於迂怪」；「善哉行」也強調「痛哉世人，見欺神仙」；可見曹公游仙，只是追求長生，並不幻想不老，〈步出夏門行〉所謂「盈縮之期，不但在天；養怡之福，可得永年」，曹公憂患悲情消解之法，由此可知一斑。要之，曹操能將個體生命的短暫易逝，與偉大志業的永垂不朽間，取得一個平衡點，既消解悲情，也轉化成昂揚向上的人生觀[43]。曹丕之游仙詩，可以〈折楊柳行〉為代表。其〈短歌行〉、〈善哉行〉諸詩，對歲月易逝，人生短暫的無奈，頗多感慨。〈折楊柳行〉，卻對長生不死，羽化登仙，等同於愚夫妄傳，否定神仙，認同聖道，也消解了悲情。

曹植的游仙詩，當然是歸屬「坎壈者的詠懷之作」。像〈升天行〉、〈苦思行〉、〈飛龍篇〉、〈桂之樹行〉、〈平陵東〉、〈驅車篇〉，作於曹丕即位之後，旨在追求長生，以圖後計，〈秋胡行〉所謂「思得神藥，萬歲為期」；〈飛龍篇〉所謂「壽同金石，永世難老」，正是準備長期抗戰的心態寫照。其實，曹植本不信神仙之事，其〈辨道論〉可為明證。迨受曹丕父子猜忌迫害，難以忍受，而又無法擺脫，意識極度壓抑下，乃有此價值轉移，甚至產生虛幻想像，而大寫其列仙之趣。

白馬王曹彪慘遭曹丕毒殺之後，子建益加覺悟到「虛無求列仙，松子久吾欺。變故在斯須，百年誰能持」的悲情。其後

43　參考詹石窗《道教文學史》，第四章第二節〈魏晉南北朝文人的游仙詩〉（上海文藝出版社，1992 年 5 月），頁 78~81；伍偉民、蔣見元《道教文學三十談》（下）、〈藏外文學十五談‧3‧升降隨長煙，飄飄戲九垓〉（上海社會學院出版社，1993 年 5 月），頁 127~128。顧農〈曹操游仙詩新論〉，《山東師大學報》1993 年 3 月。

迭遭禁錮，動輒得咎，游仙詩乃由追求長壽，轉型成為追求自由，如〈仙人篇〉、〈游仙〉、〈五遊詠〉、〈遠遊篇〉者是。朱乾《樂府正義》卷十四稱：「讀曹植〈五遊〉、〈遠遊篇〉……法既峻切，過惡日聞，惴惴然朝不知夕。」

所謂「『九州不足步（願得凌雲翔）』，『（崑崙本吾宅）中州非我家』，皆其憂患之詞也。」蓋追求長壽，尚對未來寄予厚望；一味神遊，則於生命充滿絕望矣[44]。政治現實的一再疏離，理想抱負的一再失落，曹植內心深處必定有著「誓將去汝，適彼樂土」的吶喊。從殘酷的現實世界游離出去，經過價值轉換，遂一變而自由馳騁於神仙世界之中，雖未能全然消解悲情意識，亦姑且做到「慰情聊勝於無」了。

曹操寫游仙，所抒者「志在千里」之懷；曹植詠游仙，所傳者「塊然獨處」之怨，此二者之別。要之，皆悲情之消解與表現也。

（二）及時行樂，縱情享受

建安詩人覺悟到生命短暫，我生不樂，面對此種死亡的恐懼，消解之道有二：其一游仙，已如上述；其二，則為「惜時」。由於企圖以「惜時」消解悲情，故變相而成及時行樂，縱情享受。

自《古詩十九首》以來，時光飄忽，生命短促之悲情意識，即籠罩在建安詩人中，曹操〈短歌行〉謂：「對酒當歌，人生幾何？譬若朝日，去日苦多」；曹丕〈短歌行〉則云：「人亦有言，憂令人老，嗟我白髮，生一何早」；曹植〈贈白馬王彪〉則稱：「人生處一世，去若朝露晞……自顧非金石，

---

44 參考顧農〈從游俠到游仙——曹植創作中的兩大熱點〉，《東北師大學報》1995 年第三期。

咄喈令心悲」，可見一斑。如何消解此一悲情，除游仙外，最
現實而普遍的就是縱情聲色，及時行樂，其中「以酒解憂」，
尤為典型，曹操所謂「慨當以慷，憂思難忘。何以解憂？唯有
杜康」，一語道破了建安時代的悲情，且提出了具體的消解之
道。

「以酒解憂」的悲情消解方式，初由於時光飄忽，人壽短
暫而起，其深層義蘊，是以醉解憂；其表層現象，是以樂解
憂。《後漢書・孔融傳》載：孔融「賓客日盈其門，常歎曰：
坐上客常滿，尊中酒不空，吾無憂矣！」以「客常滿，酒不空」
之行樂為「無憂」，此明是「以樂解憂」之法可知。曹丕〈大
墻上蒿行〉亦云：「今日樂，不可忘，樂未央。為樂常苦遲，
歲月逝，忽若飛，何為自苦，使我心悲」，亦寫樂極悲來的愁
苦。建安詩人自曹丕〈芙蓉池作〉以下，多有〈公讌詩〉，極
寫縱情聲色，享用酒食之盛況：曹丕〈芙蓉池作〉：「乘輦夜
行遊，逍遙步西園。遨遊快心意，保己終百年」；曹植〈公
宴〉：「公子愛敬客，終宴不知疲……飄飆放志意，千秋長若
斯」；王粲〈公讌詩〉：「常聞詩人語，不醉且無歸。今日不
極歡，含情欲待誰」；劉楨〈公讌詩〉：「永日行遊戲，歡樂
猶未央。遺思在玄夜，相與復翱翔」；阮瑀則云：「上堂相娛
樂，中外奉時珍。五味風雨集，杯酌若浮雲」；應瑒亦言：
「穆穆眾君子，好合同歡康。促坐褰重帷，傳滿騰羽觴」；曹
子建〈名都篇〉：「白日西南馳，光景不可攀。雲散還城邑，
清晨復來還」；〈妾薄命行〉：「客賦〈既醉〉言歸，主人稱
露未晞」；〈當車已駕行〉：「不醉無歸來，明燈以繼夕」；
〈正會詩〉：「悲歌厲響，咀嚼清商……歡笑盡娛，樂我未
央」；食則豐膳、美酒、庶羞、五味，音則秦箏、齊瑟、奇

舞、名謳，心緒則遊戲、歡樂、放志、極歡、逍遙、快意、好
合、歡康；時間從白日到玄夜，從永日到夜遊；其放任通脫
處，可以「歡笑盡娛，樂我未央」；「不醉無歸，清晨復來」
二語概括之。然在歡笑盡娛的表象之後，在不醉無歸的豪情深
層之餘，實際隱含著「以醉解憂」和「以樂解憂」的悲情，
《古詩十九首‧驅車上東門》所謂：「服食求神仙，多為藥所
誤；不如飲美酒，被服紈與素」，其心態庶幾近之。

　　因此，建安詩人在「觴酌流行，絲竹並奏，酒酣耳熱，忽
然不自知樂也」的縱情享受之餘，常常「憂從中來，不可斷
絕」：曹丕〈善哉行〉所謂：「樂極哀情來，寥亮摧肝心」；
「君子多苦心，所愁不但一」；曹植〈箜篌引〉：「盛時不可
再，百年忽我憂。生存華屋處，零落歸山丘」，都可看出這種
「藉酒澆愁愁更愁」，以樂解憂而憂更憂之悲情來。

二、建安詩人悲情意識之昇華

　　中外學者研究文藝創作的心理動力，《左傳》有叔孫豹論
「三不朽」，《九章‧惜誦》有屈原言「發憤以抒情」，《史
記‧自序》司馬遷倡「發憤著書」說；西洋弗洛伊德提出「欲
望昇華」，廚川白村拈出「苦悶象徵」，心理學家馬斯洛
（Abrahan Maslow）標榜「自我實現」[45]。說雖不同，其間未嘗
沒有可通之處。

　　建安詩人身處「琴賦其聲音，則以悲哀為主；詩美其感

45　參考黃藥眠、童慶炳《中西比較詩學體系》，第八章〈中國的發憤著述論
　　與西方的苦悶的象徵論〉，頁175～188；高楠《藝術心理學》，第一部
　　分，第一章〈生命的需要——藝術需要的一般性〉，第二章〈藝術需要

化，則以垂涕為貴」的悲情時代，除消解悲情以游仙、以行樂外，積極作為，則在發憤悲情，昇華苦悶，建功立業，立言不朽，以求補償滿足，而完成自我實現。建安詩人悲情意識之昇華，即是立功與立言之表現：

（一）建功立業，自我實現

三曹七子，在建安前期多曾經有過憂國憂民的悲情意識；這種悲情經過消解昇華，於是形成追求功名，自我實現的願望。蓋建安號稱人性自覺的時代，其自覺之體現，除經由梗概多氣之悲歌宣洩之外，也超脫苦難悲情，而昇華為高亢奮爭的進取意識，蔚為時代與社會之思潮。

漢末經過兩次黨錮之禍，為明哲保身，於是士人尚隱成風。時至建安，士人崇尚的理想人格，則是智勇雙全，建功立業的英雄豪傑，而不是韜光隱晦的栖遁高人，更不是經明行修的儒生。「英雄」意識和功業思想，成為建安社會的主潮，一種普遍流行的自覺意識，王粲因此而作〈漢末英雄傳〉，劉劭《人物志》亦有〈英雄〉篇，可見一斑[46]。不過，這種英雄意識和功業思想的成因，卻是跟「時光飄忽和人生短促」的悲情自覺有關，可看作建安時期悲情意識之折射或昇華，試看曹子建之詩文：

—— 追求情感形態的自我實現〉（瀋陽：遼寧人民出版社，1988 年 1 月），頁 1~28。馬斯洛的需求層次理論有五：生理需求、安全需求、社會需求、自尊需求、自我實現需求，麥葛瑞哥《行為科學與管理》，許是祥譯本，第一篇第四節〈激勵的理論〉（臺北：中華企業管理發展中心，1974 年 4 月），頁 12~13；錢鍾書《七綴集・詩可以怨》（臺北：書林書店，1990 年 5 月），頁 124~141。

46 參考王偉英〈試論建安詩風的慷慨——功名理想對情感的升華〉，《齊齊哈爾師範學院學報》1991 年第一期；詹福瑞〈建安時期士人的政治地位、社會意識與文學思潮〉，《天府新論》1991 年第四期。

念人生之不永，若春日之微霜。諒遺名之可紀，信天命之無常。愈志蕩以淫遊，非經國之大綱。（《曹植集校注》卷一，〈節遊賦〉）

必效須臾之捷，以滅終身之愧，使名掛史筆，事列朝榮。雖身分蜀境，首懸吳闕，猶生之年也。（卷三，〈求自試表〉）

天地無窮極，陰陽轉相因。人居一世間，忽若風吹塵。願得展功勤，輸力於明君。懷此王佐才，慷慨獨不群。（卷三，〈薤露行〉）

從〈節遊賦〉、〈薤露行〉看來，子建「諒遺名之可記」的覺悟，是由於「念人生之不永」、「信天命之無常」的悲情觸發；而且「願得展功勤，輸力於明君」的功業意識，也是由「天地無窮極，陰陽轉相因。人居一世間，忽若風吹塵」的惜時悲情啟動的，進而才有「身分蜀境，首懸吳闕」的壯烈，以及「名掛史筆，事列朝榮」的功名憧憬。春秋時代叔孫所謂「太上有立德，其次有立功，其次有立言」的三不朽，由於建安時代儒學中衰，鄙薄倫常；「世積亂離，風衰俗惡」，正有待英雄豪傑安定天下，再造乾坤，於是立功意識遂取代春秋以來「立德」的優勢，而躍居三不朽之首位，時勢使然也。

除曹子建外，建安詩人之功名意識，亦皆十分普遍，如曹操〈步出夏門行〉：「神龜雖壽，猶有竟時。騰蛇乘霧，終為土灰。老驥伏櫪，志在千里；烈士暮年，壯心不已」；〈短歌行〉：〈對酒當歌，人生幾何。譬如朝露，去日苦多……山不厭高，水不厭深，周公吐哺，天下歸心」，也是由於年壽短促的悲情，產生惜時立功的願望、激發求賢若渴之心緒，以及急

於建功立業的胸懷。曹丕〈豔歌何嘗行〉：「男兒居世，各當努力。麤迫日暮，殊不久留」；〈黎陽作詩三首〉其一：「在昔周武，爰暨公旦。載主而征，救民塗炭。彼此一時，唯天所讚。我獨何人，能不靖亂。」也是因惜時愛日，而企圖建功不朽。孔融〈雜詩〉其一：「人生有何常？但患年歲暮。幸託不肖軀，且當猛虎步」；王粲〈從軍詩〉其四：「我有素餐責，誠愧〈伐檀〉人。雖無鉛刀用，庶幾奮薄身」；陳琳〈遊覽二首〉其二：「騁哉日月逝。年命將西傾。建功不及時，鐘鼎何所銘」；〈應譏〉：「達人君子，必相時以立功」；建安詩人此種英雄意識與功名思想，可以曹植〈與楊德祖書〉所云：「戮力上國，流惠下民，建永世之業，流金石之功」數語概括之，無非「戀生惜時」的悲情意識之投影。

（二）斐然述作，立言不朽

　　「不朽」說，是漢末到建安時期的審美主潮，其中「立功」思想由於英雄時代之需求，高居「三不朽」之首位。「立德」由於儒學中衰影響，已悄然位於末位。「立言」思想，於漢末亦曾慘遭冷落，趙壹〈刺世嫉邪賦〉所謂「順風激靡草，富貴者稱賢。文籍雖滿腹，不如一囊錢」。時至文學自覺，文藝至上之建安時代，曹丕作《典論‧論文》，頌揚文章之不朽性，將「文章」的價值，強調提昇，把文章看成可使「志士」留「千載之功」的「經國大業」和「不朽盛事」，高度發揮了文學的自覺精神：

　　　　生有七尺之形，死唯一棺之土，唯立德揚名，可以不朽，其次莫如著篇籍。疫癘數起，士人凋落，余獨何人，

能全其壽？故論撰所著《典論》詩賦，蓋百餘篇。（《魏志·文帝紀》注引《魏書》載曹丕〈與王朗書〉）

　　蓋文章經國之大業，不朽之盛事。年壽有時而盡，榮樂止乎其身，二者必至之常期，未若文章之無窮。是以古之作者，寄身於翰墨，見意於篇籍，不假良史之辭，不托飛馳之勢，而聲名自傳於後。故西伯幽而演《易》，周旦顯而制《禮》，不以隱約而弗務，不以康樂而加思。夫然則古人賤尺璧而重寸陰，懼乎時之過已。而人多不強力，貧賤則懾於飢寒，富貴則流於逸樂，遂營目前之務，而遺千載之功。日月逝於上，體貌衰於下，忽然與萬物遷化，斯志士之大痛也。融等已逝，唯幹著論，成一家言。

　　《典論·論文》所謂之「文章」，日本學者古川末喜以為即是「一家言」的諸子著述，並無後世「文學」之涵意。王運熙確定曹丕所謂「文章」，大致可分兩類：一類是成為專門著作的論文，另一類是詩賦章表等單篇制作[47]，筆者贊同王說之論點。曹丕〈與王朗書〉自謂：「立德揚名，可以不朽；其次莫如篇籍……故論撰所著典論詩賦，蓋百餘篇」，以曹丕文字內證，知其以立功居首，立言最其次，而立言兼含學術著述與詩賦散文二者。

47　古川末喜引徐幹〈中論原序〉、桓範《世要論·序作篇》、陸機臨終之言、《文心雕龍·諸子》諸文獻，證明「文章不朽說」，是指「一家之言」的著述，《中國文學研究》1990 年第二期；王運熙《中國古代文學管窺》，〈曹丕《典論·論文》的時代精神〉（山東：齊魯書社，1987 年 3 月）；王運熙、楊明《魏晉南北朝文學批評史》第二章第一節，一〈曹丕和《典論·論文》〉（上海古籍出版社，1989 年 6 月），頁 43~44，則主張兼含詩賦章表等純文學創作。

　　建安詩人的悲情意識，昇華而為英雄意識、立功思想，說
已詳上文；悲情意識的轉化與補償，也昇華成為「斐然述作，
立言不朽」，肯定它不僅是「經國之大業」，更是「不朽之盛
事」，有利於名垂千古。探索曹丕追求立言不朽的動機，也是
緣於戀生惜時的悲情：〈與王朗書〉所謂：「生有七尺之形，
死唯一棺之土……余獨何人，能全其壽？」《典論‧論文》所
謂「古人賤尺璧而重寸陰，懼乎時之過已」；「日月逝於上，
體貌衰於下，忽然與萬物遷化，斯志士之大痛也」，時光飄
忽，生命無常之時代悲情，轉化昇華為立言不朽。論者稱：普
遍存在的人生憂患，與直接體驗到的生命驟逝的悲哀，促使曹
丕認真思考生命的意義，探索人超越死亡，保持不朽的方式。
因此，人的問題、生命的問題，以及生命與文章之問題，便成
為議論的核心。而且，曹丕提出「經國之大業，不朽之盛事」
兩種文學價值，正體現了文學的功利目的和審美目的兩個方
面，體現了文學自覺的時代精神[48]。不只是繼承了《左傳》
「三不朽」之精華，更體現了魏晉間之時代精神，形成了全新
的價值標準。

　　子建一生，所追求者為政治上之自我實現，故建功立業的
願望十分強烈；由於屢遭政治迫害，憂讒畏譏，故曹植將辭賦
等文學創作視為「小道」，以為「未足以揄揚大義，彰示來世」
(〈與楊德祖書〉)，此固是趙壹等輕視文學之遺說，實則應是曹
植一時憤激之辭，違心之論。試看下列文獻：

48　參考王川婭〈兩種價值的確立——評曹丕《典論‧論文》〉，趙盛德主編
　　《中國古代文學理論名著探索》（廣西師範大學出版社，1989年2月），
　　頁84~87；又袁行霈、孟二冬、丁放《中國詩學通論》，第二章〈從曹丕
　　《典論‧論文》到劉勰《文心雕龍》〉（安徽教育出版社，1994年12
　　月），頁108。

故君子之作也，儼乎若高山，勃乎若浮雲。質素也如秋蓬，摛藻也如春葩。氾乎洋洋，光乎皜皜，與雅頌爭流可也。余少而好賦，其所尚也，雅好慷慨，所著繁多。雖觸類而作，然蕪穢者眾，故刪定別撰，為前錄七十八篇。（《曹植集校注》卷三，〈前錄自序〉）

今之賦頌，古詩之流，不更孔公，風雅無別耳。修（德祖名）家子雲，老不曉事，強著一書，悔其少作。若此仲山周旦之儔，為皆有怨邪？君侯忘聖賢之顯跡，述鄙宗之過言，竊以為未之思也。若乃不忘經國之大美，流千載之英聲，銘功景鐘，書名竹帛，斯自雅量，素所畜也，豈與文章相妨害哉？（楊德祖〈答臨淄侯箋〉）

孔氏刪詩書，王業粲已分。騁我遙寸翰，流藻垂華芬。（《曹植集校注》卷三，薤露行）

由曹植之自白，知其向來重視詩賦創作，且持續熱衷詩賦創作。楊修之答信，強調銘功景鐘，與創作文章，本不相妨；立功與立言，可以並行，不必偏廢。曹植晚年所作〈薤露行〉詩，除一貫反映由惜時戀生之悲情，觸發「願得展功勤，輸力於明君」的立功意識外，篇末更明說「騁我遙寸翰，流藻垂華芬」的「立言」理想，與曹丕之論有相通之處。曹植〈王仲宣誄〉稱：「人誰不歿，達士徇名」；〈任城王誄·序〉：「凡夫愛命，達者徇名……人誰不沒，貴有遺聲」，也是將悲情與不朽相提並論，可見曹氏兄弟標榜之「立言不朽」，自是建安悲情意識的轉化與昇華，這不僅是人的自覺，更是文的自覺。

肆、結　論

　　建安詩人悲情意識的形成，一方面是《詩》、《騷》、《史記》、漢賦、樂府、《古詩十九首》等文化積澱的歷史傳統；而其「雅好慷慨」的審美意識，卻是醞釀於建安時代特殊之政治、經濟、社會、民情、俗尚、文風、思潮中，彼此相互激盪觸發，因緣湊合而孕育產生的。其中涉及許多人的問題、生命的問題、生命和文學的問題。所以論者稱建安為文學的自覺時代、文藝至上的時代。

　　建安詩人悲情意識表現之主題，就描寫對象言，其類有三：歲月易逝，生命無常；戰亂相乘，悲天憫人；政治迫害，憂讒畏譏，其中以「生命無常」之悲情主題最稱大宗。若就表現之主體言，則其層面有三：或才高志潔，悲士不遇；或孤臣棄婦，幽怨傷別；或遊子遷流，人生如寄；其中以「悲士不遇」最為普遍！孤臣慘遭放逐之悲情，又往往藉棄婦怨婦以曲達之。描寫對象與表現主體之脈注綺交，遂蔚為建安文學「梗概多氣」之時代風格來。

　　建安詩人既存在如此這般的悲情，如何化解悲情，面對人生？可分消極因應，與積極超脫：寄望長生，託情神仙；及時行樂，縱情享受，此消極化解悲情之法；建功立業，自我實現；斐然述作，立言不朽，此積極昇華悲情之方，四者交相為用，要皆能使價值轉移，獲得心理的補償，尋求到精神的慰藉。[49]

49　本文原載彰化師大國文系，第三屆《中國詩學會議論文集——魏晉南北朝詩學》，2000年10月。稍加潤飾，而成今文。

國家圖書館出版品預行編目資料

自成一家與宋詩宗風：兼論唐宋詩之異同　／

張高評著. -- 初版. -- 臺北市：萬卷樓，

2004[民 93]

面；　　公分

ISBN 957－739－506－6 (平裝)

1.中國詩－歷史－宋（960-1279）2.中國詩－
評論

802.9105　　　　　　　　　93020374

自成一家與宋詩宗風
──兼論唐宋詩之異同

著　　　者：張高評

發 行 人：許素真

出 版 者：萬卷樓圖書股份有限公司

臺北市羅斯福路二段 41 號 6 樓之 3

電話(02)23216565．23952992

傳真(02)23944113

劃撥帳號 15624015

出版登記證：新聞局局版臺業字第 5655 號

網　　　址：http://www.wanjuan.com.tw

E －mail　：wanjuan@tpts5.seed.net.tw

承 印 廠 商：晟齊實業有限公司

定　　　價：400 元

出 版 日 期：2004 年 11 月初版

ISBN 957－739－506－6